Wild Wild Ost
Der Roman

DER LIEBEN

YVONN

EIN DANKE

TERRY KAYAKO

19/03/08

www.wildwildost.de
Internetgestaltung
microtecs
71691 Freiberg
info@microtecs.de

Druck
Digitaldruck Brunner
71691 Freiberg
info@digitaldruck-brunner.de

ISBN-10: 3-00-019548-3
ISBN-13: 978-3-00-019548-8

Vorwort

Als Grundlage der Story diente eine Geschichte von *irgendjemandenen*, welche wohl irgendwann mal Anfang der Wilden 90er Jahre erlebte. Jedoch sind Namen oder Örtlichkeit völlig frei gewählt und erfunden. Sollten irgendwelche Parallelen zu Personen oder irgendwas herbeigeführt worden sein, so bittet der Unterzeichner dies zu entschuldigen, denn es ist alles frei erfunden. Eine Fatamorgana.

Zu Dank verpflichtet bin ich dem *Büro GaMa – Löhne & Honorare; Frau Gaby Maragudakis. Ohne Ihr Mitwirken wäre dieses Buch nicht realisiert worden.*

Danke Gaby

Mit bestem Lesegruß

Terry Kajuko

Inhalt

Kapitel 1

„Aus des Meeres tiefem, tiefem Grunde
klingen Abendglocken Dumpf und matt."
(W. Müller, Vineta)

Der Wille und der Zufall

Seit über eine Stunde versuchte ich schon, einen telefonischen Kontakt mit den Städten Leipzig, Karl-Marx-Stadt oder Dresden herzustellen. Überall waren die Leitungen beim „Rat der Stadt" besetzt. Rathaus nannte man drüben eben „Rat der Stadt". Eigentlich sollte man meinen, dass um diese Uhrzeit, früh des Morgens gegen 9:00 Uhr, man doch ein bisschen Glück haben durfte, um eine Information von der Stadtverwaltung zu bekommen. Fehlanzeige, keine Chance. Nun saß ich hier im „Ländle", qualmte vor mich hin, schlürfte meinen dampfend heißen Kaffee und dachte: Junge, du lässt Dich nicht unterkriegen. Du nicht!

Es war Anfang Januar 1990. Wenn ich aus dem Fenster schaute, sah ich, dass es kalt war, windig und ein Schneeregen prasselte von den dicken Wolken herab. Für mich als Gartenbauer war die Vorstellung alles andere als angenehm, im Freien irgendwelche matschigen Gartenarbeiten verrichten zu müssen. In meinen dreckverspritzten Arbeitsklamotten saß ich in der Einliegerwohnung von meinen Eltern, in der Küche meines jüngeren Bruders genauer gesagt, und wählte mir die Finger an dem grünen Telefon wund.

Es war eigentlich keine 100%ige Küche, sondern ein Mischmasch aus Büro, Abstellkammer und ein wenig Küche. Im Eck oben rechts fing eine kleine Spinne an, ein Netz zu

bauen. Sollte ich das Vieh jetzt rausschmeißen oder totschlagen und das Klo runterspülen? Ne, tat ja nichts. Ließen wir es
da, wo es war und weiterspinnen.

In meinem Büro zu Hause konnte ich kein Telefonat
führen, da mein Nachbar in seiner Wohnung seit heute Morgen mit dem Schlagbohrer einen ohrenbetäubenden Lärm
fabrizierte.

Es war gerade einige Wochen her, dass wir alle die
wundersame „Wende" in den Medien mitverfolgten. Wir
hatten einen neuen ‚Jesus Christ Superstar' mit dem Namen
Michail J. Gorbatschow! Neue Begriffe formten die Gemüter
der nach Wiedervereinigung lechzenden Menschen: „Glas-
nost" und „Perestroika". Ja der „Dicke", Helmut Kohl, machte
mit „Genschman" eine ausgesprochen positive Figur.

Sein Motto war wie sein massiger Körper: einverlei-
ben.

Seit dem 9. November letzten Jahres war nichts mehr
so, wie es einmal war. Am 15. Januar wurde die Zentrale der
Staatssicherheit (Stasi) in Berlin gestürmt. Gut. Weg damit.
Leider verschwanden viele Akten auf nimmerwiedersehen.
Namhafte Intellektuelle warben für eine politische Verän-
derung der DDR. Die Mehrheit der Bevölkerung wollte aber
mit den alten Parteifunktionären nichts mehr am Hut haben
und wünschte sich viel lieber die deutsche Einheit. Dies wurde vom „Dicken" und von „Genschman" massiv unterstützt!
Ebenso fieberte ich mit, endlich wieder ein gemeinsames
Deutschland zu haben: von Saßnitz auf Rügen bis ans schwä-
bische Meer am Bodensee, Friedrichshafen. Eine innerdeut-
sche Distanz von über 1000 km.

Alles wieder unser! Schon vor der „Wende" war ich der
festen Überzeugung, dass der Osten ein Markt sein würde,
welcher für uns Westler, uns Bundesdeutsche voran, sehr lu-
krativ sein konnte.

Über eine Urlaubsbekanntschaft verschlug es mich schon 1987 nach Ost-Berlin. Wir lernten uns zufällig im Winter 1986 in Pattaya/Thailand beim gemeinschaftlichen Massageclubbesuch kennen. Er war seriöser Geschäftsführer einer großen deutschen Bekleidungsfirma und hatte durchaus einen charmanten britischen Stil im Umgang mit seinen Mitmenschen. Daher überredete er mich zu dem Berlin-Trip und so musste ich mit ihm und seiner Frau in die Oper, „Barbier von Sevilla" und „Den fliegende Holländer" ansehen. Mit meiner damaligen Freundin war es schon länger aus, steckten aber immer noch des öfteren zusammen. Trotzdem hatte ich tüchtig Knatsch bezüglich des Thailandurlaubs. Hatte ihr zwar einen schönen Goldklunker mitgebracht, den sie auch gleich gerne nahm, aber sie wollte nicht mit nach Ost-Berlin.

So hatte ich noch eine Logenkarte für die heutige Aufführung übrig. Als wir uns in die wartende Schlage vor der Oper einreihten, waren viele Bürger ohne Karte und fragten emsig, ob jemand im Besitz einer solchen wäre. Clever wie ich nun mal war, schaute ich mich nach einer weiblichen bittenden Schönen um und entdeckte diese auch. Schnell gab ich zu erkennen, dass ich noch im Besitz einer exklusiven freien Karte wäre. Dies freute das hübsche Geschöpf auch ungemein. Über den Preis brauchten wir auch nicht lange feilschen, da ich als Gentleman bester Schule das begehrte Stück ihr schenkte. So ganz ohne Hintergedanken. Leider verschwand das nette Ding kurz und kam mit ihrer etwa 80 Jahre alten Oma im Schlepptau wieder.

Nun hatte ich statt dem Objekt meiner Lust eine klapprige, betagte, am Stock gehende Dame. Natürlich nahm sie gerne meinen stützenden Arm. So wackelten wir auf unsere Plätze, saßen nebeneinander, tranken ein Gläschen Sekt und ich musste mir anhören, dass ihr Mann, welcher schon vor langer Zeit verstorben war, ein toller Opernsänger gewesen war und sie sich unheimlich über die Karte jetzt freue. Ich mich auch! Nach dem erfolgreichen Opernbesuch übergab ich die Oma der Hübschen ordnungsgemäß und machte mich alleine, da meine zwei Begleiter in unserem „Palast Hotel" verschwanden, auf die Pirsch.

In dem aufgeschwemmten 5-Sterne-Tempel mit seinen 600 Zimmern wollte ich den angebrochenen Abend mit Sicherheit nicht verbringen. Ich kam auch mit einer netten jungen Dame, welche aus Jena kam, ins Gespräch. Eine Disco war das empfohlene Ziel und ich schloss mich ihr an. Studentin sei sie und war schon eine Woche in der DDR-Hauptstadt. Sie fragte mich auch ganz höflich, ob sie mir nicht ein paar harte Devisen tauschen könnte, und so wechselte ich ihr 100 West-Mark und bekam jede Menge Ost-Mark dafür. Ich hatte ja nur die paar Ost-Mark, welche man sowieso zwangsumtauschen musste. So kam mir der kleine Kapitalschub ganz gelegen, denn wir wollten ja noch einen kernig draufmachen.

Am Eingang vor der besagten Disco war Tumult. Vier Randalierer, arabischer Herkunft, wie mir meine Begleiterin sagte, pöbelten unsittlich eine blonde langhaarige Besucherin an.

Ihr Begleiter ging dazwischen und es kam zum unschönen Handgemenge. Zwei der aggressiven Araber hielten den armen Kerl an den Armen fest, einer an den Füßen und der vierte zog ein Messer und schnitt dem Jungen ein Ohr ab.

Dies geschah alles so blitzschnell, dass zwar viele geschockt zuschauten, aber keiner eingriff. Erst kurz nach der Attacke kam irgendwelches Personal und Helfer, auch Bekannte von dem Paar zu Hilfe. Gemeinsam konnten sie die Angreifer niederringen und festhalten, bis die Polizei samt dem Rettungswagen unter „Tatütata" eintraf.

Eine Sauerei und überall das Blut. Gleich versorgten die Sanitär das Opfer fürsorglich. Ich konnte erkennen, dass die Polizei zwar die Personalien von den grinsenden Arabern aufnahm, sie aber dann laufen ließ. Nur Spott hatten diese für den Gepeinigten übrig und machten dabei obszöne Handbewegungen. „Das ist immer so. Den Diplomatensöhnen aus Syrien oder Libyen passiert nie was", war der knappe frustrierte Kommentar meiner Begleiterin.

Ich dachte, falls die Ostdeutschen mal könnten wie sie wollten, dann hätten diese Araber nichts mehr zu lachen, was sich ja nach der Wende als richtig herausstellte.

Die Lust auf den Discobesuch war uns gründlich vergangen und wir beschlossen, dass jeder seiner Wege gehen sollte und verabschiedeten uns, tauschten aber noch die Adressen.

Das zu meinem ersten Abend in Ost-Berlin.

Nun verbrachte ich die Nacht alleine mit Pay-TV in meinem Zimmer. Meine zweite Opernkarte wurde ich tagsdrauf beim Frühstück unproblematisch los.

Ein Besuch in Potsdams Sanssouci konnte einen nur begeistern. Friedrich der Große legte damals dort einen Weinberg an und pünktlich am 1. Mai 1747 wurde das „Lusthaus" von diesem eingeweiht. Nicht zu verwechseln mit einem Freudenhaus der neueren Zeit. Der „Alte Fritz" hatte ja ein eher distanziertes Verhältnis zu der parfümierten Weiblichkeit des Hochadels. Nein, dieses Haus war der Kultur, den höfischen Veranstaltungen gewidmet. Hinzu kamen nach und nach Schloss, Terrasse, Gartenparterre, Wasserspiele und Orangerie, welche den geistigen Mittelpunkt der Anlage darstellten. Der Rest der Anlage ordnete sich dem unter. Ich war zutiefst beeindruckt von der großzügigen Architektur wie beim überdimensionalen „Neuen Palais" und den weitläufigen, geometrisch angelegten Parkanlagen.

Die komplexe Anlage war damals schon ein beliebter Tourismusmagnet. Der Eintritt kostete bescheidene 80 Pfennig Ost. Auch erinnerte ich mich gerne, dass eine Gruppe junger russischer Soldaten mich freundlich bat, ein Erinnerungsfoto von ihrer Gruppe zu schießen, was ich gerne tat. Mit ihren

großen, tellerförmigen Schirmmützen, braunen Ausgehuni-
formen und hochglanzpolierten schwarzen Stiefeln sahen sie
für mich ein wenig unförmig aus. Ich erkannte, dass die em-
sigen Gärtner mit ihren bescheidenen Mitteln, welche sie zur
Verfügung hatten, probierten zu hegen und zu pflegen. Doch
merkte man genau, dass ihr finanzieller Rahmen begrenzt
war. Hier eine Baustelle, da eine angefangene Baustelle, welche schon ein ganzes Weilchen auf ihre Fertigstellung warteten. Zerfranste rotweiße Plastikstreifen zur Absicherung der
Baustelle waren der Beweis und flatterten im Winde. Schade!
Für mich im Geiste war das alles schon damals eine herrlich
große Baumaßnahme. Hier gab es massig zu tun.

Die zwei Tage in Ost-Berlin, der zweite Operettenbe-
such war unspektakulär, krönte meine Fahrt vom „Palast Hotel" zum Flughafen im Westen der Stadt.

Der Taxifahrer einer Volvolimousine konnte mich
schnell und schnurstracks über die Diplomatenbrücke von
Ost nach West bringen. Dies würde zwar ein paar harte Devisen mehr kosten, jedoch kam mir das ganz gelegen, denn ich
war schon spät dran. Mein Flieger würde wohl kaum auf mich
warten und ich fühlte mich wie ein Großer.

Der ostdeutsche Grenzbeamte an der Brücke schaute ganz genau meinen Ausweis an, ging in sein Kabuff zum
Durchleuchten, wechselte ein paar Worte mit dem muffeligen
Taxifahrer und als er mir den Ausweis nach einiger Zeit zurück gab, fragte er mich abschließend freundlich, ob ich noch
Ostmark hätte. „Natürlich, hier, jede Menge von dem Zeug",
und ich kramte aus meinen Hosentaschen zwei Bündel von
dem zerknitterten Papiergeld heraus und zeigte diese dem
erstaunten Grenzbeamten. Dies hatte zur Folge, dass er nicht
mehr freundlich war und ich mich in einer dunklen Kammer
wiederfand. Langes Warten erst mal. Die rettende Insel im
Arbeiter- und Bauernstaat nun weit entfernt. Der Raum war
klein, stickig und ohne Fenster. Eine Glühbirne hing herab

und beleuchtete einen Tisch, welcher vor mir stand. Ich saß auf einem harten Holzstuhl und auf der anderen Seite des Tisches stand auch so einer.

Irgendwann wurde die Tür geöffnet und ein Uniformierter fragte mich auf sächsisch: „Nu, nu Herr Stengele, sagen sie mir mal die Wahrheit. Warum sind sie nun wirklich hier?

Doch nicht nur zum Besuch im ,Palast Hotel'? Wen haben wir denn getroffen?"

Ich merkte, in was für eine Richtung das nun laufen würde, konnte diesen Mann aber überzeugen, dass ich aus Tollpatschigkeit Geld gewechselt hatte. Die Folge war, dass mir mein ganzes Ost- und Westgeld genommen wurde, ich natürlich den Flieger verpasste und erst einen Kreditkartenautomaten suchen musste, damit ich den Taxifahrer bezahlen konnte.

So, jetzt probieren wir es noch einmal mit Karl-Marx-Stadt, 003771...?, nur ein weit entferntes Besetztzeichen war zu vernehmen. Nichts. Dann Leipzig, 003741...?, das Gleiche. Jetzt noch mal Dresden, dann musste ich aber den Architekten Stoff anrufen, um mit ihm einige Details für eine kleine Gartenanlage zu besprechen. Neubau Reihenhäuser, übelste Art. Also ich wählte, 003751... , „Hier ist der Rat der Stadt Dresden. Was kann ich für sie tun?", klang eine weibliche Stimme im feinsten sächsisch an mein schon heißes Ohr.

Es war wie eine himmlische Offenbarung. „Mein Name ist Martin Stengele, ich spreche für ein Stadtplanungsteam und wünsche mit der zuständigen Stelle einen Besprechungstermin. Vielleicht wären sie so nett mich weiterzuverbinden", stammelte ich vor Freude und noch mehr Überraschung, dass meine Bemühungen belohnt wurden, ins Telefon.

„Nu, ein Schwäblein", sagte die Dame an der anderen Leitung, „na, mit wem kann ich sie denn da verbinden? Ich versuchs mal mit dem Zimmer der Frau Glaiber. Ich wünsche

Ihnen im Schwabenland noch einen schönen Tag." „Danke für
Ihre Bemühungen." Schwäblein!, hatte man mich bezüglich
meiner Aussprache also schon entlarvt. Machte ja nichts, ich
wusste ja auch gleich, dass ein Sachse an der anderen Leitung dran war. Die Leitung zur Frau Glaiber schien frei zu sein.
Vielleicht war sie da. Ich schaute aus dem Küchenfenster und
bildete mir ein, dass der unangenehme Schneeregen mir zu-
flüsterte: „Bleib lieber drinnen, lieber Martin, bleib drin im
Warmen."

„Glaiber, Stadtplanungsamt, was kann ich für sie
tun?"

Die Stimme klang jung und freundlich.

„Guten Tag, mein Name ist Stengele. Martin Stengele,
ich vertrete ein Planungsteam im Raum Stuttgart und wünsche mit Ihrem Stadtplanungsamt einen Besprechungstermin."

Meinen Akzent versuchte ich im Zaume zu halten, zog
nervös an meiner Zigarette. „Ach herrje, bei uns geht es drunter und drüber. Seit der Wende ist hier nichts mehr normal. Wo
ist denn mein Terminkalender. Na, schauen wir mal, ob noch
was in diesem Monat frei ist. Nein, hm, höchstens da ... im Februar ... schlecht ... oder nächste Woche, das wäre ein Dienstag. Ja, das ginge, so gegen 10:00 Uhr. Vielleicht ein bisschen
kurzfristig, oder?" Ich probierte, mir meine Freude über diesen Termin nicht anmerken zu lassen, sagte zu ihr ganz cool
und als ob ich mich in einem vielbeschäftigten Großraumbüro
befand: „Moment, Moment, meine Sekretärin hat mir einen
falschen Planer auf den Schreibtisch gelegt. Menschenskind,
bei uns hier im Büro ist vielleicht was los, ah, hier, hier ist
er, Dienstag, Dienstag ... ja, das müsste gehen. Wo werden
wir uns treffen?" „Na bei uns im Rat der Stadt Dresden, ich
werde unseren verantwortlichen Chefplaner der Stadt Dresden, Herrn Dr. Flöhtus informieren, damit er mit Ihnen die
Gespräche führt. Bitte wenden sie sich an die Information am

Eingang. Ich werde den Termin auf 11:00 Uhr legen lassen. Vielen Dank, Auf Wiederhören und gute Anfahrt."

Die freundliche Dame legte auf. Ich fühlte mich nach dem Anruf als ob ich soeben im Lotto gewonnen hätte.

Fantastisch!

Ich hatte einen Termin beim zuständigen Chef des Stadtplanungsamtes erhalten. Einfach so. Bei uns hätte sich höchstwahrscheinlich die Vorzimmersekretärin so zickig gestellt, dass mir die Lust auf ein weiteres Engagement vergangen wäre.

Es fing an, interessant zu werden.

Hausgemachte Altlasten

Wie klein waren jetzt noch meine Probleme. Genug mit der Träumerei, zuerst kam die bitterböse Realität an die Reihe. Anruf an den Architekten Fabius Stoff.

„Stoff hier", kläffte es in meine Hörmuschel.

Jäh wurde ich aus meiner strategischen Ostintervention gerissen. „Fabius ich bin's, Martin. Ich rufe an wegen den Reihenhäusern in Neckaroststadt, da sollten wir uns vor Ort auf der Baustelle treffen, um die Geländehöhen zu nivellieren." Meine Stimmungslage senkte sich wieder um ein beachtliches Stück. „Martin, gegen 17:00 Uhr in der Metzgerei Lösch, an der Friedenskirche am Stammtisch. O. K.?!" „O. K.", erwiderte ich kurz. Fabius hatte schon aufgelegt und ich hatte nur eine ungefähre Ahnung, wo der Treffpunkt sein könnte.

Hatte ich also noch Zeit, zu mir nach Hause zu fahren, um meiner Frau, welche heute frei hatte, mitzuteilen, dass ich doch tatsächlich vom obersten Chef des Stadtplanungsamtes der Stadt Dresden einen Termin für nächste Woche Dienstag bekommen hatte. Ich schwebte auf Wolke 7, stieg in meinen Geländewagen und spurtete los. Während der Fahrt überlegte ich mir, wer eigentlich die „Planungsgruppe" sei, von der ich gesprochen hatte. Eigentlich frech! Bisher war ja nur ich, als Gartengestalter, da. Die Architekturbüros, die ich so kannte, kamen nicht in Betracht. Denn: Erstens brauchten die mich wahrscheinlich nicht, außerdem waren die Architekten in der Regel gegenüber meinem Berufstandes mit einer gewissen Arroganz behaftet, auf die man getrost verzichten konnte. „Krauter" nannten die uns immer. Zweitens konnte man denen eigentlich nur bedingt trauen, oder besser gar nicht, denn die Gefahr bestand bei diesen Herrschaften, dass sie dich nach erbrachter Arbeit elegant oder weniger elegant ausbooteten. Drittens, wenn jemand mein finanzielles Desaster kannte, war das Gespräch sowieso sehr schnell beendet.

Angekommen bei mir zu Hause stellte ich den Wagen vor unserer Wohnung ab und stürmte mit breiter Brust die Treppen hinauf. Hektisch öffnete ich die Wohnungstür und fing gleich an, auf meine Frau Anja einzuplappern. „Anja, ich habe einen Termin beim Chef des Stadtarchitekten von Dresden für nächsten Dienstag bekommen. Super, oder?" „Wohin? Nach Dresden? Wann fährst du denn dann los? Wo ist überhaupt Dresden? Wie weit ist es denn nach Dresden?", fragte mich meine Frau mit einer etwas gedämpften Stimme. Ich merkte ihr die Unzufriedenheit an.

„Sicherheitshalber werde ich am Montagmittag losfahren. Keine Ahnung, wie lange man nach Dresden braucht. Ich weiß auch nicht, wie das mit der innerdeutschen Grenze funktioniert. Und wo ich übernachte, muss ich auch erst mal sehen. Aber am Dienstagabend bin ich wieder da", versuchte ich ihr im ruhigen Ton klarzumachen, denn ich merkte an ihrer Stimmlage, dass sie nicht sonderlich begeistert war. „Was soll denn das kosten, das Benzingeld, die Übernachtung? Der Postmann war da und ich habe lauter gelbe und rote Zettel unterschreiben müssen. Kümmere Dich doch erst mal darum."

Die Tonlage von Madame wurde nun noch etwas barscher. Ich erwiderte: „Anja, hör mal zu, genau um das geht es mir doch auch. Ich kann die Rechnungen und Mahnbescheide auch nicht mehr sehen. Mit der bisschen Gartenarbeit kann ich wohl nicht die ganzen Rechnungen bezahlen. Wir sind halt nicht mehr 8 Leute, sondern nur noch 2. Der Schlucki und ich. Gerade deshalb muss ich nach etwas anderem suchen. Der Osten kann uns vielleicht die entsprechenden Möglichkeiten öffnen. Außerdem muss ich jetzt nach Herzogburg, mich mit dem Architekten Stoff treffen. Ich werde gegen 20:00 Uhr wieder hier sein. Tschüss."

Ich ging, ohne auf eine Antwort ihrerseits zu warten. Eigentlich hatte ich mich umziehen und noch einen Kaffee gemütlich trinken wollen, jedoch war mir die Lust gründlich vergangen, weiter dieses Gemecker anzuhören. Ich stieg in den Geländewagen und trat die Fahrt in Richtung Herzogburg an. Draußen pfiff immer noch der eisig kalte Wind. Hin und wieder kamen mir Schneeflocken entgegen. Ein wirklich scheußliches Wetter.

Beim Metzger

Hugoplatz in Herzogburg bei der Garnisonskirche. Ich parkte meinen Geländewagen auf dem öffentlichen Parkplatz, stieg aus, schloss den Wagen ab und ging schnellen Schrittes hinüber zu der besagten Metzgerei Lösch. Adolf Lösch.

Es sollte eine Wirtsstube dazu gehören. Ich sah keine. Gut, gingen wir mal die drei Stufen hinauf und fragten höflich nach dem Eingang der dazugehörigen Wirtschaft. Die ältere Dame hinter dem Tresen nahm mich an die Hand, wir gingen am Tresen vorbei, bogen durch einen Durchgang in einen Raum, welcher sich als die Gaststube entpuppte.

Fabius rief mir schon entgegen: „Martin! Gut, dass du gleich gekommen bist. Das Wesentliche können wir auch hier besprechen. Berta, bring mal dem Martin ein Schorle rotsauer." Fabius war wie immer gut gelaunt.

Er grinste mich an und dem Bierdeckel entnahm ich, dass er nicht das erste Schorle intus hatte. Die Kneipe war klein. Eigentlich war es nur ein großes Zimmer. Eine Theke, an der nur der Ausschank getätigt wurde, ein großer ovaler, dunkler Stammtisch aus massivem Holz. Im hinteren Bereich noch ein paar kleinere Tische. Fertig. Die Einrichtung rustikal-bäuerlich mit Gebinden aus staubigen Kunststoffblumen. Links davon war der offizielle Ein- und Ausgang und rechts ging es zum WC. In der Mitte des Stammtisches hingen, an einer Wagendeichsel von einem Heuwagen wohl, eine Lampe und eine große Kuhglocke herab. Die berüchtigte Stammtischbimmel. Hin und wieder befestigte später ein spendierfreudiger Gast einen ganzen Ring Schinkenwurst und ein jeder, der mochte, konnte sich ein Stück davon runterschneiden. Rustikal. Den Stammtisch umgab auf der einen Seite eine Eckbank, auf der anderen Stühle. Das Licht war angenehm gedämpft. Nur Fabius war als einziger Gast hier.

„Du Fabius, hast du Lust, mit mir im Osten was zu unternehmen? Ich habe einen Termin beim Stadtplanungsamt in Dresden und habe mich als Planungsgruppe vorgestellt. Ich meine, einen Versuch ist es doch allemal wert, etwas im Osten zu unternehmen, oder?", fragte ich Fabius vorsichtig, in der Hoffnung, dass er mich nicht gleich zum Spinner deklassierte. „Selbstverständlich räumen wir den Osten auf. Ich war schon vor der Wende immer in Leipzig auf der Messe", lachte Fabius. „ Leipziger Messe ist ja bekannt, war sicherlich interessant auf dem Messegelände", mich wunderte es, dass sich Fabius für Ostmessen interessierte. „Messegelände? Ich habe die Messe nie von innen gesehen." „Ja was hast du denn dann in Leipzig getrieben?", ich fragte etwas erstaunt.

„Zum Ficken war ich dort. Was sonst? Es gibt nichts
Besseres zur Messezeit. Leipzig ist die Messestadt des Bum-
sens. Hast du wieder nicht gewusst. Muss man euch Jungen
alles beibringen. Jedes Jahr zur gleichen Zeit fahren wir da
hin. Nur Topmodels. Seit Jahren habe ich dort Bekannte, ein
Ehepaar, welches in einem Plattenbau eine Dreiraumwoh-
nung bewohnt. Die sagen statt Zimmer, Raum. Einraumwoh-
nung, Zweiraumwohnung und so weiter. Dort bezahlen wir
500 DM für die 5 Tage. Für die ganze Wohnung. Günstiger
bekommst du während der Messezeit nichts. Für die Zonis ist
das 'ne Menge Geld. Die Frau lernte ich in einem Restaurant
kennen. Sie ist Klofrau und hat mich auf dem Scheißhaus an-
gequatscht, ob ich eine günstige Wohnung mieten möchte.
Natürlich hatte ich sofort zugesagt. Ihr Mann arbeitet in einem VEB Kombinat, irgendwas mit Fahrbetriebe.

Die Alte ist auf mich tüchtig sauer, weil ich mit einer
Tussi in deren WC den Klodeckel zusammengevögelt habe
und sie keinen Ersatz hierfür bekommt. Das war geil. Klapper, klapper. Peng. Kaputt. Aber in die Wohnung kommen wir
halt nicht mehr rein, Hausverbot. Habe ihr zwar Geld gegeben, aber die mag mich anscheinend nicht mehr." Wir lachten.

Ich wurde wieder ernst. „Ach, ach so, zum, hm, na ja
Bumsen nach Leipzig." Ich war etwas irritiert und unsicher,
vielleicht nahm er mich ja nicht für ganz voll und fragte weiter etwas zögerlich, „Das mit Dresden meine ich aber schon
ernst, du hast also Lust, da mitzumachen?"

„Logisch, wenn ich ja sage, heißt es ja. O. K. Mache
mit! Berta, Durst!"

Für Fabius war das Kapitel Dresden offensichtlich abgehakt. „Schorle rotsauer für deinen Gast. Willst du Schnar-
cher auch noch eins?", fragte die etwas füllige, gut bestückte
Blondine Fabius. Ihr Gesichtsausdruck war freundlich und ihr
Alter schätzte ich auf Ende Dreißig. Ohne auf eine Antwort

von Fabius zu warten, machte sie sich auf, um hinter der Theke ein Schorle für Fabius und eins für mich einzuschenken.

Um die Ecke herum kam ein Mann, nicht besonders groß, dafür hager, in Metzgerarbeitskluft zu uns an den Tisch.

„Mein Name ist Adolf. Adolf Lösch. Ich bin hier der Chef von dem Laden, und wer bist du?", fragte er in einer tiefen, langsamen aber doch bestimmenden, schwäbischen Tonlage. Ich kam nicht zum antworten, denn: „Das ist der Martin. Gartenbauer, der arbeitet für mich", sagte Fabius.

„Kann der nicht alleine sprechen?

Ich will meine neuen Gäste schon persönlich kennen lernen." „Ja stimmt, ich bin im Grünbereich tätig, also Grüner sozusagen und heute bei dem Wetter können wir draußen nicht arbeiten. Schlechtwetter eben. Außerdem habe ich mit Herrn Stoff einige Dinge zu besprechen. Scheint hier drinnen, bei Ihnen, gemütlicher zu sein." Ich wollte dem Herrn Lösch etwas über meine Tätigkeit in lockerer Form rüberbringen.

Er schaute mich prüfend an, die Augen waren fest zusammengekniffen. „Grünbereich und ein Grüner. So habe ich mir das vorgestellt. Ja pfui Teufel! Die kriegen von mir nix. Nicht einmal gar nix." Der war wohl nicht ganz sauber?

Der sah doch, dass ich in Arbeitsklamotten und nicht ganz gereinigtem Army-Parka dasaß. Sag bloß, jetzt hatte er das mit dem Grünen in den falschen Hals bekommen?

Zudem sprachen Fabius und ich immer über bautechnische Abläufe. Ich versuchte daher, gelassen zu sein und antwortete ihm gleich darauf, um den Schneid aus dem Gespräch zu nehmen: „Nee, nee, ich habe mit Parteien überhaupt nichts am Hut. Ich erledige meinen Job und fertig."

So, das war jetzt soweit O. K. Doch jetzt fing Fabius zu meiner Rechten an. „Was, du bist nicht in der Partei?", donnerte Fabius mich künstlich erstaunt an. Ich dachte, was ist denn nun los? Fabius weiter: „Der Adolf Lösch war schon in der Partei, da war sein Namensvetter noch in der HJ. Das kriegen wir schon noch in den Griff."

„Halt doch du deine dumme Gosch, du verrückter Architekt!", schnauzte Metzger Lösch Fabius an, schüttelte den Kopf und verschwand in seiner Wurstküche ums Eck.

Die Tür der Wirtsstube ging auf und ein großer Mann trat ein. Er trug einen grauen Trenchcoat, hatte eine beschlagene Brille auf der Nase, einen Schnauzer und in der Hand trug er eine Aldi-Plastiktüte, welche er an der Garderobe abstellte. „Ah, der Herr Bankdirektor Zwieback, treten sie ein. Schorle für den Bankdirektor Gerd Zwieback", fing Fabius laut an zu bestellen. Der etwas massige große Herr Zwieback wandte sich uns zu, grüßte, setzte sich und wartete auf sein Schorle. „Berta auch da?", säuselte der neue Gast zu der fülligen Blondine, während er seine Brille mit seinem Taschentuch reinigte, die Augen auf die zwei Wonnebälle gerichtet, welche durch eine Art Dirndlbluse schier einem entgegensprangen. Wieder ging die Tür auf. Es war Spätmittag mittlerweile und anscheinend Feierabend. „Die Schulbombes. Bitte eintreten."

Der Laden füllte sich also. Ich vernahm, dass die drei so genannten Schulbombes, zwei Lehrer und ein Rektor, in der nahen Hauptschule, Schüler nervten. Der Rektor war ein durchtrainierter, bärtiger Glatzkopf. Der eine Lehrer, vollbärtig und etwas füllig mit lockigem schwarzem Haar, und der andere noch fülliger mit rundem Gesicht und längerem blondem Haar. Nach seinem Slang kam der Blonde aus Richtung Mannheim oder Heidelberg. Alle drei waren gleich groß, alle drei trugen Pullover, die wie selbstgestrickt aussahen und Jeans. Jeder bestellte bei der strammen Berta eine halbe Bier, jeder packte Tabak aus und jeder fing an, sich eine Zigarette zu drehen. Als ihre Halbe kamen, tranken sie synchron einen kräftigen Schluck des guten Bieres und stellten das Glas vor sich auf den Tisch. Dann gemeinschaftliches Rülpsen. Ein geselliges Gemurmel von allen Seiten erfüllte nun den Raum, als erneut die Tür aufging und ein sehr dicker Mann wie ein Kleiderschrank im braunen Jackett eintrat.

Im Mund hatte er eine Zigarre, auf der Nase über seinem Schnauzer eine ebenfalls beschlagene Brille und einen braunen Hut auf dem Kopf.

„Erwin, Schreinermeister seines Zeichens, bitte setzen. Berta, ein Schorle für unseren Schreinermeister und ein kleines Vesper. Der Mann hat Hunger. Bring mal ihm ein kleines Ripple mit Gewürzgurke, drei paar Bratwürste und eine kleine Portion Kartoffelsalat. Vielleicht vorher noch ein bisschen von der Sülze und hinterher ein kleines Schweinshäxle. Das Ganze im Laufschritt, hopp, hopp und uns allen Schorle und jedem einen Obstler, zack, zack."

Fabius war in Kneipenlaune, wie man sichtlich merkte. Der dicke Schreinermeister paffte an seiner Zigarre und setzte sich auf die Bank neben Fabius, nebenher befreite er seine Brille von der Feuchtigkeit. „Du sollst doch net so ein Mist bestellen, wenn ich Diät halte, Architekt Stoff", grinste er Fabius an, ohne die Zigarre aus dem Mund zu nehmen.

Die Tür ging erneut auf und Fabius kommentierte: „Die ZDU-Führungsspitze. Ihr kommt gerade recht. Ich habe ein neues Parteimitglied. Antrag raus."

Die zwei Herren, welche eintraten, waren mit dunklen Anzügen, dazu Krawatte und weißen Hemden bekleidet. Der eine kramte in seinem Aktenkoffer, den er bei sich führte, nach etwas. „Doch, ich habe tatsächlich noch einen Antrag hier. So ein Zufall." Hämisch lachend: „Fabius, bitte schön." „Besten Dank. Hier eine Unterschrift Martin."

Fabius hatte seinen Kugelschreiber gezückt und hielt ihn mir schreibbereit hin. „Na ich weiß nicht, ich sollte mir den Antrag vorher vielleicht durchlesen."

Ich hatte für diese Hauruckaktion nicht gerade Verständnis und schaute auf die Buchstabensuppe, welche mir gar nicht so schmecken wollte. „Glaub mir, unterschreibe hier, die ZDU braucht uns und wir die ZDU. Für alle Fälle, kapiere doch. Dresden. Jetzt vielleicht klickeleklick?"

Fabius meinte es tatsächlich ernst. Vielleicht brauchten wir ja am Anfang wirklich eine große Partei und die ZDU machte sich ja im Osten erst mal blendend.

Ich gab mir einen Ruck und unterschrieb.

Fabius bezahlte für mich 20 DM und somit war ich jetzt ordentliches ZDU-Parteimitglied.

Der dicke Helmut kam im Osten mit seinem neuen kleinen Freund Lothar de Maizière glänzend an. Das musste man wohl neidlos zugeben.

Es wurde nun tüchtig Schorle und Obstler auf der einen, und bei den anderen Bier getrunken. Die Zeit verging wie immer, wenn man heim muss, rasend schnell. Es war schon spät des Abends. Meine Frau wartete bestimmt schon mit dem Essen auf mich. Ich musste wenigstens anrufen, dass Anja informiert war und sich keine Sorgen machte. Die Bedienung Berta fragte ich, ob es eine Möglichkeit gäbe zu telefonieren. Sie führte mich um die Theke und zeigte mir das Telefon.

Ich bedankte mich und rief zu Hause an.

„Stengele. Ja bitte", meldete sich Anja. „Ja, ich bin es, Martin. Du ich bin noch mit dem Architekten in Herzoglust zusammen. Es wird noch ein Weilchen dauern. Ich wollte dir nur schnell Bescheid geben, dass ich später komme und du mit dem Essen nicht auf mich warten brauchst."

„Das finde ich nicht gut, ich habe extra gekocht. Jetzt habe ich halt mal wieder Pech gehabt. Du kannst dich ja amüsieren mit deinem Architekten. Dir sind immer alle anderen wichtiger. Tschüss!" Sie knallte den Hörer auf.

Sie war sauer. Schnippisch und sauer. Schlimme Mischung.

Da konnte ich jetzt auch nichts machen.

Die Sache mit Dresden musste jetzt ins Rollen gebracht werden.

„Berta, was bekommst du für das Telefonat?", wollte ich wissen. „Nix, war ja nur kurz." Als ich zu meinen Platz kam, standen schon wieder ein volles Schorle und ein Obstler da. Den Alkohol merkte ich schon, war mir aber nach dem Telefonat egal.

Und ist deine Alte sauer, weil du nicht heimkommst?", wollte Fabian wissen. „Ja. Na gut, ich verstehe es ja. Sie bereitet das Abendessen vor und ich sitze hier und trink' Schorle."

Ich hatte ein schlechtes Gewissen. „Da musst du durch, die Weiber sollen ruhig spüren, wer das Sagen hat. Martin, du bist da viel zu weich. Hau ihr doch mal auf die Lampe. Glaube mir. Ich weiß, wie man mit den Weibern umgeht.

Mein Weib freut sich immer, wenn ich komme. Und wenn sie pampig wird, dann wuff-... eine druff."

Diese perfide Äußerung von Fabius schrieb ich dem Alkohol zu, sie passte aber zu ihm. Quatschkopf eben. Das Machogetue, typisch Fabius, ich mochte es nicht. Ich kannte seine Frau wie Fabius schon seit ungefähr 10 Jahren. Immer wieder trafen wir in dieser Zeit aufeinander. Anfangs, als ich noch mein Praktikum in einer Landschaftsbaufirma absolvierte, das war 1980 bis 1982, dann, als ich mein Techniker-Studium durchstand, hin und wieder und als ich mein Unternehmen gründete wieder öfters. Isabella war für meine Begriffe eine attraktive Frau. Schwarze lange Haare, schlank und mit gut ausgebauten weiblichen Attributen. Sie hatte mit dem Fabius wirklich nicht allzu viel zu lachen.

Ich antworte Fabius gar nicht, trank einen kräftigen Schluck aus meinem Schorleglas und kippte nach dem gemeinschaftlichen Prost, den Obstler hinunter. Ich hatte genug. Die anderen Stammtischgäste bekamen das Geschwätz von Fabius gar nicht mit. In dem Raum war so ein Gemurmel. Ein Qualm aus Zigaretten und Zigarren. Mir war heiß.

Ich wollte raus. Schließlich rief ich der Berta zu: „Zahlen bitte." „Nix, Berta, ich bezahle und bring dem Martin noch ein Schorle und allen einen Obstler." Fabius lief auf Hochtouren.

„Vielen Dank, aber danach muss ich wirklich gehen, ich muss morgen früh raus und außerdem muss ich noch fahren." Fabius ignorierte meine Äußerung völlig und wendete sich der Masse mit Witzen zu. Alle waren begeistert. Fabius war ein Meister im Witze erzählen und ein Klamauk obendrein.

Die Stimmung war ausgelassen und alle schon etwas rauschig. Erneutes Prost. Fabius pfiff jetzt im Stehen auf vier Fingern ein Lumpenlied. „Auf der Alm da staht a Kuh, macht ihr A..." Immer wieder beklatschten die Gäste freudig und anfeuernd mit ihren Lachattacken den Fabius.

Als es etwas ruhiger geworden war, sah ich meine Stunde gekommen und stand gebückt auf und sagte ihm leise ins Ohr: „Also Fabius, Danke für alles, wir sollten uns morgen auf der Baustelle in Neckaroststadt sehen. Ich werde dich anrufen." Bevor Fabius noch reagieren konnte, verabschiedete ich mich von dem Rest der Meute mit einen lautem Tschüss und verschwand.

Puh, das war geschafft. Der eisige Wind schlug mir entgegen und es hatte sich eingeschneit. Ich überlegte, was ich denn so in mich hineingekippt hatte, als ich zu meinem Geländewagen durch den frischen Schnee tappte.

Also, es war mehr als genug, mit Sicherheit. Kurz nahm ich in meine Überlegungen auf, ob öffentliche Verkehrsmittel vielleicht vernünftiger wären, um die Heimreise anzutreten, aber den Gedanken verwarf ich gleich wieder. Denn das gab noch ein Verkehrschaos und am anderen Morgen in der Früh den Wagen hier abholen. Nein. Das redete ich mir jedenfalls als Entschuldigung ein. So stolperte ich mit dem Geländewagen langsam durch den glitzernden Schnee in Richtung Heimat.

Alltägliche Probleme

Daheim angekommen stellte ich schnell fest; es war von außen nirgends mehr Licht zu sehen. Das hieß, dass meine Frau schon schlief. Leise schlich ich mich in die Wohnung und zog es vor, mit der Couch im Wohnzimmer vorlieb zu nehmen.

Der Wecker klingelte wie üblich um diese Jahreszeit gegen 6:oo Uhr. Ich fühlte mich nicht besonders wohl. Zum einen konnte ich noch nie besonders gut auf dieser Couch aus Lederimitation schlafen, der Alkohol vom Vortag tat sein Übriges. Kurzum, ich fühlte mich übelst. In der Unterhose trat ich meinen routinierten Gang erst zur Kaffeemaschine, dann ins Bad an. Die warme Dusche tat gut. Ich fühlte mich jetzt wieder frisch und zog mich an.

Während dessen rief mir meine Frau aus dem Schlafzimmer zu, dass ich nicht vergessen sollte, das Licht auszumachen, wenn ich ginge. Ich bejahte und schenkte mir eine Tasse von dem wohlriechenden Kaffee ein und ging, die heiße Kaffeetasse mit beiden Händen umgriffen, nebenan ins Büro.

„Ja, ja, der Säufer und der Hurenbock, den friert's selbst im wärmsten Rock", laut Wilhelm Busch.

Anja fuhr immer so gegen halb acht zur Arbeit. Auf meinem Schreibtisch stapelte sich die böse Post. Rechnungen, Mahnungen, Mahnbescheide und Bettelbriefe. So ein Mist.

Als vor ca. zwei Monaten eine Wohnungsbaugesellschaft Pleite ging und mich mit einer grossen Summe hängen ließ und gleich darauf noch ein befreundeter Bauunternehmer mit noch grösseren sich streitig stellte, war auf einmal alles anders. Wenn du keine Löhne mehr bezahlen kannst, ist die Arbeitsmoral der Mannschaft logischerweise dahin und der Zerfall nicht mehr aufzuhalten.

Vier Wochen vorher war man noch der beste Chef und Kumpel, weil man eine tolle Herbstreise nach Düsseldorf ver-

anstaltet hatte. Natürlich hatte ich alles bezahlt, einschließlich Übernachtung in einem guten Hotel, bestes Essen gabs
in einem russischen Restaurant. Dazu tranken die Jungs ganz
ordentlich einen über den Durst. Ne, nicht nur Alt-Bier, auch
die teuren „Kurzen" mussten in den schon vollen Kopp. Mann,
hatten die mich hochleben lassen!

Jetzt schaute dich die Truppe nicht mal mehr an, da
meine Firma zahlungsunfähig war. Zusammengerottet hatten
sie sich und den Aufstand geprobt! Verräterisches Pack!

Ich entließ alle! Bis auf einen, den ich sporadisch noch
beschäftigte. Den „Schlucki" eben. Der einzige Loyale.

Zudem lag ich mit der Miete, den Leasingraten, mit
dem Strom, GEZ usw. im Rückstand. Mein Konto war gesperrt
und was blieb einem da noch übrig. Erst mal Schwarzgeld
bunkern, um überhaupt noch flüssig zu sein.

Ich schrieb geschwind den wichtigsten Gläubigern
ein paar aufmunternde Zeilen, um Zeit zu gewinnen. Dann
rief ich meinen letzten Mitarbeiter, den „Schlucki" an. Seine
Frau war am Telefonhöherer und teilte mir mit, dass er noch
besoffen im Bett läge. Ich bat sie, fast flehend, dass sie
alles unternehmen sollte, ihn zu wecken, denn der Architekt komme auf die Baustelle, ich würde gleich bei ihm vor-
beifahren und ihn abholen. Also das war wieder mal das
allerletzte. Kaum gab ich dem „Schlucki" Geld, so ballerte
er sich den Kanal zu. Mir heulte er vor, dass er Vorschuss
brauchte, um seiner kleinen Tochter Milch und andere Lebensmittel zu kaufen. Aus Dank schleppte er die knappe Kohle zum Griechen Tasso um die Ecke und versoff es bei Pils und
Metaxa.

Wenn es mal schief lief, dann richtig.

Kaum legte ich den Hörer auf, als erneut das Telefon
klingelte und der erste Gläubiger mir das Ohr voll jammerte.
So ging es schon ein ganzes Weilchen. Die Gläubiger hatten
sich schon auf eine gewisse Uhrzeit eintelefoniert.

Sogar mein Banker machte sich die Mühe, früh auf-
zustehen, um mich vollzusabbern, ob nicht meine Frau eine
Bürgschaft auf sich nehmen würde, oder vielleicht die Schwie-
gereltern, welche doch ein Haus und ein Geschäft hätten, nur
eine klitzekleine Unterschrift unter das kleine Vertragspapier
seiner Bänke. Meine Eltern hatte er sich ebenfalls rausgepickt.
Ich könnte vielleicht noch mal meine Eltern fragen. Die hingen
sowieso bis über beide Ohren in einer Bürgschaft wegen mir
bei ihm in der Kreide. Da kam es doch wegen ein paar Tausen-
dern mehr oder weniger wirklich nicht mehr drauf an. So änderten sich die Zeiten. Als ich ihn dringend benötigte, musste
ich ihm grundsätzlich hinterher telefonieren und er war nie zu
sprechen oder plötzlich im Urlaub, auf Seminar oder krank.
Nun war es umgekehrt. Jetzt hatte ich, nachdem der Banker eh
mein Konto gesperrt hatte und mir die Kreditlinie gekündigt
hatte, nichts mehr zu verlieren. Ich war dann ganz locker und
immer übertrieben freundlich zu ihm. Tat so, als ob ich für seine Lage vollstes Verständnis hätte. In Wahrheit stellte ich auf
Durchzug und dachte, du armer Trottel, hättest mir ein wenig
über die Saure-Gurken Zeit geholfen, tja dann wären wir alle
nicht in der jetzigen Situation. Aber nein. Sicherheiten waren
sein Credo. Er machte ja auch nur seinen Job. So hob ich den
ausgestreckten Mittelfinger mal Richtung Wand, mal in Richtung Fenster. Zudem schnitt ich Grimassen und schließlich
beendete ich das Gespräch. Auch das Finanzamt, der primäre
und natürliche Feind eines jeden Unternehmers, entwickelte
eine bewundernswerte Hartnäckigkeit.

Dann klickte ich den Anrufbeantworter an, reduzier-
te die Lautstärke der Ansage auf ein Minimum, damit meine
Frau nicht gestört würde.

Noch ein Anruf an Architekt Stoff, damit er auf die Baustelle käme. Keiner ging an den Apparat. Na klar, um die Uhrzeit, nach dem gestrigen Gelage, nur der Anrufbeantworter.
Also sprach ich drauf, dass er sich doch bitte bequemen solle

und gegen 16:00 Uhr auf der Baustelle einfinden möge. Heute Vormittag wurde mit dem Termin eh nichts mehr.

Jetzt aber schnell den „Schlucki" abholen, damit wir auf die Baustelle konnten. Wir quälten uns bei ca. 4 Grad Minus den Tag lang durch die Außenanlage und gegen 15:45 Uhr fuhr ich den „Schlucki" heim, damit ich wieder nach Neckaroststadt fahren konnte.

In der Hoffnung, dass Stoff auf der Baustelle sein würde. Natürlich war er nicht da. Aber das war ich mittlerweile ja gewohnt, denn er war grundsätzlich unpünktlich. Ich gab ihm eine halbe Stunde, dann wäre es sowieso zu dunkel gewesen, um vernünftig was zu vermessen.

Im kalten Wagen an meiner „Camel" nuckelnd wartete ich so vor mich hin, Radio lief, „Drei weiße Tauben" von der EAV (Ersten Allgemeinen Verunsicherung), mit einem Auge immer auf der Autouhr. Kurz vor Ablauf der halben Stunde startete ich den Wagen und fuhr zur Telefonzelle.

„Du Fabius, hast du nicht deinen Anrufbeantworter abgehört, ich wollte mich mit dir heute treffen, bezüglich des BV vom Herrn Schlayer." Ich sprach ein wenig genervt ins Telefon. „Nein, ich habe dich nicht vergessen, aber erstens, wie soll ich dich erreichen, zum zweiten gibts hier eine Kleinigkeit zum Feiern und drittens ist der Bauherr auch hier anwesend und möchte mit dir ganz gerne sprechen. Bitte bringe den ganzen Krempel von Rapporte mit, damit wir diese zusammen durchgehen können."

Fabius wie immer locker vom Hocker. Hörer aufgelegt. Ich hatte noch Guthaben im Zähler und rief daher noch meine Frau an, dass es mal wieder später würde.

„Anja, hallo, du ich bin in Neckaroststadt und habe gerade mit dem Architekten Stoff gesprochen. Ich muss mich noch mit ihm in seinem Büro treffen. Der Bauherr ist auch zugegen und ich muss die ganzen Rapporte mit denen durchgehen. Das ist immerhin wie Bargeld." „Geh doch zu Deinem Stoff, für dich ist ja nur noch deine Arbeit wichtig. Und wann kommst du diesmal heim, um 1:00 Uhr nachts oder um 2:00 Uhr?"

Peng, armer Hörer. Irgendwie tat sie mir schon leid, aber die Beschaffung von Geld ging vor. Immerhin waren die Leistungen, welche wir über Rapportarbeiten abrechnen mussten, nicht ganz unerheblich. Also ein paar Tausender waren da locker drin.

Ich fuhr nach Herzogburg ins Büro von Stoff. Parkte meinen Wagen so gut es ging in der Nähe von seinem Büro, schloss ab und ging die Holztreppen zu seinem Büro hinauf.

Champagner und Kaviar

Laute Musik vernahm ich schon von weitem und Gelächter hörte ich auch. Na toll, das konnte ja was werden mit meinen Rapportzetteln. Was war denn da schon wieder für ein Trubel, nein diesmal ließ ich mich nicht aus meinem Konzept bringen. Ich gehe erst, wenn wir abgerechnet haben, vorher nicht, redete ich mir tapfer Mut zu.

Energisch klingelte ich mehrmals hintereinander. Wenigstens war die Klingel gut zu hören. So ein richtig schönes „Riiinng". Mit meinen nassen Arbeitsklamotten kam ich mir doch irgendwie deplaziert vor. Herr Schlayer machte mir die Tür auf: „Martin, komm rein, heute ist Geburtstag und Fabius Stoff spielt gleich Klavier."

Geburtstag!? Von mir aus, wer hatte Geburtstag? Und schon klimperte Fabius auf dem Klavier einen Blues runter und sang dazu noch wie Louis Armstrong. Er lächelte mir freundlich zu und die Stimmung war gut.

Schnell zog ich meinen nassen Parka aus und gesellte mich zu den paar Gästen, welche im Takt mitklatschten.

Nach und nach stellten wir uns beiläufig vor. Drei Italiener, Gastronomen, Bauherr Schlayer, das Geburtstagskind kannte ich schon, den Banker Zwieback kannte ich noch von der Kneipe und ein kleiner dicker Ungar namens Blablagür, Butta Blablagür mit Datschkappe, stand grinsend da und betonte immer mit seinem akzentbetonten Deutsch, er sei Europäer. Das wars an Gästen.

Der Besprechungstisch war üppig beladen mit Kaviar, Austern, Lachs, Weißbrot, Gewürzgurken, aufgeschnittenen Zwiebeln, Zitronenscheiben und Meerrettich. Champagner und Wein standen ebenfalls reichlich auf dem Tisch.

Nachdem Fabius seine Liedchen runtergespielt hatte, begaben wir uns um das Essen und begannen damit. Die einen im Stehen, die anderen im Sitzen. Eigentlich wollte ich doch endlich meine Rapporte unterschrieben sehen und jetzt das wieder. Ich konnte mir den abendlichen Verlauf jetzt schon denken. Die drei Italiener, Pedro, Paulo und Antonio, sangen schon fleißig wie Umberto Tozzi „Una bella compagnia ..." und tanzten dabei umeinander und miteinander.

Ich fasste mich und sprach Herrn Schlayer bezüglich der Rapporte diskret, aber deutlich an. Er schenkte mir kurz Gehör und dann: „Fabius", sagte er laut mit vollgestopftem Mund, das eine Champagnerglas halb voll in der einen Hand, einen Kaffeelöffel voll Kaviar in der anderen. „Dein Krauter will Rapporte unterschrieben haben. Haben wir da jetzt überhaupt Zeit dafür?", und stopfte den Löffel Kaviar in sich hinein.

Ich hatte im Leben noch nie echten Kaviar gegessen.

„Ich weiß, grüß dich erst mal Martin, komm gehen wir in die Küche und bring 3 Gläser mit und 'ne Flasche Schampus", sagte Fabius in seinem sportlichen Outfit, stand auf und ging voraus in die Küche. Herr Schlayer und ich mit meinen Rapporten und den Getränkeutensilien hinterher.

Die Küche war groß und hoch wie alle Räume in diesem Haus und wir setzten uns an den Ecktisch.

Ich, wie immer in dieser Situation nervös, kramte meine Rapporte raus und wollte ganz locker loslegen. „Also ..."

„Langsam, langsam", unterbrach mich schon im Ansatz Fabius. „Nochmals alles Gute zu deinem Geburtstag." Ich gratulierte ordentlich, natürlich hoch die Tassen und wir ließen den Schlayer kräftig hochleben.

Herr Schlayer bedankte sich und nachdem sich jeder einen kräftigen Schluck von dem edlen Gebräu einverleibt hatte, wischte er sich den Mund mit einer Serviette: „So mein Guter, jetzt weißt du ja, dass ich Geburtstag habe, ärgere mich also nicht unnötig. Jetzt lass mal sehen, was du da überhaupt aufgeschrieben hast."

„Genau, gehen wir mal die Rapporte durch", schloss sich sogleich Fabius an.

Also fingerte und blätterte ich in meinen Rapporten.

„Jetzt geb' doch mal her." Schwupps nahm er mir die Blätter weg und schon hatte Fabius das Rapportbuch in der Hand. Jetzt ging es los. Als ob man zwei Hunden einen frischen Knochen vom Metzger hingeworfen hatte, balgten sich die beiden um die Rapporte und schimpften auf die vielen, vielen, ihrer Meinung nach natürlich unbegründete Anzahl von aufgeschriebenen Stunden. Ein Gefeilsche um jede halbe Stunde fing an. Wie auf einem Bazar im Orient.

„Wenn ich das alles zusammenrechne, kommen da ja bestimmt 8.500 DM raus, Fabius, der hat ja 'ne Vollmeise, dafür macht man ja komplette Gärten für den Preis, und der hat ja gerade mal die Zusatzarbeiten drin. Schau dir das mal an!"

Ich merkte, dass Herr Schlayer sich ein wenig theatralisch nun über mich hermachte. Fabius strich wie ein Wilder mit einem roten Filzstift in meinen Rapporten umeinander.

„Das ist doch ganz einfach! Gib ihm", er schaute Herrn Schlayer mit einem frechen Grinsen an, „ 7.000 Laschos und der Stiefel ist geputzt."

„7.000 Eier, ja, hab ich das Geld zu verschenken? Martin, jetzt schau mal her."

Herr Schlayer zerrte einen dicken, braunen, ledernen Geldbeutel aus seiner Hosentasche und öffnete ihn.

Aus seiner Hemdtasche zog er eine Lesebrille und setzte diese langsam auf. Nun blätterte er schön säuberlich 100er für 100er auf den Tisch. Nach jedem vollen Tausender hielt er inne, musterte mich streng über seine Lesebrille, die Geldscheine in der Hand, machte genüsslich weiter und hörte bei 6.000 DM auf.

„Die 6 Großen kannst du sofort einstecken. Alles deine." meinte er gönnerisch und zeigte mit beiden ausgestreckten Händen darauf, als sei es für mich wie eine Gottesgabe.

„Oh weh, oh Jammer, meine Frau, meine Kinder haben Hunger ...", fing ich an zu betteln und spielte den Empörten.

„Hör auf zu jammern wie ein Waschweib. Wir können auch den offiziellen Weg gehen. Du weißt doch, Rapporte sind immer sofort zur Unterschrift vorzulegen, ich fechte deine Zettel an. Dann fahren wir zusammen auf die Baustelle und sprechen Klartext vor Ort. Aber erst, nachdem ich vom Gardasee zurück bin, morgen fahr ich da hin, puh, ich muss ja noch packen, dann musst du mir eine offizielle Rechnung stellen, welche von Fabius erst mal geprüft wird.

Dann musst du mich anmahnen, weil ich die Rechnung vergessen habe anzuweisen usw. usw. Dann die Mängel, welche ich finden werde etc. etc. Du weißt doch, wie das so ist, Bauherren sind doch meistens chronisch unterkapitalisiert, und hier ...", er zeigte wieder mit beiden Händen auf die ausgebreiteten Hunderter, „brauchst du das schöne Geld nur einstecken. Cash, Money, ohne Rechnung. Alle Rapporte können in den Mülleimer."

Welche Chance hatte ich denn, eigentlich keine, denn wenn ich tatsächlich auf das ganze Geld bestehen würde, dann könnte ich tatsächlich mehrere Wochen auf mein Geld warten und zudem würden sich beide gleich gegen mich in Rage trinken. „O. K., O. K., dann leg noch fünf „Lappen" drauf.

Ich komme da zwar nicht raus, aber da ich noch ein paar wichtige Dinge kaufen muss, bleibt mir da ja wohl nicht viel übrig. 2.000 Verlust halt. Miese eben." Und sammelte das Geld wie ein Geknechteter ein.

Herr Schlayer und Fabius waren sichtlich mit dem Deal zufrieden und stöhnten über das schöne Geld, welches sie dem „Krauter" in den Rachen gestopft hatten. Meine fünf Hunderter bekam ich auch noch! Eigentlich war es immer das gleiche Spiel. Ich musste die Rapporte so hoch ansetzen, weil ich genau wusste, dass mir ein Großteil runtergestrichen würde. Fabius machte dann meistens einen gütlichen Vorschlag für den Bauherren und Herr Schlayer musste ja auch noch ein Erfolgserlebnis haben, indem er noch ein paar Mark für sich rausholte. So war eigentlich wieder jeder zufrieden. Fabius, weil er dem Bauherren scheinbar etliche Tausender gespart hatte. Der Bauherr war mit seinem Architekten zufrieden und ich hatte erst mal die Taschen voller Geld.

Fabius lud uns jetzt weiter zum Kaviaressen ein.

Stolz erzählte er, dass er den Kaviar schwarz auf einer Textilmesse in Moskau gekauft hatte. 800 DM würden wir hier jetzt verfuttern. Auf der Textilmesse hatte er zwei große Geschäfte gemacht. Eins fast und eins gar nicht, dafür hatte er aber erfolgreich einen hochrangigen Minister beim Wodkatrinken unter den Tisch gesoffen und dieser verhalf ihm zu dem „günstigen" Kaviar. Die Textilmesse wurde ein Flop. Ohne Spesen nichts gewesen.

Kaviar kannte ich lediglich als kleine Gläser mit einem metallenen Verschluss. Das hier war aber eine richtig große Blechdose mit bestimmt 1 kg Inhalt und so richtig lecker. Weißbrot und schön Butter, dann ein Löffelchen von dem grünlichen Kaviar drauf. Schlückchen Schampus hinterher. Perfekt.

Herrn Schlayer schaufelte den Kaviar pur in sich rein, ohne Brot. Dann spülte er kräftig mit dem prickelnden Schampus nach. „ Sagen sie mal Herr Schlayer, brauchen sie dazu eigentlich kein Brot, schmeckt das so pur?", fragte ich ihn ein wenig erstaunt. „Jetzt nenn' mich doch einfach Paul. Ich esse den echten Kaviar immer nur pur und dazu Champagner oder guten Sekt. Der Champagner darf dabei nicht zu kühl sein, denn sonst schmeckt mir beides nicht. Das Aroma tötet man mit der Kälte und mit Brot. Deshalb pur. So war das mein Lieber. Wir hatten in Erfurt die Weiber und die russischen Offiziere den Kaviar und den Sekt. Krimsekt! Und das zu tiefsten DDR-Zeiten. Vor zwanzig Jahren."

Sehr philosophisch und was für ein gewiefter Kerl. Jetzt war mir auch sein Akzent klar. War rübergemacht. Nachdem ich ausgiebig getrunken und gespeist hatte, verabschiedete ich mich auf meine Weise still und heimlich und trat die Heimfahrt an. Massenweise echten Kaviar gegessen, Schampus geschlappert und Bares in den Taschen.

Ging doch!

Erstes Mal in Dresden

Es ging los.

Die Fahrt nach Dresden stand bevor.

Ich konnte die ganze Nacht schlecht schlafen vor lauter Aufregung. Den Wecker, welchen ich mir vorsorglich gestellt hatte, brauchte ich auch nicht, denn ich war schon wach. Meine Reisetasche stand griffbereit im Flur und mein dunkler Anzug hing an der Garderobe. Ich schnappte mir meinen Mantel, die erwähnten Sachen, begab mich leise zu meinem Fahrzeug und fuhr los in Richtung DDR-Grenze. Im Radio vernahm ich, dass die Bundesregierung einen Kabinettsausschuss ‚Deutsche Einheit' gebildet hatte.

Gegen 7:30 Uhr passierte ich Nürnberg und es ging weiter Richtung Bayreuth. Zwischendurch tankte ich mein Fahrzeug auf, damals kostete der Diesel um die 95 Pfennige, ja das waren noch Zeiten, trank einen Kaffee und weiter ging es. Vor Hof bog ich ab in Richtung Plauen.

Der Verkehr nahm merklich zu und vor der damaligen innerdeutschen Grenze standen dann massenhaft Fahrzeuge und bewegten sich nur noch schrittweise.

Geduldig wartete ich, bis ich die Grenze passieren konnte. Der DDR-Grenzbeamte war freundlich, schaute meinen Ausweis an, stempelte ihn ab und weiter ging es.

Hermsdorfer Kreuz, dann Richtung Chemnitz. Als ich Chemnitz passierte, stand ein Schild: Dresden 87 km.

Also, gleich hatte ich es geschafft.

Schließlich war es soweit. Abfahrt Dresden-Altstadt.

Ich fuhr rechts raus. Keine Ahnung, ob das nun richtig war oder nicht. Über das Kopfsteinpflaster ging es holperig Richtung Zentrum. Es war matschig und rutschig. Mehrmals dachte ich mir, dass mein Geländewagen genau das richtige Fahrzeug für diese Straßen war.

Das Wetter war trüb. Ein braungrauer, miefiger Dunst lag über der ganzen Stadt. Braunkohle. Ungefiltert.

Ich fuhr erst mal den anderen Fahrzeugen nach, immer die Vorfahrtstraße entlang.

Vor mir tauchte ein orientalisches Gebäude auf. Eine Architektur wie aus 1001 Nacht. Später las ich, dass es sich um ein Gebäude des Tabakmagnaten Hugo Zietz handelte und auf den Namen „Yenidze" hörte, was soviel wie „neue Stadt" heißt. Der weltweit erste Stahlbeton-Skelettbau im orientalischen Baustil wurde von dem Architekten Hammnitzsch 1912 nach dreijähriger Bauzeit dem Nutzer übergeben. Dresden leistete zu der damaligen Zeit immerhin 60 % der deutschen Tabakproduktion.

„Salem" war so eine Marke.

An dem Minarett, dem verkleideten Schornstein, bog ich, nachdem die Ampel auf Grün geschaltet war, links ab in Richtung Elbe.

Links war eine große, verwahrloste Halle. Vielleicht war es ein Getreidespeicher.

Rechts war ein Theater neueren Baustils, meinte ich zu erkennen, und danach die wunderschöne Altstadt Dresdens mit der Semperoper. Ich war beeindruckt.

Ein Hotel, ich musste erst ein Hotel suchen. Ein Schild „Hotel Dresdner Hof" erkannte ich. Darauf fuhr ich zu und suchte einen Parkplatz. Ein Haufen Autos standen da in der Straße zwischen zerbombter Frauenkirche und „Dresdner Hof".

Ein Mischmasch aus Mercedes, BMWs, Audis auf der einen und Trabis, Wartburgs und Ladas auf der anderen Seite. Schließlich hatte ich einen halben Parkplatz ergattert, stieg aus dem Wagen und schloss ab.

Im Foyer des Hotels ging es zu wie im Taubenschlag. Menschen durcheinander.

An der Rezeption ein Pulk von wild durcheinander sprechenden Leuten. Alle fein gekleidet. Meistens in Schwarz. Das fing ja gut an. Ich drängelte mich durch den Pulk.

„Ein Zimmer. Bitte, ein Zimmer hätte ich gern. Was kostet ein Zimmer?" Ich versuchte die gestresste Hotelangestellte lautstark auf mich aufmerksam zu machen.

„450 DM kostet die Übernachtung. Aber es ist keins mehr frei. Die ganze Woche nicht mehr", sagte sie freundlich und schnell und schaute mich nicht mal an, weil sie in irgendeinem Timer blätterte.

„Bitte, wo bekomme ich ein Zimmer?" „Versuchen sie es auf der anderen Seite der Elbe, im ‚Ballerwü'. Vielleicht haben sie dort mehr Glück." Und schon war sie mit jemand anderem in ein Abwehrgespräch um ein Zimmer.

Neben der Rezeption sah ich ein Messingschild, worauf stand „Change". Das war wenigstens die Gelegenheit, um diese Uhrzeit noch Geld zu wechseln, was ich auch tat. Auf dem Abrechnungszettel stand: Interhotel DDR, Valutarechnung B, 100 DM. Dafür gab es 300 Mark Ost.

Man hatte natürlich auch die Möglichkeit, während der Öffnungszeiten in der Staatsbank der Deutschen Demokratischen Republik zu tauschen. Der Verrechnungssatz war derselbe, jedoch verlangte man dort 1 DM Gebühr.

Rein ins Auto und über die Brücke.

Das Hotel „Ballerwü" fand ich auch gleich. Sogar einen Parkplatz in der zweiten Reihe.

An der Rezeption das gleiche Schauspiel. Ich fand mich damit ab, dass ich hier ebenfalls kein Zimmer bekommen würde, fragte aber informationshalber nach dem Preis.

450 DM die Nacht. Na toll, wie abgesprochen.

Auf die Frage, wo denn noch Hotels sein könnten, wurden mir „Nähe Bahnhof" genannt.

Wieder ins Auto. Richtung Bahnhof.

Irgendwie schaffte ich es tatsächlich, mich dorthin durchzuschlagen und fand hinter den sozialistischen Großbauten einen Abstellplatz für mein Fahrzeug. Es war bereits dunkel. Die Straßenlampen warfen nur ein spärliches Gelborange auf die Fahrbahn.

Es miefte nach Abgasen und Schornsteinqualm. Draußen war es ungemütlich kalt und nass.

Das erste Hotel hieß „Königstein". Es war groß, hässlich und ragte in die Nacht. „Ibis" stand rot beleuchtet drauf. Die Franzosen, Accor, stellte ich fest. Davon waren es hier gleich drei. Gegenüber noch ein „Mercure", die verfeinerte Variante der „Ibis"-Hotels. Egal, Hauptsache ein Zimmer.

An der Rezeption stand eine hübsche Blondine in einem grünrot gestreiften Westchen. Ich spulte mein Programm runter, eigentlich mit dem Gedanken, dass es nicht klappen würde und: „Nein, haben wir keines. Das eine, was noch frei wäre, kann ich Ihnen beim besten Willen nicht anbieten."

Die Blondine schaute erst in ihr Belegungsbuch, dann mich lächelnd an. „Doch bitte. Ich bin nicht anspruchsvoll. Bitte geben sie mir das Zimmer", bettelte ich. „Dieser Stock

ist nur mit Russen besetzt. Die lärmen immerzu und sind
ständig betrunken", sagte sie entschuldigend.

„Sie, das ist mir völlig egal. Bin ich hin und wieder
auch. Bitte, was soll das kosten?" Ich ließ nicht locker.

„Na, das kann ich Ihnen günstiger geben. Sagen wir 60
DM. Sind sie damit einverstanden?"

Ich hätte sie knutschen können. Für eine Übernachtung
buchte ich. Nun füllte ich die Formalitäten aus, holte meine
Klamotten aus dem Wagen und fuhr mit dem Fahrstuhl in die
10. Etage. Mein Zimmer mit der Nummer 1034 lag am Ende
des düsteren, schlecht beleuchteten Flurs. Es war im Zimmer
warm. Sehr warm. An den Heizkörpern versuchte ich vergeblich zu drehen. Na ja, die konnte man nicht abstellen. Gab's
doch nicht. Vielleicht ein Fenster aufmachen? Klappte nicht,
keine Griffe dran. Ging nicht. Egal. Ich fasste mir an den Hals.
Durst, es war trocken und stickig hier. Die Zimmereinrichtung
war ähnlich wie damals die Einrichtung im Schullandheim.
Kirsche. Pressholz. Sehr „massiv". Rote Lampen wie in den
60ern. Interessant die großen, dunklen Flecken auf dem blau-
en Teppichboden. Wasser oder irgendwas anderes verschüt-
tet. Nun aber mal nach was zum Trinken und Essen gesucht.
Immerhin war es schon nach 19:00 Uhr. Schauen wir mal.

Ich fuhr mit dem Aufzug runter in die Lobby. Nebenan im Restaurant speiste ich meine erste Soljanka, eine Art
Wurstgulasch mit einem Schuss Sauerrahm und einer Zitro-
nenscheibe in der Mitte. Anschließend eine Portion Krautrouladen mit Salzkartoffeln und würzig-brauner Sauce. Dazu ein
lecker Bier. Holsten-Pilsner. Für den Magen genehmigte ich
mir noch einen schönen Nordhäuser-Korn, zahlte und wollte
mit dem Auto noch ein bisschen die Stadt erkunden. Die hübsche, junge, blonde und durch und durch freundliche Dame
an der Rezeption im Hotel bat ich, mich morgens um 7:00 Uhr
zu wecken.

Die Rosie

Dann fuhr ich ein wenig durch das verregnete, abendliche Dresden. Vielleicht fand ich ja noch 'ne nette Kneipe. Nicht gerade versumpfen, aber es wäre doch schade, morgen heim zu fahren, ohne abends ein wenig unterwegs gewesen zu sein. Wie hieß es so schön: In Sachsen, wo die schönen Mädels auf den Bäumen wachsen. Wusste ich von meiner Mutter, welche selbst in der Nähe von Chemnitz, jetzt Karl-Marx-Stadt, aufgewachsen war. Habe also noch waschechtes Ossiblut in mir. Ein Wossi vielleicht?

Ich wollte jetzt rechts über die Brücke, blinkte ordentlich, die Ampel zeigte Rot, ich bremste brav und stand.

War das ein Gehupe auf einmal hinter mir. Klar hätte ich noch Gas geben können und wäre rübergekommen, aber sicher war sicher bei diesem rutschigen Granitpflaster. Mürrisch schaute ich in den Rückspiegel. Ziemlich ungestüm hier, sollten sich mal net so aufregen. Sahen doch, dass ich ein fremdes Kennzeichen hatte. Was stellten die sich denn so an?

Es wurde Grün und ich nahm die Fahrt wieder auf und bog rechts ab.

Als ich etwa halb auf der Augustusbrücke Richtung Neustadt war, entdeckte ich eine junge Frau in meine Richtung laufen. Na, die konnte mir bestimmt eine Auskunft geben, wo man hier noch einen zwitschern könnte. Hinter mir kam nichts.

Ich hielt und drückte auf den Knopf, damit die Scheibe runter ging. „ Hallo, ich habe da eine Frage." Was war das? Große Tränen flossen aus den Kulleraugen heraus. „Was ist denn mit Ihnen? Ich suche 'ne Kneipe. Kommen Sie, ich lade sie ein zu einem schönen Gläschen." Schwups war die pudelnasse junge Dame auch schon im Defender und sie fing an, während ich losfuhr, ihr Leid zu klagen.

„Entlassen haben die mich. Bei Robotron. Und ich habe doch erst mein Studium beendet. Meine Mutter haben sie auch entlassen, beim Baron v. Ardenne. Was soll denn jetzt aus uns werden?" „Na, jetzt beruhig dich erst mal, es gibt immer eine Lösung. Was für 'ne Kneipe schlägst du denn vor, ich fahre Dich auch anschließend nach Hause?" „Das ist aber schön. Bei mir in der Nähe ist ein Hotel mit Tanzbar. Da können wir hin." Tanzbar? Ah, na die legte gleich richtig los, vielleicht ging noch was?

Mist, fast hätte ich die rote Ampel übersehen, als ich rechts abbiegen sollte. Ich musste kräftig in die Pedale treten, was wieder ein schrilles Gehupe eines mausgrauen Trabis auslöste. „Das passiert mir wohl hier dauernd. Was soll denn das, ich kann doch nicht bei Rot fahren, hallo ihr da?", schimpfte ich laut und schaute zornig wieder in den Rückspiegel. „Na, hallo du, du hast doch einen grünen Pfeil, da darfst du fahren." Erstaunen bei mir und ich stellte fest, dass tatsächlich ein grüner Pfeil an der Ampel hing. Unbeleuchtet. „Na fahr los, da passiert nichts", sagte sie ein wenig trotzig. Man lernt nie aus, meinte ich und fragte Rosie, so hieß die Dame nämlich, was sie denn studiert habe.

„Nu, sozialistische Ökonomie, 8 Semester. Jetzt bin ich Dipl.-Ing. der sozialistischen Ökonomie."

Das musste ich mir nochmals auf der Zunge zergehen lassen: Dipl.-Ing. der sozialistischen Ökonomie. Was war das denn? „Das heißt, dass das Ganze eigentlich für die Katz war?", fragte ich ein wenig vorlaut. Jetzt fing sie wieder an zu heulen und: „Das ist es ja, ihr hättet ja auch verlieren können und dann wäre es nicht für die Katz gewesen", jammerte sie zurück. Ich versuchte, sie zu beruhigen, während wir weiter in Richtung Waldparkhotel, so hieß unser Ziel, fuhren.

Vorbei an prächtigen Villen ging die Fahrt, links, rechts, dann zeigte und erklärte mir Rosie das so genannte „Blaue Wunder". Eine Stahlfachwerkkonstruktion, welche in einer

Gesamtlänge von 296 Metern sich elegant über die Elbe er-
streckte. Baujahr war 1893 und eigentlich wurde das „Blaue
Wunder" als König-Albert-Brücke eingeweiht und verband
seither die Stadtteile Loschwitz mit Blasewitz.

Schließlich waren wir da.

Das Hotel war ein älterer Bau, der sich der umgeben-
den Nachbararchitektur bestens einfügte. In der Mitte des
Gebäudes war der Haupteingang. Wir fuhren jedoch in den
Hof, links hinter das Hotel und auf den hoteleigenen Parkplatz, wo sich auch die Tanzbar befand. In beleuchteter ge-
schwungener Schrift stand da auch tatsächlich „Tanzbar".
Als wir hineingingen, wurden uns von dem zuvorkommenden
Kellner die Jacken abgenommen. Er ging voraus und bot uns
einen Zweiertisch an. Rosie wurde der gepolsterte Stuhl zu-
rückgeschoben, damit sie sich bequem setzen konnte.

Mit einem eleganten Schwung gab der Kellner erst der
Dame, dann dem Herrn die in Leder gebundene Karte.

So muss es in den 20ern gewesen sein, dachte ich und
betrachtete die antiquarische Einrichtung. Selbst der Musik-
stil, alte Schlager, nicht zu laut, passte dazu. Ich ließ Rosie einen Wein aussuchen. Sie entschied sich für einen Weißwein.
Einen Pfälzer. Es stand nur Weißwein drauf. Keine Trauben-
sorte. „Der ist so lecker. Den gibts auch schon im Konsum",
schwärmte sie mir vor. Ihre Traurigkeit war verschwunden
und sie lächelte mir zu.

Im leisen Licht sah ich mir Rosie erst mal richtig an.
Sie hatte große braune Augen. Kurze Haare, bis in den Nacken, leicht gewellt und, na, ganz gut was vor der Kiste. Als
wir die Tanzbar, sie ging voraus, betreten hatten, stellte ich
fest, dass sie etwas kleiner war als ich, also so um die 170
bis 175, und schlank. Der Hintern hätte ein wenig knackiger
ausfallen können.

Der überaus freundliche Kellner mit seinen weißen
Haaren und seinem weißen Schnauzer kam mit einem hölzer-

nen Tablett in der einen Hand, wo sich eine Flasche Weißwein und zwei Weingläser befanden. Den Flaschenhals umgab eine weiße Stoffserviette. Über seinem anderen Arm hing ein weißes Tuch. Er hatte weiße Handschuhe an, mit denen er erst Rosie das Glas, dann mir eines hinstellte. Den Korken aus der Flasche löste er mit einem Korkenzieher, roch dran und wollte mir zum Kosten einschenken. „Nein, die Dame hat gewählt. Bitte erst ihr." Ich zeigte auf Rosie. Mit dem Ausdruck „lecker" war die Genehmigung zum Einschenken gegeben.

Das einzige was mir unangenehm auffiel war, eine rosa Nelke welche mich aus einem kleinen weißen Porzellanwäschen angrinste. Ich stellte das Ding angewidert auf den noch leeren Nachbartisch. Der erstaunten Rosie gab ich zu verstehen: „Todesblumen. Die schmeisst man auf den Sarg und steckt sie nicht in irgendwelche Vasen auf einen Tisch."

Nun fingen wir an, uns zu unterhalten, was ich hier so machte und vorhatte. Aber auch, wo ich und wie ich wohnte. Sie erzählte von ihrer Familie, ich von meiner. Wir fanden uns sympathisch. „Du bist verheiratet?", fragte sie mich und zeigte auf meinen Ehering. Ich bejahte kurz und machte die Gegenfrage. Sie hatte ihrem Freund den Laufpass gegeben. Der Wein, den sie bestellt hatte, schmeckte künstlich gezuckert und mir, der aus Württemberg kam, eher bescheiden. Ich ließ mir nichts anmerken und da Rosie immer lustiger wurde und rote Bäckchen bekam, bestellte ich bei dem Kellner eine zweite Flasche des Schnelltapezierers. „Mir gehts heute aber gut. Du bist nett und lustig. Deine Frau kann ja stolz auf Dich sein." Meinte sie. Na wenn die wüsste, dass ich gar nicht so glücklich mit meiner Frau war. „Könntest du dir vorstellen, für uns hier in Dresden ein wenig tätig zu sein?", fragte ich sie. Rosie bejahte sogleich und wir umschlossen unsere Hände. Es tat mir gut und ihr auch. Der schöne Abend neigte sich dem Ende und als ich Rosie heimfuhr, gab sie mir noch ihre Telefonnummer.

Dass ihre Eltern, bei denen sie wohnte, ein Telefon hatten, muss wohl zu jener Zeit ein Privileg gewesen sein, denn Rosie sagte es nicht ohne Stolz. Mit einem flüchtigen Kuss verabschidete Rosie sich. Vorher erklärte sie mir noch den Weg zurück zum Hotel. Als sie zu ihrem Haus ging, stellte ich fest, dass es eine hübsche Villa war.

Die ganze Gegend bestand aus solchen Villen. Alte schöne Villen.

Im Rat der Stadt

Die Nacht ging schnell rum und der Klingelton des Telefons weckte mich. Ich hatte erstaunlicherweise, trotz der Wärme, gut geschlafen und machte mich für den heutigen Tag bereit. Ich hatte mit dem Stadtarchitekten Dr. Flöhtus gegen 10:00 Uhr den avisierten Termin.

Im Frühstücksraum trank ich starken Kaffee. Dazu Brötchen, Wurst und Eier. War O. K. Das Restaurant war gut gefüllt. Von den vermeintlichen Russen hatte ich nichts gehört. Der Bedienung wünschte ich einen schönen Tag und machte mich auf, zu Fuß, in Richtung Rathaus.

Da ich noch eine Stunde Zeit hatte, schlenderte ich durch die Altstadt Richtung Frauenkirche oder zu dem, was davon noch übrig war. Pünktlich stand ich vor dem Dresdner „Rat der Stadt". Ich ging die Treppen hoch, durch diese riesige hölzerne Tür und bei der Auskunft meldete ich der älteren, etwas ruppigen Dame mein Kommen an.

„Moment mal, ich habe hier keinen Eintrag. Bei wem sind sie denn gemeldet? Dr. Flöhtus. Nein. Ich ruf mal eben oben an." Rums, das Glasfenster zwischen der Dame und mir schloss sich. Das fing gut an.

Während ich so vor mich hingrübelte, ging das Fensterchen wieder auf. „Moment, Herr Stengele. Frau Glaiber holt sie gleich ab." Mir fiel ein Stein vom Herzen.

Ich stellte mich ein wenig auf die Seite und wartete geduldig. Es dauerte auch nicht lange und eine schlanke Dame, etwa 180 cm groß, mit dunkelbraunen, schulterlangen Haaren kam auf mich zu und streckte mir ihre Hand entgegen.

„Sie werden Herr Stengele sein, ich bin Frau Glaiber." Ihre Hand fühlte sich kalt an. So hübsch sie auch war. Ihre Schneidezähne waren doch ein wenig aus dem Winkel geraten, was mir auffiel, als sie lächelte.

Während wir die Treppen raufgingen, fragte sie mich nach der Fahrt und nach meiner Unterbringung. Schließlich waren wir in einem Besprechungsraum angelangt und sie sagte mir:

„Herr Stengele, ich muss Ihnen sagen, dass ich Ihren Termin vergessen habe, beim Dr. Flöhtus einzutragen. Zudem hat er eine Besprechung mit einer Architektengruppe aus Hamburg. Doch jetzt hat er einen Grund, sich von denen für eine halbe Stunde zu verabschieden, um ihr Anliegen anzuhören. Wünschen sie einen Kaffee und ein Stückchen Dresdner Stollen?", fragte sie höflich und schaute mir in meine Augen. Ich bejahte und kurz darauf brachte mir eine junge Dame das Angebotene.

Da mir die Blase unangenehm drückte, fragte ich nach dem WC, zu dem die junge Dame mich begleitete. Als ich in dem kalten WC auf der Schüssel saß, las ich folgendenden Spruch in die Tür geritzt: „Lieber schlemmen und picheln als hämmern und sicheln."

Oder daneben in blauem Filzer: „Der kürzeste politische Witz der DDR? Doktor Honecker."

Noch einen, den ich mir später in meinen Timer notierte: „Können VOPOSs (Volkspolizisten) schwimmen? Ja und nein. Einerseits sind sie hohl und andererseits nicht ganz dicht!"

So, jetzt wieder in den Besprechungsraum. Ich war
nervös, probierte mich zu sammeln und sortierte meine Sätze.

Da ging auch schon die Türe auf und vor Frau Glaiber
trat ein großer fülliger Mann mit Bart und Haaren wie der
Weihnachtsmann oder besser Karl Marx mit einer Nickelbrille
auf der Nase ein und kam auf mich zu. Ich stand auf und wir
begrüßten uns. Er bat mich, Platz zu nehmen und nun saßen
wir zu dritt hier. Er fragte mit einer leisen und höflichen Stimme nach meinem Anliegen. „Ja, Herr Dr. Flöhtus. Ich hatte
hier angerufen und um einen Termin gebeten. Wir sind aus
dem Raum Stuttgart und ich vertrete eine interdisziplinäre
Gruppe aus verschiedenen Bereichen der Architektur. Gerne würden wir hier mit Ihrem Team zusammenarbeiten. Wir
sind fleißige Leute aus dem württembergischen Ländle und
suchen Arbeit." „Arbeit ist hier genug. Was glauben Sie, was
hier los ist? Hier geben sich zur Zeit Architekten, Ingenieure, Bauleute, Makler usw. die Türklinke in die Hand. Ich weiß
gar nicht mehr, wo mir der Kopf steht und wo das hinführen
wird", wurde mir mit einer schon lauteren Stimme mitgeteilt.

„Das kann ich mir gut vorstellen. Ich bin ja auch schon
da. Möchte sie auch gar nicht lange aufhalten und erklären,
wie gut wir sind und was wir alles können oder gemacht haben. Wenn sie einverstanden sind, werde ich mit Ihrer Frau
Glaiber einen Termin vereinbaren und mit meinem Partner
vorbeikommen, um das Ganze in Ruhe anzugehen. Ich weiß,
dass sie im Moment viel zu tun haben. Wäre dies so in Ordnung? Ich bin mir sicher, dass wir dann gemeinsam was auf
die Reihe bekommen", formulierte ich das mal so.

„Sie Schwäble Sie. Ihre Herkunft können sie wohl auch
nicht verleugnen. Frau Glaiber, vereinbaren sie mit diesem
Schwaben und seinem Partner einen neuen Termin. Auf Wie-
dersehen und eine gute Heimreise. Nochmals Entschuldigung
mit dem verpatzten Termin, beim nächsten Mal nehmen wir

uns richtig Zeit." Er schmunzelte, stand auf und verabschiedete sich. Frau Glaiber, welche sich Notizen in einem blaukarierten gebundenen Block mit einem Bleistift gemacht hatte, begleitete ihn zur Tür, dann setzte sie sich wieder zu mir und übergab mir eine Visitenkarte von Dr. Flöhtus und sich. Ich ergriff die Initiative. „Sie sind Architektin? Da haben sie hier ja einiges zu tun", stellte ich in den Raum. „Sollte man so meinen. Nur kommen wir hier mit den Westarchitekten gar nicht so klar. Immer diese Bevormundungen. Man kann meinen, wir hätten im Mittelalter studiert. Und wir wissen wirklich nicht, woran wir sind. Die erzählen was von horrenden Honoraren und wir verdienen ein paar Ostmark. Es geht schon das Gerücht um, dass wir umstrukturiert oder wegrationalisiert werden sollen. Das ist nicht gerade angenehm", erzählte sie sichtlich erregt. „Dann lassen sie uns was gemeinsam anpacken und sie werden sehen, dass wir sie und Dr. Flöhtus mit einbinden werden", sagte ich konsequent. sie schlug ihren Timer auf und fragte, wann mir es recht wäre, einen neuen Termin zu vereinbaren. Genau 14 Tage später machten wir aus. Sie begleitete mich bis zum Ausgang und wir verabschiedeten uns mit einem herzlichen „Tschüss".

Obwohl wir nur am Rande von dem Eigentlichen, nämlich dem, was ich wollte, konnte oder bot, gesprochen hatten, hatte ich ein Gefühl, dass es ein Schritt in die richtige Richtung war. Ich sollte Recht behalten. Auf dem Rückweg zum Hotel bekam ich ein wenig Hunger und vor den drei Hotels „Lilienstein", „Königstein" und „Bastei" war ein Stand mit Wurstbraterei. Das wars.

„Eine rote Wurst bitte mit Senf", bestellte ich mir, als ich an der Reihe war. Die Würste waren auf keinem Grill, sondern in einem Bottich mit heißem Wasser. Die heiße Wurst war kleiner, dafür dicker als bei uns, stellte ich fest. Der Senf war dünnflüssig und hatte eine helle und gelbliche Farbe. Die Serviette, welche mir dazu gereicht wurde, fühlte sich an wie Pergamentpapier. Damit konnte man sich doch nicht den Mund abwischen. Das Brot war weich, aber soweit O. K. Dann würden wir mal herzhaft reinbeißen. Die Katastrophe begann. Aus der Wurst spritzte ein starker, dünner Strahl direkt auf meinen Rene-Lézar-Anzug. Durch ein ungeschicktes Ausweichmanöver schwappte auch noch dieser labbrige Senf auf meinen Mantel. Die Wurstmasse, welche ich abbiss, hatte einen undefinierbaren, grässlichen Geschmack. Umgehend verschwand das Ganze im Abfallkorb und fluchend setzte ich mich Richtung Hotel in Bewegung, wo ich einen Reinigungsversuch unternahm.

Nachdem ich meine Klamotten zusammengepackt und das Zimmer bezahlt hatte, fuhr ich kurzum zurück Richtung Westgrenze. Diesmal fuhr ich über Zwickau. Da die Autobahn auf dieser Strecke immer wieder von Baustellen unterbrochen war, von zwei auf eine Spur, von einer auf zwei und sich doch viel Verkehr durchschlängelte, dauerte die Fahrt eine ganze Weile bis zur innerdeutschen Grenze. Stau natürlich und die Blechschlange zuckelte so vor sich her.

Ein offensichtlich genervter Ostbeamter probierte zu kontrollieren, wo es eigentlich nichts mehr zu kontrollieren gab. Machte mir sogar noch einen Stempel rein. Weiter ging es auf der Autobahn Richtung Heimat.

Daheim angekommen rief ich gleich den Stoff an, um ihm mitzuteilen, was so Sache war und dass ich schon die nächsten Termine vereinbart hatte.

Im Waldparkhotel

Der Termin war an einem Dienstag zwei Wochen später und wir fuhren zu dritt.

Gerade auf der Fahrt nach Dresden konnten wir mit Erleichterung im Radio dem emotional sprechenden Nachrichtensprecher zuhören, dass sich die ehemaligen Siegermächte auf gemeinsame Verhandlungen mit beiden deutschen Staaten zu ihrer Wiedervereinigung geeinigt hatten. So genannte „Zwei-Plus-Vier-Gespräche".

So was baute auf. Bernd Rassler, ein Tiefbau-Ing. von dem Kommunalverband Rottbartal, den ich mit in die Sache eingebunden hatte, war mit dabei. Zu Bernd hatte ich ein gutes Verhältnis. Seine Frau und er, sowie seine erste Hand Didi Wyoming nebst Frau waren damals zu Gast bei unserer Hochzeit. Außerdem war er immer sehr kooperativ zu mir und konnte auf ein langjähriges Fachwissen zurückgreifen. Ihm hatte ich einige Aufträge zu verdanken. Klar war die eine oder andere Annehmlichkeit für ihn drin. Frei nach dem Motto „Tu ich dir was Gutes, tust du mir was Gutes". Fabius und Bernd kannten sich aus früheren Zeiten, waren per du und beide erfahrene Bautiger. So hatte ich die Bereiche Hoch-, Tief- und Gartenbau abgedeckt. Gemeinsam fuhren wir einen Tag vorher, Montags, ab. Fabius und Bernd hatte ich natürlich im Vorfeld von der Rosie erzählt und sie hatte auch die Zimmer im Waldparkhotel gebucht. Die Fahrt in Richtung Ostzone ging ganz flott, nur vor der Grenze war wieder Stau. An der Ostgrenze angekommen, winkten die Grenzbeamten die Autos jetzt nur noch kurz durch und ein Netter in Ostuniform fragte uns lediglich, ob wir Bomben, Sprengstoff oder Maschinenpistolen dabei hätten. Die Zeiten änderten sich eben. Man wurde lockerer. Die Autobahnausfahrt Dresden-Altstadt nahmen wir und fuhren durch die immer noch von Braunkohle verhangene Stadt zur Rosie. Es war schon dunkel und gegen 20:00 Uhr. Sie wartete auch schon geduldig auf uns und wir nahmen sie mit in Stoffs Mercedes. Mir gab sie ein Begrüßungsküsschen. Von dem Auto war Rosie sichtlich beeindruckt. Es war das erste Mal, dass sie in einem Mercedes saß. Wir nahmen den direkten Weg in unser Hotel. Es dauerte keine 5 Minuten. Fabius wie Bernd wurden von Rosie informiert, dass das Hotel in einer der schönsten Gegenden von Dresden

liegt, nämlich in Blasewitz. Blasewitz, war da nicht was mit
Wilhelm Busch? Auch vom Hotel waren die beiden begeistert.
„Muss so um die Jahrhundertwende gebaut worden sein. Gefällt mir. Gut, sehr gut", stellte Fabius kurz fest. In der Rezeption angekommen klärten wir die Formalitäten und uns wurde
mitgeteilt, dass nur zwei Zimmer, ein größeres und ein kleine-
res zur Verfügung standen. Außerdem waren Dusche und WC
nur auf dem Gang möglich. Nachdem wir uns geeinigt hatten,
dass Fabius und ich uns das Zimmer teilten, checkten wir ein.
Rosie wartete solange an der Rezeption. Man fühlte sich zu-
rückversetzt in eine frühere Zeitepoche, stellte ich erneut fest.
Alles so alt, zwar nagte der Zahn der Zeit daran, aber doch so
edel und so schön. Da es schon spät war, fragte Stoff Rosie,
wo man was essen konnte. „Na hier, im Hotel, unten in der
Tanzbar." Wir mussten aus dem Hotel raus, um das Gebäude
herum gehen. Es war matschig, da die Hotelparkplätze nur
aus einem wassergebundenen Belag hergestellt waren. Wie
man es früher halt so gemacht hat. Einen direkten Zugang
vom Hotel aus gab es nicht. Nur für das Personal. An dem mir
und Rosie bekannten und beleuchteten Schriftzug „Tanzbar"
gingen wir die Stufen hinab in das Etablissement. Wir wurden
freudig von unserer Bedienung, dem Mittfünfziger, empfangen. Etwas untersetzt, etwas rundlich mit lockigen weißen,
in alle Richtungen zersausten Haaren, die sich etwas über
die Ohren krauselten. Sein rundes Gesicht zierte ein ebenso weißer Schnauzer. Wenn er jetzt die Zunge rausstreckte,
es wäre Albert Einstein. Mit schwarzer Hose, Frack, weißem
Hemd und Fliege nahm er uns die Garderobe mit seinen
ebenso weißen Handschuhen ab und wies uns einen Platz zu.
Alte Schule, dachte ich. Die Sitzgruppen lagen im Kreis, eine
Stufe erhöht, um die Tanzfläche herum. Die Abgrenzung erfolgte durch ein gedrechseltes Holzgeländer. Die Polsterung
der Bestuhlung war aus rotem Samt. Kronleuchter ließen ein
dezentes Licht zu und es liefen Schlager aus den Fünfzigern

und Sechzigern. „Was wünschen die gnädigen Herrschaften denn zu trinken?", fragte der nette Kellner und übergab uns die Getränke- und Speisekarte wie gewohnt mit der rechten Hand. Den linken Arm hielt er angewinkelt hinter seinem Rücken versteckt. Man entschied sich für Wein. Weißwein. Nachdem ich Rosie gefragt hatte, was man denn hier so speisen könne, empfahl sie uns Würzfleisch als Vorspeise und als Hauptgang Zander in Butter, mit gekochten Kartoffeln und gegarten Erbsen mit Möhren, was wir auch nahmen. Es schmeckte alles sehr lecker und ich genoss zum ersten Mal Würzfleisch. Das wurde in einem Tonnapf serviert und bestand aus gehacktem Hühnerfleisch, überbacken mit Käse. Dazu träufelte man Worchestersauce darüber und/oder Zitrone. Da Fabius in bester Laune war, gab's noch ein Fläschchen Weißwein und ein paar Wodka zwischendurch. Zum krönenden Abschluss tranken wir noch eine schöne Flasche Krimsekt. Als ich mir die Gäste nebenbei betrachtete, stellte ich fest, dass es sich schon um eine eigenartige Spezies handelte, welche sich hier herumtrieb. Gebrauchtwagenhändler, Automatenaufsteller, Videovertreter, Versicherungsagenten, Abenteurer, Gescheiterte und kleine Ganoven. Die großen Ganoven waren in den teuren Hotels. Bauleute konnte man aus dem Sprachen-Wirrwarr nicht heraushören. Nun war es schon nach Mitternacht. Ich weiß nicht mehr, was Fabius damals für das Ganze bezahlt hatte, aber für unsere Verhältnisse, in so einem Rahmen, da war es nicht viel. Mit einem eleganten Diener bedankte sich der nette Kellner und wir verabschiedeten uns, nachdem wir eh die letzten Gäste waren. Rosie ging nach Hause, zu Fuß war es ja nicht weit, und wir hoch in unsere Zimmer. Ich konnte nicht gut schlafen. Es war viel zu warm im Zimmer, das Fenster ließ sich in gewohnter Weise nicht öffnen und Fabius schlief sofort ein und schnarchte bitterböse!

Erste Gespräche

Der Termin war im Rathaus für 10:00 Uhr angesetzt, weshalb
Rosie auch schon um 8:00 Uhr auf der Matte stand und uns
zum Frühstücksraum runterdrängelte. Den Frühstücksraum,
rechts neben dem Eingang, betrat man, indem man zwei
schwere, staubige Stoffvorhänge auf die Seite schob. Ein
langer dürrer Kellner mit Brille, das äußere Erscheinungsbild
glich dem des gestrigen Kellners, begrüßte uns und fragte
nach der Zimmernummer. Das Frühstücksbuffet bestand aus
gekochten Eiern, Leberwurst, Teewurst, Schinken, Salami
und Schnittkäse. Brötchen und Schwarzbrot waren in einem
Körbchen. Wahlweise Orangen- oder Tomatensaft rundeten
das Ganze ab. In einem auf Hochglanz polierten Kühler stand
in Eiswürfeln eine Flasche Rotkäppchen-Sekt. Der Kaffee,
welcher serviert wurde, war eine dunkle, überstark geröstete
Brühe, welche starken Durchfall bei mir verursachte. Während wir so palaverten, hielt Stoff den langen Kellner an. „Bitte bringen sie mal eben ’ne neue Flasche Sekt, den da drüben
haben wir schon getrunken! Ich bezahls auch extra.“

 Nein, bitte nicht, das fing ja gut an, doch nicht vor
diesem ersten, wichtigen Termin. Es blieb bei der einen Flasche. Erleichterung! Da wir noch eine Nacht Gast in diesem
ehrwürdigen Hotel waren, konnten wir direkt losgehen. Es
war kalt und es lag ein wenig Schnee. Dank Rosie fanden wir
das Rathaus gleich und nachdem wir einen Parkplatz endlich
gefunden hatten, gingen wir die Rathaustreppen hinauf zum
Empfang. „Mein Name ist Stengele, wir werden von Dr. Flöhtus, dem Chef des Stadtplanungsamtes erwartet“, sagte ich
zu der älteren Empfangsdame, welche das Fensterchen am
Eingang öffnete, um mich zu verstehen. Dabei wurde ich wieder mal genau durch ihre Brille gemustert. „Moment.“ Das
Fensterchen ging nach unten zu und rastete durch ein Klicken
ein. Sie telefonierte. Das Fensterchen ging auf und sie meinte,

wir würden gleich abgeholt werden. Im Foyer brauchten wir auch nicht lange zu warten, denn Frau Glaiber kam uns schon mit klackenden Schritten entgegen, um uns zu begrüßen. Im vierten Stock führte uns die Stadtarchitektin in einen Besprechungsraum, mit der Bitte, uns ein wenig zu gedulden, da Dr. Flöhtus wieder mal Gäste aus Hamburg zur Besprechung da hätte. An dem Besprechungstisch war Platz für ca. 12 Personen. Sie ging aus dem Raum, nachdem sie uns gefragt hatte, ob wir gerne Kaffee hätten, was wir bejahten. „Was wollen denn die Hamburger hier?", fauchte Stoff. Eine Dame kam herein und servierte uns rabenschwarzen Kaffee. Der Kaffee war genauso schlecht und stark wie im Hotel. Nachdem wir so 15 Minuten gewartet hatten und uns überlegten, was wir denen sagen sollten, ging die Tür auf. Voran schritt, mit strubbeligem Haar und Rauschebart wie Karl Marx, Dr. Flöhtus, der Chefplaner, dahinter das Architektentrio, Frau Glaiber mit noch zwei jüngeren Herren. Man schüttelte einander die Hände und setzte sich schließlich. Es herrschte einen Moment kurz Ruhe, dann: „Ja, zur Zeit geben sich Architekten, Bauunternehmer und alles Mögliche gegenseitig die Klinke in die Hand, es ist zum Verrücktwerden", meinte Dr. Flöhtus zum zweiten Mal. Ich stellte kurz Herrn Rassler als Tiefbauspezialisten vor, welcher einen Zweckverband für mehrere Kommunen führte und Herrn Fabius Stoff, welcher ein städtebaulicher Architekt wäre und sagte, dass er für einige Städte und Gemeinden plane und Projekte durchführe.

„Ja, was wollt ihr denn hier tun?", fragte Dr. Flöhtus. „Alles. Wir können alles", klang es spontan von Fabius. „Wo brennt es denn am ehesten? Zeigen sie uns doch mal eine Karte von der Stadt." Nachdem man einen Stadtplan auf dem Besprechungstisch ausgebreitet hatte und man sich auf ein Stadtgebiet einigte, Pieschen nämlich, beschloss man, gemeinsam und jetzt eine Begehung vorzunehmen, was man auch tat. Vor dem Ausgang des Rathauses entdeckte ich noch

einen Werbeständer mit verschiedenen Prospekten und Fly-
ern. Ich nahm einen für mich interessanten mit, worauf stand:
„ASU – Arbeitsgemeinschaft selbständiger Unternehmer e.V.
Bonn. DDR-Kontaktbörse. Westdeutsche Unternehmer suchen DDR-Partner." Dieses in DIN-A5 gefasste Heftchen war
umfangreich, vollgestopft mit Firmen, welche Interesse zeigten, hier im Osten Fuß zu fassen.

Wir wackelten also gemeinsam durch Pieschen, fast
alles ältere, zum Teil historische Bauten, welche sich in einem jämmerlichen Zustand befanden, und wunderten uns,
dass Dr. Flöhtus immer wieder sagte, „Ja, das könnt ihr noch
tun." Und: „Da ist noch Bedarf", und so weiter. Hinter jedem
Satz kam dann ein „nu, nu". Nachdem wir in der Kälte über
eine Stunde lang Pieschen begutachtet hatten, sagte Stoff:
„So, Dr. Flöhtus, ich habe genug gesehen, jetzt laden wir sie
und ihr Team zum Essen ein. Wo können wir denn hingehen?"
„Ja, ich bin doch ein wenig überrascht, dass sie uns alle zum
Essen einzuladen wünschen, aber wir nehmen die Einladung
gerne an, oder Leute? Gehen wir doch ins Szeged, ein unga-
risches Spezialitätenrestaurant." Das Restaurant lag an der
Wilsdruffer Straße, ganz in der Nähe des Rathauses. Auf der
anderen Seite, gegenüber dem Hotel „Dresdner Hof" ragten
die letzten traurigen Überbleibsel der Frauenkirche in die
Höhe. Von dem am 13. Februar 1945 zusammengebombten
Gotteshaus stand da nimmer viel rum. Ironie der Geschichte,
so der Stadtarchitekt war, dass die Frauenkirche nach langer Umbauzeit erst wieder 1942 eingeweiht wurde. Das ungarische Restaurant war in einem nach dem Krieg erbauten,
sozialistisch-postmodernen Bau im ersten Obergeschoss
untergebracht. Wir wollten in das Restaurant, allen voraus
Dr. Flöhtus, Chefarchitekt der Stadt Dresden, als wir an einem menschlichen Stauende zum Stehen kamen. Eine lange
Schlange wartender Menschen stand da und blickte zornig
und gleichzeitig erwartungsvoll die Treppen hoch zur Glas-

tür. „Martin, schau nach, was da los ist", sagte Fabius Stoff und ich schob mich an der Menschenschlange in ihren farblos wirkenden Mänteln und dicken Jacken vorbei. „Nu, nu, wollen doch wohl nicht drängeln", raunte es von überall her. „Bin gleich wieder weg", stammelte ich zurück und stand oben vor der Restauranteingangstür. Da alles aus Glas war, konnte ich ins Innere des Restaurants hineinschauen. Was stellte ich fest? Gelangweiltes und lustloses Bedienungspersonal und kaum Gäste. Einer spielte mit dem Tablett, schmiss es hoch und fing es wieder auf. Die anderen tratschen im Eck. Hinten glotzte ein besonders Fleißiger aus dem Fenster und bohrte in der Nase. Auf vielen der eingedeckten Tische erkannte ich Reserviertschildchen, obwohl nur wenige Gäste Platz genommen hatten. Ich zurück, die Treppe runter und erzählte Fabius, was sich da oben abspielte. „Moment, das haben wir gleich", meinte Fabius und signalisierte mir, dass ich mit ihm nochmals nach oben gehen sollte. Er machte die Restauranttür auf und ein erboster Kellner kam uns auch schon mit erhobenem, abweisendem Zeigefinger entgegen. „So geht das aber nicht, meine Herren. Nur schön der Reihe nach. Alles muss seine Ordnung haben. Hier ist alles reserviert." Und das in gepflegt schnippischem Sächsisch. „Sind sie der Restaurantchef?", fragte höflich Fabius und zeigte ihm diskret einen Fünfziger mit der Bemerkung, dass doch auf Architekt Stoff & Kollegen sicherlich um diese Uhrzeit reserviert worden war. „Ach natürlich, auf sie haben wir doch schon gewartet, werter Herr Architekt Stoff. Kommen sie doch gleich herein", klang auf einmal ein überaus freundliches Stimmchen, nachdem die guten 50 Westmark in seiner Hosentasche verschwunden waren. „Martin, hol die anderen", triumphierte Fabius und ging mit dem Chefkellner schon mal voraus. Der Kellner schwebte förmlich vor Fabius her, um ihn an den schönsten Tisch zu geleiten. Es war ein Spießrutenlauf, den wir da nach oben durchzustehen hatten. „Schiebung, Bonzen, Funktionäre, rote Socken, Wendehälse, Scheiß Wessis ..." Ich weiß nicht mehr, was die uns noch alles zugerufen hatten. Jedenfalls saßen wir alle an dem besten Tisch im Restaurant. „Erst mal jedem ein Glas Sekt zur Einstimmung", rief Stoff dem Kellner zu, welcher uns die Speisekarte übergab. Fabius Stoff, ganz in seinem Element, zitierte den Chefkellner her, welcher sich durch seinen ganz in Schwarz gehaltenen Anzug mit weißem Hemd von den anderen in der Form unterschied, dass diese statt einer schwarzen Jacke ein grünes Westchen über ihrem weißen Rüschehemdchen trugen. „Machen sie bitte einen Mix, von allem etwas, auf zwei, drei Platten und bringen sie Rotwein und Wasser dazu. Will jemand was anderes?" Es schienen alle damit einverstanden zu sein, was man einem allgemein zufriedenen Nicken entnehmen konnte. Der Sekt kam und wir prosteten uns gegenseitig zu und wünschten uns eine gute Zusammenarbeit. „Das ist ein Gruß des Hauses", zwitscherte der korrupte Kellner. Als wir uns nett unterhielten, kam der Chefkellner her und zeigte uns zu unserer Überraschung auf einem Tablett aufgereiht etliche Büchsen und Gläser. In den Büchsen waren Erbsen, Möhren, Bohnen, Mais. In den Gläsern rote Beete, Gewürzgurken, Paprika und einiges mehr, mit der Erklärung:

„Alles feine Westware. Alles feine Westware. Wir haben nur gute Sachen aus dem Westen, wie sie feststellen können. Nichts mehr von ‚Fragus', oder ‚Saure Flecken'. Nu, nu." Du Judas, kam es mir in den Kopf! Wir mussten schmunzeln.

Das Essen kam reichlich und es war gut. Wir tranken eine Flasche Rotwein, bulgarischen Bärblut, nach der anderen, wobei mir auffiel, dass die Stadtarchitekten, alle, wie sie da so saßen, fleißig mitpichelten, einschließlich unserer Rosie.

Dann gabs vom Chefkellner noch einen Unikum, eine ungarische Kräuterschnapsspezialität, welche wir mit einem lauten „Prosit" runterkippten.

Einer von den Stadtarchitekten, Dipl.-Ing. Grabschinski, fragte mich nebenbei, ob wir auch noch morgen hier sein
würden. Ich sagte, dass wir heute noch mal übernachten
wollten und irgendwann am morgigen Mittag zurückfahren
würden.

Ob wir auch an der Peripherie von Dresden Interesse
an einem Projekt hätten?

Ein Gewerbegebiet! Wir verabredeten uns am anderen
Morgen gegen 10:00 Uhr in einer Ortschaft namens Lüstig.
Bei einem Bürgermeister namens Fuchs.

Die Stimmung war gut und wir stießen schon die
Gläser untereinander und miteinander an. Stoff fing an, einen Witz nach dem anderen zu erzählen und es gab keinen
Moment der Langweile. Dr. Flöhtus und Frau Glaiber hatten
schon Tränen in den Augen. Letztere auch mal rote Backen.
Auf einmal stand Dr. Flöhtus auf und verabschiedete sich mit
einem Säuseln und der Begründung, dass es schon spät des
Mittags sei und er nun nach Hause wolle. Seine zwei Stadtarchitekten wackelten mit, nachdem wir sie verabschiedet hatten. Wir schlapperten mit Frau Glaiber und Rosie noch ein lecker Fläschchen, bevor Fabius nach der Rechnung verlangte.

Erfreuliche Preise waren das. Bei Rosie hatten wir
noch ein wenig Geld schwarz getauscht. Die Stadtarchitektin und Rosie hatten nun auch schon einen rechten Affen und
wir entschlossen uns, Frau Glaiber heimzufahren. Sie wohnte in einem Plattenbau übelster Art, an der Elbe in Richtung
unserem Hotel. Wir verabschiedeten uns und Stoff musste
sie noch persönlich zum Aufzug bringen. Was die beiden da
miteinander tuschelten, hätte ich gerne gewusst. Dann ging
es weiter zu unserem Waldparkhotel. Von dort aus versuchte
ich, Anja anzurufen. Das Telefon, ein rotes eckiges mit Wähl-
scheibe, stand neben der Rezeption. Ich wählte und es war
immer besetzt. Nachdem ich es bald eine halbe Stunde probiert hatte, gab ich auf. Nebenher konnte ich in einem Heft-

chen nachschlagen, dass wir uns in einem ehemaligen Sanatorium im italienischen Renaissancestil, 1869, der Deutschen Reichsbahn befanden, welches in den 50ern zum Hotel mit Restaurant und Bar umgebaut worden war.

Der Abend verlief ähnlich wie der gestrige, nur dass ich der Rosie mein Leid über das Geschnarche von Fabius mitteilte. Ich schlief bei ihr. Zwar vielleicht auch nicht mehr als am Tag davor, aber mit ihr hat es wesentlich mehr Spaß gemacht.

In der Gemeinde Lüstig beim Bürgermeister Fuchs

Unsere Rosie führte uns über das Blaue Wunder den Berg hinauf bis hin zur Gemeinde Lüstig. Das Rathaus, oder wie man es hier nannte, den „Rat der Gemeinde", fanden wir gleich. Die Straße, die dort hinführte, hatte erhebliche Schlaglöcher und ich, der meistens fuhr, hatte so meine Probleme, mit dem Wagen ohne Schaden dort anzukommen. Das Rathaus, wohl in den Sechzigern gebaut, machte keinen so glücklichen Eindruck. Gemeinsam gingen wir hinein und meldeten uns an.

Die beiden Dresdner Stadtarchitekten Grabschinski und Knetemeier kamen uns entgegen, wir begrüßten einander und sie führten uns ins Bürgermeisterzimmer.

Die Türe schloss sich dumpf hinter uns. So eine Türe hatte ich noch gar nicht gesehen. Eine dicke gepolsterte Türe. Die Polsterung war überzogen mit einem hellbläulichen Lederimitat, welches mit großen Nieten an die Tür genagelt war.

Der Bürgermeister stand mit dem Architekten Grabschinski gebeugt über einem Plan, welcher auf dem Besprechungstisch lag. Beide drehten sich zu uns um und mich schaute ein bärtiger, etwa 175 cm großer Mann, in der einen Hand eine Lesebrille, genauestens an. Er hatte einen grauen Pullover mit nordischem Muster an und trug eine graue Hose. Seine Augen funkelten. Er gab uns allen die Hand und stellte sich mit Hans-Peter Fuchs vor. Rosie fragte er, wo sie wohne und warum sie bzw. ihre Eltern ein Telefon hätten. Sie sagte, dass das Telefon von den Vorgängern übernommen wurde und dass ihr klar war, dass es nicht so ohne weiteres möglich war, ein Telefon zu bekommen. Nachdem das wohl geklärt war, beugten wir uns über den vor uns liegenden Plan. Es war ein Flächennutzungsplan. Quasi ein großmaßstabiger Plan, wo man die Ortschaft, die Umgebung und die Nutzbarkeit des Gebietes drauf erkennen konnte. Er sagte mit leiser Stimme: „Wir als kleine Gemeinde am Rande von Dresden haben nur eine Chance: wenn wir uns entwickeln. Und das möglichst schnell. Sonst macht Dresden das Rennen und schluckt uns. Das wollen wir alle nicht. Herr Grabschinski, bitte zeigen sie uns Ihren Plan, was sie entworfen haben." Jetzt dachte ich, dass uns da ein toll kolorierter Entwurf präsentiert würde, woraus wir erkennen könnten, was auf diesem Gebiet angedacht werden sollte. Auf einem Pergamentpapier sahen wir ein Gekritzel mit irgendwelchen Straßenzügen und Baukörpern, mit einem Versuch, durch Buntstifte das Ganze ein wenig aufzuwerten. Jedes Kindergartenkind hätte das wohl besser hingekriegt. Stoff, Rassler und ich mussten uns einfach angrinsen. Ich wollte loslachen, doch ich wusste, dass ich mich beherrschen musste.

Grabschinki fing ebenso leise wie der Bürgermeister an zu erklären, was er sich da so vorstellte.

Ein Industriegebiet sollte es werden. 100 ha groß.

Saubere Industrie und Computerfirmen wollte man da ansiedeln.

High-Tech aus dem Westen und aus Übersee.

Und Häuser bräuchte man viele, da ja ein großer Zuwachs von neuen Bewohnern zu erwarten wäre.

Und so weiter und so weiter, bis Fabius das Ganze unterbrach. „Herr Bürgermeister Fuchs. Ich finde das, was hier von Herrn Grabschinki uns vorgestellt wurde toll und sehe es genau wie Sie, dass die Chance nur einmal da ist. Und diese sollten wir schnell nutzen. Ich glaube nicht, dass sie die Technik haben, die uns zur Verfügung steht. Deshalb schlage ich Ihnen allen Folgendes vor.

Wir übernehmen das hier und bereiten das ganze professionell für sie auf. Auf unsere Kosten! Sie brauchen uns kein Geld zu geben. Wir bezahlen alles und übergeben der Gemeinde ein fertig erschlossenes Gewerbegebiet.

So machen wir sie zum Partner. Wir ziehen das Projekt von der Entwicklung bis zum Abverkauf der Grundstücke gemeinschaftlich mit Ihnen durch. Hier verdienen wir alle dran."

Das saß erst mal.

Jetzt sollte man wissen, dass Fabius eine gewaltige Stimme hatte und nicht lange fackelte. „Nicht so laut, das soll noch geheim bleiben. Nehmen sie das hier mit und wann kann ich mit Ergebnissen rechnen, Herr Stoff?", unterbrach ihn der Bürgermeister. „Nächste Woche, selben Tag und selbe Uhrzeit, meine Herren, Herr Bürgermeister. Mit uns haben sie die richtigen Partner."

Wir tauschten unsere Adressen gegenseitig aus und verabschiedeten uns bis zum besagten Termin.

„Wenn wir das hinkriegen, sind wir die Größten. Vergesst Pieschen. Das ist eine Nummer zu groß und nicht finanzierbar. Aber das hier ist einen Versuch wert. Rosie, hast du noch eine Freundin für mich, wenn wir nächste Woche kommen?" Mit „Mal sehen" verabschiedeten wir die Rosie und machten uns auf den Heimweg.

Unterwegs diskutierten wir, wie das zu realisieren sei. Und wie wir uns organisieren müssten. Jeder hatte eine eigen gestaltete Visitenkarte. Schnell wurden wir uns einig, dass bei Fabius das Büro und die Ansprechadresse sein sollten. Gewisse Unstimmigkeiten zwischen Fabius und Bernd konnte ich bezüglich Planablauf heraushören. Vor allem im Bezug auf eine Honorierung. Es gibt bei so einem Projekt Tausende von Dingen, die man berücksichtigen muss. Hier war auch die Grundstücksfrage ein wesentlicher Punkt, den man zu klären hatte. Die Heimfahrt verlief diesmal wie im Flug.

Es war schon spät nachts, als ich Zuhause war. Mit Fabius verblieb ich so, dass ich am Tag darauf im Laufe des Vormittags bei ihm im Büro sein würde. Bernd konnte nicht, da er im Verbandsbauamt Termine hatte.

Ich zog es vor, auf dem Sofa zu schlafen.

Ein Team formiert sich

„Bist du auch mal wieder da! Wie lange soll denn das noch gehen? Deshalb haben wir nicht geheiratet, dass du nur noch fort bist", zischte mich meine mir angetraute Ehefrau an. „Guten Morgen erst mal. Stell dir vor, wir haben einen Planungsauftrag von dort mitgenommen. Ein großes Gebiet gilt es zu überplanen. Toll oder? Das hat sich doch diesmal gelohnt, oder?" Ich wollte ihr das Gefühl übermitteln, dass es eine erfolgreiche Sache werden konnte. „Ja, das heißt ja wohl, dass du jetzt öfters in den Osten musst. Wann gehts denn wieder rüber? Nächste Woche etwa?"

Sie wollte sich nicht beruhigen. Als ich ihr das bejahte, fluchte sie mir „Scheißkerl" zu und knallte die Tür ins Schloss. Mit ihrem roten 3er BMW fuhr sie zur Arbeit. Dass sie das nicht kapierte. Hier war mit Arbeit tote Hose und dort ging der Punk ab. Nein. Da musste ich – und sie auch – durch, ging ins Bad und zog mich an.

Es klingelte Sturm. Ich schaute hinaus und erkannte einen kleinen weißen Toyota mit Kölner Kennzeichen.

Was sollte das denn? Vielleicht Auftrag, dachte ich ironisch. Ich öffnete die Tür und: „Ja bitte? Was kann ich für sie tun?" „Sie sind Herr Stengele? Martin Stengele?", fragte mich ein etwa gleichaltriger Herr. „Sie suche ich schon eine ganze Zeit. Ich bin von der Leasinggesellschaft beauftragt worden, den weißen Landrover Defender abzuholen. Bitte fahren sie mir augenblicklich hinterher in Ihre Landroverwerkstatt. Hier ist das Schriftstück dazu, welches mich legitimiert, diese Maßnahme durchzuführen."

Ich machte keinen Versuch, ihm was vorzumachen, zog meine Jacke an und nachdem ich meine Habseligkeiten aus dem mir treuen Wagen herausgeholt hatte, fuhr ich ohne mich groß aufzuregen den Wagen zum letzten Mal. In meiner Werkstatt schauten die Kfzler mich alle mitleidig an, denn ich war dort beliebt. Der Inkassomensch war so nett und fuhr mich noch zur Bushaltestelle, damit ich nach Herzogburg zum Stoff fahren konnte.

Im ersten Moment war ich über die Lage sehr traurig. Als ich aber im Bus saß, dachte ich, ist doch auch ganz O. K. so.

Vom Bahnhof zum Fabius sind es keine 2 Minuten zu laufen. Fahr ich halt ab jetzt Bus, denn Anja brauchte ich erst gar nicht zu fragen, ob sie mir ihren Wagen lieh. Den Vogel würde sie mir zeigen. Da war doch noch so was wie Stolz in mir. Ein wenig.

Es war gegen halb elf Uhr, als ich im Büro ankam.

Fabius Schwester öffnete mir die Türe. Mit ihr hatte ich ein gutes Verhältnis. Sie war eine richtig Lustige. Hin und wieder half sie in der Buchhaltung aus. „Die sind schon bei der Besprechung. Was ist denn Dir über die Leber gelaufen? Keinen Sex gehabt? Ich bring Dir auch einen Kaffee. Siehst so aus, als ob du einen brauchen kannst."

In dem einen Besprechungsraum war Fabius mit einem älteren Herrn über dem uns mitgegebenen Flächennutzungs-

plan. Genannt F-Plan. „Ach Martin, hier das ist Herr Siegfried
Zackmann. Er ist Städteplaner und wir haben schon einige
Bauvorhaben miteinander durchgezogen. Zacke, und das ist
der Martin, mein Partner, von dem ich Dir erzählt habe. Der
macht die Grünplanung. Wir gingen den F-Plan durch und
waren der Meinung, dass wir es gleich mit einem B-Plan (Bebauungsplan) probieren könnten, da man den F-Plan so aus-
legen konnte, dass man nicht erst eine Nutzungsänderung im
F-Plan durchführen musste. Das sparte eine Menge Zeit und
Geld. Nach etwa einer Stunde Beratung zog Herr Zackmann
mit einer Kopie und jeder Menge Notizen ab und wusste, was
er mit seinem Planungsteam zu erledigen hatte. Die Zeitvor-
gabe war klar. Nächsten Mittwoch wollten wir die Planung
dem Bürgermeister Fuchs vorstellen. „So, jetzt habe ich den
Horst Stürmer herbestellt. Der muss uns den technischen B-
Plan umsetzen." So war es auch, kaum war die Tür zu schon
klingelte es und die Schwester von Fabius führte den elegant gekleideten Herrn Stürmer rein, den ich auch von früher
kannte. Mittlerweile steckte Fabius nicht mehr in seinem Bademantel, sondern im feinen schwarzen Zwirn samt roter Krawatte. Wir sprachen das ganze Vorhaben erneut durch und
baten um eine Konzeption bis Ende der Woche. Herr Stürmer
hatte mit seinem Partner ein Ing.-Büro mit ca. 60 Mitarbeitern und einen exzellenten Ruf in seiner Branche. Die Frage
nach dem Honorar wurde durch Fabius gleich erledigt. Alle
müssten in Vorleistung, bis der Auftrag und die Finanzierung
gesichert waren, so seine klare und knappe Antwort. Mit dieser Methode hatte man durchaus Erfolg, da die Auftragslage selbst bei den renommierten Büros nicht gerade toll war.
Jetzt musste ich mir noch überlegen, welchen Architekten ich
hier ins Boot nehmen konnte. „Sag mal, wir haben doch den
Bernd in Sachen Straßen- und Tiefbauplanung. Wieso kommt
jetzt der Horst?", wollte ich wissen. „Mit dem Bernd komme
ich nicht zurecht. Das spür ich. Der will mir reinreden, das

wird nichts. Wir beide ziehen das alleine durch. Ich habe dem
Bernd schon abgesagt." Ich fand das nicht fair, denn Bernd
hatte schließlich auch schon eine Menge Zeit investiert. Auf
der anderen Seite war er bei den Kommunen in einem Ange-
stelltenverhältnis und deshalb nicht so beweglich wie ein
Horst Stürmer. „Martin, was haben wir nun? Alle Planungsleistungen sind abgedeckt. Jetzt fehlt nur noch ein Jurist, welcher das von vorne gleich mit begleitet. Nicht irgend so ein
Schüttler, sondern ein Profi muss da ran. Da gibts nur einen
und der kommt am Montagabend. So Feierabend. Ab zum
Metzger Lösch."

Gott sei Dank gingen wir zu Fuß. Da konnte ich mir die
Peinlichkeit mit meinem Wagen erst mal ersparen.

In der Metzgerei angekommen waren die bekannten
Gesichter da und wir wurden bereits schon als Ostzonale titu-
liert. Der Bankdirektor Zwieback, der Europäer Butta Blablagür, die Schulbombes und die Herren im biederen schwarzem
Anzug von der ZDU waren auch da. Und Fabius sprach mit ihnen sogleich über unser Vorhaben und über ein Schreiben,
welches wir von der Parteispitze bis Ende der Woche benötigten. Aus dem Schreiben sollte hervorgehen, was wir für
Tapferle wären und was wir für einen tollen Ruf hätten. Uns
wurde ein entsprechendes Schreiben bis zum Ende der Woche versprochen.

Kommunale Schützenhilfe

„So und morgen spreche ich mit dem Bürgermeister von
Neckaroststadt. Die sollen Partnergemeinde zu Lüstig werden." Es ging ja wirklich Schlag auf Schlag.

Nach einem ordentlichen Vesper und mit einigen Troll-
ingerschorle intus fuhr ich mit dem Bus in Richtung Heimat.
Fabius und ich waren so verblieben, dass er mich am folgen-

den Tag gegen 11:30 Uhr abholen sollte und wir nach Neckaroststadt fuhren, um uns mit dem Bürgermeister Schwarte
zu besprechen. Ihn kannte ich aus früheren Zeiten, durch
meinen ehemaligen Arbeitgeber, welcher mich mit meiner
Kolonne zum Gartenpflegen hierhin geschickt hatte. Am anderen Tag frühstückte ich mit Anja und sprach ihr Mut zu. Sie
ging aus dem Haus und ich mit unserem Wolleknäuel Gassi.
Beim Spaziergehen überlegte ich, wie das denn so weitergehen sollte. Ich hatte so gut wie kein Geld mehr. Was Anja
verdiente, langte gerade mal für das Nötigste und mit den
Mietzahlungen war ich hoffnungslos in Verzug. Die Miete
war zu hoch. Wir zahlten 1.200 DM. Das hielten wir finanziell
doch nicht durch. Ich besprach das Problem mit meiner Mutter. Vielleicht hatte sie Beziehungen zu jemandem, welcher
eine günstigere Wohnung für uns hätte und auch einen Hund
akzeptieren würde. Und da wäre das Problem mit dem Auto.
Wie konnte ich arbeiten ohne Auto?

Schlucki hatte weder Auto noch Führerschein.

Die Idee kam mir, dass ich den Kumpel Didi Wyoming
fragen konnte. Er baute gerade und hatte einen alten VW-Bus,
welchen er nicht immer brauchte. Gesagt, getan, bevor mich
Fabius abholte, machte ich das mit dem VW-Pritschenwagen
klar. Im Gegenzug versprach ich ihm, seinen Hausgarten zu
planen.

Ich hatte kaum austelefoniert, da hupte es auch schon
unten. Die Hupe kannte ich und Fabius grinste mich auch
schon an. Er hatte wie meistens einen lässigen schwarzen
Anzug an mit einem blauen Hemd und diesmal einer geblüm-
ten Krawatte. Seine Haare hingen etwas über die Schulter
und er hatte wie so oft gute Laune. „Habe vorhin mit unserem
Bürgermeister Fuchs gesprochen. Der ist ganz euphorisch
und auch in der ZDU. Na, war doch ein guter Schachzug mit
der Partei beim Metzger Lösch. Oder?" Ich lobte ihn vielmals,
dass er weitsichtig dachte. Das gefiel ihm selber und er fing

sich auch an selbst zu loben. Und dann lobte er mich, dass ich so schnell reagiert hatte und die Kontakte herstellen konnte. Und dann auch an ihn gleich dachte. „Das Projekt kannst du halt nur mit einem Chaoten durchziehen. Deshalb Du, mit wem denn sonst? Allen anderen wäre das Risiko viel zu groß. Sind doch alles Schisser!", lachte ich ihm zu. Auch das war für ihn ein Lob und ich wusste es. Nebenbei erzählte ich von meinem Missgeschick mit dem Auto. Er meinte, ich solle zusehen, dass ich anderweitig Kohle hinzuverdiene, da er selbst wenig Geld hätte und es mit dem Projekt, wenn es klappen sollte, bestimmt noch ein Jahr dauern würde, bis wir den ersten Pfennig einstrichen. Mir wurde fast schlecht.

„Das powern wir schneller durch. Das weiß ich", behauptete ich optimistisch und energisch zugleich. „Das gefällt mir an dir, wie du an die Sache rangehst. Mit so einer Einstellung klappt das auch. So, jetzt sind wir beim Bürgermeister."

Wir parkten vor dem Haus auf der Straße und gingen zur großen blauen Haustür hin und klingelten.

Ich hatte hier des öfteren im Garten gearbeitet und war ein gern gesehener Gast, weil ich mit der Frau des Bürgermeisters gut konnte. Mit ihren ca. 60 Jahren trank sie gern Chantrè, einen billigen, braunen Fusel, den ich nicht mal gerne zum Mixen nahm. Das trank sie viel und gern. Am liebsten tagsüber mit mir, wenn ich hier im Garten arbeiten sollte. Sie war dick, einfach und vulgär in ihrer Aussprache, was mich aber nicht störte. Ich wusste, was sie gerne hören wollte, sagte es ihr und ich war immer ein guter Zuhörer. Ihre Kleidung war bieder. Meine Jungs schafften draußen und ich war bei ihr wie ein Schoßhündchen. Abends unterschrieb sie mir immer das, was ich wollte und ihr vorlegte. So gingen wir alle glücklich und zufrieden auseinander, inklusive Bussi. Manchmal packte sie mir an die Eier, mit der Bemerkung. „Brauch das einfach mal." Und das knurrte sie lüstern raus. Zu mehr kam es aber nie und ich bereute es auch nicht. Sie hatte einen netten Tag mit mir. Ich hatte meine Abrechnungsgrundlage und die Bezahlung erfolgte prompt. Der Unterschied zwischen ihr und ihrem Mann bestand nur darin, dass er Bürgermeister war und mir nicht an die Eier langte. Die Tür machte uns ihre Putze auf und wir gingen direkt ins Wohnzimmer. Fabius hatte das Haus geplant oder umgeplant. Ich wusste es nicht mehr. Aber der Stil war seiner. Alles großzügig eben. Im Wohnzimmer war eine Bar, welche zwei Stufen höher lag als die eigentliche Wohnzimmerfläche. Ein langer, hölzerner Tresen, an dem wir uns auf die Barhocker setzten. So wie in einer rustikalen Kneipe. Eine Freundin von ihr war auch anwesend und ich sah sie den beschriebenen Fusel trinken. „Willsch au öen?", lallte sie Fabius und mich an. Wir sagten höflichkeitshalber ja und ich erbat mir noch einen Schuss Cola hinzu. Nachdem wir uns zugeprostet hatten, teilte sie uns mit, dass ihr Mann sich etwas verspätete. So warteten wir geduldig etwa zehn Minuten, bis die Tür aufging und der Bürgermeister Dieter Schwarte eintrat. Er war dick und größer gewachsen als ich. Die Haare wie mit Pomade immer nach hinten geschmiert. Ein fülliges Gesicht, fette Backen und die Augen unter seiner Brille waren stets nur zwei Schlitze. Er begrüßte uns in seinem dunkelblauen Nadelstreifenanzug mit „Hallo, ich hol uns erst mal was Gescheites zu trinken." Damit meinte er einen Trollinger. Natürlich von einem heimischen Winzer. Da ihn seine Frau schon beim Anblick nervte, gingen wir in die Küche mit der Begründung, wir hätten eine diskrete Besprechung zu führen. Was auch stimmte. Fabius stellte ihm in kurzen Worten das Vorhaben vor und dass wir ihn und seine Gemeinde benötigten, um den Bürgermeister Fuchs aus Lüstig von uns zu überzeugen. Er meinte, das wäre für ihn kein Problem. Was denn so für ihn dabei rausspringen würde, war für ihn viel wichtiger. Diesen Punkt wollten wir aber nochmals besprechen. Aber er bekomme in jedem Fall was. Und das würde keine kleine Summe sein. Denn wir kannten ihn schließlich! Das Schreiben sollte ich doch am Samstag abholen, meinte er zufrieden schmunzelnd. Wir verabschiedeten uns und kamen zu dem Resultat, dass wir wieder einen neuen Befürworter für dieses Projekt gewonnen hatten.

Die Tage, die nun kamen, waren überaus von Hektik geprägt. Es ging hin und her, von einem Ing.-Büro zum anderen. Ich entschied mich auch für einen Gartenarchitekten, mit dem ich früher schon zusammengearbeitet hatte bzw. ich unter seinen Anweisungen. Jetzt beauftragte ich ihn, den Grünflächenplan nach meinen Anweisungen anzulegen und mit den Büros abzustimmen. Ganz nach einem britischen Spruch aus der Marine: „So ist die Welt nun mal. Heute ihr, morgen wir." Auf die Frage an Fabius einmal, warum wir das nicht selber zeichneten, antwortete dieser nur, wir hätten keine Zeit mehr, kilometerweise Rapidgraphenstriche zu pinseln. Sollten das die anderen tun. In dieser Woche wurden auch alle vertraglich gebunden, mit der Auflage, dass grundsätzlich 5 % des Honorars zu uns, in die Kaffeekasse zu bezahlen seien. Die Honorarangebote strichen wir so zusammen, bis sie uns passten. Ja, das musste man gleich im Vorfeld checken, ansonsten stellten die sich pampig, klang es bei Fabius selbstbewusst.

Am Samstagmorgen rief ich Bürgermeister Schwarte an, ob er das Schreiben der Gemeinde hätte und dass ich es gerne abholen würde. Wir verabredeten uns am Vormittag gegen elf Uhr bei ihm zu Hause. Als ich bei ihm war, öffnete seine Frau mir ein wenig angeheitert und sagte, er sei noch unten im Schwimmbad, komme aber gleich hoch. „Weißt du was? Ich bin heut so richtig geil! Könnte heut einen reiten", sabbelte sie im breitesten Schwäbisch. „Hast doch deinen Alten", antwortete ich grinsend. Und sie: „Ach was. Der kriegt doch keinen mehr hoch. Zumindest nicht bei mir. Junge Dinger müssen es sein. Ganz junge Dinger."

Sie watschelte in Richtung Bar. Soll sich weiter einen Schönen eingießen, dachte ich, was sie auch tat.

In dem Moment kam Bürgermeister Schwarte im weißen Bademantel um die Ecke. Voraus schob er eine Wolke irgendeines billigen Duftwässerchens. Wir gingen in die Küche. „Du, bevor ich dir das Schreiben gebe, sag mir, wie ich da beteiligt bin. Also das eine oder andere Prozentle muss da schon drin sein. Gell?", zwinkerte er mir zu.

Und dass er eine schriftliche Vereinbarung darüber wünschte. Natürlich nicht mit ihm als ehrenwertem Bürgermeister mit so einer blitzsauberen Gemeinde. Nein. Über einen Dritten sollte das gehen. Ich bejahte ihm das so, als hätte ich schon immer mit solchen Summen zu tun gehabt. Er gab mir das einseitige Schreiben, aus dem hervorging, dass die Planungsgruppe Stoff & Kollegen hier sehr erfolgreich tätig sei und war, und dass doch Bürgermeister Fuchs mit seinen Gemeinderäten gerne hier eingeladen werde, um sich vor Ort ein Bild zu machen, wie schön wir das alles könnten. Mit Stempel und Unterschrift von ihm und seinem Stellvertreter. Dazu eine Hochglanzbroschüre von der Gemeinde und der Umgebung einschließlich Golfplatz.

So bewaffnet fuhr ich nach Herzogburg. Vor dem Büro parkte eine schwarze Mercedeslimousine. Als ich oben im Büro war, stellte ich fest, dass dies ein Bote der Partei war, welcher uns ein Schreiben der ZDU übergab, dass uns in allen unseren Bemühungen Hilfe versprach und bescheinigte, dass wir eine lupenreine Weste hatten. Oder so ähnlich. Wir bedankten uns bei dem Mann in Schwarz, welcher übrigens auch ein gebürtiger Dresdner war, und verabschiedeten ihn mit einer kleinen Spende.

Stabsbesprechung

Fabius frönte Bacchus, was sich so darstellte, dass er tüchtig Roséwein trank und feste Klavier klimperte. Dazu sang er einen knackigen Blues.

Er hatte einen hellblauen Jogginganzug an und war unrasiert. Das Büro hatte mehrere Arbeitsräume, einen Besprechungsraum, eine große Wohnküche, ein Schlafzimmer, einen Fitnessraum und ein großes Bad mit WC. Ein Gäste-WC war neben dem Bad. Der Flur alleine war schon fast so groß wie die Arbeitsräume zusammen. An den Wänden hingen alte große Spiegel und alte historische Schlachtszenen sowie Jagdbilder in schweren, verzierten Holzrahmen. Das Büromobiliar war ebenso alt und schwermütig wie die Bilder. Eiche brutal. Ein modernes Schickschnack gab es hier nicht, außer einem verwaisten PC und der sonstigen Technik, welche man als Architekt so benötigte.

Es klingelte an der Tür und Fabius rief mir zu, dass ich aufmachen solle. Ich tat es, da wir eh nur zu zweit hier waren. Herein kamen Zacke und wie abgesprochen der Horst Stürmer mit zwei seiner Jungingenieure, Edgar und Christoph. Ein wenig später traf mein Grünplaner Peter Säuerlich ein.

Zacke rollte im Besprechungsraum den zwischen den Architekten und Ingenieuren gefertigten B-Plan auf. Wir warteten geduldig, bis Fabius mit dem Klavierspielen aufhörte und sich mit seinem Roséglas zu uns mürrisch setzte. Dann stand er wieder auf und meckerte los.

Zu viel Gewerbegebiet, zu kleines Sondergebiet.

Das Verhältnis vom Mischgebiet stimme nicht.

Nein, das Wohngebiet nur entlang der bestehenden Bebauung. Nicht kleckern, klotzen.

Und so weiter und so weiter. So ging das eine ganze Weile. Dann strich er wie ein Wilder mit einem dicken blauen Filzer im Plan umeinander, warf einiges um und ließ keine Kritik zu. Der einzige, welcher kein Fett abbekommen hatte, war ich mit meinem Peter Säuerlich. Nun schickte er alle heim, damit wir uns am Sonntag, also am folgenden Tag, abends gegen sechs Uhr, erneut treffen sollten, um die Planung abzunehmen.

Alle gingen ohne Murren und Knurren. Das bedeutete, dass eine Nachtschicht eingelegt wurde.

Er setzte sich erneut ans Klavier, spielte und sang den Schwabenblues von Joy Flemming mit mächtig lauter Stimme. Es klingelte das Telefon. Fabius' Frau war am Apparat.

„Wo ist der Hurebocke? Gib mir den Hurebocke!", lallte da die Isabella an mein Ohr.

Man muss wissen, dass die Isabella eine rassige Süditalienerin ist und einen Akzent nicht verleugnen kann.

Da das Telefon schnurlos war, gab ich es Fabius.

Er schrie sogleich eine ganze Breitseite übelster Obszönitäten an ihre Adresse und würgte mit „Du blöde, dumme Kuh!" danach den Hörer ab.

Dann schlenderte Fabius mit seinem leeren Glas zu der Flasche Rosé in die Küche, füllte es voll, um das Glas in einem Zug leer zu trinken. Ein ausgedehnter Rülpser und erneut ein volles Glas.

Oh Gott, das konnte ja heiter werden. Wenn der in Trinklaune war, dann suchte er sich einen Trinkbruder.

Es klingelte, ich öffnete und erkannte die Rettung.

Der Qualitätshandwerker und Europäer Butta Blablagür mit seinem Kumpel Luigi Kanone, einem Gebrauchtwagenhändler, standen da und wollten saufen.

Ein Grund, mich schleunigst zu verabschieden und der Runde einen schönen Abend zu wünschen.

Fabius rief mir noch zu, dass ich am nächsten Tag pünktlich da sein sollte.

Man brauchte keine große Fantasie, um sich vorzustellen, dass ich zu Hause nichts zu lachen hatte und ich wieder mal im Wohnzimmer auf der Plastikcouch nächtigte. Wenigstens kam der Hund zum Kuscheln und legte sich an meine Füße.

Am anderen Morgen frühstückten wir gemeinsam und friedlich. Ich sagte ja auch nicht, dass ich wieder gegen 18:00

Uhr zur Planbesprechung musste. Nach dem Frühstück, welches sonntags immer reichlich und vielschichtig war, was ich sehr genoss, gingen wir an die frische Luft mit ihrem kleinen Hund. Im Gespräch beim Spazierengehen konnte ich das Ganze mit der Planbesprechung mit der Hinsicht auf zu erwartende Vergütung gut verkaufen.

Sie war, als ich mit dem klapprigen VW-Pritschenwagen davonfuhr, nicht begeistert, aber auch nicht sonderlich sauer. Ein privater Teilerfolg etwa?

Im Büro bei Fabius angekommen, mittlerweile hatte ich schon die eigenen Schlüssel, stand schon unser Städteplaner und Architekt Zackmann da und beide diskutierten den B-Plan. Da der Maßstab 1:500 war und die zu beplanende Fläche, die Größe von 75 ha hatte, konnte man sich vorstellen, welch ein Riesenfetzen auf dem Tisch lag.

Fabius zeigte sich erst mal zufrieden und wollte den Plan aber bis Dienstagabend koloriert wissen.

Hier zeigte sich Herr Zackmann ein wenig nörgelig, da er nicht ausreichend Kräfte zur Verfügung hatte. Nur seine Tochter stände zur Verfügung. „Du Zacke, ich helfe da aus. Deine Tochter soll morgen Früh gegen 8:00 Uhr mit Plan und den Filzern bewaffnet kommen. Dann schaffen wir das pünktlich." So verblieben wir und da Horst Stürmer sich im Vorfeld schon mit Zacke ausgetauscht hatte, kam er auch nicht.

Am Montag fingen wir an, den Plan farbig zu gestalten. Ich die Grünflächen und Frl. Zackmann die anderen Flächen. Der Plan lag auf dem Boden und wie die Malergesellen pinselten wir los. Jede Nutzfläche hatte genau ihre Farbe, welche man nach den vorgeschriebenen Richtlinien des Baugesetzbuches einhalten musste.

Am Abend hatte sich Fabius' Anwalt angemeldet zu kommen. Voll des Lobes war Fabius über den Anwalt, welcher einige große Konzerne, darunter Baukonzerne, betreute.

Das Denken fängt am Grund und Boden an

Um 19:00 Uhr sollte er vorbeikommen.

Das fleißige Frl. Zackmann verabschiedete sich auch gegen 18:00 Uhr. Wir verblieben so, dass wir am anderen Tag um die gleiche Uhrzeit weitermachen würden. Dann sollte das Thema bis abends auch durchgezogen sein.

Fabius war noch schnell einkaufen. Er war wegen des Termins mit dem Rechtsanwalt schon ganz aufgeregt.

Jemand trampelte hektisch die Holztreppe hoch.

Es hörte sich so an, als ob er viel zu tragen hatte. Ich öffnete die Tür und mit zwei großen Papiertüten voll Einkäufen kam er herein. Wurst und Pasteten in jeglicher Art und Weise von der Metzgerei Lösch. Gewürzgurken, eingelegte Paprika gefüllt mit Käse und Zwiebeln. Dazu Champagner Veuve Clicquot. Teures Zeug, was ich mir noch nie geleistet hatte.

Ich half ihm den Besprechungsraum als Vesperraum umzugestalten und alles schön herzurichten.

Fabius malte mit dem Senf aus einer Senftube noch ein Gesicht auf ein Holzbrett für Wurst. Dazu schrieb er mit dem Senf noch „Herzlich willkommen Dr. Peter Hartmann" hinzu. Kaum hatte er den letzten Senftupfer platziert, als es auch schon klingelte und ich einem großgewachsenen, kräftigen Mann mit rundem Gesicht in einem dunklen Anzug, weißem Hemd mit wuchtiger Krawatte öffnete.

Im Schlepptau hatte er einen kleineren, sehr schmächtigen Mann, welcher in einem gemusterten Pullover samt Stoffhose steckte. Er hatte einen Haarschnitt wie Prinz Eisenherz und einen wuchtigen Schnauzer. Auf seiner Nase klemmte eine dicke Hornbrille, so eine, wie man sie früher von der Krankenkasse verschrieben bekam, ohne Aufpreis zu zahlen. Ich erkannte ihn erst gar nicht, weil er sich hinter dem Dr.

Hartmann befand. Dieser mächtige Mann gab mir die Hand und stellte sich und den Notar Jörg Marder vor.

Fabius begrüßte auch beide schon mit ausgestreckten Armen. Als Dr. Hartmann und der Notar in den abgedunkelten Besprechungsraum eintraten und er das Essen und den Champagner einschließlich Begrüßung sah, sagte er nur: „Du verrückter Hund."

Fabius stellte mich als seinen Partner vor und sagte, dass ich es gewesen sei, welcher ihn bewogen hatte, nach Dresden zu fahren. Ob er sich mit seiner Kanzlei denn vorstellen könne, die juristische Begleitung des Projektes zu übernehmen. Mittlerweile hatte ich den B-Plan an die Wand gehängt und wir standen jeder mit einem gefüllten Glas Schampunelli vor der Planung.

„Wie siehts denn mit Knete aus?", meinte Dr. Hartmann und machte mit Zeigefinger und Daumen die berühmte Bewegung. Fabius wusste, dass Dr. Hartmann nicht auf diesen Auftrag angewiesen war und schenkte ihm reinen Wein ein.

„Geld können wir Dir erst nach Genehmigung des Planes geben. Dann kriegen wir auch die Finanzierung auf die Reihe. Aber wir beide versprechen Dir, dass du dann mit Deinem Büro alle Notarverträge machen wirst, einschließlich den Endverkauf an die Investoren."

Ich erkannte beim Consigliore, so nannte er sich selbst am liebsten, dass seine Augen leuchteten.

„Und ihr Knalltüten traut euch zu, dass ihr das hinbekommt? Wenn die Großen davon Wind bekommen, zerquetschen die euch doch wie Gewürm!", das klang nicht gerade wohltuend von ihm an mein Ohr.

„Bis die so genannten Großen reagieren und ihren Apparat in Bewegung setzen, haben wir das Projekt, mit diesem Bürgermeister, in trockenen Tüchern!", konterte ich diesmal ganz tapfer.

„Lasst uns hinsetzen und was Vernünftiges tun. Lasst uns anstoßen mit dem Schampus. Was habt ihr denn da?"

Er nahm die Flasche hoch, schaute diese mit einem Entzücken genau an: „Ah, la grande Dame, Veuve Clicquot, die gute Witwe Klicko. Gut, sehr gut! Saufen wir einen ... und ich mach mit. Jörgel, du nur ein Glas! Du fährst", ermahnte er seinen Notar.

Dr. Hartmann überlegte und nahm einen langen Zug von seiner Zigarette.

Er wandte sich zu mir und: „Schreib auf!

Frag den Bürgermeister: 1. Grundbücher, gibt es welche und wer ist Eigentümer? Falls ja, dann her damit. Wenn nicht die Gemeinde, dann such mir die Eigentümer. Dann sag Deinen Bürgermeister, dass erst die Gemeinde in den Besitz der Grundstücke kommen muss, dort werden diese dann verschmolzen zu einem großen", und zeigte auf unserem B-Plan.

Fabius unterbrach: „Wieso? Wir können doch direkt kaufen, dann ersparen wir uns doch einmal die Grunderwerbsteuer." Der Consigliore erklärte: „Das ist der falsche Weg. Pfeif doch auf die Grunderwerbsteuer. Wenn erst mal die jetzigen Grundstückseigentümer mitbekommen, dass ihr Wessis Eigentümer werden wollt, was glaubt Ihr, was ihr auf einmal für den Quadratmeter berappen müsst? Ihr seid schön still und haltet euch im Hintergrund. Die Gemeinde muss erst mal nach außen hin der Maßnahmeträger sein. Wenn die Grundstücke dann mal gesichert sind, dann spielt es keine Rolle mehr. Ihr werdet federführend übernehmen. Kratzen wir an dem gefundenen Nugget doch mal weiter. Wann können die Grundbücher denn für euch angelegt werden, so dass es veredelte Grundstücke werden? Genau da liegt die Kunst. Jörgel, wie ist denn die Situation im Osten momentan?" „Noch völlig undurchsichtig. Die erste freie Volkskammerwahl war jetzt am 18. März. Die Allianz für Deutschland setzte sich da durch und die setzt sich für eine rasche Wiedervereinigung mit der Bundesrepublik ein. Die neue DDR-Regierung unter dem kleinen Ministerpräsidenten Lothar de Maizière arbeitet mit dem „Dicken" feste daran. Vor allem der laute Ruf von Ansprüchen aus den Altbundesländern fängt an, um sich zu greifen. Die Grundbuchämter sind überfordert und man muss erst die Ansprechpartner herausbekommen", sagte der Notar nach seinen neuesten Informationen recht trocken.

„Alles deine Aufgabe, Meister Stengele. Der Fabius hat andere Aufgaben zu erledigen. Doch wie kommen wir an die Knete, am schnellsten? Voraussetzung ist ein genehmigter B-Plan. Vorverträge können zwar schon gemacht werden, das soll auch so sein, denn hier zählt ‚Time is money', doch wie kriegen wir die Investoren dazu zu bezahlen, bevor diese im Grundbuch stehen?

Bei uns ist das ja so, du bezahlt erst dein Grundstück, wenn du im Grundbuch stehst bzw. deine Bänke sich eine vorrangige Grundschuld eintragen lässt, damit du die ganze Kacke durchfinanzieren kannst.

Das kannst du natürlich hier im Ossiland erst mal vergessen." Er trank sein Glas Schampus aus, zog genüsslich an seiner Zigarette und drückte den Stummel in den Aschenbecher.

„Die jetzigen Grundstückseigentümer müssen sich notariell verpflichten, die Grundstücke der Gemeinde zu verkaufen. Das machen wir in unserer Klitsche. Dann verpflichtet sich die Gemeinde, an euch zu verkaufen. Das kann alles an einem Tag passieren. Erst kommen die Grundstückseigentümer mit dem Bürgermeister. Dann schicken wir die wieder heim nach Ossiland. Der Bürgermeister bleibt hier und euch beide hole ich aus dem Keller. Dann unterschreibt ihr mein Kochrezept. Mit den Investoren kann man das nur so machen. Die müssen bezahlen nach Abtretung der Auflassungsvormerkung. Hat der Bürgermeister unterschrieben, lass aber noch den

Stellvertreter dazukommen, ist die halbe Miete gewonnen. So kann es nur gehen, oder Jörgel?"

Notar Marder überlegte und schaute während er sprach auf den Tisch. „Die Kette muss nachvollziehbar geschlossen sein. Dann funktioniert das auch."

Dr. Hartmann meinte noch abschließend: „Schenk mir noch mal ein, von der Witwe, und geb mir mal 'ne Lulle. Ich nehme euch an die Hand und werde euch in das gelobte Land führen, wo Milch und Honig fließen. Doch bringt mir das Nugget an den Tisch, damit ich es für euch polieren kann."

Nach diesem ausführlichen Plädoyer gingen wir zum gemütlichen Teil über.

Nachtverkehr

Am Dienstagabend waren wir dann mit dem Kolorieren des B-Planes fertig und packten alles zusammen, damit wir losfahren konnten.

Rosie, mittlerweile unsere treue Seele, hatte wie immer ein Doppelzimmer in unserem Waldparkhotel bestellt.

Da es schon nach 18:00 Uhr war, würden wir erst gegen 23:00 Uhr oder, je nach Verkehr, später dort ankommen.

Rosie würden wir mit einer Überraschung, wie sie mir am Telefon kichernd mitteilte, in der Nachtbar antreffen.

So setzte ich mich ans Steuer und wartete, bis Fabius sich bequemte, aus dem Büro runter zu kommen, damit wir endlich losfahren konnten.

Er kam schließlich, bepackt mit einem Pilotenkoffer.

Ich hatte eigentlich schon alles in den Kofferraum des Daimlers verpackt. Unterlagen, Mehrfertigungen der Pläne, Schuhe, Anzüge und Handpackage. Aber er fand halt immer noch was.

Er mochte ein großartiger Rhetoriker sein, welcher seine Zuhörer in Begeisterung und zu Hochleistungen zu pushen vermochte. Fabius war aber auch eine riesengroße Schlampe, was seine Unterlagen anbelangte. Ständig schaufelte er Eingangspost, seine Rechnungen und Mahnungen, wichtige wie unwichtige Dinge von einem Platz zum anderen. Manchmal hatte er die Angewohnheit, seine aufgehäuften Papiertürme fein säuberlich auf dem Besprechungstisch auszulegen. Am besten in Klarsichthüllen. So als ob er gleich an die Bearbeitung gehen würde. Dann war er ganz stolz, hielt inne und schaute es sich aus einer gewissen Distanz an.

Einen Moment später legte er wieder alles über- und durcheinander. Genau diese Unterlagen waren mit Sicherheit in dem Pilotenkoffer.

Dieses Schauspiel wiederholte sich Tag für Tag und Woche für Woche. Er brauchte alles immer bei sich.

Endlich saß er neben mir und ich fuhr los. Er kruschtelte in seinem Pilotenkoffer, welchen er auf den Rücksitz gestellt hatte, und was brachte er hervor?

Zwei Gläser Sekt und eine Flache Schampus.

Jetzt war er zufrieden.

Für mich nicht gerade angenehm. Er schenkte mir ein Glas halbvoll ein und wir prosteten uns zu. Ein zweites Glas verneinte ich, was ihn ja nicht daran zu hindern brauchte, weiterzutrinken. Eine Fahrt bis nach Dresden war lang und anstrengend genug. Wir hatten, wenn es Richtung Dresden ging, meistens gute Laune und als wir so in Höhe Nürnberg auf der Autobahn unterwegs waren, fingen wir unsere Lieder an zu singen. Zum Repertoire gehörten das Kinderlied „Es geht ein Bi-Ba-Butzemann", „Ich wollt, ich wär ein Huhn" und „Mein kleiner grüner Kaktus" von den Comedian Harmonists.

Der Tagesablauf für morgen sah vor, dass wir den B-Plan besprechen und diesen dann abends den Gemeindevertretern vorstellen würden. Der Bürgermeister wollte einen Gemeindebeschluss darüber herbeiführen, dass das

Gewerbegebiet realisiert werden und die Gemeinde offiziell uns mit der Planung beauftragen solle. Tags darauf hatte der äußert rührige Bürgermeister Fuchs schon Termine mit dem Landratsamt und Regierungspräsidium vereinbart. Den Wirtschaftsminister hatte er telefonisch vorinformiert und ebenfalls einen Termin mit diesem im Ministerium vereinbart. Bürgermeister Fuchs hatte, wie sich herausstellte, ausgezeichnete Beziehungen zu den „Organen", so hieß das zu jener Zeit.

Die Fahrt nach Dresden ging um diese Uhrzeit zügig voran. Der Daimler war zwar schon in die Tage gekommen, tiefergelegt mit mächtig breiten Reifen und zerfranstem Frontspoiler, (mir ein wenig zu playboymäßig) aber er lief wie ein Uhrwerk. So fuhr ich dahin und Fabius hatte es sich auf dem Rücksitz bequem gemacht und schnarchte.

Kurz vor Mitternacht waren wir endlich angekommen. Wir checkten schnell an der Rezeption ein, man kannte uns schon beim Namen, und brachten unsere Sachen nach oben.

Fabius musste ich erst überreden, noch runter in die Bar zu kommen, da er schlaftrunken war. Im Gegensatz zu mir, der nach der Fahrt noch einen Absacker zu sich nehmen musste. Rosie wartete ja schließlich unten auf uns.

In der Bar, nachdem wir die Garderobe abgegeben hatten, winkten uns Rosie und noch eine Dame zu.

Ah, die Überraschung. „Na sagte ich doch, Überraschung!" Mit Luzie stellte sich die junge Dame vor. Sie war genauso groß wie Rosie, hatte schwarze, lockige, halblange Haare, war ein dunkler Typ mit braunen Augen und einem sympathischen Lächeln. Auf einmal war wieder jemand hellwach.

Klar kam erst die eine Flasche Wein, dann die nächste.

Als das Bedienungspersonal, der schon besagte nette Herr, uns höflich und diskret bat, die Rechnung bringen zu dürfen, bestellte Fabius noch eine Flasche samt Gläsern, welche wir hoch ins Zimmer mitnahmen. Kichernd und jeder von uns eine der beiden im Arm, blödelten wir noch ein Weilchen herum, bis es zur Sache ging. Ein exzessives Rundumbumsen war die Folge mit dem Resultat, dass wir am anderen Morgen von einem böse an die Tür klopfenden Bürgermeister Fuchs geweckt wurden.

Überzeugungskraft

Verpennt hatten wir!

Ich war mir keiner rechten Schuld bewusst, denn wir waren schließlich so verblieben, gleiche Zeit wie das letzte Mal.

Das war auch richtig, nur hatte Fabius mich nicht in Kenntnis gesetzt, dass er mit dem Bürgermeister Fuchs den Termin schon auf 8:00 Uhr runtergesetzt hatte. Wir wollten das Projekt erst alleine durchsprechen.

So stand der Bürgermeister zwischen umeinanderliegenden Schlüpfern, Socken, Hosen und sonstigen Bekleidungsteilen. Unsere Mädchen schauten ein wenig beschämt drein und der Bürgermeister machte kehrt und erwartete uns 5 Minuten später unten an der Rezeption.

Seine Stimme war scharf und energisch.

Bei mir und den Mädchen klappte das auch.

Aber Fabius. Bis er seine Haare gefönt, seinen Schnauzer gezupft und seine Toilette hinter sich gebracht hatte, da dauerte es statt 5 Minuten eben 20 Minuten.

Rosie und Luzie verschwanden unauffällig. Und Bürgermeister Fuchs. Stinksauer war er.

Bis Fabius kam, entschuldigte ich mich beim Bürgermeister und teilte ihm aber auch mit, dass wir praktisch seit letzter Woche mit einem ganzen Stab von Ingenieuren und Architekten rund um die Uhr beschäftigt gewesen waren, damit wir mit der Planung fertig wurden. Zudem hatte mir Fabius von dem vorgezogenen Termin nichts erzählt bzw. ihn schlichtweg vergessen.

Schließlich kam Fabius in seinem lockeren schwarzen Anzug. Um seinen Hals hatte er sich noch einen roten Schal gewickelt. War mir schon klar, dass er von oben bis unten mit Knutschflecken voll war, so wie die zwei loslegten.

Und los gings. Der Bürgermeister und er fuhren im Wagen vom Herrn Fuchs, einem grauen Opel Omega vor und ich mit dem fetten Daimler hinterher. Ach, hatten die beiden was unter vier Augen zu besprechen? Ich konnte Fabius auch wild gestikulierend im Wagen des Bürgermeisters beobachten; es war was Wichtiges.

Im Büro angekommen, schlossen wir die gepolsterte Tür hinter uns zu, nachdem die Sekretärin uns den Kaffee gebracht hatte.

Bürgermeister Fuchs bat uns im Flüsterton zu reden. Leise!

Die allgegenwärtige Angst, dass uns jemand abhören könnte, wie in Stasi-Zeiten, sie war immer noch da und allgegenwärtig. Für Fabius und mich ein völliges Absurdum. Doch hielten wir uns dran. Zuerst übergaben wir die Originale des Bürgermeisters Dieter Schwarte samt Einladung. Dann auch das Schreiben der ZDU, welches er gerne in Empfang nahm. „Herr Bürgermeister, der Martin ist mein Partner, den weihe ich in alles ein. Nur dass sie das wissen. Was wir in Ihrem Auto vorhin unter vier Augen besprochen haben, bleibt. Wir drei sind ab jetzt, wenn sie es wollen, gleichberechtigte Partner. Sie können natürlich offiziell nicht. Da finden wir aber bei unserem Anwalt und Notar die Lösung. Wie schon gesagt, ich weiß, jetzt können oder wollen sie nicht ja sagen. Es ist ein Angebot! Hand drauf, auf unser Angebot an Sie!"

„Ob ich annehme, entscheide alleine ich, dass wir uns da richtig und genau verstehen! Für mich ist in erster Linie das Interesse der Gemeinde vorrangig.

Ich werde es mir aber überlegen, ob ich euch beiden trauen kann." Und dann gab er uns nacheinander die Hand, wobei er verschmitzt lächelte.

Ich hatte nicht den Eindruck, dass er Fabius missverstanden und sich über den Tisch gezogen fühlte. Er war sehr vorsichtig und in seinen Augen konnte man Entschlossenheit erkennen. Was im Opel vorgeschlagen worden war, erfuhr ich später. „So und jetzt zu den zwei Stadtarchitekten Grabschinski und Knetemeier. Ich weiß, das sind zwei liebe und nette Kerle. Aber glauben sie mir, mit denen können wir das Projekt nicht durchziehen. Sie sagten, dass die beiden jetzt sechs Wochen an diesem Fetzen hier", und Fabius zeigte auf das Pergamentpapier, welches auf dem Besprechungstisch lag, „gearbeitet haben. Jetzt schauen sie mal an, was wir hier in einer Woche, wie gesagt in einer Woche, gezaubert haben."

Nicht ganz ohne Stolz rollte er den großen Plan aus.

Das waren Welten! Das beeindruckte!

„Ich habe mit den beiden aber so eine Art Vertrag. Den hatte ein Partner ihnen aufgesetzt. Ein Makler aus Münster.", sagte Bürgermeister Fuchs leise und ein wenig bedrückt.

Auch das noch, ein Makler!

„Lassen sie mich das mit den zweien machen. Man muss das fair regeln. Ich weiß, wie das geht!" Klang gut, bloß dass Fabius seine ganz eigene Vorstellung von Fairness definierte. Als die Stadtarchitekten Grabschinski und Knetemeier hereingelassen wurden, war es erst mal gefährlich ruhig. Grabschinski war ein hagerer Anfangdreißiger, so wie Knetemeier. Er faselte viel, aber vieles unüberlegt und nicht zu Ende gedacht. Er machte sich über die Baukörper primär Gedanken, alles, was die Planung von großen Architekten eben betrifft. Aber so ein Projekt fängt bei den Grundstücken an und hört im Endverkauf auf. Genau dieses wollten beide mit uns gemeinsam durchziehen.

Als gleichberechtigte Partner.

So was konnte nur schief gehen.

Der Knetemeier, ein sportlicher Mann, etwas kleiner als ich, hatte schmierige, nach hinten gekämmte schwarze Haare. Diese waren völlig mit Schuppen durchsetzt, welche sich auch auf seiner braunen Lederjacke in Fülle niederließen. Er war mir nicht unsympathisch, denn er war es, welcher mich damals im ungarischen Restaurant angesprochen hatte. Zudem sprach er so gut wie gar nichts. Sein Ausdruck in den Augen war so, als mochte er im Moment sagen, hier stimmt was nicht. Bitte lasst uns nicht hängen, ich habe euch hier her geführt. So schaute er mich etwas hilfesuchend an.

Fabius sogleich: „Erst mal Hallo zusammen. Ich rede auch nicht lange um den heißen Brei herum. Eure Idee mit dem Gewerbegebiet ist gut und wie sie hier sehen können, haben wir unsere eigene Vorstellung zu Papier gebracht. Wir werden das eigenverantwortlich mit der Gemeinde durchziehen. Eure Vorarbeit werden wir selbstverständlich honorieren.

Mit Martin habe ich mich abgestimmt.

Ihr bekommt hierfür", und er deutete mit dem Zeigefinger direkt auf deren Pergamentpapier, auf dem ihr Entwurfgekritzel war, „20.000,00 DM.

Ist das ein Wort, ja oder nein?"

Beide schauten sich kurz an und nickten sich zu. Grabschinski sagte vorsichtig: „Wir könnten uns das schon vorstellen, aber der Makler aus Münster, Dr. Rübe, ob der damit einverstanden ist, das wissen wir natürlich nicht." „Um den kümmern wir uns. Ihr wisst von den 20.000 DM nichts und kein Wort darüber zu der Rübe. Ist das klar, ansonsten platzt das Geschäft", war die deutliche Antwort von Fabius an die beiden.

Der Bürgermeister beschwichtigend: „Leute, ihr seht ja. Ihr habt doch gar nicht die Kapazität und vor allem die Erfahrung. Nehmt das Geld und gut ists. Vielleicht könnt ihr ja was für die Investoren planen, oder Herr Stoff?" „Selbstverständlich. Die eine Hand wäscht die andere. Wir machen das alles ganz offen und fair. Euch empfehlen wir, ist doch ganz klar."

Fabius sagte dies jetzt schon fast mit einem väterlichen Ton und beide fühlten sich geschmeichelt.

Auf einen Planungsauftrag warten die beiden heute noch.

Von dem Makler hörten wir nie was. Consigliore operierte gründlich!

„Na, da habt ihr euch ja mächtig bemüht. So können wir ja mal den Termin mit dem Landratsamt und Regierungspräsidium locker angehen. Gegen 11.00 Uhr müssen wir dort sein. Das müssten wir schaffen. Danach 14:00 Uhr Termin beim Wirtschaftsminister. Also, auf gehts."

Als wir gegen 11:00 pünktlich den Besprechungsraum im Landratsamt betraten, welches sich im gleichen Gebäude wie das Rathaus befand, saßen uns auch zwei Personen gegenüber. Ein schmaler, langgewachsener Herr mit Brille. Ein Dr. Lahm und eine Frau Busch.

Ein Prachtweib. Ein gewaltiger Wuschel rahmte ihr Gesicht ein. Dicke, wulstige Lippen, die nur vermuten ließen, was sie da alles mit saugen konnte und funkelnde braune Augen mit langen Wimpern schauten mich wild an. Zudem diese dicken Titten. Als beide aufstanden, um uns zu begrüßen, konnte ich ihren Arsch sehen, welcher doch zu mächtig ausgefallen war. Die Chefbearbeiterin des Landratsamtes in Sachen Gewerbegebiete war mir sofort sympathisch.

Unser Bürgermeister war mit der Frau Busch per du und sprach sie mit Danuta an.

Der Dr. Lahm dagegen war ein Unsympath. Aber er war wichtig. Letztendlich gab er die Unterschrift als Vertreter des Regierungspräsidiums auf den B-Plan als Genehmigungsbehörde. Meine Aufgabe war es nun, den Plan aufzurollen und diesen auf dem großen Besprechungstisch so auszubreiten, dass jeder den Plan anschauen konnte.

Der Bürgermeister fing auch gleich an zu erklären, wie der B-Plan sich zusammensetzte. Hier das Sondergebiet, da das Gewerbegebiet, hier das Mischgebiet und dort die Wohnbebauung. Unten am Bach die Kleinkläranlage.

Extra für das Gebiet geplant, und man könne auch noch den Ortschaftsteil mit dranhängen.

Wie der Bürgermeister das so erklärte, hätte man meinen können, wir seien gemeinsam seit Wochen mit ihm und den Gemeindevertretern seiner Gemeinde bei Besprechungen zugegen gewesen. Fakt war, dass der Bürgermeister alle Gemeindemitglieder informiert hatte, was da wohl auf sie zukommen würde, aber den Plan bekamen sie erst am heutigen Abend zum ersten Mal zu Gesicht.

Mitunter mischte sich auch Fabius ein und erläuterte das eine und das andere.

Danuta fragte, wie es sich mit der Verkehrsanbindung, der Ver- und Entsorgung denn verhalten würde.

Bürgermeister Fuchs hatte für alles eine treffende Antwort.

Im Nachhinein hatte er sich schon mit Danuta vor dem Gespräch abgestimmt und man warf sich so die Bälle zu.

Im Gegensatz zu Dr. Lahm. Der fing auf einmal an zu nörgeln. Zu groß das Gebiet.

Solche Sachen solle man der Stadt Dresden überlassen.

Das Ganze würde ein Verkehrschaos ergeben.

Die Gemeinde solle doch lieber sanften Tourismus ausüben. Wo sei denn bitteschön eine Bedarfsliste von Investoren, welche sich gerade hier ansiedeln möchten.

Außerdem gingen jetzt ständig Gesuche über zu planende Gewerbegebiete bei ihm ein und er müsse abwägen.

Auch wolle man die bestehenden Industriebrachen re-
aktivieren.

Wir hörten uns das Ganze ein Weilchen an, dann sagte Bürgermeister Fuchs: „Ich glaube, Herr Dr. Lahm, dass sie
unsere Gemeinde außen vor lassen wollen. Danuta, wie weit
sind die anderen Mitkonkurrenten in Sachen B-Pläne, oder ist
jemand anders schon vorstellig geworden?" Sie verneinte die
Frage und fügte hinzu, dass dies der erste B-Plan sei, welcher
in dieser Form ihr vorläge. „Dr. Lahm, was haben sie denn an
diesem B-Plan auszusetzen? Wenn sie irgendwelche Ansatz-
punkte haben, welche wir noch berücksichtigen sollen, dann
bitte, haben sie doch jetzt die Möglichkeit, das anzumerken.
Über jede kritische und fundierte Meinung sind wir aufge-
schlossen und werden diese nach Prüfung mit berücksichtigen", kam es sachlich von Fabius rüber und ich fügte hinzu:
„Eine Investorenliste, welche sie angesprochen haben, kann
ich Ihnen nächste Woche gerne über den Bürgermeister zukommen lassen. Dem kann ich eine rüberfaxen." Natürlich
stimmte hiervon kein Wort.

Wir hatten noch gar keinen Kontakt zu irgendwelchen
Investoren aufgenommen. Aber es zeigte Wirkung.

„Na gut, wenn tatsächlich Investoren ausgerechnet zu
Ihrer Gemeinde wollen, warum auch immer, dann müssen wir
das abwägen. Aber schauen sie doch, wie das alles gezeich-
net ist. So unordentlich, kann man das nicht rechtwinkliger
zeichnen, das sieht alles so rund aus. Ich wünsche mir das
Ganze mehr geometrischer, ordentlicher. Kann man die Baukörper nicht alle in Reih und Glied anordnen?", fing der Dr.
Lahm an.

Er wollte irgendwas sagen und drückte sich so unglücklich aus, dass jedem hier offenbar wurde, dass er von
Planung nicht die geringste Ahnung hatte. Die vermeintlichen
Baukörper, welche er ansprach, sollten nur verdeutlichen,
in welchem Bezug bebaute Flächen zu unbebauten Flächen

standen. Letztendlich würden die Investoren nach einem genau definierten Baufenster die Planung schon selbst betreiben, einreichen und sich genehmigen lassen.

„Dr. Lahm wir kommen so nicht weiter. Herr Stengele, schreiben sie mal ein Protokoll: Das Landratsamt, vertreten durch Frau Danuta Busch, zeigt sich kooperativ und kann, nachdem ihr die Unterlagen zur Prüfung vorgelegt werden, auch diese dann bearbeiten. Sehe ich das so richtig, Danni?", schaute er Danuta an und durch ein lächelndes Nicken machte sie deutlich, dass von ihrer Seite ein Nein nicht zu erwarten war. Dr. Lahm wünschte unser Gebiet lieber in einem bestehenden Industriegebiet auf der Gemarkung Dresden.

„Im Übrigen, Herr Dr. Lahm, sind wir gleich beim Wirtschaftsminister, um eben diese Sache zu besprechen. Schönen Tag noch."

Das wars fürs Erste. Als wir drei zum Essen gingen, im Rathauskeller war ein hübsches Restaurant untergebracht, fragte mich der Bürgermeister, ob ich tatsächlich schon Anfragen vorliegen hätte. Worauf ich ihm sagte, nächste Woche hätte er eine Liste, die ich ihm zufaxte.

Das war der Punkt damals. Im Rathaus war kein Faxgerät. Fabius zeigte sich erkenntlich, dass wir eins spenden würden. Für die Gemeinde und ganz offiziell mit Spendenquittung, versteht sich.

Nach dem ganz hervorragenden Essen ging es auch gleich ins Wirtschaftsministerium, wo der Wirtschaftsminister uns erwartete. Mit diesem hatte Bürgermeister Fuchs schon mehrmals gesprochen und in dem kurzen Gespräch, er hatte nur etwa zehn Minuten Zeit für unser Anliegen, bekräftigte Herr Minister mehrmals, dass er das Vorhaben der Gemeinde unterstützen werde und er meinte auch, dass Sachsen Investoren brauche. „Fangt an und bringt mir diese", gab er uns auf den Heimweg mit.

Bis zum Termin der Gemeinderatssitzung hatten wir noch
Zeit und so lud uns der Bürgermeister in sein Privathaus zu
einem Kaffee ein. Seine Frau gab eine rundliche Figur ab.
Sie hatte eine gewaltige, energische Stimme, welche darauf schließen ließ, dass sie sich, auch gegen unseren Bürgermeister, sehr wohl durchsetzen konnte. Sie hatte Humor
und lachte gern. Zudem backte sie uns einen ausgezeich-
neten Kuchen, welchen wir mit frischer Schlagsahne
serviert bekamen. Ein großes süßes Stück verdrückte Frau
Fuchs selbst und das mit viel, viel Schlagsahne. In dem
Haus der Familie Fuchs waren die Zimmer klein und alles
wirkte sehr sauber und gepflegt. Drei Kinder waren zugegen und tollten wie die kleinen Hündchen umher. Wir
saßen still wie die Schulbuben da und hörten ihr zu, wie
sie den Alltag bewältigte. Nachdem wir den Kuchen hinter
uns hatten, verabschiedeten wir uns bis zur Gemeinderatssitzung gegen 19:00 Uhr im Gemeindehaus. Wir wollten ins
Hotel, uns ein wenig frisch machen und ein paar Minuten aus-
ruhen.

Der Gemeinderat zählte 18 Mitglieder. Vertreten waren alle
Parteifarben, aber auch solche, welche sich mit keiner Partei
anfreunden konnten. Parteilose.
    Bürgermeister Fuchs meinte, was ich aus einem Tele-
fonat zwischen ihm und Fabius einmal heraushörte, dass es
die eine oder andere problematische Person wohl gäbe, aber
dies würde er in persönlichen Gesprächen ausräumen können. Wir sollten auch nicht zu viel schwäbeln und nur kurz,
präzise und genau auf die wichtigsten Punkte eingehen.
    Geduldig warteten die Gemeindevertreter in dem Ge-
meindesaal, welcher extra für uns ein wenig auf Vordermann
gebracht worden war. Und so saßen die Gemeinderäte, über-
wiegend Männer, in vier Reihen hintereinander und schauten
uns erwartungsvoll an.

Ein Herr Wastel half mir, den großen bunten B-Plan aufzuhängen. Kleinere, in schwarzweiß gefertigte Fassungen hatte ich ebenfalls dabei.

Bürgermeister Fuchs stellte uns beide als erfolgreiches Planungsteam mit Sitz in Herzogburg bei Stuttgart vor und übergab dann Fabius Stoff das Wort.

Fabius erläuterte das Vorhaben ausgiebig und immer mit dem Hintergrund, dass die Gemeinde selber nicht in die Pflicht gerufen werde und auch kein Geld ausgeben müsse. Die Planungsgruppe Stoff und Kollegen würde alles eigenständig finanzieren, genehmigen lassen und an die Investoren weiterverkaufen. Lediglich müsste die Gemeinde die Grundstücke von den jetzigen Besitzern erwerben. Dann, wenn die Gemeinde im Besitz der Grundstücke sei, dann würden wir diese abkaufen und noch fünfzig Pfennige extra pro Quadratmeter draufzahlen. Natürlich nur die Flächen, welche innerhalb des Geltungsbereiches des B-Planes seien. Hierfür würde die halbe Mark extra bezahlt. In Anbetracht dessen, dass die Fläche so jetzt endgültig 49 ha habe, wäre das eine satte Summe von 230.000 DM für die Gemeinde.

Das sei doch ein Wort.

„Es versteht sich, lieber Herr Bürgermeister, liebe Gemeinderäte von selbst, dass wir auch Geld verdienen wollen. Da zitiere ich doch den Stuttgarter Oberbürgermeister Rommel, den Sohn des Generalfeldmarschalls Erwin Rommel, welcher hier in Dresden sagte: ‚Wenn irgendwelche ankommen und sagen, sie wollen Ihnen aus christlicher Nächstenliebe helfen, dann schmeißt diese Halunken raus. Wenn aber einer kommt und sagt, er wolle bei Ihnen verdienen, mit dem verhandeln Sie'.“

Er erzählte und erzählte. Das Ganze in einer locker flockigen, humorvollen Art und Weise. Rhetorisch versiert. Die Hand mal in der Hosentasche, dann wieder wild gestikulierend. Fabius hörte sich selber gern erzählen.

Auf anfängliche Verkrampftheit der Gemeinderatsmitglieder folgte Gelassenheit. Hier und da würzte Fabius seine Ausführung mit einem Witzchen und da mit einem Späßchen. Manche sprach er persönlich an und wählte bewusst die Wir-Form. Mit ihm und seinem Team hätte die Gemeinde die richtige Wahl getroffen. Wir gemeinsam würden das durchpowern, auch gegenüber den Dresdnern. Kompetenz, große Erfahrung und Vertrauen seien die Eckpfeiler unserer „Gruppe". Außerdem gäbe es nur zwei große Architekten, welche diese Maßnahme mit so einer Gemeinde durchziehen könnten. Der andere wohne in New York.

Bürgermeister Fuchs war das jetzt doch ein wenig zu viel Pathos und er brachte die Sache auf den Punkt. „Protokollführerin. Bitte schreiben: Hiermit eröffne ich die soundsovielte, schauen sie nach und tragen ein, Gemeinderatssitzung. Tagespunkte stehen hier und ich lese vor: 1. Beschluss über Flächennutzung und Bebauungsplan, für Wohnungsbau, Gewerbe und Infrastruktur.

2. Offizielle Beauftragung der Planungsgruppe Stoff und Kollegen, die Maßnahme im Sinne der Gemeinde durchzuführen.

3. Bau eines Sportplatzes.

4. Anschaffung eines gebrauchten Feuerwehrautos.

Und letzter Punkt, 5. Frühjahrsfest. Aber die Punkte 3 bis 5 haben die zwei Herren doch wohl weniger zu interessieren. Ich bitte um die Handzeichen, für die Punkte 1 und 2.

Ich stelle fest: einstimmig.

Protokollführerin, bitte schreiben.

Danke meine Herren, dass sie sich bemüht haben, sie sind entlassen."

Fabius jetzt nach der offiziellen Beauftragung der Gemeinde: „Danke meine Damen und Herren, Ihre Entscheidung war richtig. Den Punkt 3. Sportplatz, erledigen wir. Notieren sie bitte, wir die Planungsgruppe Stoff und Kollegen planen und lassen den Sportplatz auf unsere Rechnung bauen. Hierzu haben wir doch unseren Gartenspezialisten Martin Stengele." Er zeigte mit einer lässigen Handbewegung auf mich und Beifall auf ganzer Linie.

„Und im Übrigen haben wir den Bürgermeister Schwarte schon informiert. Er wird Ihnen auch noch ein Schreiben von einer Gemeinde vorlesen. Wir laden sie im Namen genau dieser Gemeinde allesamt ein, uns dort zu besuchen. Dort werden sie erkennen, zu was wir alles fähig sind und vor allem, was wir schon alles realisiert haben."

Wieder Beifall und der Bürgermeister lächelnd. „Jetzt aber raus hier. Ihr macht die noch ganz meschugge."

Ab diesem Zeitpunkt, die Beschlussfassung wurde veröffentlicht, gab es eine Bewerbungsflut an das Gemeinde- und Rathaus.

Zufrieden machten wir uns auf zu unserem Hotel. Als Fabius fragte, ob Rosie und Luzie wohl noch kommen, meinte ich, soviel ich wüsste, seien die beiden schon unten in der Bar. „Waidmannsheil, wie sind die Weiber geil", sang er mir ein Ständchen vor.

Im Waldparkhotel angekommen machten wir uns einen schönen Abend und feierten ein wenig auf unsere einstimmige Beauftragung der Gemeinde. Rosie war ganz happy. Schließlich fieberte sie genauso mit uns. Ihr lag sehr viel daran, wieder eine Festanstellung zu bekommen. Sie engagierte sich sehr. Wir hatten ihre Adresse als unsere Außenstelle Dresden deklariert und sie telefonierte von dort aus, was man ihr so auftrug. Die Kommunikation vom Westen in den Osten war schwierig. Private Telefone eher die Seltenheit. Städte, Kommunen und Firmen hatten zwar Telefon, manche auch Faxgeräte, aber die Leitungen waren halt hoffnungslos überlastet und deshalb oft besetzt. Selbst der gute alte Brief kam jetzt des Öfteren zum Einsatz. Rosie begann immer mit: „Werter Herr Stengele ..."; fand ich ganz nett. Aber es wurde auch viel mit Telex kommuniziert.

In der folgenden Woche konnten wir mit der Rosie nicht rechnen, da sie ins Krankenhaus musste. Da machte ich dem Fabius den Vorschlag, über Fleurop ihr einen Blumenstrauß zukommen zu lassen. Ich wollte ihr ein wenig unsere Anerkennung für ihre Leistung so zum Ausdruck bringen. Außerdem interessierte es mich, ob das zu jener Zeit schon möglich war. Also ging ich flugs zu einem Floristen und bestellte einen Strauß, bestehend aus Mercedesrosen, umrahmt mit Schleierkraut. Ich diktierte der Floristin meine Wünsche, damit sie dieses so weiter nach Dresden durchgeben konnte.

Die Rechnung sah so aus: 60 DM Blumen, 6 DM Bearbeitung und 35 DM Telexgebühren.

Das war der erste und letzte Strauß zu jener Zeit.

Rosie freute sich aber sehr, als sie im Krankenhaus so beschenkt wurde.

Mit Schreibmaschine, Korrekturblättchen und Klebebuchstaben

In Herzogburg fing ich an, mir Gedanken zu machen, wie ich uns Interessenten und Investoren angeln könne.

Mir fiel die Adressliste der DDR-Kooperationsbörse sogleich ein. Ich nahm mir einen DIN-A4-Zettel und machte mir meine Notizen. Dann nahm ich Fabius zur Seite und wir saßen in der Küche, wo ich ihm eine Kopie mit meiner Strategie gab. Mein Ziel war, ein Kurzexposé fertigzustellen.

Das Deckblatt sollte eine Verkleinerung des B-Plans beinhalten, darauf sollte groß der Ortschaftsname „Lüstig" stehen. Darunter „Dienstleistungsgewerbepark" und „Planungsgruppe Stoff und Kollegen". So formulierte es Fabius.

Die zweite Seite der Auftraggeber: die Gemeinde Lüstig und wir als Maßnahmeträger mit Adresse, Telefon, Fax und Ansprechpartner. Den Baubeginn benannten wir Anfang

1991. Diesen Termin wollte ich unbedingt drauf haben. Fabius war sich da nicht so sicher, er wollte sich zu diesem Zeitpunkt noch nicht festlegen. Zu viele Hürden standen uns noch bevor. Ich argumentierte, dass wir gerade jetzt den Vakuumzustand der Rechtsunsicherheit nicht abwarten, sondern genau diesen nutzen sollten. Also blieb der Termin!

Im Wesentlichen beschäftigte sich die dritte Seite des Exposés mit dem Vorwort, woraus hervorging, dass die Genehmigung des B-Planes im Herbst diesen Jahres erfolgen würde.

Er meinte dazu nur, dass man daran erkenne, dass ich so was noch nie gemacht habe. Ich bejahte es mit „Na und", der Termin blieb!

Dann noch die üblichen Floskeln, wie die regionale Übersicht, Ortschaftsbeschreibung und eine Beschreibung des jetzigen Grundstücks. Die vierte Seite widmete sich dem zu beplanenden Gebiet, woraus die Nutzung hervorgehoben wurde. Da waren Flächen für Kleinbetriebe, wie z. B. Handwerker aus der Umgebung, Flächen für Mittel- und Großbetriebe. Flächen für Dienstleistung wie Hotel, Einkaufszentrum Handel und Gewerbe. Flächen für Industriegebiete ebenfalls, jedoch keine umweltbelastenden! Ein Kartenausschnitt auf der nächsten Seite sollte folgen, worauf man die Ortschaft mit dem angrenzenden Gewerbegebiet erkannte. Auf der letzten Seite war schließlich das Gewerbegebiet abgebildet.

Das war das eigentliche Grundkonzept.

Ich machte es auch so. Eigentlich bastelte und klebte ich es mir zusammen. Die Buchstaben für das Deckblatt wurden mit unterschiedlich großen schwarzen Klebebuchstaben beschriftet. Der B-Plan wurde so lange verkleinert, bis er passte. Farbliche Markierungen wurden, nachdem die Schwarzweißfassung endlich fertig und mehrfach kopiert worden war, farblich mit Filzstift angelegt.

Das war noch richtige Handarbeit. Zumal zum Schreiben nur eine Schreibmaschine zur Verfügung stand. Fabius hatte zwar einen PC. Der stand im hinteren Raum, langweilte sich mächtig und keiner bediente dieses Ding.

Als ich mich einmal an den PC setzte und Fabius bat, mir zu erklären, wie man damit schreibt, konnte er diesen zwar anmachen, mehr aber nicht. Ich machte dieses Antischreibgerät wieder aus und bewaffnet mit Korrekturblättchen machte ich mich an die Arbeit.

Überlegen, überlegen, hatte ich alles? Natürlich nicht.

Der Preis. Wir hatten noch keine Preisvorstellung und wussten auch nicht, wie weit Bürgermeister Fuchs mit den Preisverhandlungen bei den Grundstückseignern gekommen war. Ein Telefonat mit dem Bürgermeister sollte dies klären. Also probierte ich, in den Osten eine Verbindung telefonisch herzustellen. Oftmals dauerte es, wie gesagt, ziemlich lange, bis man da durchkam. Es klappte auf Anhieb diesmal und ich hatte die Sekretärin am Apparat. Fabius fuchtelte schon wild, dass ich ihm den Hörer reichen solle, was ich auch tat. „Du, Bürgermeister", man war bereits per du. „Hast du die Eigentümer im Griff? Kann ich bei unserem Notar gleich für kommende Woche einen Termin vereinbaren?", scherzte er und lachte dabei. Dann hörte ich nach einem Weilchen Fabius nur sagen: „Ehrlich? Super! Na dann ruf ich gleich den Consigliore an. Melde mich später zurück."

Fabius dann zu mir: „Stell dir vor, der hat die alle platt gequatscht. Es sind nur drei Bauernbuben und der vierte davon ist sich nicht ganz sicher."

Er ging zum B-Plan, welcher in unserem Besprechungsraum an der Wand hing und zeigte auf den rechten unteren Zipfel in unserem Geltungsbereich. „Da, schau, genau hier sitzt der pampige Bauer. Wenn der nicht spurt, dann wusch, ist er draußen. Ist das Gebiet halt ein paar Quadratmeter kleiner. Bürgermeister Fuchs hat aber heute Abend noch einen

Termin mit diesem Kadetten. Schauen wir mal. Ruf du mal den Anwalt Hartmann an. Termin für nächsten Donnerstag oder Freitag. Bürgermeister kommt mit den Eigentümern, ein paar Gemeinderäten und Frau Busch vom Landratsamt. Zur Gemeinde Neckarostadt, wollen sie auch. Einen Brief hat der Fuchs schon weggeschickt. Ich ruf gleich den Dieter Schwarte an, dass er alles vorbereiten kann."

Weg war Fabius im anderen Raum, um mit Schwarte zu telefonieren.

Ich hingegen griff zum Hörer und ließ mich mit unserem Anwalt Dr. Hartmann verbinden. Der Termin war für Freitagvormittag vereinbart. 10:00 Uhr. Dies rief ich dem Fabius zu, damit er das dem Bürgermeister Schwarte mitteilen konnte. An den wirschen Äußerungen von Fabius merkte ich, dass sein Gegenüber nicht so wollte wie er, bis er laut in den Hörer brüllte: „Was ist denn los, willst du jetzt Geld verdienen, oder nicht? Dann seh zu, dass du deinen lahmarschigen Gemeinderäten in den Arsch trittst, dass das klappt."

Peng, der Hörer knallte auf die Gabel.

„Was glaubt der eigentlich, wen er vor sich hat? Die Gemeinderatsärsche wollen noch einen Satzungsbeschluss für die Einladung herbeiführen, um den offiziellen Charakter zu betonen. Die haben doch uns ein Schreiben mitgegeben? Ja, spinnen die vollends? Na die Speckschwarte rufe ich später nochmal an. Dem werde ich meine Meinung schon nochmals sagen. Feierabend. Auf zum Adolf Lösch, was Ordentliches vespern."

Mit Speck fängt man Mäuse

Auf den Weg dorthin, wir gingen zu Fuß, fing ich nochmals dort an, wo wir aufgehört hatten, bei dem Exposé. „Du, wenn die Investoren mich fragen, was der Quadratmeter denn kosten wird, was für eine Hausnummer soll ich nennen?"

„Das ist doch ganz einfach; wir zahlen der Gemeinde einen Betrag in Höhe von 15,00 DM für die überdüngte Wiese. Stell dir das mal vor: 15,00 DM. Das wollen die halt. Da sind 50 Pfennig für die Gemeinde schon drin. Die Bauern werden mit einem Schlag reich, Millionäre, durch uns. So, die Erschließungskosten, da liegen wir laut Superplaner Stürmer bei 50,00 DM Planungskosten, Honorare 10,00 DM und für alles Mögliche 15 DM ist zusammen: 90,00 DM. Dann schlagen wir 20 % Gewinn drauf und gut."

Ich rechnete laut „Das wären nochmals 18 Taler drauf, dann liegen wir bei 108 DM. Und die Kläranlage, da kommt bestimmt noch das eine oder andere dazu. Ich meine 130 Taler, dann sind wir auf der sicheren Seite."

„Du bist ja verrückt! Da kommen wir in die Zeitung. Das legen die uns als Spekulation aus. Das kannst du nicht bringen. Nein!" Das war schon ein bisschen gekünstelt, hatte ich den Eindruck. „Glaub mir, das funktioniert. Ich mache mal einen Testlauf. Du weißt ja, runter mit dem Preis können wir immer. Hoch dagegen, wenn der Verkauf schlecht laufen würde, geht wohl kaum", so meine Meinung. Er murmelte so was wie „Mach halt".

Wir waren nun bei der Metzgerei Lösch und er hatte für so Kleinigkeiten wie Grundstückspreisbildung kein Gehör mehr. Ihn dürstete, meinte er abschließend.

Unter lautem Getöse betraten wir die kleine Gaststube. „Da kommen die Ostzonalen. Ossis raus. Ja bleibt doch gleich drüben", kam vom Chef Adolf Lösch scherzhaft in nachgemachtem Sächsisch in unsere Richtung. Berta, die Rubensfrau, stellte uns gleich zwei Schorle rotsauer hin und fragte, was wir zum Vespern gern hätten. Diesmal gabs warme Schinkenwurst.

Der Banker Gerd Zwieback kam gerade auch herein. In der einen Hand hatte er seine obligatorische Aldi-Plastiktüte. Daraus nahm er Informationsblätter über irgendwelche

Förderprogramme der EU und die neuesten Abschreibungsmodelle, welche gerade in der Mache sind. Auch waren Informationen über die Umstellung der Ost-Mark auf DM dabei. Alles vertraulich, verstand sich von selbst, denn das waren interne Bankinformationen. Arbeitspapiere, die so nicht an die Öffentlichkeit kommen sollten.

Dankend nahm ich diese entgegen und steckte sie in meine Jacke. Es war allen klar, dass die EU und die BRD gewaltige Summen in das Projekt Ost reinschwemmen würden. Allein schon, um den sozialen Frieden zu erhalten. Da unsere Baubranche am Boden lag, konnte man sich auf einen berechtigten Schub freuen. Ich hatte auch keine Angst um die 130 DM pro qm.

Der Ungar und Europäer Butta Blablagür und der Gebrauchtwagenhändler Luigi Kanone saßen da und hatten schon einen leichten Affen. Butta begrüßte uns mit einem „Egèszsègedre", was so viel bedeutet wie „Prost" und kippte seinen Obstler in den Kopf. Jeder fragte uns, wie es denn in der Zone sei. Fabius erzählte natürlich euphorisch, was uns dort für große Aufgaben erwarten würden.

„Wir haben den schriftlichen Auftrag einer Gemeinde erhalten, ein Gewerbegebiet in einer Größe von 49 ha als Maßnahmeträger zu realisieren.

Der Martin und ich.

Ja Leute, dort unten geht die Post ab. Da muss man sich halt ein bisschen bewegen. Nicht nur beim Adolf Lösch sitzen und Schorle saufen. Wer als Erster dort investiert, der verdient auch echtes Lascho."

Der Schreinermeister Erwin Eiche hörte uns, mit einer Zigarre im Mund, gespannt zu. Beide Daumen hatte er in seine Hosenträger gespannt. „Ja gibts denn da auch für mich Arbeit?", fragte er neugierig und Blablagür hinterher „Ich geh dahin, wohin der Fabius hingeht. Ihr seid die Größten", lallte er in die Runde. „Bekommst ja sonst auch keinen Job, ohne

Fabius", stichelte Luigi Kanone. „Halt die Gosch, Säckel, depperter", kam als Retourkutsche von Butta.

„Leute, jetzt habt ihr die Möglichkeit, auf dem ersten in Kürze genehmigten Gewerbepark von uns Land zu kaufen. Berta, eine runde Obstler."

Fabius hatte das Interesse bei den Handwerkern gewonnen. Der Banker unterstützte das Vorhaben kräftig.

Fabius weiter in die Runde: „Nächste Woche sind die Sachsen hier. Denen zeigen wir mal, was hier Sache ist. Denen werden die Augen überlaufen."

In Heidenau sei er jetzt auch schon gewesen, meinte Luigi Kanone. Man könnte sich ja mal dort zu einem Umtrunk treffen.

Man konnte meinen, dass auf einmal eine Ossimania ausgebrochen sei. Erwin Eiche dann noch: „Ja, du, da muss ich mit meiner Frau und meinen Söhnen mal reden, ob wir dort was kaufen." Blablagür hinterher: „Ich auch, da spreche ich mit meiner. Das geht klar." „Leute kapiert doch", alle hörten dem neuen Messias Stoff zu, „der Martin und ich geben euch jetzt die Möglichkeit, die besten Filetstücke rauszusuchen. Ab nächster Woche führen wir jeden Tag Investorengespräche."

Im Stehen mit offenen Armen predigte er auf seine sitzenden Jünger hinab. Nachdem wir für Anfang nächster Woche einen Termin mit den beiden Kaufwilligen vereinbart hatten, gaben sich alle wieder irdischen Genüssen hin. Für mich war Ende und ich setzte mich in Richtung Heimat ab.

Ausschweifungen

Als ich am anderen Morgen im Büro Stoff war, gegen 7:00 Uhr, und die Kaffeemaschine in Betrieb setzte, schwirrte mir nur einer von zur Zeit vielen wichtigen Gedanken im Kopf herum. Zahlungsziel. Wann konnten wir mit dem ersten Geld rechnen? Alle Beteiligten hatten noch keinen Pfennig gesehen. Eine Heerschar von Fachplanern und Juristen arbeitete an diesem Projekt. Natürlich hatten wir vereinbart, dass erst nach B-Plan-Genehmigung und Finanzierung die Zahlung fällig sein würde, aber wenn es uns mit einem Husarenstreich gelänge, schon vorher Geld von den Vertragspartnern zu bekommen, dann würde bei allen Freude aufkommen.

Wenn Fabius endlich aus den Federn rauskommen würde, dann könnte ich das als Erstes ansprechen.

„Der Kaffee ist fertig!", rief ich wie in der Fernsehwerbung. Schon ging die Tür von seinem Schlafbüro auf und, nein, nicht er kam schlaftrunken, wie gewohnt heraus, sondern eine dickbusige, kichernde Blondine. Die Haare zersaust, die Schminke an ihren Augen war auch nicht mehr da, wo sie hin sollte und die rotverschmierten Lippen deuteten eindeutig auf eine durchgeorgelte Nacht hin. An einem Fuß war noch ein halterloser, roter Strapsstrumpf. Das Spielzeug der Gelüste kicherte mich an, winkte kurz und verschwand im Gäste-WC. Oje, dann kam er, im satinschwarzen Bademantel, offen, darunter wie Gott ihn schuf. Leicht schwankend!

Auch er winkte mir zu und schaute angewidert auf den frischen Kaffee. Er widmete sich dem Kühlschrank, machte diesen auf und schwups, den Klang kannte ich nur allzu gut. Mit heiserer Stimme in meine Richtung: „Ich mache heute gar nichts, nicht einmal nichts! Nur bumsen."

So verschwand er mit dem Sekt. Fiepend hinterher seine Bumsbraut.

Nun saß ich hier mit meinen Notizen und teilte mir halt den Tag selbst ein. Ich musste, ganz dringend, zum Consigliore. Um diese Uhrzeit war es noch zu früh. Vor 10:00 Uhr war er nicht zu erreichen.

Das Telefon klingelte und Bürgermeister Schwarte war dran. „Hallo Martin. Wo ist denn dein Schreihals, der wollte

mich doch um 7:00 Uhr anrufen? Hat er wieder gesoffen?"
„Unterwegs ist er, beim Planungsbüro Stürmer. Hab ihn noch
gar nicht zu Gesicht bekommen. Was gibts Dieter?", gaukelte
ich ihm Arbeitsstress vor. „Wegen nächster Woche. Ich muss
genau wissen, wie viele Zimmer ich im Golfhotel bestellen
soll. Unsere Gemeinde zahlt die Zimmer und das Abendessen. Richte das dem Chaoten Stoff aus." Ich hörte heraus,
dass er Lob hören wollte. „Haste brav gemacht, wird den Fabius freuen. Habe aber hier eine Liste liegen. Fabius hat mit
dem Bürgermeister Fuchs telefoniert und ich entnehme: 2
Gemeinderäte und die Frau Busch. Also mach 4 Einzelzimmer.
Dann passt das." Mit einem O. K. verabschiedeten wir uns.

Ich legte auf. Schon wieder Telefon, jetzt am anderen
Apparat. Bürgermeister Fuchs: „Martin, wo ist der Fabius?"
Ich erzählte ihm die gleiche Leier, streckte mich lang und
lehnte mit einem Fuß die Tür an, da eindeutige Klänge aus
Richtung Stoffs Schlafbüro zu hören waren.

„Ich wollte nur sagen, die Termine gehen jetzt klar. Alle
sind der festen Überzeugung, dass wir die richtige Entscheidung getroffen haben und Euer Anwalt, Dr. Hartmann, hat
uns auch schon mal die Vertragsentwürfe für Anfang nächster
Woche versprochen. Die Grundstückseigentümer kommen ja
mit dem eigenen Wagen und machen nach dem Notartermin
noch Westbesuch in der Nähe von Freiburg im Breisgau. Wo
übernachten denn wir?" Ich erklärte ihm, dass ich schon mit
seinem Bürgermeisterkollegen heute gesprochen hatte und
alles gebucht sei und das Programm stehe.

Ungeahnte Probleme

Gut, den warmen, duftenden Kaffee trinken.

Wieder das Telefon. Planungsbüro Stürmer, einer von
seinen Jungingenieuren rief an und fragte, wo denn Fabius

bliebe, alle warteten schon, auch ein Prof. Niederäcker. Er sei extra um 5:00 Uhr losgefahren, um pünktlich da zu sein.

„Dein Stoff, der spinnt doch komplett, macht alle gestern gegen 21:00 Uhr verrückt und verlangt nach dem Termin mit allen technischen Planern. Wart ihr beim Metzger Lösch, oder was?" Innerlich musste ich grinsen, war Fabius schon so berauscht oder euphorisch und klingelte alle in den Büros oder privat an. „Moment, der ist im Bad. Ich frag ihn."

Da die Tür zu seinem Büro nicht verschlossen war und mein Geklopfe fruchtlos verlief, machte ich die Tür auf. Er nagelte im Knien von hinten die stöhnende und quietschende Blondine her, in der einen Hand eine Zigarette und in der anderen das Glas Sekt hebend. Den Aschenbecher hatte er ihr auf den Arsch gestellt, wo er tüchtig wackelte. Es sah so aus, als ob der Aschenbecher jeden Moment von ihrem wippenden Hintern runterfallen würde.

Ich erklärte ihm mein Anliegen, und er, ohne von seinem Tun zu lassen, sagte, ich soll seinen Wagen nehmen und das mit dem Planungsbüro Stürmer erledigen.

Im Übrigen täten ihm seine Knie wegen dem Teppichboden weh und er sei heute für niemanden zu sprechen. Punkt.

„Ihr müsst mit mir vorlieb nehmen. Die ersten Investoren haben sich angemeldet, da geht es um einen Haufen Geld, mit denen will er selbst klarkommen. Ist ja schließlich auch eure Kohle, oder?"

Das klang in den Ohren der Bedürftigen immer gut und so saß ich ein paar Kilometer weiter in Stürmers Bürogebäude. Eigentlich hieß das Planungsbüro Stürmer & Zack. Jedoch der Wolfgang Zack machte in seinen alten Jahren nicht mehr viel, außer jeden Monat sein Geld entgegenzunehmen. Deshalb sprach jeder nur vom Büro Horst Stürmer.

Der Bürotrakt von dem Planungsbüro hatte sechs Stockwerke und im sechsten war das Chefzimmer mit Aquarium und vielen Kübelpflanzen, welche natürlich ich gepflanzt hatte, der große Besprechungsraum für gut und gern 25 Personen, sowie Küche und verschiedene andere Räumlichkeiten.

Sie saßen da und warteten auf mich, den Aschenbecher hatten sie schon halbvoll gequalmt. Vier eigene Ingenieure, samt Horst Stürmer und dem Professor Niederäcker.

Der Plan war ausgelegt und nachdem wir uns ordentlich begrüßt hatten, fing der Horst Stürmer an. „Du Martin, gestern habe ich den Fabius noch in der Metzgerei Lösch getroffen und wollte was fragen. Da fing er gleich an, heute nicht, morgen Punkt 8:00 Uhr alle bei euch im Büro. Geht unmöglich, sagte ich ihm. Wenn dann bei mir! Da die ganze Technik, die Plotter und alles, was man eventuell zum Besprechen braucht, bei uns ist. Deshalb sitzen wir hier. Der hat vielleicht einen Affen gehabt, sage ich dir.

So, lassen wir das. Wir wollen das jetzt so planen, dass wir es den Genehmigungsbehörden und den Trägern öffentlicher Belange einreichen können. Bloß das Problem fängt schon damit an, welches Baurecht gilt denn? Ein sächsisches, welches greift, gibt es nicht. Das baden-württembergische, das bayrische? Ich wollte mich kundig machen, aber die Ministerien konnten mir auch keine eindeutige Aussage übermitteln. Wenn wir nach unserem baden-württembergischen das jetzt einreichen und das akzeptieren die nicht, dann war alles für umsonst?" Ich überlegte, dass ich auch ja nichts Falsches sagte und meinte dann: „Wir machen es so, das Ziel mit dem wenigsten Aufwand kostengünstig erreichen. Das ist, gerade in dieser gesetzlosen Zeit für uns die Chance richtungsweisend zu sein. Fabius und ich klären das mit dem Bürgermeister Fuchs. Der soll sich das von seiner Genehmigungsbehörde genehmigen lassen. Machen wir doch für Sachsen eine Art Pilotprojekt. Vielleicht kommt ihr ja ganz groß raus?" Das schien doch allen erst mal eine Möglichkeit zu sein um weiterzuplanen. So konnte man klar argumentieren, dass wir aus allem das kostengünstigste und doch ein in sich funktionierendes System rausgepickt hatten.

Letztendlich hatten wir eine bajuvarisch-hessisch-württembergische Variante. Der Professor faselte was von der unterirdischen Kleinkläranlage in einem mir unverständlichen Kauderwelsch aus Fachbegriffen. Ein ihm bekanntes Unternehmen wäre dafür prädestiniert.

Hörte sich schon wieder nach Provisionsgeschäfte an.

Ich meinte erst mal nur ja und Amen, denn letztendlich war es ein Fachplaner von Horst Stürmer und er musste das verantworten. Funktionieren sollte es. Die Zielrichtung war gegeben. Zum Professor drehte ich mich rum, bevor ich ging und mit dem Zeigefinger deutete ich: „Günstig soll das Ding sein, günstig!"

Aus Horst Stürmers Büro meldete ich mich telefonisch beim Rechtsanwalt Dr. Peter Hartmann an, was auch für 10:00 Uhr klappte. So konnte ich direkt weiterfahren, nach Stuttgart, da es bereits schon kurz davor war.

Beim Consigliore

Die Kanzlei des Consigliore liegt mitten im Konsulats- und Diplomatenviertel Stuttgarts. Die alten ehrwürdigen Bürovillen unterstreichen Beständigkeit, Seriosität und, ganz wichtig, Verschwiegenheit.

Nachdem ich an der schweren, großen Holztüre geklingelt hatte, wurde mir von einer hübschen schwarzhaarigen Sekretärin geöffnet. Würde behaupten, arabischer Abstammung. Sie bat mich, die Treppe hinaufzugehen und zu warten, da der Rechtsanwalt diktiere. So ging ich die alte Holztreppe hinauf, setzte mich und wartete in der Galerie.

Auf dem Tischchen lagen fein sauber geschichtet Wirtschaftszeitungen. Ich nahm eine, „Handelsblatt" stand drauf, und fing an, darin zu lesen. Wenn man das erste Mal so eine Zeitschrift in der Hand hält, dann legt man dieses Blatt entweder gleich hin, oder man muss, nachdem man mehrere Seiten durchblättert hat, unweigerlich feststellen, was man für ein Analphabet ist.

Ich verstand nichts. Gar nichts. Ich war dumm!

Ein Sammelsurium aus Wirtschaftsdeutsch, Bank- und Börsenausdrücken mit einem Schuss englischer Begriffe ergab für mich einen unleserlichen Cocktail, was zur Folge hatte, dass ich mir nach und nach Übersetzungsbücher zulegte, um mich in dieser Richtung weiterzubilden.

Ich hörte ein Knarren auf der Treppe, woraus ich schloss, dass der Consigliore mich holen ließ. Tatsächlich geleitete mich eine weitere hübsche Sekretärin in das Gemach des Maestros.

Im Stehen begrüßte er mich und bat mich, Platz zu nehmen. Dann legte er los: „Du, ich hab da so eine Vorlage, eine Art Vertrag von Eurem Bürgermeister Fuchs bekommen. Den habe ich durchgeackert und diesem wieder zurückfaxen lassen. Mittlerweile klappt das ja mit dem Faxen. Wo ist denn der Stoff? Na ja, schauen wir mal das Ding an. Willst du einen Kaffee?"

Gerne, meinte ich und bekam auch einen serviert.

Dann zeigte der Consigliore das Vertragswerk zwischen Planungsgruppe Stoff & Kollegen und der Gemeinde Lüstig, vertreten durch den Bürgermeister Fuchs. Herauszulesen war demnach, dass die Gemeinde beabsichtigte, gemäß unserem Plan das Gebiet bebauen zu lassen. Daraus ging klar hervor, dass Stoff & Kollegen die Maßnahme realisieren würden, einschließlich der Veräußerung der Grundstücke an Dritte. Auch wichtig für die Gemeinde war natürlich der Kaufpreis. Dann, dass die Grundlage dieses Vertrages der Genehmigung durch die übergeordnete Verwaltungsbehörde bedürfe.

Mit Abschluss des ersten Kaufvertrages und mit Erteilung der Baugenehmigung würden dann Stoff & Kollegen (S & K) der Gemeinde einen Betrag in Höhe von 0,50 DM/qm für einen kommunalen Zweck zur Verfügung stellen.

Durch S & K seien die Maßnahmen schnellstmöglich durchzuführen und örtliche Unternehmen einzubinden.

Dann noch ein paar Floskeln wie salvatorische Klausel, fertig. ‚Dieser Vertrag unterliegt dem Recht der BRD.'

Klang irgendwie amüsant.

So endete das Werk. Es mussten noch die Unterschriften beider Parteien drunter, das wollten wir ja kommenden Freitag realisieren.

Jetzt fing ich an, dem Consigliore zu erklären, warum ich denn hier war. „Nächste Woche haben sich Leute angemeldet, welche gerne Kaufgespräche führen wollen. Und mir ist nicht klar, was ich für rechtsverbindliche Aussagen treffen kann. Die wollen wissen, wie das abgewickelt wird und für uns ist es wichtig zu wissen, wann wir das erste Geld bekommen werden." „Gib mir mal ’ne Lulle. Die können nur so bezahlen, wie ihre Bank das finanzieren kann. Das geht meiner Meinung nach nur durch eine Kette von Abtretungen. Im Grunde genommen muss letztendlich sich die Gemeinde verpflichten, dass das Gebiet auch bebaut werden darf. Das kann der Bürgermeister Fuchs zwar mit seinem Gemeinderat so unterzeichnen, was wir ja am kommenden Freitag durchführen wollen, doch das wird Euren Investoren wohl kaum genügen, wenn sie zur Bank wackeln und Kohle holen wollen. Richtig?", schaute er mich scharf über seine Lese-brille an, zog an seiner Lulle und ließ sich bequem nach hinten in seinen schweren Ledersessel zurückfallen. Ich zuckte die Schultern. „Keine Ahnung, wie man so was zusammenbastelt." „Deshalb sitzt du ja hier." Er drückte auf eine Taste: „Jörgel, kannst du grad mal kommen, der Martin ist da."

Der Consigliore war ein gebürtiger Schlesier und hatte eine Banklehre hinter sich. So richtig mit schwarzen Ärmelschützen und schwarzem Kopfschild. Ja, so hatte er angefangen.

Sein Studium zum Rechtsanwalt verdiente er sich unter anderem in Hamburg als Türsteher und Rausschmeißer vor gewissen Etablissements. Bei Volksfesten meldete er sich regelmäßig beim Preisboxen, um anderen eins auf die Schnauze zu hauen, damit er an die paar Mark kam, welche da feilgeboten wurden. Ab und zu hatte er selbst eine ordentlich auf die Mütze dabei bekommen. Und in einem Hamburger Boxstall trainierte er sich fit für die nächtlichen Eskapaden und für das Preisgeld.

Diesen Schwank aus seiner wilden Zeit erzählte er mir vergnüglich, bis sich Notar Marder zu uns gesellte.

„Du Jörgel, Folgendes. Wir sitzen hier und probieren da was zusammenzukonstruieren. Gehen wir einfach mal davon aus, dass die Gemeinde um den Bürgermeister Fuchs kommenden Freitag erst mit den Grundstückseigentümern pinselt und dann mit Stoff den Vertrag unterzeichnet. So, das ist erst mal die Grundvoraussetzung. Martin sagte mir, dass er nächste Woche die ersten Gespräche führen möchte, mit irgendwelchen Investoren. Richtig?" Er nahm die Lesebrille ab, drehte sich zu mir und schaute mich an.

„Ja, ja. Der Schreinermeister Eiche und Blablagür, ein Handwerker, haben sich angemeldet. Die wollen dann sicherlich wissen, wie das funktioniert." So ich ganz euphorisch.

Consigliore weiter: „Das Grundbuch können wir vergessen, denn das kann ewig dauern. Meiner Meinung nach kann nur die Gemeinde eine Verpflichtungserklärung gegenüber S & K abgeben, und die wiederum abgesichert durch die Kommunalaufsicht oder wie der Verein bei denen heißt. Dann kann man auch mit der Abtretung von Auflassungsvormerkungen operieren. Meinste Jörgel, das kriegen wir so hin?"

Der hagere Jörgel mit seinem mächtigen Schnauzer, seiner großen quadratischen Brille und wuchtigen Augenbrauen überlegte. „Na ja, die Sache mit den Grundbüchern dauert unter Umständen wirklich noch sehr lange, vor allem sind die hoffnungslos überlastet. Was für Recht gilt denn? DDR oder BRD? Gehen wir mal davon aus, BRD. Wird wohl so kommen, da am 18. Mai der Vertrag über die Wirtschafts-, Währungs- und Sozialunion unterzeichnet wurde. Das ist sehr wichtig. Dann müsste es mit den Abtretungen, abgesichert durch die Aufsichtsbehörde eigentlich gehen, zumal das ja einer Verpflichtungserklärung gleichkommt."

„Siehste. So kriegen wir das rund. Das müssen wir dem Bürgermeister erklären. Da hat er eine schöne Aufgabe vor sich. Wichtig ist, dass der Bebauungsplan genehmigt wird. Vorher kriegt ihr kein Geld. Denn die Kommunalaufsicht wird dies als Voraussetzung verlangen, bevor Kohle locker gemacht werden kann. Das wird wohl noch ein Weilchen dauern. Wie weit seid ihr denn da?"

Ich erzählte ihm von dem Gespräch mit dem Planungsbüro Stürmer und der Problematik, sagte aber, wir seien guter Dinge, dass wir das zusammen mit dem Bürgermeister hinbekämen. „Jetzt mal zu den Kaufverträgen mit den Investoren. Ich bin der Meinung, dass man durchaus mit dem Abschluss des Kaufvertrages eine Anzahlung verlangen kann", so ich hartnäckig. „Jetzt sei doch nicht so geil aufs Geld. Keine Genehmigung vom B-Plan, kein Geld. Bedenke, die Bänke finanziert deine Investoren nicht durch. Kapiert? Oder meinst du, dein Bürgermeister bekommt ohne B-Plan eine Kommunalbürgschaft? Vergiss es! Pass auf!"

Genüsslich zog er an der Lulle: „Eine jiddische Weisheit: Einer kommt zum Rebbe: ‚Rebbe, es ist entsetzlich. Kommst du zu einem Armen – er ist freundlich, er hilft, wenn er kann. Kommst du zu einem Reichen – er sieht dich nicht einmal! Was ist das nur mit dem Gelde?'

Da sagt der Rebbe: ‚Tritt ans Fenster! Was siehst du?'

‚Ich seh' ein Weibe mit einem Kinde an der Hand. Ich seh' ein Fuhrwerk, es fährt zum Markte.'

‚Gut. Und jetzt tritt hier zum Spiegel. Was siehst du?'

‚Nu Rebbe, was wird ich sehn? Nebbich mich selber.'

Darauf der Rebbe: ‚Siehst du, so ist es. Das Fenster ist aus Glas gemacht, und der Spiegel ist aus Glas gemacht. Kaum legst du ein bisschen Silber hinter die Oberfläche – schon siehst du nur noch dich selber! So ist das mit dem Gelde.'"

Im allerfeinsten Jiddisch, das konnte er mit Bravour.

Aha! Eile mit Weile. „Danke für dein, Euer Bemühen, aber ich muss jetzt wieder los und arbeiten", wollte ich meine Aufschriebe zusammengrabschen.

Doch der Consigliore stand auf. „Wenn man arbeitet, hat man keine Zeit, Geld zu verdienen, komm, hier ums Eck ist die Mensa, da darfst du uns zum Futtern einladen. Dafür berechne ich euch auch nichts."

Oje, ich armer Tor, dachte ich, habe ich doch kaum noch Geld, aber Mensa, na ja, das darf ja wohl nicht die Welt kosten.

Mit dem roten Passatkombi des Notars Marder fuhren wir in die ‚Mensa'. Vermeintliche ‚Mensa'. Als wir parkten und ausstiegen, meinte der Consigliore: „Siehste, das ist unser italienischer Fresstempel, wir nennen ihn ‚Mensa'. Lass uns hochgehen." Ich schaute auf die hinter Glas an der Mauer ausgehängte Speisekarte um zu erkennen, wo das Preisniveau denn läge. Die Speisekarte, handgeschrieben, mit einer hübsch verschnörkelten Schrift. Keine Preise. Dafür bemerkte ich beruhigt, dass der Italiener Kreditkarten akzeptieren würde. Ein Trost. Noch hatte ich eine, mit der ich bezahlen konnte. Meine dunklen Vermutungen bestätigten sich, als wir in die ‚Mensa' eintraten. Rustikal mit viel Holz. Das große Salatbuffet, in Essig eingelegtes Gemüse, daneben der frische Fisch auf Eis, was für eine Auswahl an Weinen und Hochprozentigem. Es verriet mir, das würde teuer. Die wenigen Tische, alle bis auf einen waren besetzt mit schick angezogenen Herrschaften, hatten Stofftischdecken, ganze Gläserreihen und silberne Kerzenständer.

Schon kam der aufmerksame Chef des Hauses auf uns zu: „Avocato Dr. Hartmann, Notario Marder, wir begrüßen Sie." Gab allen, auch mir, freundlich die Hand.

„Bringe einen neuen Gast zu deiner Futterkrippe, das ist der Herr Stengele. Ein Klient von mir."

Der Tisch, an den wir uns setzten, war immer für die Kanzlei des Consigliore reserviert. Ob er da war oder nicht.

Notar Marder bestellte auch gleich eine Flasche Pinot Grigio und der Consigliore verschwand in der Küche.

Der Chef des Hauses war ein kleiner geschäftstüchtiger Deutscher mit dünnem Haar und Nickelbrille und dirigierte ein umbrisches Küchenteam. Er bediente die sechs Tische selber und die Getränke kredenzte eine junge Blonde mit üppigen Möpsen. Das junge Ding hatte einen östlichen Akzent und war gebürtig aus Böhmen, wie mir der Consigliore beiläufig, schmunzelnd und flüsternd, mitteilte. Und dass die beiden jetzt, nachdem ihn seine Frau verlassen habe, ein Paar seien. Der Consigliore nannte ihn bei seinem Vornahmen Manfred: „Manne, ich hab in der Küche Lammkoteletts gesehen. Da machst du uns ein paar. Mit Tomatensauce und schön Knoblauch drin und noch ein bisschen Drumrum dazu. Gell. Und net bloß zwei, drei auf den Teller."

„Ah, Spitze, die sind ganz super, vielleicht noch ein wenig Mangold und gekochte Kartöffelchen mit gerollten Speckbohnen? Das ist doch mehr als super." Er schwärmte selber von seinen Ideen und verschwand flugs in der Küche. Die erste Flasche Wein hielt nicht lange und es kam eine zweite hinzu, während wir das ausgezeichnete Essen genossen. Notar Marder war eher ruhig, dafür lief der Consigliore zu

Hochform auf, zog sein Jackett aus und löste die Krawatte. „Das mit Eurem Projekt gefällt mir immer besser, je länger ich darüber nachdenke. Werd ich doch noch in meinem Alter die Rüstung anziehen und hoch zu Rosse, das Schwert gezückt in der rechten Hand und stolz erhobenen Hauptes nach Osten ziehen?"

So viele pathetische Ergüsse machen durstig.

Man gab sich den Mittag über irdischen Genüssen hin. Bei einem edlen Grappa konnte ich ihm seine Philosophie über die Arbeit eines Rechtsanwaltes entlocken:

„Wenn ein Anwalt zwischen 10:00 Uhr und 12:00 Uhr nichts zustande gebracht hat, dann ist er kein guter Anwalt.

Meinst du, ich ziehe noch die schwarze Robe an?

Ne. Die hängt in der Kanzlei im Schrank, und", er zeigte mit zwei Fingern etwa 3 cm, „so viel Staub ist drauf. So viel. Sollen doch die Jungen sich 'ne blutige Nase holen. Ich mach den Scheiß nimmer mit. Ich bin der Consigliore von einem großen Baukonzern, von großen Bauträgern und Investoren. Eine große Bierbrauerei ist auch dabei, da mach ich nur den Grundstückskauf und -verkauf. Deshalb habe ich im Keller immer schönes, leckeres Bier. Das bekomme ich geschenkt, Woche für Woche 15 Kästen des edlen Gebräus. Gell Jörgel?" Seine Brille saß nicht mehr korrekt auf der Nase und es kam noch mal 'ne Runde Grappa. Nein, nicht der ordinäre. Sondern ein in Barricque ausgebauter. Dazu brachte der Chef noch ein wenig luftgetrockneten Parmaschinken, italienischen Hartkäse, Oliven und Nüsse. Es wäre ein so schöner Mittag, wenn ich mir nicht die Rechnung an die Backe geklebt hätte. Aber es war ja vielleicht nicht umsonst, bezogen auf die zukünftige juristische Ausrichtung.

Nachdem ich die Rechnung per Kreditkarte zahlen konnte, brachte mich Notar Marder zum Wagen des Fabius. Den Consigliore fuhr er vorher in seine Privatvilla. Somit endete ein durchaus interessanter und amüsanter Tag.

Die Sachsen im Ländle

Den Wagen brachte ich Fabius erst am anderen Morgen. Ich zog es vor, mit öffentlichen Verkehrsmitteln nach dem ‚Mensagang‘, unserem bescheidenen Mahl, nach Hause zu fahren. Es erübrigt sich von selbst, wenn ich erwähne, dass es mit dem Haussegen nicht zum Besten stand.

Tags darauf richteten Fabius, seine Schwester und ich das Büro fein her, damit wir die Sachsen gebührend empfangen konnten.

Heute sollte er nun sein, der Tag, an dem die Sachsen kamen. Gegen 10:00 Uhr wollten sie da sein.

Das Programm war, nach mehrmaligem Ändern wie folgt: Ankunft bei uns im Büro, kurze Begrüßung mit Sektempfang und kleinen Häppchen, kurze Führung durch Herzogburg mit Schlossbesuch, danach gemeinsames Essen, Restaurant noch offen, vielleicht im Schloss, 14:00 Uhr Einchecken im Golfhotel, 15:00 Uhr Begrüßung durch Bürgermeister Schwarte im Rathaus Neckaroststadt, anschließende Führung durch die Gemeinde und Präsentation der Referenzprojekte gegen 17:00 Uhr, 18:00 Uhr im Golfhotel. Eine Stunde Pause und für 19:00 Uhr Essen im Hotelrestaurant.

So sollte das Programm für den Donnerstag verlaufen.

Auf Veranlassung des Bürgermeisters Schwarte und mir wurde hierzu eigens eine Programmkarte geschrieben und vervielfältigt. Dies ging ich nochmals durch und es klingelte.

Die Schwester des Fabius öffnete und Bürgermeister Fuchs samt Gefolgschaft kam in unser Büro.

Fabius stürmte aus seinem Lieblingsraum, dem Badezimmer, und machte die letzten Griffe an seiner roten Krawatte.

Die übliche Begrüßungsfloskeln der Reihe nach. Erst die Dame Busch, dann Bürgermeister Fuchs und schließlich die Herren Wastel und Bierer, beides uns bekannte Gemeinderäte. Die Grundstückseigentümer wollten erst am anderen Tage direkt in die Anwaltskanzlei kommen.

Ich servierte den Sekt und Fabius' Schwester reichte unsere leckeren Häppchen, welche vom Metzger Lösch kamen.

Fabius zeigte die Räumlichkeiten und der Bürgermeister fluchte über die lange Fahrt hierher und wie er verschwitzt sei, und dass sie alle ins Hotel wollten, um zu duschen, dem Körper ein wenig Frische zu gönnen.

„Moment mal, das Hotelzimmer ist erst gegen 14:00 Uhr bestellt. Aber ich habe da 'ne Idee. Mir nach."

Zu sechst zwängten wir uns in Fabius' Daimler und er fuhr. Direkt in ein Hallenbad.

Ein Heilbad in Herzogburg. Mit einer Rolltreppe gelangte man in den Eingangsbereich. Wir hatten keine Badehose und keine Handtücher. Das konnte man sich alles gegen geringe Gebühr ausleihen. Und schon waren wir im 35 Grad warmen dampfenden Solewasser. Nach einer Viertelstunde war es mir zu warm. Den Fabius sah ich nicht und Bürgermeister Fuchs mit seinen Gemeinderäten war im Dampfbad, wo ich nun wirklich nicht hin wollte. Ich zog es vor, mich von dem Nass zu entfernen und umzuziehen. Als ich zu den Umkleidekabinen ging, konnte ich doch eindeutige Klänge aus der Behindertenkabine vernehmen.

Ein Klappern und ein Stöhnen. Der weibliche Part grunzte und ich verschwand in der Umkleide.

Das ging ein ganzes Weilchen so. Hoffentlich kriegten wir da keinen Ärger und hoffentlich flog die Umkleide bei denen nicht auseinander. Da steckte bestimmt Fabius dahinter. Wer denn sonst. Sag bloß, er hatte Frau Busch am Wickel.

Ich verzog mich ins Bistro und wartete.

So nach und nach kam der Bürgermeister mit seinen Gemeinderäten.

Zum Schluss Danuta Busch und Fabius.

Der grinste wie ein Honigkuchen und zwinkerte mir zu.

Sie tat so, als sei gar nichts gewesen, meinte nur zu mir, schade, dass ich schon so schnell verschwunden wäre. Wir hätten doch auch ein wenig zusammen plantschen können. Lust auf einen Cappuccino hatte jeder von uns, ebenso erfuhren wir vom Bürgermeister Fuchs, dass die Fahrt von Dresden hierher ohne Unterbrechung erfolgte und alle noch nichts richtiges, außer den Häppchen, im Magen hätten.

Da es bereits Mittagszeit war, beschlossen wir, in einem gutbürgerlichen Restaurant auf dem Wege nach Neckaroststadt namens „Stadtschenke" einzukehren.

Vorher holten wir den Wagen des Bürgermeisters ab. Wir teilten uns auf. Fabius fuhr mit der Danuta und dem Bürgermeister Fuchs voraus und ich im Opel des Bürgermeisters mit den beiden Gemeinderäten hinterher.

Im Restaurant „Stadtschenke" konfrontierten wir unsere Sachsen zum ersten Mal mit dem schwäbischen Klassiker: Flädlesuppe und Zwiebelrostbraten. Dazu Spätzle und gemischter Salat. Zu Trinken einen rechten Trollinger und Mineralwasser.

Die Stimmung war ausgelassen gut und es ging weiter nach Neckaroststadt.

Das Golfhotel war in einer umgebauten Burg untergebracht, welche Fabius im Auftrag der Gemeinde Neckaroststadt umgeplant und durchgeführt hatte. Der dazugehörige Golfplatz grenzte direkt an das Hotel und beim Bau dieses Golfplatzes hatte ich damals aktiv mit meinem jüngeren Bruder mitgewirkt. Das war kurz nach meiner Gärtnerlehre und somit war ich richtig an der Arbeitsfront. Nasse Torfsäcke schleppen und verteilen. Im Herbst bei Regen. Meinem Bruder legte ich einmal so einen nassen Torfsack vom LKW direkt auf die Schultern. So was darf man nicht unterschätzen! Er flog der Länge nach mitsamt dem Torfsack in den Matsch.

Da die Sachsen Gäste der Gemeinde Neckaroststadt waren, erübrigten sich die Formalitäten des Eincheckens und die Gäste zogen sich fürs Erste auf ihre Zimmer zurück.

Wir waren im Zeitplan. Fabius und ich standen an der Hotelbar und tranken einen Campari-Orange. „Eine Drecksau, sag ich Dir. Kaum waren wir im Pool, tauchte Danuta unter Wasser und fing an, mir einen zu blasen. So was habe ich noch gar nicht erlebt. Und dann noch jemand von der Genehmigungsbehörde." Fabius war ganz begeistert.

„Na in der Behindertenumkleide konnte man das ja kaum überhören, was ihr da fabriziert habt", so ich.

„Wie ein Gorilla stöhnt die. Hab ich die hergevögelt. Und einen Bär hat die Danuta. Ich glaube, das ist die erste ostdeutsche Terroristin." „Warum?", fragte ich erstaunt. „Na weil sie eine Bombenfotze hat", dabei lachte er laut heraus und ich mit.

An der Bar klingelte das Telefon und die Bedienung ging heran und sagte, es sei Bürgermeister Schwarte für Herrn Stoff bitte. Fabius nahm den Hörer und ich entnahm, dass wir wohl abgeholt würden.

So war es auch. In einem Großraumwagen wurden wir von einem Gemeindediener chauffiert und ins Rathaus gebracht. Dort empfing uns die biedere Stadtdelegation, voran Bürgermeister Schwarte. Er und die Gemeinderäte hatten sich mächtig rausgeputzt. Eher sah er aus, als sei er ein Vorstand eines Karnevalvereins. Mit breiter rot-weißer Schärpe um seinen dicken Körper. Ein Orden, ein goldenes Kreuz, zierte sein Jackett. Es sah aus wie eine Herde eitler Pfauen kontra graue Mäuse. In der Tat erschienen die Gäste aus Sachsen in bescheidenem, blassfarbenem Zwirn. Eher Freizeitlook.

Außer Danuta Busch.

Ihr Aussehen war ein wenig verwegen.

Es hatte etwas Orientalisches an sich. Solche Klamotten waren bei uns mal in den 70ern modern. Mit rotbraunem Samtjäckchen und vielen Spiegelknöppchen dran.

Dazu hatte sie Glöckchenbänder um ihre Fußfesseln und die Füße steckten in einer Art Hausschuhe, wobei die Spitzen nach oben gedreht waren. Ein mächtiges rotes Tuch hatte Danuta sich um ihren Wuschelkopf gewickelt und es hatte was von Ali Baba und die 40 Räuber. Fehlten nur noch die palmwedelnden Mohren. Wenn sie lief, bimmelten munter ihre Glöckchen.

Der Bürgermeister Schwarte mit seinen Gemeinderäten gaffte das Team der Sachsen mit einer Art Mischung zwischen Mitleid und Hochmut an.

Vielleicht sahen sie in ihren Gedanken schon kolonnenweise Trabis und Wartburgs gen Neckaroststadt ziehen.

Bettelnde, asylsuchende Ostdeutsche.

Containerstädte als Auffanglager.

Vielleicht übergaben sie den Sachsen zur Begrüßung jetzt Westgeschenke. Kaffee, Schokolade und Bananen etwa. Konnte sein, dass ich mir das nur einbildete, aber meine Sympathien lagen nun mal bei den Lüstigern.

Dieses dämliche Gegrinse.

Im Namen der Stadt Neckaroststadt begrüßte Bürgermeister Schwarte uns alle freundlich mit seiner piepsigen Stimme und so ging Bürgermeister an Bürgermeister die Stufen hoch, in den Sitzungssaal.

Zwischendurch klingelten munter die Glöckchen.

Im Gegensatz zum Bürgermeisteramt Lüstig war das hier in Neckaroststadt ein pompöser Palast.

Fast demütig betraten die Sachsen den modern eingerichteten und hell beleuchteten Sitzungssaal.

Wir nahmen Platz und Bürgermeister Schwarte hielt einen Vortrag über die Stadt Neckaroststadt.

Er lobte die Zusammenarbeit mit der Planungsgruppe Stoff & Kollegen und meinte, dass die Gemeinde Lüstig auf die richtigen Partner setze. Unterstützt wurde sein Referat von einem seiner Gemeinderäte namens Gockel, welcher Bildmaterial an die Leinwand projizierte.

Es wurden auch Präsente gegenseitig ausgetauscht. Irgendwelche Bücher von Sachsen auf der einen und Württemberg auf der anderen Seite. Man strebte letztendlich eine Patenschaft an.

Bevor es zum Restaurantbesuch ins Golfhotel zurückging, besuchten wir noch ein paar Projekte, welche Fabius geplant hatte.

Im Restaurant des gemütlichen Golfhotels, wir saßen in einem Nebenraum, hielt der Bürgermeister eine etwas steife Tischrede und ließ dann das Essen auftischen.

Alle anderen Gemeinderäte von Neckaroststadt hatten wohl Besseres zu tun, denn sie verschwanden nach dem kurzen Referat ihres Bürgermeisters.

Die zwei Bürgermeister saßen zusammmen und konnten so recht nichts miteinander anfangen.

Bürgermeister Fuchs wollte die Verkrustung aufbrechen und fragte: „Herr Bürgermeister Schwarte, ich bedanke mich im Namen von uns allen und habe da eine Frage.

Sie sagten, dass unsere Gemeinden eine Patenschaft miteinander anstreben, ähnlich wie ein Joint Venture, wie sollen wir das bitte verstehen?"

Ich hatte gerade einen Löffel Maultaschensuppe zu mir genommen, als ich die Frage hörte. Ich musste lachen und dabei verschluckte ich mich fast. „Kann ich erklären", hob ich die Hand zur Rechten. Alle schauten mich neugierig an, da es selten vorkam, dass ich von meiner Seite aus mal was direkt in die Runde warf. „Kann ich Ihnen erklären, Herr Bürgermeister Fuchs, und zwar mit meinen bescheidenen Worten." Gespannte Ruhe.

„Schlägt ein Huhn einem Schwein eine Geschäftsidee vor.

Sagt das Huhn: ‚Du Schwein, um bessere Absatzmöglichkeiten zu erzielen, vermarkten wir unsere Produkte in einem Joint Venture gemeinsam besser. Wie findest du das?'

Das Schwein neugierig: ‚Ja, was vertreiben wir dann gemeinsam und was ist ein Joint Venture?'

Das Huhn frech: ‚Na, ham and eggs. Also Schinken und Eier.' Das Schwein überlegt kurz und antwortet bestürzt.

‚Dann bin ich ja tot und du lebst weiter.'

Gelassen das Huhn: ‚Ja, das ist auch der Sinn und Zweck des Joint Ventures.'"

Alle grinsten und lachten, nur Bürgermeister Schwarte schaute ein wenig bedeppert. Um diese „Weisheit" zu qualifizieren, betonte ich, dass ich dies in einem Harvard-Journal aufgeschnappt hatte, was auch stimmte. Vom Joint Venture wurde an diesem Abend nicht mehr gesprochen. Bürgermeister Schwarte wollte der Sache mit dem Joint Venture einen spaßigen Abschluss verpassen und: „Ja, ihr in Dresden wohnt ja im Tal der Ahnungslosen. Oder sagt man das nicht so?"

Hat wohl wieder nicht so hingehauen, mit seinem Witzle.

Bürgermeister Fuchs hierzu: „Dazu habe ich jetzt eine passende Anekdote, weil wir ja im Tal der Ahnungslosen wohnen.

Also: Ein Tourist aus Dresden besucht Ost-Berlin.

Er besichtigt den Alexanderplatz und fragt einen Passanten: ‚Entschuldigen sie bitte, dieser Turm dort, ist das der Fernsehturm?'

Die Antwort ist ein unfreundliches: ‚Hm.'

Der Dresdner fragt einen anderen Passanten, ob es sich wohl bei diesem roten Gebäude vor ihm um das Rote Rathaus handele. Der antwortet mit einem unfreundlich geknurrtem ‚Ja.'

Nach einer Weile erreicht unser Dresdner das Brandenburger Tor und fragt wieder einen Passanten, ob das da hinten wohl die berühmte Berliner Mauer sei. Dieser Passant klärt ihn in einem freundlichen Ton auf: ‚Aber nein, das ist unser antifaschistischer Schutzwall, gegen den bitterbösen Klassenfeind, der dort in West-Berlin seine Hetzzentrale betreibt!'

Beim anschließenden Gang durch den Tiergarten trifft der Sachse Erich und Margot Honecker auf einem Spaziergang.

Er erzählt den beiden von seinen drei Begegnungen und fragt Margot, da sie ja Volksbildungsministerin der DDR ist, ob sie ihm vielleicht den Grund für das unterschiedliche Verhalten seiner drei Gesprächspartner erklären könne.

Margot entgegnet: ‚Das ist ganz einfach mein Sachse: Derjenige, der mit ‚Hm' antwortete, ist sicherlich ein Asozialer ohne Bildung und Charakter und hat wohl die achte Klasse nur mit Mühe geschafft. Der, welcher ‚Ja' sagte, hat zwar die Polytechnische Oberschule besucht, ist vielleicht sogar Facharbeiter, aber letztendlich auch nicht so gebildet wie wir es uns vorstellen. Etwas anders ist es mit dem Mann, der alles so schön erklärt hat. Der ist eine entwickelte sozialistische Persönlichkeit, vielleicht sogar Genosse der SED oder Jungfunktionär – jedenfalls ein wertvoller Bürger der DDR. – Stimmt doch so, Erich oder?'

Erich: ‚Hm.' "

So ist das mit uns im Tal der Ahnungslosen. Alles müssen wir nicht wissen. Das Eis war gebrochen und jetzt legte im Wechsel mal die eine Seite mit Witzen los, mal die andere Seite. Der Abend verlief feuchtfröhlich und mit Humor ließen sich Brücken bauen. Zu später Stunde fuhr ich den rauschigen Fabius in sein Wohnbüro. Er wollte vorher unbedingt nochmals Danuta ordentlich durchnudeln. Aber irgendwann hört es mal auf. Eine gewisse Contenance sollte man einfach erwarten, das war ja keine, oder nicht nur eine Vergnügungs-veranstaltung. Es gab nun mal keine DIN-Norm für Moral. Manch einer konnte so was in den falschen Hals bekommen, besonders bei den Gemeinderäten der Neckaroststädter ge-noss Fabius den zweifelhaften Ruf eines exzessiven Lebe-menschen.

Seinen Wagen nahm ich mit nach Hause.

Am anderen Morgen holte ich das Quartett im Hotel, nach dem Frühstück, gegen 9:00 Uhr ab und wir fuhren ins Büro, da wir den Fabius mitnehmen mussten. Alle bedankten sich aufs höflichste für den schönen und witzigen Abend und so ging es, nachdem Fabius zugestiegen war, in die Kanzlei des Consigliore Dr. Hartmann.

Mit Fabius stimmte ich mich so ab, dass ich mich um Danuta kümmerte, weil die Grundstückseigentümer hinzukä-men, um den Grundstückskauf durchzuführen.

Da ja Danuta das Landratsamt in Sachen Planung ver-trat, wäre sie etwas fehl am Platze gewesen. Wir verabrede-ten uns gemeinsam gegen 12:00 Uhr in Consigliores 'Mensa' namens „Zi Carmela", welche mir bereits bestens bekannt war.

So vergnügten wir uns zwei Stunden auf unsere Weise!

Kurz nach 12:00 Uhr betraten wir die 'Mensa' und alle waren schon da. Nur die Grundstückseigentümer, beziehungs-weise die jetzt ehemaligen wollten weiter nach Freiburg im Breisgau fahren. Consigliore und Notar Marder hatten ganze Arbeit geleistet und es war alles so unterzeichnet, wie wir es im Vorfeld besprochen hatten. Bis auf die Diakonie, welche auch noch einen Teil eines Grundstückes hatte, was man aber tauschen konnte. Nichts geht gegen eine gute Vorbereitung und eine genaue Abstimmung zwischen den Vertragspartei-en. Darauf legte der Consigliore penibel Wert. Es gab nichts Schlimmeres, als wenn es in der Kanzlei zu Ungereimtheiten wegen Desinformation käme.

Der Consigliore lud uns alle im Namen seiner Kanzlei ein. Manfred, der wuselige Chef des Hauses, hatte bereits eine Flasche Prosecco kalt gestellt und seine großtittige Freundin servierte lächelnd auch schon. Es blieb jedoch bei diesem einen Glas, da Bürgermeister Fuchs und seine Gefolgschaft wieder zurück nach Lüstig fahren wollten.

Zu meinem Erstaunen bestellte der Consigliore sich und seinem Notar Marder nur eine Minestrone und eine Flasche Pellegrino. Gemüsesuppe und Wasser.

Auf die Frage von Fabius, was denn los sei, oder ob es ihm heute denn nicht schmecken würde, weil er zahlen müsse, wandte der Consigliore sich an den Bürgermeister Fuchs mit den sanften Worten:

„Demut und Bescheidenheit ist unser Kanzlei höchste Prämisse. Sie verstehen, meine werten Gäste aus dem schönen Sachsen. Mit den Großkotzigen", er beugte sich nach vorne, schaute streng, seine Lesebrille nach unten zurechtgerückt in Fabius und meine Richtung, „welche wie hungernde, streunende Korsaren vor euren Toren stehen, haben wir nichts gemeinsam."

Dabei lehnte er sich wieder bequem zurück, in seinen Stuhl. Warum haben die keine Mönchskutten an und einen Heiligenschein um ihre Birne?, kam mir in den Sinn.

Die Sachsen dachten bestimmt: Respekt, schwärmten aber dem Consigliore von „unserer" guten schwäbischen Küche samt dem süffigen Trollinger vor. Jedoch entgegnete er deren Redeschwall energisch: „Das Bauernvolk der Schwaben, denen haben wir Schlesier, Böhmen oder Mährer erst beigebracht, wie das geht. Nicht bloß das Kochen. Das waren zudem die Badener.

Selber können die net viel.

Die großen Denker kommen alle von woanders her.

Von uns. Des sind bloß Bauern. Gell Jörgel. Ich sag Euch, in Stuttgarts Zentrum gibts den besten Zwiebelrostbraten. Da lade ich euch beim nächsten Mal ein. Handgeschabte Spätzle, gelb vor lauter Eiern. Da werdet ihr das Messer nach dem Rest der Sauce mit der Zunge noch abschlecken. So gut ist der. Der Koch heißt Yüksel und ist ein kleiner, dicker, runder Türk. Dabei schaute er seinen Notar Mader an und beide lachten.

Aufs herzlichste verabschiedeten wir uns und gingen unsere Wege. Telefonisch wollten wir die nächsten Termine vereinbaren.

Der Consigliore nahm mich an die Seite und flüsterte mir zum Abschluss noch ins Ohr, dass ich am Montag gegen 10:00 Uhr in seinem Büro erscheinen sollte. Zwecks Kaufvertrag.

Das Wochenende war bei mir und meiner Frau von dem großen Umzug in die Nachbargemeinde geprägt. Meine Mutter hatte für uns eine neue Wohnung gefunden. Fast 600 DM günstiger und fast genauso groß. 80 qm. Zwei Zimmer und Terrasse in einer Einliegerwohnung. Unsere Freunde Conny und Thomy sowie die Eltern und meine Geschwister halfen uns bei dem Umzug, so klappte das Ganze an einem Wochenende. Zu meiner Schande musste ich gestehen, dass die Vorarbeiten, einschl. Tapezieren und Malen, meine Frau alleine organisieren musste. Ich gelobte ihr, wenn das mal mit dem Geld wieder richtig hinhaute, würden wir eine schöne Reise unternehmen oder sonstiges, was sie halt wollte.

Die ersten Vorbereitungen zu den Kaufverträgen

Die Arbeit fing jetzt erst richtig an und es wurde von Tag zu Tag spannender. Dem Fabius war es ganz recht, dass ich die Vertragsgeschichte mit dem Consigliore weitgehend selbstständig abwickle, da er den B-Plan mit den Planungsbüros vorantreiben musste. Zudem stimmte er die weiteren Termine mit dem Bürgermeister Fuchs ab. Auch wurde an einem Gegenbesuch der Gemeinde Neckaroststadt gearbeitet. All das musste vorsichtig medientechnisch vorbereitet werden.

Mit Freude vernahm ich, dass Fabius Diät machte und in dieser Zeit trank er keinen Alkohol!

Manchmal meinte ich, dass Fabius mit einer primitiven Fortbewegungsmaschine zu vergleichen wäre.

Entweder Stopp oder Vollgas. Das hieß: Entweder er trank. Und das von morgens bis abends, bevorzugt Roséwein, was meistens im Delirium endete, oder aber er trank nichts. Null. Dafür schaffte er wie ein Brunnenputzer. Von morgens, manchmal kruschtelte er schon um 4:oo Uhr im Büro umeinander, bis spät nachts. Dabei futterte er Unmengen an Obst in sich hinein. Mangos, Papayas, Bananen und Kiwis. Literweise Wasser trank er dazu und er quälte sich an seinen Fitnessgeräten. Oft wollte er mich animieren, seinem Beispiel nachzueifern. Jedoch meinte ich hierzu gelangweilt: „Brauchst doch bloß ganz normal saufen. Dann musst du dir das nicht antun." Für mich und die Beteiligten war das sehr gewöhnungsbedürftig, denn beides nervte.

Er war unkalkulierbar!

Mit der S-Bahn fuhr ich diesmal nach Stuttgart zum Consigliore. Das ging gut, denn die Verbindung in die Kanzlei mit öffentlichen Verkehrsmitteln war akzeptabel. So konnte ich mich auch mit Zeitungslesen befassen. Mit Wirtschaftszeitungen. Meine Hausaufgaben. Dazu hatte ich mir brav ein Wirtschaftslexikon in Pocketausgabe gekauft und so konnte ich die Fahrzeit sinnvoll nutzen.

Pünktlich 10:oo Uhr befand ich mich in der Kanzlei und meine mittlerweile Lieblingssekretärin Reginchen führte mich in den Keller, seine Denkfabrik, meinte Reginchen.

Dort war etwas wie ein Arbeitszimmer.

Eine Mischung aus Arbeitszimmer, Kitchenettchen, Bar und Abstellkammer. Alles war sehr eng und mit Ordnern und Kartons vollgestellt.

Das war also seine Denkfabrik.

Polternd kam er mit einem Packen Unterlagen unter den Arm geklemmt herunter, legte diese auf den Tisch, ging an den Kühlschrank und schenkte uns zwei schöne Pils ein.

Ich dachte: Nein doch nicht schon um 10:00 Uhr, ließ mir aber nichts anmerken und nippte nur beim Anstoßen.

„Habe das Kochbuch fertiggeschrieben, mein Lieber."

Nicht ganz ohne Stolz sagte er das. „Genau daran müssen wir uns halten. Ab jetzt ist das bindend für jeden Käufer! Kapiert? Nun, da es keine Reform mehr in der DDR geben wird und das unsrige Wirtschaftssystem von den Ostzonalen übernommen werde, ist es nur noch eine Frage von Wochen, bis die DDR endgültig der Vergangenheit angehört, wo sie auch bleiben soll. Die DDR wird abgewickelt. Der einstige harte Betonbrocken zerfällt zu Staub. Übrig blieb da nimmer viel. Komm schauen wir mal an, was der große Papa da gekocht hat."

Hierzu gab er mir ein Lesexemplar. Nachdem wir ausführlich die verschiedenen Rezepturen in dem ‚Kochbuch' gelesen hatten, verabschiedete sich der Consigliore mit folgenden Worten von mir: „So und jetzt nimmst das und gehst zu Deinem Chaoten Stoff, damit er weiß und kapiert, was wir da die ganze Zeit gemacht haben."

Vorabend im Waldparkhotel

Nachdem die Gemeindevertretung dem Flächennutzungs- und Bebauungsplan unter Berücksichtigung neuer Erkenntnisse schon einmal einstimmig zugestimmt hatte, wurde der B-Plan nochmals überarbeitet und auf seine jetzige, endgültige Größe von 45 ha reduziert. Gemeinsam mit dem Bürgermeister Fuchs und seinem Vertreter beschlossen wir, den B-Plan unter Einbindung der Öffentlichkeit im Gasthaus „Lüstiger Hof" vorzustellen. Bürgermeister Fuchs ließ das veröffentlichen. Wir mobilisierten unsere Bekannten und Freunde. So kam es, dass wir einen Bus mieten mussten. Die Kosten hierfür drückten wir der Gemeinde Neckaroststadt aufs Auge, da Bürgermeister Schwarte mit einem Stellvertreter und Musikkapelle anreisen wollten. Dazu gesellten sich unsere Bekannten: Holzwurm Eiche, der Bankdirektore Zwieback, der Europäer Blablagür, der Gebrauchtwagenhändler Luigi Kanone, unsere Fachplaner. Der gecharterte Bus war randvoll besetzt. Mein Bruder und seine Kumpel fuhren mit einem Privatfahrzeug hinterher. Sinn und Zweck dieser Präsenz war einfach folgender: Der Bürgermeister Fuchs und wir wollten unsere Bataillone in dem großen Nebenraum als erstes platzieren. Gegen irgendwelche unerwünschten Störenfriede einfach vorbeugen und denen den Platz wegnehmen.

Fabius und ich fuhren bepackt mit dem neuen und schön farblich angelegten B-Plan schon einen Tag früher nach Dresden und waren auch gegen Spätmittag da.

Rosie und Luzie warteten auf uns ganz aufgeregt im Waldparkhotel. Nachdem wir uns mit den zweien vergnügt hatten, gings runter in die Bar. Fabius erklärte den Ablauf des kommenden ereignisreichen Tages bei einem Glas Campari-Orange: „Wir hängen den B-Plan an die Wand und der Bürgermeister soll das erklären. Wir halten uns bedeckt. Das gibt nur eine Unruhe. Hörst du Martin?"

Ich war mit der Rosie beschäftigt und züngelte mit ihr ein wenig. „Kapiert. Zu Deutsch. Wir halten die Klappe!", und widmete mich wieder der Rosie.

„Und wenn irgendjemand was fachlich an Fragen hervorbringen sollte, dann müssen die Fachplaner Auskunft geben. Dazu sind die ja schließlich da. Aber nur ganz kurz. Das

Ganze darf nicht länger als eine halbe Stunde dauern. Dann sollen die uffta, uffta, tätärä spielen. Keine Chance, irgendwelche Unruhestifter zuzulassen und das Wort womöglich zu übergeben." Fabius mimte eine Posaune nach. „uffta, uffta, tätärä", trötete er nochmals laut.

Ich hatte begriffen. Am besten, wir hängten den B-Plan an die Wand. Die beiden Bürgermeister lullten das Volk ein und beiläufig würde der B-Plan vorgestellt. Nicht viel erklärt.

Warf zu viele Fragen auf und dann sollte der Spielmannszug aus Neckaroststadt loslegen. Der gemütliche Teil konnte seinen Lauf nehmen und Fabius und ich würden dann still und heimlich den B-Plan zusammenrollen und wegpacken. Völlig logisch, so weit konnte ich dem Fabius folgen. Nachdem wir die Szenarien ein paar Mal diskutiert hatten, war es gut und es war auch schon spät des Abends. Fabius zahlte mit einem Murren und trauerte der Ostmark nach, welche ja Mitte Juni 1 : 1 gegen die DM eingetauscht worden war.

Rosie wollte heim und Fabius schnappte sich Luzie zum Rammeln mit auf sein Zimmer.

Ich wollte noch einen Drink zu mir nehmen und schaute auf die Tanzfläche. Das Waldparkhotel hatte sich geändert. Das Flair von einst mit der schönen Schlagermusik und dem netten Kellner Einstein waren verschwunden. Stattdessen wirre Lichtorgeln und die Top-Ten liefen rauf und runter.

Zu „Relax" verrenkten sich eine besoffene Horde uniformierter, männlicher Studenten wie die Bekloppten auf der Tanzfläche. Voran der Bruderschaft: der Fuxmajor. Sah so aus als hätte der eine oder andere seine scharfe Mensur schon hinter sich. Klar mochte ich gerade dieses Lied auch, aber ich erinnerte mich gern daran, als ich die ersten Male mit der Rosie verschmust Händchen haltend am Tisch saß und gemütlich ein Gläschen des süßen, weißen Fusels trank. Vorbei!

Dann sah ich Sie. Ein rundes Prachtweib. Kurze lockige blonde Haare. Auf dem barocken Kopf mit ihren glänzenden

Backen ein schwarzer, kleiner Hut. Schwarze Netzhandschu-
he. Große runde silberne Ohrringe. Die Augen stark blau
geschminkt. Die Wimpern üppig gefärbt. Den Mund formten
knallrote Lippen. Für mich war es nicht „zuviel rot auf ihren
Lippen".

Einen engen schwarzen Einteiler mit einem offenherzigen Dekolletee. Es sah aus als sei etwas zu viel Leberwurst in
den Darm gepresst worden. Der Einteiler endete kurz an den
Knien und schwarze Netzstrümpfe vollendeten ihre massigen
Beine in High-Heels. Vielleicht die High-Heels ein wenig zu
eng.

Ihre prallen Möpse zogen meine gierigen Blicke auf
sich. Genau das Richtige für einen versauten Abend, so meine Gedanken.

In der einen Hand hielt sie ein halbvolles Glas Sekt.
In der anderen eine schwarzes Handtäschchen. Und das
Schärfste kam noch. Sie lächelte mir zu. Mir! In meinen vor
Geilheit benebelten Geiste hörte ich die seufzenden Klänge
von „Je taime". Ich prostete diskret zu ihr hinüber und schon
waren wir im Gespräch. Wir plauderten über dies und das, dabei tranken wir ganz tüchtig. Sie Rotkäppchen-Sekt und ich
Campari-Orange. Ab und zu kam ein smarter Glatzkopf mit Nickelbrille und mischte sich hier und da in unser Gespräch. In
der Computerbranche sei er tätig und aus Mannheim komme
er. War ganz sympathisch, aber ich wollte mich auf den fina-
len Stoss konzentrieren.

Der reine Zufall war, dass das weibliche Geschoss
Martina hieß und am gleichen Tag wie ich Geburtstag hatte,
sowie im gleichen Jahr. Wir wollten es beide nicht glauben
und so zeigte sie ihren blauen und ich meinen grünen Pass.
Stimmte. Wir waren gerade mal um die Dreißig.

Dann sagte sie deutlich provozierend: „Wollen wir nun
ficken oder uns weiterbetrinken!"

Ups, mir plumpste schier das Glas aus der Hand.

So direkt hatte ich das noch von keiner Frau gehört. Mir fiel das schon des Öfteren erfreulicherweise auf. Die Frauen hier waren um Welten anders. Viel direkter, viel offenherziger. Die machten nicht lange rum. So auch Rosie und Luzie. Wenn ich an die Frauen bei uns im Westen so dachte. Die wurden ja schon rot, wenn sie den Begriff Spargel oder Gurke mal in den Mund nehmen sollten. Oder hatte ich nur solche Bekannte, war ja auch möglich. Wir entschieden uns fürs erstere und so wackelten wir in Richtung Hotelzimmer, die Treppen hinauf. Doch ein glatzköpfiger Schatten begleitete uns ein paar Meter hinter uns. Auf die Frage von mir, was er wolle, antwortete er trocken. „Na mitbumsen." Ich wollte ihn zum Teufel jagen, da meinte meine hirschige Wollüstige nur, den schaffe sie locker auch noch. Ich war jetzt ein wenig irritiert. Das hatte ich also noch nicht gemacht und hatte so meine Hemmungen.

In meinem Hotelzimmer angekommen, suchte sie das WC im Bad auf und brunzte bei offener Tür ins WC.

Der mächtige Strahl hörte sich an wie der von einem ausgewachsenen Gaul. Dann ließ sie seelenruhig Badewasser ein, während sie sich langsam, aber verschärft auszog.

Man muss wissen, dass die Badewanne alt und historisch war. Mit hübschen Drehknöpfen aus Keramik. Und groß war die Badewanne. Zwei Erwachsene hatten da locker Platz.

Schnell war Andrea im warmen Wasser.

Ich platzierte mich hinter ihr und der Glatzkopf vor sie.

So fummelten tausend Hände irgendwo und irgendwie.

Sie hatte herrliche, feste Brüste mit großen Nippeln. Die wollte ich am liebsten verschlucken.

Als es im Bad zu wild wurde, gings auf dem Bett weiter.

Die Orgie hatte für mich ein jähes Ende, als mein Schwanz nicht von ihr, sondern vom Glatzkopf geschleckt wurde.

Nee, aus und vorbei. Ich schmiss den Schwuchtel-Computerspezialisten raus. Nichts dagegen, aber bitte nicht bei mir!

Kam mir schon vorher so komisch vor. Knabenhaft und glatt rasiert onanierte er meistens vor sich her, ohne dass er mal an des Weibes Lust sich vergriff.

Ich schaute auf die Uhr und glaubte es einfach nicht. Es war kurz vor 5 Uhr. Draußen fing es an, hell zu werden.

Gott sei Dank versprach es ein für mich wohl ruhiger Vormittag zu werden. Sollten uns ja bedeckt halten.

Ich umarmte mein Wonneweib, saugte an ihren leckeren Nippeln und schlief ein.

Hier ein Baum, da ein Baum

Jäh wurde ich von Rosie aus dem Bett geklopft.

Meine Nachtpartie war verschwunden. Den Spiegel im Bad zierte ein großes rotes Herz aus Lippenstift. Leider bekam ich Martina nie wieder zu Gesicht.

Das warme Wasser tat gut, ich duschte meinen Kopf, Körper und was dazugehörte.

Dann quälte ich mich zum Frühstückstisch. Es war schon gegen 9:00 Uhr und Fabius war mit der Luzie am tratschen. Auf dem Tisch standen ein zugequalmter Aschenbecher und eine halbleere Flasche mit Rotkäppchensekt.

Mir wurde übel. Rosie setzte sich erst gar nicht, hatte ihre Jacke über dem Arm hängen und drängelte den Fabius und mich, uns zu sputen. Wir sollten doch vorher da sein, bevor die Meute auftauchte, war ihre berechtigte Meinung und nörgelte. Das gefiel dem Fabius überhaupt nicht.

„Ich bestimme, wann und wohin wir gehen und jetzt erst recht nicht!" Dabei schaute er Rosie zornig an.

Seelenruhig schenkte er uns allen ein Glas des weißen Rebensaftes ein, ob es einem passte oder nicht.

„Sollen die doch ruhig ohne uns anfangen oder auf uns warten. Gestern sagte ich doch, dass wir da eh nicht groß reden werden. Schon vergessen? Wir trinken noch schön gemütlich den Sekt aus und fahren dann zur Präsentation. Zum Wohle." Dabei prostete er der Rosie zu.

Sein Verhalten gegenüber der Rosie fand ich ungerecht, da sie stets bemüht war, alles richtig und in unserem Sinne zu erledigen. Sie machte deshalb auch nicht gerade ein frohlockendes Gesicht, prostete aber höflich zurück.

Kurz vor Beginn der Vorstellung raste Meister Stoff wie ein Durchgeknallter mit uns dreien zu der Veranstaltung.

Dort angekommen war bereits die reinste Hölle los.

Ein Menschenauflauf wie bei einer Großveranstaltung. Autos, wohin man blickte. Dabei fielen mir viele Kennzeichen aus den Altbundesländern auf. Hamburger, Frankfurter, Hannoveraner, aus Bonn und was weiß ich noch, wo überall her. Bei den Ostzonalen konnte ich nicht feststellen, woher die kamen, da sie ein anderes Kennzeichensystem führten. Alles mit Y war Dresden, aber der Rest?

Zwischen den vielen Menschen liefen einige Musikanten in ihren Uniformen und mit Musikinstrumenten umeinander und wir bahnten uns den Weg in den Sitzungssaal.

Dort, weiter in Richtung Gemeindevertreter, wurden wir auch schon vom Bürgermeister Fuchs angepfiffen, da wir den Plan hätten und jeder drauf warten würde. Hämisch grinsend dahinter der fette Bürgermeister Schwarte.

Der Saal war bis zum letzten Winkel mit interessierten Bürgern oder solchen, die sich dafür hielten, ausgefüllt.

Alle unsere Jungs saßen schon da und winkten uns zu.

Ich zitierte meinen Grünplaner Peter Säuerlich her, um mir beim Aufhängen des großen kolorierten B-Planes behilflich zu sein. Wir setzten uns seitlich an die Wand und erwarteten mit Spannung die Eröffnungsrede des Bürgermeisters Fuchs.

Der Bürgermeister samt Stellvertreter und ein Teil der Gemeindevertreter hatten vor dem B-Plan eine Tischreihe aufgebaut und saßen dahinter.

Der Bürgermeister stand auf und erklärte die Belange der Gemeinde Lüstig und dass das Vorhaben sehr wichtig für die Gemeinde sei und überhaupt alles werde gut.

Ich döste vor mich her, in schönen Gedanken bei dem nächtlichen Treiben und dachte, dass es doch bisher ganz gut liefe.

Dann plötzlich, aus dem überfüllten Raum, donnerte es Bösartigkeiten heraus wie: „NVA-Schwein" – „Westimperialisten" – „Kapitalisten" – „Wir werden das nicht zulassen!" – „Spätzleconnection – bleibt in Schwaben!" – „Schutz der grünen Wiese!" – „Rettet die ‚fette Schnepfe' und das ‚Borstige Schwingelgras'" – „Was Rot war, soll Rot bleiben" – „Schulterschluss mit der Bürgerinitiative!" Lauter solch akustischer Müll drang an mein schläfriges Ohr. Schnell wurde ich wach und schaute mir die Brüder und Schwestern an. Mir fiel sofort auf, dass der Slang kein sächsischer war, bis auf das mit dem NVA-Schwein. Denjenigen erkannte ich auch sogleich. Unsere alten Bekannten Grabschinski und Knetemeier hatten sich mit Erfolg in die Massen gemischt. Mit schweren Lederjacken und rotem Stirnband blickten sie wütend in unsere Richtung. Ich dachte, wir wären mit denen im Guten auseinander? Aber die anderen? Hessisch hörte ich heraus und noch ein paar andere bekannte Dialekte. Bürgermeister Fuchs fragte auch direkt, woher sie den kämen und bekam als Antwort von einem bärtigen, langhaarigen, in Lederklamotten gekleideten trist dreinschauenden Alt-APO-Urvieh: „Aus Frankfurt am

Main und, Herr Bürgermeister, wir lassen es nicht zu, dass ihre Gemeinde von kapitalistischen Geldgeiern ausgenützt wird. Eure Bürgerinitiative ‚Rettet die fette Schnepfe' unterstützen wir und werden das Projekt zu Fall bringen. Schulter an Schulter mit erhobener und geballter Faust treiben wir die Kapitalisten dorthin, woher sie gekommen sind." Seine weibliche Begleitung saß daneben und häkelte an irgendwas umeinander. Ein anderer stand auf und: „Wir sind ein führendes Büro aus Hamburg in Sachen Stadtentwicklung. Wir heißen Hering-Consult. Herr Bürgermeister, wir genießen europaweit Anerkennung. Ihre Partner sind völlig unbekannt. Wir bewerben uns um den Auftrag."

Eine ganze Zeit hörte sich Bürgermeister Fuchs die verwirrten Geister an, bis er sachlich und ruhig aber bestimmend konterte: „Warum lassen sie uns nicht einfach in Ruhe. Wir haben sie weder gerufen noch brauchen wir sie hier. Ich oder einer von den Gemeindenvertretern werden am Ende der Veranstaltung ein Ohr für Ihre Probleme öffnen. Sie und Ihre Freunde sind aber immer und jederzeit gern gesehene, zukünftige Urlaubsgäste in unserer Gemeinde und im Übrigen bitten wir Herrn Stoff nun, die Planung zu erläutern. Bitte, Herr Stoff, sie haben das Wort."

Das machte der Bürgermeister genüsslich mit Absicht, als Retourkutsche sozusagen, weil wir verspätet angekommen waren.

Fabius wurde bleich und bleicher!

Hä, Hä, ich rieb mir die Hände.

Er ging aber ganz locker und selbstbewusst zum B-Plan und erklärte in kurzen, aber genauen Sätzen das Vorhaben.

Die eine Hand ganz locker in der Hosentasche, die andere am Plan. „So ist das, meine Damen und Herren und ein wesentlicher Faktor, auf den wir allergrößten Wert gelegt hatten, war die Eingrünung des Areals und da darf ich unseren Spezialisten und Grünplaner, meinen Partner Herrn Stenge-

le bitten, Ihnen dies ausführlich zu erläutern. Er hat sich mit
seinem Team lange genug damit beschäftigt und wird Ihnen
seine aufwendige Arbeit jetzt gerne erklären. Komm Martin,
bitte!"

Judas!

Natürlich grinste er mich frech an und ich fiel schier halbtot um, überwand und schleppte mich mit dicken
Schweißperlen auf der Stirn zum B-Plan.

Höhnisches Gekicher kam von Blablagür und Luigi Kanone.

Ich ganz gemütlich: „Hallo erst mal. Meine Damen,
meine Herren und sie dort auch", ich schaute zu den Motzkis
der Frankfurter Fraktion hin.

„Wie sie sehen, sind hier dargestellt grüne Kreise.

Bäume nämlich.

Hier ein Baum und da ein Baum.

Das sind Bäume meine Herrschaften.

Wir haben uns viel Mühe gegeben, viele Gehölze zu
pflanzen. Falls sie aber noch mehr Bäume wünschen, können wir da und da noch einen Baum pflanzen. Wenn sie noch
Fragen zu Bäumen und anderen Pflanzen haben, bin ich im
Anschluss gerne bereit, mich mit Ihnen über Bäume zu unterhalten. Danke."

Ruhe im Saal!

Es war auf einmal absolute Ruhe.

Hätte jemand eine Nadel fallen lassen, man hätte diese
gehört. Ich glaubte, die wussten nicht, ob sie alle loslachen
oder Buh rufen sollten. Emsiges Gemurmel setzte ein!

Ab diesen Zeitpunkt, als alle mein botanisches Know-
how mit äußerster Kraft zu spüren bekommen hatten und
durch die präzise, detaillierte Erläuterung, ‚Hier ein Baum
und da ein Baum‘, in die hohe botanische Komplexität kata-
pultiert worden waren, erhielt dieser Spruch humoristischen
Kultstatus.

Das war Minimalismus allerhöchster Güte! Selbst heute noch sprechen mich Leute mit diesem Satz immer wieder an, wenn sie mich sehen.

Diesen Überraschungseffekt verstand Bürgermeister Fuchs auszunutzen und: „Bedanken wir uns bei den weit hergereisten Gästen und unseren lieben Mitbürgern und bitten die Kapelle von Neckaroststadt, mit der musikalischen Unterhaltung zu beginnen. Ab heute wird der B-Plan offiziell im Rat der Gemeinde ausgehängt. Danke nochmals. Danke." Politisch versprach alles, für uns zu laufen, denn am 1. Juli 1990 wurde endgültig das Wirtschaftssystem der BRD übernommen.

Dunkle Wolken formierten sich am Horizont

Der B-Plan wurde öffentlich ausgehängt und die Medienkampagne gegen unseren Gewerbepark erreichte einen ersten Höhepunkt.

Der damalige Planungsdezernent von Dresden sah den Gewerbestandort als „verfassungswidrig" an, weil er mit Einzelhandelsverkaufsflächen von mehr als 800 Quadratmeter zum „Ausbluten" der Stadt führen würde. Wir und unser Team hatten alle Hände voll zu tun. Stürmer und sein Team reichten die Pläne bei den Trägern öffentlicher Belange ein. Das waren so um die 60 Stellen, bei denen er hören musste, ob die nun was gegen unser Vorhaben hätten oder nicht. Letztendlich würde ein Abwägungsverfahren über Sein oder Nichtsein entscheiden. Ständig bekamen wir es mit der Bürgerinitiative „Rettet die fette Schnepfe" zu tun. Bürgermeister Fuchs verwies diese Gruppierung an uns und Fabius gab mir die Aufgabe, das Problem klein zu halten. So verbrachte ich häufig die Zeit damit, mich mit denen auseinanderzusetzen.

Es kam des Öfteren vor, dass ich alleine nach Lüstig oder Dresden fuhr, um auf Podiumssitzungen präsent zu sein. Das war nicht ganz unwichtig, denn so erkannte die Gegenseite, dass wir tatsächlich bemüht waren, landschaftsrelevante Dinge im Einvernehmen mit der Bürgerinitiative ‚Rettet die fette Schnepfe' umzusetzen.

Der Häuptling der Gruppierung war ein Professor Hirse, schmal, bleich und ohne Profil kam er mit hektisch stotternder Stimme daher. Er hatte die obligatorische schwarze Baskenmütze mit dem AI (Amnesty International) auf seiner Birne, dazu die Nickelbrille über der Nase, einen ungepflegt wirkenden Vollbart. Sein Hals umschlungen mit einem PLO-Schal. Der Sticker auf seinem dicken Wollpullover mit der Aufschrift „Bürgerinitiative Lüstig: Rettet die fette Schnepfe" sollte wohl vermitteln: Achtung: Vollblutökorevoluzzer!

Er kam mir vor wie einer, der auf einem Bahnsteig stehend den Schnellzug an sich mit Volldampf vorbeirasen sah, auf den er gewartet hatte.

Ein frustrierter Don Quichotte!

Nun hatte er ein Betätigungsfeld gefunden und erkannte, wo er allen beweisen könnte, dass er eine Daseinsberechtigung habe. Auch wenn es im Felde gegen übermächtige Windmühlen ging. Ich bedauerte ihn.

Zeitweise nahm ich ihn sogar für voll. Ich lud ihn einmal ein, unter uns beiden Fachleuten, so wie es sich gehörte, eine Begehung des kritischen Areals durchzuführen. Vielleicht könnte ich ihn überzeugen, dass es da nichts zu beschützen und deshalb auch nichts zu protestieren gäbe.

Ich hatte mir den weißen Passat meines Bruders damals geliehen, da Fabius den Daimler in Herzogburg brauchte.

Mit seinem fetten Daimler wäre das auch nichts geworden.

So fuhren wir zu dem besagten Gelände.

Fein säuberlich parkte ich das Fahrzeug, ordentlich auf dem Parkplatz.

Er war ein Biologe oder in der Richtung irgendwas.

Eigens für ihn hatte ich mir teure spezielle Literatur über Flora und Fauna des hiesigen Raumes bestellt und auch gekauft. Ein Exemplar übergab ich dem Professor, was ihn sehr freute.

Als wir gemeinsam auf dem teilweise sumpfigen Areal in Gummistiefeln umherstapften, machte ich glatt die Probe aufs Exempel.

Ich zeigte mal auf diese, mal auf jene Pflanze. Fragte ihn, wie dies und das denn heiße, korrigierte ihn mal hier, half ihm mal dort. Er wusste nicht viel. Er hatte keine Ahnung!

Vom ‚Borstigen Schwingelgras' wollte er auch nichts mehr wissen, denn wir fanden es nicht. Auch die ‚Dicke Schnepfe' musste uns wahrscheinlich aus einem sicheren Versteck still und heimlich beobachten, denn wir trafen trotz intensiven Suchens das Federvieh nicht an, oder es hatte auswärtige Termine. Ich bohrte nicht mehr weiter, er erlebte sein Waterloo. Dafür klopfte ich ihn auf die Schulter und lud ihn zum Mittagessen in das bürgerliche Gasthaus „Trompeter" ein, wo es ihm bei Schwarzbier und den Krautrouladen sichtlich besser ging.

Er meinte schließlich, dass ich doch ganz kompetent und ein Netter sei. Auch hätte er bei mir den Eindruck in Punkto Grün, dass ich das Bauvorhaben fachmännisch vertreten würde. Das hätte er im Gefühl, denn eine seiner Stärken sei Menschenkenntnis.

Zumindest hatten wir jetzt für eine gewisse Zeit an dieser Front Ruhe. Nur die Geister, die er rief, ausgerechnet aus den Altbundesländern, waren die Störenfriede.

Schlimmere Probleme hatten wir mit der Stadt Dresden, welche sich absolut quer gegen unser Sondergebiet stellte. Klar war hier Futterneid dabei. Denn letztendlich mussten sich die Investoren entscheiden, ob sie an unseren Standort wollten oder nicht. Solch eine Entscheidung ist folglich millionenschwer. Ich bewunderte zu dieser Zeit unseren Bürgermeister Fuchs, mit welch einem Elan er mit Fabius dieses Problem anging. Nachdem wir nachweislich Investoren nannten, bekamen wir das Problem nach und nach in den Griff.

Es dauerte bis Ende des Jahres.

Wir hatten die Sache im Grossen und Ganzen bewältigt.

Allergrößte Anstrengungen mussten unsere Planer bezüglich des Planungsrechts unternehmen, konnten aber Erfolge verbuchen, genauso unser Consigliore mit seinem Notar Marder bei der juristischen Unterstützung der Gemeinde Lüstig.

Die ersten unterzeichneten Verträge

Während der Aushängungsfrist, welche 3 Monate dauerte, hatten wir noch einige Schlachten zu schlagen. Seit geraumer Zeit pflegte ich eine Investorenliste. Eine fantasievolle Pseudoinvestorenliste hatte ich dem Bürgermeister Fuchs, da er mich drängelte, schon vor längerer Zeit übergeben. Das RP (Regierungspräsidium) brauchte eine. Es bekam eine. Viel schwieriger war es, unser Areal mit Leben zu füllen. Die Grundlage meiner Investorenliste bildete die schon erwähnte ASU – Arbeitsgemeinschaft selbständiger Unternehmer e.V. Bonn. DDR-Kontaktbörse. Westdeutsche Unternehmer suchen DDR-Partner. Jetzt fing ich an, auf einem Blatt DIN A4 eine Liste anzufertigen.

Drei Spalten. Eine mit ‚Starkes Interesse‘ und Terminvereinbarung. Eine mit ‚Ist Möglich‘ und die letzte ‚Kein Interesse‘.

Dann fing ich an, die Liste abzutelefonieren. Tag rauf, Tag runter. Das Resultat konnte sich sehen lassen.

Nachdem unser Consigliore den Bürgermeister Fuchs überzeugt hatte, dass sich die Gemeinde Lüstig verbürgen müsse, damit das Gewerbegebiet tatsächlich realisiert werden konnte, konnte man das den Investoren so verkaufen, dass es nur noch eine Frage der Zeit sei, bis wir die endgültige Genehmigung des B-Planes vom RP erhalten würden. Vorausgegangen waren intensive Gespräche zwischen dem Bürgermeister Lüstig und der Kommunalaufsicht. Letztere stand bedingt durch die Überzeugungskraft unseres Bürgermeisters hinter dem Projekt. Consigliore hatte ganze Arbeit geleistet.

Sicherlich kam beruhigend hinzu, dass die Volkskammer bei einer Sondersitzung am 23. August 1990 den Beitritt der DDR zum Geltungsbereich des Grundgesetzes der BRD beschlossen hatte, welches endgültig am 3. Oktober ratifiziert und von tausenden Menschen gebührend gefeiert wurde.

Damit war die staatliche Einheit Deutschlands nach 45 Jahren wiederhergestellt.

Fabius roch Lunte und baggerte den Bürgermeister nach einem Kommunalkredit an.

Auch diesem Antrag im Gemeindeausschuss wurde einstimmig zugestimmt. Heutzutage undenkbar.

Es gehörte eine einzigartige Loyalität zum Bürgermeister und der eiserne Willen dazu, das Gewerbebaby zu gebären und es schnell zu mästen, damit es groß, hübsch und eine stattliche Kuh werde, die man in Form von Gewerbeeinnahmen ordentlich melken konnte. Die andere Variante legten viele so aus: Die Gemeinderäte samt Bürgermeister seien einfach nur naiv und träumten den Traum der Träume.

Eine Mischung bestand sicherlich aus beidem, was schließlich im Erfolg endete. Mit diesem Hintergrund konnte ich Rede und Antwort geben und die Eckdaten nennen, welche sich im Wesentlichen nach dem Muster des Exposés richteten, das ich schon vor einer ganzen Zeit ausgearbeitet hatte.

Damals fehlten mir nur noch der Kaufpreis und die Zahlungsfälligkeit. Dies besprach ich wiederum mit Fabius und wir arbeiteten einen Zahlungsplan aus. Der sah wie folgt aus: Zahlung von 100 % sind 25 % nach Vertragsunterschrift, 20 % nach Baubeginn,

15 % nach 25 %iger Fertigstellung,
20 % nach 50 %iger Fertigstellung,
15 % nach 75 %iger Fertigstellung
5 % nach Übergabe. Schluss!

Die Zahlungsfälligkeit konnte ich mit dem Consigliore abstimmen. So saß ich ganz ordentlich gefestigt im Sattel und konnte auf die Fragen meiner Gegenüber eingehen.

Eine knifflige Situation war die Frage eines Betonherstellers, als er hörte, dass 25 % Zahlung innerhalb 14 Tagen nach Vertragsunterzeichnung zu leisten wären, ob wir überhaupt schon einen Quadratmeter verkauft hätten. Ich könnte ja zu ihm nach Ulm kommen und das Projekt ihm und seiner Geschäftsleitung schmackhaft machen. Richtig überheblich und arrogant kam mir das entgegen. Natürlich hatten wir noch keinen Quadratmeter verkauft. Das wusste er aber nicht. So lehnte ich mich doch recht locker nach hinten und sagte ganz trocken in die Hörermuschel: „Damit wir uns richtig verstehen, sie haben die Möglichkeit, bei uns zu kaufen. Müssen tun sie gar nichts. Wie sie sicherlich wissen, sind wir die Ersten, welche so eine Maßnahme in dieser Größenordnung zur Genehmigung bringen werden. Bestätigt und gestempelt von der Gemeinde Lüstig und der Kommunalaufsicht.

Wenn sie ernsthaftes Interesse weiterhin zeigen, dann lade ich sie gerne zu uns ins Büro ein, damit Herr Stoff und ich Ihnen anhand des B-Planes zeigen können, was überhaupt noch an Flächen frei ist. Nach Ulm zu fahren, dafür haben wir beide wirklich keine Zeit, da wir permanent am Protokollieren sind." Auf Arroganz und Überheblichkeit folgte nervöses Beschwichtigen.

Eine Woche später war dieser Herr im Büro. Das Resultat steht heute noch in Form eines Betonwerkes auf dem Areal in Lüstig.

So hatte ich meine Standardsprüche drauf und lullte die Interessenten gemütlich und freundlich ein.

Meine Strategie, die ich mit Fabius ausgearbeitet hatte, war folgende: Schöne handliche weiße B-Pläne im Maßstab 1 : 2.500 pausten wir und nahmen einen, breiteten diesen auf dem Besprechungstisch aus. Die Aufteilung der Grundstücksflächen hatten wir bereits vorgenommen.

Ab 750 Quadratmeter bis 10.000 Quadratmeter war da alles kunterbunt dabei. Ich nahm zwei Textmarker, der eine gelb, der andere blau. Mit denen kolorierte ich einige Grundstücke. Es sah sehr interessant aus und man konnte den Eindruck haben, als ob wir schon jede Menge verkauft hätten.

Meine Gedanken schweiften zum Qualitätshandwerker Butta Blablagür und Schreinermeister Eiche. Diese zitierte ich des späten Mittags zu uns ins Büro.

Komisch kam ich mir schon ein bisschen vor. Hatte so was von einem Versicherungsvertreter an sich, der erst den eigenen Verwandten und Bekannten was verscherbeln wollte.

Ein Testlauf.

Ich der Fuchs, da das Huhn.

In diesem speziellen Fall meinte Fabius, dass ich die Top-Lagen ausmalen soll. „Nu, nicht, dass die auf die unverschämte Idee kommen, sich gleich die besten Grundstücke zu krallen. Glaub mir, ich kenne die beiden. Wusch, sind die besten Stücke weg. So weit geht die Freundschaft nun auch nicht. Nu, nu", sächselte Fabius nach.

Ich kolorierte ca. 1/3 des B-Plans farbig. Nicht so sehr übertreiben, denn wir sagten ja beim Metzger Lösch, weil sie mit die Ersten wären, könnten sie sich ja die Filetstücke raussuchen. Fabius' Worte.

Beide kamen auch zeitgleich die Treppe herauf, klingelten und ich führte beide in unseren Besprechungsraum. Schreinermeister Eiche qualmte seine dicke Zigarre und Butta Blablagür steckte in seinem blauen Anton.

Blablagür verdiente sein Geld meistens durch Aufträge, welche Fabius an ihn, durch seine geplanten Bauvorhaben, vermittelte. Im Innenausbau und Heizung-Sanitärbereich trieb er sein Unwesen. Da er immer eine Horde ungarischer Schwarzarbeiter beschäftigte, welche er, na sagen wir mal, besser bezahlte als sie in Ungarn verdienen würden, konnte er bei der Preisabgabe immer der Günstigste sein. Dafür war er überaus nervös, hektisch und hatte ständig paranoide Angst vor Razzien. Um sich zu beruhigen, trank er morgens schon lecker Jägermeister, die er von der Tankstelle holte. Als ich einmal mit ihm in seinem Pritschenwagen mitfuhr und er eben von der Tanke Jägermeister früh des Morgens holte, gab er mir mit einem Zwinkern auch so ein grünes, kleines Fläschchen. Dann meinte er, er bräuchte das, nein, nicht doch wegen dem Alkohol, er wäre ja schließlich kein Alkoholiker. Nein, und er machte es vor: Er hob das kleine, grüne Fläschchen an sein Ohr.

Ein Klick und das Fläschchen war auf.

Ob ich das gehört hätte?

Den Klick?

Das Geräusch?

Genau das beruhige ihn.

Diese Variante einer Ausrede kannte ich auch noch nicht.

Mit Klick!

Erwin Eiche führte seit Jahren ein erfolgreiches kleines Familienunternehmen, welches sich im Innenausbau von Hotel und Gastronomie im Schreinerhandwerk einen ordentlichen Namen erarbeitet hatte.

Beide saßen nun gespannt da, dem Blablagür gab ich eine halbe Bier, dem Erwin Eiche einen Kaffee. Alkohol trank er keinen.

Fabius kam auch schon und ich zeigte den Plan der Grundstücksaufteilung. „Ich muss euch das gleich erklären. Die blau angelegten Flächen, die werden notariell beurkundet. Die sind weg. Definitiv! Gelb, verbindlich reserviert. Weiß steht zur Auswahl an. So, was habt ihr euch denn vorgestellt?", fing ich mal an. Blablagür wollte ein Hotel bauen und bräuchte ca. 3.000 Quadratmeter Fläche. Erwin Eiche wollte eine Niederlassung mit Wohneinheiten errichten und benötigte ca. 2.500 qm. Sichtlich enttäuscht schauten sie auf den daliegenden Plan.

„Butta, was ist denn los? Jetzt wo der Biedenkopf gewählt wurde, unsere Partei an der Spitze ist, jetzt gehts richtig los. Schau doch mal hier, am Straßeneck.

Einen besseren Hotelstandort kriegst du doch gar nicht. Von drei Seiten kommen die Autos, brums, direkt auf dein Hotel zugefahren. Oben an der Hauptstraße etwa?

Staub, Lärm, da will doch kein normaler Mensch übernachten. Hier, der Standort ist es. Habe diesen extra nur für Dich freigehalten. Planung machen wir, ist doch klar.

Günstiger natürlich, weil du es bist. Aber wenn du nicht willst!", schmeichelte Fabius zynisch. „Und Erwin, der da, genau der." Dabei zeigte und klopfte Fabius mit dem Zeigefinger auf einen Standort im unteren Drittel des Planes. „Das ist er. Dort kommt die Tankstelle hin, kannst gleich tanken und die Leute sehen ganz groß dein Schild: ‚Hier Schreinermeister Eiche. Wir bauen Dresden um.‘

Und dort sind die Anbindungen nach Lüstig und hinten an der Kläranlage vorbei, da kannst du gleich nach Dresden.

Besser geht es nun wirklich nicht. Oder?" Ich überlegte. Was für eine Tankstelle?

Letztlich waren beide dann doch zufrieden.

Am Stammtisch beim Metzger Lösch mussten Schreinermeister Eiche und Qualitätshandwerker Butta auch gleich rum-
posaunen, dass wir schon tüchtig an Investoren verkauften. Stra-
tegisch gesehen hatten die zwei vollkommen Recht, sich in der
jetzigen Zeit zu engagieren. Hotelzimmer zu finden glich damals
einem Lotteriespiel, und dass zukünftig alleine auf unserem Areal
viel gebaut würde, das war so sicher wie das Amen in der Kirche.

Für nächste Woche wurden mit Handschlag die ersten
Kaufverträge beim Consigliore und Notar Marder vereinbart.
Geklappt, geklappt. Ein Jucken an einer bestimmten Stelle
war die Folge. Das war verschärft. Die ersten Kaufverträge!

Unsere ersten zwei blau angelegten Grundstücke.

Die Genehmigung

Vor Weihnachten endlich wurde uns vom Regierungspräsidium eine so genannte Vorabgenehmigung des Bebauungspla-
nes versprochen. Die letzten fachlichen Fragen sollten wir in
einem klärenden Gespräch mit dem zuständigen Sachbear-
beiter führen und begaben uns zu diesem ins Büro.

Es war ein Freitag. Schnell fuhren wir zum RP, wir waren schon spät dran.

In der Nähe vom Rathen-Platz fiel mir eine lange Menschenschlange auf. Hintereinander standen sie da an der
Straße und warteten auf irgendwas.

Da wir etwas verspätet kamen, war der uns bekannte
Dr. Lahm schon in seinem grauen Trenchcoat und meckerte. „11:30 Uhr sagten wir und nicht 11:45 Uhr. Ich muss
noch zur Kasse, meine Weihnachtsgratifikation vor Schluss abholen, die schließen Punkt 12:00 Uhr. Ich will in den Urlaub.

Den Stempel kann ich euch erst in drei Wochen, nach meinem Urlaub, geben. Die Sekretärin ist auch schon fort.

Das geht also wirklich nicht."

„Kleinen Moment, das haben wir gleich mit dem Stempel", sagte ich ruhig, aber trotzig zu ihm und ging in das Vorzimmer.

Ich konnte mich vom letzten Mal daran erinnern, als wir hier zu einer von vielen Besprechungen waren und in diesem Vorzimmer warten mussten. Damals kamen wir ins Gespräch mit der überaus netten und gesprächigen Vorzimmerdame. Da sie eine ganze Reihe von Stempeln auf dem Schreibtisch an mehreren runden Drehständern unterschiedlicher Farbe hatte, fragte ich sie nebenbei, aus Langweile und um freundlich zu wirken, was denn das für schöne Stempel wären und sie sagte: „Ja, mein junger Herr Stengele. Diese sind Genehmigungsstempel und der hier", sie nahm einen Stempel und hob ihn in die Höhe, so dass ich dieses begehrenswerte Exemplar des Glücks genau bewundern konnte, „kommt vielleicht mal auf Ihren B-Plan." Und schwups hatte sie ihn wieder in den grünen Drehständer gestellt.

Mit diesem Wissen, welches sich bei mir förmlich eingebrannt hatte, ging ich gezielten Schrittes zum Schreibtisch, an den grünen Drehständer, nahm den Genehmigungsstempel, machte das blaue Stempelkissen auf und drückte den Stempel kräftig hinein.

Dem absolut erstaunten Dr. Lahm, der mit offenen Mund dastand, gab ich den Stempel: „Sehen Sie, ganz einfach.

Das ist der richtige! Ich weiß es.

Jetzt brauchen sie ihn nur noch feste draufzudrücken und zu unterschreiben."

Fabius ging in Stellung zwischen Tür und ihm, so dass er erkennen konnte; so einfach sollte er da nicht ohne Verluste rauskommen.

Sein hektischer Blick ging zu mir, zum Fabius, auf den Plan, dann das Ganze noch mal der Reihe nach, und mit einem Knurren vollzog er den Akt, welcher uns in beste Weihnachtslaune versetzte.

„Ihr macht doch eh, was ihr wollt. Hier habt ihr den Plan und lasst mich in Ruhe meine Gratifikation jetzt abholen. Nu, nu." Weg war er.

Über meine Courage war ich selbst erstaunt, aber es klappte. Der Plan war somit rechtskräftig.

Die endgültige Genehmigung dauerte freilich noch ein ganzes Weilchen.

Der Gemeinderat musste einen Antrag zur Aufnahme vorzeitiger Erschließungsmaßnahmen stellen.

Das Regierungspräsidium konnte sich nicht mehr quer stellen und erteilte die Genehmigung vorab.

Vom Wirtschaftsministerium des Landes Sachsens erhielten wir ebenfalls grünes Licht.

Bis die schriftliche rechtsverbindliche Genehmigung schließlich erteilt wurde, verging fast ein halbes Jahr.

Die Stadt Dresden mit ihrem äußerst kreativen Dezernenten erfand immer wieder neuen Schweinchenkram, um das Vorhaben hinauszuzögern. Einige Highlights waren z. B., das Klima könnte sich zum Nachteil der Bevölkerung auswirken. Gefährdung der Naherholung.

Der Verkehr würde kollabieren.

Der Initiative „Rettet die fette Schnepfe" müsse man Gehör schenken. Man müsse neue Gutachten erstellen.

Das ganze Verfahren müsse man nochmals aufrollen. Bitterböse Angriffe gab es da und mein Don Quichotte kämpfte mit seiner Bürgerinitiative „Rettet die fette Schnepfe" als Waffenbruder mit vereinten rot/grünen Kräften gegen unser Vorhaben.

Doch die Dampfwalze Gemeinde Lüstig walzte nach und nach, langsam und gründlich wie eine Dampfwalze eben arbeitet, ein Problemchen nach dem anderen platt.

Den Bürgermeister Fuchs fragten Fabius und ich, ob es ihm möglich sei, eine Räumlichkeit in der Nähe des Bauprojektes für uns zu organisieren.

Er hätte auch schon was im Hinterkopf.

Kegeln und Urlaub

Man konnte sich wohl gut vorstellen, dass wir, nachdem wir freudestrahlend mit dem abgestempelten B-Plan unter dem Arm, einer Siegestrophäe gleich, aus dem RP kamen, sofort zum Bürgermeister Fuchs fuhren.

Wieder in der Nähe vom Rathen-Platz war immer noch die lange Menschenschlange. Hintereinander standen sie da an der Straße und warteten weiter auf irgendwas.

Im Rathaus verkündigten wir unserem Bürgermeister sogleich unseren Erfolg. Diesem und den Gemeindevertreten fiel ein Felsen von den Gemeindeherzen. Somit war die erste klitzekleine Auszahlung von dem bescheidenen Kommunalkredit an uns gewährleistet.

Dem Bürgermeister erzählte ich von der ominösen wartenden Schlange in der Stadt.

„Moment, heute ist doch Freitag. Na klar, da kommt der Fischwagen gegen 10:00 Uhr. Deshalb warten die da."

„Ja, aber vorhin standen die immer noch da und da war es bereits gegen 13:00 Uhr", stellte ich fest.

„Na, dann kommt der Fischwagen aus irgendeinem Grunde halt nicht. Aber die werden da noch ein ganzes Weilchen weiter warten. Das ist bei denen ebenso drin."

Komische Mentalität.

Zu unserer Freude wurden wir des Abends zum gemeinsamen Kegeln vom Bürgermeister Fuchs und seiner Bruderschaft eingeladen.

Mein letztes Kegeln war schon Jahre her. Mit meinen Eltern hatte ich das Vergnügen.

Aber mit diesem befreienden Gefühl eines abgestempelten Planes konnte man mal wieder so richtig mit Schmackes in die Vollen klatschen. Schon waren die Kegelbrüder versammelt. Wir sahen ein wenig unglücklich in unseren Anzügen aus.

Aber egal. Die Kegelbahn war im Wirtshaus „Lüstiger Hof" im Keller untergebracht. Eine einzige Bahn war dort. Aus Asphalt, mit einem Dachgefälle.

Auf dem Tisch stand Bier zum Trinken und deftige Leberwurst, Schwarzwurst, Schmalz, dazu dunkles Brot, Gewürzgurken und eingelegte Zwiebeln zum Vespern. Bürgermeister Fuchs hatte mit Kumpels eine Sau geschlachtet und brachte Auszüge seines Könnens mit, zum Kosten.

Dem Fabius wurde die Ehre übertragen, als Erster die Kugel in die Neune zu donnern. Rums, krachte es in die Kegel. Kein schlechter Schuss. Er traf den einen oder anderen Kegel.

Doch was war das?

Ich war es gewohnt, dass sich die Kegel automatisch wieder aufstellten mittels irgendeiner Schnurkonstruktion.

Nein, ein Bursche stellte diese tapfer wieder auf.

Die hatten einen originalen Kegelbub. Das kannte ich nur vom Hörensagen. Jedes Mal musste der Kegelbub die Kegel wieder aufstellen.

Hin und wieder lief einer von den Kegelbrüder zu ihm nach hinten und brachte ihm was zu trinken oder ein kleines Vesper.

Wenn mal einer alle Neune umgeschossen hatte, wurde eine Runde Schnaps bestellt. Dann mussten alle aufstehen.

Ein erfahrener älterer Kegelbruder forderte uns auf, das Glas Schnaps hochzuheben. Den Arm abgewinkelt, den Ellbogen im rechten Winkel vom Körper weg und das Schnapsglas in der Hand verharrten wir kurz.

Dann schmetterte er einen Trinkspruch, an den ich mich leider nicht mehr erinnern kann, und ex und weg.

Meine Trefferquote war eher bescheiden.

Dafür erhöhten sich die Treffer der Pudel peinlich nach oben, je mehr es Neunen hagelte.

Letztendlich war es doch ein toller Abend, den Fabius und ich in unserem Waldparkhotel mit Rosie und Luzie fortsetzten.

Tags drauf beschlossen wir, absprachegemäß die ersten Gelder zu verteilen. Nach Rechtsgültigkeit des B-Planes hatten wir Anspruch auf die erste Auszahlung des genehmigten Kommunalkredites.

Das wollten wir gleich am Montag erledigen.

Ich kaufte mir endlich wieder ein Fahrzeug.

Einen Geländewagen. Den konnte ich per Scheck bezahlen und war stolzer Fahrer eines nigelnagelneuen Landrover Defender. Olivgrün mit elektrischen Fensterhebern, CD-Player, Klimaanlage und Zentralverriegelung.

Für einen kernigen Geländewagenfreak wie mich eigentlich unverantwortlich viel Luxus. Aber prickelnd!

Nicht ganz so bescheiden zeigte sich Fabius.

Eigens Luigi Kanone beauftrage er, ein Fahrzeug zu suchen, welches seiner würdig war. Das hatte er auch nach einem Tag. Ein aufgemotzter schwarzer Cadillac mit abgedunkelten Scheiben, Reifen auf Chromfelgen und so dick wie bei einem Formel-1-Boliden. Als Auspuffrohre hätte man eigentlich gleich Ofenrohre nehmen können, denn die wären auch nicht schmaler gewesen. Die rote Lederausstattung, eine Soundanlage samt Mehrfach-CD-Wechsler gehörten schon zum Feinsten dessen, was der amerikanische Markt so hergab. Natürlich war es ein Automatik mit einer automatischen Klimaanlage.

Stolz wie ein Pfau wollte er dieses amerikanische Monster mit irgendeiner Superpuppe zum Einvögeln fahren, wie er sagte. Wir verabschiedeten uns, da ich mit meiner Frau und meinen Freunden Conny und Thomy in die Tschechoslowakei in Urlaub fahren wollte.

Fabius fuhr nicht in den Urlaub, er flog. Und das nach Pattaya mit einem guten Bekannten, welcher noch nie die süßen und dekadenten Ausschweifungen in einem Land wie Thailand erleben durfte.

Zum Abschluss erzählte er mir beiläufig noch, dass er mit einem ihm gut bekannten Makler eventuell mit einem Schlag ca. 2/3 des Gesamtareals verkaufen könne. Und das noch im alten Jahr!

Mit diesem Hintergedanken ließ es sich erst mal gut in den Urlaub fahren, obwohl mir die Geschichte spanisch vorkam, denn unser Consigliore wusste von dem allen nichts.

Fabius verhandelte mit einem Notar aus München!

Ich dachte, er würde unseren Anwalt wohl mit einbinden und so verwarf ich das klamme Gefühl, dass er unkalkulierbaren Mist bauen könnte.

Mit dem Geiste war ich auch nicht mehr bei der Sache, sondern im Urlaub.

Wir hatten uns in Mähren, zwischen Prag und Brünn eine umgebaute Windmühle gemietet. Ein wirklich reizvolles Prunkstück war das. Alle Etagen waren rund.

In der unteren Etage waren WC, Marmorbad, Küche und Esszimmer untergebracht.

Im ersten Geschoss Wohnzimmer mit offenem Kamin.

Darüber das erste Schlafzimmer und darüber das zweite Schlafzimmer. Im Keller war das Holz- und Weinlager.

Der Rotwein war in einer Zwischengröße aus 0,75 l und 0,5 l. Also ein mir völlig unbekanntes Maß. Dafür hatten die Eigentümer uns 70 Flaschen für den Urlaub deponiert. Es war kein großes Problem, mit denen fertig zu werden. Der mährische Wein war exzellent und verursachte am anderen Tag keinerlei Unannehmlichkeiten.

Im Gegensatz zu Becherovka.

Ein süffiger Kräuterschnaps, den wir anfangs nebenher so süffelten. Mir schmeckte dieser so gut.

Ich trank so viel davon auf Vorrat, dass ich bis zum heutigen Tage diese Brühe nie wieder angefasst habe.

Selbst wenn ich diesen Likör nur vom entferntesten rieche.

Mir wird schlecht.

Unsere Hunde nahmen wir mit.

Unser Tibetterrier auf der einen und ein großer brauner Mischling auf der anderen Seite. Unser Hund war ein Rüde. Der braune Mischling bildete das Gegenstück und war läufig. Das war vielleicht ein Theater. Ein Gefiepse und Gehopse. Nachts hatte man keine Ruhe.

Unser Hund drehte völlig durch und jaulte die Windmühle zusammen.

Raussperren konnte man ihn auch nicht, da die Außentemperatur sich bei -10 Grad konstant hielt.

Es war nervig, es war schlimm.

Untereinander war man bereits nervös.

Die einen zerrten ihren Köter hierhin, wir den unsrigen dorthin.

Silvester feierten wir noch feuchtfröhlich miteinander, die Hunde in getrennte Schlafzimmer eingeschlossen, aber am anderen Tag war Schluss mit lustig.

Ich brauchte Luft und wir verschwanden für zwei Tage nach Prag. Bis dahin hätten sich die Hundegemüter wohl beruhigt, dachten wir vier.

So war es das erste Mal, dass wir nach Prag kamen.

Ich fand auch erstaunlich schnell das Zentrum dieser schönen Stadt.

An einem Hotel namens „Opera" hielten wir inne und ich fragte an der Rezeption, ob noch ein Zimmer frei sei.

Es war eins frei. Hübsches, altes Hotel, welches zwar schon bessere Tage erlebt hatte, aber im Ganzen waren wir mit unserer Wahl zufrieden.

Nachdem wir eingecheckt hatten, begaben wir uns in das dazugehörige Café, um eine Kleinigkeit zu essen und verspürten Lust auf einen Wein.

Als wir uns in die weichen Ohrsessel gesetzt hatten, fiel mir ein langhaariger Mann in Lederkluft auf.

Der saß da und futterte kübelweise Pudding in sich rein.

Zu uns meinte er, das Zeug sei so lecker, er könne nicht genug davon bekommen. Dazu trank er Likör.

Einen dunklen Kirschlikör. Wir kamen ins Gespräch.

Aus Hannover komme er.

Mir fiel auf, dass er eine silberne Kette um den Hals trug, an der eine silberne Bassgitarre baumelte.

Er sei schon ein paar Tage hier, um so richtig die Sau rauszulassen. „Bist du Musiker oder was in der Richtung?", war meine neugierige Frage. „So was in der Art. Warum?", gab er ohne mich anzuschauen zurück und stopfte weiter Pudding und Likör in sich herein.

„Na wegen deinem Kettenanhänger. Der Bassgitarre", so ich. „Ja. Ich spiel Bass in einer Kapelle oder so was Ähnliches", lachte er. Dann exerzierten wir sämtliche großen Bassisten und Bassgitarren durch, bis ich nachhakte.

„Wie heißt denn deine Combo, bei der du für dein kärgliches Einkommen frönst?"

„Na wenn ich in Hannover für meine Pfennige fröne, wie du sagst, bei was für einer Combo zupfe ich da die Fender?", grinste er zurück.

Mir wurde kalt und heiß.

„Nicht etwa bei den Scorpions? Oder?"

„Volltreffer! Der Kandidat hat hundert Punkte! Ich bin Francis Buchholz. Na ja, ist halt so. Kann auch nix dafür. Lasst uns einen Kirschlikör heben."

Dabei pfiff er immer wieder einen wohlklingenden Song.

Als ich ihn darauf ansprach, meinte er: „Das wird unser Megahit. Der Song kommt demnächst raus. Bis dahin. Psst. Streng geheim!"

Es sollte der Welthit der Scorpions werden, „Winds of Change".

Nachdem wir uns in Partylaune gebracht hatten, gingen wir beide in eine Disco im Stadtzentrum. Anja hatte genug vom guten Kirschlikör im Blut und blieb mit dem noch scharfen Hündchen im Hotel.

Nach diesem netten Erlebnis mit Francis Buchholz ging es am anderen Tag zur Pragbesichtigung.

Hatte uns sehr gut gefallen, das Prag.

Francis Buchholz natürlich auch. Er wollte nach Polen.

Dort hatte er sich ein Schloss ausgeguckt, was er vielleicht kaufen wollte.

Wir fuhren zurück zur Windmühle. Die Hunde hatten sich abgekühlt.

Kapitel 2

„... und hüte Dich vor der Dummheit und
der Gier, welche gepaart mit Fleiß bei Dir
anklopfe und sich empfehle ..."

Die Erschließungsfirmen

Mit größtem Druck wurden die Ausschreibungsunterlagen für die Erschließungsmaßnahmen vom Büro Stürmer vorangetrieben.

Wir hatten auch bereits viele Anfragen und Bewerbungen, welche wir aber alle dem Ausschreibungsbüro zukommen ließen. Fabius und ich waren uns ziemlich schnell einig, dass nur solche Firmen einen Zuschlag für diese Maßnahme bekommen würden, welche bei uns auch Grund und Boden erwerben würden.

Letztendlich führten wir mit 3 Firmen ernsthafte Verhandlungen.

Mit einer Firmengruppe aus dem Schwäbischen verhandelten wir den Auftrag auf einer Autobahnraststätte.

Wenn die Firma unbedingt einen Termin wollte, dann sollen sie auch bitteschön uns entgegenfahren. Am besten auf der Raststätte Richtung Nürnberg. So Fabius.

Unbedingt wollten sie den Auftrag und so verabredeten wir uns eben dort. Nicht weil es besonders bequem oder gemütlich war, nein wir hatten einfach keine Zeit und da wir eh Richtung Dresden unterwegs waren, erbat der Chef der Baugruppe diesen Termin, den wir zusagten und wahrnahmen. Zudem meinte Fabius, die sollten ruhig spüren, dass wir nicht auf die, sondern die auf uns angewiesen sind.

Fabius und ich saßen in der Autobahnraststätte bei Currywurst und Pommes und erwarteten den Chef der Baugruppe Treib.

Ich könne ihm im übrigen auch dankbar sein, dass er bereits die Verträge mit einem Großinvestor in München abgeschlossen hatte, als ich noch im Urlaub war, sagte er mir nebenbei.

Er flog etwas später zum Bumsen nach Pattaya, kam auch erst ein paar Tage zuvor mit seinen Kumpels zurück.

Darüber wollten wir noch in Ruhe sprechen.

Nein, Herr Treib kam nicht alleine. Drei schwarze Mercedeslimousinen kamen vorgefahren und vielleicht acht Mann stiegen aus. Alle sahen aus wie Darsteller aus einem Agentenfilm. Schwarze Anzüge, blaue Hemden, dazu Krawatte, Sonnenbrillen auf, teilweise mit Hut. Fehlte nur noch der Knopf im Ohr. So marschierten alle zügigen Schrittes und schnurstracks an unseren Tisch. Manche hatten einen Aktenkoffer, natürlich in Schwarz dabei.

Es war nicht das erste Mal, dass wir uns sprachen, aber das war doch ein wenig massiv aufgetragen.

Der Chef selber, Herr Treib, ging zielstrebig auf uns zu, stellte die Herren einzeln vor. Oberbauleiter, Kalkulator, Rechtsanwalt und Kaufleute. Die ganze Palette eben.

Sie bekräftigten noch einmal, dass ein besonderes Interesse an dem Auftrag gekoppelt mit Grundstückskauf sei.

Wir sagten weder ja noch nein. Futterten nebenbei unsere Currywurst und unsere Pommes mit Ketchup und Majo. Letztendlich komme es darauf an, welcher Preis zu welchen Konditionen abgegeben werde und wie viel Quadratmeter Grundstück erworben würden. Hierzu solle in den nächsten 14 Tagen bei unserem Notar ein Termin vereinbart werden.

Ein besonders Eifriger verfasste ein handschriftliches Protokoll und wollte, dass wir am Schluss gegenzeichneten.

Fabius fragte diesen Mann in Schwarz, ob es wirklich sein Ernst wäre oder ob er nur bekloppt sei?

Ein Wink von seinem Chef und sein Protokoll verschwand im Aktenkoffer.

Das muss ein ulkiges Bild für die Gäste gewesen sein, denn alle acht blieben während des 10-minütigen Gesprächs stehen. Selbst der Schreiberling setzte sich nicht.

Noch hatten wir drei andere Baufirmen, mit denen wir verhandeln wollten. Dies sagten wir den aufdringlichen Herren und somit war das Gespräch fürs Erste erledigt.

Zwei davon erwarteten uns in Dresden. Eine große sächsische Firma war ebenfalls dabei, welche ich auch schon zu einem Termin eingeladen hatte.

So fuhren wir weiter nach Dresden ins Waldparkhotel, diesmal über den „Wilden Mann", an den russischen Kasernen vorbei. Wir wurden von russischer Militärpolizei angehalten und Kolonnen von Tiefladern mit Panzern rollten an uns vorbei. Der Abzug der ehemaligen sowjetischen Besatzungsmacht hatte begonnen. Den mir bekannten T-34 an einer Kaserne auf einem Betonsockel nahmen sie gleich mit.

Beide waren wir einig, dass die Soldaten arme Hunde seien. Wenn wir hier vorbei fuhren und hoch auf die vergitterten Fenster sahen, blickten wir so manches Mal in traurige, junge Soldatengesichter, welche uns öfters mal freundlich zuwinkten. Wir erwiderten den Gruß jedes Mal.

Auch das nun Geschichte.

Dafür kam es uns in den Sinn, vielleicht Knarren schwarz zu kaufen um rumzuballern.

Bürgermeister Fuchs wollte mit uns auch noch das Büro besichtigen, ob es für uns in Frage käme.

Bevor wir ins Waldparkhotel zum Einchecken fuhren, holten wir unsere Rosie bei ihren Eltern ab. Sie sah uns auch schon mit Fabius neuem Wagen ankommen und stand gleich parat.

„Wow, was ist das denn für ein Auto? So was habe ich bisher nur in Westfilmen gesehen. Und die dunklen Scheiben, da kann man ja kaum noch erkennen, was da draußen los ist", waren ihre begeisterten Worte zu Fabius Errungenschaft. „Ganz was Feines, Rosie. Und die Scheiben sind deshalb so dunkel, dass man von außen nicht reinschauen kann.

Ich kann dich hier schön ficken und keiner kann reinschauen. Praktisch. Gell?

Jetzt mal was anderes. Schau dich mal nach einer alten Villa in deiner Gegend um. Der Martin und ich wollen eine kaufen, nicht wahr, Martin?"

Ich hatte Fabius schon mehrmals darauf angesprochen, ob es nicht Sinn machen würde, ein repräsentatives Gebäude in diesem Viertel anzuschauen, um es auf Herz und Nieren zu prüfen. Vielleicht bestünde ja die Möglichkeit, eines kostengünstig erwerben. „Ja, informier dich mal, wäre doch ganz sinnvoll."

Jetzt aber hoch zum Bürgermeister Fuchs.

Er erwartete uns bereits im Gemeindehaus mit dem Chef einer Baufirma aus dem hiesigen Raume.

Die Firma war aus irgendeinem VEB-Kombinat entstanden und probierte jetzt selbständig in der freien Marktwirtschaft, welche sich in Ostdeutschland gnadenlos manifestierte, zu schwimmen.

Dass die einheimischen Firmen hier mit zum Zuge kommen werden, das war im Vorfeld mit der Gemeinde klar abgesprochen worden. Beim Grundstückserwerb mussten wir einen Bonus von etwa 10 DM pro Quadratmeter gewähren.

Fabius war da überhaupt nicht begeistert und es gab da öfters mal etwas Knatsch zwischen ihm und mir, da ich keinerlei Bevorzugung von irgendeinem Interessenten gewährte.

So wie sich die Interessenten anmeldeten, so bekamen sie auch einen Termin.

Alle waren gleich. Ob Ost oder West. Ob Rostock oder München.

Am Besprechungstisch des Bürgermeisters Fuchs erwartete uns auch ein älterer, gemütlich aussehender Herr mit einem B-Plan von unserem Gelände und dem Gesuch um Auftrag und Erwerb eines Grundstückes für einen neuen Bauhof mit entsprechenden Gebäuden. Er wolle auch relativ schnell einen Notartermin in Stuttgart. Ihm ging es darum, dass er bald, altersbedingt, aus dem Arbeitsprozess ausscheiden würde und für seinen Sohn und den treuen Mitarbeiter die Gleise für die Zukunft stellen wollte. Er hatte immer davon geträumt, dass die Wiedervereinigung komme und jetzt zum Schluss seiner Laufbahn wollte er noch etwas dazu leisten. Dies sagte er in einer äußerst rührigen und warmen Art, verbunden mit einer Aufreihung verschiedener Erzählungen aus seinem Leben.

Für mich immer interessant, zu hören, wie sich die Leute hier durchgeschlagen hatten, mit was für Problemen man konfrontiert wurde.

Sein Name war Schild und der Firmenname Sorbit. Die Mitarbeiterzahl war ähnlich wie bei der Firma Treib mit ca. 300 Mitarbeitern. Jedoch der Unterschied zwischen den beiden Firmenchefs war drastisch.

Auf der einen Seite der aalglatte, in kurzen Sätzen sprechende Herr Treib. Förmlich und korrekt. Nie unfreundlich, nie nett. Die Begrüßung per Handschlag war auf Abstand ausgerichtet. Er gab einem die Hand mit einem leichten Drücken von sich weg, gegen einen. So als ob er sagen wolle, bitte, nicht zu nah. Herr Treib versuchte einen auch immer in eine Position zu bewegen, wo er für sich einen Nutzen sah. Probierte immer durch Aktennotizen einen festzunageln. Es war nichts einzuwenden, da es sich um solche Summen handelte, alles schriftlich festzuhalten, aber bitte nicht so penetrant. Mit ihm konnte ich mich auch nie richtig anfreunden. Sämtliche Besprechungen drückte ich unserem Planungsbüro aufs Auge. Anders war es beim Herrn Schild. Der Unterschied zu Herrn Treib war vielleicht einfach der: Menschlichkeit. Der eine hatte sie behalten, der andere hatte sie verloren.

Fabius, wie immer nörgelig, wenn jemand mal ausholte, aus seiner bewegten Vergangenheit zu erzählen, drängte uns zu gehen, mit der Bemerkung, ich solle mit Herrn Schild die Termine vereinbaren und gut.

Mit Bürgermeister Fuchs ging es dann auch schon zur Besichtigung des möglichen neuen Büros für uns.

Ein wenig erstaunt war der Bürgermeister über Fabius' neuen Wagen schon, ließ sich aber nicht davon abhalten, sich ans Steuer zu setzen und mit durchdrehenden quietschenden Reifen zu Fabius' Schrecken loszudonnern. Während der kurzen rasanten Fahrt zum möglichen Bürogebäude erläuterte Fabius der Rosie und dem Bürgermeister all die Finessen des Fahrzeugs. Der Sound wurde bis zu einem ohrenbetäubenden Lärm aufgedreht. Die Klimaanlage mal rauf, mal runter. Kindsköpfe eben.

Nun hielten wir an einer Häuserreihe, gar nicht weit entfernt vom Objekt. Dahinter der Wald. Das Haus, vielleicht in den Dreißigern erbaut, machte einen eher bescheidenen Eindruck, hatte aber den großen Vorteil, dass man sofort mit dem Renovieren beginnen konnte.

Fabius schritt durch, schaute mich an „Und? Nehmen wir, oder?" Ich fands gut, freute mich und die Sache war besiegelt.

Jetzt aber zur dritten Baufirma. Mit denen waren wir im „Lüstiger Hof" verabredet.

Bürgermeister Fuchs setzten wir im Amtsgebäude ab.

Uns erwarteten im „Lüstiger Hof" Vater Schappes mit Sohn und Bauleiter Weis, so der Bürgermeister, welcher diesen Termin vereinbart hatte.

Vater und Sohn kamen mit einem potenzstarken Brabus-Mercedes und der Bauleiter Weis mit einem potenzstarken Lotus-Opel.

Die Firmen Sorbit und Schwappes waren eine Empfehlung des Bürgermeisters Fuchs. Beide hatten sich dort im Gemeindehaus beworben und entsprechende Vorgespräche auch schon geführt. Die Firma Schwappes kam aus dem Schwäbischen. Mal wieder.

Zu Straßen- und Tiefbau hatten sie auch noch eine große Garten-, Landschafts- und Sportplatzabteilung. Die Jungs hatten internationale Erfahrung im Sportplatzbau. Nachdem der Bürgermeister uns über die Truppe vorinformiert hatte, dachte ich, das wären ähnliche Roboter wie die Treib-Leute. Als wir in die Gasstube eintraten, klopften die drei Herrschaften einen Binogel. Schwäbisches Kartenspiel, welches mir bestens bekannt war.

Sie sahen uns kommen und unterbrachen das Spiel.

Alle drei waren leger gekleidet, hatten Jeans, Pullover oder großkarierte Hemden an. Recht unkompliziert stellten sie sich vor und baten uns, Platz bei ihnen zu nehmen.

Dann fragte der beleibte Vater und Chef der Firma, ob es arg unhöflich sei, wenn er seinen ‚Tausender' noch fertig spielen dürfe.

Mit einem O. K. stellten wir das klar und bestellten uns was aus der Karte zum Essen. Die Karte empfahl grünen Aal. Da ich das nicht kannte, bestellte ich dies, ebenfalls Rosie und Fabius schloss sich dem an. Dazu bestellte er Weißwein, einen Riesling ‚trocken'.

Schwappes sen. bürstete seine zwei Mannen runter und nachdem man die Punkte zusammengezählt hatte, wurde uns mitgeteilt, dass der Bauleiter verloren hätte und wir alle seine Gäste wären.

Der grüne Aal mit den Salzkartoffeln sah gut aus und so bestellten sich die Schwappesleute das Gleiche. Trinkfest waren die zu unserer Freude auch und es entwickelte sich alles zu einem netten Plausch. Nebenher machten wir den Notartermin klar und stellten einen Auftrag in Aussicht.

Da wir der Gemeinde noch einen Sportplatz schuldeten, war mir ziemlich schnell klar, wem ich diese Aufgabe aufs Auge drücken konnte.

Ebenfalls sagten wir zu, dass die Notarverträge ihnen per Fax zugestellt würden und vereinbarten vor Beauftragung einen Notartermin.

Jetzt hatten wir mit drei Erschließungsfirmen verhandelt und drei verschiedene Charaktere kennen gelernt.

Broiler und Göckele

„Wir müssen schleunigst das Büro auf Vordermann bringen. Ich mach das nicht mehr mit. Immer das Zeug hin und herschleppen. Kofferweise schleppen wir nun die Akten schon durch halb Deutschland", meckerte Fabius los.

Gemütlich bei einem schönen Rotwein, einem Spätburgunder aus dem Badischen, dazu dampfender sächsischer Sauerbraten mit Rosinen, Rotkohl und Knödel. Wahrlich ein Genuss. Nicht nur ich war großer Fan der sächsischen Küche geworden. Wir machten es uns gemütlich im Restaurant des Mercure ‚Newa', in der Nähe des Bahnhofes.

Draußen in der Kälte saßen auf dem nassen Boden Demonstranten. Hunderte lümmelten hier umeinander, in den Händen hielten sie Kerzen und sangen für den Frieden. Durch diese Massen mussten wir uns vorhin einen Weg bahnen. Immerhin pöbelten uns die Friedenseiferer nicht an.

Wir freuten uns, dass der Saddam endlich eins ordentlich auf die Mütze bekam, nachdem er in Kuwait gewaltsam einmarschiert war und alles kurz und klein geschlagen hatte, den halben Zoo hatten seine Vandalen leergefressen.

Nach Ablauf der Frist, welche die Alliierten gestellt hatten, wollten wir in den Nachrichten, CNN, die Live-Bilder des Angriffs uns reinziehen.

Die da draußen heuchelten einen auf Frieden, Dialog, Friedenskette und das ganze pazifistische Programm.

„Da, da sitzt doch die Danuta, von der Genehmigungsbehörde, zwischen diesen Lemmingen."

Ich stand auf und klopfte gegen das Panoramafenster, damit sie mich hörte. Danuta blickte hoch und stand auf. Dann erkannte sie uns beide und machte ein Zeichen, dass sie zu uns, ins Restaurant kommen wolle. Schnell war sie da, ein Küsschen hier, ein Küsschen da, und Danuta setzte sich zu uns an den Tisch, hauchte auf ihre Hände und rieb sie warm. „Nö, keine Lust mehr. Wirklich nicht mehr. Mein Sohn meint wohl, ich sitze da, bis die losknallen. In der Arschkälte, seit über zwei Stunden! Sollen die alleine die Peacefahne jetzt hochhalten. Muttern ist kalt und hat Hunger. Was esst ihr denn da? Sauerbraten? Lecker! Ich brauch was Warmes. Erst mal einen Glühwein."

Sie war selbstverständlich unser Gast.

Es war der 17. Januar 1991. Fristablauf für den Irak.

Fabius beauftragte den Qualitätshandwerker und Grundstückskäufer Butta Blablagür mit dem Umbau des Büros. Mit ihm vereinbarten wir auch einen Termin auf der neuen Baustelle, was mal unser Büro werden sollte. Fabius hatte ihm seinen alten Mercedes verscherbelt und mit diesem kamen er und Luigi Kanone nach Dresden gerauscht.

Er sah aus wie ein fahrender Pavian in einem Auto.

Dabei schob er Ober- und Unterlippe nach vorne, faltete böse die Stirn und guckte zornig.

Er konnte gerade so aus dem Fahrzeug blicken, da er nicht allzu groß gewachsen war und saß auch nicht senkrecht im Fahrzeug, sondern lag mehr drin.

Die Arme musste er schon tüchtig ausstrecken, damit er ans Lenkrad kam. War aber mächtig stolz, das Gefährt jetzt sein Eigen nennen zu dürfen.

Im Schlepptau hatte er einen Wagen voller Ungarn, welche jede Menge Material geladen hatten.

Die Renovierung war relativ einfach zu handhaben. Alles musste raus und alles musste neu rein.

Seine Arbeiter waren absolut fleißig und anspruchslos.

Sie übernachteten in der zu renovierenden Wohnung.

Zum Duschen und weiterer Körperpflege brachte Butta sie ins Vereinsheim der Gemeinde Lüstig.

Nach und nach wurde die erste Etage, wo sich unser Büro befand, dann fertig.

Nach ein paar Stufen kam man durch einen Glasvorbau in unser Büro. Links sollte später Rosie sitzen. Rechts, durch ein Ordnerregal als Raumteiler getrennt, sollte der Besprechungstisch aufgestellt werden. Dann war noch ein Raum für Kopierer und sonstige Technik. Daneben Gäste-WC. Dann eine kleine Küche und wichtig: der Vesperraum.

An Rosies Platz vorbei hatte Fabius sein Zimmer, dahinter ich meines und da dahinter noch Dusche und WC.

Der Nachteil war der: Um ins Bad zu gelangen, musste man durch Fabius' und mein Zimmer.

Es dauerte doch eine gewisse Zeit, bis endlich der letzte Quadratmeter Teppichboden verlegt worden war und die Außenfassade bis auf die Rückseite in einem dezenten Fliederblau das Gebäude im neuen Glanz erscheinen ließ.

Fabius und ich fuhren bewaffnet mit dem Geländewagen von mir samt Anhänger und Butta mit einem Pritschenwagen dahinter zu einem Möbelhaus nähe Heilbronn. In der Abteilung ‚Hin und Mit' kauften wir in einem Schnelldurchgang ein, was man alles für das neue Heim benötigte. Fabius Zimmer war wesentlich größer als meines. In mein Zimmer passte nur ein schmales Bett und ein kleiner Schrank. Fabius holte sich ein großes Doppelbett und einen großen Spiegelschrank. Er hüpfte auf dem Doppelbett zum Test umeinander, um die Statik für seine nächtlichen Turnereien zu prüfen. Dann Badutensilien, Küche, Eckbank, Stühle, Bürodrehsessel, Lampen und Geschirr. Vorhänge bis Klobürste. Alles, was man braucht. Einen tollen, großen Besprechungstisch aus Leder, sowie 2 weiße Schreibtische hatte ich noch von meiner Firma bei meinem Kumpel Didi Wyoming zwischengelagert. Dieses wollte ich nächste Woche abholen.

Vollbeladen wie die Zigeuner reisten wir in unser neues Büro nach Dresden im Konvoi. Es gesellte sich Luigi Kanone in einem Fiat hinzu, welchen er überführen musste.

Spät des Abends kamen wir und fingen an, die Fahrzeuge nach und nach zu entladen. Mit Baulampen mussten wir für ausreichende Beleuchtung sorgen. Fast die ganze Nacht schufteten wir fleißig durch. Am anderen Tag halfen uns Luzie und Rosie.

Als es gegen Mittag war, fragte unsere Rosie: „Habt ihr Hunger? Soll ich uns was zu essen holen? Wer hat Lust auf Broiler?"

„Auf was? Boiler? Den schließt vielleicht der Butta gerade an", entgegnete ich verwirrt.

„Nein Broiler! Hähnchen, oder wie sagt ihr denn dazu?", fragte sie erstaunt zurück.

„Na Göckele sagen wir dazu."

Gekicher. „Göckele? Das klingt ja witzig."

„Ja, meine Lieben. Wenn wir mal schwäbisch loslegen, dann legt ihr hier auch die Ohren an, oder wisst ihr Beiden denn was Ebire, Breschling oder Angerschen sind?"

Ich sah in zwei fragende Gesichter.

„Na Kartoffel, Erdbeere und Zuckerrüben, der Reihe nach."

So kamen wir in den Genuss, Broiler zu essen. Dazu gabs Kartoffelsalat mit, man staune, Mayonnaise.

Das Gröbste war geschafft.

Eine Woche später fuhr ich mit Luigi Kanone die restlichen Bürosachen mit meinem Wagen und Hänger nach Dresden. Luigi musste mal wieder ein Fahrzeug nach Heidenau überführen. Es war noch einmal eine Hauruckaktion, die schweren Schreibtische auszuladen und zu montieren.

Nachdem die letzte Schraube reingedreht worden war, war es spät des Abends und wir saßen müde von der Arbeit in unserem Vesperzimmer bei einem lecker Schwarzbier.

Rosie machte uns ein paar belegte Brote und nachdem wir mit dem Essen fertig waren, brachten Luigi und ich die treue Seele Rosie nach Hause.

Auf dem Rückweg zum Büro entdeckten wir ganz in der Nähe ein beleuchtetes Tanzlokal mit dem Namen „Heideland". Eigentlich waren wir müde. Aber neugierig, wie wir nun mal waren, beschloss man flugs zu duschen und dann nochmals nachzuschauen, was denn dort gespielt werde.

Tanzlokal „Heideland"

Das Tanzlokal lockte mit mehreren Ketten verschiedenfarbiger Lampen. Diese baumelten zwischen mächtigen Kastanien über der Gartenwirtschaft.

Ein freundlicher bärtiger Mann kassierte um die 3 DM und nahm uns die Garderobe ab.

In dem gut gefüllten Saal tummelten sich eine ganze Menge Leute. Vom Alter her alles ein wenig älteres Semester.

Die Tische fein mit Tischtuch bedeckt. Kerzen leuchteten und Blumen standen auf den Tischchen. Elegant gekleidete ab Mittvierziger saßen da, tranken Wein, Bier oder Wermut. Einige engumschlungene Pärchen tanzten zu „Rote Rosen", „Griechischer Wein", „Marmor, Stein und Eisen bricht" oder anderen Schlagern.

Dem Luigi sagte ich, dass das Flair ein ähnliches sei wie früher in dem Waldparkhotel. Eben einzigartig nostalgisch.

Wir platzierten uns an der langen Bar, die uns ein wenig von der großen Tanzfläche trennte. Trotzdem hatten wir einen guten Überblick über das Geschehen. Mit einem Campari-Orange in der Hand schauten wir dem Treiben zu.

Die Herren forderten die Damen mit einem freundlichen Diener zum Tanzen auf. Dazu rückten sie den Stuhl der ausgewählten Dame nach hinten und führten sie zur Tanzfläche. Kein wildes, affiges Rumgehopse, sondern mit Standardtänzen wie Fox, Walzer, Cha-Cha-Cha oder Rumba setzte man hier die Akzente.

Der dürre Discjockey hatte seinen Platz erhöht an der Wand hinter der Tanzfläche und verteilte mal hier und da eine Rose an die reizvollen oder weniger reizvollen Damen.

Nachdem man ausgiebig das Tanzbein geschwungen hatte, begleitete der Herr die Dame an ihren Platz zurück. Dann ein Handkuss oder auch nicht und entweder das paarungswillige Weibchen lud das schwanzwedelnde Männchen ein, Platz zu nehmen, oder er entfernte sich freundlich von ihrem Tisch. Eine zweiter Versuch könnte ja den ersehnten Erfolg herbeiführen.

Uns fiel auf, dass das Verhältnis der Gäste zugunsten der Frauen bestand. Wir überlegten, ob man nicht zur Attacke übergehen solle. Mutig bestellten wir erst mal noch ein, zwei Campari-Orange und baggerten an der Bar umeinander.

Mein Nachteil lag auf der Hand. Ich konnte nicht tanzen.

Luigi hatte nicht sonderlich Lust hierzu und so beschlossen wir vorlieb mit Campari-Orange nehmen.

Zwei zankende ältere Ruhrpottler saßen in ihren faltigen Anzügen auf den Barhockern neben uns und wir mussten deren Geschnatter zwangsläufig anhören. Der eine lang und dünn, miesmuffelig mit einer Brille im knirschenden Gesicht, der andere kleiner und recht beleibt, mit einem breit grinsend glänzenden Kugelkopf.

Der Dünne schaute missmutig und unzufrieden.

Dabei nörgelte er den runden Strahlemann immer mit „Frikadelle" an. Dieser konterte auf ungewohnte Weise.

Nach jeder Beschimpfung verfasste er einen Reim.

Wenn der missmutige Dünne zum Dicken keifte: „Halt doch mal die Klappe, du Frikadelle", dann plapperte dieser los:

„In die Klappe der Frikadelle gießt er sich ganz auf die Schnelle zwei leckere Helle."

Er dann wieder: „Wieso habe ich dich Frikadelle denn überhaupt mitgenommen. Nur dass du mich die ganze Zeit nervst. Halt jetzt endlich die Klappe, Frikadelle."

Spontane Antwort: „Nervt die Frikadelle auf Reisen, dann gehts ganz schnell zu den geilen Meisen."

„Was macht ihr Beiden denn hier? Spielt ihr hier Barunterhalter, hört sich ja recht lustig an, euer Disput", musste ich mich mal einmischen.

„Ich möchte nur ganz in Ruhe ein schönes Gläschen Pils trinken und mich nach einer Spinne umschauen, einer ganz dünnen Frau, doch mein bescheuerter Vetter nervt nur die ganze Zeit. Halt endlich die Klappe, du fette Frikadelle!"

Dabei schaute er zornig auf seinen Vetter.

„Ist die Spinne weit und fern, trinkt der Dieter schnell und gern, einen Klaren hier, einen Klaren dort, dann die besoffenen Augen zu und bums, ist die Spinne endgültig fort", dichtete unter Lachen die Frikadelle.

So ging das die ganze Zeit, was uns natürlich belustigte.

Punkt 12:30 Uhr war der Spuk zu Ende. Das grelle Licht wurde angestellt und binnen Minuten leerte sich die Lokalität.

Uns gefiel der erste Abend hier so gut, dass wir ab sofort ein neues Stammlokal hatten.

Offroadprofi

Mittlerweile war unser Projekt in aller Munde.

Bei unserem Bürgermeister Fuchs bewarb sich nach einem Treffen der Kreisbürgermeister Sachsens alles, was sich eine Gemeinde nannte. Viele Bürgermeister wollten uns kennen lernen. Jeder wollte ein Gewerbegebiet.

So kam es, dass der stellvertretende Bürgermeister Eichel mich eines Tages anrief und bat, einigen interessierten Bürgermeistern das Projekt näher zu erläutern und mit ihnen das Gelände zu besichtigen. Sein Bürgermeister sei auf einem Seminar, so sagte er, und es wäre ihm ganz lieb und recht, wenn er mich als kompetenten Manager und Partner vom Herrn Stoff dabei hätte.

Da Fabius gerade am Gardasee mit einem ‚Freund' und mit seinen italienischen Kumpels, dem Paul Schleyer, beim Tennisspielen war, machte ich die Besprechung alleine.

Der gute Freund wurde erstmals in die hohe Kunst des Grappasaufens eingeweiht.

Schnell erklärte ich den 5 Bürgermeistern auf meinem berühmten Schlachtplan, was wir uns so gedacht und verkauft hatten. Oder auch nicht.

Jedenfalls waren die Bürgermeister restlos begeistert.

Ich lud alle ein, mit meinem schönen Geländewagen und meinen bewährten Geländereifen, den guten Mud-Terrains, das zu erschließende Areal zu besichtigen und zu befahren. Ich wollte nach dem B-Plan die zukünftigen Straßen in etwa abfahren, damit man einen Eindruck bekäme, wie groß das Gelände sei.

Nachdem es seit Tagen heftig geregnet hatte, war ich froh, dass es nunmehr aufgehört hatte, ja sogar ein wenig angenehme Sonne ließ sich blicken. So verfügte man gleich eine ganz andere Sicht auf das Gelände.

Vier Bürgermeister mussten hinten Platz nehmen und einer auf dem Beifahrersitz. Der mit lauter Stimme sprechende Bürgermeister Hecht setzte sich neben mich und fummelte gleich an den Schaltern rum.

Ein wenig eng, ich gab es zu. Von meinen Offroaderlebnissen in Ungarn und meiner reichlichen Erfahrungen mit dem Geländewagen auf dem Panzerübungsgelände bei Böblingen, damit musste ich denen prahlen.

Während der Fahrt zum Gelände war kurzzeitig die Technik des Geländewagens wesentlich interessanter als das Wesentliche, das Erschließungsgebiet.

Von dem Asphalt runter auf die grüne Wiese. Kurz gehalten, den schweren Allrad rein und wie ein Panzer schraubte sich unter den Begeisterungsrufen der Bürgermeister mein Geländewagen durch die Pampa.

Längst wollten meine Begleiter selbst mal fahren und den Bock so richtig hernehmen.

Ich versprach auch, dass im Anschluss gerne jeder mal Offroader spielen dürfe. Vor lauter Erklären von Motor, Differential, Sperre, Reifen was weiß ich noch alles, blickte ich leicht erschrocken auf ein immer sumpfigeres Gelände. Aufgrund des Bewuchses, lauter Binsen auf einmal, schlugen bei mir schon alle Alarmglocken.

Zu spät!

Der Wagen keuchte und fluchte. Ein Hin, ein Her.

Zu meinem Schrecken saßen wir bis über den Achsen im Schlamm. Peinlich! Hämisches Gekicher, versetzt mit „Nu, nu." „Jetzt ein Kübelwagen oder Tatra 813, den kennen sie zwar sicherlich nicht, aber der könnte jetzt dienlich sein", so Bürgermeister Hecht.

„Ist halt ein Japaner. Sagten sie nicht, sie wären noch nie mit diesen Reifen stecken geblieben. Hä, hä. Irgendwann ist es halt immer das erste Mal", so der Stellvertreter von Hecht, Herr Ernst.

„Also aussteigen? Nee ich nicht", ein anderer.

„Ist ja gut jetzt Gentlemen. Es hilft nichts, wir kommen da nicht raus. Da hilft kein Murren und kein Knurren. Ich hole Hilfe."

Was sollte ich denn machen. Am Horizont sah ich eine Planierraupe. Diese stammte von der Firma Sorbit.

Obwohl noch kein Auftrag erteilt worden war, bewegten die Arbeiter gerade in diesem Moment die Raupe vom Tieflader. Todesmutig wie ich war, öffnete ich die Tür des Geländewagens.

Eine Sauerei! Die Brühe sabberte schon leicht in das Fahrzeug. Ich im feinen Zwirn mit edlen, schwarzpolierten Lederhalbschuhen.

Ich konnte mich nicht mehr leiden.

Alles Jammern half nichts.

Raus an die Front. Ich stapfte los.

Mit „Viel Erfolg" und „Junge, das machst du schon", verabschiedete mich das Quintett.

Ich versank knöcheltief im braunen, stinkenden Schlamm.

Kein Blick nach hinten, nein, nach vorne war mein Blick gerichtet und ich fuchtelte dem Maschinenführer zu.

Der hatte aber zu tun und bemerkte mich nicht.

So schleppte ich mich die nächsten hundert Meter durch das matschige Gelände. Ein Schuh saugte sich in den nach Jauche stinkenden Schlamm und so behielt ich ihn in der Hand.

Im Hintergrund hörte ich, wie einer der Kindsköpfe, bestimmt der tolle Bürgermeister Hecht mit seiner großen Klappe, auf eigene Faust probierte, den Landcruiser in Bewegung zu setzten. Ich hörte den Dreck nur so spritzen und den Motor schrill aufheulen. Mach nur, kommst eh nicht raus, freute ich mich ein wenig, ohne mich umzudrehen.

Jetzt musste der Raupenfahrer mich doch sehen, sapperlot. Nein, keine Chance.

Endlich sah er meine elende Gestalt.

Humpelnd winkte ich ihm hilfesuchend zu und rief ihm so laut es ging entgegen.

„Komm doch endlich. Ich bin bald dein großer Chef."

War natürlich spaßig gemeint. Er musste es aber ganz anders empfunden haben, denn er ließ sein Ungetüm jetzt zwar an und positionierte das Gefährt exakt in meine Richtung, aber der Maschinist blieb im Führerhaus seelenruhig sitzen. Gemütlich drehte er eine Thermoskanne auf, schenkte sich was Warmes ein und fing genüsslich an zu trinken.

Ich winkte ihm erneut zu und er mir freundlich grinsend zurück. Dann nahm er eine Zeitung und fing in aller Ruhe an zu lesen. Der Gang nach Canossa dauerte noch etwas und ich stand schließlich vor der Raupe.

„Haben sie mich nicht rufen hören?", fragte ich ein wenig narrend.

„Doch mein großer Chef, habe ich, habe ich. Wie heißt denn das Zauberwort, was man bei uns im Osten schon die Kleinsten lehrt? Ich großer Chef etwa?"

Freundlich und demütig bat ich ihn, mich doch rauszuschleppen, was er letztendlich auch tat.

Resultat: Ein total versauter Anzug, Schuhe, Socken verdreckt und der Geländewagen eine optische Zumutung.

Die Bürgermeister hellauf begeistert und der Raupenfahrer hatte am abendlichen Stammtisch die Story des Tages über den bekloppten Wessi zu erzählen.

Immer wieder Ärger

Mitte des Jahres sollten die Bauarbeiten nach einem großen Gemeindefest beginnen. Den ersten Spatenstich hatten wir ohne großes Aufsehen bereits im Januar vollführt. Bei dem Gemeindefest, welches den Startschuss der Baumaßnahme anzeigen sollte, war viel Politprominenz und sogar der noch amtierende russische Stadtkommandant zugegen.

Das Fest ging zu Ende, wir flogen mit dem Flieger zurück nach Stuttgart und kaum waren wir da, da klingelte es bei uns im Büro Herzogburg Sturm.

Fabius hatte sich für ein paar Tage verabschiedet. Bürgermeister Fuchs war am Telefon und ganz aufgeregt: „Du, die Umweltschützer haben sich an die Bagger gekettet. Komm schnell rüber. Du musst das klären. Du kannst es doch ganz gut mit dem Professor Hirse. Der ist mit ganz vorne dabei." Nachdem ich sofort zugesagt hatte, war ich auch schon im Wagen und fuhr los.

Fabius hatte Glück und war schon auf Tour. Man hatte bereits jetzt schon Mobiltelefon. Die sahen zwar aus wie zentnerschwere Sprengsätze mit dazugehörigem Zünder, welcher der Hörer war. Dazu sündhaft teuer, aber man konnte sogar jetzt schon in gewissen Regionen Ostdeutschlands telefonieren. Am Anfang nur die Autobahnen entlang, dann folgten die Großstädte. Es war erstaunlich, wie schnell die Telekom das mobile Netz ausbaute.

Meine Frau informierte ich somit vom Auto aus, dass ich schon in Richtung Dresden sei. Mittlerweile hatte sie sich an die Tatsache gewöhnt, dass ich in keinem Fall mehr von dem Projekt wegzudenken wäre. Sie fand sich damit ab, bekam von mir auch ein neues Wägelchen und amüsierte sich mit irgendwelchen Sportarten. Mal probierte sie Tennis aus, mal Golf.

Die Vergabe der Erschließungsmaßnahmen erfolgte längst und wir hatten an die besagten Firmen die Aufträge ausgelöst und der erste Bauabschnitt sollte begonnen werden. Gerade die Firmen Schwappes und Treib wollten mit schwerem Gerät loslegen. Die Baustellen waren eingerichtet, die Arbeiter waren da, und nun das.

An den Baggern hatten sich Menschen angekettet. Leute mit Plakaten und Kerzen in der Hand. Wie die Schafe zogen sie hinter ihrem Hirten, meinem Don Quichotte her. Die bekannten Sprüche auf den Lippen und nichts konnte man ausrichten. Sie waren bockig. Selbst der Professor Hirse weigerte sich, mit mir auch nur ein Wort zu sprechen.

Sie verwiesen alle auf einen Anwalt, welcher sie nunmehr vertrete. Er wolle der „Ring der Hoffnung" für die Gepeinigten sein. Ein Westanwalt! „Keine weitere Zersiedelung" war diesmal die Losung. Kein Wort mehr von der „Dicken Schnepfe" oder dem „Borstigen Schwingelgras". Diesen Zahn konnte ich ja begründet ziehen.

Nein, neue Gründe wurden gefunden. Nach dem Motto: ‚Wenn du einen Hund schlagen willst, findest du immer einen Prügel.'

Polizei war da. Die zogen wieder ab.

Das Spektakel dauerte drei Tage. Dann zogen die Revoluzzer unter richterlichen Druck ab. Die Hälfte kam eh aus dem Westen. Unglaublich, warum die sich ausgerechnet hier einmischen wollten. Immer wieder hörte man von Schulterschluss und Schulterschluss. Die Schultern mussten ja schon ganz wund sein von so viel Schluss.

Unterschiedlich verhielten sich die Bauleiter, mit denen ich zu tun hatte. Während sich die Treib-Leute dezent zurückzogen und rechtliche Mittel prüfen wollten, zog ich mit den Bauleitern Weis von der Firma Schwappes und Müller von der Firma Sorbit in den einschlägigen Kneipen und Tanzlokalen umher. Machen konnten wir eh nicht viel.

Die Telfonhörer der Juristen glühten. Soffen wir das Problem erst mal klein. Nur ich konnte die beiden bei Laune halten, damit sie nicht den gleichen Weg wie die Firma Treib einschlugen.

Eine einstweilige Verfügung jagte die nächste. Erst nach zweiwöchiger Verspätung konnte begonnen werden. Der Widerspruch mit aufschiebender Wirkung, mit dem der Anwalt „Ring der Hoffnung" sich einen Erfolg erhofft hatte, verpuffte jäh, als das Regierungspräsidium diesen zurückwies.

Trotz dieses Erfolges kam immer wieder Unruhe von Bürgerinitiativen. Letztendlich sah das Innenministerium keine Veranlassung, die Erschließungsarbeiten zu unterbinden.

Die Baufirmen verlangten Zahlung wegen des Baustopps von uns, da wir Vertragspartner waren und nicht die Demonstranten. Wir wendeten uns wiederum an die Gemeinde.

Da der Baustopp bedingt durch die Protestaktion nicht rechtens war, wurde seitens der Gemeinde Lüstig Schadensersatzklage gegen die Rädelsführer erhoben. Jederzeit waren wir bereit, mit den Initiativen sachlich zu argumentieren. Nein, das wollten die nicht. Die wollten nur Action, ordentlich mal was erleben, mich und die Bauleiter mit Eiern beschmeißen und sich in der Zeitung sehen.

Ein teures Vergnügen!

Nicht genug. Grüne Liga, Natur- und Umweltschutzverbände erhoben Strafanzeige, weil die Erschließungsarbeiten auf einmal wieder Feuchtbiotope zerstörten.

Überdüngte und verfettete Wiesen waren es, welche im unteren Bereich morastig waren und daherstanken.

Hier war so viel Jauche aus dem nahen LPG-Betrieb hergefahren und draufgeschüttet worden, dass die armen Fische in dem kleinen Bach bäuchlings oben schwammen. Hatte meine schmerzliche Erfahrung in dem Schlamm ja schon selbst gemacht.

Das Oberverwaltungsgericht erließ eine einstweilige Verfügung zur Einstellung der Bauarbeiten bis zur gerichtlichen Klärung. Das Schreiben erreichte „wie durch ein Wunder" verspätet die Gemeinde und war daher unwirksam. Plötzlich kam ungeahnter Beschuss aus einer ganz anderen Richtung. Eine Nachbargemeinde legte Störfeuer in Form einer Normenkontrollklage gegen Lüstig mit der Begründung ein, dass sie keinen Gewerbeverkehr durch ihre Ortschaft wünschte. Auch dieses Problem konnte letztendlich gelöst werden.

Man unterhielt sich von Bürgermeister zu Bürgermeister. Endlich konnten die Bauarbeiten beginnen.

Kleider machen Leute

Nach dem damaligen Desaster mit der Geländefahrt in unserem Erschließungsgebiet hatte ich mir von den Bürgermeistern die Adressen in Form von Visitenkarten geben lassen und schaute neugierig auf eine Straßenkarte, wo denn die Gemeinden lägen. Alle bis auf eine waren direkt an der Autobahn gelegen. Top-Standorte. Besser ging es wirklich nicht mehr. Wesentlich besser als unser Gebiet.

Als Fabius vom Kurzurlaub kam, hatte ich bereits Termine mit den Bürgermeistern ausgemacht und die wollten wir der Reihe nach besuchen.

Es war schon immer eine langwierige Geschichte, auf den Straßen von Punkt A nach B zu gelangen. Nun aber nur noch eine einzige quälende Katastrophe. Eine verstopfte Baustelle nach der anderen. Mittlerweile hatte es sich bei den letzten Geschäftemachern herumgesprochen, dass das deutsche Mekka „Osten" hieße.

Im Zuckeltempo ging es auf der Autobahn zu einem der besagten Bürgermeister. Fabius halb schlafend auf dem Beifahrersitz, fluchte über den mangelnden Komfort meines Wagens. Wir wären schließlich Geschäftsleute und da fährt man nicht so einen Schrotthaufen. Nörgelig eben.

Mit seinem Nobelhobel wollte er aber nicht. Da hatte er Angst. Mein Frontspoiler, mein Frontspoiler, jammerte er umeinander. Ganz verknallt war er in sein Vehikel. Da kam mir die Idee. „Sag mal, selbst wenn wir uns die besten Lagen raussuchen würden, dann kommen wir ja nie schnell auf unsere Baustellen. Das geht gar nicht, die Distanzen sind zu groß. Wir sitzen ja dann nur noch im Auto, ohne etwas Produktives hinzubekommen. Sollen wir etwa aus Langweile in der Nase bohren? Schau Dir doch das mal an. Es geht nichts vorwärts. Die stehen. Nebenraus kann ich auch nicht durch die Botanik. Das kann doch nicht unsere Welt sein, oder?

Ich hab die Idee des Jahres!

Wir brauchen einen Hubschrauber. Von der NVA vielleicht. Die MILs sind meines Wissens robust und zuverlässig. Mal sehen, in Bautzen ist ein Sammellager von Militärgerät.

Habe ich vom Bürgermeister Fuchs gehört. Soll ich mich mal umschauen?"

„Du schnappst jetzt wohl über. Ein Heli. Die denken doch, wir heben voll ab. Aber bitte mach halt."

Ich merkte genau, es juckte ihn schon. Gesagt getan.

Mein Vorhaben wurde, nachdem wir zwei Tage fast nur im Geländewagen saßen, um die Bürgermeister zu besuchen, von Fabius jetzt schon wesentlich freundlicher aufgenommen.

Die MIL 2 ist eine russische Maschine. Die interessierte mich deshalb, weil sie bis zu 8 Passagieren Platz bot und man mit ca. 210 km/h drei Stunden lang durch die Gegend flattern konnte. Zudem war der Heli extrem günstig im Einkauf. Für nicht mal 20 Tausender wurde mir eine Maschine, überholt und in einwandfreiem Zustand angeboten. Bedenkt man, was dem Fabius sein Nobelhobel gekostet hatte, ein Klacks.

Selbst billiger als mein Vehikel.

Als ich mich aber bei einem erfahrenen Hubschrauberpiloten, welcher später unser Pilot werden sollte, über diese

Maschine informiert hatte, musste ich von diesem Gedanken
Abstand nehmen. Der Spritverbrauch und die Wartung waren
absolut astronomisch. Er empfahl daher eher einen Bell Jet
Ranger. Mit fast 200 km/h kam man über 500 km weit und
von den Kosten wäre er wesentlich günstiger. Fabius erzählte ich davon und es dauerte nicht lange und wir machten in
Baden-Baden den ersten und einzigen Testflug mit einem Jet-
Ranger. Den Helipilot hatte Fabius irgendwo hergeschleppt.
Er war ein ehemaliger Rettungsflieger und früher in der
Tschechoslowakei gehörte er zu den Leibpiloten des damaligen Präsidenten. Er floh mit einem Kampfhubschrauber, einer Kamov neuesten Typs in den Westen, wo er jahrelang von
sämtlichen östlichen Geheimdiensten gesucht wurde.

Jetzt testeten wir den Jet-Ranger.

Zum ersten Mal saß ich in so einem Insekt.

Neugierig und erwartungsvoll schaute ich mich um
und begaffte die vielen Knöpfe, Schalter und Hebel. Das war
schon ein prickelndes Gefühl, wenn die Turbine lospfiff, der
Rotor langsam anfing, sich laut und lauter zu drehen, bis ein
leichtes Vibrieren signalisierte, dass man abhob.

Nur noch ein schnurrendes Knattern und los gings.

Der Pilot hob die Maschine ca. 10 m über den Boden an,
flog langsam rückwärts, stellte die Maschine schräg mit dem Hintern nach oben und mit enormen Schwung gings vorwärts.

Unser Pilot flog die irrsten Kurven, mal stand er in der
Luft, dann ging es wieder rückwärts genau 90 Grad in den
Himmel, so dass man direkt auf die Landepiste des Flug-
platzes unter sich sah, um blitzschnell sich um 180 Grad zu
drehen und man sah nur noch Blau. Dann schraubte sich die
Maschine weiter senkrecht in den Himmel. Immer höher und
höher. Schließlich kippte er sie um 180 Grad, um in einem
atemberaubenden Sturzflug Richtung Erde zu donnern. Dabei legte er die Maschine mal nach links, dann wieder nach
rechts.

Kurz bevor man meinte, dass der Heli in den Boden krachte, zog er die Nase wieder unter Kraftanstrengung hoch.

Vergesst jede Achterbahn!

Er beschleunigte, stoppte abrupt, machte eine Unmenge Tests mit dem Jet-Ranger, bis er die Maschine sicher landete. Ein brauner Streifen in der Unterhose unterstrich die Emotionen, welche der Flug bei mir ausgelöst hatte.

Sein knapper Kommentar: „Maschine ist O. K.!"

Leicht zersaust, verschwitzt vor Angst von dem überwältigendem Eindruck des Fluges posaunte Fabius heraus: „Martin, die wird gekauft!"

Gesagt getan. Da wir mittlerweile Einnahmen hatten, konnten wir die Maschine kaufen, redeten wir uns zumindest ein.

Bürgermeister Fuchs war anfangs gar nicht begeistert, da er die Projektgelder in Gefahr sah.

Den Piloten stellten wir in unsere Firma ein.

Längst hatten wir die Stoff & Kollegen GmbH gegründet und ich wurde gleichberechtigter Partner.

Richtig war, wir waren zu dritt. Unser ‚Freund' eben, Fabius und ich. Nach außen hin war Fabius alleiniger Geschäftführer und hielt alle Gesellschaftsanteile. Ich konnte aus Gründen meiner Vergangenheit noch nicht offiziell eintreten.

Meine Verbindlichkeiten löste das Büro des Consigliore momentan über einen Vergleich, dies dauerte aber noch seine Zeit, so Notar Marder.

Unser ‚Freund' konnte eh nicht, da er amtierend in der Öffentlichkeit stand und ein politisches Amt ausübte.

So waren zwar drei Partner gleichwertig, jedoch einer war gleichwertiger.

Überzeugt wurde Bürgermeister Fuchs weniger durch die Meisterflugkünste unseres Heli-Piloten. Nein, erst als wir durchschlagenden Erfolg beim weiteren Verkauf der Grundstücke (begründet unter anderem durch den Heli) verbuchen konnten, da war er zufrieden.

Interessierte Investoren luden wir ein, in unser Büro nach Dresden zu kommen. Bei Kaffee und Kuchen besprachen wir das Grundstück, welches sie eventuell kaufen würden.

Den letzen ausschlaggebenden Grund gab ein Heliflug über das Gebiet.

Wenn wir in der Luft waren, konnte ich den zukünftigen Grundstückskäufern mit dem Finger zeigen: „Und genau da, sehen sie da, da ist ihr Grundstück." Unser Heli-Pilot tat sein Übriges mit den Kunststückchen, welcher er mit dem Hubschrauber vollführte und wieder hatten wir einen neuen Notartermin.

Bürgermeister Fuchs meinte einmal zu mir: „Auch nicht viel anders als früher, nur das Kleid hat sich eben geändert: Kleider machen eben Leute."

Münchner in Stuttgart

Ein Investorenopfer, welches ich durch den Heliflug zum überzeugten Grundstücksinteressenten gewinnen konnte, verabredete sich mit mir beim Consigliore zu einem Notartermin. Mittlerweile protokollierte ich beim Notar Marder fast alle Notarverträge alleine. Da ich kein Geschäftsführer war und auch keine Procura hatte, wurde ich mit notarieller Generalvollmacht ausgestattet und konnte sämtliche geschäftlichen Aktivitäten vornehmen.

Der Consigliore überzeugte Fabius, dass dies die einfachste Möglichkeit sei, um unkompliziert handlungsfähig zu sein. Immerhin seien wir gleichberechtigte Partner.

Ein entsprechendes Dokument wurde beim Notar Marder im Safe hinterlegt. Anfangs gab es für jeden Vertrag eine

Vollmacht. Diese musste ebenfalls notariell beurkundet werden und das kostete.

Also gleich eine Global-Generalvollmacht.

Mit diesem Papier konnte ich alle geschäftlichen Aktivitäten der Stoff & Kollegen GmbH tätigen. Niemand musste quer schreiben, ich konnte alleine zeichnen. Auf diesen
Notartermin freute ich mich besonders, denn es ging hier um
eine stattliche Summe von ca. 4,5 Mio. DM.

So wartete ich geduldig beim Consigliore, unten in
der Denkfabrik mit dem Maestro, und wir stießen mit einem
gepflegten Pils an, als auch schon die Sekretärin Reginchen
kam, um mitzuteilen, dass die Gäste aus München angekommen seien. „Aus München? Ich denke, der ist aus Dresden,
dein Käufer?", staunte der Consigliore. „Dachte ich auch.
Schauen wir mal."

Im Foyer war eine ganze Ansammlung von Menschen.

Den netten Sachsen aus Dresden sah ich und er stellte die Herrschaften, allesamt in dunklen Anzügen, skeptisch
aber doch freundlich blickend, der Reihe nach vor.

Sein Geschäftspartner aus München, der Anwalt
seines Geschäftspartners aus München, ein Notar des Geschäftspartners aus München, ein Steuerberater des Geschäftspartners aus München und ein Unternehmensberater
des Geschäftspartners aus München.

Schließlich ein Banker des Geschäftspartners aus
München. Normalerweise pflegten wir die Protokollierung im
Gemach des Consigliore zu tätigen. Und zwar Gemütlich.

Je nach Investor gabs Schampunelli, lecker Pilschen,
eine feine Zigarre oder auch nur Kaffee.

Das war aber doch eine Spur zu viel des Guten.

So mussten wir in den Besprechungsraum. Alle setzten
sich und eine nette, hübsche Sekretärin servierte einen Kaffee.

Wir bereiteten die Investoren eigentlich immer gut vor.
So bekam jeder einen Vertrag vorab zugeschickt oder gefaxt.

Dazu immer den Plan, worauf er sein zukünftiges Grundstück erkennen konnte. Sollten dennoch Fragen auftauchen, waren diese direkt, je nach Fragenstellung, mit dem Notar Marder, dem Consigliore oder mir zu klären.

Jeder der Herren hatte eine Kopie des Vertrages vor sich liegen und alle schauten wie die Ölgötzen darauf. Kam mir komisch vor, denn die kannten das Kochrezept doch.

Einer der Herren, der Rechtsanwalt, unterbrach das Schweigen, räusperte sich kurz und hielt die Faust vor seinen Mund: „Herr Kollege Dr. Hartmann, Herr Notar Marder und Herr Stengele. Selbstverständlich kennen wir ja den Vertragsentwurf hier und da es wirklich um die nicht kleine Summe von 4,5 Mio. DM geht, haben wir ein wenig Bauchschmerzen.

Ich kann hier für alle sprechen und teile hier mit, dass wir sehr an diesem Grundstück interessiert sind." Kurze Pause.

„Jedoch werden wir erst bezahlen, wenn zugunsten meines Mandanten eine Auflassungsvormerkung (AV) eingetragen ist. Extra mitgereist ist auch der Bankbetreuer Herr Mauerer. Er wird Ihnen bestätigen, dass die Herrschaften liquide sind und das Geld bereits schon für dieses Grundstück abgestellt wurde. Ich bitte auch den Unternehmensberater ..."

Unser Consigliore unterbrach mit einem breiten Lächeln und mit ruhiger, freundlicher Stimme: „Hatten die Herrschaften eine angenehme Reise von dem schönen München hierher in meine bescheidene Klitsche nach Stuttgart?"

Alle bejahten und man bekam den Eindruck, dass es jetzt konstruktiv werde und den Herrschaften die Leviten gelesen würden. Dann würden sie schon verstehen, wie das funktionierte.

Der Consigliore stand auf und mit einer jetzt deutlich lauteren Stimme: „Gentlemen, bitte alle aufstehen und wir wünschen den Herrschaften eine angenehme Rückreise nach München. Notar Marder begleitet sie nach draußen."

Zum Anwalt des Investors sagte er noch „Herr Kollege, sie müssen mich hier verstehen, unser Vertrag, das ist eine ‚Conditio sine qua non' (eine unerlässliche Bedingung)", dann warf er alle aus der Kanzlei raus.

War ich geschockt.

„Sag mal, warum das denn? Die hatten doch das Geld, wir können es doch hier auf Notaranderkonto deponieren? Das war doch sicheres Geld."

Ich war außer mir und verärgert.

„Martin, rede doch keinen Müll daher. Wenn wir das jetzt anfangen, Zahlung nach AV! Kannst du dir das nicht vorstellen, wie schnell das deutschlandweit die Runde macht? Was glaubst du denn? Warum war hier die Spezies aller Couleur vertreten. Der Banker informiert doch sofort die Kollegen in Frankfurt. Genauso ihr Anwalt und Unternehmensberater. Wir würden mit einem Schlag das ganze ausgetüftelte System, welches wir jetzt erfolgreich den anderen verkaufen konnten, unwiderruflich zerstören.

Geht das in deine weiche, geldgeile Birne? Nur so bleiben wir stark. Das spricht sich jetzt genauso rum, dass ich die rausgeschmissen habe. Verstanden?"

Ich brauchte nicht lange zu überlegen und wusste, dass er Recht hatte.

In die ‚Mensa' gingen wir, um den Frust über die Münchner zu bekämpfen. Notar Marder fuhr wieder mit seinem Passat. Consigliores gepanzerte Mercedeslimousine stand immer am gleichen Platz vor der Kanzlei und langweilte sich. Ich glaube, der hatte die noch gar nicht bewegt.

In unserer ‚Mensa', wir waren gerade dabei, uns über den Pinot Grigio herzumachen, klingelte mein Mobiltelefon, ich nahm ab und hörte: „Fabius hier. Hat das geklappt mit dem Notartermin?" Nervös klang Fabius Stimme und ich merkte sofort, dass seine Zunge schon Schlagseite hatte.

Was in der Kanzlei vorgefallen war, erklärte ich dem Fabius ganz sachlich und noch nüchtern.

Er aber schrie wie ein Geisteskranker in das Telefon: „Ihr Idioten. Dilettanten. Allesamt. Muss ich alles alleine machen. Jetzt fresst ihr euch den Ranzen voll. So habe ich mir das bestimmt nicht vorgestellt. Gib mir den besoffenen Hartmann mal ans Telefon!" Ich gab weiter.

„Was gibts denn Fabius?", fragte der Consigliore recht gelassen. Wieder vernahm ich eine Verbalattacke und das ging eine ganze Zeit so. Bis der Consigliore laut wurde: „Verschone mich mit deinen akustischen Exkrementen. Was hast du Besessener getan? Mit dem Pflücker, dem Makler, beim Notar in München an Dobermann verkauft. Du Nabal! Dann hebe ich die Hände zum Allmächtigen und wünsche euch alles Gute."

Er knallte den Hörer auf.

„Gerade vorhin habe ich dir doch vorgemacht, wie man mit Leuten umgeht, welche nicht mitziehen. Rausschmeißen. Oder? Und was macht dieser vollgetrunkene, niederträchtige Nabal?

Noch im letzten Jahr hat er beim Dobermann ein Drittel der Grundstücke verkauft, genau mit der Auflage, welche vorhin die Münchner wollten.

Mir ist nun klar, warum die auf einmal das Gleiche probierten. Waren wir nicht so verblieben und hat nicht der Trunkenbold Stoff geprahlt, dass wir die ganzen Notarverträge in unserer Klitsche protokollieren.

Der kleine Architekt aus Herzogburg, der auszog, um reich zu werden, baut nur Scheiße!

Hoffentlich überlebt ihr das."

Sichtlich aufgeregt und enttäuscht war der Consigliore.

Ich verstand es auch nicht. Ich konnte mich natürlich daran erinnern, bevor wir in unseren Urlaub gingen, Fabius noch was faselte, dass er ein großes Areal verkaufen wollte und dies wohl auch geklappt hatte.

Er wollte mit mir vor kurzem auch noch mal darüber sprechen. Jedoch war ich der festen Meinung, dass dies alles mit unserem Consigliore und Notar Marder abgestimmt worden war. Mich wunderte auch, dass weder der Consigliore noch Prinz Eisenherz Marder jemals von diesem Vertrag gesprochen hatten. Nun war es mir klar.

Fabius hatte den Notarvertrag bei einem Notar des Großinvestors Dobermann getätigt, ohne uns konkret zu informieren.

Es fing an, komisch zu werden.

Dobermann und Konsorten

Der Makler Pflücker wohnte nicht weit von Herzogburg.

Der ehemalige Metzgerei-Lösch-Besucher hatte sich nun gemausert und vermakelte an Großinvestoren.

Früher war er ein stadtbekannter Dorftrunkenbold und machte sich regelmäßig zur obskuren Witzfigur.

Ein Glanzstück aus so einer Zeit war dieses: Trunken wie er in der Metzgerei Lösch mit seinem fast leeren Trollingerviertel daherlallte und sich bei der Berta noch ein Viertele bestellte. Ein Nein kam von ihr, da er kein Geld mehr hatte und sie ihm das letzte auch schon nicht berechnet hatte.

Die Bösen sind dann meistens nicht weit und so wurde dem betrunkenen Pflücker vorgeschlagen, dass man ihm ein Mix zubereiten werde und wenn er diesen trinke, dann gäbe es noch ein Viertele und einen doppelten Obstler dazu.

Der Fantasie solcher Menschen, welche das Leid ihrer Mitbürger ausnützen, wenn sie weitgehend hilflos sind, ist grenzenlos. In einem Bierkrug 0,5 l füllten sie Bier, Wein, Cola, Schnaps, Salz, Pfeffer, Tabasco und was weiß ich noch alles hinein. Der betrunkene Pflücker lachte nur wie ein Gestörter, zog seine stinkenden Socken aus, tauchte diese in die schäumende Brühe kräftig rein und wrang sie über dem Bierkrug aus, um sie wieder anzuziehen. Als Zugabe sozusagen. Im Stehen trank er dieses eklige Gebräu auf einen Zug aus. Bei dieser unwürdigen Demonstration war ich zwar nicht zugegen, aber mir wurde das Schauspiel bildhaft erklärt, was ich nicht vergaß. Zu was Menschen im Suff alles fähig sind. Wie primitiv ist doch der Homo sapiens.

Nun war aus diesem Säufer und Trunkenbold ein Antialkoholiker par excellence geworden.

Vom schnorrenden Sozialhilfeempfänger zu einem Mann, der sich aufgepäppelt hat und im eleganten Boss-Zweireiher mit Mercedescoupé von Kunde zu Kunde fuhr.

Gemeinsam mit seiner treuen Frau hatten sie diese Krise bewältigen können. Nun trug der mittlerweile über 50-Jährige eine fette Rolex mit Präsidentenarmband und am Finger einen dicken Klunker. Zum Unterschreiben hatte er? Na klar, einen schwarzen Dupont-Federhalter. Zwei Welten. Dazu war er überaus gesprächig und richtig nett. Mit dem Großinvestor hatte er nun schon einige Projekte realisiert und kam kurioserweise über den Bürgermeister Fuchs zu uns. Gebürtig war er in Radeberg und wollte zum Grab seiner Eltern, als er in der „Sächsischen Zeitung" las, dass es in einer Gemeinde Lüstig Trouble mit Umweltschützern wegen eines großen Erschließungsgebietes gab und eine „Spätzle-Connection" die Fäden in den Händen hielte. Schlau wie er nun mal war, fuhr er direkt zur Gemeinde Lüstig, stellte sich freundlich vor und bekam vom Bürgermeister Fuchs die entscheidende Auskunft, an wen er sich wenden sollte. So kam der Kontakt zu uns und zum Dobermann.

Jetzt hatten wir den Schlamassel und Bürgermeister Fuchs war auch nicht ganz unschuldig daran, dass wir den vom Consigliore eingeschlagenen Weg verlassen hatten.

Der Bürgermeister hatte sich schlechtweg überschätzt mit den Grundbuchämtern.

Er war der festen Meinung, dass die Gemeinde wesentlich früher im Grundbuch aufgelassen werde. Deshalb war er mit Fabius zusammen nach München geflogen und beide hatten den Notarvertrag so akzeptiert, ohne unseren Consigliore auch nur anzurufen.

Keine Zahlung konnten wir erwarten.

Millionenbeträge. Rund für 30 Mio. DM wurde an Dobermann verkauft. Pro Quadratmeter bekam der Makler Pflücker von uns 8 DM. Die wollte er gleich nach Notarabschluss.

Die Erschließungsmaßnahme lief auf Hochtouren. Gigantische Summen verschlangen alleine diese. Wir hatten kaum noch finanziellen Spielraum. Ich protokollierte zwar jede Woche beim Consigliore, aber da waren zum Teil auch Grundstücke mit 750 Quadratmeter oder 1.200 Quadratmeter mit dabei. Kurzum. Wir standen vor dem Kollaps. Die Gemeinde hatte zwar schon die alte AV, aber die Zergliederung fehlte und die Grundbücher mussten neu angelegt werden.

Wir mussten mit dem Dobermann einen Termin vereinbaren. Unterstützt von einem entsprechendes Schreiben der Gemeinde Lüstig, unterschrieben vom Bürgermeister Fuchs und bestätigt von der Genehmigungsbehörde fühlten wir uns mächtig stark. Mit diesem Schreiben in der Hand vereinbarten wir einen Termin im Stuttgarter Hotel „Zeppelin" am Hauptbahnhof. Es sollte eine Übergangslösung darstellen und den Dobermann sicher wiegen, dass er, nachdem die Grundbücher angelegt waren, sofort eine AV bekäme. Mit der Abtretung der zukünftigen AV, Consigliores Idee, war der ja nicht einverstanden.

Der Herr Dobermann kam mit dem Zug alleine angereist und wir verabredeten uns in der Lobby des Hotels. Ganz schlank und in Schwarz, mit einem Täschchen in der Hand kam er. Er sah aus wie sechzig, war aber Anfang Fünfzig. Pfefferminztee bestellte er sich freundlich in einem breiten bayrischen Akzent. Wir zeigten dem Herrn Dobermann das Schreiben und er schaute es sich lange an, um es Fabius wiederzugeben.

„Herr Stoff, Herr Stengele, dieses Schreiben ist schon recht, sagt aber nicht aus, wann wir die AVs haben. Wir haben einen Vertrag, den Sie, Herr Stoff, doch unterschrieben haben, worin die Zahlungsmodalitäten genau geregelt sind. Für Ihre finanzielle Lage habe ich durchaus Verständnis. Aber sehen sie doch, wir sind eine Aktiengesellschaft und ich bin deren Vorsitzender. Wir haben nun mal beschlossen. Ist nun mal so.

Aber sie kennen doch den Bürgermeister Fuchs. Schmieren sie den doch mit 50.000 DM, dann gehts bestimmt schneller. 50.000 DM sind für so einen Menschen viel, viel Geld. Glauben sie mir, ich habe da so meine Erfahrung. Die im Osten haben Bedürfnisse, die müssen sie nur wecken.

Also wenn das alles ist, was sie mir anzubieten haben, das ist nicht viel. Vielleicht können wir Ihnen ja weiterhelfen. Denken sie doch darüber mal nach, ob das Projekt für sie nicht viel zu groß ist. Was wollen sie mit so einem Klotz am Bein. Ich lade sie nach München ein und wir können das Ganze ja mal bei Weißwürstel, Brezen und einem Weißbier in Ruhe besprechen.“

Aha. So lief der Hase.

Die hatten uns im finanziellen Würgegriff und wollten uns aushungern.

Fabius und ich waren da einer Meinung. Mit uns nicht. Gar nicht. Die Schlüsselfigur hieß wieder einmal Bürgermeister Fuchs.

Unser Anwalt sollte es richten, meinte Fabius ganz locker, so als sei das von ihm Verpfuschte alles nur eine Bagatelle. „Mit diesem kranken Notarvertrag hier brauchen wir erst gar nicht zur Operation zum Consigliore hingehen. Der schmeißt uns im hohen Bogen raus. Der ist stinkesauer auf uns. Diesen Vertrag", und ich schmiss das Papier unsanft zurück auf den Tisch, „rührt der Consigliore nicht mal an.", war mein Kommentar hierzu.

Sinn und Unsinn mit dem Helikopter

Mit dem Heli gings nach Dresden. Mittlerweile hatte man sich angewöhnt, nicht mehr mit dem PKW oder dem Flugzeug nach Dresden zu gelangen. Nein, es musste jetzt mit dem Helikopter geschehen. Ich fand es anfangs auch ganz lustig und nett, runterzuglotzen, wie die Menschen sich ameisengroß da bewegten und wie klein es alles da unten so war.

Aber es war laut im Heli. Sehr laut. Unbequem und die Heizung; ein laues Lüftchen, wenn man es sich einbildete, streichelte an einem leicht vorbei. Man saß vermummt wie auf einer Winterbaustelle im Hubschrauber und man schraubte sich durch die Lüfte, bis man endlich nach zweieinhalb bis drei Stunden in Lüstig gelandet war.

Manchmal aber klebten wir vor einem Gebirgszug wie z. B. vor Hof, weil der Nebel zu dicht war und unser Pilot sich weigerte, weiter zu fliegen. So mussten wir notlanden und einfach warten, bis das Wetter sich besserte. Obwohl der Flughafen von Hof scheinbar in Steinwurfweite war.

Fabius bekam da immer einen Tobsuchtsanfall und schrie den armen Piloten an. „Ich brauche kühne Piloten. Wegen so ein bisschen Nebel, da macht man sich doch nicht gleich in die Hosen!" Unser Janusch, so hieß unser Pilot, entgegnete ganz cool: „Eh, Fabius merke dir. Es gibt genügend kühne, junge Piloten. Aber keine kühnen, alten Piloten, wenn du weißt, was ich meine, und ich bin alt."

Dann stellte er die Maschine ab und gut war es. Meistens suchten wir dann eine Kneipe und mussten tatsächlich abwarten, bis sich das Wetter besserte. Manchmal mussten wir Autos anhalten, damit diese uns bis zur nächsten Ortschaft mitnahmen. Wie die Mittellosen trampten wir in unseren Anzügen und Aktenkoffern. Verstehen konnte ich das nicht, dass wir auf einmal mit dem Heli alles unternehmen mussten. Sinn und Zweck war es ursprünglich, in dem Radius sich zu bewegen, welcher Sinn machte. Das hieße maximal im Umkreis von 150 km. Zudem war der Heli unser Zugpferd beim Grundstücksverkauf. „Investoreneinlullmaschine", wie es Luigi Kanone einmal nannte.

Mehrmals kamen Fabius und ich da hintereinander.

Eine Flugstunde kostete nach Angaben vom Janusch ungefähr 1.200 DM. Die Stunde! Das bedeute, dass für Hin- und Rückflug mit dem Heli im günstigsten Fall 6.000 DM zu berappen waren. Nein, wir brauchtes was fürs Finanzamt, zum Abschreiben war der eine Spruch. Der andere: Wir müssen gegenüber anderen Stärke zeigen. Dabei machte er immer mit dem Arm und geballter Faust eine hektische Bewegung vom Körper weg, so als wolle er gegen einen Luftfeind klopfen.

Mit dem Flugzeug war es schneller, ruhiger, wesentlich günstiger und bequemer.

Kommunalkredit

Da wir eine Ausnahmegenehmigung für das Landen mit dem Hubschrauber in Sachsen und Baden-Württemberg hatten, konnten wir auf unserer eigenen großen Baustelle landen. Dort holte uns dann Rosie mit ihrem kleinen Fiat ab, den wir ihr als Geschäftswagen gekauft hatten. Per Mobiltelefon informierten wir sie und sie stand da und wartete. Unsere erste Fahrt ging dann auch gleich rüber zum Bürgermeister Fuchs.

Als wir ausstiegen und ins Bürgermeisteramt reinge-
hen wollten, fiel mir ein weißer Audi mit Karlsruher Kennzeichen auf. Ein Mann, der aussah wie Wolfgang Petri, kam
uns vom Bürgermeister Fuchs entgegen, stieg in den Audi
und fuhr fort. „Wie, was machen jetzt die Karlsruher hier?",
fragte barsch Fabius den Bürgermeister. „Von wegen Karlsruhe. Der kommt aus Thüringen. War früher Leiter bei der HAK,
Hauptauftraggeber Komplexer Wohnungsbau des Kreises.
Hat nach der Wende mit seinem roten Lada rübergemacht.
Ihr hier rüber, der dort rüber. Deutsch-deutscher Austausch
eben. Ist Bauingenieur und vertritt eine Firma aus Karlsruhe.
Die wollen ein Büro hier mieten. Hab mal seine Visitenkarte
genommen. Da, Martin, nimm sie mal. Vielleicht wirds ja was,
im Gewerbegebiet. Kommt rein, wir wollen das jetzt mit dem
Dobermann durchsprechen."

„Der Martin und ich haben uns ja mit dem Alfred Dobermann in Stuttgart getroffen. Der sieht ja aus wie ein Leichen-
träger. Hoffentlich nicht unserer. Also, mit dem Schreiben,
welches du uns gegeben hast, ist er nicht einverstanden. Er
besteht darauf, dass er eine AV hat. Sonst gibt es kein Geld.
Ihr als Gemeinde habt das zwar gekauft. Aber die Grundbücher sind noch nicht angelegt. Machen wir uns nichts vor, das
kann noch Monate dauern. Wir müssen die Sache jetzt rund
bekommen. Immerhin war es deine Aussage, dass ihr die
Grundbuchsache zügiger in den Griff bekommt. Das Einzige,
was uns da am ehesten und am schnellsten weiterhilft ist, die
Gemeinde muss einen Kommunalkredit aufnehmen.

Den lösen wir dann nach der Maßnahme ab. Im Gegenzug haben wir ja die Kaufverträge. Das muss doch Sicherheit
genug sein. Oder wie siehst du das, Hans-Peter?", fragte Fabius vorsichtig.

„Ist mir schon klar. Im Nachhinein weiß man immer
alles besser. Ich habe da auch einen guten Mann aus dem
Westen im Grundbuchamt. Der muss wohl ganz in Eurer

Nähe wohnen. Buschzulage bekommt er, weil er hier ist. Stellt euch mal vor, wie die über uns im Osten reden. Als ob wir Wilde wären, die man kolonialisieren müsste. Aus Reutlingen. Kann das sein? Na egal. Der wird schwerpunktmäßig jetzt unsere Sache bearbeiten. Er will mit seiner Familie hier nach Dresden ziehen. Meint ihr, oben in dem Büro, die Wohnung wird ja, nachdem die alte Frau gestorben ist, leer. Dort kann er doch sicherlich kostengünstig bei euch wohnen, oder?", meinte der Bürgermeister. „Na, das ist ja kein Thema. Den sperren wir dort ein und er muss die Grundbücher anlegen, bis er schwarz wird. Oder Martin?" „Nöh, kein Thema, der kann die Wohnung klar haben. Aber nochmals auf das Thema mit dem Dobermann. Der will uns aushungern, indem er uns nicht bezahlt. Muss er laut Vertrag auch nicht. Das merkt man. Oder noch besser, er will das Gebiet uns abluchsen. Wir machen uns die Arbeit und er übernimmt uns dann, wenn wir zahlungsunfähig geworden sind. So kam das in Stuttgart raus. Wir müssen da eine rasche Lösung finden", meinte ich ernst. „Da muss ich mit euch und mit der Kommunalaufsicht über diese Sache sprechen. Das vermutete ich bereits, dass dies in so eine Richtung gehen wird. Ich habe für morgen Vormittag vorsorglich einen Termin vereinbart. Über was für eine Höhe reden wir denn", wollte der Hans-Peter wissen. „Ich habe mir das mit Martin schon mal zusammengerechnet. Na, um die 8 Millionen, die müssten da reichen. Verträge haben wir ja schon mit einer weit größeren Summe abgeschlossen. Allein der Kaufvertrag mit dem Alfred Dobermann, der ist ja schon 30 Millionen wert. Da bekommt man sogar von der Bank von England die Kohle. Das ist doch wohl klar." Selbstsicher, wie der Fabius das von sich gab. „Schauen wir mal, was da morgen rauskommt, bei dem Termin."

Im Landratsamt wurden wir auch am anderen Morgen schon von vielen wichtigen Leuten in Empfang genommen.

Banker waren ebenfalls zugegen. Bürgermeister Fuchs hatte die wichtigsten Personen genauestens informiert und die Problematik mit Alfred Dobermann geschildert. Die Tatsache war doch die, dass unsere Erschließungsmaßnahme bereits zu über 50 % fertiggestellt worden war. Grundstücksverträge weit über 70 % abgeschlossen. Die Verträge zwischen uns und der Gemeinde Lüstig waren wasserdicht. Die Sitzung dauerte keine halbe Stunde und uns wurden die 8 Mio. DM bewilligt. Man könnte es nicht fassen oder glauben, wenn man das nicht selbst erlebt hätte. Manchmal war es schwerer, seinen Dispo-Kredit von 3.000 DM etwas zu erhöhen, damit man über die Runden kam, und hier ohne großes Wenn und Aber 8 Millionen. Selbst Fabius war da doch ein wenig positiv geschockt.

Einen Termin hatten wir gemeinsam noch im Hotel „Dresdner Hof" in der Lobby. Der Chef eines Einrichtungskonzerns hatte sich herbequemt, um mit dem Bürgermeister und den Maßnahmeträgern, also uns, ein Gespräch über Grundstückskauf zu führen. Bürgermeister Fuchs meinte, dass dieser Herr Ohnedurft zu den größten Häusern in Deutschland zählte und das wäre natürlich eine verschärfte Nummer, wenn dieser Konzern sich bei uns einkaufen würde. Wir warteten gespannt in der Lobby und bestellten uns einen Kaffee. Endlich kam ein gewaltig dicker Bayer in Trachtenlook und zwei dünne Bayern in dunklen Anzügen. Der Dicke: „So meine Herren, wenn ich mich jetzt setze", und da saß er fett im Sessel, „dann wirds richtig teuer. Dann kostet es Geld." Und der junge Dünne mit seiner Brille auf der Nase säuselte wie ein Wiesel hinterher: „Wir sind nämlich nicht zum Vergnügen hier." Bürgermeister Fuchs ganz gelassen: „Wir auch nicht. Dann stehen sie doch auf meine Herren, dann wirds billiger. Komm Fabius, Martin, wir gehen." Verdutzte Gesichter schauten uns nach.

„Solche arroganten Deppen. Vergessen wir's. Ich habe da noch eine Idee mit Grundstücken, nachdem das hier mit der Finanzierung geklappt hat", freudig der Bürgermeister. „Bevor wir zu unserem Erschließungsgebiet kommen, klafft da eine Lücke. Die wollen wir als Gemeinde mit Wohnbebauung schließen. Wäre doch was für uns, oder?"

Was sollte man dazu sagen? Die Wohnbebauung wollten wir auch gleich am nächsten Tag mal anschauen.

Der Bürgermeister brachte uns in seinem klapprigen Opel Omega ins Büro. „Kannst dir jetzt als erfolgreicher Bürgermeister mal was Gescheites kaufen, oder? Mit so einem Opel-Hobel kannst du ja wirklich keinen Staat mehr aus dem Boden stampfen, tu dir doch mal was Gutes, so wie wir", posaunte Fabius raus. „Mein Lieber, auf diese Sprüche kann ich wirklich verzichten. Immerhin haben wir als Gemeinde dafür gesorgt, dass ihr mit Hubschrauber und großem Auto jetzt durch die Gegend fahren und fliegen könnt. Wisst ihr, was ich als Bürgermeister verdiene? Eure Rosie bezahlt ihr besser. Nur zu eurer Information. Der Bürgermeister hat noch lange nicht den Stellenwert wie der im Westen. Früher waren wir so was Ähnliches wie der Hausmeister der Gemeinde. Also deine Sprüche will ich hier nicht mehr hören, das kommt gar nicht gut an."

Das war ja klar, dass Bürgermeister Fuchs von Fabius' großspurigen Prahlereien nicht gerade angetan war. Fabius war manchmal wie ein ungestümer Elefant in der Porzellankiste.

Bürgermeister Fuchs klang verbittert und das zu Recht!

Club der Millionäre

Rosie fuhr uns vom Bürgermeisteramt in unser Wohnbüro. Janusch, unser Pilot, musste im Kopierraum mit einer Klapppritsche vorlieb nehmen. Er war aber sehr genügsam. Ein ru-

higer Gesell und zog es vor, im Büro zu bleiben, als mit uns
auf Tour zu gehen. Als wir ankamen, war da Butta Blablagür
und wartete im Auto. Er hatte Krach mit seiner Alten und gab
vor, wichtige Termine in Dresden zu haben. Jetzt nahm er seinen Schlafsack und wir boten ihm an, im Büro zu schlafen.
„Was macht denn dein Kumpel Luigi Kanone?", fragte ich
neugierig, denn ich wusste, dass zwischen den beiden eine
Art Beziehung wie zwischen Stan Laurel und Oliver Hardy bestand. Meistens steckten die beiden zusammen, meckerten
aber immer an einander umher.

 „Na, was soll er machen? Menschen betrügen. Das,
was er kann", gab Butta gelangweilt rüber und rollte seinen
Schlafsack schon mal aus.

 Fabius machte eine Flasche Rosé auf. Mittlerweile war
es dunkel, Luzie war auch schon eingetroffen und ein Kleinwagen fuhr vor. Luigi Kanone. „Ja Hallo", begrüßte er uns
freudig alle. „Was macht denn der Butta Blablagür hier. He
Butta, Krach mit deiner Alten? Hä, hä", frotzelte er den Butta
an. Der stotterte genervt: „Halt doch deine große Klappe. Von
zu Hause bin ich abgehauen, um dich hier zu treffen? Ich kann
es nicht glauben. Oh Gott, oh Gott. Mit dir Kanone. Wo pennst
du denn überhaupt?" „Na ich wollte fragen, ob es vielleicht
heute hier geht. Morgen bin ich in Heidenau."

 „Klar kannst du hier schlafen", feixte Fabius. „Neben
dem Butta halt." Wir lachten. Nur einer fand das gar nicht komisch. Nun überlegten wir, was wir an dem angebrochenen
Abend denn noch unternehmen sollten. Luzie fragte uns, ob
wir schon mal in der „Linie 6" gewesen seien. Dort sollte es
ganz nett sein. Hatte sie gehört. Selbst Gast war sie dort noch
nie. Früher verkehrten da nur Parteibonzen oder reiche West-
leute. Aber neugierig wäre sie schon. Auch Rosie wollte da
mal rein, wo in der Ostzeit Radeberger vom Fass in Hülle und
Fülle geflossen war. Gesagt, getan, brachen wir auf, Richtung
„Linie 6".

Die „Linie 6" betrat man durch einen ausrangierten Wagon einer Straßenbahn. Kaum latschten wir durch den Gang der Selbigen, erklang ein schrilles Trillerpfeifen und an einer Messingglocke wurde kräftig gebimmelt. Das Personal war uniformiert wie das Straßenbahnpersonal einer entfernten Zeit. Dazu mit Schirmmütze auf dem Haupt. Brechend voll war es im Restaurant, aber wir hatten Glück. Ein großer Tisch war im Moment frei geworden und wir hatten allesamt Platz dort. Eine außergewöhnlich hübsche Kneipe war das. Es erinnerte ein wenig an einen Irish Pub. An der Decke hingen aufgereiht Mütze an Mütze von Straßenbahnfahrern aus aller Herren Länder wie uns der Chef des Hauses mitteilte. Großer Mann mit lockigen Haaren und einem Kaiser-Wilhelm-Bart. Der Karli eben. Richtig gute Kohlrouladen hatte die Küche zu bieten und so war es ein ganz gemütliches Zusammensein. An der Promiwand verewigten sich mit Filzern unter anderem Baron v. Ardenne, Fr. Schöbel, Terence Hill mit seinem Bud Spencer, Helga Hannekamp, Udo Jürgens, Wolfgang Mischnik, van Veen, Ingrid Sarrasani, „Otto" welcher hier seine Frau kennenlernte, Horst Wendland, Costa Cordalis, Dietmar Schönherr, Uli Hoeneß …. Später, nach 22:00 Uhr, machte noch die dazugehörige Nachtbar auf. Man gelangte über eine Treppe nach unten. Die Wände waren alle voll mit Fotos in Holzrahmen. Das Thema der Bilder war eindeutig. Hatte alles was mit Straßenbahnen zu tun. „Langer Hecht" stand auf dem einen, von unzähligen anderen Fotos. Die Bar unten hatten die auch ganz interessant und stilecht gestaltet. Sitzplätze befanden sich zum Teil in geschlossenen Eisenbahnabteilen und der Raum war kreisrund. Lederne Sitzbänke wie im Zug eben. Auf der kleinen Tanzfläche spielte eine gut proportionierte Dame Gitarre, oder tat so. Dahinter eine blonde Dürre, aber hübsch. Sie trommelte zum brandneuen Hit von Udo Lindenberg, „Club der Millionäre", „Martin" von Diether Krebs und „Under the boardwalk" von den Rolling Stones. Playback oder nannte man das schon Karaoke? „Club der Millionäre" wurde sofort zum neuen Lieblingslied von uns. Ein junger beleibter Zauberer mit jeder Menge Taschentricks ließ keine Langeweile aufkommen. Stilecht hatte er einen schwarzen Frack an und ein großer Zylinder zierte sein lächelndes von schweiß triefendes Haupt. Er war gut, aber er roch.

Später überraschte uns noch die attraktive Dorit Gäbler. Marlene Dietrich lässt Grüßen. Eine begnadete Chansonsängerin, keinen Meter abgehoben und immer für ein Spässle zu haben.

Campari-Orange war an dem Abend Trumpf und wir gingen mal hoch an die Bar, mal wieder runter und so weiter.

Zur späten Stunde brachten uns die Mädchen zurück ins Wohnbüro. Unseren Pilot musste Fabius noch unbedingt ärgern und weckte ihn. Er sollte noch ein Glas Rosé mit ihm trinken. Auch Butta und Luigi mussten dran glauben. Ich verschwand mit den beiden Hübschen im Schlafgemach und nagelte beide abwechselnd, so gut es ging. Am anderen Tag fühlte ich mich wie gerädert. Rosie war schon an der Schreibarbeit und die Herren Kämpfer beim Frühstücken.

Luzie merkte, dass ich wie ein Häufchen Elend auf meinem Bett lag und bot an, mich zu massieren.

Das war natürlich ein Wort und sie setzte sich nackend auf meinen nackenden Hintern und fing an, meine Schultern und meinen Nacken kräftig zu massieren. Mit ihrer kurzrasierten Muschi machte sie eindeutige Bewegungen und mir verbog es fast das stark pulsierende Rohr. Jetzt rumzudrehen und in die feuchte Spalte.

Plötzlich ging die Tür auf und Fabius riss Luzie von mir. „Raus jetzt, verschwinde, du Nutte, glaubst wohl, dass du mit dem Martin da rumvögeln kannst? Ich will dich nicht mehr sehen."

„Lass mal, Fabius, seit wann stellst du dich denn so an, du bumst doch auch wechselweise beide? Also das muss doch nicht sein, du übertreibst da jetzt aber tüchtig!"

Unmögliche Einstellung, diese Pseudoeifersüchtelei auf einmal. „Mir egal. Die fliegt raus!" Rums knallte die Tür zu.

Luzie verabschiedete sich. So viel dicke Luft wollte sie verständlicherweise nicht weiter einatmen.

Verärgert duschte ich mich, schmiss mich in meine Klamotten, da wir mit dem Bürgermeister einen Termin wegen dieser Wohnbebauungsgeschichte vereinbart hatten. Kein Frühstück, nein, eine Aspirin musste diesmal herhalten.

Wir nahmen den Fiat der Rosie und fuhren zum Termin.

„Die Luzie stinkt mir schon ein Weilchen. Luigi Kanone, hast du das gestern nicht mitbekommen? Der hat sich an die auch schon rangemacht. Wir müssen da aufräumen. Die nächste ist die Rosie, die fliegt. Wir brauchen andere Frauen. Richtig gutaussehende. Mit großem Busen, schlanken Beinen, knackigen Hintern, die gepflegt aussehen. Nicht so wie die zwei", fantasierte Fabius umeinander.

„Da sag ich dir gleich, da werde ich nicht mitmachen. Die Rosie war von Anfang an dabei, hat sich abgerackert zu jeder Tag- und Nachtzeit. Zum Rumrutschen in der Anfangszeit war sie gut genug und jetzt, nachdem Geld da ist, willst du sie rausschmeißen. Nein, dann kriegen wir beide richtigen Ärger. Glaube mir, der Bürgermeister Fuchs wird da auch keinerlei Verständnis für dich haben. Das weiß ich jetzt schon."

Der Typ ekelte mich an. „Hui, hui, wer wird denn gleich ausflippen. Aber in Herzogburg, da kommt jemand Neues. Ein Top-Modell, habe schon mit ihr gesprochen."

Beruhigend wirkte das für mich nicht gerade. Mit dem Bürgermeister Fuchs fuhren wir zum besagten Grundstück und inspizierten es genau. Super. Freies Schussfeld. Keinerlei Leitungen oder sonstig hinderliches Geraffel, was eine Bebauung stören könnte. „Ich habe im Büro mal die Planungsunterlagen zusammengestellt. Fahren wir rüber und wann schätzt Ihr, haben wir was auf Papier?" „Na in den nächsten 14 Tagen. Wir gehen das gleich mit dem Büro Stürmer an.

Das sind ja ca. 10 ha. Da machen wir was Tolles. Maximal 1,5-
Geschosser. Das wird die Crème de la Crème von Lüstig. Da
erzielen wir einen Bombenpreis." Mit den neuen Unterlagen
über das Wohnprojekt Gräserstraße, so nannten wir das Bauvorhaben jetzt offiziell, flatterten wir zurück Richtung Herzogburg. Wir verabredeten uns auch für den Montag in unserem
Büro mit dem Planer Stürmer und seinem Team.

Freudig böse Überraschung

Jetzt war erst mal Wochenende. Zur Zeit war meine mir angetraute Madame wieder unausstehlich und meckerte nur noch
rum. Mit einem Bekannten, einem Fahrschullehrer, traf sie sich
regelmäßig zum Tennisspielen und zur Sauna. Danach wurde
hier und da ein Bistro oder Restaurant aufgesucht, wo man
sich gegenseitig das Leid klagte. Ein Golflehrer, ein ehemaliger US Army-General probierte, sie das Golfen zu lehren. Allerdings mit bescheidenem Erfolg. Ich hatte da nichts dagegen,
sollte sie doch machen, was ihr gut tat. Machte ich ja auch.
Ich zahlte es halt ohne groß zu fragen und fertig. Zum Bumsen
mit mir hatte sie eh keine Lust und ich lebte nach dem Motto:
Wenn du zu Hause nichts zum Essen bekommst, dann isst du
halt woanders. Der Tisch war ja reich und lecker gedeckt. Mit
dieser Einstellung ließ es sich prima leben. Wo kein Kläger, da
kein Richter. Hoffentlich klappte das mit dem Fahrschullehrer,
dann wäre ich ein nicht unerhebliches Problem los. Wäre für
uns beide die beste Lösung. Ich hatte ja Gütertrennungsver-
trag, da konnte mir wohl nicht allzu viel passieren.

Heute am Freitag wollte ich mal richtig nett sein, sie eigentlich mal wieder nett anmachen, hervögeln, wenns denn
klappen sollte, ein Bumsversuch! Kaufte extra schönen Trollingersekt und was zum Knabbern. Schlanke rote Kerzen die ich an-
zündete und das aggressive Deckenlicht ausmachte. Romantik

Verschwommen konnte ich mich erinnern, dass die letzte intime Auseiandersetzung zwischen uns ungefähr ein Jahr zurücklag.

Ihr Kommentar zu meiner Idee war lediglich der, dass sie keine Gelüste für mich mehr empfinde, und wie ich auf die abnormale Idee jetzt kommen würde, mit ihr ins Bett zu steigen. Heute sei sie eingeladen und für die Flasche Sekt bedankte sie sich und verschwand. So, jetzt hatte ich die Schnauze endgültig voll. Ich kaufte den teuren Sekt und Madame schluckte diesen mit was weiß ich wem.

Meine Freunde Conny und Thomy grillten im Garten, wie ich telefonisch von Thomy erfuhr, und so gesellte ich mich hinzu. War das mal wieder schön, in den Camouflage-Klamotten rumzuflaggen und in meinem Armeeschlafsack im Freien zu pennen. Wusste gar nicht mehr, dass ich noch grillen konnte. Beziehungsweise half ich dem jungen Jens, der schönes Grillfleisch würzte, um es später auf den Grill zu legen. Allein der Duft von Holzkohle und Grillfleisch. Besser als Jil Sander oder Hugo Boss. Bis spät des Nachts tranken wir französischen Rotwein aus dem 1,5-l-Karton, erzählten uns Storys aus unserer wilden Zeit und hörten dazu fetzige Rockmusik. Hätte ich wie früher noch lange Haare gehabt, wären diese jetzt wild in die Luft geschüttelt worden. Hangbang eben. Endlich auch mal wieder einen leckeren, fetten Marihuana-Joint, das tat gut. Ich zog dran wie ein Staubsauger und musste dann heftig husten. Hatte aber zur Folge, dass ich meinen Schlafsack aufsuchte, mich hineinkuschelte und laut schnarchte, wie mir später mitgeteilt wurde. War halt nichts mehr gewohnt.

Früh des Morgens verschwand ich sang- und klanglos und hatte die Entscheidung getroffen, mich von meiner Frau zu trennen. Sollte sie die Wohnung behalten und ich suchte mir in Dresden eine Bleibe.

Gerade als ich in Gedanken versunken die Straße einbog, in der wir wohnten, kam sie mir mit ihrem Fahrzeug entgegen. Wir hielten und ich hatte den festen Entschluss, sie zu dem klärenden und entscheidenden Gespräch zu bewegen. Sie kam mir zuvor und sagte aus dem geöffneten Autofenster zu mir schnippisch hinüber: „Damit du es weißt. Ich bin schwanger! Was ist los mit dir? Ich bin auch erschrocken. Du stinkst bis hier rüber. Dusch dich mal, wie siehst du denn aus und dann kannst du mit dem Hund Gassi gehen. Kannst ja auch mal was für mich tun. Schau nicht so bedeppert!"

Fenster zu und weg war sie. Anja musste heute arbeiten, das wusste ich. Schock. Tiefster Schock!

Was nun, sprach Zeus? Die Götter sind besoffen, der Olymp ist vollgekotzt. Genau so kam ich mir jetzt vor. Bei mir, in meinen Gedanken war nun alles durcheinander. Vielleicht war sie ja nur deshalb zu mir so nörgelig und abweisend, weil sie schwanger war. Ein Kind. Wir bekamen ein Kind! Ich würde Papa! War doch toll! Euphorisch wie ich gerade war, gelobte ich erstmal Besserung und wollte mich nun mehr um sie kümmern, so gut es eben ging. Zumindest nahm ich mir vor, sie jetzt mehrmals am Tag anzurufen und mich nach ihrem Wohlbefinden zu erkundigen. Normalerweise meldete ich mich jeden Tag einmal bei ihr, um mir ihren zynischen und oft unqualifizierten Kommentar abzuholen. Nun sollte es anders werden. Zumindest versuchen wollte ich es.

Als sie abends nach der Arbeit kam, stand auf dem Tisch in einer schönen Vase ein großer Blumenstrauß, eine neue Flasche Trollingersekt in einem Cooler, dazu zwei Sektgläser, Kerzenlicht und wir versuchten ein Gespräch, was uns auch für diesen Abend gelang.

Sie hatte in einer Zeitschrift von einer Insel Rügen gelesen. Ob ich diese kenne. Dort gäbe es ein Hotel namens „Cliff-Hotel". Da wolle sie gerne mal hin verreisen, wär doch mal was anderes als immer nur Elsass, die paar Kilometer mehr, ob ich damit einverstanden wäre. Ihre geographischen Kenntnisse waren halt nun mal nicht ganz ausgereift und ich sagte zu, informierte sie aber, dass da fast 1.000 km zu fahren seien. Sie buchte.

Neuausrichtung

Am Montag im Büro stellte Fabius mir „unsere" neue Sekretärin vor. „Schatzele komm, nimm mal brav den Finger aus dem Popo und sag dem Martin lieb Guten Tag", forderte Fabius die umherstehende Dame auf. Hochgewachsen stand sie vor mir, musste sich auf Anweisung von Fabius mehrmals drehen, wie ein dressiertes Hündchen auf ihren hochhackigen roten Schuhen ein paar Schritte gehen und wieder herkommen. Lange brünette Haare, ein hübsches Gesicht und braune Augen mit langen Augenwimpern. Schlank die Figur, aber schöne große Schoppen und ein knackiger Hintern steckte in der Jeans. Bestimmt die Top-Sekretärin. Fabius Schwester schaute auch schon ganz skeptisch und brachte uns den Kaffee. Zumindest sprach sie perfekt Englisch, so Fabius. Nachdem sie ja Model in Kalifornien gewesen war, sollte sie das ja wohl können.

Fabius' Schwester zeigte und erklärte ihr das Büro. Als der Horst Stürmer mit zwei Fachplanern hier aufgetaucht war, besprachen wir das neue BV „Wohnprojekt Gräserstraße" und Fabius zeichnete die groben Umrisse auf Papier. Da es einiges zum Kopieren gab, ging ich in den anderen Raum, wo die Amanda, so hieß die Schöne, saß. Sie telefonierte und lackierte gleichzeitig ihre Fingernägel. Ich machte mich bemerkbar und sie unterbrach ihr Telefonat kurz. „Kopieren", flüsterte ich ihr zu, da ich nicht wusste, ob das nun ein Geschäftsgespräch oder privat war. Wäre es privat, hätte ich sie ein wenig ruppig auf ihre jetzige Tätigkeit bei uns hingewiesen. „Vier Sätze brauchen wir davon und das gleich, bitte!" Mürrisch schaute sie mich an.

Fabius' Schwester verabschiedete sich zum Einkaufen.

Nach einer ganzen Weile des Wartens auf unsere Kopien schaute ich mal nach dem Rechten.

„Ich kann das nicht. Kopieren habe ich noch nicht gemacht. Mach doch das bitte selber."

„Was kannst du denn? Das Kopieren habe ich dir
gleich beigebracht. Schau: Reinlegen. Hier auf 4 drücken und
los gehts. Kapiert? Jetzt kannst du mal ein paar Takte auf der
Schreibmaschine schreiben. Ich habe hier einen Antrag für
die Gemeinde Lüstig auszufüllen. Durchlesen, ausfüllen und
uns in den Besprechungsraum bringen. Bitte!"

„Ich habe noch nie auf so einer Schreibmaschine geschrieben. Meine Fingernägel! Die habe ich doch erst lackiert,
außerdem habe ich da Angst, dass die abbrechen." Pampig
und gleichzeitig erstaunt, was ich von ihr wolle, machte sie
mich blöd an.

Nachdem ich das alles selbst erledigt und verteilt
hatte, Horst Stürmer und seine Fachleute unterhielten sich,
bat ich Fabius in die Küche, um mit ihm unter vier Augen zu
sprechen. „Fabius, das ist doch nicht dein Ernst, die Puppe
hier? Die kann ja gar nichts, außer Privatgespräche mit dem
Telefon zu führen." „Was willst du denn? Das ist ein Top-Mo-
del, ihre Aufgaben sind doch nicht kopieren und für uns zu
schreiben. Wir brauchen die für repräsentative Dinge. Schau
doch an, wie die super aussieht. Was glaubst du, was so
eine Frau uns kostet. 6.000 DM verlangt die im Monat."
„Was? Du gibst der, ohne mich auch nur zu fragen, 6.000 DM?
Die kann doch gar nichts. Bin ich nicht mit einverstanden. Für
nur mit dem Arsch zu wackeln ist das zu teuer." Ich empfand
das als rausgeschmissenes Geld. „Reg dich nicht auf. Nur
weil du Partner bist, kannst du mir noch lange nicht vor-
schreiben, was ich machen soll und was nicht. Die bleibt, und
wenn ich das selbst bezahle!" Somit war die Diskussion beendet und wir besprachen uns weiter mit den Fachplanern.
Nachdem die ihre Hausaufgaben mit heim genommen hatten,
wollte Fabius, dass ich mit ihm einen wichtigen Termin wahr-
nehme.

Erst mal ging es in eine Boutique. Wieder einmal. Fabius hatte den unersättlichen Drang, jede Woche Klamotten zu kaufen, Jacken, Hemden, Krawatten, Hosen. Als Alibi nahm er mich gerne mit, denn ob ich wollte oder nicht, ich musste mir auch was kaufen. So ganz unrecht war es mir nicht. Ich gab es zu. Nur stapelten sich mittlerweile die Klamotten zu Hause. Ich hatte bereits schon über 100 Krawatten, wie viele sollten es denn noch sein? Klar bekamen wir 25 % Rabatt, und klar konnte Fabius die Boutiquenbesitzerin in der Umkleide nageln, während ich Schmiere stand. Ich empfand es aber als übertrieben, diese Suchtkauferei. Wir hatten beide Firmenkreditkarten und Fabius mischte privat mit Geschäft fleißig durcheinander, zum Schrecken unseres Steuerbüros. Nun aber zu dem vermeintlich wichtigen Termin. In Stuttgart. Bahnhofsgegend. Rückseite. Düstere Gegend.

„Da ist es. Für uns habe ich diese Wohnung gekauft. Dort oben. Komm, ich hab den Schlüssel. Gehen wir mal rauf. Blablagür kommt auch gleich."

In einen hässlichen, mehrstöckigen, heruntergekommenen Wohnblock führte mich Fabius. „Was soll das denn? Das Gebäude hat wohl nicht gerade den Architekturpreis erhalten?", erstaunte ich mich, während wir uns die schmuddeligen Treppen hinauf wagten. „Jetzt sei doch nicht immer gleich so pessimistisch. Schau mal." Wir betraten die Wohnung. Sie war ausgeräumt. „Wir machen hier einen Puff rein. Endlich eigene Nutten. Blablagür soll das mit seinen Ungarn umbauen und zack, haben wir unseren eigenen Puff. Umsonst bumsen, soviel du kannst. Genehmigung habe ich schon erfragt. So denke ich an dich!" Voller Freude teilte er mir das mit.

„Von den Projektgeldern aus Dresden bauen wir einen Puff. Na sauber. Wenn das der Bürgermeister Fuchs wüsste. Der schneidet uns eigenhändig den Schwanz ab.

Na ja, ich bin ehrlich. Ein Bordell habe ich auch noch nicht gehabt." Dabei musste ich lachen.

Qualitätshandwerker Butta Blablagür war eingetroffen und Fabius rannte mit ihm im Schnelllauf durch die Wohnung. Hier die Bar, dort Whirlpool, Sauna, Lümmelwiese da, Umkleide hier und so weiter. Spiegel an die Wand, an die Decke. Leuchter hier, Leuchter da. Blablagür blieb da und machte Aufmaß.

Fabius mit mir weiter. Nächste Überraschung, so er.

An einem amerikanischen Autohaus empfing uns, na wer wohl, Luigi Kanone. Beschen Panamahut auf, fette Sonnenbrille, braungebrannt im Hawaiilook. „Da steht das Baby. Direkt aus den USA." Eine schwarze Stretchlimousine stand da. Ein neuer Cadillac. Ich schüttelte nur noch den Kopf. Luigi machte die Motorhaube auf. Alles blitzblank. Viel Chrom blinkte uns an. Im Wagen selber weißes Leder, Plüsch und TV, Video, Fax, Kühlschrank, ein fahrendes Bordell. Kann denn das jemandem gefallen? Geschmäcker sind halt verschieden. „Luigi, was soll die amerikanische Freiheit denn kosten?", fragte ich vorsichtig. „So, wie die da steht, Bigblock, ultimative 8 Megaliter Hubraum, 480 Pferdchen, mit der türkisgrünen Lederausstattung, modernstes Autotelefon, Faxgerät, einschließlich silbernem Cooler und Magnumflasche Champagner, lasche 180 fette Riesen. Einzelanfertigung versteht sich von selbst. Handarbeit. Hat Fabius aber schon bezahlt!" Dabei prostete Luigi mir mit einem Caipirinha zu.

Ich musste mich setzen. Fabius merkte mir an, dass das wohl ein bisschen heavy für mich war.

„Eh, den anderen habe ich schon dem dicken Schreinermeister verkauft. Einen guten Preis habe ich da bekommen. Der war ja noch wie neu. Mit dem Wagen sind wir absolut die Größten. Wir brauchen dringend Ausgaben. Wir zahlen uns sonst dumm und dämlich an das Finanzamt. Wir haben doch kein Geld zu verschenken. Oder? Im Übrigen musst du dir auch einen neuen Wagen kaufen, denn deinen Geländewagen brauchen wir in Dresden. Hallo, hast du verstanden?"

Er riss mich aus meinen Gedanken. Mit dem Stretchcadillac, er mit Luigi Kanone voraus, ich hinterher in meinem bescheidenen Geländewagen, gings zur Metzgerei Lösch. Neben diesem Riesenmonster parkte ich, mein Geländewagen war gut und gerne 2 m kürzer. Ich hörte in dem Cadillac nur ein wüstes Gefluche und öffnete die Türe. Luigi und Fabius hatten wohl das Faxgerät ausprobieren wollen und es rollte sich komplett auf. Die ganzen 6 m Faxpapier im Wagen. Man sah im Wagen nur noch Papier. Dann sah man zappelnde Füße, die hinaus ins Freie wollten. Wütend riss Fabius das Papier aus dem Wagen und stampfte es in den Asphalt. Luigi Kanone sah nicht gerade glücklich aus, wurde mit Reinigungsarbeiten beauftragt und schaffte das Papier weg. Ich kaufte mir auch ein neues Fahrzeug. Einen Geländewagen. Aber diesmal einen komfortableren und schnelleren. Einen Toyota Pathfinder. Alles in braunem Leder. Stolz zeigte ich Fabius den Wagen. Der aber. „Schon wieder ein Panzer. Lerne doch mal, dass wir zu den Top-Geschäftsleuten jetzt gehören. Da kannst du doch nicht mit so einem Wagen, einer Blechkiste daherkommen! Wenn das wenigstens ein Daimler wäre, aber so was passt nicht zu uns." Unter Kopfschütteln und Abwinken wandte er sich ab und ging. Konnte er doch quatschen, wie er wollte, ich fand das Gefährt gut. Es ging nach Hause, um mit meiner Frau eine Tour zu unternehmen.

David gegen Goliath

„Ha, heute zeigen wir mal dem Alfred Dobermann mit seinen geschniegelten Mannen, wo der Bartel den Most holt", schrie mich Fabius im knatternden Hubschrauber an.

Fabius wollte, um Stärke zu demonstrieren mit dem Heli in München landen. Dobermann wollte uns dann am Flughafen abholen. So flatterten wir Richtung München, mussten aber vorher auf einem Agrarflugplatz landen, da uns dichter Nebel dazu zwang.

Das Büro von Dobermann konnte Fabius telefonisch informieren und so warteten wir wie die begossenen Pudel an einem Imbiss auf einer Holzbank bei einem frischen Weizenbier auf unsere Abholung.

Über die holprige Wiese bewegte sich auch bald ein Fahrzeug in unsere Richtung. Ein blauer Golf Diesel älterer Baureihe qualmte uns da entgegen.

„Ja wie, was ist das denn, wollen die uns verarschen?", empörte sich Fabius über das wohl seiner Meinung nach unangemessene Weiterbeförderungsgefährt.

Eine mollige, kleinere, ältere Dame stieg langsam unter Kopfschütteln aus dem Wagen und mit bayrischem Akzent: „Seid ihr die Stoff & Kollegen. Kommens, ich bin die Frau Bratzel, die persönliche Sekretärin von Herrn Dobermann. Ich soll sie abholen. Mit meinen Wagen müsst ihr da schon vorlieb nehmen. Mit den Großen von den Managern fahr i net. Wärts halt mit dem Auto oder dem Zug hergekommen, dann wärts schon seit nem ganzen Weilchen da. Aber ihr Geschäftsleut. Immer was Spinnendes muss es ja sein. Mit nem Helikopter. Na sauber. I weis net, wo das noch hinführen wird." Diese Predigt mussten wir nun mal erdulden.

Den Janusch ließen wir bei der Maschine und wir zwängten uns, Fabius unter Fluchen, in den Kleinwagen.

Das Firmenkonsortium um den Alfred Dobermann war von der Innenstadt Münchens in einen Außenbezirk umgezogen. Ein riesiger mehrstöckiger Glaspalast war es, in den wir hineingeführt wurden.

Nur ungern ließ sich Fabius eine Besucherkarte an die Anzugsjacke heften. „Vorschrift!", so der knappe Kommentar des Security-Mannes und über ein Drehkreuz gelangten wir zu dem Aufzug, welcher uns in den 6. Stock brachte.

In einem großen Besprechungsraum waren allerlei Leute versammelt und nach dem Begrüßungsabgetatsche nahmen wir Platz.

Nachdem wir den schönen Kommunalkredit bekommen hatten, konnten wir recht locker diesen hechelnden Geiern entgegentreten. Ein Herr Vierer, er sah aus wie ein sprechender Totenschädel, eröffnete auch gleich ohne große Floskeln mit energisch lauten Worten: „Meine Herren Stoff und Stengele. Wir haben uns besprochen und wir wissen, dass Ihnen das Wasser bis zum Hals steht. Ihnen laufen die Kosten für die Erschließungsmaßnahmen davon. Ist doch so. Wir müssen aber darauf drängen, dass es zu keinerlei Verzögerungen kommen darf. Auch wir haben gegenüber unseren zukünftigen Käufern Verpflichtungen, die wir einhalten müssen. Sie verstehen? Eine Zahlung unsererseits an sie kann, wie sie sicherlich wissen, erst bei AV erfolgen." Seine Stimme wurde ruhiger, fast freundlich. „Seien wir doch ehrlich miteinander. Wir sind doch ehrliche Leut. Das ist doch eine Nummer zu groß für sie beide. Lassen sie uns das machen. Sie steigen aus dem Projekt aus und bekommen eine super, großzügige Abfindung für ihre Vorleistungen. Wir sind doch keine Unmenschen und werden uns da schon einig.

Die Frau Bratzel hat auch schon einen schönen Scheck vorbereitet."

Siegessicher machte er uns diese schmalzige Offerte.

Alle gierige Dobermannen schauten uns mitleidig wie umherirrende Heimatlose an.

Fabius entgegnete ruhig: „Danke erst mal für diese einfühlsamen Worte und den Scheck nehmen wir selbstverständlich gerne entgegen. Ist doch klar, dass es so für uns einfacher, bequemer wird. Wir können dann endlich faul unseren fetten Ranzen im Süden am Strand in die Sonne stre-

cken. Ja, ja. Einigen wir uns doch auf eine vernünftige Summe
meine Herren." Fabius und ich hatten uns schon zurechtge-
legt, welche Variante wir da vortragen würden.

„Wir wussten, dass wir uns schnell mit ihnen einigen
würden. Sie haben sich den verdienten Strandurlaub redlich
verdient. Ihr seid doch vernünftige Leut!", so ganz der selbst-
sichere und scheinbar zufriedene Alfred Dobermann. „Was
für einen Betrag stellen sie sich denn vor, werter Herr Stoff,
Herr Stengele?" Dabei hauchte er seine Lesebrille an, um diese mit einem weißen Tuch zu reinigen und schaute uns erwartungsvoll mit gekreuzten Beinen an.

Als ob wir die Besiegten seien, welche im Staub nach
den oben gerichteten Daumen winselten, so schauten uns
auf einmal glupschig und hechelnd nach Triumpf die Mannen
des Dobermann an. „Na die haben wir sauber in die Pfanne
gehauen. In den Arsch gefickt, die zwei Trottel."

Man konnte ihre verwerflichen, zynischen Gedanken
förmlich lesen oder insgeheim hören. „Um die 30 Millionen,
welche uns zustehen, oder Fabius?", so ich dreist und schaute den schmunzelnden Fabius an. „Kann aber auch gern ein
bisschen mehr sein, meine Herren. Ihr seid doch solvent."

Dem Totenschädel Vierer platze der Kragen: „Infam!
Eine Unverschämtheit. Wir werden dafür sorgen, dass ihr da
rausprozessiert werdet. Wir machen euch ein großzügiges
Angebot, damit ihr aus dem Dreck, den ihr euch da einge-
brockt habt, rauskommt und sie sind nur noch arrogant, un-
verschämt und frech." Er erhob sich von seinem Platz, drohte
mit dem Zeigefinger und gefährlich leise gings dann weiter:
„Wir können auch ganz anders mit euch verfahren!" Alfred
Dobermann schaute nur interessiert zu.

„Meine Herren, werter Herr Dobermann. In aller Ruhe
und Deutlichkeit, bitte, bitte. Wir brauchen sie nicht. Wirklich
nicht, oder ‚neet', wie sie in Bayern zu sagen pflegen. Geld haben wir genug, um die Erschließungsmaßnahme fristgerecht

der Gemeinde zu übergeben. Wir machen ihnen jetzt mal zur Abwechslung ein Angebot. Wir nehmen die Grundstücke zurück. Alle! Sogar die Notarkosten bezahlen wir anstandslos. Wirklich, wir haben genügend Käufer hierfür. Was halten sie denn davon? Wie sie wissen, haben wir ein Rücktrittsrecht im Vertrag vereinbart, welches besagt, dass die Gemeinde mit dem vorgeschlagenen Investor, also Ihnen, meine Herren, einverstanden sein muss. Diese Zusage möchten wir doch gerne mal sehen." Gemurmel. Allesamt unsicher. Der Herr Vierer mit seinem hochroten Kopf wollte wieder losproleten, doch diesmal ergriff Alfred Dobermann mal selbst das Wort: „Meine Herren, lassen sie mich mit Herrn Stoff und Herrn Stengele bitte alleine und Herr Vierer, sagen sie meiner Bratzel, sie soll die Weißwürstel und die Brez'n reinbringen. War doch so versprochen. Ein schönes Weißbier gefällig?" Freundlich auf einmal. Die Bude leerte sich und der Herr Dobermann weiter: „Die jungen Manager sind halt ein wenig ungestüm. Jetzt sagts mal, wie habt ihr das denn wieder geschafft?" Bei einem lustigen Weißbier und dem Vesper erzählten wir, dass man eben neben einer vermeintlich kleinen harmlosen Floskel im Vertrag noch einen guten Bürgermeister brauche und eine mutige Kommunalaufsicht, dann klappte das auch. Nicht nur gemanagte Intelligenz, sonder einfach Mut und unkomplizierte Offenheit. Die hatte auch ihre Wirkung.

Im Grunde genommen hatten wir Dobermann mit seinen eigenen Waffen geschlagen. Die Vertragsklausel hatten seine Jungs schlichtweg verpennt und die Zusage von der Gemeinde nicht abverlangt. Hätte auch kein normaler Mensch gedacht, dass sich eine Gemeinde auf einmal gegen so einen großen Investor quer stellte.

In der Branche war bekannt, dass er wieder liquide war. Aufgrund der protokollierten 30 Millionen DM war das für die Genehmigung letztendlich Sicherheit genug, uns den Kommunalkredit für zwei Jahre zu gewähren.

Huhn in Rotwein

Natürlich mussten wir unser Gespräch gleich dem Bürgermeister Fuchs kundtun und Fabius schraubte mit Luigi Kanone durch die Lüfte Richtung Lüstig. Ich fuhr mit dem treuen Landcruiser, welcher nunmehr in Dresden bleiben sollte. Auf der Autobahn vernahm ich das Knattern eines Hubschraubers und schaute schräg nach oben.

Wie die Kinder, dachte ich.

Fabius und Janusch erkannte ich in knapp ca. 20 m Höhe versetzt neben mir. Fabius winkte mir mit einem Glas Schampunelli zu, der Heli neigte sich nach rechts, von der Autobahn weg und fort waren sie.

Ich kam spät am Mittag an.

Die drei saßen bereits im Büro und droschen einen Skat. Ich begrüßte Rosie und schenkte mir von dem Wein ein, welcher auf dem Vespertisch stand.

Die Tür ging auf und ein untersetzter Mann mit längerem, blondem Haar und blauem Pullover trat ein und stellte sich mit Rettich vor. Er hieße Jens Rettich und dem „Hei, ei her, her" nach konnte er nur aus der Richtung Heidelberg, Mannheim kommen. Auf Empfehlung der Danuta vom Landratsamt käme er und wolle mit Herrn Stoff oder Herrn Stengele sprechen. Fabius qualmend und mit Kartenspielen beschäftigt, meinte, ich sollte das machen. So setzte ich mich mit diesem Herren an den Tisch und fragte, was er denn wolle.

Ein großes Gewerbegebiet wollte er bauen und den Bürgermeister samt Gemeinderat hätte er mittlerweile erfolgreich überzeugen können, dass das eine vernünftige Sache wäre. Ob wir Interesse hätten, da mitzumachen.

Erst mal ja, meinte ich und er sollte halt mal mit dem Bürgermeister und mir oder Fabius einen Termin vereinbaren. Diese Woche wäre O. K. So verabschiedete ich ihn und schaute den dreien beim Skat zu. Ich selbst konnte keinen Skat spielen.

Am anderen Tag früh des Morgens rief mich Herr Rettich an, ob es möglich sei, heute einen Termin wahrzunehmen. Er würde uns auch abholen und dann könnten wir zusammen dorthin fahren, um mit dem Bürgermeister zu sprechen. Fabius lag trunken im Bett und wollte von alldem nichts wissen. Der Badenser wär doch eh bloß ein Bittsteller und Schwätzer, war sein abfälliger Kommentar. Ich solle alleine mit dem „Ei her her" das anschauen.

Den Heli bräuchte er aber heute, da er einen Termin mit ner super Schnecke hätte. War für mich kein Problem.

Ich ließ mich von Herrn Rettich chauffieren. Er hatte einen kleinen Citroen. Eine blaue Ente mit Faltdach. War ganz geckig, mit der rumzuwatscheln. Fabius wäre glatt in Ohnmacht geflogen, hätte man ihm vorgeschlagen, da mitzufahren.

So ging es gemütlich in Richtung Zwickau.

Nachdem wir im Rathaus gebührend vom Bürgermeister, stellvertretendem Bürgermeister und einem externen Berater empfangen worden waren, konnte ich mir einen positiven Eindruck von der Einstellung der Gemeindevertreter und dem großen Grundstück von ca. 50 ha verschaffen. Weiter zugute kam, dass eine vierspurige Schnellbahn schon im Bau war und direkt an dem besagten Gebiet vorbeigeführt wurde. Ein großer Automobilkonzern baute einen Steinwurf entfernt weg seine neue Produktionsfertigung. Erstklassig. Den Herren musste ich ein gebührendes Lob aussprechen. Es sprach alles für das Gebiet, was ich auch dem Fabius spät mittags noch sagen konnte.

Abends hatten wir noch ein wichtiges Geschäftsessen mit Bürgermeister Hecht. Fabius gings gar nicht gut und so nahm ich Rosie mit.

Bürgermeister Hecht kannte unsere Rosie bereits und beim Telefonieren zwitscherten beide wie die Schwalben

miteinander. Bestimmt kein Fehler, war meine Meinung und
so ging es in ein recht gut laufendes Restaurant. Es war integriert in einem alten, umgebauten und toll restaurierten
Gehöft. Die Inneneinrichtung mit viel Geschick, doch rustikal gehalten und mit viel Liebe zum Detail auf Vordermann
gebracht. Eine reichhaltige Weinauswahl. Viel teures Kristall
und Porzellan. Einen Tisch hatte Rosie reserviert. Wir setzten
uns schon und schauten uns die in braunes Leder gebundene Karte mal genauer an. Feine elsässische und sächsische
Küche. Auserlesene Weine aus Baden-Württemberg, hört,
hört, und eine nicht zu verachtende französische Auswahl
des edlen Rebensaftes ließen mein Herz höher schlagen. Als
ich mich so hineinvertiefte, klang es: „Hallo, Herr Stengele,
und die Frau Rosie auch da. Was für eine Freude", an mein
Ohr. „Ah, Bürgermeister Hecht. Setzen sie sich bitte, setzen
sie sich." Ich bot ihm einen Platz an. „Eine feine Gaststube ist
das, ich war noch nie herinnen. Leckeres Essen, da ist ja viel
französisch dabei. Entre...cote ... oder so ähnlich, was ist das
alles? Die Preise, neeh. Das kann man sich als kleiner Bürgermeister nicht leisten." „Herr Bürgermeister. Wissen sie was,
ich bestell uns mal eine Runde zum Schlappern und dann was
Feines zum Futtern, O.K?" So was ist für mich ein Heimspiel,
zumal meine Frau und ich des Öfteren ins Elsass zu Schlemmen fuhren. Eine Runde Kir-Royal mit Crémant wurde uns
gebracht und wir ließen uns hochleben. Dann orderte ich
Entenleberpastete in Weingelee, dazu einen mit Zuckerpuder
überzogenen Gugelhupf und eine Muskateller-Auslese. „Das
schmeckt mir vielleicht. Der Frau Rosie doch auch. Nicht wahr
Frau Rosie? Zum Wohl. Hier muss ich noch ein Gläschen davon
haben. Mensch, Herr Stengele, ist das lecker." Bürgermeister
Hecht, ein wuscheliger Rotschopf mit einem ebenso wusche-
ligen roten Vollbart – die meisten Bürgermeister, die ich hier
im Osten kannte, hatten kurioserweise einen Vollbart, im Gegensatz zu ihren Westkollegen –, dazu recht beleibt, mampfte

und schmatzte die Pastete und den süßen Gugelhupf in sich hinein. Von dem 14,5 %igen Muskateller schlapperten die beide ruckzuck das Fläschchen leer. Ein Gläschen blieb mir.

„So Kinder. Jetzt kommt der nächste Gang. Coq au Vin. Dazu einen hervorragenden Pinot Noir, meine Dame, mein lieber Bürgermeister", schwärmte ich. „An was? ... Coq ... was Noir?", amüsierte sich der Bürgermeister über mein kulinarisches, in seinen Ohren abgehobenes Gehabe und Rosie musste kichern. „Zu gut Deutsch: Huhn in Rotwein und dazu Rotwein. Prost Bürgermeister, Prost Rosie." „Prost Gemeinde und ich bin für euch der Gustav." Ah, der Wein verfehlte nicht seine Wirkung. Ein stattliches Federvieh brachte die emsige Bedienung in einem tönernen Römer. Und wie das duftete! Der Knoblauch, die Möhren, Zwiebeln und Thymian. Ein Gedicht.

Gustav und Rosie tuschelten über entfernte Urlaubsziele. Ich schaute nochmals in die Karte, als der Bürgermeister aufstand, leicht schwankend, mit dem halbvollen Weinglas in der Hand. „Die Rosie lade ich ein, mit mir nach Kanada zu fliegen." Ein „Hicks" unterbrach seinen akustischen Erguss. „Im offenen Mercedes SL winken uns die kanadischen Massen dann zu. Ich stehend im Mercedes, Paradeuniform und die Hand zum germanischen Gruße erhoben. Die Rosie ganz in weiß, vor mir sitzend. Ein Chauffeur. Ja, so bereisen wir Kanada, Toronto.

Auf den Lippen ein lustiges Wessellied oder ..." Jetzt wurde es peinlich. „Schwarzbraun ist die Haselnuss ..", schmetterte er in die Runde und was machte Rosie? Ich entsetzt. Lautstark sang sie mit. Dann die ganze Palette. „Bomben auf Engeland", „Wessellieder", „Westerwald" und „Infanterie marschiert". Beide Arm in Arm stehend schunkelnd. Dinge, welche ich nur vom Hörensagen kannte. Aber keinen Text. Irgendwie hatte ich Gefallen daran, irgendwie war es ungezogen. Bei uns machte man so was nicht. Was waren denn das für Auswüchse. Ich bereute schon die Runde Marc de Gewürztraminer, welche ich bestellt hatte. Denen beiden gefiel das offensichtlich ganz gut. Na, eigentlich wollte ich, dass Rosie mit dem Wagen zurück nach Dresden fuhr, jetzt war die genauso angesoffen wie der Bürgermeister.

„Martin, na das sind Lieder, wie in alten Zeiten, als die Welt noch in Ordnung war. Bei den roten Socken durften wir das nicht, aber jetzt legen wir erst richtig los, nicht wahr meine Eva. Rosie ist meine Eva Braun." Schmatz, gab er ihr ein Küsschen auf die Wange. Eva, nein Rosie ganz im Glück. „Auf nach Kanada, mein Führer!" , zwitscherte sie und trank den fruchtigen Schnaps mit dem Bürgermeister in einem Zuge aus. Die Bedienung kam und mahnte diskret, aber nett, zur Mäßigung. Ich unterstützte sie und die beiden Abgehobenen landeten wieder auf ihren weichen Stühlen.

„Gustav, nur eins geschwind. Nächste Woche, der Termin bei unserem Anwalt, der klappt doch, oder?"

„Klar doch und mein Stellvertreter, der kommt auch mit, dann erobern wir die Welt. Sieg ...", das „heil" konnte er gerade noch verschweigen.

Freundlich, aber freudig wurden wir verabschiedet.

Da ich mich mit den alkoholischen Genüssen wohlweislich zurückgehalten hatte, brachte ich erst den Gustav heim.

Mit einem großgermanischen Spruch empfahl er sich und wir lieferten ihn bei seiner Frau und seinen sieben Kindern ab.

Rosie drehte mir den Rücken zu, ein langes, genüssliches und pfeifendes Pfurzen noch und sie schlief den Schlaf des Gerechten.

Mehrfrontenkrieg

Morgens im Büro besprach ich mit Fabius die augenblickliche Lage. Wir hatten momentan unser Erschließungsgebiet in Lüstig laufen. Das Wohnprojekt Gräserstraße lief in der Planungsphase. In der folgenden Woche wollten wir mit Bürgermeister Hecht und seinem Stellvertreter beim Consigliore den Erschließungsvertrag unterzeichnen. Das Projekt mit dem Rettich hörte sich auch ganz gut an. Es hatten sich noch drei Gemeinden bei uns gemeldet, welche unbedingt mit uns einen Termin wünschten. „Fabius, das Ganze nimmt eine Dimension an, da müssen wir was tun. Wir haben nur zwei Schreibmaschinen. Eine hier und eine im Büro Herzogburg. Wir bewegen Gelder in Millionenhöhe. Ich blick da bald nicht mehr durch. Wir müssen uns dringend eine vernünftige PC-Geschichte anschaffen. Normalerweise brauchen wir auch noch einen Wirtschaftsspezialisten oder einen Kaufmann, welcher die Finanzen ordentlich erledigen kann."

„Martin, rede doch nicht so einen Müll daher. Mir kommt da kein Erbsenzähler her. Was glaubst du denn, wie der uns auf die Finger schaut? Wir beide machen das selber. Finanzen. Überblick. Schau her."

Fabius nahm ein DIN A4 Blatt raus und zeichnete horizontale und vertikale Striche darauf.

„ So hier, Projekt 1, Erschließungsgebiet Lüstig mit 45 ha. Projekt 2, Gräserstraße mit 10 ha.

Projekt 3, Erschließungsgebiet BM Hecht mit sagen wir 45 ha. Projekt 4 von dem ‚Ei her her'-Rettich, dem Pfuscher, vielleicht 45 ha. Dann picken wir noch die eine oder andere Gemeinde raus, mit vielleicht insgesamt 100 ha. Mehr machen wir nicht. Sind zusammen 245 ha, runden wir auf, auf 250 ha.

Kann man besser rechnen. Jetzt multiplizieren wir das mit sagen wir mal im Mittel mit 150 DM. Siehst ja, wie wir ver-

kaufen. Dann sind das, so jetzt langt nicht mal der Taschen-
rechner aus, weil das so viele Zahlen sind.

Junge, das sind 375 Millionen DM. Lass uns da nur
25 % daran verdienen. Nach Abzug von allem. Dann bleiben
immer noch um die 90 Millionen übrig. Wenn das nicht langt.
Siehst du, auf einem DIN-A4-Blatt rechne ich das. Mehr brauche ich da nicht."

„Eigentlich bin ich zufrieden, wenn das mit Lüstig
klappt. Dann müssen wir uns schleunigst sputen, dass das
mit dem Rettich und mit dem Bürgermeister Hecht hinhaut.
Irgendwann läuft sich das tot. Nicht dass wir mitten in den Erschließungsmaßnahmen stecken bleiben und niemand kauft
mehr. Jetzt läuft das zwar ganz locker, gebe ich zu. Aber warten wir noch mal ein halbes oder ein Jahr ab. Züblin baut auf
der anderen Seite von Dresden ein großes Gebiet. Bilfinger &
Berger an der Autobahn. Walterbau Richtung Berlin und Wolff
& Müller hat die Dresdner Tief- und Straßenbau geschluckt.
Die sind doch alle nicht blöd. Es tut sich was. Wenigstens erst
mal eine vernünftige PC-Anlage. Ich krieg das sonst nicht ordentlich auf die Reihe. Was glaubst du denn, was das für eine
Arbeit erfordert, alleine die Verträge mit Lüstig zu verwalten
und zu kontrollieren. Das sind fette Millionenbeträge. Die
Abschlagszahlungen zu überwachen. Der Rechnungsein- und
-ausgang muss doch sauber koordiniert werden. Nicht immer
zentnerweise die Pilotenkoffer füllen und mit dem Heli spazieren fliegen. Allein wenn wir sauber skontieren würden mit
3 %. Bei den Summen. Bei einer Million sind das 30.000 DM.
Wir hingegen bekommen Mahnungen, obwohl wir auf dem
Girokonto im Moment 5 Millionen Mäuse rumfahren haben.
Stell dir das mal vor. Auf dem Girokonto. Die Dame von der
Bank rief an und fragte mich höflich, aber ein wenig verdat-
tert, ob wir nicht was anlegen wollen. Es entspreche nicht gerade wirtschaftlichem Denken, dass auf dem Girokonto das
Geld sich langweilte." Mir platzte so langsam der Kragen,

wenn ich weiter auf sein Blatt Papier schaute, was er nun liebevoll zusammenfaltete.

„Ein blöder Schrubber ist das. Ich brauche Bewegungsgeld auf dem Girokonto. Merkst du denn nicht, dass die alle uns reinsprechen wollen. Die beschneiden uns. Unser Geld, die wollen unsere sauer verdiente Kohle. Kommt gar nicht in Frage. Gut, das mit dem Computer. Wie schreibt man denn Computer überhaupt? Gombuter? Oder so ähnlich. Mist da. Mach halt, ich geh aber an den nicht ran. Das sage ich dir gleich." Fabius machte sich über den PC lustig.

Bevor wir jetzt einen Mehrfrontenkrieg begannen, sollten wir abwägen, ob der Schuss nicht nach hinten losging.

Doch wir hatten erst mal Hunger. Mit dem Luigi Kanone trafen wir uns zum Mittagessen in der Post-Cantz. Saure Nierle in Himbeeressigsauce, dazu Rösti und einen tollen Grauburgunder. Der kulinarische Hammer!

Bordelli

Bürgermeister Gustav Hecht mit seinem Stellvertreter Hans Ernst wurden am Flughafen Stuttgart vom Fabius und mir in der Cadillac-Stretchlimousine abgeholt. Fühlte mich nicht sonderlich wohl mit diesem exotischen Gefährt.

Ich stieg aus und die beiden kamen mir schon winkend entgegen. Was machte der Bürgermeister denn da?

Die Hacken zusammenschlagend und die rechte Hand ausgestreckt zum imperialistischen Gruß: „Panzergeneral Guderian. Dein Führer begrüßt dich!"

Nein, bloß nicht das hier, wie die Leute kopfschüttelnd uns anschauten. So kam der Bürgermeister mit seinem Stellvertreter aus der Flugabfertigung. Schnell nahm ich seine Hand runter, schüttelte kräftig daran und gab dem Hans Ernst den Begrüßungspatsch.

„Eh Gustav, mein lieber Führer", bückend und leise ich, „net so laut, wir sind hier in Stuttgart, der MOSSAD ist doch überall." Flüsternd witzelte ich und bereute es im gleichen Moment schon wieder. „Sind hier etwa Juden?" Zornig, laut sprechend blickte er in die Runde, als ob er welche erkennen könnte.

Gott sei Dank hatten wir den Wagen von Fabius erreicht. Fabius wartete drin und qualmte an seiner Lulle.

„So geht das mit dem Bürgermeister schon die ganze Zeit im Flugzeug. Unglaublich! Gell Gustav", schimpfte sein Stellvertreter Ernst. „Ja, haben die leckeren Rotwein. So ganz kleine Fläschchen. Da habe ich gleich vier davon schnell weggetrunken. Alles umsonst. Und die sind alle so freundlich." Bürgermeister Hecht gefiel Fabius' Fahrzeug, wen wunderts.

Hans Ernst blieb ernst und kramte in seinem Aktenkoffer.

„Sag mal Martin, wenn ihr mit so einem Schlitten rumfahrt, gibts auch willige Weiber zum Poppen hier?" Neugierig fragte der Gustav. „Nach der Notarprotokollierung, da machen wir was Nettes. Aber lasst uns erst mal zum Consigliore. Du weißt doch: Erst die Arbeit, dann das Vergnügen."

„Ihr habt hier viel mehr Kanaken und Bimbos als bei uns, ist mir aufgefallen. Diese Ausländer sind unser Untergang", schimpfte Bürgermeister Hecht, als wir ein paar dunkelhäutige Ausländer über den Zebrastreifen huschen ließen.

„Du Bürgermeister, ich war mit dem Fabius neulich beim Aldi hier in Stuttgart einkaufen und da standen wir an der Kasse in einer Schlange. Vor uns ein Sachse, der fluchte tüchtig: ‚Nu, jetzt haben wir jahrelang in der Schlange im Osten gestanden, und jetzt das hier, wieder Schlange stehen, das geht nu gar nicht, nu, nu.' Da drehte sich ein Türk zu dem Sachsen um: ‚Wir euch nix gerufen!' Na siehst Du, wie das mit den Ausländern so ist. Kommt auf die Betrachtungsweise an."

„Soll wohl ein schlecht gemeinter Witz sein, oder?", brummte der Bürgermeister zu mir.

Während der Fahrt genehmigten wir uns ein kleines Gläschen ‚Witwe' aus der Bordbar zur Einstimmung.

Notar Marder und der Consigliore hatten wie immer alles perfekt vorbereitet und den Bürgermeister Hecht interessierten mehr das Stuttgarter Hofbräu und die hübschen Sekretärinnen des Consigliore als der Inhalt der millionenschwere Verträge. So hatten wir die Sache einschließlich Vorlesen und Protokollierung in gerade mal erfrischenden 10 Minuten erledigt. Auftrag der Gemeinde über ein Gebiet von 45 ha analog wie Lüstig.

Der Consigliore und Bürgermeister Hecht waren sich gleich sympathisch und sprachen nur noch in der vulgären Schweinchensprache.

Am Schluss fragte der Consigliore im Stehen noch den Bürgermeister, nachdem wir eine Flasche ‚Witwe' intus hatten und alle per du miteinander waren: „Geht ihr jetzt schön brav ficken, mein lieber Gustav?" Funkelnde Augen und ein gerundetes, langgezogenes und genüssliches: „Jaaa! Mir ist eine Überraschung versprochen worden, gell Martin?", kam da erwartungsvoll vom Gustav.

„Mein Guter, erst mal 'ne Kleinigkeit essen", antwortete ich. Dann ging es in die ‚Mensa'. Consigliore und Notar Mader brauchten wir nicht lange zu überreden. Wir platzierten uns bei dem tollen Wetter auf der Terrasse. Während wir die bekannten Lammkoteletts mit Knoblauch und Tomatensauce nagten, tauchte ein Bekannter von Fabius auf, den ich schon des Öfteren zu Gesicht bekommen hatte.

Markus, so sein Name. Er sah aus wie ein unter Höhensonne gebräunter Schönling, Marke Skilehrer. Viel Goldkettchen und bei dieser Art von Spezies durfte der begehrte

Cartierpanther um den Hals nicht fehlen. Dieser Mensch war trotzdem sympathisch, lachte viel, gern und über fast alles. Zudem war er Fabius' Zuträger für alle möglichen irdischen, legalen und illegalen Sauereien. In dem Fall hatte er in unser bereits fertiggestelltes Bordellini das lüsterne Fleisch der horizontalen Zunft integriert. Fabius und ich hatten jetzt einen eigenen Puff, den wir liebevoll Bordellini nannten. Eine rustikal geschminkte Chefin älteren Semesters mit lila Stola und meistens drei bis vier attraktive Mädchen. Sehr hübsch und für das Besondere eine Transe mit tiefer Stimme und Schuhgröße 46. Fabius: „Gustav, geh mal mit dem Markus mit, der fährt dich eben zum ‚hoppe hoppe Reiter', Überraschung . Hans, du kommst später dran, wenn du möchtest."

„Au, toll. Auf gehts. Marsch, Marsch Kameraden, Marsch, Marsch Kameraden, wir wollen einen heben, Marsch, Marsch, Marsch." Gustav ganz in eregierender Freude. Im offenen, röhrenden, knallroten Ferrari wurde der Bürgermeister einer konservativen Gemeinde nach Vertragsabschluss ins Bordell zum Vögeln gefahren. Stilvoll eben. „Die Damen werden natürlich von uns gesponsert. Sponsorno, sponsorno." Gönnerhaft Fabius.

Hans Ernst war eigentlich gar nicht ernst. Obwohl er keinen Tropfen Alkohol trank, taute er nach und nach auf und erzählte lustig von seiner Vergangenheit. Jahrelang zog er mit freilebenden Schafen umher und war Schafhirt bis kurz vor der Wende. Im totalitären Sozialismus sah er keine berufliche Zukunft. Da wollte er lieber was Sinnvolles tun. Schafhirte. Nach der Wende sah er seine Chance gekommen. Ein Neuanfang. Dann engagierte er sich sehr für die Gemeinde. Den Bürgermeister Hecht lernte er kennen und dieser machte ihn dann zu seinem fleißigen Stellvertreter.

Mich kannten beide ja schon von meiner verpatzten Geländefahrt mit den Bürgermeistern. Nicht nur er lachte, als Ernst die Story erzählte, wie ich mich mit meinem feinen Anzug, sockig durch den Schlamm schleppte, um Hilfe zu holen, weil mein Geländewagen im stinkigen Morast stecken geblieben war. Ab sofort nannten wir ihn Lucky Hans. Er konnte den anfangs misstrauischen Bürgermeister Hecht überzeugen, dass wir die richtigen Partner waren und er versprach sich natürlich auch einen kleinen Vorteil. Ein Batzen Geld wäre nicht schlecht. Bürgermeister Hecht wollte keine Kohle annehmen. Der wollte nur Bumsen. Geld hatte er anscheinend genug. So plapperten und tranken wir vor uns hin, als ein kerniger 8-Zylinder zu vernehmen war und anbrauste. Keuchend und stampfend kam das Pummelchen Gustav die Treppen hinauf. Gleich zu mir hechelnd. „Martin. Super. Komme mir vor wie in Deutschsüdwestafrika. Die Chukwumba. Kennst du die Chukwumba? Genial. Eine ganz schwarze Negerin. Geschmeidig wie eine Gazelle. Du Martin, darf ich noch mal bumsen gehen?"

Wie ein Schuljunge stand er bettelnd da, ein rotes Basecap in den Händen vor seinen beleibten Bauch hebend. Ein Ferrari-Basecap, vom Markus geschenkt bekommen. Ich schaute auf sein Basecap. „Ne, das lass ich nimmer los. Ach bitte, noch einmal", nörgelte er ungeduldig.

„Na stellt euch nicht so an, was seid ihr für Gastgeber?", ermunterte der Consigliore ihn weiter.

„Consiglore, kannst ja auch mal mit", spitzte ich ihn an.

„Ich? Auf einer Prostituierten herumrutschen? Schwitzen bei dem Wetter, in meinem Alter? Da fall ich ja tot aus dem sündigen Liebesnest. Nein mein Lieber, rammelt mal ihr Jungen drauf rum. Das hier tut mir besser", und nahm einen Schluck von dem kühlen Pinot Grigio.

„Du bringst ihn aber dann direkt zum Flughafen. Die Maschine geht in zweieinhalb Stunden, Markus. Hörst du!", ermahnte Fabius den Markus und weg waren beide.
Lucky Hans hatte keine Lust auf ein Stößchen und so ging es nach einem weiteren leckeren Fläschchen zurück zum Flug-

hafen. Von hinten rauschte Markus unüberhörbar mit seinem Ferrari an und hielt neben uns in der zweiten Reihe. Bürgermeister Hecht sah mittlerweile aus, als wäre er im Ferrari-Fanclub zum Großeinkauf gewesen. Roter Schal mit schwarzem Pferdchen auf gelbem Grund. Plasteregenjacke mit demselben Zeichen und passender Regenschirm, das hatte er noch vom Markus geschenkt bekommen.

„Sieh zu, dass der Gustav die Klamotten am Flugplatz in Dresden verschwinden lässt. Das hat sonst a Gschmäckle, sagt man hier so", empfahl ich dem Lucky Hans. Abschiedswinkewinke und weg waren wir.

„Jetzt fahren wir in unseren Puff, Martin. Ich ruf noch den Luigi Kanone und den Blablagür an. Sind vier Models da." Fabius war hirschig geworden. Runter in die Stadt ging es. Nach einem Whisky-Cola schnappte ich mir die gut proportionierte Chukwumba. Sie duschte mich ab, rubbelte und seifte mich ordentlich ein und spritzte die Seife herunter. Ein Biest war das. Als ich mir sie von hinten zum Nageln hernahm, war das wie mit einer Motorwalze, langsam loslegen und dann den Rüttelgang eingelegt. Fantastisch knatterte sie mit ihren knackigen Arschbacken gegen mich. Richtig animalisch, naturgeil. Nach dem fleißigen Bumsen unterhielten wir uns recht spaßig und ich fragte sie nach dem Bürgermeister. „Oh, geiler dicker Mann mit rotem Bart und rote Haare? Hat kleine dicke Hartwurst und scharf wie ein Büffel in Savanne. Ganz lustiger Mann. Immer lachen." Na dann war es ja prima. Mit „bumsi bumsi" Geld verdienen sei doch eine schöne Sache und aus Nigeria komme sie.

Die Sache mit unserem Bodellini hatte nur einen gravierenden Haken. Blöd war, wir mussten in unserem eigenen Bordellini das Gleiche zahlen wie die anderen Gäste, nämlich 200 DM. Alle mussten 200 DM bezahlen. Wir wurden immer öfter Gast in unserem eigenen Puff. Nicht unbedingt weil wir so scharf auf die Frauen waren. Nein, es kamen keine Freier. Dies hatte einen logistischen Grund. Die Parkmöglichkeiten waren so miserabel, dass man nur umständlich hier in unser Etablissement gelangen konnte. Einen Parkplatz hatten wir für uns. Dieser war aber durch einen Klapppoller gesichert. Selbst wir fuhren immer nur in einem Wagen. Mit dem Taxi herzukommen ging auch schlecht, da man davor nirgends halten konnte, denn eine vielbefahrene Schnellstraße mit absolutem Halteverbot führte daran vorbei. Und herlaufen in diesem ‚edlen' Viertel? Nein Danke.

Fabius sah auch immer zu, dass mein Geländewagen mit vier Personen besetzt war, damit die Mädchen an die Kohle kommen konnten. Mit seiner Cadillacstretchlimousine konnte man das gleich vergessen, viel zu lang.

Deshalb wichtig, dass wir da waren, damit die Puffmami die Miete an uns bezahlen konnte.

So kam es, dass wir zu den bestbezahlenden Gästen in unserem eigenen Puff wurden. Wir bumsten wöchentlich brav die Mädels her. An die Transe traute sich von uns außer Fabius niemand ran. Ihm schlapperte die Transe sein Gestänge.

Das bisschen Geficke langte natürlich hinten und vorne nicht. Eine Blamage, die man keinen erzählen durfte.

Wir hatten in den Umbau eine Menge Geld hineingesteckt und Fabius meinte immer: „Martin, eine Goldgrube wird das. Du wirst schon sehen. Bumsen, so oft wir wollen und können. Für einen Nullinger. Das sind die Geschäfte, welche Freude machen. Alleine davon können wir bequem leben. Tja Junge, mit mir machst du halt die Geschäfte deines Lebens. Du weißt doch: Und ist der Puff noch so klein, bringt er mehr als Arbeit ein." Eine ganze Menge solcher Sprüche hatte er auf Lager. Die anfängliche Euphorie verflog schnell, als die Damen die Monatsmieten nicht mehr leisten konnten.

Unser Bordellini ging Pleite.

Die Puffmammi einschließlich ihrer Weiber und tiefstimmiger Transe verschwanden! Somit hatte ich das auch mal erlebt, wie es ist, einen eigenen Puff zu haben.

Vorgestellt hatte ich es mir allerdings ganz anders.

Computerspezialist

Als ich am Vortag in unserem Restaurant „Zi Carmela" mit dem Consigliore über unserer Probleme bezüglich technischer Büroausstattung nebenbei angesprochen hatte, wusste er eine Lösung. Seine Klitsche vertrete ein kleines, aber erfolgreiches Softwarehaus in Stuttgart. Bürolösungen per PC oder so was. Er schrieb mir die Adresse auf, mit bester Empfehlung von ihm, versteht sich. Schnapper & Sohn nannte sich die Softwareschmiede.

Fabius hatte ab heute seine alkoholfreien Tage und wühlte wie ein Verrückter in den neu zu fabrizierenden Plänen für die neuen Projekte. Das Procedere war das gleiche wie mit dem Erschließungsgebiet Lüstig. Er ärgerte unseren gesamten Planungsstab von morgens bis spät nachts.

Nein, für Computer, Weiberkram, hätte er keine Zeit. Wir hätten vereinbart, dass ich mich darum kümmern sollte, was ich nun auch tat. Gesagt, getan. Ein Telefonat und mit der S-Bahn ging es nach Stuttgart. Da die Softwarefirma ganz in der Nähe des Hauptbahnhofes lag, war die S-Bahn das sinnvollere Fortbewegungsmittel.

In einem am Bahnhof liegenden Bürogebäude befand sich die Firma im vierten Stock. Ich wurde von einer molligen, aber gemütlichen Sekretärin freundlich empfangen und bekam einen schönen Kaffee.

Ein großer, dicker, schweißiger Mann empfing mich und stellte seinen großen, dicken, schweißigen Sohn vor.

Schnapper Senior und Schnapper Junior.

Beide sahen ziemlich identisch aus. Gleiches geblümtes Hemd, gleiche lilagrellfarbene Krawatte mit irgendwelchen bunten Kolibris drauf, gleiche schwarze Hose mit breiten Hosenträgern, Motiv ‚Stars and Stripes' und die gleiche quadratische rote Brille. Sogar die Haarlänge, bis zu den Schultern, war gleich und gleich fettig. Gleichzeitig plapperten sie los. Der Sohn zügelte sich und der Vater fragte nach meinem Wunsch.

Ich versuchte so gut es ging zu erklären, welche Vorstellungen ich hatte und erbat mir einen Vorschlag, wie das zu lösen sei. Also vereinfacht gesagt: Die abgeschlossenen Kaufverträge mit Adresse, Urkundenummer und die Zahlungsmodalitäten in den PC wie in einen Trichter reinschütten und tagtäglich sollte das Ergebnis auf dem Bildschirm dabei rauskommen. Das ganze kreuz und quer miteinander vernetzt. Wie man in einzelnen Leitz-Ordnern die verschiedenen Projekte eben verwaltete. Unten sollte dann die Gesamtübersicht aller Projekte erscheinen. Auch sollten die Sekretärin und wir damit die ganze Korrespondenz erledigen. Meine Wortwahl war mit Sicherheit unprofessionell, aber ich wusste sehr genau, was ich wollte. Zur Hilfe nahm ich ein Blatt Papier und da malte ich verschiedenfarbige Quadrate drauf, die ich miteinander verband. Mit irgendeinem technischen Kauderwelsch unterhielten die beiden sich.

Zwischendurch erbat ich höflich um die Öffnung des Fensters, da mir bei dem Schweißgeruch allmählich schlecht wurde.

Sie unterbrachen ihre Unterhaltung, glotzten mich an, öffneten dennoch. Hin und wieder fragten die beiden nach Details und letztendlich wollten sie mir ein Angebot unterbreiten.

Solche maßgeschneiderten Programme sind nicht gerade ein Schnäppchen. Das wusste ich zu genau, denn für meinen damaligen Landschaftsbaubetrieb hatte ich mir eine spezielle Softwarelösung einschließlich PC und Nadeldrucker gekauft. Schlappe 30.000 DM hatte die Geschichte gekostet.

Für mich damals ein Vermögen, welches ich mir eigentlich gar nicht leisten konnte. Immerhin war ich einer der ersten Betriebe in dem Berufsbereich, welcher mit so einer Software arbeitete. Dies erfüllte mich zu jener Zeit mit Stolz. Nutzte nichts, mir ging dennoch die Luft aus. Die meisten kamen damals mit einer Fakturierungsmaschine zurecht.

Per Fax übermittelten die Schnapper uns das Angebot. 230.000 DM Hardware, Softwarepaket einschließlich Installation und ein Jahr Softwarepflege. Drei Tage Einschulung in Stuttgart waren ebenso inbegriffen.

Das haute selbst den schwersten Ritter vom Sattel.

Ich musste mich setzen, das Angebot hing schlaff in meiner Hand, fast am Boden.

Wenn Fabius das jetzt las, er würde mich glatt für verrückt halten. Mehr als sein geliebtes Bumsomobil.

Aus der Traum von einer individuellen PC-Anlage.

Er schaute auf das Angebot und mit zorniger Stimme: „Was hast du denn, ja glaubst du, wir kriegen so was geschenkt? Da müssen wir durch. Der Consigliore wird uns schon keinen Scheiß empfehlen. Bestellen!" Der Preis schien ihn nicht einmal zu jucken. Für ihn war somit das Angebot abgehakt. Ein Laptop war übrigens auch dabei. Ganz was Feines.

Ein tragbarer Computer in weichem schwarzem Rindsleder. Dazu ein ebenso mobiler Drucker und ein Akku dazu. Jetzt hatte ich mein Spielzeug und Rosie natürlich auch. So kam es, dass wir in Herzogburg und in Dresden unsere EDV-Anlage hatten. Zur Schulung kam Rosie mit uns im Helikopter.

Für Rosie ein Erlebnis, da sie bisher noch nie mit dem Hubschrauber geflogen war und den Raum Stuttgart auch nur aus der Ferne kannte.

Sie lernte Fabius' Schwester und das nichtsnutzige, fingerlackierende, überteuerte Büromodel Amanda kennen.

Der Schnapper junior erklärte uns die EDV-Anlage Schritt für Schritt. Bei dem Begriff „Joystic" musste die Amanda natürlich kichern. Fabius' Schwester und Rosie konnten mit dem Begriff nichts anfangen, da er englisch war. Ich meinte zur Amanda: „Nix zum reinschieben, vibriert auch nicht." Sie kicherte weiter.

Mittlerweile war mir auch klar, warum Fabius ausgerechnet die Amanda bei sich haben wollte. Nageln wollte er sie. Aber sie ließ sich nicht von ihm nageln. Ein Antiquitätenhändler war der glückliche Bock, welchem sie sich hingab. Da drehte mein Fabius natürlich durch, wenn er seinen Knochen nicht haben durfte. So buhlte er über diese Einstellungsschiene um ihre Gunst. Bisher Pech gehabt. Selbst die teuersten Klamotten und feinste Restaurants konnten sie nicht bewegen, mit ihm in die Kiste zu steigen. Mittlerweile war er auch gar nicht mehr so sehr freundlich zu ihr, ja er meckerte sie nun häufiger an. Auch auf die linke Tour, indem er über ihren Freund, den Antiquitätenhändler, vor uns allen abläcsterte und wie blöd sie doch sei, mit so einem nichtsnutzigen Tagelöhner zu verkehren. Seitdem wurde die Amanda immer kleinlauter und dadurch mir sympathischer. Wahrscheinlich war Mitleid dabei.

Amanda saß nun ungeduldig am PC und versuchte mit ihrem Einfingersystem was zu tippen, immer mit einem „Huch, hach und ach, habe ich jetzt was falsch gemacht?", quietschend und einer Art Barbiepuppe gleichend, unsicher den Schnapper jr. fragend. Dabei immer wieder nach ihren Fingernägel schauend, ja, da platzte Fabius endgültig der Kragen, er verlangte die Autoschlüssel und schmiss sie kurzerhand aus dem Büro. Fristlos versteht sich.

Ich erfuhr, dass er abends bei ihr noch mal den großzügigen Gönner heraushängen lassen wollte, doch blieb sie diesmal stur. Der riesige Rosenstrauß, welchen er bei sich hatte, verschwand postwendend in einem Mülleimer.

Amanda hatte mich angerufen und mir mitgeteilt, dass er da war und zwar in einer Tonlage, welche ich von ihr gar nicht kannte. Im Büro war sie die Tapsige, in hochhackigen roten Pumps, meistens schwarzem Minirock und einer schwarze Bluse mit tiefem Ausschnitt, wie es Fabius eben wünschte, umherstackselnd und mit hoher, piepsiger Stimme war sie aufgefallen. Dafür gabs auch die Haufen Kohle und das Auto. „Was glaubt die fette Qualle eigentlich, dass ich dem seinen kleinen Schwanz schlecke? Schlimm genug, dass ich die Blöde hier vor euch spielen muss und den Männern, welche da kommen, meine Möpse zeigen. Nicht mit mir. Habe das lange genug in den USA machen müssen. Da verzichte ich auf das Auto und das Geld. In den USA sagt man zu so einem Arsch ,Fuck yourself‘“. Na, hatte sie doch mehr Charakter als ich gedacht hatte. Mit Fabius hatte sie jetzt einen Feind! Nichtsdestotrotz konnten wir nach den drei Tagen über die Grundkenntnisse verfügen, um mit dem PC einigermaßen gerade zu laufen und zu arbeiten.

Während der drei Tage musste Rosie beim Fabius tüchtig herhalten. Sie sah morgens auch mächtig verorgelt und er gemolken aus.

Freunde des Bolschewik

Fabius verschwand mit dem Bürgermeister nach Bautzen, um gewisse Besorgungen zu tätigen, wie er sagte. Komischerweise verzichtete er auf mein Beisein. Eigentlich mochte er mich immer gerne um sich herum haben. Nun gut. So hatten Rosie und ich Zeit, uns mit der nicht gerade unkomplizierten Computermaterie zu beschäftigen. Hierzu benötigten wir auch eine ganze Menge Zeit. Mittags, wir saßen vor dem PC, war auf einmal ein Autolärm vor dem Büro und ein mächtiges Gehupe zu vernehmen. Rosie und ich begaben uns vor die Tür und uns verschlug es fast den Atem.

Eine Militärkolonne machte halt, ausgerechnet vor unserem Büro. Die Sonne blendete mich und ich konnte auf den ersten Blick nicht erkennen, was denn das für Chaoten seien, welche die Fahrzeuge hier mit Warnblinklicht stoppten.

Zwei stiegen aus, der Fabius und Bürgermeister Fuchs. „Martin, habe die alle für uns gekauft. Jetzt hast du genügend Geländefahrzeuge!" Freudig zeigte der Fabius mit seinem Arm die Fahrzeuge. Bürgermeister Fuchs, ein ehemaliger Militärhaudegen, machte mit mir eine kleine NVA-Fahrzeugkunde: „Das vordere Fahrzeug, das mit dem wir gekommen sind, ist ein GAZ-69AM, die zwei dahinter sind UAZ 469, die zwei Transporter sind IFA Robur und der Tanklastzug ein Tatra 815. Da haben wir doch was gekonnt oder?"

Eher glaubte ich, mit dem Bürgermeister seien seine militärnostalgischen Träume durchgegangen.

Dann führte mich der Fabius zu einem der Transporter, wo er mir Unmengen von Uniformen, schwarzen Militärstiefeln zeigte, daneben jede Menge Leuchtraketen, 2 AK47 Sturmgewehre samt 1.000 Schuss Munition und 2 Makarow PM 9,2 mm Pistolen plus Munition.

Fabius ganz vertraulich: „Psst, der Bürgermeister weiß davon nichts, die habe ich schwarz unter der Hand gekauft. Sag dem ja nichts!" Dabei legte er gleich wieder ein paar Uniformen über die Handfeuerwaffen und Kalaschnikows.

So, wer waren denn eigentlich die ganzen Fahrer?

Natürlich fuhr Luigi Kanone den Tatra. Hier meinte Fabius, der wäre gut wegen dem Sprit für den Hubschrauber. Das Fahrzeug war wie neu, hatte noch keine 20.000 km drauf. Dem Luigi sein Sohn, Philipp, fuhr einen Transporter. Sein Vater hatte ihn mal mit in den Osten genommen, da der Jurastudent Semesterferien hatte. Den anderen Transporter fuhr ein Studienkollege. Der eine UAZ Butta Blablagür und der andere ein ungarischer Mitarbeiter des Butta.

„So Jungs. Bis auf den Tanker könnt ihr dann losfahren. Ihr parkt die Fahrzeuge auf dem Feld neben meiner Alten in Herzogburg. Tschau, bis morgen."

Die armen Kerle mussten mit diesem Arsenal noch fast 550 km fahren. Na viel Spaß.

„Was hast du denn vor, wenn ich fragen darf?", so meine berechtigte Neugier.

„Na morgen fahren wir gemütlich in die Besenwirtschaft einen saufen, mit all den Militärfahrzeugen und ziehen uns die Uniformen an, dass wird eine Gaudi, so was haben die bei uns im Süden im Leben noch nie gesehen. Bürgermeister kommt auch mit, gell?", fragte der Fabius ein wenig provozierend. „Ich glaube, du hast ein Rad ab, bin mit den Dingern lange genug gefahren, macht mal schön selber. Ich bin schon auf eine Festlichkeit hier bei uns eingeladen."

Vorsorglich ließen wir die Waffen im Büro. Bei denen hatte ich nicht gerade ein beruhigendes Gefühl. Aber ein bisschen rumballern wollte ich schon ganz gerne.

Fabius und ich flatterten mit dem Janusch Richtung Süden. Vorher hatten wir beide noch Himmel und Hölle in Bewegung gesetzt, um kurzfristig Leute zu organisieren, welche bei diesem Trip dabei sein wollten.

Tags darauf gegen Mittag startete die illustre Kolonne. Es war ein sonniger Feiertag und überall im Ländle waren Bierzelte aufgebaut.

Mein Bruder fuhr den UAZ, sein Kumpel Volker den anderen, der Sohn von Luigi Kanone den einen Transporter, sein Studienkollege den anderen und Janusch den GAZ. Als Mitfahrer waren die drei Italiener dabei, der Herr Schlayer, der Banker Zwieback, die Berta von der Metzgerei Lösch als Flintenweib, Luigi Kanone, Butta Blablagür, Fabius und ich. Also insgesamt 15 Leute, welche allesamt in russischen Uniformen steckten.

Der Konvoi, voran das Offiziersfahrzeug der GAZ mit Janusch und daneben stehend der Fabius in so einer Art Generalsuniform, mit vielen, vielen Orden, Lametta und einen runden Teller von Hut auf dem Schädel. Eine Art Marschallstab umfassten seine in Handschuhen steckenden Hände.

Dahinter ein UAZ mit dem Luigi Kanone und Volker, dann die zwei IFA Robur und am Schluss wieder ein UAZ.

So fuhren wir gemütlich durch die heimischen Berge in Richtung Besenwirtschaft.

Ab und zu wechselten wir die Fahrzeuge, da diese für uns interessantes Neuland waren und fummelten mächtig an diesen umeinander.

Ich hatte mich morgens noch informiert, welche Besenwirtschaft offen hätte und telefonierte mit den Gastleuten, ob die Möglichkeit bestünde, im Freien für uns ein paar Bierbänke und Tische, eben für ca. 15 Personen bereitzustellen. Dem stand auch nichts im Wege und so zuckelten wir da umher.

Als ich meine Frau anstandshalber fragte, ob sie denn keine Lust hätte da mitzufahren, musterte sie mich nur ungläubig von oben bis unten in meiner etwas zu groß geratenen russischen Uniform und meinte entsetzt: „Ihr seid ja völlig übergeschnappt. Ich? So? Mit euch? Aber nie, komm Hund, wir gehen." Dann halt ohne sie. Wäre auch nichts für sie gewesen, im Nachhinein.

Wir jedenfalls bester Laune mit einem munteren Liedchen auf den Lippen, den flüssigen Proviant dezimierend, in Richtung ‚Besen'. Dort parkten wir auch ordentlich nebeneinander auf der frisch gemähten Wiese und ganz aufgeregt kam zu uns die stämmige ältere Bedienung entgegen: „Ja um Himmels willen, Buben, wie seht ihr denn aus, ist der Krieg denn ausgebrochen?" Dann der Fabius ganz zackig: „Liebe Dame, stelle mich ordentlich vor. Bin General Stoffinsky und wir sind der erste Ossi-NVA-Retroclub ‚Freunde des Bolschewik' und machen unseren 1. Clubausflug. Bringen sie mal im Laufschritt ein paar Krüge Wein und sauren Sprudel, dazu ein paar Schlachtplatten, junge Dame." Sie salutierte und:

„Jawohl Herr General, Marsch, Marsch", und war verschwunden.

So tranken und futterten wir nicht schlecht und hinterher gabs noch das eine oder andere Frucht-Schnäpsle zur Verdauung. Los ging es zum nächsten Zielgebiet.

Ein Bierzelt in der Nähe einer Ortschaft von Herzogburg sollte es sein. Gleiche Formation, nur dass mein Bruder und ich mit dem Schlussfahrzeug hinterherfuhren. Vor uns der Transporter mit den drei betrunkenen Italienern auf der mit Plane überspannter Pritsche. Wir blödelten hin und her, sie streckten uns die Zunge raus und machten Kasperle, wir die gleichen Grimassen. Einer nach dem anderen versuchte nun, uns auf die Wagenhaube draufzurinieren. Oje, das konnte ja noch was werden. Auf dem Fest angekommen parkten wir auf dem Sportplatz vor dem Festzelt.

Unsere Truppe setzte sich ein wenig abseits, stellte die Tische und Bänke zusammen, so dass wir Platz hatten und wir bestellten für jeden, außer die Fahrer natürlich, eine Maß Bier. Die Platzkapelle schmetterte einen Marsch und die gelangweilten Festle-Besucher gafften uns nicht schlecht an. Fabius stand auf und schnorrte laut, um ein wenig Farbe hier in die triste Gesellschaft reinzubekommen, eine Art Pseudo-Russisch wie: „Schnorr gradschotzky gaotroyjev, kadinsky ..." Da sah ich mich berufen und spielte spontan den Dolmetscher. „Meine revolutionäre Garden", dann der Fabius im Tenor weiter und ich krächzend laut hinterher: „Wir sind stolz zu verkünden, dass wir es bis hierher in das Zentrum des Kapitalismus geschafft haben vorzurücken ... ja, wir mögen im Osten unsere Gebiete verloren haben, ... aber unser Trainingscamp werden wir hier ...", Fabius machte nun Gesten und zeigte mit dem Zeigefinger in die Landschaft, „hier aufbauen und mit voller Entschlossenheit zurückschlagen ... wir, die Reste, die Freunde des Bolschewik, bleiben standhaft ..." Wir kugelten uns fast vor Lachen, da es ziemlich synchron rüber kam. Andere fanden das aber gar nicht so lustig. Manche jüngere Besucher im Sächsisch sogar recht aggressiv: „Verschwindet, ihr roten Schweine. Wir sind nicht hier in den Süden gekommen, damit ihr hier wieder alles kaputtmacht." Au weia, dann vom anderen Tisch in gebrochenem Deutsch: „Das sind Serben, die verfolgen uns Bosnier bis hier hin, schaut doch die Fahrzeuge und die Uniformen, das ist nicht lustig, lasst sie uns fertig machen." Jetzt flog schon der erste Bierkrug in unsere Richtung, die Massen standen auf und es wurde richtig bedrohlich. Wir zogen es vor, den Rückzug einzuleiten. Erst geordnet, aber als der Wirt lautstark rief: „Die haben noch nicht bezahlt, diese kommunistischen Zechpreller!", verlief der Rückzug in einen ungeordneten Rückzug und schließlich in panische Flucht. Wir rannten, was das Zeug hergab zu unseren Fahrzeugen. Links und rechts pfiffen die Biergläser, Steine, eben alles, was man schmeißen konnte, um unsere Ohren. Da halfen auch keine Beschwichtigungsrufe vom Bankdirektor Zwieback mehr, nein, die Masse wollte Blut sehen, unser Blut. Im letzten Moment konnten wir mit den Fahrzeugen erfolgreich fliehen.

Das zum Thema Clubausflug der „Freunde des Bolschewik".

Wackelpudding

Wir hatten nun wirklich eine Menge Projekte, welche wir umzusetzen und zu bearbeiten hatten. Was uns zur Präsentation fehlte, war eine hübsche, farbige Broschüre, in der wir unsere Projekte darstellen wollten.

Fabius drängte ich, dass man hier was Professionelles unternehmen sollte. Ein Bekannter von ihm sollte es richten. Den hatte er zu einem Gespräch in unser Büro nach Dresden eingeladen. Deshalb zu uns nach Dresden, damit dieser Bekannte die Dimension begreife, mit was er es hier zu tun hatte.

Eigentlich war er Restaurator, von Berufs wegen. Exposés machte er nur deshalb, weil er dringend Arbeit und somit Geld benötigte. Fabius meinte, er sei sehr geschickt und man könnte hier eine Menge einsparen.

Dirk Hirsch war ein schlanker, aufrecht dahergehender Anfangvierziger mit einem Lockenkopf. Er war zum dritten Mal verheiratet und brachte es auf die stattliche Anzahl von 7 Kindern, wie unser Bürgermeister Hecht. Er war tüchtig kreativ und machte viele Notizen, befragte uns dauernd und schoss jede Menge Fotos. Für drei Tage wollte er bleiben, damit er einen Eindruck von unserem Schaffen und Tun bekam. Zudem mochte er die Umgebung und wollte natürlich das schöne Dresden mit in die Broschüre einbauen. Weil er chronisch unterkapitalisiert war, durfte er bei uns im Büro schlafen, futterte unseren Kühlschrank leer und trank den teuren Wein. Zudem mussten wir seinen alten ‚Japaner' mit Sprit voll tanken bzw. Spritgeld mitgeben.

Er war wirklich fleißig und freundete sich mit unserer Rosie ein wenig an. An einem Abend nahm sie Dirk Hirsch einmal mit, um ihm das nächtliche Treiben in Dresden zu zeigen.

Fabius und ich mussten wieder zurückfliegen nach Stuttgart.

So kam es, dass er die Luzie kennen lernte. Aus Dank dafür, dass Fabius ihm diesen anspruchsvollen Job der Broschüreherstellung übertrug und er endlich mal wieder ordentlich Kohle in den Taschen hatte, bumste er gar fürchterlich diese. Ich bekam das mit, erzählte davon dem Fabius nichts, denn ich befürchtete ansonsten schlimmste Laune seinerseits. Bei einem Glas Sekt im Weindepot Vino, wo wir des Öfteren unseren 16-Uhr-Drink in Form von Schampunelli zu uns nahmen, gab ich Dirk den guten Rat, das mit der Luzie nicht an die große Glocke zu hängen. Fabius hatte immer noch ein waches Auge auf Luzie geworfen. Den Rat befolgte er zunächst auch.

Das Werk des Dirk Hirsch betrachteten wir in Herzogburg.

Ein gelungenes, mehrseitiges Heftchen, stand so alles drin, was zur Zeit in Arbeit war. Unser Firmenlogo gefiel mir am besten. Das S & K, wie ein Wappen aus der Ritterzeit. Blau und Gelb mit den schwarzen Buchstaben drauf.

Wir machten da auch nicht mehr lange rum und gaben das Exposé in Auftrag und somit in Druck.

Dirk hatte einen Kontakt zu einem Prof. Blondowski in Budapest. Dieser Prof. Blondowski war Bezirksbürgermeister und Dirk Hirsch hatte von uns geschwärmt, dass wir halb Sachsen umbauten. So geschah es, dass wir einer Einladung von Prof. Blondowski in das Budapester Rathaus gerne Folge leisteten.

Dirk Hirsch schickte Fabius mit dem Cadillac nach Budapest, damit wir mit einem würdigen Auto vor dem Rathaus auffuhren. Butta Blabagür nahmen wir als Dolmetscher mit und wir flogen von Dresden nach Frankfurt und von Frankfurt nach Zürich. Auf dem Züricher Flughafen checkten wir in die ungarische Malevmaschine ein. Ich hatte einen Fensterplatz und wir rollten gerade los, als ich auf einem offenen Transportwägelchen unsere Koffer sah. Ich erkannte das ziemlich schnell, denn mein Aktenkoffer war ein brauner mit lauter schwarzen MCM-Initialen drauf. Ich informierte das Personal im Flugzeug und die Maschine stoppte auch sofort. Eine Treppe auf Rollen wurde von zwei Flughafenmitarbeitern zu dem Flugzeug geschoben und die Gepäckstücke eingeladen. Unkompliziert. Alle Passagiere aus Frankfurt, welche hier umgestiegen waren, um nach Budapest zu fliegen, zollten mir Dank.

Dirk Hirsch konnte zwar ein paar Brocken ungarisch herauswürgen und Prof. Blondowski sprach anscheinend perfekt deutsch, doch wollten wir Sicherheit, deshalb lieber unser Butta Blablagür. Er sollte zuhören, aber nicht zu erkennen geben, dass er gebürtiger Ungar sei.

Spät des mittags landeten wir auf dem Budapester Flughafen Ferihegy.

Früher, vor der Wende, war ich schon am Plattensee und trieb bei einer Offroad mein Unwesen, jedoch in Budapest waren wir beide noch nicht gewesen. Im Novotel hatten wir gebucht und wollten uns mit dem Taxi vom Flughafen aus dorthin bringen lassen. Ein Taxi ließ sich auch gleich finden und so stiegen wir in den gelben, klapprigen Lada ein. Der Taxifahrer plapperte gleich los: „Engelesch, Deutschemann?" „Deutschland", kam von Fabius deutlich. „Ah, Deuteschland, gute Mann, wollen Fickeclub? Ich kenne beste Fickeclub von Budapest. Schöne Frauen, liegt auf Weg zu Hotel, ich warten. Keine Angst, sehr sauber. Sehr schöne Frauen, immer feuchte Muschi. O. K.?" „Fickeclub, gute Idee." Fabius kam das ganz entgegen und mich plagte ebenfalls sogleich ein Jucken an einer bestimmten Stelle. Den Begriff Fickeclub fanden Fabius und ich ganz amüsant. Nach 10-minütiger rasanter Fahrt waren wir auch schon dort. Blablagür hatte schon wieder Paranoia. „Verbrecher, Diebe, Zigeuner. Wenn da was passiert. Das ist zu gefährlich. Wenn das meine Frau erfährt, die schneidet mir die Eier ab!" „Halt die Klappe, Butta Blablagür!", so forsch der Fabius. Zu Blablagürs weiterem Schrecken kam hinzu, dass der Fabius noch seelenruhig beim Taxifahrer schwarz DM in Forint wechselte.

Mit schlotternden Knien stieg er aus dem alterschwachen Lada aus und wackelte uns hinterher. Soweit man von außen erkennen konnte, war es ein ganz komfortabler Fickeclub und wir klingelten an der Eingangstür.

Blablagür sah sein Ende näher kommen, als die Tür aufging und ein tätowierter Gigant Marke Knochenbrecher in schwarzer Lederhose und Lederweste mit gekreuzten Armen vor uns stand. Der Taxifahrer sprach ein paar knappe Sätze und freundlich, mit einer Handbewegung, bat uns der Hüne hinein. „Fass mich bloß nicht an, du Gorilla!", murmelte der zwei Kopf kleinere Butta Blablagür ‚gefährlich' den mächtigen Rausschmeißer an. An einer langen Bar, ganz aus Holz, bei gedämpft rötlichem Licht saßen auch die lieben Hübschen, manche auf dem Barhocker, manche in den Sofas. Nachdem man das Finanzielle bei einer älteren Puffmammi geregelt hatte, entschied ich mich auch gleich für eine langhaarige Blonde. Sie war mit einem weißen Spitzen-BH und einem weißen Minirock bekleidet. Dazu trug sie weiße Pumps. Nach einem Drink meiner Wahl, welcher auf das Haus ging, führte sie mich in ein großes Zimmer. Sehr sauber und ordentlich. Dann zog sie sich zuerst und dann mich nackend aus. Beide duschten wir in einer geräumigen, gefliesten Dusche. Ziemlich lange verbrachten wir darunter, weil wir rumblödelten. Sie schrubbte mein Spitzle und ich ihr blankrasiertes Schlitzle.

Auf dem Bett nannte sie mir ihre Herkunft. Aus der Ukraine komme sie und sei 25 Jahre. Studentin. (Das sagen aber fast alle!) Zwei schöne, große und pralle Busen blickte mich an, welche resistent gegen die Schwerkraft waren.

Ich knatschte mit dem Zeigefinger erst den einen Busen an, dann den zweiten. Die Möpse wippten hin und her. Komischerweise waren die hübschen Bällchen weich wie Wackelpudding. Stellte mir die fester vor. Zwei Wackelpuddinge und beide hingen nicht nach unten, sondern standen wie im rechten Winkel vom Körper weg. Komisch. Na, jedenfalls hatten wir beide mächtig Spaß miteinander.

Noch eine Entspannungsmassage, danach wieder duschen und zum Abschluss gab sie mir noch eine Visitenkarte des Bordells mit. Linkshänderin war sie und schrieb mir ihren Namen, Natascha, drauf.

Butta Blablagür saß schon an der Bar und fluchte gar schrecklich, dass er so schnell abspritzen musste und keinen mehr hochbekam.

„Biste nicht noch schön massiert worden, so wie der liebe Martin?", fragte ich ihn. „Massage, Massage, ficken will ich, ficken. Bin ich ein Schwuchtel oder was?", gab er mir miesmuffelig zur Antwort.

Fabius kam auch mit einem zufriedenen Gesichtsausdruck um die Ecke und so fuhr uns der Taxifahrer, nachdem wir ihn bezüglich des Etablissements gelobt hatten, ins Hotel.

Am anderen Morgen war ich, wie meistens, erster am Frühstückstisch, las eine Zeitung und Dirk Hirsch kam an. Spät des Nachts sei er eingetroffen. Dann tauchte Butta Blablagür auf und zum Schluss Fabius. Nach einem reichlichen Frühstück gings mit dem Cadillac ins Rathaus der Stadt Budapest.

Wir wurden auch von einer kleinen Delegation, bestehend aus Stadtplanern, Verkehrsplanern und sonstigen wichtigen Menschen höflichst begrüßt und fanden uns in einem Besprechungssaal wieder. Ein großer Stadtplan hing bereits an der Wand und ein Stadtteil war farblich angelegt.

„Meine Herren, Herr Stengele, Herr Stoff und Herr Blablagür, Dirk hat von Ihnen erzählt und ich bin ganz gespannt, wie wir hier weiterkommen. Das Gebiet hier", er zeigte mit einem Teleskopzeigestock, welchen er auszog, auf die eingefärbte Fläche, „ist der berühmt-berüchtigte 6. Bezirk. Was sagt das Ihnen erst mal, meine Herrschaften? Nix. Genau! Das hier ist momentan der größte Sündenpfuhl der Stadt Budapest. Alles Prostituierte, Zuhälter, Ganoven, Zigeuner und sonstiger Abschaum der Menschheit. Wir wollen ein zentrales Bordell mit 500 Zimmern bauen und somit den Prostituierten die Möglichkeit geben, unter hygienischen und menschlichen Bedingungen ihrer Arbeit oder besser gesagt, ihrer Tätigkeit, nachzugehen. Zur Zeit ist das eine Katastrophe hier, kaum fließend Wasser, geschweige denn warmes. Miete zahlen die in den städtischen Wohnungen auch nicht und leben wie das Vieh in den Häusern. Die Müllabfuhr kommt kaum.

Die Folge: Ratten und Ungeziefer. Man muss da dringend was unternehmen. Eine Zumutung für jeglichen Tourismus und natürlich für die Anwohner. Meine Herren, ich weiß, sie beschäftigen sich mit redlicheren Dingen als mit diesem unserem unsäglichen Problem hier. Können sie sich trotzdem vorstellen, mit uns als Stadt zu bauen, die Einnahmen aus dem Bordell, die Mieteinnahmen meine ich natürlich, zu teilen und das Projekt zu finanzieren?"

Kein Thema für Fabius. Dieser hatte jetzt erst richtig rote Backen bekommen. „Das würde uns natürlich interessieren. Stellen sie doch mal alles an Plänen, Kartenmaterial zusammen und wir werden zusehen, mit welchem Team wir dem sozialen Unruheherd da zu Leibe rücken."

Prof. Blondowski mit seinen Mannen lud uns nun ein, eine Begehung durch dieses Viertel vorzunehmen. Zu Fuß, flankiert von Polizei, schlenderten wir durch das Viertel. Neugierig wurden wir von den Nutten und düsteren Typen bemustert, teilweise schnatterten sie was Ungarisch rüber, manche hoben ihr Röckchen hoch und zeigten, dass sie wahrlich nichts drunter an hatten. Es stank nach Urin, Exkrementen und ich weiß nicht, welche Freier hier freiwillig verkehren wollten. Welten zu dem, was wir gestern in dem Bordell am Flughafen erleben durften. Hochgenuss auf der einen, hier die Gosse der anderen Seite.

Nach dem Durchmarsch durch das Viertel wurde uns ein Restaurant empfohlen. Alle Beteiligten, außer den Uniformierten, welche weiter ihren Dienst tun mussten, luden wir ein. Das Restaurant, ein komplett restaurierter Gutshof am Rande eines feinen Stadtteils Budapests, überraschte uns mit dem reichhaltigen Angebot. Ungarische Küche und ungarische Weine. Hervorragende Weine und Unicum, der berühmte Kräuterlikör. Hier ließ es sich also auch nicht schlecht leben, zumindest für diejenigen, welche Geld hatten. Für uns kostete es nicht viel, die Einheimischen einen Monatslohn, was wir hier vertilgten. Verrückte Welt.

Am anderen Tag musterten wir noch ein sehr großes Schloss, welches vielleicht 50 km von Budapest entfernt lag.

Gegen Spätmittag holte Dirk Hirsch die Pläne vom Rathaus und brachte uns zum Flughafen, wo es mit der Malev direkt nach Frankfurt ging. Von dort flogen wir nach Stuttgart. Wieder ein großes Projekt an der Backe und wieder schien es interessant zu werden.

Hiebe statt Liebe

Der nächste Termin in Budapest wurde 14 Tage später vereinbart und wir wollten unseren Stab bis dahin zusammenbekommen. Klar, die altbekannten Planer um den Horst Stürmer, dann der 'Mon Générale', ein Bekannter von Markus und ein erfolgreicher Bordellbetreiber aus Frankfurt. Eine wichtige Schlüsselfigur. Er sollte das Management für die Betreibung eines so großen Bordells organisieren. Wir bekamen auch die Mannschaft unter einen Hut und machten uns auf, den entscheidenden Termin in Budapest zu bestreiten.

Mittlerweile hatte Fabius Einsehen und unser Team mit dem Luigi Kanone als Unterlagensortierer und eine Art Buchhalter verstärkt. Überweisungen durfte er massig ausfüllen. Aber nur ausfüllen! Dies geschah aus einer direkten Trinklaune des Fabius heraus beim Metzger Lösch. Nur die beiden ohne mich und es war seine geniale Idee. Die mit der Einstellung und dem Luigi Kanone, wie er mir sagte.

Hatte aber eine Vorgeschichte: Ich hatte mich schon mehrmals mit Luigi über die strategische, wirtschaftliche

Ausrichtung von Stoff & Kollegen unterhalten und wollte mich für ihn beim Fabius für seine Einstellung einsetzten, da er einige ganz vernünftige Ideen aufzeigen konnte und zu unserem Team passen würde. Problem war, dies dem Fabius schmackhaft zu präsentieren. Würde ich ihn direkt darauf ansprechen und die Vorzüge des Luigi Kanone überschwänglich darstellen, dann hätte er womöglich nur ein langgezogenes Gähnen übrig. Deshalb ging ich da anders vor und sprach ihn nebenher beim Kopieren wie folgt an: „Du, stell dir mal vor, der Luigi hatte mich neulich angesprochen und hatte da die eine oder andere organisatorische Idee mit Firmenfahrzeugen und Reisekostenabrechnungen. Ausgaben, die man fiskalisch verwerten kann, ohne dass diese als Privatentnahmen auftauchen und so einen ganzen Müll. Als ob wir das nicht selber wüssten. Mann, der laberte mich vielleicht voll. Wollen wir jetzt etwa anfangen, unsere Gedanken über die Qualitäten eines Gebrauchtwagengeiers zu verschwenden? Na diese Zeit haben wir wohl kaum. Oder?"

„Das wusste ich schon lange, dass der was drauf hat. Mit dem werde ich schon noch mal ein ernstes Wörtchen reden müssen. Ich kenn den schon lange und eins muss dir doch klar sein. Gebrauchtwagenhändler und Scherenschleifer, die wissen zwar nicht sonderlich viel, aber von allem etwas.

Loyal ist der sowieso und kann vor allem die Schnauze halten. Kapiert? Den habe ich unter Kontrolle und der macht sowieso nur das, was ich will." So seine achtvolle Meinung von ihm. Die Einstellung erfolgte prompt und Luige Kanones locker legerem Outfit folgte ab sofort der elegante, feine Zweireiher. Nach dem Besäufnis beim Metzger Lösch war Luigi Kanone ab sofort jeden Tag pünktlich gegen 8:oo Uhr im Büro.

Ich musste zugeben, er schaffte sich auch in die Sache nach und nach hinein. Erst mal gut für den Luigi, denn die Gebrauchtwagenbranche kränkelte schon ein Weilchen und die Aufträge gingen immer weiter zurück.

Ein unangenehmes Zeichen. Die Vorboten?

Die Ersten werden die Letzten sein, heißt es sprich-wörtlich und waren nicht die Vertreter und Gebrauchtwagen-händler die Ersten, welche mit uns im Osten strandeten, su-chend nach einem El Dorado, das man nie fand.

Mir schossen in jener Zeit eine Menge solcher patheti-scher Gedanken im Kopf umeinander.

Die Angst, dass uns die angefangenen Projekte irgend-wann mal um die Ohren fliegen könnten, sie war da.

So startete unsere verstärkte Truppe gen Budapest.

Butta Blablagür, Luigi Kanone, Horst Stürmer, 'Mon Générale', Fabius und meine Wenigkeit. Dirk Hirsch musste mit dem Caddy vorfahren und uns am Flughafen spätabends dann abholen. Zu sechst, einschließlich Dirk als Fahrer, hat-ten wir da auch noch bequem Platz.

Wo das Hotelpersonal diesen Wagen abstellte, war mir schleierhaft. Geklaut wurde er jedenfalls nicht.

Wir schnell in die Zimmer und dann hoch zur Bar, einen heben. Drei Tage hatten wir im Novotel gebucht und wollten das Projekt auf die Machbarkeit hin untersuchen. Besonders der 'Mon Générale' hatte eine Menge Fragen.

Luigi und ich standen mit einem Campari-Orange in der Hand da und musterten ein paar hübsche, offenherzig gekleidete Damen, welche sich auf der anderen Seite der Bar tummelten. Es kamen nach und nach die Jungs hoch und so standen wir alle zusammen und palaverten durcheinander.

Fabius sprach zum Butta Blablagür: „Hör mal zu, was die Weibsen da sprechen, aber bleib inkognito."

„In was?" „Klappe halten, dass du Dorsch kein Ungar bist, muss ich wieder für dich übersetzen?", hänselte Luigi ihn. Die Mädchen winkten uns freundlich rüber, wir freund-lich zurück und sie schnatterten lautstark in unsere Richtung, mal ein paar Brocken in Englisch, mal etwas Deutsch, aber meistens ungarisch.

Die Übersetzung des Butta Blablagür ergab folgende Nettigkeiten: „Den Fettkopf da, den nehme ich aus wie eine Weihnachtsgans", meinte die eine über den Fabius.

„Schau Dir doch diesen kleinen dicken Wichser an, hu, hu kleiner dicker Wichser." Und prostete Butta Blablagür zu.

Er brav grinsend mit seinem Glas zurück und murmelte leise in Deutsch: „Schweinenutten."

„Lasst uns erst den Schwanzbeutel, dann den Geldbeutel auswringen. Unter 200 Dollar machen wir es nicht, habt ihr das alle verstanden?

He ihr dummen geilen Arschlöcher, hallo wollt ihr nicht mal rüberkommen?", eine etwas moppelige, aufgetakelte Schwarzhaarige mimte gekünsteltes Interesse an uns.

Nur einer kam rüber, und das mit zügigen zornigen Schritten. Butta Blablagür!

Der fegte die Nutten auch gleich laut ungarisch an. Sprachlosigkeit bei den Damen des horizontalen Gewerbes. Dann blickten sie sich alle an und gingen auf den Butta Blablagür wie die Furien los.

Mit Handtaschen und Fäusten schlugen sie auf ihn ein. „Vaterlandverräter. Du bist eben doch ein kleiner dicker Wichser." „Den Schwanz schneiden wir dir ab und stecken ihn in dein freches verräterisches Maul, dass du es weißt. Verrecken sollst du dran!"

Die zwei Barkeeper und wir mussten den auf dem Boden liegenden, zappelnden und um sich schlagenden Butta Blablagür zu Hilfe eilen.

„Ihr dreckigen, primitiven Nutten, wartet, wenn ich euch in die Finger bekomme, dann drehe ich euch den Hals rum."

Wir hatten unsere Mühe, das Menschenknäuel zu entflechten. Die Damen bekamen umgehend Hausverbot und Luigi Kanone ärgerte fleißig den Butta Blablagür.

Sein Anzug hatte jetzt wohl einen Totalschaden.

Zerlumpt, dabei böse fluchend, mit wackeligen Händen zitterte er sein Pils hinunter.

Noch ein Gläschen Campari-Orange, dann ging ich in mein Zimmer und wünschte den Verbliebenen noch eine angenehme Nacht. Dabei zwinkerte ich dem verstörten Butta zu.

Ölen und Salben

Dirk Hirsch informierte Fabius und mich, dass der Professor Blondowski ein wenig Motivationsgeld benötigte, um sich und ein paar willige Stadtväter bei Laune zu halten.

Unsere Truppe wurde auch vor dem pompösen Rathaus empfangen und wir marschierten in den gleichen geräumigen Besprechungssaal wie das letzte Mal.

Vor der Besprechung nahm uns der Professor Blondowski diskret auf die Seite und fragte leise höflich, aber bestimmt: „Herr Stoff, Herr Stengele, haben sie vielleicht einen kleinen Scheck in Höhe von 10.000,00 Deutsche Mark für mich dabei? Habe ich mit dem Dirk abgesprochen."

„Sag Luigi Kanone, dass er einen Scheck in der Höhe ausstellen soll und ich unterschreib dann. Herr Professor Blondowski, das geht in Ordnung."

Zufriedenes Nicken des Professors zu uns und eines in Richtung der Stadtpäpste. Von denen kam ein entzückter Gesichtsausdruck in unsere Richtung.

Nachdem wir uns platziert hatten, insgesamt waren wir dann doch 13 Personen im Raum, wurde ein Herr Konkoy von Professor Blondowsky gebeten, das Wort zu nehmen.

In tadellosem Deutsch fing er an: „Sehr geehrte Gäste, ich möchte die Problematik, welche uns beschäftigt, hier an sie heranbringen.

Der 6. Bezirk liegt hier mitten in der Stadt und wie sie sicherlich erkennen konnten, wird dies auch mal ein sehr schöner Bezirk, wenn die alten Gebäude restauriert sind und die Prostitution aus den Straßen verschwindet.

Wir haben in Buda und Pest, deshalb Budapest, insgesamt 2 Millionen Einwohner. Wir schätzen, dass sich insgesamt um die 8.000 Prostituierte in Budapest befinden.

Der Systemwechsel brachte uns nicht nur die Freiheit vom Sozialismus, nein, auch die Prostituierten. Diebe, Verbrecher und Zigeuner kamen und kommen weiter in unsere schöne Stadt und ausgerechnet haben sie sich den 6. Bezirk ausgesucht.

Die Prostitution wurde im Sozialismus um 1950 verboten und die Bordelle geschlossen. Das war sehr schlecht. Denn jetzt hängt uns die Prostitution unkontrolliert in den Gemäuern. Heute unterscheiden wir die Prostitution in den drei Formen: Regelung, Prohibition und Abolition.

Die Prostitution ist heute immer noch ein Tatbestand des Strafrechts, was wir jetzt aber zügig abschaffen wollen. Syphilis und ein beängstigender Anstieg von HIV stellen uns vor die Herausforderung, diesen Strom der Kriminalität in geordnete Bahnen zu kanalisieren. Diese Aufgabe wollen wir mit Ihnen gemeinsam lösen."

Der Herr Konkoy setzte sich und 'Mon Générale' erbat sich das Ohr: „Warum benötigt er da Leute aus Deutschland?"

Professor Blondowski erklärte in seiner ruhigen Art: „Weil wir das nicht können. Wir haben offiziell keine Bordelle und haben auch keinerlei Ahnung, wie wir da vorgehen sollen. Zudem fehlt es an liquiden Mitteln."

Auch Horst Stürmer hatte seine Fragen bezüglich Infrastruktur, Ver- und Entsorgung. Kurz, es wurden für die nächsten zwei Tage Arbeitsgruppen gebildet.

'Mon Générale's erster Gang war zum Polizeipräsidenten, ein Dolmetscher wurde ihm gestellt. Er verschwand auch für die nächsten zwei Tage im Dschungel der Unterwelt Budapests. Horst Stürmer, Blablagür und Kanone mussten mit den Stadtplanern und Medienträgern vorlieb nehmen und alles an Informationen zusammentragen, was uns von Nutzen sein konnte.

Fabius und ich machten uns auf ins traditionsreiche Gellert. Abends fuhren wir zur großen Freude der Natascha in das Bordell, wo ich mich von ihr ausgiebig verwöhnen ließ.

Hirsch, Stürmer und Kanone kamen dazu und ein jeder verschwand mit einem von den hübschen Mädels.

Nur einer traute sich nicht mehr zwischen die Nutten.

Butta Blablagür, der arme Tropf, er blieb mit knirschenden Zähnen im Schutz des Hotels oben an der Bar und schob seine dicken, schmollenden Lippen lieber über ein großes Glas Bier. Als wir freudig und entleert kamen, fanden wir ihn jedenfalls so vor. „Guck mal, da sitzt einer mit seinen dampfenden Hosen da und probiert sich mit Bier und Unikum zu ertränken", stichelte Luigi Kanone.

„Luigi, halt du doch dein primitives, großes Maul. Die billigen Nutten wollen mich umbringen, schwör ich euch. Ich gehe aus dem Hotel nicht mehr raus."

Wir machten uns nach einem Unikum in die Heia. 'Mon Générale' bekamen wir erst am anderen Morgen beim Frühstück zu Gesicht. „Ich brauche noch bis heute Abend und werde gleich von ein paar Jungs aus der Szene abgeholt. Warten wir mal ab, was die zu zeigen haben. Gestern war ich den ganzen Tag im Polizeipräsidium und in Polizeistationen hier in der Umgebung. Interessant, was man so für ein paar Dollars alles erfährt. Also bis heute Abend."

Jeder hatte seine Aufgaben, wir auch. Zur Massage ins Hotel „Gellert", wie gestern. Für die Freunde der Architektur ein Juwel, das muss man erlebt haben. Das 1918 im Jugendstil eröffnete Hotel und Heilbad „Sankt Gellert" bestach durch seine warme, glanzvolle, historische Bauweise. In das dampfend heiße Wasser, getrennt waren die Frauen von den Männern, nur mit einem Lendentuch vor dem Gehänge bekleidet, drei Schnüre, damit das Leinentuch hielt, eines zwischen die Arschbacken, zwei um die Taille, so tauchten wir ein. Man fühlte sich in dem hohen Baderaum mit den mächtigen Säulen, Skulpturen und Mosaikverkleidungen wie ein Römer, der sich im Orient verwöhnen ließ. Alles aus Marmor und Keramitstein. Aus den Leitungen zischte, dampfte und brodelte es vor lauter Lecks. Die Masseure, schwere Brocken von Männern, drückten einen ganz schön in die Pritsche, ölten einen kräftig ein und kneteten den Körper tüchtig durch. Sechsmal hintereinander mussten und wollten wir dran glauben. Dazwischen baden, Tee, ein Glas Wasser, bedient durch das aufmerksame Personal, fantastisch.

Abends gingen wir zwei wieder in das Etablissement zur liebgewonnenen Natascha und ihren Kolleginnen.

Danach zur Hotelbar, wo wir unsere Kadetten, außer 'Mon Générale', müde auf den Barhockern antrafen. Luigi Kanone meinte: „Junge sind die GaG (Geil auf Geld), du bekommst zwar alles zugesagt, aber da hält ein jeder die Hand auf. Bin mal gespannt, was 'Mon Générale' da sagt."

So nach und nach verabschiedeten sich die müden Krieger in ihre Gemächer. Mir fielen zwei elegant gekleidete Herren auf der anderen Seite auf, wo vorgestern die streitbaren Nutten saßen. Fabius suchte auch seine Kajüte und Luigi Kanone zankte sich mit seinem Liebling Blablagür noch ein wenig, bevor auch die Streithähne verschwanden.

Nachdem ich Deutsch aus der Richtung der beiden konservativ gekleideten Gesellen auf der anderen Barseite vernommen hatte, ging ich hinüber und sprach sie an.

„Hallo, mein Name ist Martin Stengele. Sind sie auch aus beruflichen Gründen hier?"

Sie bejahten. „Oh, eine Frage: Was ist das denn für ein Zeichen hier an Ihrem Anzug?" Ich deutete auf das kleine Emblem, wo „CIW" draufstand. „Ach, wir sind vom Zusammenschluss ‚Christen in der Wirtschaft', auch wir wollen mal die Fühler ausstrecken", antwortete der eine mir ein wenig müde. „Da haben sie wohl nicht die Problemchen wie wir. Ich habe den Eindruck, dass ein jeder von den Stadtabgeordneten und anderen wichtigen Persönlichkeiten, welche was zu sagen haben, die Hand aufhält."

Ich klang wohl ein wenig resigniert.

„Mein Sohn, auch wir ölen und salben!", so der andere mit dem Ziegenbart und der Nickelbrille auf der Nase.

Beide tranken aus, wünschten mir eine gute Zeit und verschwanden.

Zur Abschlussbesprechung am anderen Tage versammelten wir uns zum Frühstück an einem separaten, großen, eingedeckten Tisch und erwarteten die Ergebnisse unserer Mannen.

Vom technischen Ablauf schien das alles machbar. Mit vielen Motivationsgeldern, angesetzt bei den richtigen Empfängern, ließ sich da wohl Einiges bewegen.

Als letzter meldete sich 'Mon Générale' zu Wort: „Leute, ich war jetzt zwei Tage direkt an der Front, von morgens bis nachts. Ihr wisst es. Also, nächstes Jahr werde ich 50 Jahre. In Frankfurt führe ich ein gut laufendes Bordell. Das größte in der Mainmetropole. Meinen Nutten geht es gut, habe sogar extra einen thailändischen Geistlichen vor drei Wochen einfliegen lassen, damit er aus einem Zimmer einer Thai die bösen Geister austreiben konnte, weil ihr Zimmer aus irgendeinem Grunde brannte. Die wollte das selbst bezahlen. Da sind die eigen, die Thaimädchen. So was mach ich halt auf meine Kosten. Deshalb gehts mir bei meinen Mädchen ganz ordentlich. Merke: Eine Hand wäscht die andere! Zudem habe ich so noch die eine oder andere bescheidene Einnahmequelle. An denen verdiene ich auch ganz gut.

Ich bin verheiratet, habe zwei glückliche Kinder, welche beide studieren. Er Jura, die Tochter Medienwissenschaften.

In der Garage steht mein Rolls-Royce Silvershadow und so weiter und so weiter. Ich habe das nicht mehr nötig, hier was anzufangen, um mit einem Messer im Kreuz irgendwo hier in der Gosse zu verrecken.

Die Polizei ist korrupt und steht zu dem, welcher ihr am meisten abdrückt oder von dem sie unter psychischen Druck gesetzt wird. Unter Druck werden wir die kaum setzen können, da wir nicht über die Mittel verfügen.

Also nehmen die uns aus wie die Weihnachtsgänse.

Die Luden hier, meistens rumänische oder bulgarische Zigeuner, sind sich untereinander völlig uneinig und es gibt keine zusammenhängende Struktur, nein, die bekämpfen sich bis aufs Blut, wegen territorialer Vorteile. Es gibt keine nennenswerte Hierarchie oder Führungspersönlichkeiten, mit denen man nur annähernd konkrete Gespräche führen kann, damit man eine Gesamtlösung auf die Matte bekommt.

Viel eher sieht es so aus, dass wir den Kleinstzuhältern, welche sich als äußerst brutal herausgestellt haben, die Lebensgrundlage entziehen werden. Ich befürchte hier eine Inszenierung der Gewalt, wenn wir einen Zentralpuff errichten wollen. Die werden sich erst einig und organisieren sich erst dann, wenn wir hier in Erscheinung treten.

Wir zwingen sie dann förmlich, sich gegen uns zu formieren. Nein Leute, seid mir nicht böse. Ich mache da nicht mit."

Ruhe am Frühstückstisch. Für mich war das Thema erledigt. Fabius macht noch Anstalten, dass Markus das schon hinbekommen werde. Ein müdes, mitleidiges Lächeln von 'Mon Générale' und selbst da war es für den Optimisten Fabius klar, dass wir den Deckel in dieser Sache wohl getrost schließen konnten.

Wir wollten jedoch am heutigen Tage dem Professor Blondowski keine endgültige Absage erteilen, sondern der Stadt eine Auflage erteilen, damit wir vielleicht doch noch zu Potte kommen könnten.

Die Auflage entsprach im Prinzip der Aussage des 'Mon Générale'. Also nicht lösbar.

Die korrupten Besatzungen der Polizeistationen ließen sich nicht ohne weiteres einfach austauschen.

Die Zuhälter konnte man nicht einfach wegsperren.

Beide Parteien deckten sich.

Die Gulaschsuppe war schön anzusehen, aber eindeutig zu scharf und daher nicht genießbar.

Meine Villa und mehr

Nachdem endlich ein Teil der ersehnten Gelder vom Alfred Dobermann eingegangen waren, konnten wir die laufenden Kosten der Erschließungsmaßnahme bezahlen.

Der Kommunalkredit in Höhe der 8 Millionen war längst aufgebraucht und somit war der Geldeingang ein Segen.

Rosie hatte eine Villa seit längerer Zeit für uns im Visier und mit den Besitzern mehrmals vorverhandelt.

Heute wollten wir der Sache mal auf den Zahn fühlen und konkret verhandeln. Die Kriegskasse war bestens gefüllt und guten Mutes ging es zu dem Termin.

Die Eigentümer, ein noch junges Paar mit zwei kreischenden Bälgern, erwarteten uns in der besagten Villa. Die intellektuellen Eheleute waren Dozenten an einer Uni in Dresden und die Villa, welche sie ihr Eigen nennen durften, war schlichtweg zu teuer geworden in der Unterhaltung.

Es wohnte eine weitere Partei in dem Haus, ein junger Kfz-Meister samt Eltern. Beide Familien bewohnten das Erdgeschoss. Das erste Geschoss war komplett frei und die Räumlichkeiten hätte man sofort nutzen können. Auch die Zimmer im zweiten Geschoss standen für eine Verwendung zur Verfügung. Zwei Millionen DM standen zur Disposition. Diesen Hintergrund konnte uns Rosie vor dem Gespräch übermitteln.

Durch eine große Holztür betraten wir über eine breite Holztreppe das geräumige Foyer. In dem linken Teil des Erdgeschosses wohnte der Kfz-Meister samt Eltern und jüngerem Bruder. Die jetzige Wohnung der Eigentümer betraten wir durch einen relativ schmalen Flur, ausgetäfelt mit rötlichem Holz. Wir gelangten in den Vorraum, welcher dem Charakter eines Wintergartens entsprach. Ein hübscher großer Kaskadenbrunnen zierte den Raum. Der Brunnen war komplett mit verschiedenfarbigen Muscheln verziert worden. Ein munteres Wasserplätschern vermisste ich. Eine Vielzahl von großen Topfpflanzen wurde hier untergebracht, da die Nächte mittlerweile die Gefahr von Frost mit sich brachten. So standen mächtige Oleander, Datura, Kentia und Bougainvilleas hier herinnen.

Nun saßen wir in einen riesengroßen, bestimmt vier Meter hohen Raum, welcher mehrmals durch Raumteiler getrennt war. Die hölzernen Raumteiler hatten vielleicht gerade mal die Hälfte der Raumhöhe. So hatte der Raum etwas Improvisiertes, was Lagerhaftes an sich.

Unser zukünftiges Konferenzzimmer, so konnte man es sich vorstellen. Man bot uns grünen Tee an und unsere Blicke schweiften umher. Viel Stuck an der Decke. Die Tapeten fühlten sich wie Samt an und die Fenster waren bestimmt drei Meter hoch, unterteilt und stabilisiert durch brüchige Holzstreben. Sah nach hohen Heizkosten aus, da die Fenster nur einfach verglast waren.

Ein großer offener Kamin zierte den Raum.

Uns wurden freundlich die weiteren Räumlichkeiten gezeigt. Wir durchschritten den fast 12 Meter langen und 6 Meter breiten Raum, nein es war eher ein Saal. Und durch eine weitere Tür betrat man ein fast rundes Zimmer, das so genannte Raucherzimmer. Ein Ledersofa umschloss einen Kachelofen, welches die Form der runden Wand annahm.

Das braune Leder sah schon ein wenig verramscht aus und die Federn waren stark abgenutzt oder gebrochen.

Man saß etwas schief, tief und schebs auf dem ausgeleierten Sofa.

Über eine hölzerne Wendeltreppe gelangte man in ein Türmchen mit einem herrlichen Blick auf die Umgebung.

Die ca. 16 Quadratmeter umschlossen nach drei Seiten hin Fenster. An der Wand neben der Treppe befand sich ein bis unter die Decke hin geschreinerter dunkler Einbauschrank. In dem Schrank befanden sich lauter schmale, aber breite Schubfächer. Ich schob so ein Schubfach heraus und Fabius, Rosie und ich staunten da nicht schlecht, was sich uns so präsentierte. Unter einem Abdeckglas waren lauter aufgespießte, verschieden große Käfer. Unterhalb eines jeden Tiers sauber von Hand in schöner Schrift geschrieben, der zoologische Name. Ich schob dieses Schubfach wieder hinein und neugierig das nächste heraus. Wieder Käfer, dann nächstes Fach. Schmetterlinge, bunte große, kleine, fein sauber gegliedert nach Spezies oder Kontinent, ich weiß es nicht mehr. Dann noch jede Menge Spinnen und Tausendfüßler, alles bis obenhin zur Decke. Ein historisches Insektarium war das. Die unteren Schubladen beherbergten Zeichnungen von anscheinend berühmten DDR-Künstlern. Moderne Kunst. Na ja.

„Sagen sie mal, ich habe da eine Frage. Wer war denn der Bauherr oder ehemalige Besitzer, der solchen Hobbys nachgegangen ist? Auch die Weitläufigkeit der Villa und der fast schon exotische Brunnenraum da unten, was war das für ein Mensch oder ein Paar?"

Das musste ich jetzt schon etwas näher ergründen.

Die Frau gab zur Antwort: „Es lebte in den 20ern ein Firmeneigner hier. Er besaß mehrere Zuckerfabriken und war deshalb oft in Übersee. Dabei brachte er die ganzen grässlichen Viecher da mit. Dann verfiel er mehr und mehr der Spielsucht, dem Alkohol, Kokain und den Frauen. Wein, Weib und Gesang. Schließlich war er so überschuldet, dass man das hier alles gepfändet hatte.

„Mir", dabei schaute sie scharf ihren Mann an, „wurde das von meinen Eltern, deren Eltern hatten das Anwesen ersteigert, alles vererbt. Dann vom SED-Regime wieder weggenommen und letztendlich habe ich es wieder zurückerkämpft und bezahlt. Die Graphiken stammen von Dresdner Künstlern, das sind alles Originale und meine."

Der erste Teil der Villabegehung war nun abgeschlossen.

Nun gingen wir auf die andere Seite der Villa, in den ersten Stock. Eine breite Holztreppe führte dort hinauf. Treppe hoch, ein Podest, dahinter ein Gäste-WC, weitere Treppen hoch und wir standen im Foyer des ersten Geschosses.

Rechts eine Küche. Vor uns ein geräumiges Zimmer.

Vielleicht mal meines? Daneben ein großer Raum, welchen man sich als ein geräumiges Büro vorstellen konnte.

Dann links vom Foyer aus betrachtet ein Zimmer, mit dem sich Fabius anfreundete. Es war größer als meines, mit eigenem Bad und WC. Ich müsste mich mit einem Waschbecken zufrieden geben. Einen Stock höher, auf der Hälfte des Weges dorthin, wieder ein WC. In einem weiteren Türmchen war nochmals ein kleines Zimmer mit Bad untergebracht, welches durchaus das Gästezimmer sein konnte. Für unsern Heli-Piloten oder Luigi Kanone zum Beispiel.

Runter in den Keller. Dort war veraltete Heizungstechnik und Gerümpel, Staub und Spinnweben, stickig und dunkel, da die Beleuchtung nur hier und da funktionierte. Man erkannte immerhin vier mittlere bis große vollgestopfte Räume.

Hinter einer halbverfallenen Holztüre, 10 Stufen tiefer, befand sich ein großer Gewölbekeller. Ein Schmuckstück.

Nun zum Kfz-Meister. Im Erdgeschoss des Kfz-Meisters waren nochmals die gleichen Räumlichkeiten wie im ersten Geschoss, nur dass sich die Küche in einem separaten, länglichen Raum befand, welcher an das Gebäude nachträglich angehängt worden war. Sah eher aus wie ein zweiter Wintergarten, fügte sich aber ganz gut ein.

Der Kfz-Meister war informiert worden, dass wir kamen und er zeigte uns die Zimmer. Auch zeigte er uns die alte Garage, welche sich auf der anderen Seite befand. Die Garage war in die Villa integriert. Von außen erkannte man nicht, dass sich dort eine Unterbringung für KFZ befand, sondern es sah wie ein weiteres großes Zimmer oder ein Saal aus. An den Fenstern erkannte man weiße, na ja, eher schon graubraune Gardinen. In der Garage drinnen, oha, lachte uns ein auseinandergenommener brauner Oldtimer an.

Ein so genannter EMW. Nicht BMW, sondern EMW. Eisenacher Motoren-Werke, sagte uns der Kfz-Meister, nicht ohne Stolz. Mit dem wollten wir uns noch später ein wenig näher beschäftigen. Über den Garten wachte eine mächtige alte, aber gesunde und erhabene Rotbuche über einer großen, schönen Rhododendrenkolonie und eine umlaufende Sandsteinmauer erhob das Grundstück zum Teil um 1,5 Meter von der Straße an. Auf der zum Teil eingedrückten Sandsteinmauer war ein noch erhaltener gusseiserner schwarzer Stafettenzaun mit spitz zulaufenden Speerenden zu erkennen. Zwar schon angerostet, aber das konnte man wieder flott kriegen.

Mir juckten die Finger, hier einen Entwurf zu zeichnen. Ideen kamen mir, als ich kreuz und quer durch die Außenanlage hetzte.

Wieder in unserem zukünftigen Konferenzzimmer angekommen, setzten wir uns erst mal und der Fabius ergriff das Wort.

„Puh, da muss man ja eine Menge reinstecken, um das wieder wohnlich herzustellen. Die Fassade muss komplett erneuert werden. Ebenso das Dach und der Garten, gell Martin?"

Er drehte sich um und zupfte nervös an einer Falte seiner Hose umeinander. „Hier drinnen auch alles."

Dabei schaute er hoch, nach links, dann nach rechts, als ob er sagen wollte: Seht doch selbst, dass das nix ist, machts doch einfach günstiger.

„Das kostet uns Minimum 3 Millionen. Ihr wollt da allen Ernstes 2 Millionen? Das ist aber sehr viel Geld. Was meinst Du, Martin?" „Weiß auch nicht", dabei zog ich meine Stirn in Denkfalten und bewegte leicht den Kopf von links nach rechts, was Fabius sehr wohl deuten konnte und mir einen bösen Blick zuwarf. „Vielleicht sollten wir uns das mal in Ruhe überlegen, ob wir das in dieser Form überhaupt benötigen, wir haben doch erst oben unser Büro bezogen, wenn du mich so fragst, mir langt das da oben."

Mir kam das alles etwas überstürzt und zu viel des Guten vor. Villa hin, Villa her.

Noch böserer Blick von ihm.

„Also wir machen jetzt Nägel mit Köpfen. 1,8 Millionen. Wann können wir anfangen mit der Umbaumaßnahme? Hand drauf und die Käfer und Bilder sind im Preis inbegriffen."

Fabius hatte sich entschieden.

Das Ehepaar schaute sich kurz in die Augen, welche auf einmal freudig funkelten und sie gab dem Fabius auch gleich die Hand: „O. K., mein Mann und ich sind einverstanden. Bist du doch, oder?" Ein strenger prüfender Blick zu ihm, dabei nickte er gleich heftig und hinterher kam ein schnelles „Ja, ja doch." „Die Graphiken nur zu einem Teil, die Hälfte, wobei wir uns unsere Hälfte heraussuchen dürfen. Wie mir scheint, sind sie wohl nicht gerade jemand, der sich für junge moderne Künstler aus der ehemaligen DDR interessiert, oder?

Die Fassade und das Dach, den Garten, mit diesen Teilen können sie von uns aus gleich beginnen. Ebenso mit dem Keller und den Wohnungen über uns.

Wir haben schon was hier in Dresden angeschaut, in einem Reihenhaus, kann man auch schon beziehen. Ein schnuckeliges Eckreihenhaus mit Erker und Carport. Wir wären dann in 8 Wochen draußen, nachdem sie bezahlt haben.

Der Kfz-Meister Rüdiger möchte ja eine Werkstatt mit Wohnung in Lüstig bei euch da bauen. Er wollte eh im Anschluss an das Gespräch mit Ihnen das besprechen."

Man war sich einig und wir verabschiedeten uns, um zu dem Kfz-Meister Rüdiger rüberzuwechseln.

Der Kfz-Meister Rüdiger war ein höflicher zuvorkommender und ruhiger Zeitgenosse. Er bot uns einen löslichen Kaffee an und während er uns heißes Wasser dazu einschenkte und den Deckel der Trockenmilch öffnete, sprach er: „Ich wohne mit meinen Eltern und meinem jüngeren Bruder hier und ich weiß, dass ich hier nicht bleiben kann. Erstens benötige ich eine Werkstatt, zweitens wollen sie das Haus für sich alleine und drittens interessiert mich ein Grundstück auf dem Gewerbegebiet in Lüstig.

Ich benötige eine Halle und darüber möchte ich zwei Dreiraumwohnungen und eine Zweiraumwohnung. Eine für meine Eltern und eine für mich. Die Zweiraumwohnung für meinen Bruder. Wissen sie, meine Eltern wissen nicht, wohin sie sollen, zudem sind beide über siebzig, da ist es für mich selbstverständlich, dass ich mich um sie kümmere.

Die Zeiten werden sicherlich nicht einfacher für uns."

Dem Fabius war das schon wieder zu viel Gefühlsduselei und er gähnte offensichtlich und schaute sich gelangweilt in der Wohnung um.

Die Eltern saßen an einem kleinen Tischchen ein wenig abseits. Beide hatten ihre Hände miteinander kreuzweise verbunden und eine graue Decke wärmte ihre Beine. Dabei schauten sie uns ein wenig misstrauisch oder gar ängstlich an. „Mit der Finanzierung bin ich zwar noch nicht so weit, aber ich bin im Gespräch mit dem Bürgermeister Fuchs und der versprach mir, dass die Einheimischen, die Lüstiger, das Gelände günstiger bekommen. Mein Bruder, meine Eltern und ich werden dann ja Lüstiger. Mit welchem Quadratmeterpreis kann ich denn rechnen?", wollte der Herr Rüdiger wissen. Plötzlich taute der Fabius auf und machte dem Kfz-Meister Rüdiger einen Vorschlag: „5 % unter Lüstiger Preis, wenn der Oldtimer restauriert uns übergeben wird. Das ist ein Discountpreis. Besser als bei Lidl oder Aldi. Hand drauf."

Kfz-Meister Rüdiger überlegte kurz und reichte dem Fabius die Hand: „Wenn sie mir noch 5.000,00 DM drauf geben, klappt das mit den 5 %, ansonsten lege ich drauf. Manche Teile muss ich von Hand anfertigen, die kann man nicht einfach irgendwo im Kfz-Handel kaufen. Dafür gebe ich Ihnen mein Wort, dass der EMW ein schmuckes Auto wird."

Fabius schlug ein und jeder hatte wohl ein gutes Geschäft getätigt.

Schwergewicht

Mit dem Geländewagen ging es ins Büro. Vor dem Büro wartete ein silberner großer Daimler mit zwei Personen.

Fabius hatte gerade überhaupt keine Lust auf irgendwelche Geschäftsbesprechungen: „Rosie, wir müssen zum Bürgermeister, frag die beiden, was sie wollen, schreib alles auf und vielleicht taugen die ja was. Bis später."

Die perplexe Rosie kam erst gar nicht zu Wort und wir fuhren nicht zum Bürgermeister Fuchs, sondern Fabius dürstete es. Heute war ein herrlicher Herbsttag und die Sonne schien. Ich wusste von der Rosie, dass ein nettes Restaurant mit Elbblick am Weißen Hirsch sich befand. Das Restaurant „Luisenhof" hatte seine Terrasse geöffnet und wir setzten uns gemütlich hin und bestellten ein schönes großes Bier.

Ich nahm einen Flyer, welcher am Eingang gelegen hatte, und konnte feststellen, dass wir uns in einem bald 100-jährigen Restaurant befanden. Eröffnung 1895. Auch hatte man einen herrlichen Blick auf die Elbe und auf die Schwebebahn, die von der Elbe zum Weißen Hirsch hochzuckelte. Herrlich eben! Doch musste ich meinen Unmut Fabius ein wenig höflich zum Ausdruck bringen: „Eh Fabius, das mit der Villa, muss das wirklich sein? Unser Büro langt uns doch. Denk dran, mit dem kleinsten Einsatz von Mitteln das Größtmögliche herausholen, das hatten wir uns mal als Prämisse vorgenommen. Das ganze Spektakel da unten kostet bestimmt 3 Millionen an Renovierungskosten. Soll das auch wieder aus den Projektgeldern fließen? Ich weiß nicht, wie unser ‚dritter Partner' da reagieren wird."

Mürrisch der Fabius: „Das ist meine Villa, meine, verstehst du das! Meine! Du suchst dir eine Villa und unser ‚Dritter' auch. Dann hat jeder eine. Ihr bekommt doch auch eine. O. K.?

Du warst doch auch für eine Villa, oder etwa nicht?

Red mir nicht immer ins Gewissen. Das kann ich überhaupt nicht leiden! Außerdem verlagern wir das Büro dann hierher." „Schon O. K., meine Frau bekommt ein Kind und ich möchte nicht hier in Dresden was kaufen, für wen denn?

Sondern bei uns im Raum Herzogburg. Du weißt, dass meine Frau ein Problem hier hat. Sie will hier nicht her. Die war einmal mit mir ganz am Anfang dabei und hatte nur rumgemeckert. Muss ich akzeptieren. Ich bau der dort was Nettes hin und gut. Ich fühl mich hier pudelwohl und werde mir hier eine Wohnung nehmen. So eine Villa, wie du sie möchtest, für mich? Im Leben nicht.

Mir langt eine geräumige Zwei-, Drei-Zimmer-Wohnung.

Hier schau mal runter zur Elbe, am besten mit Elbblick. Ist das nicht herrlich, das Dresden?"

Fabius war genervt und die Diskussion zu lästig.

Am Tisch nebenan tyrannisierte die Terrassengäste ein im dunklen Anzug dasitzender Bayer mit seinem Handy.

Lautstark unterhielt er sich mit einem virtuellen Gegenüber und lästerte, wie blöd und faul die Ossis doch seien. Ein Jungspund von Makler, was man so heraushörte. Mal stand er auf und lief mit seiner Kippe umher, dann setzte er sich auf seine vier Buchstaben und palaverte ohne Unterbrechung unqualifizierten, akustischen Müll. Das ging nun schon eine ganze Zeit so. Nun saß er gerade wieder.

Das war ein ausgezeichnetes Ventil für Fabius, dicke Luft abzulassen. Er stand auf, ging zu dem Krakeeler, riss ihm sein Handy aus der Hand und schmiss es kurzerhand in sein vor ihm stehendes Weizenglas voller Bier. Es machte mächtig Platsch.

„Jetzt überleg dir ganz genau, ob du aufstehst, du kleines, mieses Arschloch. Wenn ja, ersäuf ich dich in deinem Glas vor dir!" Zitternd vor Angst blieb der natürlich sitzen. Fabius war sehr kräftig, hatte zwar einen Bauch, den er sich immer gern wegdachte, aber er hatte auch ganz schön ausgeprägte Muckies.

Der vor Angst bibbernde Bayer blieb sitzen und starrte auf sein Weizenbier mit dem Handy drin, von dem aus Blasen hochgingen. Dabei lag er auf seinen Armen und auf Augenhöhe mit seinem Handy. Es schien so, als ob jemand durch das Handy was quakte, da Blasen unregelmäßig und schubweise nach oben aufstiegen.

Wir zahlten und fuhren zum Büro. Dort stand immer noch der silberfarbene Mercedes.

„Was machen denn die zwei noch da, du, ich geh in die Vesperstub, kümmere du dich um die beiden."

Fabius grüßte zwar kurz, verschwand aber.

„Die ganze Zeit sitzen die beiden nun da und futtern süße Teilchen in sich herein. Schau mal rüber. Kaufen wollen die Grundstücke. Aber nur mit Fabius oder mit dir sprechen." Leise flüsterte mir Rosie das zu. Ich drückte Rosie kurz an mich und setzte mich zu den zweien, welche mampften.

Der eine war tüchtig dick, hatte eine große rahmenlose Brille auf der Nase und mächtig glubschige Augen. Sein Haupt fiel durch eine strähnige, spärliche Behaarung auf, welche nach hinten gekämmt worden war, um lichte Stellen zu verdecken. Der andere, nicht ganz so dick, hatte einen Schnauzer und volle Haare. „Na nimm auch ein süßes Eckchen. Rosie komm, bring uns noch ein Käffche", so der Ältere im Hessisch, als ob er schon tagaus tagein hier verkehren würde.

„Ich bin der Duce und der hier, mein Partner, der Martin Klatsche. Wir sitzen hier noch mal ein, zwei Stunden, um mit dir oder dem Stoff zu sprechen. Telefonisch bekommt man euch ja recht schlecht. Der Bürgermeister hat gemeint, na fahrt hin, irgendwann erwischt ihr die ja. Jetzt sind wir hier. Rosie hat uns schon ein schönes Plänchen hier gegeben und schau, das alles wollen wir kaufen."

Dabei zeigte er mit einem Finger auf den Plan und mit der anderen Hand stopfte er sich ein weiteres süßes Eckchen in den Mund. Oh, ha. Das war ja der Rest der Wohnbebauung und das Mischgebiet. Also rund 5 ha! Das entsprach bei, mittlerweile hatten wir die Preise in dem Bereich angehoben, 140 DM den qm, eben mal 7 Mio. Mäusen. Ein Freund!

Er duzte mich sofort, was mich ein wenig störte, doch was der konnte, konnte ich schon lange.

„Der Stoff hat gerade Kopfschmerzen, aber ich spreche mit ihm das durch und gebe Dir dann Bescheid, ob das so geht." „Horch, ich wohne im Hotel ‚Ballerwü', da habe ich eine Suite. Kommt doch zu mir ins Restaurant zum Essen. Ich lade euch da ein, da können wir alles in Ruhe besprechen. Am besten heute Abend, wenns geht." Duce trank noch seinen Kaffee aus und die beiden verschwanden.

Fabius lag auf der Eckbank und döste ein wenig vor sich hin. „Hab das schon mitbekommen, gehen wir erst ins ‚Vino' und dann schauen wir mal, ob der glubschäugige Dicke nur ein Schwätzer ist. Ist doch ein Hesse oder so was.

Bestimmt wieder nur ein Besserwessi." Er stand mit einem Ruck auf, verschwand kurz im Bad, parfümierte sich tüchtig ein und wir machten uns erst mal ins ‚Vino'.

Nuckelnd an einem Gläschen Rotwein stand da Luigi Kanone mit einer jungen hübschen Dame, vom Sehen kannte ich sie von irgendwo her. Die beiden Speckbrüder samt Speckpapa standen auch da. Die Speckbrüder hatten den Wandel der Zeit relativ schnell erkannt und nutzten die Gunst der Stunde und machten eine Reihe von Videotheken auf. Das Geschäft lief bombig. Besonders ordinäre Pornos und Ballerfilme fanden, weil es was Neues war, reißenden Absatz. Zudem verliehen oder verkauften sie gleich die Videogeräte mit. Papaspeck hat eine Blechbatscherfirma und war auch schon bei uns vorstellig geworden zwecks eines Gewerbegrundstücks. Theo von der Amsel hieß der Chef des ‚Vino' und kredenzte gerade einen Grappa zur Verköstigung. Auf dem runden Messingtisch faltete der Speckpapa einen B-Plan aus und Fabius zeichnete ein kleines Grundstück ein, „welches wir verkaufen könnten. Wohlgemerkt könnten!" So gefällig drückte sich Fabius aus. „Aber nur, wenn wir wollen", fügte er unnütz hinzu. Überheblichkeit, welche völlig unangebracht war. Denn die Speckleute waren richtig nette. Luigi Kanone solle sich darum kümmern, meinte Fabius. Fabius bestellte noch eine Runde Grappa und dann ab ins „Ballerwü".

Angenehm, im Restaurant war ein Pianospieler. Ein älterer Herr mit weißen Haaren und weißem Schnauzer spielte in einem dunkelblauen Anzug Evergreens von Dean Martin und Frank Sinatra. Perfekt.

Wir hatten uns für 19:00 Uhr verabredet, waren aber schon eine halbe Stunde früher da und gingen zur Bar, wo wir uns einen Campari-Orange bestellten. Dann kam Duce mit seiner Gefolgschaft. Martin Klatsche und eine elegante, hochgewachsene, dunkelhaarige Frau. Dahinter ein weiterer Mann im Anzug. Voraus ging der Restaurantchef und führte sie zu einem reservierten Tisch. Duce sah uns an der Bar und winkte den Restaurantchef zu sich, welcher sich gerade entfernen wollte, um ihm irgendwas ins Ohr zu flüstern. Beide schauten in unsere Richtung und ich verstand das so, dass er uns abholen würde. So war es auch und wir saßen mit den dreien am Tisch. Fabius gegenüber Duce, ich gegenüber Martin Klatsche und dem Herren. Die Dame zur Rechten des Duce. „Du Stöffche, das neben mir ist die Renate, mein Häschen für alles, hä, hä wirklich für alles, und der hier ist mein Geschäftsführer, der Martin Klatsche. Dann darf ich noch meinen Rechtsanwalt, den Paragraphenhengst Dr. Schussel, vorstellen. Ich bin der Totto Duce aus Frankfurt am Main. Reden wir net lange rum, denn ich hab ein wenig Hunger. Deinem Martin habe ich schon gesagt, welche Flächen wir kaufen wollen. Der soll doch bei eurem Notar das vorbereiten lassen und ich unterschreib dann hier, bei meinem Notar Schöneschluck dagegen. Mit dem Körper", er deutete auf seinen eigenen, „mit dem flieg ich nimmer gerne durch die Gegend. Ich habe von der Treuhand eine Baugesellschaft gekauft und die brauchen dringend Arbeit. Euer Standort ist gut und wir wollen da jetzt 'ne Menge investieren, bevor es zu spät ist und ihr womöglich alles verkauft habt."

„Herr Duce, da haben sie aber noch mal Glück gehabt, denn wir hätten die Grundstücke tatsächlich jetzt alle verkauft, aber so solls auch recht sein."

Herr Duce empfahl am Tisch zubereiteten Tartar und als Dessert Zabaione.

Dynamit Dresden

Nach dem netten Geschäftle und dem gutem Tartar wollten wir noch einen Umtrunk in der „Linie 6" nehmen. Fabius telefonierte mit Luigi Kanone und beorderte diesen zum Campari-Orange dorthin. Luigi Kanone hatte sich in die Frau vom ‚Vino' verguckt. Sie war mit einem Rechtsanwalt liiert, hatte aber wohl das Interesse an diesem verloren. Ich kannte beide von einem unserer Kneipenbesuche. Die In-Kneipen zu jener Zeit wechselten wie die Unterwäsche. Italiener am Goldenen Reiter, „Klax", „Leiter", „Dr. Schlüters", „Max", zur Disco ins „Hollywood" usw. Viele gibt es nicht mehr, einige wieder.

Na auf jeden Fall wollten wir in unsere „Linie 6".

Bürgermeister Fuchs hatte ich einmal von der „Linie 6" was vorgeschwärmt. Der fegte mich jedoch nur barsch an und bezeichnete es als Stasi- und Parteibonzen-Absteige. Ja, er war richtig sauer, dass wir dort verkehrten. Ich konnte das nicht verstehen. Keiner von uns konnte das nachvollziehen, denn wir hatten mit der bespitzelten DDR-Vergangenheit ja wirklich nichts am Hut. Einmal konfrontierte ich den Karli Bellmann mit den Äußerungen des Bürgermeisters Fuchs, worauf er nur ge-knickt sagte: „Ich weiß, aber die verdächtigen mich grundlos. Nur weil man in der ehemaligen DDR Erfolg hatte, brauchte man nicht gleich IM zu sein. Beweisen kann ich es natürlich nicht." Karli beteuerte, niemals als IM (informelle Mitarbeiter bei der Staatssicherheit, also „Stasi") tätig gewesen zu sein. Dorit hatte uns gegenüber nie behauptet nicht dabei gewesen zu sein. Sie hatte es nicht nötig, sich wie das Feige rote Gesock-se wegzustehlen. Nein, diese Frau stand ihren Mann. Man konnte das betrachten wie man wollte. Uns war es piepegal, die beiden waren uns sympathisch, immer nett und ausge-zeichnete Gastgeber.

Wir respektierten uns gegenseitig.

Fast zeitgleich fuhren Luigi und wir auf die „Linie 6" zu. Luigi Kanone hatten wir einen 3er BMW als Geschäftswagen gestellt, mit dem er viel und fleißig durch die Gegend fuhr. Schon hatten wir unseren ersten Campari-Orange vor uns stehen. „Du Fabius, ich habe da so eine Idee", legte ich nach dem zweiten Getränk los.

„Das Stadion von Dynamit Dresden liegt doch mitten in der Stadt. Zudem befindet sich das Stadion doch in einem erbärmlichen Zustand. Habe mir das mit dem Luigi mal angeschaut. Normalerweise gehört so ein Stadion an die Peripherie der Stadt, an die Autobahn, dass die Zuschauer schnell hinkommen und schnell wieder verschwinden können, doch nicht aber mitten in die Stadt. Genauso bescheuert wie das Eishockeystadion. Bloß interessieren die uns wirklich nicht, denn die spielen ja lediglich in der Liga unter ‚ferner liefen‘. Aber Schubsball, da spielen die in der ersten Division. 50.000 Zuschauer kommen da. Alle mitten durch die Stadt. Ein Ding der Unmöglichkeit. Weißt du, was wir da vorschlagen können?“ „Was hast du denn jetzt wieder vor?“ Halbinteressiert nuckelte Fabius an seinem Röhrchen, welches Kontakt zu seinem Campari-Orange hatte.

„Na wir reißen das alte Geraffel ab und bauen an der Autobahn eine neue Arena. Finanzieren tun wir das, indem wir die Grundstücke in der Stadt mit Büros und Wohneinheiten bebauen. Was glaubst du denn, was das für Werte sind? Die Sonderabschreibungen laden doch die Wessis förmlich dazu ein, mitten in Dresden zu investieren. Wir sind der Motor und die Sonderabschreibungen der Sprit, damit die Karre fährt. Bedarf ist jede Menge da. Schau dich doch um. Da können wir locker ein neues Stadion mit allem drum herum dort beim ‚Wilden Mann‘ oder in ‚Klotzsche‘ hinbauen. Mit den Gewerbegebieten, lange geht das nicht mehr gut. Was hältst du davon?“ Ich merkte, dass er nachdachte. „Du sprichst immer nur pessimistisch von den Gewerbegebieten. Lassen wir das. Da nehmen wir aber den Duce mit ins Boot, als Bauunternehmer, schauen wir mal. Besprechen wir.“

„Yäh, Fabius Stoff for President!“, schrie Luigi Kanone heraus.

Luigi Kanone musste ab sofort jetzt emsig alles an Informationen über Dynamit Dresden zusammenbringen, was er konnte. Wir wussten, dass der Club in finanziellen Schwierigkeiten steckte und die Führungsebene um einen gewissen Schaafskopp und Schlauberger mächtig in der Presse rumgeschmiert wurden. Viele der Fans waren gänzlich unzufrieden, weil viele Seilschaften in der Führungseben sahen. Dies war ein ausgezeichneter Nährboden für Intrigen. Man musste die Fans nur ein wenig aufstacheln, einige ehemalige Schubsballgrößen auf unsere Seite ziehen und an der nächsten Wahl, welche im Frühjahr anstand, mit einem funktionierenden Team aus Geldgebern und Einheimischen auftreten. Den Duce und Klatsche informierten wir und Duce war gleich mit Feuer und Flamme dabei.

Martin Klatsche hatte wie ich zwar viele Befugnisse, aber nach außen hin eine relativ bescheidene eigene Meinung.

Stoff und Duce wollten sich in nächster Zeit endgültig in die Annalen der Stadt Dresden einschreiben. Somit fassten wir ein neues Ziel ins Auge.

Jetzt wollten meine Frau und ich nach Rügen auf den schon besagten Kurzurlaub ins „Cliff-Hotel". Überschnitt sich jedoch mit dem winterlichen Bums-Trip des Fabius nach Pattaya. Er wollte unbedingt, dass ich da mitfliegen sollte. Als ich da nicht so mitzog, wurde er richtig pampig: „Was glaubst du, dass ich alleine mit den Bürgermeistern da hinfliege. Für wen mache ich das denn alles? Nur für mich alleine etwa? Du musst da schon ein bisschen Geschäftsinteresse zeigen. Das kann ich von dir als Partner erwarten. Luigi Kanone und Butta Blablagür, die müssen auch mit. Da gibt es keine Ausnahme! Die haben nämlich die Aufgabe, Fotos zu schießen.

Vielleicht brauchen wir die ja mal, falls der eine oder andere Bürgermeister aus der Reihe tanzt. Du verstehst?"

Fabius hatte gebucht und ich gab ihm zu verstehen, dass sich die Buchung mit der meinen in Kollision befand.

Meine Frau hatte viel früher gebucht als er. Das wusste er nur
zu gut, spielte aber mit dem Gedanken, dass ich den Urlaub
mit meiner Frau einfach revidieren werde. Ich sagte nein, versprach aber, dass ich einen Tag später nachkommen würde.
Die Meute flog also vor und wir hatten ein paar nette Tage
auf Rügen. In dem 1978 als „Erholungsbad Baabe" eröffne-
tem Hotel, welches sich seit 1990 zum „Cliff-Hotel Rügen"
wandelte. Die damalige Politpromis wie der Honny und die
anderen Spezialisten waren dort gerne Gäste. Mit eigenem
Aufzug vom Strand in die Lobby. 256 Zimmer und einiges an
Gastronomie standen den Gästen zur Verfügung. Rolf Zacher
und noch ein paar andere Schauspieler traf man dort an.
Mussten wohl einen Film gedreht haben. Vielleicht den „Brocken".

Vor allem die kleinen Restaurants in den umgebenen
Ortschaften hatten es uns angetan. Tolles Essen zu vernünftigen Preisen. Unbedingt wiederholenswert. Leider mussten
wir zurück und ich ganz weit in die Ferne.

Meiner Frau erzählte ich was von wichtigen Terminen
in Riad, zwecks Aufbau von Kuwait und fort war ich. Dumm
nur, dass ich meinen Reisepass nicht fand. Ich konnte suchen, wie und wo ich wollte, der Reisepass tauchte einfach
nicht auf. Mir kam in den Sinn, dass mein jüngerer Bruder
mir ähnlich sah. Ihm schilderte ich das Problemchen und er
gab mir seinen Reisepass als Leihgabe. Die Überlegung war
relativ einfach. Für uns Europäer sehen die Asiaten ja irgendwie alle gleich oder ähnlich aus. Also müsste es umgekehrt
ja genauso sein. Fabius würde mir ohnehin nicht abnehmen,
dass ich meinen Reisepass verlegt hatte.

12 Stunden später war ich auch schon in Bangkok.

Ich muss zugeben, dass ich an der Passkontrolle nervös
war und tüchtig ins Schwitzen kam. Klar waren hier 37 Grad
Hitze, aber der Zollbeamte musterte vor mir in der Schlange jeden ganz genau. Oder bildete man es sich in so einer

Situation nur ein? Er stempelte die Pässe ab und nahm den Einreiseschein entgegen. Als ich an die Reihe kam, schaute er erst in den Reisepass meines Bruders, dann auf mich, dann wieder in den Reisepass, lächelte, murmelte was vor sich her, schüttelte, warum auch immer, den Kopf und stempelte diesen ab.

Puh! Gerettet.

Mit dem Taxi machte ich mich dann auf nach Pattaya, für die nächsten 5 Tage.

Beziehungskiste

Fabius war mit dem Bürgermeister Fuchs unterwegs, um was mit dem BV Gräserstraße abzuklären. Rosie hatte in meinem Timer einen wichtigen Termin mit Ausrufezeichen vermerkt. Socke-Consult hatten sich angemeldet.

Zwei Herren im grauen Anzug mit Sonnenbrille und Aktenkoffer erschienen, klingelten und ich öffnete denen die Türe. Ich fühlte mich nicht sehr doll, denn ich hatte eine durchzechte Nacht hinter mir. Erst im Butzenball („Heideland") und danach in der „Linie 6", wichtiger Termin wegen Dynamit Dresden. So kamen mir die beiden überhaupt nicht gelegen. Rosie hatte heute frei und war mit Dirk Hirsch und Luzie unterwegs.

Die zwei Herren bat ich, Platz zu nehmen und kochte einen starken Kaffee. Der jüngere, ein typischer Bückling, machte bereits fleißig Notizen, warum auch immer, und der etwas ältere Herr, wohl sein Vorgesetzter fragte mich, während ich in der Küche ein und aus ging, allgemeines Zeug, woher ich komme, wie alt ich denn sei und wie viele Projekte wir zur Zeit hätten. Als ich mich schließlich zu denen setzte, packte der Bückling aus seinem speckigen Aktenkoffer Grundrisse und Perspektiven von Ein- und Mehrfamilienhäusern aus und der Ältere versuchte professionell zu erklären:

„Das sind unsere Hausmodelle. Die fertigen wir vor. Diese wollen wir hier zum Einsatz bringen. Das rechnet sich auch für sie, wenn sie sich die Zahlen hier anschauen. Wir haben mit spitzem Bleistift gerechnet. Schauen sie mal!"

Dabei zeigte er auf eine Flut von Zahlensträngen, die ich mir anschauen sollte. Mich langweilten diese beiden Herren.

„Jetzt habe ich mal eine Frage? Was wollen sie eigentlich von mir. Wenn sie uns Häuser verkaufen wollen, dann sind sie hier gänzlich falsch. Wir verkaufen Grundstücke und kaufen keine Fertighäuser."

Es ging noch ein ganzes Weilchen hin und her, bis ich das Gespräch unterbrach und den beiden die Türe öffnete, damit sie von dannen gingen. Das konnte doch nicht wahr sein, was hatte sich da Rosie nur gedacht. Wollte sie mich ärgern? Vertretertypen. Alles, nur das nicht.

Hoppla, was war das denn? Hatte der Bückling seinen Protokollblock vergessen. Na schauten wir mal, was der da aufgeschrieben hatte. Hier im Osten schrieben die meisten in eine Art Buch. Also Hartpappe als Umschlag. Meistens in einem milchigen Blau. So ein Büchlein lag nun da und ich blätterte, was der emsige Mensch da wohl notiert hatte.

Ich konnte gar nicht glauben, dass man in so einer kurzen Zeit so viel über mich und Stoff & Kollegen aufschreiben konnte. Und was der für ein Müll hier mit engen kleinen Buchstaben gekitzelt hatte: „Herr Stengele wirkt nervös und unkonzentriert. Seine Krawatte ist nicht richtig zusammengeknotet.

Sein Hemd hängt aus der Hose. Er gibt an, Architekt zu sein. Vermerk: Ich muss das bezweifeln. Herr Stengele weicht konkreten Fragen des Kollegen Steinbeißer aus.

Er weicht Blickkontakt aus. Unseren ökonomisch revolutionären Mehrraumwohnungen schenkt er wenig Beachtung. Er zeigt sich wenig kooperativ.

Seine Äußerungen zu unseren Projektierungsleistungen wirken provokativ.

Vermerk: Sollte Lösung 2 nicht greifen, werden wir das nochmals energisch mit Lösung 4 versuchen.

Diese Bürozelle ist eine zweite Struktureinheit. Die erste befindet sich in Herzogburg. Von den zwei Zellen gehen alle operativen Koordinierungen aus.

Vermerk: Bei der nächsten Kollegenbesprechung empfehle ich Untersuchungen einzuleiten und über S & K Informationen zu sammeln ... und so weiter."

Was war das denn für ein Deutsch, dachte ich noch, als die Tür aufging und der miese Schmierfink vor mir mit hochrotem Kopf da stand und fragte, ob er sein Protokollbuch hier vergessen hatte. „Da, nehmen sie das da und ich wünsche Ihnen für die Zukunft alles Gute, hier brauchen sie sich nimmer blicken lassen. Im Übrigen hatte ich nie behauptet, Architekt zu sein, und was ist überhaupt Lösung 4?"

Ich machte keinen Hehl daraus, ironisch wirken zu wollen. Wortlos nahm er sein Büchlein und verschwand auf Nimmerwiedersehen.

Luigi Kanone kam gerade aus Herzogburg mit Akten an, welche er vom Steuerberater mitgebracht hatte, als ein blauer älterer Passat vor dem Büro hielt und ein großer Hüne von Mann im grauen Trenchcoat anklopfte und eintrat. „Mein Name ist Wolfgang Bechtel und ich bin Bauingenieur. Ich war beim Bürgermeister Fuchs und fragte nach Arbeit, da hat er mir Ihre Adresse aufgeschrieben. Ich suche eine Anstellung als Bauingenieur oder was in der Richtung. Ich bin zwar schon 52 Jahre, aber ich bin flexibel in allem."

Ich schaute den Herrn genau an: „Es tut mir Leid, aber wir vergeben alle Planungs- und Bauleiterleistungen an Dritte.

Wir sind, wie man so schön sagt, ein interdisziplinäres Büro. Selbst hier Stoff & Kollegen, wir sind gerade mal, nimmt man Fabius' Schwester noch hinzu, fünf Leute. Mehr brauchen wir wirklich nicht. Tut mir Leid."

Der Herr setzte sich und nahm seinen Kopf zwischen die Hände, wobei er die Arme auf seine Knie stütze.

„Mein Leben lang habe ich gegen diese sozialistische Diktatur angekämpft und immer wollten die mich fertig machen. In die Partei bin ich nie eingetreten und jetzt, als endlich die Wende kam, ja ... jetzt bin ich zu alt und keiner braucht mich mehr. Die roten Socken, welche mir das Leben schon früher schwer gemacht haben, genau diese Wendehälse haben jetzt wieder einen Posten. Beziehungen! Nicht mehr im Kombinat, nein, jetzt sind sie Betriebsleiter oder Baumanager und bei den Behörden ist es keinen Deut anders. Es ist zum Verzweifeln." Dabei weinte er. Luigi und ich schauten uns an und zuckten die Schultern. „Jetzt trinken sie doch erst mal einen schönen Kaffee. Luigi, hol mal, sei so gut."

Was der Mann da sagte, rührte mich zutiefst und ging mir durch Mark und Bein. „Vielleicht finden wir ja eine Lösung. Kennen sie die Firmen Schwappes oder Sorbit, die sind für uns in Lüstig gerade tätig, die Sorbit sind Ossis, aus einem großen Kombinat entstanden, fragen sie mich aber nicht, aus was für einem." Dabei stellte ich zu seinem Kaffee noch Milch, Zucker und ein paar Kekse. Er schüttelte den Kopf. „Ich ruf da gleich mal an."

Bei Sorbit verlangte ich gleich den Seniorchef und wurde prompt verbunden. Ihm schilderte ich die Situation und drohte scherzhaft mit Auftrag der Gräserstraße, welchen wir noch nicht vergeben hatten.

So konnte ich für den Herrn Bechtel ein Vorstellungsgespräch direkt mit dem Chef gegen Mittag vereinbaren. Dankend verließ er unser Büro. Einen Tag später brachte der Herr Bechtel uns einen Geschenkkorb mit sächsischen Spezialitäten vorbei. Er wurde als Bauleiter eingestellt. Ich fühlte mich richtig wohl, was Gutes getan zu haben. Als Belohnung

für die gute Tat machte ich dem Luigi den Vorschlag, ins ,Vino'
zu fahren, um eine Flasche ,Witwe' zu schnabulieren.

Mit Würde

Natürlich standen die Speckbrüder mit ihren dicken Bäuchen
bei einem gepflegten Spätburgunder an dem runden Tisch.
Der untersetzte Herr Rettich stand auch dabei und grinste uns entgegen. Wir erzählten uns Ferkelwitzchen, als der
schwarze Caddy anrauschte. Mittlerweile wurde unser Heli-
pilot Janusch auch als Choffeur mit eingesetzt. Fabius bestand darauf, dass er einen dunklen Anzug, blaues Hemd,
Krawatte und eine Schirmmütze trug. Die Krawatte suchte er
dabei meistens selbst aus. Unsere Durchlaucht Fabius stieg
aus und hatte ein wenig Mühe, sich auf den Beinen zu halten.
Er hatte äußerst schlechte Laune, schimpfte wie ein Rohr-
spatz.

Nach dem späten Mittagessen mit dem Bürgermeister
bei einem Chinesen auf dem ,Weißen Hirsch' musste er die
Bedienung anbaggern, was wohl nicht so hinhaute, wie er
sich das vorgestellt hatte. Den Bürgermeister Fuchs ließ er
von Janusch in sein Büro bringen und er wollte die leckere
Bedienung rumbringen.

Mittlerweile stand er bei uns am Messingtisch und
kippte ein Glas Spätburgunder auf Ex runter. „Diese blöde
Kuh, was glaubt die eigentlich? Mich, den Fabius Stoff, abblitzen zu lassen. Ich habe ihr alles angeboten. Essengehen,
Hubschrauberflug. Nö, die will nicht mit mir vögeln. Bloß weil
sie einen Freund hat und verliebt ist. Ist das denn ein Grund,
mit mir nicht vögeln zu wollen, frage ich euch?"

„Tja Herr Stoff, klappt halt nicht immer, wie sie sich
das vorstellen. Nehmen sie es doch, sagen wir mal, sportliche
Niederlage."

Das hätte wohl der liebe Herr Rettich besser nicht los-
lassen sollen. In diesem Zustand empfand das Fabius als eine
Beleidigung. „Da schau an, der ‚Ei her, her'. Mit Ihnen bin ich
auch noch nicht fertig. Ihr Projekt können sie sich an die Wand
schmieren." Hektisch kippte Fabius einen doppelten Grappa
hinunter. „Mit solchen Leuten wie mit ihnen, da mache ich
nicht lange rum. Machen sie ihr Projekt, mit wem sie wollen,
nicht mit uns. sie Pfuscher. Bankrotteur."

Herr Rettich hatte an einer gemeinsamen abendlichen
Besprechung im „Trompeter" bei der besten Leberknödelsup-
pe Dresdens einmal gestanden, dass er seinen Betrieb gegen
die Wand gefahren hatte und somit eine EV (Eidesstattliche
Versicherung) ablegen musste. „Sie haben doch den Krall-
heimer gemacht. Ihre Finger sind ja schon ganz krumm vom
Verbiegen vor dem Richter", lästerte er über den Rettich und
machte mit seinen Armen, Händen und Fingern spastische
Bewegungen. „Eh, jetzt lass doch den dicken Rettich in Ruhe,
außerdem habe ich auch schon eine Pleite hinter mir", be-
schwichtigte ich den Fabius.

„Alles Bankrotteure. Mit welchen Kurpfuschern gebe
ich mich eigentlich ab. Der Luigi Kanone ist auch so ein Nullinger. Da zeigt doch keiner Stärke, außer mir."

„Tja, mein lieber Fabius, wir haben die Pleite schon
hinter uns, nicht dass du die noch vor dir hast." Sollte witzig
von mir gemeint sein, alle lächelten auch ein wenig spöttisch,
da man sich in dem Fall automatisch mit dem Rettich soli-
darisieren musste. „Wenn ich untergehen sollte, dann mit
Würde und mit Stil. Außerdem vergleiche du dich doch nicht
mit dem ‚Ei her, her'-Rettich da. Kauf dir doch endlich mal
einen vernünftigen Wagen, das kann man ja nicht länger mit
anschauen", meckerte er wieder mal über meinen Geländewagen.

„Ach, der langt mir doch locker. Für hier ist der optimal.
Wie oft warst du mit deinem Caddy schon in der Werkstatt,

weil du überall hängen bleibst? Siebenmal oder achtmal?"
Meine Aussage löste hämisches Gegrinse aus.

„Ihr könnt mich alle mal!" Er ging wütend unter Fluchen und Absingen schmutziger Lieder hinaus und kletterte mit größter Mühe auf den unschuldigen Geländewagen. Endlich auf dem Dach angekommen, fummelte er an seiner zerknitterten Hose herum, packte seinen Kameraden aus und pinkelte unter irrem Lachen auf meine Motorhaube. Irgendwie sah das alles völlig absurd aus. Dieser Fabius hatte Darstellungsprobleme. Er, der große Geschäftsmann, mit Würde und Stil, gab sich wie ein trotziger unverschämter Bengel.

Nachdem er seine Notdurft über dem Geländewagen verrichtet hatte, sprang der Betrunkene vom mittlerweile zerbeulten Dach und landete voll auf seinem Allerwertesten, um weiter in das Rosenbeet zu rollen. Hä, hä, hä machte es von allen Seiten. Na der Anzug war auch im Eimer. Zerkratzt und zerschunden machte er sich irgendwohin auf, um weiter der Menschheit auf den Geist zu gehen.

Ich munterte Jens Rettich ein wenig auf und meinte nur, das mit seinem Gebiet bekämen wir schon auf die Reihe. Mir kam da so eine Idee.

Die Einstellung des Luigi Kanone könnte hierfür Pate stehen.

Gelegte und ungelegte Eier

Am Frühstückstisch, Rosie hatte schön eingekauft und frischen Kaffee gekocht, wollte Fabius von dem gestrigen Vorfall nichts mehr wissen. Ich sprach ihn auch nicht mehr darauf an. Nur mein zerbeultes Dach nervte mich ungemein.

„Das sind frische Brötchen, schau." Rosie zerschnitt das Brötchen in zwei Teile. „Nicht so wie Westbrötchen, in der Mitte nur Luft. Das wollte ich schon lange mal loswerden.

Die Bäcker bei euch bescheißen die Kundschaft. Drückt man drauf. Pffft. Nur Luft." Das Telefon klingelte: „Martin, deine Frau." Rosie hielt mir den Hörer hin.

Anja: „Nur wenn es dich interessiert. Ich muss jetzt ins Krankenhaus, die Wehen fangen an. Du kannst dich aber gerne weiter amüsieren." Aufgelegt.

Ich rief sofort das Reisebüro an und nahm die nächste Maschine nach Stuttgart. Zuhause angekommen stellte ich fest, dass sie noch zu Hause war. Der Arzt riet ihr aber, sich noch am Abend ins Krankenhaus zu begeben. Wir hatten uns mehrere Krankenhäuser an den Wochenenden angeschaut, Kreißsaal, Unterbringung usw. und uns für eines hier in der Umgebung entschieden. Den Koffer hatte sie sich schon gerichtet und so ging es ab ins besagte Krankenhaus.

Dort blieb ich dann bei ihr mehrere Stunden im Kreißsaal. Badewanne füllte ich ihr. Sie rein, raus. Wieder rein, wieder raus. Nichts geschah und eine Ärztin meinte zu mir, nachdem es schon nach 24 Uhr war, ich sollte doch nach Hause fahren. Sobald es spannend werde, würde sie mich anrufen. Ich fuhr müde nach Hause und versuchte zu schlafen.

Am Morgen wachte ich gegen 8:00 Uhr auf und hetzte gleich an das Telefon. Eine Ärztin nahm meinen Anruf entgegen und meinte, ich könne ja so langsam losfahren. Deshalb langsam, weil das Kind schon da wäre.

Schön, Geburt verpennt. Man macht sich ja als werdender Papa so seine Gedanken oder hat seine Vorstellung, wie das Papawerden vonstatten geht. So jedenfalls nicht.

Auch egal, beäugten wir das Bübchen mal.

Ein Winzling schaute mich da an. Babys so direkt nach der Geburt sehen doch irgendwie zerknittert aus. Das aus so was mal ein richtiger großer Mensch werden kann. Hut ab, Mutter Natur.

Ich gab ihm innerlich den Namen Smeagel, nach einer Figur aus dem „Herrn der Ringe". So stellte ich mir den Smeagel vor. Kein schöner Anblick, Martin. Kein schöner Anblick.

Anja blieb noch einen Tag und eine Nacht zur Beobachtung im Krankenhaus und am anderen Tag holte ich sie dann in unsere Zweizimmerwohnung ab.

Eindeutig zu klein für eine Familie. Es musste eine Lösung her und tags drauf ging es dann in die Fertighausausstellung nach Stuttgart. Nach ein paar Stunden fanden wir auch den geeigneten Häuslebauer.

Dann ging es flugs. Mit Unterlagen und Zahlen bewaffnet begab ich mich zur Bank. Der Bankdirektor, ein alter Bekannter und Kegelbruder meiner Eltern, empfing mich auch sofort. Er hatte natürlich von den Projekten gehört und verfolgte aufmerksam die Bankbewegungen auf meinen Konten. Schorlekarle, wie wir ihn nannten, hatte immer eine knollig rote Nase und er wollte mit mir schon immer mal über die Sache im Osten reden. So von Mann zu Mann.

Ich machte ihm die Sache mit dem Bauvorhaben Gräserstraße schmackhaft zwecks Finanzierung. Gespannt hörte er meiner Ausführung zu. „Deine poplige kleine Hausfinanzierung in Höhe von 1,5 Millionen DM, das machen wir nebenbei", meinte er ganz locker.

Schon interessant. Die gleiche Bank, allerdings in meiner Region, hatte mir vor ziemlich genau zwei Jahren meine Firmenkreditlinie in Höhe von gerade mal 15.000 DM gekündigt. Bei den jetzt „bescheidenen" 1,3 Mio. DM genügten ein paar Unterschriften und das Kapitel war erledigt.

Zu einer Besprechung mit dem Fabius bezüglich Finanzierung Gräserstraße wollten wir uns auch gleich Anfang kommender Woche in Herzogburg treffen, um das Bankprocedere abzuchecken.

Ein Grundstück für unser Haus fand ich auch bald und kaufte es. Mich wurmte der hohe Preis, aber das war halt noch Einzugsgebiet Stuttgart. Fabius, dem ich mein Vorhaben geschildert hatte, war ein wenig verschnupft darüber, dass er nicht unser Haus plane, sondern die Fertighausfirma uns einen jungen russischen Architekten zur Hand gab.

Hätte der Fabius das geplant, so würden wir heute noch auf die Entwürfe warten.

Vor dem Gespräch mit dem Schorlekarle hatte sich der schöne Markus mit Finanzierungsspezialisten angemeldet.

Da könne man so richtig fett „Asche" machen, mit SLC – Stand by Letter of Credit (Bankbürgschaften), von Zinserträgen um die 20 % oder mehr, also so richtig mit Schmackes einen ordentlichen Reibach einstreichen. An dieses Business kommen nur Top-Banken oder Top-Unternehmen ran. Alles mit viel Pssst und hinter vorgehaltener Hand. Nichts für den Normalbürger. Nein! Mir kam das alles ein wenig spanisch vor, zumal der Fabius, unser Top-Unternehmer, wen wunderts, ganz begeistert war. So saßen wir mit den zwei Finanzjongleuren in dem Besprechungsraum. Markus, Fabius und ich hörten den Wortakrobaten zu und die malten irgendwelche wirre Verbindungen auf Papier und sprachen jede Menge Englischdeutsch, ganz wichtige Begriffe wie „Triple A", „Trader", „Futures", „Spread", „Top-10-Banken", alles Begriffe, die man mit ein paar deutschen Worten viel vernünftiger erklären konnte.

Es klingelte an der Tür und Schorlekarle stand mit zwei Flaschen selbstgekeltertem Trollinger da. Zum Hobby war er ein emsiger Winzer.

Ich stellte die Herren gegenseitig vor und Schorlekarle setzte sich ganz ruhig hin, stellte die beiden Flaschen unter den Tisch, dachte in sich hinein und hörte den Spezialisten zu. Dann unterbrach er mit einem Mal und fragte den einen: „Sagen sie mal, sind sie nicht der Herr Schimmelpfennig?" Dieser bejahte ein wenig irritiert und nervös.

„Sie suchen wir doch schon seit zwei Jahren per Strafbefehl wegen Finanzierungsbetrugs." Bei den beiden brach auf einmal ein wenig die Panik aus und sie hatten es ganz eilig, das Weite zu suchen.

Ein Anruf bei der Kripo erledigte das Gespräch vollends, kurz darauf machte es „Klick" und das Renditebaby wurde eine Fehlgeburt. Der höhensonnengebräunte Markus zuckte nur die Achseln und verabschiedete sich kleinlaut. Nix mit Provision. „So, nachdem das erledigt ist, wollen wir doch richtige Geschäfte machen!" Dabei schenkte Schorlekarle uns in die vor uns stehenden Gläser eine Kostprobe seines Trollingers ein. „Wir als Bank sind interessiert, das BV Gräserstraße zu finanzieren. So, das ist das eine. Der Martin sprach da von 10 Mio. – genau unsere Kragenweite als mittelständische Bank. Schnell und unkompliziert geht das. Wir sind fünf gleichberechtigte Vorstände. Ich bin aber der Vorstandsvorsitzende und somit der Zampano. Die Zustimmung der Aufsichtsräte hole ich mir auf der nächsten Sitzung. Natürlich sind wir nicht nur an den Grundstücken interessiert. Wir wollen auch die Häuslebauer finanzieren, das ist das andere. Das Dritte ist aber noch besser."

Er schaute nach links, dann wieder nach rechts, so als könne uns jemand belauschen, um dann im Flüsterton weiterzusprechen. „Ich habe zwei Kunden, die haben 'ne Menge Schwarzgeld, hä, hä. Die wollen das weiß waschen. Wir können da doch ein paar Reihenhäusle hinbauen. Offiziell hohe Rechnung, tatsächlich bauen wir doch viel günstiger, was haltet ihr Strategen denn davon? 15 Häuser, was dürfen denn die dort kosten, Herr Stoff?" „Na ohne Grundstück, gehen wir von 150 Quadratmeter Nutzfläche aus, nehmen das mal 2.500 DM, dann liegen wir bei 375.000 DM. So, jetzt rechnen wir anders. Wir kriegen die Geschichte für, sagen wir mal, 2.200 DM gebaut und offiziell nach außen für 3.100 DM. Rechner komm, sei jetzt schön brav. Das wären pro Haus eine Spanne von 135.000 DM. Hoppla, pro Haus", rechnete der Fabius flugs aus und schaute erstaunt auf den Rechner.

„Hört sich doch besser an als die vorigen Quacksalber. Das teilen wir dann durch drei. Ihr zwei und mich als kleiner

Bankdirektor." „Nicht ganz richtig Schorlekarle, wir sind vier. Wir haben einen dritten Partner im Bunde, dem wir versprochen haben, dass wir ihn bei den ganzen Geschäften, was Lüstig anbelangt, gleichwertig einbeziehen werden. Da beißt die Maus nun mal keinen Faden ab. Ist aber kein Nachteil, bei Genehmigungen usw., wenn du verstehst, was ich meine", schenkte ich da gleich mal reinen Wein ein, wohl wissend, dass da gleich wieder jemand was zu meckern hatte. „Jetzt sei doch nicht päpstlicher als der Papst. Den ‚Dritten' nehme ich bei mir mit rein, fertig", trickste der Fabius umeinander. „Nix da, da bleiben wir schön sauber und wie sagst du immer? Loyal. Da muss ich einfach darauf bestehen. Ansonsten kriegen wir einen riesengroßen Ärger mit dem, das wollen und können wir uns nicht leisten. Oder Fabius?"

Ich blieb stur wie ein marokkanischer Esel. „Also, Kinder, ihr müsst euch da schon jetzt einig werden. Lasst uns doch mal rechnen. Pro Haus 135.000 Mäuse mal 15 Häuser, geteilt, dass sind pro Kopf 506.250 Mark, welche wir in die Schweiz bringen können. Ist das nichts?"

Somit bereitete Schorlekarle unserem Gezerre ein Ende.

Kaufrausch

Butta Blablagürs Mannen bauten fleißig die Villa um. Dirk Hirsch restaurierte mit einem ungarischen Team die Innereien des Hauses. Dabei entpuppten sich die Restauratoren als äußerst geschickt und vielseitig. Besonders problematisch stellten sich die Arbeiten im Besprechungssaal dar. Original waren die Tapeten aus Samt. Es dauerte eine ganze Zeit, bis Fabius was Adäquates gefunden hatte. Der Stuck an der Decke wurde wie ursprünglich mit Blattgold bezogen.

Nach einer Baubesprechung mit Butta Blablagür und Dirk Hirsch konnten wir die Bauzeit ein wenig abschätzen.

Also in acht bis zehn Wochen müsste das fertig sein. Die Fassade erstrahlte in einem dezenten hellen Blau und das Dach war frisch eingedeckt. Alleine die Dachreiter, das sind die Kupferspitzen auf dem Dach, hatten die Kleinigkeit von knapp zweihunderttausend DM gekostet.

Mit einer Ingenieurin von den Schappes-Leute hatte ich schon mehrmals Termine hier im Garten gehabt und ich kreierte wie ein Wilder Gartenentwürfe.

Am anderen Tag, frühmorgens, musste ich zu einem Notartermin nach Stuttgart, zum Notar Marder fliegen.

Danach waren noch zwei Termine im Büro Herzogburg angesagt. Der Termin beim Consigliore war schnell erledigt und dann ging es mit der S-Bahn ins Büro. Luigi Kanone saß gemütlich in der Küche bei einem Kaffee, paffte eine Lulle und las in einer Illustrierten, „Praline"' oder so einen Schund. Fabius blieb in Dresden und beschäftigte sich mit den zukünftigen Gewerbegebieten des BM Hecht. Mit Lucky Hans hatte er im Landratsamt Meißen jede Menge Termine. Danach wollte Fabius mit dem Heli zurückfliegen, denn wir wollten tags darauf nach Hannover. Die CEBIT interessierte mich mehr und Fabius weniger. Aber er wollte unbedingt mit. Wir erwarteten Fabius also gegen Abend.

Der erste Termin war mit einem Saunahersteller. Das traf sich gut, denn in meinem Haus wollte ich auch eine Sauna einbauen lassen.

Der Vertreter des Saunaherstellers nahm im Besprechungs-raum Platz und breitete farbiges Prospektmaterial aus. In Fabius' Villa sollten eine Trocken- und eine Feuchtsauna hinein. Bei mir zu Hause schlug er eine kombinierte vor. Wusste gar nicht, dass es so was gab. „Ja, da brauche ich mehr Angaben von Ihnen. Das muss man doch alles planen. Größe der beiden Saunen, Anschlüsse, diese Daten sollte ich schon haben. Sie sind ja nicht gerade vorbereitet, ich benötige da genaue Informationen", forderte der Vertreter ein wenig pampig. Richtig war, dass wir keine Grundrisse hatten, eigentlich hatten wir gar nichts. Nur so eine vage Vorstellung, weshalb er ja gerade da war. „Sagen sie mal, wollen sie einen Auftrag, ja oder nein?" Ich konnte auch etwas unwirsch sein. „So geht das doch nicht. Wir sind hier führend auf dem Markt und das habe ich noch nicht erlebt, dass ich bald 70 Kilometer fahre und mir liegt nichts vor. Wie soll ich denn da ein Angebot zusammenstellen? Also meine Herren, ich muss schon bitten." „Dann heben sie gefälligst Ihren Allerwertesten und fahren auf die Baustelle nach Dresden, schauen es sich an und machen uns ein vernünftiges Angebot, ansonsten vergessen sie das Gespräch. Gehen sie, mein Herr, gehen sie, ich will sie erst wieder sehen, wenn sie was aufs Papier gebracht haben und gute Fahrt." So, dem hatte ich eine Aufgabe gegeben. Tatsächlich stand er auf und fuhr schnurstracks nach Dresden.

Der zweite Termin, welchen die Schwester von Fabius in meinem Timer eingetragen hatte war, ich musste zweimal in den Timer schauen: Vertreter Weinhandel Bónbón. Auf die Frage zu ihr, was das sollte, meinte sie nur, Fabius hätte den bestellt. Er wünschte, dass wir den Weinkeller in Dresden füllten. Ich sollte doch schon mal was probieren. Er würde ja später dazu kommen.

Es klingelte auch an der Tür und ein smarter junger Mann im Anzug mit Krawatte, Motiv kleine grüne Weinflaschen auf rosa Hintergrund, dazu mit zwei schweren Pilotenkoffern bewaffnet, wohl die Probierflaschen, stand da vor uns. Wir bevorzugten die Küche und der Vertreter öffnete seine zwei Schatzkammern. Voller Weinflaschen waren diese. Luigi Kanone brachte auch schon verschiedene Gläser und stellte diese auf den Tisch. Wieder klingelte es und Butta Blablagür stand mit seiner Datschkappe auf seinem Kopf da. „Natürlich, wer denn sonst? Der riecht es förmlich, wenn es was umsonst zum Saufen gibt", begrüßte Luigi so den Butta.

„Halt doch du dein großes, vorlautes Maul. Ich und saufen? Oh Gott, oh Gott. Wollte nur die Teile für die Zentralheizung vorbeibringen", wehrte sich Butta.

„Ruhe, beide. Butta setze dich wie ein guter Junge da hin und höre zu, was der liebe Onkel hier zu sagen hat", sagte ich zu den Streithähnen und stoppte die Keiferei. Der Weinverkäufer hatte ausschließlich französische Weine zu verkösten. Mit einem Weißem fingen wir an. Ich machte mir Notizen. Chablis gut, bestellen. Dann gings zum Rosé. Auch gut. Mittlerweile merkte man das auch schon im Kopf. Schließlich klebten wir beim Rotwein. Ein paar Médoc und andere Bordeaux hatten es ordentlich in sich. Auch der Weinverkäufer, der zwar den Wein anfangs immer nur in einen 5-Liter-Eimer ausspuckte, probierte nun hier und da ein Gläschen mit. Er hob ein Glas des guten Mèdoc gegen das Licht blinzelte und: „Hervorragend. Dieser Château Margaux. Ein Geschmack nach Walderdbeeren, Mandel, vielleicht ein Hauch von Pflaumen, kaum Säure ..." Butta Blablagür unterbrach. „Was babbelst du da für ein Zeug, trinken wir Fruchtsaft oder Wein? Mandel, Walderdbeeren, Pflaumen? Schenk doch ein und trink einfach, Angeber!" Blablagür – ein wahrer Banause. Ich konnte es aber auch nicht mehr hören. Bei den vielen Weinverkostungen, bei denen ich dabei sein durfte, erbrachen sich die Weinpäpste mit ulkigen Vergleichen und kreierten eine Fantasiesprache über den armen Wein. Mit einer sachlichen Analyse hatte das längst nichts mehr gemeinsam. Der Châteauneuf-du-Pape, ein wuchtiger, starker 14 %er, der hatte es mir besonders angetan. „Vollmundig, nicht zu trocken. Kaum Säure, man merkt, dass der Wein schon ein paar Tage auf dem Buckel hat", stellte ich fest und der junge Weinverkäufer: „Wieso?" „Na sonst würde die Säure dir ein Loch in die Magenwände brennen." Alle lachten. Luigi Kanone säuselte: „Mit dem Wein und dem Alkoholgehalt ist es wie mit dem Hubraum des Autos. Du kannst Hubraum nur durch eins ersetzen: noch mehr Hubraum. Aber die hohe Kunst des Weines versteht Butta Blablagür nicht so recht. Der säuft ja lieber Jägermeister." Gerade wollte Butta zum Gegenschlag ausholen, als die Bürotür aufging und Fabius da stand. Er setzte sich zu uns und Luigi schenkte ihm ein Gläschen Rosé zur Einstimmung ein. „Na, habt ihr schon was rausgesucht?", fragte fast gelangweilt Fabius und die Nase steckte im Weinglas, um die Duftnote aufzunehmen. „Jede Menge. Muss mal zusammenrechnen, was da bis jetzt zusammengekommen ist." Der Weinverkäufer tippte seine Zettel zusammen. Dann noch mal. „Das sind mittlerweile 18.785,00 DM", präsentierte er uns die Zahl. Fabius fiel fast das angehobene Weinglas aus der Hand und er schaute mich etwas barsch an.

Ich runzelte die Stirn und zuckte die Schultern „Ist halt so, bin auch erschrocken, die Franzosen sind halt teuer. Habe ich etwa den Weinfuzzi herbestellt?"

Fabius fragte nach einem Korsen. Den hatte der auch dabei. Dann wollte Fabius nochmals die Roséweine unter die Lupe nehmen, dann die Weißweine. Schließlich mussten noch Cognac und Armagnac dran glauben. Eine Stunde später waren wir mittlerweile bei knapp Dreißigtausend DM für den guten Rebensaft. Bachus und Mammon, der Abgott des Geldes, hatten längst Besitz unserer irdischen Geister ergriffen. Fabius handelte noch 5 % Rabatt heraus, was der Weinverkäufer, natürlich ein Provisionsjäger, erst mit seinem Chef abklären musste. Dieser willigte wohl ein. Den Wein versprach man uns frei Haus nach Dresden zu liefern. Als Dank gabs dann auch noch eine Magnumflasche irgendeines Bordeaux hinzu.

Die Nacht war kurz und gegen 10:00 Uhr landeten wir in Hannover. Dort angekommen, fragten wir uns, wie man bequem und schnell zur Messe komme. Ich sah mich im Terminal um und erkannte gleich ein Schild, das meine Aufmerksamkeit weckte, „Helishuttle zur Messe", und stupste Fabius. „Na wollen wir teures Geld mit dem Taxi ausgeben und im Stau stehen oder ein bisschen Fun haben?"

Fabius war gleich meiner Meinung. Fun haben. Allerdings war der Andrang mit dem Heli, ein Long-Ranger, größer als wir dachten. Es pendelten immer mehrere Helikopter vom Flughafen zum Messelandeplatz, als wir nach kurzer Wartezeit einsteigen durften. Nach 5 Minuten Flug landeten wir auf dem Messegelände. Das war mal richtig guter Service am Flughafen und nicht übertrieben teuer.

Die Messe war wie zu erwarten, vollgestopft mit wuseligen Menschen. Wir hatten auch keinen Plan, was wir eigentlich wollten. Eine überteuerte Computeranlage hatten wir ja erst gekauft. Einen Kopierer, ja einen neuen Kopierer bräuchten wir. Fabius hatte ein Spielzeug gefunden. Wir fanden auch relativ schnell einen Hersteller. Ich blieb vor einem anderen Gerät stehen, das mein Interesse geweckt hatte und zeigte dieses Gerät Fabius: „Schau mal, was ist das denn? Dieses Gerät faltet ja Pläne automatisch. So was habe ich ja noch gar nicht gesehen. Du etwa?" „Nö, ist aber was Verschärftes. Kaufen wir", klang begeistert Fabius. Richtig teuer so ein Gerät. Dazu kam noch ein Hochleistungskopierer mit selektivem Sortiermechanismus. Ideal für die Vervielfältigung von Leistungsverzeichnissen. Ein Farbkopierer, ganz was Neues, bis DIN A3 musste auch noch dazu und dann noch kleine Nettigkeiten, elektronischer Timer für Fabius und Handyspielzeug. Na am Schluss hatten wir die Hunderttausender-Mauer locker durchbrochen und dabei waren wir nicht mal eine Stunde auf der Messe gewesen.

Nach dem Kaufrausch hatte Fabius jegliches Interesse an der CEBIT verloren und wir flogen, wie wir gekommen waren, wieder nach Stuttgart. Die Gerätschaften bestellten wir für 6 Wochen später, da müsste es mit der Fertigstellung der Villa geklappt haben.

Gute Freunde

Jens Rettich hatte sich bei uns im Büro Herzogburg angemeldet. Er wollte endlich wissen, woran er war, ob wir das Gewerbegebiet mit ihm jetzt gemeinsam durchziehen wollten, oder ob er sich nach anderen Partnern umschauen sollte. Man musste gestehen, dass sich Jens Rettich ordentlich bemüht hatte, uns das Projekt mundgerecht vorzubereiten. Klar stellten wir ihm unsere Planungsleute zeitweise zur Verfügung und wir waren auch gemeinsam auf den zuständigen Behörden vertreten. Heute wollte er aber Nägel mit Köpfen machen und ich hatte mich mit ihm vorher telefonisch abgestimmt, wie das Gespräch mit Fabius geführt werden sollte. Fabius konnte den Jens Rettich nicht besonders leiden. Er hatte eine Abneigung gegen ihn, weil er sich damals getraut hatte, im ‚Vino' was gegen seine Person zu sagen. Außerdem hatte er mehrmals Kritik an seiner Unpünktlichkeit bei Terminen geübt. Dies betraf insbesondere sein Projekt. Fabius fand es auch nicht so besonders toll, dass ich mich öfters mit ihm traf. Überhaupt hatte sich so eine Clique von uns rauskristallisiert, welche sich um das ‚Vino' herum scharte. Das mochte Fabius gar nicht. Da waren neben den beiden Streithähnen Luigi und Butta die Dresdner Speckbrüder, Dirk Hirsch mit Luzie, Rosie, sogar ein paar klassisch ausgebildete Musikfuzzis und eben Jens Rettich mit meiner Wenigkeit. Ab und zu kam noch der eine oder andere Bauleiter der Erschließungsfirmen hinzu und so hatten wir eine Menge Spaß. Auch grillten wir hin und wieder bei unseren Dresdnern. Fabius passten meine Liebeleien gar nicht, denn er meinte, diese Leute entsprächen nicht unserem Niveau.

„Immerhin sind wir mehrfache Millionäre und gehören zu den Top-Leuten der Bau-Wirtschaft. Da kannst du doch nicht mit den Bauleitern auf der Baustelle in den Bürocontainern umeinander sitzen und Flaschenbier in dich reinkippen. Die gehören nicht zu uns."

Millionäre? Er verwechselte halt gerne Umsatz mit Gewinn.

Mir standen die hochtrabenden Leute in der dekadenten In-Szene zeitweise bis zum Hals. Bei seinem Lieblingsitaliener, Enzio sein Name, in der Innenstadt war er fast jeden Abend. Beim Eintreten wurde man vom Chef, einem kleinen schmierigen Zwerg mit Brille und Italobart, abgebusselt. Nie bestellte Fabius von der Karte, sondern der Italochef ließ immer eine eigene Kreation extra für uns zusammenstellen. Dazu stellte er immer eine Flasche Roséwein hinzu und am Schluss eine Flasche Grappa. Der ganze Spaß kostete meistens eine Unsumme. Dabei war der Koch dünn wie ein Hering. Ich kannte einen hervorragenden Koch einer Gaststube Namens „Traube" in der Nähe von Heilbronn.

Dieser war kugelrund und auf seiner Schürze stand in großen roten Buchstaben geschrieben: „Dünnen Köchen traut man nicht!" Recht hatte er.

Als wir einmal mit Duce, Klatsche und Renate zusammen in besagter Trattoria lediglich lauwarme Spaghetti Aglio-Olio bestellten und dazu mit Wasser ohne Gas anstießen, ja, da schaute Duce die Rechnung mal etwas genauer an, gab sie mir mit der Bemerkung: „Martin schau mal, das ist ja wohl ein schlecht gemeinter Scherz?" Fünfmal Spaghetti, fünf stille Wasser und fünf Espresso. Der kleine Italiener meinte wohl, der Fabius mache das wie immer: Er gab seine Kreditkarte, ohne der Rechnung groß Beachtung zu schenken und unterschrieb irgendwas. Zum Dank gab's meistens auch noch 20 DM oder je nach Laune mehr Trinkgeld obendrauf.

Ganze 280 DM wollte der Betrüger dafür. Ich zeigte die Rechnung dem Fabius erst gar nicht, sondern knüpfte mir gleich den an der Bar gierig wartenden Chef vor. Er merkte, dass da was war, was nicht so war, wie es immer war. Bösartig nahm er die Rechnung, zerriss sie in tausend Stücke und schmiss die Fetzen in die Luft mit der Bemerkung: „Ah,

Merdalo, ihr seid eingeladen." Dabei hatte er uns schon den Rücken zugewendet und verschwand in der Küche.

Statt Dank vom Fabius: „Wie kannst du und uns bloß so die Blöße geben? Wegen den Paar Kröten hier, dafür werden wir doch immer first class bedient. Ist das denn nichts? Das machst du mit mir nicht mehr!" „Du Stöffche, Martin hat doch da Recht, das ist doch eine Abzockerei. Du, der will Dich und uns verarschen. Merkst du das denn nicht?"

Für mich waren das die letzten Spaghetti, welche ich hier bestellt hatte.

Ab und zu mal so richtig bodenständig im „Biergarten" am Blauen Wunder rumlümmeln, ein kerniges Schwarzbier schlappern, dazu die geräucherte Forelle oder was Gegrilltes, das hatte auch seinen Reiz. Fabius hatte eben neue Freunde bei diesem Geier Enzio gefunden, wo sie ihn großzügig ausnehmen und abbürsten konnten. Dafür durfte er, wenn er in Trinklaune und einen Affen hatte, ans Mikrophon und Schnulzen singen, was er ja durchaus zur Belustigung der Gäste recht gut konnte.

Mit Geld kaufte er sich seine Freunde eben.

Ich fegte wieder meine Gedanken zusammen und platzierte Jens Rettich an den Besprechungstisch. Fabius' Schwester reichte uns Kaffee. Er selbst ließ uns gut und gerne eine halbe Stunde warten, ehe er sich im Jogginganzug und unrasiert zu uns gesellte. Er stellte sein Glas gefüllt mit Schampunelli hin und zündete sich eine Zigarette an: „Also Fabius, ich habe mir das hin und her überlegt. Jens Rettich will nun Klarheit darüber, ob wir bei seinem Projekt da mitmachen oder es bleiben lassen. Wir haben erst vor kurzem die Erschließungsmaßnahme in Lüstig mit bald 75 % fertiggestellt. Die Genehmigung für den Bau der Gräserstraße steht kurz bevor. Bürgermeister Hechts Gebiet, da sind wir auch voll in der Planungsphase und haben bisher, obwohl der Standort perfekt an der Autobahn liegt, nicht mal einen Interessenten.

Aber Zahlmeister sind wir die ganze Zeit. Jeder will Geld. Die zwei Gewerbegebiete, welche wir noch ernsthaft verfolgen, das Gleiche. Keine ernsthaften Interessenten. Jetzt sollen wir uns also mit dem Projekt Jens Rettichs beschäftigen. Ausgeschlossen. Also Fabius, ich meine, und Jens nimm das bitte nicht übel oder persönlich, Abstand nehmen.

Zu viel ist zu viel. Bauen wir doch erst mal die Bestände ab. Ist das nicht richtig, Meister?"

So jetzt sah Fabius, was ich für ein harter Hund gegen den Jens Rettich sein konnte, wenn ich das Projekt so abblitzen ließe. Sahen wir mal, ob er so reagierte, wie ich es dachte. Eben hatte Fabius ganz lässig sein Glas angesetzt, lauschte mit einem Ohr meiner Ausführung zu und wollte einen schönen Schluck des prickelnden Nasses schlürfen, als er sich bei meiner Aussage fast verschluckte. „Was? Du bist ja verrückt. Du warst doch die ganze Zeit dafür. Jetzt den Schwanz einziehen, ja, das glaube ich Dir. So bist du nun mal. Das ist doch komplett die falsche Richtung. Jetzt müssen wir Stärke zeigen. Gerade jetzt, mit diesem da. Diesem Jens Rettich." Dabei zeigte er mit dem rechten Zeigefinger mehrmals auf den Angesprochenen.

„Eh, Nullinger! Sie haben doch behauptet, dass jede Menge Investoren da Schlange stehen, wie sieht es denn aus?"

„Ei her her?"

Bis dahin hatte es ja ganz gut funktioniert, konnte ich feststellen. Hätte ich gesagt: Müssen wir, brauchen wir, eine gute Chance, dann hätte er sicherlich aus Trotz abgesagt. „Ja Herr Stoff, Interessenten sind da. Aber wir müssen das jetzt erst mal vertraglich auf die Reihe bekommen. Ich schlage vor, dass wir eine gemeinschaftliche Maßnahmegesellschaft gründen. Bleibt zu klären, zu welchen Anteilen?"

Dabei zündete sich Jens Rettich recht gelassen eine Zigarette an. Fabius lief schon wieder im Raum wie ein Tiger auf und ab und überlegte, wie er den Jens in die Pfanne hauen konnte: „Glauben sie ja doch bloß nicht, dass wir sie in die Stoff & Kollegen aufnehmen werden. Wir gründen die Maßnahmegesellschaft und die Kontaktadresse wird in Dresden bei uns sein. Kapiert? Also sie werden mit einem Viertel beteiligt, dass ist doch ein Wort, oder?" „Also Herr Stoff, ich habe doch das ganze Projekt aufbereitet, sie waren doch nur zwei-, dreimal bei Besprechungen dabei, da denke ich schon an Teile zu 50 : 50."

„Ha, da lachen ja die Hühner. Das kommt doch gar nicht in Frage. Wir finanzieren das doch alles vor. Was glauben sie denn, was da für Kosten auf einen zukommen. Sie sind doch pleite, wir müssen in Vorkasse, auch wenn sie sagen, dass ein Kommunalkredit in Aussicht gestellt wird. Den haben wir noch lange nicht. Das dauert. Das müssen sie mir nun mal glauben, dass es ein langer Weg sein wird, bis man hier das erste Geld sieht." „Herr Stoff, dann treffen wir uns eben so: ihr 2/3 ich 1/3", handelte Jens Rettich.

„Wir 70 %, sie 30 %, ja, das ist O. K", meinte knapp Fabius.

„Ich sprach von 2/3 zu 1/3. In Prozenten sind das 66,66 % zu 33,33 %. So wird ein Schuh draus."

Dabei schüttelte Jens Rettich seinen mittlerweile roten Kopf und sein langes Haar nach hinten, so als ob er sagen wollte, kein Prozent mehr runter.

„Martin, was meinst du denn?" „Na dafür machen wir das mit der Arbeitsverteilung genau umgekehrt, sie arbeiten zu 2/3 und wir zu 1/3, damit hätte ich dann kein Problem."

So hatte ich wiederum für uns einen Vorteil herausgeholt. „Genau so machen wir es, Herr Rettich. Hand drauf und Martin, du bereitest mit dem Consigliore die Verträge vor. Herr Rettich, sie können ja Ihre Gemeindefuzzis zum Consigliore schleppen. Der Martin soll Ihnen da ein wenig zur Seite stehen."

Klappte doch!

Überraschung

Den Sommerurlaub verbrachten wir das erste Mal als Klein-
familie alleine und in Spanien. Meine Frau hatte das Urlaubs-
ziel herausgesucht. Es musste ein Chalet in einer Golfanlage
im Süden Spaniens sein. Da der kleine Smeagel mal gerade
5 Monate alt war, schlug ich Folgendes vor. Anja sollte mit
dem Baby zum Zielgebiet fliegen. Da die Strecke über 1.500
km weit war, würde es für den Kleinen eine Zumutung und zu
stressig sein, den ganzen Weg mit dem Fahrzeug zu bewältigen. Ich würde einen Tag früher mit dem Geländewagen losfahren. So konnte ich das ganze viele Gepäck, einschließlich
Hund, mitnehmen.
    Meine Frau entwickelte unheimlich viel Geschick und
schaffte es auch, dass ich unter ihrer Delegation tatsächlich
den Wagen bis obenhin voll lud. Was so ein kleiner Wurm
alles benötigte. Windeln, Windeln und nochmals Windeln.
Als ob es in Spanien keine Windeln zu kaufen gäbe. Dann
Fresschen für Kind und Fresschen für Hündchen. Büchsen,
Fläschchen, Dosen, Gläser und doppelten Fressnapf. Dann
ihre Klamotten. Großer Koffer, kleiner Koffer, viele, viele Taschen musste ich zu dem Wagen schleppen und meine ganzen logistischen Fähigkeiten beim Beladen ausschöpfen. Für
meinen bescheidenen Koffer fand ich tatsächlich auch noch
einen Nischenplatz. Ja, da sammelte sich was an. Musste ja
wohl so sein. Der Wagen war bepackt, beladen und vollge-
tankt. Früh des Morgens fuhr ich los und spät des Mittags
war ich in der Nähe von Valencia. Dort hatte ich mir einen Pa-
radores herausgesucht. Hatte aber Pech, da die keine Hunde
wollten. Nicht mal kleine. Überhaupt ist Spanien nicht gerade
das Hundeparadies auf Erden. Fast nirgends konnte man ei-

nen Hund mitnehmen. Hotels, Restaurants. Vergiss es. Das
höchste der Gefühle war eine Gartenwirtschaft, in der ich ein
frisch gezapftes Cervesa zu mir nahm. Misstrauisch schauten
sie einen schon in der selbigen an, als ob unser liebes Hündchen eine ansteckende Krankheit hätte.

Das ist halt nicht so wie in unserem hundefreundlichen
Deutschland, wo ein jeder seinen Köter überall mit hinschlei-
fen konnte. Selbst in den Gasthäusern gutbürgerlicher Küche
schleppte der Deutsche gerne nach einem Spaziergang, und
wenn es noch so regnete, seinen vor Wasser triefenden, stinkenden Vierbeiner rein. Auch auf die Gefahr hin, dass es unter
den Tischen regelmäßig zu kriegerischen Auseinandersetzun-
gen zwischen den kläffenden Artgenossen kam. Der Hund hatte in Deutschland einen weit höheren Stellenwert als ein Kind.

Ein Hund bekam sogar umsonst Wasser!

Aber das alles traf ja nicht auf unser kleines braves
Hündchen zu, das immer lieb dahockte. Genauer gesagt: Es
war Anjas Hund. Nein, nicht meiner.

Der war ein richtig doofes kleines Kerlchen. Seine Haare hingen über seine Augen und er hechelte übel riechenden
Atem. Beim Gassigehen verklebten seine Exkremente grund-
sätzlich das Fell um sein Hinterteil, was eine intensive Reini-
gung zur Folge hatte, die ich erledigen musste wenn ich mit
ihm spazieren war. Meine Frau hatte einmal einen kernigen
Tobsuchtsanfall, als mir das zu blöd wurde, den Hund in der
Badewanne zu duschen und abzuscheuern. Nein, clever wie
ich war, hatte ich einen Trick wie der Hund still stehen blieb.
Zwei Eimer lauwarmes Wasser in die Badewanne. Dann die
Vorderläufe in den einen- und die Hinterläufe in den anderen
Eimer gestellt. So stand er wie einbetoniert da und machte
keinen Muckser.

Ich nahm den Rasierer und rasierte die Rosette um
sein Arschloch blitzblank aus. Sauber. Jetzt konnte er schei-
ßen, wie er wollte. Da klebte nix mehr am Fell.

Ich gebe zu, es sah ein wenig ulkig aus. Vielleicht wie ein Mandrill in der Paarungszeit.

Dass meine Frau aber so einen Zinnober wegen dem machte, das hätte ich nicht geglaubt. Kein Lob, nur Rüge.

War doch praktisch.

Hatte ich also das Problem der Übernachtung. Es war noch einigermaßen hell und ich war guter Dinge, dass sich was finden ließe. Ach was, keine Chance. Nicht mal 'ne lumpige Pension gewährte uns Unterkunft. „No perros", hieß es immer. Es war dunkel, ich musste tanken und fragte den Tankwart mit meinem kargen Spanisch nach einer Möglichkeit der Unterbringung. „No possible. No perros." Nicht möglich, keine Hunde. Der Hund solle doch im Auto schlafen, meinte der überaus „zuvorkommende" Tankwart. Nach dem Motto, was stellst du dich denn so an? Ist doch bloß ein Köter und die gehören in kein Casa.

Schließlich, es war mittlerweile schon stockrabenfinster, fand ich tatsächlich eine Möglichkeit der nächtlichen Unterbringung. Auf einem Campinglatz konnte ich mir so eine Art Gartenhaus aus Zeltplanen mieten. Für den Hund musste man freilich extra ordentlich Peseten hinblättern. Die Nacht über beschäftigte ich mich mit dem Totschlagen von Mosquitos, welche sich an meinem mit Wein angereicherten Blut gütlich tun wollten.

Tags darauf wollten Hund und ich die beiden am Flughafen in Alicante abholen. Ich wartete mit dem langhaarigen Vierbeiner im Terminal und das Flugzeug kam und kam nicht.

Die Lautsprecher der Information baten die Angehörigen der Flugpassagiere des Fluges, auf den wir warteten, um Aufmerksamkeit am Meetingpoint. Dort sollten wir uns hinbegeben. Uns wurde mitgeteilt, dass wegen eines großen Unwetters die Maschine nach Carthagena umgeleitet wurde. So ein Mist. Hetzte ich also nach Carthagena.

Dort wartete auch schon schlechtgelaunt Anja mit einem zornig kreischenden Kind. Sie jammerte mir vor, was sie alles durchgemacht hatte. Und dass der Smeagel nur die ganze Zeit rumnörgelte und alles vollkotzte.

Wie es mir ergangen war, interessierte sie keinen Deut.

Mir auch egal. Zur Ferienanlage, einchecken.

Das Erste, was mir meine Frau auftrug und worum ich mich kümmern musste, war eine Babysitterin zu suchen, da ja Madame auch Urlaub hätte. Das Ressort, was sie für uns gebucht hatte, war ein britisches. Dagegen ist nichts einzuwenden, nur Anjas Englischkenntnisse waren doch sehr bescheiden und Spanisch konnte sie gleich gar nicht. Auch das war für sie kein Problem, denn sie hatte ja mich.

So wurde ich der Übersetzer, Bote, Einkäufer, Träger beweglicher Güter, Knecht, Sklave. Zum Strand schleppte ich Sonnenschirm, Handtücher, Luftmatratzen und vollbepackte Kühltasche. Ich hatten eine dicke gemütliche Mami gefunden, welche sich rührend um den Kleinen kümmerte. Sie trug den Smeagel mit zugehöriger Versorgungstasche und nahm an die Leine das kleine, hechelnde Hündchen.

Signora hingegen ging aber in ihrem Bikini, Sonnenbrille auf der Nase, locker das kleine Handtuch geschultert, in der Hand ein Fläschchen Sonnenöl, in der anderen irgendeine Triviallektüre zielstrebig voraus.

Eins musste man ihr allerdings lassen. Sie stand ehrgeizig früh auf. Kurz bevor der allgemeine Baderummel anfing, huschte sie bewaffnet mit Strandhandtuch an den zu unserer Ferienanlage gehörigen Swimmingpool und deckte vorsorglich für sich eine Liege ab, um diese zu blockieren. So konnte sie immer zwischen dem Strand und dem Pool hin und her pendeln und hatte ihre eigene beschlagnahmte Liege.

Ganz schön gewieft meine Frau.

So sollte es den ganzen Urlaub gehen. Trotzdem hatte ich während des Urlaubs eine Menge Spaß mit dem Smeagel.

Fabius war in dieser Zeit in Italien, mit seinen italienischen „Freunden" aus Dresden und dem schönen Markus, wie mir Luigi Kanone, als ich wieder im Büro war, mitteilte. Vor dem Urlaub wollte mich Fabius am Rande mit interessanter Stimmlage, mal hoch, mal tief, unterstützt mit jeder Menge Gestik darauf einstimmen, dass, wenn man so richtig fett im Geschäft sein wollte, ein Boot her müsse. Ne Jacht oder so was. Geschäftspartner dort einladen und geile Weiber, so richtig Big Business eben. Luigi hatte auch die Aufgabe, sich mal zu informieren, wie, was und wo man an so eine Jacht günstig rankäme. So völlig unverbindlich und nebenher, aber doch ganz dringlich.

Die Villa in Dresden war mittlerweile fertiggestellt und während des Urlaubs hatten Luigi Kanone und Rosie die nach und nach eintreffenden Gegenstände, welche von Fabius und mir bestellt worden waren, unterzubringen.

In der Pause saßen Rosie, Luigi und ich, beim Mittagessen gerade im „Max", einer beliebten Szenekneipe.

Das Tagesessen hier war preisgünstig und ganz ordentlich. Manchmal spielten wir nach dem Essen noch die eine oder andere Runde Backgammon. Ich bestellte mir das Tagesessen zu 4,80 DM. Heute gab es Senfeier mit Salzkartoffeln.

Toll, das hatte ich noch in keiner Gaststube oder Kneipe gesehen, geschweige denn gegessen.

Meine Mutter, eine ausgezeichnete Köchin, machte es hin und wieder. Ich hatte so richtig Heißhunger darauf.

Dampfend kamen sie, serviert vom Chef höchstpersönlich, einem aufmerksamen und netten Düsseldorfer an unseren Tisch. Mit der Gabel piekste ich herzhaft in das Ei und Peng, explodierte es und der Schlamassel flog uns um die Ohren. Wir, vor allem ich, sahen aus. Mein Anzug wie damals mit der Wurst, nur diesmal war dieser heftiger versaut. Klar entschuldigte sich der Chef. Da konnte man nun nichts machen. Er konnte ja auch nichts dafür. Missgeschick eben. Jackett aus, Hemd ausgezogen. So saß ich halt mit T-Shirt da. War ja warm. Dafür bekam ich die zweite Portion mundgerecht zurechtgeschnitten und musste das Essen auch nicht bezahlen.

Gerade waren wir fertig, als Fabius mit unserem Helipilot samt Caddy angerauscht kam. Mit einem freudigen Gesichtsausdruck kam er an unseren Tisch gespurtet und knallte ein Hochglanzprospekt auf den Tisch, auf dem sich eine Jacht befand.

„Martin, ich habe eine tolle Überraschung für uns gekauft. Während du mit deinem Weib samt Balg dir die Sonne auf die Wampe hast scheinen lassen, war ich in Genua und habe uns eine Jacht gekauft. Die hier, schau. 18 m lang. Gerade mal zwei Jahre alt. Das ist das Nonplusultra. Drei Decks. Zwei Caterpilarmotoren zu je 400 PS. Liegeplatz in Monte Carlo.

Das habe ich für uns getan. Ich war nur im Stress. Nur.

Jetzt will ich aber mal ein Lob hören. Bedienung, Schampunelli!" Mir wurde eher übel.

„Du, tut mir Leid, die geplatzten Eier und jetzt die Jacht, ich bin da ein wenig perplex. Was hat denn das Geschoss gekostet?" „Ach was, den Italienern kannst du doch nicht trauen. Man muss alles selber erledigen. Ich selbst habe das im Griff gehabt. Mit denen habe ich gehandelt wie ein Jud.

Die wollten 1,8 Millionen, für 1,4 Millionen ist die nun unser. Ich habe uns 400.000 gespart. Ist dir das klar?"

„Ja Lire oder DM?", musste ich ein wenig scherzhaft nachfragen. „Na DM natürlich. Jetzt sag bloß nix."

Ich ließ den Fabius halt palavern. Weil er uns nicht zum Mitfeiern animieren konnte, verschwand er mit dem im Caddy wartenden Janusch und wollte zu seinen guten Freunden ins italienische Restaurant, ohne einen Schluck von seinem Schampus zu nehmen.

„Du, die ganz gleiche Jacht hier habe ich in einer Jachtzeitschrift für 800.000 DM gesehen.

Da stimmt was nicht. Das stinkt verdammt nach Vetterlesgeschäft!", sagte ernst Luigi.

Züricher Sahnegeschnetzeltes

Voller Stolz erzählte Fabius unserem „dritten Freund und Partner" von seinem Einkauf. Dieser war wohl gar nicht so begeistert und so bat dieser um ein Gespräch unter vier Augen. Wir trafen uns auch im Gasthaus „Marcolinis Vorwerk" an der Bautzner Straße. Ein als Restaurant umgebauter Gewölbekeller mit Blick auf die Elbe. Tolles Essen, tolle Weinkarte, aufmerksame und freundliche Bedienung. Kurzum bestens. Wir wählten beide Steaks vom Angusrind und tranken Wasser, dazu einen Italiener.

„Martin, ich mache das mit euch schon das dritte Jahr mit. Was Fabius mir versprochen hat, nichts ist da jemals rübergekommen. Der rechnet mir auf einem DIN-A4-Zettel irgendwelche Fantasiezahlen vor. Das Geld kommt schon, reich werden wir alle, du wirst schon sehen und diese Sprüche. Ich weiß nur eins. Das Geld wird mit beiden Händen zum Fenster rausgeworfen. Der Kommunalkredit in Höhe von 8 Millionen hängt wie ein Damoklesschwert über euch. Ende nächsten Jahres ist die Zahlung fällig. Denkt bitte daran und sorgt für Reserven! Ich kann mir nicht vorstellen, dass die Gemeinde sich da lange bitten lässt. Dinge werden gekauft, die wirklich nicht nötig sind. Der verspricht nur alles und nichts hält er. Wie soll denn das weitergehen? Ich bin vom Fabius sehr enttäuscht", klang verbittert. Aber ich wusste auch keinen vernünftigen Rat, wie man den Fabius von seinem Trip da runter bekäme. „Du, das mit der Gräserstraße habe ich immerhin mit dem Bankdirektor, dem Schorlekarle, ja in deinem Sinne hingebogen. Fabius wollte zwar erst, dass er Deinen Part mit übernimmt, wie du dir sicherlich vorstellen kannst. Dieses Geld hättest du dann auch nur vom Hörensagen gekannt.

Ich habe aber da nicht mitgemacht. Dem Schorlekarle habe ich von unserer Dreiecksbeziehung erzählen müssen, er verteilt schließlich die Gelder und du musst persönlich in der Bank erscheinen, so sagte der Schorlekarle. Dann hast du dein eigenes Nummernkonto. Da kann dann keiner mehr dran, außer dir selber. Der Consigliore weiß ja eh davon.

Pass auf! Die Verträge mit den Cashleuten vereinbare ich bis in 14 Tagen. Der Bankdirektor hat dann das Geld bar dabei. Mit dem Consigliore fahren wir zusammen nach Zürich.

Bei der Summe möchte ich in jedem Fall, dass unser Anwalt mal über das Kleingedruckte schaut, immerhin ist er im Schweizer Recht, wen wunderts, eine Koryphäe. Du fliegst mit dem Flieger nach Stuttgart, wo ich dich dann abholen werde. Ich such dir eine nette Unterkunft. Am anderen Morgen gehts weiter nach Zürich. Mit dem Zug. Nicht erste Klasse. Zweiter, meinte der Consigliore. Auch nicht im feinen neuen Anzug, sondern in gebrauchten, älteren Klamotten. An der Grenze kontrollieren die alles, was einigermaßen nach Geld aussieht. Es ist gerade eine Kunstausstellung in Zürich. Ich werde uns da Karten bestellen, damit es so aussieht, als seien wir Kunstmäzene. Schorlekarle wird die Banker schön vorbereiten, jeder, auch du, wie erwähnt, wird ein persönliches Nummernkonto bekommen. Dann kannst du jederzeit dran und die Knete abholen. Leider kann ich momentan nicht mehr für dich tun. Schau, mir geht es doch ähnlich. Fabius sagt immer, kauf ich für uns, kauf ich für uns. Ich will den ganzen Krempel doch überhaupt nicht.

Ich baue gerade ein Haus, gut. Ich nehm' mir halt das Geld. Fabius hat seine Villa. Dir hat er ja auch so was versprochen. Nur wann und ob? Was soll ich dir da sagen?

So aber ist das erst mal ungefähr eine halbe Million für jeden und das als gutes ‚Schwarzes'. Klar, der Consigliore will für seine niederen Dienste, wie er sich ausdrückte, einen Fuffi. Das müssen wir halt abziehen. Bleibt doch für jeden noch 'ne Menge Kohle übrig, oder?"

Jetzt konnte ich doch ein bisschen Erleichterung in seinem Gesicht erkennen.

Knapp zwei Wochen später, nachdem wir das Vertragliche mit den Cashmoney-Häuslebauern erledigt hatten, standen am Hauptbahnhof in Stuttgart 5 Herren und warteten früh des Morgens auf den Zug nach Zürich. Fabius musste natürlich den Pilotenkoffer, gefüllt mit Sekt und Gläsern, mitschleifen. Der Bankdirektor hatte fest im Griff einen Aktenkoffer.

Extra einen alten, schon etwas ramponierten. Hier und da war das Kunstleder abgerubbelt. Der Consigliore hatte sich bei der Zeitschriftenhandlung noch ein paar Kunstmagazine zur Tarnung erworben und so fanden wir uns in dem reservierten Abteil wieder. Eine richtige Stimmung kam irgendwie nicht auf. Schorlekarle döste und ich konnte ein leichtes Schnarchen vernehmen. Jeder erwartete die immer näher rückende Grenze. Was wird kommen? Die bösen deutschen Grenzbeamten mit Schnüffelhunden und suchen unser liebes Geld? Nein, ich musste in den Speisewagen.

Der Sekt, zwei Flaschen hielten bei uns nicht lang.

Jetzt kurz vor der Grenze ein Pils. Das musste sein. So wackelten Fabius und ich mit unseren schweißigen Körpern zum Speisewagen. Es dauerte keine fünf Minuten und der Consigliore samt „drittem Partner" kam hinterher.

Auch sie waren nervös. Alleine blieb der Bankdirektor Schorlekarle und schnarchte laut der Grenze entgegen. Fest

umklammert seinen Aktenkoffer auf seinem runden Trollin-
gerbauch. Der Zug hielt vor der Grenze und die Schnüffler
stiegen zu. Es gesellten sich in den Speisewagen einige Herrschaften, welche tatsächlich zur Kunstausstellung wollten,
so dass man den Eindruck gewinnen konnte, wir seien eine
Gruppe. Consigliore tat so, als lese er seine Magazine.

Zwei der Grenzpolizisten kontrollierten flüchtig die
Ausweise, scherzten mit uns sogar und fragten höflich nach
dem Grund unserer Reise in die Schweiz. Ich zeigte die Ein-
trittskarten und wies die zwei höflichen Beamten scherzhaft
auf den schnarchenden Reisenden im hinteren Abteil hin,
welcher zu uns gehöre, dabei hob ich den Zeigefinger vor
meinen Mund und machte „psssst." Von ihm wollten sie gar
nichts und ließen ihn schlafen. Glück gehabt.

In der Nähe des Züricher Sees war das edle Geldinstitut, bei dem wir unsere Mäuse deponieren wollten. Schorlekarle ging zielstrebig voraus, obwohl er auch das erste Mal
in diesem Geldinstitut war, aber seine Kollegen beschrieben
ihm genaustens den Weg. Wir standen vor einer älteren Fach-
werkhausreihe. Blumenkästen mit lachsfarbenen Geranien.
Schön. Eine kleines Schild mit der Aufschrift „Deine Geld-
bank: Freunde der Wirtschaft!" stand über der kleinen Eingangstür eines der nicht gerade großen, zweigeschossigen
Fachwerkhäuschen. Für eine Bank ein wenig popelig, dachte
ich, als wir die schmale Tür nach innen öffneten.

Ist das eine Bank oder eine Kaschemme?

Hintereinander mussten wir durch die Tür eintreten
und standen bei der Empfangsdame, welche an einem halb-
runden Tresen saß. Ein einziges weißes Ledersofa stand da.
Davor ein kleiner Glastisch, fertig. Dazu war es noch düster,
nur bei der Dame leuchtete eine Deckenlampe.

Da sollten wir unser Geld deponieren? Nicht gerade
beruhigend. Schorlekarle wechselte ein paar Worte mit ihr
und sie bat uns in Schwitzerdütsch ein wenig um Geduld.

Nach ein paar Minuten kamen zwei junge Herren, dezent und adrett im dunklen Nadelstreifenanzug, und stellten sich mit den Namen Hamsterli und Schnapperli vor. Da es im Empfang sehr beengt war, wurden wir in den Besprechungsraum gebeten. Da sah die Welt gleich anders aus.

Auf einmal waren hier die Dimensionen großzügig. Ein herrlicher Besprechungsraum, modern eingerichtet. Bestimmt 15 auf 10 Meter. Ovaler Besprechungstisch, an der Seite eine Kaffeetheke. An den Wänden hingen große Bilder in goldenen Rahmen. Rubens ließ grüßen. Emsiges Treiben in den anderen Räumen. „Wusste gar nicht, dass man so viele und große Räumlichkeiten hier in dieses kleine Haus bekommt", sagte erstaunt Schorlekarle.

„Ja mein lieber Kollege aus Deutschland. Die Fassade bei uns in der Schweiz ist eine andere als bei euch in Deutschland. Von außen bescheiden. Durch den Eingang in das scheinbar kleine Häuschen, das ist nur ein ganz kleiner Teil. Die ganze Häuserreihe entlang des Platzes bildet lediglich die Fassade, hinter der sich das eigentliche Bankgebäude befindet.

In Deutschland wird da schon ein wenig äußerlich auf den Putz gehauen. Bei uns erkennt man die wahre Qualität erst im Inneren des Gebäudes. Wie das bei uns Schweizern eben so üblich ist", so etwas von oben herab die provokative Aussage des Herrn Schnapperli zu seinem deutschen Kollegen.

Dann beugte sich Schorlekarle, nachdem wir alle Platz genommen hatten und uns ein Schweizer Kaffee mit Schümli serviert worden war, fast im Flüsterton zu seinen zwei Schweizer Kollegen. „Ich habe im Koffer um die drei Millionen D-Mark in bar dabei und die wollen wir auf verschiedenen Konten anlegen."

Der Herr Hamsterli laut und kernig: „Sie können da schon deutlich mit uns reden. Armut ist bei uns keine Schande, oder so ähnlich." Hamsterli und Schnapperli machten mit dem Schorlekarle so ihren Spaß und lachten herzlich dabei.

„Wie sollen wir das denn aufteilen, Herr Kollege?"

Dieser zählte auf: Ein Konto für unseren „Freund und Partner", ein Konto für Fabius, ein Konto für Schorlekarle und eines für Martin. Mich, lechz. Den Rest wollte Schorlekarle für irgendwelche Bankkunden anlegen, welche bereits hier schon registriert waren. Jeder musste seinen Reisepass abgeben, eine Kopie ließen die Schweizer Bänker von einer Dame ziehen und jeder bekam in einem Umschlag eine Nummer und eine Telefonnummer. Dann durfte man sich einen Wortcode ausdenken, den man schriftlich in einen kleineren Umschlag legte, verschloss und abgab. Das wars.

Consigliore verfolgte das Procedere genau, fragte ein paar Dinge, konnte aber keinen Makel erkennen. Eine Kopie der Nummern und Codes nahm der Consigliore an sich, um diese in seinem Tresor in der Kanzlei zu deponieren. Für alle Fälle, man wusste ja nie. Vielleicht bekam man ja Alzheimer oder man verunglückte. Consigliore wollte Eventualitäten ausschalten. Für die 50 Großen, die er bekam, konnte er auch eine Kleinigkeit tun. Nachdem der Koffer geleert und unsere Konten gefüllt waren, verabschiedeten wir uns.

Die Sonne schien und wir setzten uns in ein Restaurant am Züricher See und ich bestellte mir Züricher Sahnegeschnetzeltes mit Rösti. Ein feines Glas Weißburgunder passte perfekt zum Geschnetzelten.

Danach ließen wir uns recht gelassen im Speisewagen des Zuges nieder und tranken ein wenig auf den reibungslosen Ablauf. Gegen Spätmittag kamen wir an und ich musste den „Freund und Partner" noch zum Flughafen nach Stuttgart bringen, damit er heimkam. Er war jetzt sichtlich zufrieden und erleichtert. Mit einem „Bis nächste Woche" verabschiedete er sich gut gelaunt.

Einrichtungsspezialisten

Tags darauf wollte Fabius mit mir ins Möbelhaus einkaufen fahren. Wir mussten die Villa einrichten. Zusammen mit Luigi Kanone fuhren wir im Geländewagen in ein großes Einrichtungshaus nach Neu-Ulm. Dort bestellten wir Fabius' Schlafzimmer komplett, meines komplett. Gästezimmer wurde ausgestattet. Die dazugehörigen Badezimmer und die WC-Ausstattung. Büro komplett neu. Luigi Kanone musste das mit den Verkäufern regeln, Prozentle rausschinden, wie, wann und wohin alles kam.

Dann ging es zum Heli, um nach Dresden zu flattern. Fabius hatte sich in einem Getränkehandel eine Flasche Grappa gekauft und gurgelte einen ordentlichen Schluck in den Hals. Dann reichte er die Pulle mir rüber und ich nippte daran, um zu testen, wie er schmeckte. Gut, also noch einen kräftigen Schluck hinterher und reichte weiter an den Luigi, der mit meinem Wagen fuhr. Besonders begeistert war er nicht, wusste aber, dass er unter dem strengen Blick des Fabius stand und nippte ebenfalls dran.

Fabius hatte irgendwie schlechte Laune, weil seine angetrunkene Ehefrau ihn am Handy genervt hatte. Sie wollte Geld für den Haushalt, hatte sie mir vorgejammert und ihr „Hurebocke" war das letzte Mal vor 14 Tagen zu Hause gewesen und hinterließ nur 200 DM. Fabius merkte, dass seine Frau am Apparat war und machte eine Geste, dass er nicht da sei. Ich machte da nicht lange rum und gab ihm den Hörer. Sollte das selber regeln.

In der Tat gab er für irgendwelche Bumsmiezen Unsummen von Geld aus und seine eigene Frau bekam so gut wie gar nichts. Selbst mich hatte sie schon einige Male angepumpt, um sich Lebensmittel kaufen zu können.

Jetzt, nachdem er leicht rauschig war, suchte er einen Grund, sich Luft zu verschaffen und meckerte am Luigi umeinander. „Du brauchst mir wegen der Jacht nicht nachzuspionieren. Der Deal lief korrekt. Das in der Zeitschrift, die du da mir gezeigt hattest, ist eine völlig andere, oder glaubst du, dass mich meine Freunde, der Enzio und Markus, reinlegen wollen? Schmink dir das ab und bohr da nicht weiter. Verstanden?!" Luigi bejahte, was sollte er auch tun, dabei touchierte er leicht den Randstein, wobei wir kräftig durchgeschüttelt wurden. „Verdammter Scheißkarren ist das. Eine Schande, mit diesem Schrott da rumfahren zu müssen, wie oft sage ich dir noch, dass du endlich was Gescheites kaufen sollst!"

Jetzt fegte er mich blöd an. Ich sagte gar nichts dazu und dachte, das war das letzte Mal, dass er wegen meines Autos meckerte! Ich bestellte mir über Luigi Kanone aus Trotz einen indigofarbenen Jaguar Double Six. So, das hatte er davon.

In Dresden angekommen, gingen wir zuerst ins Büro, wo wir Rosie begrüßten und dann gemeinsam in die Villa fuhren. Ein emsiges Treiben ging dort vonstatten. Die Handwerker legten den letzten Feinschliff an und der dicke Schreinermeister Eiche stand auch schon im Konferenzzimmer und paffte seine dicke Zigarre. Butta Blablagür kam ums Eck und gesellte sich zu uns und gab mir ein kleines grünes Fläschchen, einen Jägermeister.

„Natürlich, der Butta Blablagür in Sauflaune. Vom Arbeiten hast du ja noch nie was gehalten, aber Jägermeister in deinen hohlen Kopp reinleeren, da biste fleißig." Luigi Kanone kam von hinten und hatte ihn genau im richtigen Zeitpunkt mal wieder erwischt. Stotternd und erregt Butta: „Oh Gott, oh Gott, der Schwätzer Luigi Kanone, kannst du mich nicht mal 5 Minuten in Ruhe lassen? Das ist doch wegen dem Klick."

„Alki, Alki", trillerte Luigi. Mit dem Schreinermeister Eiche gingen wir mit Fabius die Einzelheiten durch.

Der Konferenztisch sollte so um die 6 m lang sein. Die jeweiligen Enden sollten eine ovale Ausformung erhalten.

Breit 2 m, so ließ er sich gerade noch transportieren. Dazu die passenden Stühle aus dem gleichen Holz und die Sitzbezüge aus feinem braunem Leder. Genietet. In den Rücklehnen das Wappen von S & K. Ein Stuhl unterschied sich von allen. Der von Fabius. Er wollte die Kopflehne kopfhoch und Armlehnen dran. Der Raucherraum wurde flott gemacht und die runde Eckbank wurde neu ausgepolstert und bekam ein neues Lederkleidchen. Der Herr Eiche machte sich seine Skizzen und Notizen und weiter ging es, runter in die Bar. Wenn man links in die Bar hineinkam, sollten der Tresen und dahinter die Armaturen, Spüle, Technik, Regale usw. entstehen. Na so um die 3 m lang mit drehbaren Barhockern und Messingrohr unten für die Füße. Auf der anderen Seite durchgehend eine Eckbank, davor zwei Tische. Barhocker und Eckbank mit demselben Leder wie die Stühle im Konferenzraum. Die Decke und die Wände sollten komplett mit Holz ausgekleidet werden mit integrierten Downlights. So, auch fertig. Von der Bar aus gelangte man in den Weinkeller. Hier mussten Blablagürs Mannen Weinregale aus Tonstein zusammenbasteln. Unsere Weinbestellung sollte wohl in den nächsten Tagen kommen. Fabius, in seinem Element, ging schnellen Schrittes in den Saunaraum. Dort installierten die Saunaleute gerade die technischen Teile. Der große Raum, in dem sich die beiden Saunen befanden, war komplett, Boden, Wände und Decken, mit weißem Carraramarmor ausgekleidet. Unterbrochen durch farbige Ornamente in Form von Fliesen, welche orientalische Attribute in sich bargen. Dies lockerte die weiße Fläche hübsch auf. Von der Decke wurde der Raum ebenfalls über Downlights ausgeleuchtet. Natürlich konnte man die Lichter in allen Räumlichkeiten per Dimmer einstellen. Wir hatten eine Dampfsauna und daneben eine Trockensauna. Jede hatte ein Fassungsvermögen für 6 Personen, welche bequem Platz hatten. Im Raum selbst war noch ein großer Holzbottich, in den man eintauchen konnte. Ein WC war im hinteren Bereich eingebaut und zwei offene Duschen ebenfalls. Gut. Die waren fast fertig. So, jetzt in Fabius' Lieblingsraum. Der Fitnessraum. Eine Breitseite Spiegel musste es sein, damit er seinen Körper auch schön betrachten konnte. Davor die Gerätschaften. Für mich sahen die Dinger wie mittelalterliche Folterinstrumente aus. „Mit Sicherheit ist das der Raum, den ich am wenigsten betreten werde", sagte ich dem Fabius.

„Stell Dich doch nicht so an. Du musst mit deiner Figur genauso aufpassen wie ich", dazwischen Luigi, „oder der kleine fette Blablagür", was wieder ein Gestotter von diesem auslöste. „Wenn du, du, du, Luigi Kanone, an Dir runterschaust, da siehst du doch deine kleine Gurke vor lauter Ranzen auch nicht mehr, oder?"

Komisch, jetzt schaute ein jeder von uns in Richtung seines Kameraden. Tja, ich musste meinen Bauch auch schon mächtig einziehen, wenn ich meinen Kumpel morgens in der Dusche begrüßen wollte.

Hinauf in die Küche. Dort arbeiteten die Mannen des Schreinermeisters fleißig die Einbauküche ein. Die Eckbank und der Tisch samt Stühlen standen schon. Es erübrigt sich zu erwähnen, dass die Materialien alle identisch mit denen im Konferenzraum waren. Alles Handanfertigungen. Soundspezialisten montierten die Beschallungsanlage. Fabius wollte in jedem Raum Lautsprecher in den Decken integriert wissen. Da kamen ein paar große Hunderttausender schon zusammen. Es fehlte aber was. Die Leuchter.

Ich konnte mich erinnern, dass, als wir den gemeinschaftlichen Winterurlaub damals in der Windmühle verbrachten, wir einmal eine Tour nach Karlsbad und Marienbad machten. In Marienbad, toller hübscher Kurort, wenn mal alles restauriert sein würde, hatte ich ein größeres Geschäft entdeckt, welches sich auf Kronleuchter jeglicher Art und Größe spezialisiert hatte. Dazu kam es mir außerordentlich günstig vor. Von dem erzählte ich dem Fabius und schon waren wir im Heli und flatterten nach Marienbad.

Mit dabei Luigi Kanone. Marienbad hatte einen Agrarflughafen, auf dem wir landen durften. Janusch blieb wie meistens beim Heli. Uns brachte der Sheriff von dem kleinen Agrarflughafen mit seinem alten knatternden Skoda in das Zentrum. Er sollte uns in zwei Stunden wieder abholen. Fabius belohnte ihn fürstlich für seine Leistung. Den Laden fand ich auch sofort wieder. Durch die Eingangstür, welche ein helles Klingeln verursachte, begrüßte uns eine attraktive Frau mit den allerbesten Rundungen, welche beim Fabius eine Kaufreude auslöste. Großer Kronleuchter im Foyer und noch größerer Kronleuchter im Konferenzraum. Hier und da Kronleuchter, einen ganzen LKW voll bestellte er. Dann handelten wir den Preis. Sie zeigte uns auch Vergleichspreise von deutschen Herstellern und man musste anhand ihrer Darstellung feststellen, dass der Preis 70 % vom Preis der deutschen Anbieter betrug. Man konnte dies glauben oder auch nicht. Fabius machte da auch nicht lange rum, schaute eh mehr auf ihre Titten als auf den Preis.

Von der fast 50.000 DM hohen Bestellsumme wollte er 30 % Abgebot. Bei dieser für die attraktive Verkäuferin doch sehr hohen Bestellung wollte sie das zuerst mit ihrem Chef besprechen. Am Telefon wurde sie instruiert und kam wieder. 20 % Rabatt konnte sie bewilligen. Mehr ginge beim besten Willen nicht. „Dann ist aber der Transport und die Anbringung an den Decken nach und in Dresden mit dabei", wollte ich noch herausholen und vor allem bei dieser zerbrechlichen Ware, nö, das sollten die nur selbst erledigen.

Wieder Telefonat mit ihrem Chef. „Gut meine Herren. Wir bringen die Ware in 5 Tagen. Bezahlung wie folgt: 50 % sofort und 50 % bei Übergabe."

Nach dem Deal wollte Fabius ihr noch an die Wäsche. Seine Absichten erkannte sie jedoch gleich, aber ganz charmant verwies sie ihn an eine Adresse, wo ein kleines, aber feines Fickeclübchen sei. Das war mir jetzt klar, dass wir da hinmussten. Wir suchten uns noch ein Hotel zum Übernachten, denn das mit dem Rückflug wurde nichts mehr, da es zu spät sein würde. Bei Dunkelheit konnten wir nicht fliegen. Im ehrwürdigen „Excelsior" fanden wir unsere Bleibe. Den Flughafensheriff weihten wir in unser Vorhaben ein und er sorgte persönlich für die Bewachung des Jet-Rangers.

Am anderen Tag, nach dem intensiven nächtlichen Tête-à-Tête in einem durchaus reizvollen Clübchen, flatterten wir zurück nach Dresden.

Ich hatte die Abnahme der Gartenanlage, welche von mir geplant, und die nun von der Firma Schwappes fertiggestellt worden war. Die Gartenmöbel aus Teak sollten auch heute eintreffen. Den Terrassenplatz erstellte ich mit sächsischen Sandsteinplatten. Ging in diesem Fall gut, da eine ausgiebige Besonnung gewährleistet wurde. Wäre es in einem beschatteten Bereich gewesen, so hätte es leicht zur Bemoosung kommen können und der Belag wäre dann schmierig und rutschig geworden. Zudem hatte der sächsische Sandstein eine warme, angenehm bräunliche Farbe.

An der Terrasse befand sich vor dem vorhandenen Rhododendron ein Teich. Der Aushub des Teiches wurde zur Geländemodulation verwendet und ein kleines Bächlein schlängelte sich lustig plätschernd in den Teich.

Der Weg um die Villa wurde in Kies gehalten, wobei seitlich Granitgroßpflaster zur Randeinfassung verwendet wurde. Die Zufahrt zur Garage ebenfalls mit Granitgroßpflaster, jedoch als Rasenpflaster, zwecks Entwässerung. Die Bepflanzung, da brauchte man nicht allzu viel, da der Bestand ganz ordentlich war. Jedoch ein paar außergewöhnlich hübsche und große Bambusse schleifte ich extra vom Bambuszentrum Deutschland hier an und platzierte diese geschickt an Sichtsituationen. Dann im Schattenbereich Farne, Hosta und spezielle Stauden. Gut war es. Ja, ich gab mir da richtig Mühe. Mit der zuständigen Ingenieurin der Firma Schwappes ging ich das alles durch und war mit der Leistung der fleißigen Dresdner Facharbeiter sehr zufrieden.

Qualitätshandwerker

Da unser Privathaus ein Fertighaus war, wurde dieses sehr schnell aufgeschlagen. Fertigkeller, Fertighaus.

So jetzt ging es an den Innenausbau, welchen wir in Eigenregie durchführen wollten. Für die Heizung- und Sanitärarbeiten sowie für die Natursteinarbeiten im Hause bot sich der Qualitätshandwerker Butta Blablagür mir an. Ich war auch sofort einverstanden und so kam es, dass ich viele emsige Ungarn im Hause hatte. Um das meiste kümmerte sich Anja. Sie hatte den jungen russischen Architekten tüchtig geplagt in der Planung. Jetzt musste halt Butta Blablagür dran glauben und mit ihr von einer Bemusterung zur nächsten Bemusterung rennen. Ich kümmerte mich um die Außenanlagen, erstellte einen Entwurf und die technischen Zeichnungen hierzu übernahm mein Architekt Peter Säuerlich. Er besorgte auch die Landschaftsbaufirma für die Ausführung. Da das Haus am Hang lag, hatten wir die Möglichkeit einmal direkt durch die 3 Garagen über die Treppen in den Keller und dann weiter ins EG zu gelangen. Von außen sollten Granitblockstufen hinaufgeführt werden. Alle Steinmaterialen der Beläge waren Granitplatten verschiedener Größen. Für die Mauern verwendete ich heimischen Bruchmuschelkalkstein. Eine Besonderheit ließ ich mir für den Wein einfallen. Aus Ton wurde ein externer Gewölbekeller in den Hang eingebaut. Dieser bekam eine Abdeckung aus Erde. Hier hatte ich die optimale Möglichkeit, den Wein zu lagern, da die Temperatur konstant blieb. In dem Weinkeller waren drei Holzschemel

und ein Holztisch aus einem Weinfässchen. Eine große weiße
Kerze stand auch schon darauf. Während der Ausbauphase
des Hauses saßen wir mit dem Säuerlich und dem Blablagür
einige Male um das Fässchen und soffen leckeren frischen
Wein. Sogar meine Frau trank hier und da mal eines ordentlich mit, um dann mit einem kleinen Äffchen sich wieder zu
verabschieden. So, dies war mein gelungener Beitrag für den
Außenbereich. Für den Kleinen schuf ich noch einen Sand-
spielplatz mit Rutsche. Später, wenn er älter sein würde,
dann müssten freilich hier und da noch Nettigkeiten hinzu-
kommen. Innen wollte ich den Plattenbelag im Wohnbereich
heraussuchen. Das sollte was Besonderes sein. Ich schnappte meinen Bub und den Geländewagen. Dann fuhren wir zu
einer großen Natursteinverarbeitungsfirma. Diese hatte jede
Menge verschiedene, riesige Natursteinquader. Mir gefiel
die Struktur von einem rötlichen Granit sehr gut. Wenn man
vor so einem über 2,5 Meter großen Quader stand und drauf-
blickte, war es wie ein perfektes Bild. Je länger man drauf
schaute, umso mehr abstrakte Figuren konnte man erkennen.
Ein Traum. Ich schoss auch einige Photos mit meiner Nikon,
damit ich diese meiner Frau zeigen konnte. Mein Smeagel
gluckste auch ganz freudig auf meinem Arm und so besprach
ich das Ganze mit dem Meister der Firma. Es sollten Platten
aus den Blöcken geschnitten werden. Da man ja eine so große Platte wohl schlecht im Gebäude verlegen konnte, wollte
ich, dass diese in 60 mal 40 cm große Einheiten gestückelt
wurden. Dies haute von den Abmessungen auch fast hin. Ein
kleiner Verschnitt blieb. So wären es bei einem Quader pro
Schnitt 24 Platten in den gewünschten Abmessungen. Damit
man das Bild wieder zusammenfügen konnte, wurden auf der
Rückseite der Platten Ziffern und Zahlen mit Kreide draufge-
schrieben. Also A1, A2, A3 usw. bedeutete: immer angefangen von oben links nach rechts. Es wäre dann A7 unter A1.
Nächste abgesägte Einheit würde dann mit B anfangen dann

C usw. Idiotensicher für den Butta Blablagür, wie ich dachte. Verlegt werden sollten die Platten im Wohnzimmer, im Wintergarten, in der Küche, im Essbereich, WC und im Flur. Da kam schon was rechtes zusammen. Na so 120 Quadratmeter waren es sicher. Im Gästezimmer, Büro, Schlafzimmer und im oberen Flur wollte Anja Teppichboden, warum auch immer. Sämtliche sanitären Einrichtungen waren gefliest. Juniors Zimmer wurde mit Kork ausgelegt.

Nachdem Anja sich für meine Idee erwärmt hatte, machte ich die Bestellung perfekt. Noch eines wollte ich in die Hand nehmen. Die Möblierung sollten meine Freunde Conny und Thomy übernehmen, welche ja eine kleine, aber feine Möbelwerkstatt hatten. Vor allem um den Musikschrank kümmerte ich mich intensiv mit dem Thomy, welcher genau wusste, was ich wollte. Wir kannten uns schon seit der 6. Klasse Realschule und steckten seit jener Zeit zusammen. Da ich das meiste an einem Wochenende erledigen konnte, ging es wieder mit dem Flieger nach Dresden.

Mit dem Bürgermeister Fuchs, Duce, Klatsche, Luigi Kanone und Fabius hatten wir wegen Dynamit Dresden eine konspirative Sitzung im Hotel „Ballerwü". Tüchtig arbeiteten wir dran, eine Übernahme des Vereins zu prüfen und bei den kommenden Wahlen zuzuschlagen. Die ganze Woche trafen wir uns mit irgendwelchen wichtigen Funktionären, um Details zu besprechen, Strategien und Szenarien durchzuspielen. Spätmittags war Feierabend. Bei einem schönen Bier und einer Schweinshaxen entspannten wir uns und genossen den tollen Blick von der Terrasse des Waldschlösschens auf die Elbe und die Altstadt, als mich meine Frau anrief. Ganz aufgeregt: „Martin, komm bloß schnell zu unserem Haus, du wirst schockiert sein, der Blablagür, der Pfuscher, hat den Belag verlegt, das kannst du dir nicht vorstellen, wie das aussieht. Da ist alles kaputt." Ich beruhigte sie ein wenig und sagte ihr, dass ich am anderen Tag eh rübergeflogen wäre, da ich einen

Notartermin bezüglich der Gräserstraße wahrnehmen musste. Den Blablagür informierte ich am anderen Tag in scharfem
Ton, dass er gegen 15:00 Uhr auf der Baustelle zugegen sein
sollte. Mich traf der Schlag, als ich dem Chaos ins Auge blickte. Butta Blablagürs Leute waren fleißig, sehr fleißig. Dummheit gepaart mit Fleiß. Das Übelste, womit man konfrontiert
werden konnte. Der Belag war komplett fertig verlegt. Jedoch
von den ursprünglichen Steinbildern, welche man mühsam
durchnummeriert hatte, keine Spur mehr. Kreuz und quer
wurden die Platten in Mörtel verlegt. Verfugt in einem hellen,
grellen Weiß, dass man eine Sonnenbrille aufziehen musste, damit es einen nicht blendete. „Ich glaube, dass du komplett verrückt bist, Butta. Was soll das denn? Alles wieder
raus. Kein Kommentar. Das ist doch Dummheit in Präzision,
schlimmer geht das doch nicht mehr. Da habt ihr jeden nur er-
denklichen Fehler ausgeschöpft, den man machen kann, und
das ausgerechnet bei uns." Ich hätte ihn erwürgen können,
diesen erbärmlichen Pfuscher.

„Meine Leute sind die Dümmsten der Welt, genau erklärt habe ich es denen, und jetzt das da", jammerte er mir
und der Anja vor, drehte sich zu seinen Ungarn und fegte sie
ungemein heftig auf Ungarisch an, da sie Deutsch eh nicht
verstanden. „Die Platten kriegen wir nicht mehr raus, die sind
feste einbetoniert. Da werden wir die ganze Fußbodenhei-
zung mit rausreißen und die Platten können wir dann gleich
in den Container werfen." Anja entfernte sich kurz von uns, da
der Smeagel ausgebüchst war und sich verselbstständigte.

Butta im Flüsterton: „„Martin, du bist doch eh kaum
hier und deine Alte, die beruhigt sich doch wieder, oder?
Komm ich lade dich dafür zum Bumsen ein?"

„Du hast eine komplette Vollmeise. Nix da, das mit
den Platten rausreißen lassen wir, ansonsten sind wir in dem
Haus in zwei Monaten noch nicht, aber die Fugen werden alle
ausgeflext und komplett neu verfugt. Das Fugenmaterial su-

chen wir gleich zusammen raus, dass das klar ist!" Außerdem musste ich in der Garage feststellen, dass er da zwei Heizkörper eingebaut hatte. „Musst doch heizen, deinem Jaguar wird doch sonst kalt", meinte der Blödel noch.

Wegmontieren ließ ich ihn die.

War ich froh, als die Restarbeiten erledigt waren und wir in das Haus einzogen. Über die Qualität vom Pfuscher Butta Blablagür war ich nun informiert und für die Zukunft hatte ich erst mal die Schnauze gestrichen von diesem Kadetten voll. „Komm du mal mit der nächsten AZ (Abschlagszahlung).

Um die Ohren werde ich dir die hauen.

Bin doch eh nie Zuhause, wie du sagtest."

In Monte

Fabius wollte jetzt mir und unserem „dritten Partner" seine Errungenschaft, welche er für „uns" in Genua gekauft hatte, demonstrieren. So flogen wir von Dresden nach Frankfurt/M. und von da aus nach Nizza. In Nizza am Flughafen angekommen wartete auch schon eine weiße Dauphin2, welche neben den 2 Piloten noch Platz für 13 Passagiere hatte. Fabius war schon ganz verliebt in diesen und schwärmte davon, wie und was man da alles umbauen könnte. Also ein gewaltiger Hubschrauber mit mächtigen Turbinen, der uns gegen Entgelt zum Hafen brachte.

Von dort aus konnten wir direkt zum Boot laufen.

Da lag das nette Ding. Um die 18 m lang, fast 5 m breit. Drei Decks, schneeweiß. Alleine der Tank fasste um die 4.000 l Diesel. Wasser um die 2.000 l. Innen edler hochglanzlackierter Holzausbau. Essbereich und Salon in feinstem türkisfarbenem Leder. Im Salon Fernseher, Video und Soundanlage. Eine Etage tiefer zwei Gästezimmer und ein Eignerzimmer, die gleichen edlen Materialien. Für die Gästezimmer Dusche und WC. In der Eignerkajüte war ein Bad mit WC. Die Kombüse war komplett ausgestattet mit Mikrowellenherd, Herd mit Ceranfeld und Backofen, Geschirrspüler, Kühlschrank, drei weitere befanden sich je im Salon, Flybridge und in der Eignerkajüte. Icemaker und sonstige Annehmlichkeiten. Das Boot manövrierte man von der Salonebene aus oder von der Flybridge. Ausgestattet mit GPS und Nautradar, Autopilot, Echolot, Radar und sonstigen Spielereien.

Unser „dritter Partner" meinte: „Na dann starten wir mal. Komm Fabius, Anker lichten und los gehts."

„Na so schnell gehts auch nicht. Ich muss den Skipper noch anrufen, dass wir losfahren können. Hierfür braucht man einen Bootsschein. Der Skipper, ein Brite, den habe ich schon informiert." So warteten wir und warteten und warteten.

Wir tranken Campari-Orange. Und heiß war es an der Riviera. Das Schiff hatte so ziemlich jeden Luxus, jedoch keine Klimaanlage. Mist.

Schließlich kam der Skipper völlig verschwitzt mit einem Fahrrad angeradelt. Sein Auto hatte eine Panne und sein Handy, da war die Batterie alle.

So, jetzt aber konnte es losgehen. Der Skipper, ein junger sympathischer Mann, sprach nur Englisch und schnatterte die ganze Zeit. Da unser „dritter Partner" kaum ein Wort Englisch verstand und Fabius' Englisch sich immerhin auf Wirtschafts-Englisch wie „Please one beer" oder „One Campari-Orange" und „Thank you very much, I'am very erkältet" beschränkte, war ich der Dolmetscher. Zu allererst hatte unser Boot Hunger. Und das tüchtig. Na ja, 4.000 l Diesel, die Tanks waren so gut wie leer, da brauchten wir ein Weilchen, bis die gebunkert waren. In der Zeit machte sich der Skipper hoch auf die Flybridge, um diese flott herzurichten.

Die Flybridge ist eine Etage über dem Salon und im Freien. Jetzt konnte es aber losgehen. Langsam schipperten wir den Hafen hinaus. Hier war natürlich absolute Disziplin Voraussetzung, um sich im Hafengelände unter den wachen Augen der Hafenbehörden fortzubewegen. Für Nichteinhalten der Hafenweisungen wurden drakonische Strafen verhängt und sofort eingetrieben. Das übersetzte ich besonders sorgfältig in Richtung Fabius, den das wieder langweilte und das er gar nicht so richtig hören wollte.

Jetzt im freien Gewässer, da ließ der Skipper die Motoren unter Vollbelastung aufbrausen. Die zweimal 400 PS, Junge, das war eine wuchtige Power. Ich musste das neidlos anerkennen. Das hatte was. Auch unser „dritter Partner" schien da ganz begeistert zu sein.

„Siehste Martin und du, unser Partner, hier können wir zukünftig unsere Geschäfte abwickeln. Investoren und Bürgermeister, Banker und alles, was man sonst noch schmieren muss, laden wir hier ein. Natürlich auch die Top-Models. Das habe ich für uns gekauft. Jeder kann hier drauf, wir müssen uns nur vorher abstimmen, damit wir das auch zeitlich auf die Reihe bekommen. Ich habe da schon ein paar Tage notiert." Er gab uns einen Zettel mit handgeschriebenen Daten, wann er mit seinen „guten Freunden" hier sein wollte. Ah, Rallye Monte Carlo, Formel 1 in Monte. Klar. Über Ostern und Pfingsten. Na ja, von mir aus. An welchen Wochenenden außer im Winter hatte er da keinen Eintrag? Fabius zeigte beim Skipper gefährlich großes Interesse, wie man den Kahn so manövriert. Dieser gab bereitwillig Auskunft und er ließ alle von uns an das Ruder. Nach ca. 2 Stunden drehten wir und zurück zum Hafen.

Im Bunker des Schiffes war ein Motorroller, damit man sich an Land fortbewegen konnte. Dem Fabius empfahl ich, dass er noch die Firmenwappen S & K anbringen sollte, damit man gleich erkannte, wo unser Schiffchen sich befände. Diese Idee nahm er gleich wörtlich und ließ mich das dem Skipper mitteilen, dass er jemanden beauftragen solle, die Embleme an den Schiffsseiten aufzubringen.

Fabius den Roller raus. Sprit befand sich sogar in einem 10-l-Kanister und er tankte gleich unter freudigem Pfeifen eines Liedleins. Dann wir zu dritt auf dem Roller nach Monte rein. Ich in der Mitte. Fabius raste natürlich wie ein Henker, bis wir hinter uns ein bekanntes Tatütata vernahmen. Das wars fürs Erste. Zu dritt fahren verboten! Auch empfanden die Polizisten es gar nicht lustig, als Fabius nicht bei Rot hielt, sondern einfach über die Gehwege und Zebrastreifen das Warten zu umgehen probierte. Von Helmpflicht hielten wir auch nichts und die technische Überprüfung des Rollers ergab, dass die Bremsbeleuchtung nicht intakt war.

Wir standen wie die Sünder umeinander. Unser „dritter Partner" und ich distanzierten uns diskret und ließen den Fabius das schon machen.

Ein Polizist verstand auch ganz gut Deutsch. Aber als wir Lachen und ein Scherzen vernahmen, konnte man annehmen, dass es gleich weiterginge. Immerhin musste Fabius die Kleinigkeit von 900 Franc berappen.

Einer durfte nicht mitfahren. Ich ging freiwillig die letzten Meter zu Fuß und am Fußballstadion wollten wir uns an dem ersten Cafe oder Restaurant an der Promenade treffen. Ich fand die beiden nach meinem 10-minütigen Fußmarsch in einem kleinen Restaurant auf der Terrasse mit Meerblick. Sie saßen hier im Freien und hatten vor sich eine Flasche Weißwein im Kühler mit zwei gefüllten Gläsern. Mein Glas füllte Fabius und wir prosteten ordentlich. Dazu bestellten wir noch Muscheln in Weißwein und Scampis mit Knoblauch. Abends wollten wir noch ins Casino. Nachdem wir gesättigt und gestärkt waren und einen stolzen Preis bei der Bedienung berappen mussten, ging es zurück zum Boot. Partner und ich fuhren mit dem Taxi rennerles mit dem Fabius. Der hatte von vorhin nichts gelernt oder er war nur farbenblind oder gehörgeschädigt. Immerhin war er mächtig stolz, dass er uns um 200 m geschlagen hatte.

Auf dem Boot zogen wir den feinen Zwirn an und stiegen wieder in das Taxi, welches gewartet hatte. Zum Casino berappten wir 100 Franc Taxigeld. Vor dem Casino tranken wir noch schnell einen doppelten Espresso. Wieder mit Trinkgeld 100 Franc. Im Foyer des Casinos bestellten wir uns jeder ein Bier, wieder 100 Franc. Wir glaubten, das war der Standardpreis. Für mich und „dritter Partner" waren es das erste Mal, dass wir in Monte und in einem Spielcasino waren. Wir machten schon mächtig große Augen.

Das Atrium war reich an Marmor, Goldverzierungen, Fresken und Skulpturen. Der gleiche Architekt, Charles Garnier, baute nicht nur 1863 dieses Casino, sondern auch die Pariser Oper. Unsere Reisepässe wurden kopiert und Fabius löste jede Menge von diesen Chips, welche man benötigte, um beim Black Jack, Roulette oder den anderen Glücksspielen da mitzumachen. Ein emsiges Treiben ging da vonstatten. Fabius bewegte sich so, als sei er schon jahrelang Stammgast.

Mal zum Black Jack, mal an den Roulettetisch. „Dritter Partner" und ich wagten unsere ersten Gehversuche an dem Roulettetisch. Wir waren Besitzer von umgerechnet je 1.000 DM in Chips, welche uns Fabius zugesteckt hatte. Wir saßen an dem Tisch und der Croupier, welcher mich vom Aussehen eher an einen Pinguin erinnerte, warf die Kugel in den Kessel. Bei mir dauerte es keine halbe Stunde und das wars. ‚Rien ne va plus' eben. Nichts ging mehr. „Dritter Partner" war wesentlich vorsichtiger und taktierte mit dem Klassiker Rot und Schwarz. Dies lief für ihn ganz ordentlich und er wurde mutiger. Dann probierte er die anderen Figuren aus. Hatte er sich also vorinformiert, der Schlaue. Er setzte dann mal einen Manque, Pair oder Impair. Dann mal Passe, Junge, der konnte auf einmal mit den von 0 bis 36 nummerierten Feldern umgehen. Na, ließ ich ihn mal mit Fortuna alleine und schaute mir die Glücksritter an.

Fabius krallte sich beim Black Jack oder einfacher „17 und 4" fest. Ein massiger Italiener, erinnerte mich an Guildo Horn, rannte von Roulettetisch zu Roulettetisch und setzte jede Menge Chips wahllos auf Zahlen oder er schnippte sie auf den Tisch. Dem Croupier steckte er hin und wieder was zu und palaverte fürchterlich laut in der Gegend umeinander. Irgendwie passte er überhaupt nicht in das Ambiente. Die Herrschaften waren alle elegant gekleidet, wie man es aus James-Bond-Filmen eben kannte. Hingegen der Italiener in einem blauen, langen wolligen Pullover und Kordhosen, da umeinander hetzend. Musste aber was Bekanntes sein.

In Weiß gehüllte Araber waren auch jede Menge da und Fabius ertappte ich wieder mal an der Kasse, um sich neue Chips zu besorgen. Dann schaute ich mir noch die einarmigen Banditen an. Irgendwann hatten die beiden auch genug und wir machten uns auf in Richtung Boot.

Gewonnen hatte keiner was.

Musikantenstadel

Ein Bürgermeister der Nachbargemeinde des Bürgermeisters Hecht war bei uns vorstellig geworden und, ganz beeindruckt von unserem Tun, auch ganz scharf auf ein nettes Gewerbegebietchen für seine kleine Gemeinde. Fabius und ich vereinbarten mit diesem Bürgermeister der Gemeinde einen Termin und machten uns mit dem Heli dorthin auf. Janusch hatte den Sportplatz zum Landen herausgesucht und die Genehmigung zur Landung erhalten.

Man konnte vom Heli aus auch den Sportplatz entfernt sehen, welcher sich schnell näherte und wir erkannten eine Musikkapelle. Die trachtenuniformierten Musiker waren in einem Haufen versammelt und schauten mit ihren Musikinstrumenten uns entgegen. Das war sehr nett gemeint von dem

Gemeindevorsteher, uns so viel Ehre zuteil werden zu lassen. Bloß unterschätzten die Musiker die Luftverwirbelungen, welche so ein Heli bei der Landung verursacht. Notenblätter und Kopfbedeckungen flatterten nur so durcheinander.

Als wir schließlich gelandet waren und die Turbine sich beruhigt hatte, hatten die meisten Musiker auch schon wieder ihre Notenblätter und Mützen aufgesammelt, ein wenig zersaust und schräg begannen sie mit einem Platzkonzert. Danach eine kurze Begrüßungsrede des Bürgermeisters und wir wurden durch die übersichtliche Gemeinde gefahren. Ein kleines Schlösschen an einem Tümpel befand sich am Rande der Ortschaft. Fabius gleich ganz interessiert und schon besichtigten wir die Räumlichkeiten.

Eine Grundschule war hier noch untergebracht. Aber das neue Schulgebäude war mittlerweile schon im Bau.

„Bürgermeister, was soll denn das Anwesen kosten? Ich könnte mir durchaus vorstellen, ein Schulungszentrum hier zu integrieren. Bis zur Autobahn ist es ja nicht weit. Könnte man sich gut vorstellen, oder Martin?"

„Wenn man einen Betreiber hätte, warum nicht?", meinte ich schon ein wenig vorsichtiger, ohne Betreiber, was wollten wir denn mit so einem Teil. Schlossgespenst spielen?

„Na die Gemeinde ist Eigentümer des ehemaligen Ritterguts. Wir haben es auf eine Verkaufsliste gesetzt, aber da sind schon Interessenten. 450.000 DM war unser Ziel, aber mittlerweile wurden uns schon 480.000 DM geboten. Die Lage ist wirklich gut, bis Dresden nicht weit, auch Chemnitz und Leipzig erreicht man bequem in 1 bzw. 1,5 Stunden. Nächste Woche wollen wir als Gemeinde mit einer Investorengruppe in die Verhandlungen eintreten. Die haben vor, ein Altersheim hier reinzubauen", kommentierte der Bürgermeister listig wie ein Fuchs und rieb sich dabei innerlich die Hände.

„Was, Altersheim? Übrigens nennt man das jetzt Seniorenheim, nur zur Information, mein lieber Bürgermeister.

So eine Quatschidee. Ein Schulungszentrum, das wird der Knaller. So was wie Harvard Universität. Das müssen sie mir schon glauben, so was spüre ich im Urin. Wir kaufen das Anwesen für eine halbe Million. Diese einmalige Chance nutzen wir. Martin, mach du mal einen Notartermin beim Schöneschluck."

Ansonsten war die Lage für ein Gewerbegebiet eher bescheiden, zumal ich davon eh wegkommen wollte, noch mehr Land zu erwerben, um Gewerbegebiete zu erschließen, wo mittlerweile kein Mensch mehr Interesse zeigte. Zumindest an diesem Standort nicht. Diesmal hatte sogar Fabius ein Einsehen, denn die Gemeinde erreichte man von der Autobahn nach ca. 6 km, durch verschlängelte und kleine Straßen. Der Bürgermeister, ein ehemaliger LPG-Vorsitzender und Agraringenieur, hatte noch etliche Flächen zu bewirtschaften, welche er uns stolz zeigte. Einige Asiaten konnte ich erkennen und wollte wissen: „Herr Bürgermeister, im Osten ist mir aufgefallen, dass die Händler jeglicher Richtung und Gastrobetriebe von vielen Asiaten geführt werden. Auch liest man in der Zeitung immer wieder von Übergriffen auf diese Menschen. Sind die tatsächlich ein Problem?"

„Völliger Quatsch meiner Meinung nach. Diese Menschen hatten es schon immer schwer. Früher, als sie bei uns auf dem Feld gearbeitet hatten, wurden sie von den deutschen Einheimischen gepiesackt, weil sie so fleißig waren. Jetzt wieder das Gleiche, da im großen Stil die LPGs sich in Auflösung befinden, was bleibt denn denen schon viel übrig? Handel und asiatische Küche. Auch das können die Einheimischen nicht anerkennen, da sie neidisch sind, deshalb immer wieder diese Übergriffe auf die ‚Fidschis'. Die sind halt nun mal fleißig. Selbst bekommen die, entschuldigen sie den Ausdruck, ihren Arsch nicht hoch und trauern der Vergangenheit nach, wo sie in ein festes Tagesschema gepresst wurden und sich um nichts zu kümmern brauchten. Das gibt es nun

mal nicht mehr. Daheim rumsitzen, ‚Weißen' oder ‚Braunen'
in sich reinkippen und auf die Fidschis schimpfen. Da sind
sie fleißig. Nein, auf diese Fidschis darf ich nichts kommen
lassen. Anders bei den Russen. Die hatten damals bei uns
vielleicht gehaust. Rindviecher hatten die Russen bei uns
beschlagnahmt, oder offiziell mussten wir sie den Freunden
und Genossen überlassen, zwecks Versorgung ihrer Einheiten. Soldaten waren es, welche von der Viehwirtschaft nicht
die geringste Ahnung hatten. Die armen Viecher sind während des Winters eingefroren. Angebunden in Unterständen,
den vorderen Teil überdacht und den hinteren Teil im Freien,
im Matsch. Keine Bewegungsfreiheit, eine Schweinerei. Alle
sind elendig umgekommen, so was passierte bei den Fidschis
nie. Von wegen der Spruch: ‚Kratze an einem Russen und es
kommt ein Bauer hervor'."

Nachdem wir uns beim Bürgermeister verabschiedet
hatten, wollten wir noch schnell über den Berg zum Bürgermeister Hecht und zum Lucky Hans. Ein Anstandsbesüchlein
sollte es sein. Wieder landeten wir auf dem kommunalen
Sportplatz. Lucky Hans stand auch schon da und winkte uns
freudig zu. Sein Haus, ein alter großer Bauernhof, war ums
Eck und man konnte locker zu Fuß hin laufen, aber halt ge-
hörig aufpassen, dass man nicht in irgendeine Ziegen- oder
Schafscheiße trat. Überall lagen diese Tretminen umeinander. Aus Hobby betrieb der Lucky Hans immer noch ein wenig
Viehhaltung.

Bürgermeister Hecht war auf einem Termin in Meißen
mit irgendeinem Vermesser oder Ingenieur vom Büro Stürmer
und so nahmen wir mit Lucky Hans vorlieb.

In der großen Wohnküche angekommen, wurden wir
auch schon aufs herzlichste von seiner Frau und einer hübschen Bekannten begrüßt. Ein Prachtweib, die Frau von Lucky Hans. Bestimmt um die 150 kg hatte sie gut beieinander.
Einen mächtigen, schwabbeligen Busen, welchen sie offen-

herzig zur Schau stellte und einen Hintern, man konnte ohne Probleme links und rechts auf dem selbigen ein Glas Bier abstellen, ohne Angst zu haben, dass es herunterfiele. Aber lustig dafür und gastfreundlich. Ganz selbstverständlich, nachdem sie uns mit strengen Worten ermahnt hatte, die Schuhe auszuziehen, servierte sie hausgemachte Wurst, Schmalz, Käse, Marmelade und alles andere Gute zur Verköstigung. Wir schlugen feste zu, denn wir hatten ordentlich Hunger bekommen und bei dem Geruch der guten Leberwurst und dem Duft des warmen Bauernbrots, da konnte kein normaler Mensch widerstehen. Bautzner Senf drauf, kleine feingehackte Zwiebeln und einen scharfen Rettich dazu. Zünftig rustikal eben vom großen Vesperbrett aus Holz runter. Zudem hatte es mir die Bekannte, eine Krankenschwester angetan. Schlank und in den Jeans steckte ein knackiger Hintern. Ihre spitzen Titten standen raus wie eine Eins und ich konnte durch ihre weißes T-Shirt die leckeren Nippel erkennen, da sie keinen BH trug. Durch ihre Brille wirkte sie auf mich irgendwie erotisch. Langes glattes Haar hing weit über ihre Schultern hinab. Wir scherzten und unterhielten uns auch ganz lustig miteinander. Der Lucky Hans zeigte uns noch die Wohnung. Hierzu bekamen wir von der Hausherrin jeder ein paar Schlappen. Ein riesiges Bad mit großem quadratischem Becken und einer Sauna, mehrere Zimmer, Bar, alles was man für eine ordentliche Party so benötigte. Hatte er alles selber gemacht, noch vor der Wende. Zum Abschluss flüsterte er mir ins Ohr: „Du Martin, kümmere dich doch ein wenig um die Martina , das ist wirklich eine ganz Liebe."

Kurz und gut ließ ich mir die Adresse von Martina geben, welche auch in Dresden wohnte.

Im bayerischen Bierkeller

Jetzt aber zurück, denn wir mussten nach Thailand fliegen. 'Mon Générale' hatte seinen 50. Geburtstag zu feiern und wollte diesen mit seinen Jüngern in Pattaya ordentlich begießen.

Von Frankfurt Flughafen aus sollte es losgehen. Butta Blablagür und Luigi Kanone waren ebenfalls wieder mit dabei. Zu Hause erzählte Butta Blablagür, dass wir in Moskau wichtige Termine hätten, Hotel oder irgendwas Großes bauten, und da könnte er für die Innenausbauarbeiten vielleicht einen Auftrag mitnehmen und einen ordentlichen Sack voll Geld verdienen. Moskau nannte er deshalb, weil wir tatsächlich vorhatten, dorthin zu jetten, da ich Verwandte dort hatte und wir wollten unsere Aktivitäten weiter mit dem Osten ausloten. Dies erzählte Butta Blablagür aufgeregt seiner Frau. Wir animierten ihn natürlich, da mitzukommen.

Die folgenden 14 Tage hatten wir keinen Kontakt mehr zu ihm. Kurz vor Abflug rief lediglich Luigi Kanone dessen Frau an, Butta selbst war im Moment nicht anwesend und teilte ihr mit, dass es übermorgen losginge und er solle seine Wäsche packen. So packte seine Frau, da es Dezember und kalt war, tüchtig viele warme Klamotten ein. Er erschien auch am Bahnhof mit schwerer dicker Russenmütze, Schal und warmem Mantel. In Moonboots aus Fell steckten seine Thermohosen. Da der schöne Markus die Tickets für Bangkok in unserem Namen gekauft hatte, hatten wir total vergessen, dem Butta Blablagür zu sagen, dass wir erst nach Thailand und irgendwann später im Frühjahr nach Moskau fliegen wollten. Der einzige, welcher mit ihm in diesem Zeitraum Kontakt hatte, war, na klar, Luigi Kanone. Dieser wollte sich aber den Spaß nicht entgehen lassen, seinen Kumpel Blablagür in Bangkok in seiner Aufmachung zu fotografieren. So stand er ein wenig perplex umeinander und meckerte ganz ordentlich. Zurück wollte er aber auch wiederum nicht. Nein, Schweinchen wollte er für diese Woche schon sein. So richtig sauigeln. Fabius meinte zu ihm: „Butta, wenn du mit deiner Plappergosch dann telefonierst, dann mimen wir im Hintergrund mit tiefer lauter Stimme russisch nach, Nastrovie, da da, Novosibirsk, Wladiwodstok, Wodka, Wodka, da, da oder so ähnlich, kapiert." Der 'Mon Générale' hatte mit seiner Assistentin komplett die First Class gebucht. Er wollte seine Ruhe haben und duldete keine weiteren Passagiere um sich, außer seiner persönlichen Assistentin.

Wir, Fabius, der schöne Markus, Luigi, Butta und ich waren in der Business Class untergebracht. Der Service in der 747, einer Quantas, war absolut Top. Rundum wurde man betreut. Australische Weine oder Sekt, so viel man wollte. Kein Plastegeschirr, nee, Porzellan. Da vergingen die 12 Stunden Flug im wahrsten Sinne wie im Flug. Man hatte eine große Beinfreiheit und die Sessel konnte man fast waagerecht stellen. Programme zum Anschauen, man hätte tagelang Kinofilme sehen können. Einmal ging ich zur Economy Class rüber. Welten sind das, wie die Galeerensklaven waren diese eingepfercht und man meinte, dass sie um Wasser flehten, so kam es einem vor. Schnell begab ich mich wieder in ruhigere Gefilde zurück.

Ich war schon des Öfteren in der Schüttelklasse geflogen, aber da ist mir das gar nicht aufgefallen, wie dreckig es da einem erging.

Na klar, wenn man nichts anderes gewohnt war.

Hin und wieder kam aus der First-Class 'Mon Générale's Assistentin, eine 28-jährige hübsche Kauffrau, welche alle organisatorischen und finanziellen Dinge für den 'Mon Générale' erledigte, rüber, um mit uns ein paar Takte zu sprechen.

In Bangkok angekommen, machten wir uns ein wenig lustig über den Butta Blablagür als er bei fast 40 Grad mit seinen Winterklamotten aus dem Flugzeug steigen musste.

Als wir unsere Koffer schnappten, auscheckten, stand auf großen Plakaten: „Welcome 'Mon Générale' from Germany".

Ein Empfangskomitee begrüßte uns. Dann ging es mit mehreren Autos nach Pattaya. Vorne und hinten je ein Polizeiauto mit Blaulicht, welche uns eskortierten. Im Hotel checkten wir ein und brachten schnell die Koffer aufs Zimmer und erfrischten uns ein wenig. Luigi Kanone gab seinem Kumpel, dem Butta Blablagür noch Shorts, dass er sich etwas luftiger als mit Thermohosen bewegen konnte. So hatte er weiße Shorts an und ein weißes knappes T-Shirt über seinem runden Bauch. Er sah aus wie ein Pizzabäcker.

Wir wurden auf der Terrasse im Restaurant erwartet.

Ein großer langer Tisch stand schön eingedeckt da. Das freundliche Personal führte uns nun zu den Stühlen und an jedem zweiten Platz wurden wir gebeten uns hinzusetzen, so dass immer ein Stuhl frei blieb.

'Mon Générale's Kumpels, welche das wohl arrangiert hatten, kamen auch. Der Schlacki, Messer-Karle, Smaragd-Joe und Neger-Paule, alles bekannte Zuhältergrößen in Deutschland. Von Hamburg bis München. Alle wollten 'Mon Générale's Geburtstag feiern. Kaum saßen wir auf unseren Allerwertesten, da kam auch schon ein ganzer Schwung exotischer Schönheiten und nahm auf den frei gelassenen Stühlen Platz. Ein munteres Quatschen, während des Essens und gegen spät des Abends nach einigen Mekong intus, einem Thaiwhisky, machte ich mich mit meiner Thaimieze in die Heia.

Am anderen Tag verbrachten wir den ganzen Tag am Strand mit Thaimassage oder nur Faulenzen. Butta kaufte sich noch entsprechend der Temperatur Kleidung mit Luigi als Übersetzer.

Abends im bayrischen Bierkeller feierten wir gebührend den Geburtstag von 'Mon Générale' – nur Männer, außer 'Mon Générale's Assistentin, bei bayrischer Bierzeltmusik mit Spanferkel, Kraut und Klößen. Es sah ganz lustig aus, die kleinen Thais in Bayerntracht und mit Platzmusikkapelle, wie sie da spielten und probierten, bajuwarisch einen zu schmettern. „Flau Mayel, Flau Mayel hat lange Untelhosen an, mit gelben Maschen dlan ...“ Schon neckisch, auch die Spielweise mit ihren Instrumenten, ein wenig schräg und krumm. Aber genau das hatte was, erfrischend dekadent.

Nach ein paar kernigen Maß und einigen Stamperln war dann Finito und wir gingen ins Hotel.

Mit dem 'Mon Générale' hatte ich ein ganz gutes Verhältnis und an der Hotelbar tranken wir noch einen Absacker. Es lag vor allem daran, dass er und mein Vater eines gemeinsam hatten. Beide waren Paras (Fallschirmjäger) bei der französischen Fremdenlegion gewesen. So ließen wir nochmals Dien Bien Phu, Algierkrise oder den Tschad hochleben.

Tags darauf hatte Fabius was organisiert. Unbedingt wollte er da ein Highlight setzen. Nicht nur 'Mon Générale' hier und 'Mon Générale' da, nein, er musste auch mal die Ärmel hochkrempeln und so eins noch richtig deftig draufsetzen.

Er verschwand einen halben Tag mit dem schönen Markus, dem Neger-Karle und Smaragd-Joe.

Einen Dreimaster aus Teakholz hatte er sich ausgeschaut und gechartert. Am anderen Morgen recht früh sollte es losgehen. Neben den eigentlichen Gästen hatte sich noch eine Vielzahl von europäischen Schmarotzern und Mitläufern eingefunden. Alles so halb Zuhälter und Halbkriminelle. Zum Teil die Handlanger der Großen. Einer dieser Handlanger, ein großes tätowiertes, um sich kreischendes Großmaul machte mich richtig blöd von der Seite an, weil er mich nicht kannte und wohl dachte, ich sei irgendein neugieriger, lästiger Touri. Wurde aber sofort vom 'Mon Générale' energisch zurückgepfiffen und unter vier Augen zurechtgewiesen. Seither war er brav wie ein Lämmlein. Brachte mir Nüsse und Getränke, wann immer ich es wünschte.

Wir legten mit dem großen Dreimaster ab und meine Thai und ich schauten uns gleich nach einer Kajüte um. Von meiner Thai hatte ich nicht sonderlich viel, da sie relativ schnell seekrank wurde und die Fische ständig fütterte. Das Schiff wirklich was Tolles, jedoch ohne Klimaanlage. Ein Kochteam brutzelte ununterbrochen Leckereien und die Mädchen bedienten uns von hinten und von vorne. Die Bar gut bestückt. Zwei Thais drehten ununterbrochen Marihuana-Joints und verteilten die fleißig. Butta Blablagür, Luigi Kanone und ich waren auch schon mächtig tranig und wir spielten permanent Schach oder lagen an Deck auf sauberen Matratzen und weichen Kissen. Exotinnen kamen und fragten nach unseren Wünschen, brachten Früchte oder zeigten ihre eigenen. Ein Leben wie ein Pascha.

Der Neger-Karle, ein gebürtiger Bayer mit schwarzer Hautfarbe und tiefstem bayrischem Dialekt, filmte Bumsszenen, welche sich hier und da an Deck abspielten. Markus und Fabius machten einen auf „Auf dem Highway ist die Hölle los" und schnupften eine Koksstraße nach der anderen. Vom 'Mon Générale' sah man nichts. Die anderen standen an der Bar umeinander oder droschen einen Skat.

Als es dunkel wurde, ging ich unter Deck zu meiner Schnecke, welche meistens in der Koje lag. Stickig und heiß war es da, sie stank nach Erbrochenem, das arme Ding. Mir wurde übel und ich hielt es dort keine 5 Minuten aus.

Wieder hoch ans Deck. Dort war es etwas angenehmer, da eine leichte Brise ging.

Ich bemerkte, dass die Schiffscrew nervös umhersprang und miteinander aufgeregt palaverte. Auf einmal wurde es schlagartig dunkel. Es gab ein lautes Knallen und der Strom war ausgefallen. Die Schiffsmotoren schwiegen und es wurde stockfinster. Wir trieben manövrierunfähig im Nirgendwo. Meine Thai, die sich nun hochgerappelt hatte und mit einer Kerze bewaffnet zu mir kam, übersetzte, dass die Besatzung panische Angst vor Piraten hätte, die sich wohl hier in der Gegend herumtrieben. Erst vor drei Tagen hätten sie ein Containerschiff nachts aufgerieben und die ganze Besatzung gelyncht. Na Danke für diese beruhigende Information, was mich nicht abhielt, dies Luigi Kanone und Butta Blablagür mitzuteilen. Luigi fing auch gleich tapfer an, Butta irgendwelche Horrorstorys von blutrünstigen Matrosenschlächtern zu erzählen. Und wie diese Passagiere quälten und vergewaltigten. Den Haien zum Fraß vorwarfen. Dieser war kreidebleich vor Angst und verlangte nach Mekong. Über Funk könnte man Hilfe herbeiholen, aber genau das war es, worauf die Piraten lauerten. Deshalb wurde Funkstille angeordnet. Notleidende Boote waren eine leichte Beute. Mit dem Handy hatte man keinen Empfang. Allein mit dem Beiboot, welches einen Außenborder hatte, probierte die Crew, den Dreimaster auf Kurs zu halten. Als es hell wurde, brach der Kapitän das Schweigen und forderte Hilfe per Funk an. Schnell wurden sämtliche Drogen über Bord geworfen.

Ein Schlepper mit bewaffneten Militärs kam auch nach einer Stunde und wir nahmen Schleppfahrt auf in Richtung Hafen. Der ganze Spaß hatte uns mal wieder eine Unsumme gekostet, weil Fabius nicht die kleinste Summe dem Skipper abziehen konnte, da er alles schon vor Beginn zahlen musste. Energisch wollten Fabius und sein Markus bei dem Charterbüro protestieren und Regress durchsetzen. Doch plötzlich verstand kein Mensch mehr Englisch und husch husch, weg waren alle. Pech gehabt.

Gemeinsam waren wir am abendlichen Mekong-Trinken, als Neger-Karle mit einer jungen Hübschen aus Düsseldorf ankam.

Sie war mit ihrem Freund als Rucksacktouristin auf eigene Faust nach Thailand geflogen, um hier für vier Wochen das Land zu bereisen. Wie das nun mal so war, die beiden bekamen tüchtig Krach miteinander und jeder ging seiner

Wege. Zu ihrem Unglück kam hinzu, dass ihr ganzes Hab und Gut geklaut worden war. Mittellos wie sie war, fischte der Neger-Karle das arme Ding am Strand auf und hörte sich ihr Leid an. Klar half er ihr.

Doch wie sah die Hilfe bei einem bekannten Zuhälter aus?

Der Rückflug nach Frankfurt kostete um die 500 DM, da nur ein Linienflug möglich war.

Neger-Karle zahlte das Ticket auch prompt und behielt es bei sich. Rückflug Ende der Woche mit der gleichen Maschine wie wir. Sie musste das Geld brav abvögeln gehen.

100 DM pro Fick. Eigentlich sehr teuer, wenn man die Preise hier kannte. Ihr Vorteil war der, dass sie eine Weiße war.

Von dem Bumsgeld wollte der Negerkarle die Hälfte. Dafür hatte er die Rennerei und besorgte die Freier. Meistens Offiziere, welche Geld hatten und geil auf weiße Frauen waren. So musste sie sich 10 Mal nageln lassen und dann hatte sie sich das Rückflugticket redlich verdient.

Bumste aber mehr umeinander, da es ganz gut lief und sie richtig Spaß daran hatte. Aus dem ehemals frustrierten und traurigen Mädchen erblühte ein explodierendes Wonneweib, wobei der Geschmack an der prostituierten Lust in ihr erwachte. In Deutschland erwog sie nun, als Hobbynutte ein wenig weiterzuvögeln. Mit den hier anwesenden Zuhältergrößen hätte sie schon gesprochen.

Das erzählte sie uns beim gemeinschaftlichen Essen stolz. Übernachten und essen konnte sie umsonst bei uns im Hotel. Das managte die Assistentin vom 'Mon Générale' mit dem Hotelmanager. Ende der Woche flogen wir zusammen zurück nach Deutschland.

Heutzutage betreibt die junge Dame ein recht bekanntes und gut gehendes Domina-Haus in Dortmund. Wohlgemerkt als strenge Chefin!

Butta Blablagür hatte tüchtigen Stress mit seiner Frau bekommen. Am Telefon wollte er ihr mitteilen, dass er gut in Moskau gelandet sei. Leider wusste er nicht, dass die Gespräche über einen so genannten Operator geregelt wurden. Man teilte diesem Operator die Telefonnummer mit, bei wem man anrufen möchte und diese oder dieser stellten dann einen Kontakt her. Allerdings waren die Operatoren meist Damen und die klangen alles andere als russisch.

Er konnte froh sein, dass seine Frau genauso viel Englisch konnte wie er selber. Nämlich keines.

So hatte der Blablagür lediglich Erklärungsbedarf, wie oder was das für eine Dame am Apparat war. Außerdem war er in den paar Tagen für russische Verhältnisse erstaunlich schnell braun geworden.

Ab Frankfurt ging dann jeder seiner Wege. Den Winterurlaub verbrachte ich mit der Familie in Österreich, wo ich mich von dem kurzen Thailandtrip erholen konnte und mich für weitere Aufgaben rüstete.

Smeagel bestritt die ersten Gehversuche mit Bravour.

Kapitel 3

„Verlorene Siege"
   Generalfeldmarschall von Manstein

Wahlen Dynamit Dresden

Ein Großkampftag hatte sich angedeutet. Die Wahlen bei Dynamit Dresden standen an und wir hatten unsere Bataillone geordnet aufgestellt. Generalstabsmäßig hatten wir die Übernahme des Vereins geplant. Endlich den eigenen Schubsballverein mit dem Hintergedanken, ein neues Stadion zu bauen und die bestehenden Flächen auszumosten.

Das wäre es doch. Wochen vorher hatten wir schon tüchtig bei unseren Bekannten Werbung betrieben und alle, die wir kannten, waren auf einmal ordentliche Dynamit-Dresden-Mitglieder. So kam der Abend der Wahl.

Ein Jurist, Chris Schickeweich aus Herzogburg (was für ein Zufall!), wurde als Wahlleiter bestimmt. Er sah aus wie aus einem Italo-Western. Bartstoppeln, Brille, lässig, cool, Trenchcoat über dem Armani.

Die Jahreshauptversammlung des 1. SC Dynamit Dresden fand im großen Saal des Reinigungsmuseums statt.

Um Leben und Tod ginge es, so die Presse. Gegen Mitternacht standen auch noch zwei Gruppierungen zur Wahl.

Unsere: welche sich wie folgt darstellte, Totto Duce als Präsident. Deshalb, weil der erste halbherzige Versuch der Übername im letzten Jahr durch uns gescheitert war und man den Fabius aus taktischen Gründen hinter Duce platzieren musste. Fabius Stoff als Vize natürlich, die anderen Vize waren der einheimische und erfolgreich aufstrebende Bürgermeister Fuchs, den wir gewinnen konnten, ein Autohändler

Namens Braumeister und ein Versicherungsfuzzi, der auch als
Schatzmeister fungierte, welcher auf den Namen Kauz hörte. Als Verwaltungsrat dominierten wir, mit Martin Klatsche,
Daddy Grant, Tino Batschwitz, Heinz Schnuller und meiner
Wenigkeit. Als Geschäftsführer Luigi Kanone. So blieb alles
in der Familie. Luigi konnten wir schon beim alten Präsidium
geschickt implantieren und so hatten wir einen Eindruck, wie
die gegnerische Seite strukturiert war.

Den Consigliore wollten wir auch erwärmen, ob er nicht
ein Pöstchen annehmen wolle, dieser hatte aber nur abfällig
vom Proletensport Schubsball gesprochen und dankend abge-
lehnt. Die andere Seite bestand auch aus einigen Dinosauriern
wie Volkssängern, Uni-Professoren, Bierbrauern und sonstigen
Menschen. Von uns kamen zur Unterstützung die ganzen schweren Jungs um den 'Mon Générale' mit Gefolgschaft.

Zum Teil sah das schon recht exotisch aus. Mit Rolls Royce, viel Pelzmantel und Klunkern, leicht bekleideten Damen des
horizontalen Gewerbes, so erschienen sie zur Freude des Fabius
und zum Schock des Duce, welcher die Jungs noch aus seiner
Frankfurter Vergangenheit kannte. Die ganzen Bekannten aus
der Metzgerei Lösch wie Bankdirektor Zwieback, Schreinermeister Eiche, mein Bruder mit seinen ganzen Kumpels. Da kamen
schon ein paar Fahrzeuge zusammen. Der Karli von der „Linie 6"
mobilisierte irgend so einen Busoldtimer voller Fans und rück-
te an. Einen ließen die Ordner nicht in den Versammlungssaal:
Butta Blablagür hatte sich wohl ein wenig zu viel Mut angetrun-
ken und wurde außerhalb des Saals festgehalten. Er fiel durch
massives Schimpfen und Meckern auf: „Kommunisten. Alles
das gleiche Pack. Wie früher. Erschießen müsste man euch alle.
Kommunisten, alle sollte man euch nach Sibirien transportieren.
Stasischweine. Rote Socken." Und so weiter.

Chris Schickeweich wurde tüchtig in der Presse für seine konsequente Art gelobt, die Wahlen ohne Verzögerungen
durchzuziehen.

Letztendlich wurden wir Stunden später gewählt und hatten mit einem Schlag ein richtig nettes Problemchen innerhalb kürzester Zeit zu lösen.

Um nicht in die Drittklassigkeit abzurutschen, mussten wir innerhalb von Tagen 5 Millionen auf den Tisch hinblättern, damit wir den drohenden Konkurs abwenden konnten.

Wer war da mal wieder Zahlemann und Söhne? Richtig: S & K und Duce.

Langsam, aber sicher gingen uns die Moneten aus.

Fabius interessierte es nicht. Duce ging es keinen Deut anders, steckte mir sein Geschäftsführer, Martin Klatsche, zu. Beide waren wie besoffen von dem Blitzgewitter der Fotoapparate und den TV-Kameras. In den nächsten Tagen hatten die beiden Zampanos mehr Fernsehauftritte und Interviews als wichtige Geschäftstermine. Dann mussten dringend die Umbaumaßnahmen des Schubsball-Stadions durchgeführt werden. Der VIP-Raum musste auf Vordermann gebracht werden. Dieser genügte freilich nicht, es musste noch ein Über-VIP-Raum gebaut werden. Nur für die richtigen Promis, welche auch viel Fett hätten. Den Preis legten wir schnell fest, welchen die VIPs bezahlen müssten. Der Preis der alten VIP-Karte lag für das Jahr bei 7.000 DM. Duce fragte mich, was ich denn meinte, was man in dem Über-VIP-Raum für die Jahreskarte denn nehmen könne. Ohne mit den Wimpern zu zucken: „Locker 25.000 DM. Du wirst sehen. Limitiert auf 70 Karten. Bringt uns 'ne Menge Kohle. Gehen weg wie warme Semmeln. Der Umbau kostet ja auch was, oder? Jeder will doch dann hier dabei sein. Wir werden eher Probleme haben, die Karten im normalen VIP-Raum loszuwerden." So war es auch.

Nach dem bekannt wurde, dass die Kartenausgabe für den neuen Über-VIP-Raum bevorstand, hatten wir das Problem der Verteilung, da uns weit mehr Anfragen als Karten vorlagen. Wir selbst hatten natürlich auch eine, da wir das Management stellten.

Den Umbau leitete Fabius mit dem Schreinermeister Eiche und Butta Blablagür. Nach kurzer Umbauzeit war das Ganze auch pünktlich zur neuen Saison fertiggestellt.

Es erübrigt sich zu erwähnen, dass wir die Kosten vorstrecken mussten, bis mal der Verein Dynamit Dresden in der Lage war, uns das abzustottern. Dann kamen einige Pressekonferenzen, bei denen wir als Verwaltungsräte ebenfalls dabei sein mussten und interviewt wurden. Ein Riesenspektakel, aber das eigentliche Thema, das Stadion an die Peripherie zu verpflanzen, Kapital aus meiner Idee zu schlagen, dieser Gedanke geriet immer mehr in den Hintergrund.

Es kam, wie es kommen musste. Unser operatives Geschäft wurde vernachlässigt. Es gab nur noch eine Richtung – Dynamit Dresden. Martin Klatsche und mir gefielen die Abweichungen gar nicht so richtig und ich zitierte unseren heimischen Schiller „Götterpläne und Mäusegeschäfte".

Weniger ist mehr

Luigi Kanone kam eines Morgens grimmig zu mir in unsere Küche in Dresden mit einem Ordner, dem Buchhaltungsordner. „Eh Martin, schau dir das doch mal an, das kann doch so nicht weitergehen. Schau dir mal die Kreditkartenabrechnung vom Fabius letzten Monat an. 28.000 DM, das meiste für irgendwelche Klamotten. Frisst der die? Oder wie viele Weiber hat er denn zu versorgen? Wie soll man das verbuchen? Natürlich mit der Firmenkreditkarte. Das Steuerbüro flippt da zu Recht aus."

Es räusperte sich was und wir merkten, dass Fabius vom Schlafzimmer kam. Luigi machte schnell den Ordner zu, um einer Konfrontation mit dem Fabius aus dem Wege zu gehen. Den Fabius dürstete es und er ging zum Kühlschrank, um nach einer Flasche Rosé zu grapschen.

„Was glotzt ihr beiden denn wie die begossenen Pudel? Schenkt euch lieber ein Glas von dem Rosé ein und hört, was ich vorhab. Jetzt, da ich im Vorstand eines Erstligavereins bin, dem 1. SC Schubsballclub Dynamit Dresden, Martin Verwaltungsratmitglied und du, Luigi Kanone, Geschäftsführer, da brauchen wir was ganz Besonderes."

Er gurgelte aus der Flasche einen ordentlichen Schluck. „Ich brauche ein neues Auto. Habt ihr dem Smaragd-Joes weißen Rolls Royce Silvershadow gesehen? Mit der silbernen Emily drauf. Den will ich. Genau so einen, nur in Schwarz.

Das ist was Elitäres. Der hat Stil.

Den Caddy lassen wir dann in Herzogburg. Dort brauchen wir auch noch einen.

„Gut, wir haben doch noch den alten, frisch restaurierten EMW, der sieht doch ähnlich aus wie ein Rolls, ist der nix?" „Martin, da sieht man, dass du keine Ahnung hast. Den kann man vielleicht zum Vesperholen nehmen, aber doch nicht, wenn wir ins Schubsballstadion fahren. Auf, schenkt euch mal ein Glas Rosé ein, und der Rosie auch eines. Luigi, du machst einen Termin aus, ich will einen testen."

Ich entgegnete behutsam: „Eh Fabius, glaubst du nicht, dass die Dinger hier viel zu teuer sind. Wenn, dann schau doch mal in London nach. Hundertprozentig ist dort eine viel größere Auswahl und wesentlich günstiger bekommt man die dort auch." Eigentlich wollte ich Zeit herausschinden.

Rosie stand mittlerweile bei uns und Fabius zu ihr: „Rosie, buche für uns gleich mal Flüge nach London. Luigi, Martin und ich. Für morgen! Eine Übernachtung und dann wieder zurück. So, ich lege mich erst noch mal ins Bett und heute Abend gehen wir ins ‚Dr. Schlüter'." Weg war er.

Jetzt hatten wir den Salat. Morgen nach London.

Jens Rettich hatte sich angemeldet wegen seines Gewerbegebietes, die ersten ernsthaften Investoren hatten sich zum Gespräch in der Villa angemeldet.

Im Konferenzraum empfingen wir die Vertreter einer Hotelkette, um Einzelheiten festzulegen. Neugierig schauten sie sich in dem eleganten Ambiente des Konferenzraums um und wir besprachen die Einzelheiten. Für die Erschließungsmaßnahme beauftragten wir die Schwappes-Bauleute.

Alleine hatten diese für 6 Millionen Grundstücke gekauft und im Gegenzug erhielten die den Erschließungsauftrag.

Über das Abwicklungskonto der Bank verfügten Jens Rettich und S & K. Konnte also Fabius auf diesem Konto nicht so rumhuren, da er nur zusammen mit dem Jens Rettich verfügungsberechtigt war. Dies wurmte den Fabius ungemein und es gab des Öfteren Knatsch darüber. Wäre Jens Rettich nicht so hartnäckig gewesen, dann hätte Fabius es geschafft, auch dieses Konto binnen kürzester Zeit zu plündern.

Gegen Abend machten wir uns dann auf ins genannte „Dr. Schlüter", eine Kneipe in einem Gewölbekeller. Innen war es komplett aus Tonziegeln. Live-Musik, meistens Jazz oder Dixie, plätscherte da munter vor sich hin.

Notario Schöneschluck und ein Versicherungsagent saßen wie fast jeden Abend vor einer Flasche ‚Witwe' und schnabulierten den Schampunelli. Fabius setzte sich auch zu diesen beiden, während Jens Rettich und ich an die Bar zu einer Blondine uns aufmachten. An dem Tisch war eh kein Platz mehr. Wir sprachen auch ganz nett miteinander unter den wachen Augen des Fabius. Schließlich kam er zu uns an den Tresen: „Setzt euch beide mal, ich zeige Euch, wie man das mit einer Lady macht."

Damit meinte er uns und dann in Richtung des Zuckerpüppchens mit Engelsstimme: „Ich bin der Fabius Stoff, darf ich sie zu einem Glas Champagner einladen?"

Sie bejahte freundlich und wir beide setzten uns an den Tisch, um das Spektakel von der Distanz aus zu beobachten.

Wir hörten einen lautstark sprechenden und wild gestikulierenden Fabius und verstanden so einigermaßen, da der Tisch direkt daneben war, so was wie: „Ich habe Lust auf dich, ich lade dich auch ein, mit meiner Stretchlimousine rumzufahren und dann gehen wir schön gepflegt essen." „Nö. Danke für den Champus, aber kein Interesse!" Dabei wandte sie sich ab und drehte dem Fabius den Rücken zu.

„Moment mal, ich bin der Vize vom 1. SC Schubsball Dynamit Dresden, außerdem kann ich dir meine Villa zeigen, wenn du mit mir bumsen möchtest."

„Kein Interesse, sagte ich doch!"

Wieder sah der Fabius nur ihren entzückenden offenen Rücken.

„Ja, verdammt noch mal. Ich bin der Fabius Stoff, ich habe eine Stretchlimousine, bin Vize vom 1. SC Schubsball Dynamit Dresden und habe eine Villa, außerdem einen Hubschrauber, was hältst du denn davon, im Hubschrauber zu bumsen?"

„Du kannst dir vielleicht einen wedeln gehen, aber es nervt!" Fabius merkte natürlich das Hämegelächter, welches von unserem Tisch ausging und holte zum allerletzten Schlag aus, und nun schon lauter und massiver.

„Du blöde Kuh, was soll ich denn noch alles machen, um mit dir bumsen zu können? Sollen wir etwa 17 und 4 drum spielen?"

Aha, jetzt schien er doch glatt ihr Interesse geweckt zu haben. „Na, dass du auch mal was Vernünftiges vorschlagen kannst, das hätte ich nun wirklich nicht mehr geglaubt. O. K., um wie viel denn?"

„250 DM. So viel ist mir ein Fick mit dir wert."

Beide setzten sich nun an den Tisch und bestellten die Karten bei der Bedienung.

Der Schampunelli wurde nachgefüllt. Notar Schöneschluck hatte sich bereit erklärt, die Aufsicht zu übernehmen.

Angie, so hieß die Blonde, zündete sich ganz Profi-like eine Lulle an. Los ging es. Fabius hatte 20 Augen, sie 21 Augen. Fabius verloren. „Ich verdoppele", so nervös der Fabius und bestellte vorsorglich noch eine Flasche ‚Witwe' und eine Runde Kirschwasser. Das Kirschwasser brachte der Chef des Hauses, ein Oberfranke aus heimischen Gefilden, mit und schwupps, weg war er. Sie schaute in ihre Karten und meinte, dass es gut sei. Fabius schmunzelte, überlegte, ob er noch eine Karte nehmen sollte und nahm eine.

Sie 20. Er drüber hinaus, kaputt.

„Hurenfotzpatronenscheiße. Noch mal verdoppeln."

„Aber du fickst mich nur einmal, dass das klar ist, wenn du gewinnst. Wenn!" Sie im breiten Sächsisch ganz souverän.

Notar Schöneschluck machte Zwischenkonto: „500 zu Gunsten der Dame." Wieder gewann die Angie, die junge Freche. 1.000 DM, 2.000 DM, 4.000 DM, 8.000 DM.

„Letzte Runde und ich verdopple noch mal." Die Angie meinte, genug. Der Fabius musste noch eine Karte nehmen und prompt war er wieder im Eimer. So war jemand innerhalb von Minuten um 16.000 DM ärmer und jemand, der das Geld nötig hatte, um 16.000 DM reicher geworden.

Unter Absingen seiner bekannten schmutzigen Lieder verließ der Fabius die Lokalität, nachdem er einen Scheck in der schuldigen Summe ausgefüllt hatte. Das musste man ihm lassen: Spielschulden sind Ehrenschulden. Natürlich nicht von seinem Privatkonto, nein, S & K musste da schon herhalten.

Früh des Morgens wurden wir von dem Janusch geweckt und er fuhr uns zum Flughafen. Von dort ging es nach Frankfurt und dann nach London. Mit der U-Bahn weiter ins Zentrum.

Mit einem Taxi gelangten wir ins Hotel „The Connaught", zentrumsnah im Stadtteil Mayfair. Historisch altes Gebäude. Dann ging es auf Rolls-Suche. Luigi Kanone hatte sich auch schon etwas vorbereitet. Im Zentrum fanden wir auch „Rolls Royce Cars London". Wir wurden von den Briten schon recht genau bemustert, als wir in den Verkaufsraum eintraten. Es standen auch einige von diesen Nobel-Hobeln darin.

Einer hatte es Fabius besonders angetan. Ein Rolls aus der Kolonialzeit. Irgendeines Maharadschas Geschoss stand da. Fahrer getrennt vom Innenraum im Freien. Groß und teuer. Umgerechnet über 1,2 Mio. DM wollten die Händler dafür.

Der Fabius machte auch gleich die Fahrzeugtür auf und saß schon drinnen auf dem feinen Leder und hüpfte drauf rum, zum Schrecken der eiligst herbeieilenden Verkäufer. Diese waren mächtig brüskiert, so konnten Luigi und ich den Fabius gemeinsam überreden, dass er sich das wohl nochmals überlegen solle, zumal doch bestimmt noch eine Menge von diesen Dingern hier angeboten würden. Zudem das mit dem Fahrerplatz im Freien, wir seien ja schließlich in Deutschland und nicht in Bombay oder Kathmandu.

Die freundlichsten waren die eh nicht. Erstmal bugsierten wir ihn ins Einkaufshaus „Harrods". Dies schien uns das kleinere Übel zu sein. Denn dort kaufte er Unmengen von Unterhosen aus Seide und edle Schuhe aus feinstem Leder. Ich gestehe, auch ich legte mir ein paar englische Treter, Klassiker, und ein paar Unterhosen zu und bereue es bis zum heutigen Tage nicht. Dann mussten wir noch hoch ins Restaurant zum Schlemmen und danach wollten wir richtig kernig zum Vögeln gehen. Nach Soho, in diesem Gebiet mussten die scharfen Weiber sein, welche es durchzunudeln gelte. Sexshop an Sexshop, Schwulenbars, Lesbentreffs, alles, was das bizarre Herz so begehrte.

Wir fanden auch irgendwas, das nach Striptease aussah und begaben uns die Treppen hinab in das ältere Gebäude. Ein paar Gorillas standen da gelangweilt und spielten am

Flipperautomaten. Komischerweise waren wir die einzigen
Gäste. Das war schon mal merkwürdig. Dann knöpften die
uns umgerechnet noch 50 DM ab, dafür bekamen wir aber
noch eine Halbe Bier mit schalem Geschmack.

Auf einem heruntergekommenen quietschenden Bett
räkelte sich auch alsbald ein dicker Mops umeinander. So um
die 10 Minuten ließ sie lustlos Hülle nach Hülle fallen und als
es an das Interessante ging, stand sie auf, bedankte sich und
weg war sie. Natürlich protestierten wir aufs energischste,
aber es hieß, ganz nackt sein, sei nicht erlaubt.

Zudem war ein Haufen böser, böser großer tätowierter
Jungs um uns. Es war besser zu gehen.

Am anderen Tag hatten wir Gott sei Dank keinen zweiten Anlauf mehr unternommen, nach einem Rolls Royce zu
schauen.

Luigi konnte Fabius' Aufmerksamkeit auf ein anderes
Vehikel lenken können. Den in der Entwicklung befindlichen
Maybach.

Fronthilfe

Zu dieser Zeit war Fabius eher ein Hindernis als eine Hilfe.
Sein Freund, der schöne Markus, war mit einem Kumpel, einem Bodybuilder, des Öfteren hier. Zum Schlafen hatten sie
sich in unserem alten Büro einquartiert. Der Bodybuilder
hatte in früheren Zeiten ein paar Hollywoodgrößen trainiert
und das gefiel dem Fabius besonders. Jetzt liefen sie wie die
drei Musketiere meistens im körperbetonten Ringer-Shirt,
den Körper eingeölt und von Höhensonne gebräunt, die
Muskeln leicht angespannt durch die Gegend. Goldkettchen
hier, Goldkettchen da. Natürlich den Körper glattrasiert wie
die Pavianärsche. Dazu gab es jede Mengen Präparate, um
die Muskeln aufzupushen. Mit Sicherheit konnte man diese

Pillen nicht von einem anerkannten praktizierenden Arzt verschrieben bekommen.

Fabius machte es wie immer: Empfehlung des Body-
builders mal dreifache Dosis. Das musste sitzen und so
schneller gehen, um an den ersehnten Erfolg eines Astralkör-
pers zu gelangen. So futterte er Unmengen dieser Pillen in
sich hinein, um diese ordentlich mit Rosé runterzuspülen.

Auch hatte er sich regelmäßig angewöhnt, mal das
eine, mal das andere Sträßlein wegzuziehen.

Als ich einmal mit dem Duce und dem Klatsche im
Restaurant des „Ballerwü" bei einer Geschäftsbesprechung
saß, kamen die drei Gladiatoren im beschriebenen Outfit und
der Fabius zwinkerte dem Duce zu und schmiss zwei Brief-
chen vor ihn auf den Tisch. Dann setzten die drei sich an einen anderen Platz, so als seien wir Luft.

„Martin, jetzt sag mir, dass das eine Fata Morgana ist,
was ich da sehe. Stöffche allerfeinstes Material und die im
Bodybuilderlook, hier im Hotel? Dreht der jetzt voll durch?"

Mir war das natürlich sichtlich peinlich, was sich da
abspielte, sprach aber meine Punkte mit den zweien durch,
verabschiedete mich dann und ging. Fabius und die zwei
schaute ich nicht mal an. Nicht in die Villa wollte ich, nein,
zur Martina, mit der ich mich mehr und mehr anfreundete. Ich
schlief auch immer öfters bei ihr, was mir gut tat.

Tags drauf beim Frühstück, Luigi Kanone, Butta Blablagür, Jens Rettich, Rosie und ich saßen gemütlich beim Frühstück, schwankte uns der Fabius vom Schlafzimmer nur mit
der Unterhose entgegen.

„Dein Schorlekarle, der hat soeben angerufen und
mich blöd angemacht, dass die Konten überzogen seien und
wir dringend Geld benötigen. Alles sind das Ignoranten. Die
wissen alle nicht, was wir für ein großes Rad drehen. Dem
scheiße ich auf seinen Bankerschreibtisch und schlag dann
drauf. Martin tu mir einen Gefallen. Fahr doch bitte mal zum

Bürgermeister Hecht, mit dem kannst du es doch ganz gut. Der ‚Ei her her‘, der Judas, rückt doch nichts raus. Aber bei uns Spiegeleier reinstopfen. Das kann er.“

Fabius sah wie ein Monster aus. Der Körper aufgeschwemmt, als ob ihn 20 Hornissen malträtiert hätten.

Dann hatte er permanent Schweißausbrüche und glasige Augen. Erschreckend. Fabius drehte sich herum und schweren Schrittes schleppte er sich in sein Zimmer und verschloss es hinter sich. Er hatte offensichtlich Probleme.

Uns allen, wie wir hier am Tisch saßen, war klar, dass irgendwann mal die Bank sich nervös zeigen würde. Jetzt fing es also an. Gut, ich wusste, dass wir am ehesten beim Bürgermeister Hecht noch was herausholen konnten, denn wir hatten hier schon erhebliche Planungsleistungen getätigt und die Gelder konnten wir verlangen. Allerdings standen die uns nur zu einem geringen Teil uns zur Verfügung. Den Löwenanteil an Leistung erbrachten Stürmers Leute. Ich rappelte mich auf, zog extra lockere Outdoor-Klamotten an, dass es ein wenig militärisch aussah und fuhr mit dem Geländewagen zum Bürgermeister Hecht, nachdem Rosie ihn vorab informiert hatte, dass ich kommen würde.

Ich wurde auch gleich von der Sekretärin in sein Zimmer vorgelassen. Die Hand zum Führergruß erhoben, die Hacken zusammenschlagend: „Mein Führer, die Einheiten an der Ostfront am Kursker Bogen brauchen dringend Treibstoff, Generalfeldmarschall von Manstein schickt mich, um nach dringend benötigten Reserven nachzufragen.“

Zackig stand der Bürgermeister auf, ebenfalls die Hacken zusammenschlagend: „Panzergeneral Guderian, selbstverständlich ist dein Führer für dich da, zeige er mir seinen Marschbefehl!“

Mit einem kurzem „Heil“ grüßte er zurück, um meinen ‚Marschbefehl‘, die Honoraraufstellung, mit einem kurzen Blick zu prüfen. Schneidig mit zackigen Worten erklärte ich ihm die Aufstellung und er mit lauter Stimme: „Gretel", so nannte er seine Sekretärin, obwohl sie ganz anders hieß, „reiche sie mir einen Scheck und bringe den Füllfederhalter."

Nach dem kurzen Ritual hatte ich 1,8 Millionen DM, bedankte mich, wie der Führer es wünschte, und verschwand wieder. Ich hörte, wie er noch zur „Gretel" sagte. „Ein feiner Kamerad, ein feiner Kamerad."

Dies musste fürs Erste langen. Unwohl war es mir deshalb, da Fabius das Geld immer als sein Eigen ansah. Es musste eine andere Lösung her. Wir mussten dringend mal Ordnung in den Laden bringen. Um eine radikale Konsolidierung kamen wir nicht mehr herum.

Wirre Gedanken

Mit Martina machte ich einen klasse Ausflug mit ihrem Trabi. Der knatterte ganz lustig, war aber schon in die Tage gekommen. Sie war auch mehr am Reparieren als am Fahren. Erstaunlich, mit welchem Geschick sie da hantierte. Für mich waren das potemkinsche Dörfer. Da hatte ich zwei linke Hände. Wir blödelten so im Trabi umeinander und sie fuhr auf einen Omnibus auf. Dieser merkte das erst gar nicht und brauste davon. Martina rechts an die Bushaltestelle, dann den Kofferraum auf und Ersatzlampe, Schrauber, Klebeband, ratz, batz, fertig. Ich staunte da nicht schlecht. Während sie da so hantierte, schaute ich mir das Fahrzeug mal in Ruhe an, hob die Fußmatte, auf die ich meine edlen britischen Treterchen so stellte, und erschrak gar sehr: Löcher waren da, faustgroße Löcher. Man sah direkt auf die Straße. Lebensgefahr!

Ich machte sie darauf aufmerksam, dass dies nicht gerade zu meinem Wohlbefinden beitrüge und sie: „Weißt du, ich kann mir kein Auto leisten, von dem bisschen, was ich da im Krankenhaus verdiene, die Tochter und Unterhalt von meinem Ex bekomme ich auch nicht. Die Wohnung, die haben jetzt eine Mieterhöhung veranlasst, das ist alles ein Haufen Geld für mich."

Am anderen Tag fand ich mit Luigi Kanone eine Lösung, ich machte ihr eine Anzahlung auf einen Polo in solch einer Höhe, dass sie die weitere Summe selbst tragen konnte. Schließlich steckten wir beide oft zusammen und ich hatte auch schon einen eigenen Wohnungsschlüssel.

Vor allem hatte ich vor Fabius' nächtlichen Saufattacken endlich meine Ruhe. Nachts schnupfte er mittlerweile schon keine Straßen von dem Koks in sein Hirn, nein, es waren schon ganze Autobahnen, die er da vertilgte.

Anfangs fand ich es auch spaßig und saugte das weiße Zeug selbst durch die zusammengerollten Geldscheine auf. Doch das pushte einen dermaßen auf, dass man kaum noch zum Schlafen kam. Ich hatte eh von Natur aus eine etwas schnelle Aussprache, durch das Koks klang ich wie ein Maschinengewehr unter Dauerfeuer, meinte genervt Rosie.

Einmal, als ich runter zur Bar ging, ertappte ich den Markus mit dem Fabius, als sie irgendwas rumkruschtelten.

In einem Plastikbeutel hatte da der Fabius für rund 50.000 DM Koks in der Hand. Ich probierte und stellte fest, dass da mehr Evitrin oder ein sonstiges Aufputschmittel drin war als Koks. Ich schüttelte nur den Kopf. Für mich kam das immer seltener in Betracht, denn mir brachte das nichts. Nicht mal mehr richtig bumsen konnte man von dem Zeug.

Fabius brauchte auch immer jemanden, mit dem er an der Bar dann rumsitzen konnte und der ihn anhimmeln musste.

Selbst als ich schon im Bett feste schlief, klopfte er so lange an meine Tür, bis ich aufmachte. Dann saß er mit einer Flasche Wein oder sonst irgendwas da und plapperte wirres Zeug wie ein Wasserfall. Da blieb einem nur noch die

Flucht. So nach und nach distanzierten sich immer mehr von ihm. Manchmal musste Luigi Kanone, bis es hell wurde, daran glauben, manchmal Butta Blablabür. Manchmal raste er auch mit seinem Wagen wie ein Bekloppter durch Dresden. Der arme Janusch musste dann den Beifahrer spielen.

So kam es, dass er mit dem Geländewagen die Bekanntschaft mit einer Straßenbahn machte. Er wollte abkürzen und einfach über die Gleise fahren. Das Resultat: Totalschaden, ein Passant wurde schwer verletzt ins Krankenhaus geliefert und er hatte einen Armbruch.

Einmal sagte mir Janusch: „Du Martin, dem wird das alles zu viel, der ist verrückt und möchte sich umbringen!"

Dann hatte er von heute auf morgen eine Auszeit von jeglichen Drogen und lebte wie früher, hin und wieder nur von Mineralwasser und jeder Menge Früchten. Dabei furzte er den ganzen Tag laut und roch unangenehm.

In dieser Phase versuchte er, wieder alles hereinzuholen, was er sonst blockierte oder einfach liegen ließ.

Da war er auf einmal überall zu finden. Beim Duce im Schubsballstadion, in Herzogburg und beim Bürgermeister Fuchs.

Jedoch kamen die Rückschläge immer öfters.

Verwechslungen

Ein junger nerviger Bürgermeister drückte uns schon ein halbes Jahr vorher ein Gewerbegebiet aufs Auge und dieses lag mir wie ein Stein im wunden Magen. Fabius wollte, wie meistens, nun auch dieses unbedingt realisieren. Der Bürgermeister klebte auch wie eine Zecke am Fabius. Soff mit ihm, ließ sich ins Bordell einladen und, ganz wichtig, war bei Fabius ein geduldiger Zuhörer. Obwohl mitten in der Pampa, weitab von jeglicher Autobahn, wollte Bürgermeister Kleinlang das Allerbeste für seine Minigemeinde.

Ja, der Fabius hatte einen richtigen Narren an diesem Burschen gefressen. Auch Duce fand ihn ganz sympathisch. Natürlich nur deshalb, weil er endlich mal an die Pfründe der Erschließungsmaßnahme als Auftragnehmer kommen konnte. Sogar einen gebrauchten Geländewagen ließ er über den Luigi Kanone diesem zukommen.

Beim Notario Schöneschluck hatten wir auch schon einen Teil der Grundstücke protokolliert und heute sollte das letzte Teilstück unterschrieben werden. Unseren Consigliore nahm der Fabius deshalb nicht mehr, da er sich von keinem bevormunden lasse müsse und sich von diesem brüskiert fühlte. Beide hatten mal eine gehörige Auseinandersetzung gehabt. Fabius nannte mir die Gründe nicht, nur dass der Consigliore ein rechter Idiot sei und nicht mehr spurtreu. Ich vermutete stark, dass es was mit dem Vertrag zwischen dem Jens Rettich und S & K zu tun hatte, was ich auch bestätigt bekam. Fabius wollte schlichtweg den Vertrag zu seinen Gunsten umändern lassen, ohne den Jens Rettich zu befragen. Der Consigliore schmiss den Fabius nach der heftigen Diskussion kurzerhand aus seiner Klitsche. So oder ähnlich musste es wohl gewesen sein. Ihn direkt hatte ich noch nicht hierzu befragen können, mir fehlte die passende Gelegenheit. So am Telefon wollte ich das nicht.

Deshalb Notario Schöneschluck. Heute sollte aber das letzte Teilstück protokolliert werden. Bürgermeister Kleinlang hatte alles vorbereitet. Nur hatten wir uns irgendwie missverstanden. Wir gingen davon aus, dass, wie man es handhabt, die Verträge beim Notario unterschrieben würden. Nein, so Bürgermeister Kleinlang, direkt beim Besitzer, der sei schon so alt, könne kaum laufen und wolle im Leben nicht nach Dresden kommen. So fuhren wir mit Fabius in seiner Stretchlimousine mit Janusch als Choffeur zu dem Clienten in die kleine Ortschaft am Abend.

Es muss wie in einem Mafiafilm ausgesehen haben, als wir die DorfStraße langsam entlang fuhren und der lange

Cadillac mit den verdunkelten Scheiben auf einmal vor dem alten Bauernhaus hielt. Die Sonne ging im Westen blutrot unter. Panflöten erklangen. Drei Jangos in dunklen Anzügen und leichten Mänteln, einer mit Aktenkoffer und voraus der Bürgermeister. Leute, die da uns von weitem zusahen, blieben wie angewurzelt stehen. In der Wohnung lag tatsächlich ein weit über 80 Jahre alter Greis im Bett. Es roch nach Tod. Seine schon über 60 Jahre alte Tochter war zugegen und meinte nur ganz trocken: „Schnell, kommen Sie, bevor er wieder einschläft. Sonst unterschreibt der doch nie. Herr Notar, setzen sie sich bitte da, direkt neben meinen Vater." Notar Schöneschluck leierte sein Zeug runter, fragte der Form halber nach, ob er auch alles verstanden habe, dieser machte keinen Mucks, was wir so verstanden, dass er nicht verneinte und endete schließlich. „So, dann bitte eine Unterschrift Herr Gnesebeck", hob ihm seinen eleganten Füllfederhalter hin. Dieser nahm ihn zwar entgegen, ließ ihn aber fallen. So ging das ein paar Mal.

„Na, dem müssen sie die Hand stützen oder führen, sonst kriegt der das doch nie hin", meinte die Tochter.

„Wie, ich kann doch nicht als Notar seine Hand nehmen und mit dieser unterschreiben, schon alleine, dass wir hier das so durchziehen, da können wir ernsthafte Probleme bekommen, meine Dame", rechtfertigte sich der Notar gegenüber der Tochter. „Dann zeige ich Ihnen halt, wie das geht."

„Moment, ich stehe da auf und habe nichts gesehen." Er stand auf und schaute nervös aus dem Fenster.

„Er hat unterschrieben, fast alleine", triumphierte die Tochter.

Mit einem mulmigen Gefühl verabschiedeten wir uns von dem Greis, der Dame und dem Bürgermeister. Wir selbst machten uns auf ins „Dr. Schlüter", einen Umtrunk zu nehmen.

Notar Schöneschluck wollte noch ins Büro, da Blablagür mit seinen Mannen was bastelte und er sich das anschauen wollte. Im „Dr. Schlüter" saßen auch die bekannten Gesichter umeinander, Butta Blablagür und Luigi Kanone zankten mal wieder miteinander. Butta Blablagür war beim Notar Schöneschluck den ganzen Tag mit seinen Ungarn beschäftigt gewesen, irgendein Bild aus Granit aufzuhängen, wie mir der Notar erzählte.

Innerlich musste ich da lachen: Das konnte nur schief gehen. Martina hatte ich informiert, dass wir hier wären und sie wollte auch noch kommen. Wir pichelten einige Flaschen ‚Witwe', dann kamen auch noch die Speckbrüder, Theo von der Amsel mit, ach schau, der Rosie und Dirk Hirsch mit der Luzie. „Hallo Fabius, Grüß Dich, ich wollte Dir schon ein Weilchen sagen, dass ich mit der Luzie zusammen bin." Harte Sache. „Finde ich ganz toll, dass Du, Dirk Hirsch, meine Luzie jetzt vögelst. Nein, da habe ich nichts dagegen, wie kann ich auch, wollt ihr euch jetzt etwa auch noch zu uns an den Tisch setzen und unseren Champagner saufen?"

Dezent bevorzugten sie nun den Rückzug und der Abend war für Fabius gelaufen. Er wollte ins „Klarx", einen überteuerten Stripteaseladen. Doch keiner wollte so richtig mitziehen. Voller Wut verließ er dann alleine die Lokalität, um mit dem armen Janusch dorthin zu fahren. Mir warf er auch noch ein paar böse Blicke zu und weg war er. Wir dagegen amüsierten uns köstlich und wurden immer rauschiger.

Ein glatzköpfiger Gast, mit dem wir schon öfters interessant diskutiert hatten, stand da und sprach mit dem Jens Rettich, als ich dazu kam. Jens Rettich wollte diesem irgendwas von Wirtschaft erklären, wie man diese im Osten wohl sinnvoll umsetzen könnte, bis dieser Glatzkopf dem Jens mehrmals auf seinen dicken Kopf mit seinen langen Haaren feste klatschte: „Du dummer, dummer Jens Rettich. Ihr Wessis meint immer, das geht so, wie ihr euch das so vorstellt.

Bloß gibt es da eine Menge anderer Menschen, die man genauso berücksichtigen muss, wenn du das verstehst." Es war ein bekannter Minister, welcher zeitweilig sogar im Fernsehen moderierte. Ja, hier hatte man mit den Politikern noch Tuchfühlung. Sogar gab es ab und zu die eine oder andere Kopfnuss.

Jetzt kam Notar Schöneschluck dazu.

Nein, gute Laune hatte er wahrlich nicht. Der Breisgauer hatte sogar ganz schlechte Laune und lief direkt auf den Butta zu, der schon ganz klein wurde: „Sag mal, du hast doch ein Rad ab. Was hast du dir denn dabei gedacht? Weißt du, was der blaue Granit aus Brasilien gekostet hat? 4.500 DM habe ich berappen müssen. Du hattest doch bloß die Aufgabe, das Ding hinter meinem Schreibtisch aufzuhängen. Mehr nicht."

„Ja, ich dachte, dass ich die zwei Hälften noch mit Silikon ausschmiere, dass das sich in den Granit reinfressen würde, das hätte ich nicht gedacht. Aber Schöneschluck, schau, du sitzt doch eh mit dem Rücken zu dem Bild und siehst es doch nicht." Was dann kam, entzog sich unserer Kenntnis, denn Martina und ich machten uns zu ihr nach Hause auf.

Tags darauf rief mich Notar Schöneschluck an und fragte mich: „Du Martin, wie bin ich heim gekommen? Ich habe überhaupt keine Ahnung mehr. Muss mich gestern noch schwer mit dem Deppen Blablagür auseinandergesetzt haben. Irgendwann ging bei mir der Rollladen runter. Ich weiß nur, als ich hier heute Morgen ins Büro kam, dass meine Mädchen in heller Aufregung waren und wie die aufgescheuchten Hühner umherliefen. Dabei hielten sie sich immer wieder die Nase zu. Ich musste den Papierkorb mit dem WC verwechselt, und da mächtig reingeschissen haben."

Kultur

Mittlerweile hatten wir auch schon die ersten Kaufverträge für das Gewerbegebiet des Bürgermeisters Hecht abgeschlossen und der Vertreter eines Investors, welcher auf dem Areal investiert hatte, bat um einen Termin zwecks einer Projektbesprechung in eigener Sache im Büro Herzogburg.

Wir versammelten uns auch, wie so oft, im Besprechungsraum und der Herr Gustav Gans kam mit einem erfolgreichen Segelmenschen. Auch brachten sie eine Menge Entwurfspläne mit. Es ging um ein Projekt in der Dominikanischen Republik. Hotel-Ressort mit Marina stellten die beiden vor. Die DomRep war sicherlich ein hoch interessanter Tummelplatz für Projektentwickler, denn dort kam was in Bewegung. Traditionell von einer Machtkoalition aus Militär, katholischer Kirche und Oligarchie beherrscht, zeigte die DomRep unter der Präsidentschaft Gusmans durchaus brauchbare Ansätze einer funktionierenden Politik. Vor allem lag der Ausbau der Tourismusindustrie der jetzigen Regierung am Herzen. Der Tourismus fing dort an zu boomen. Es hatte seinen Reiz.

Bloß, wer sollte das bezahlen?

Was käme da auf einen an Projektentwicklungskosten zu? „Das muss ich mir anschauen. So von der Ferne kann ich nicht allzu viel dazu sagen. Hört sich jedenfalls gut an. Würde sagen so in 14 Tagen fliegen wir mal rüber und machen da Nägel mit Köpfen", war dann auch als letzte Stellungnahme vom Fabius zu hören. Der Gustav Gans, ein eitler Pfau, köderte noch mit einer attraktiven Tourismusministerin, welche da wohl an diesem Termin dabei sein werde.

So, jetzt wurde es aber allerhöchste Eisenbahn für den nächsten Termin. Die Zeiten, als Dirk Hirsch für die Werbebroschüren zuständig war, waren nun, nachdem er mit der Luzie im „Dr. Schlüter" aufgetaucht war, endgültig vorüber und so wurde über einen Bekannten des Luigi Kanone ein anderer Werbespezialist beauftragt, für die einzelnen Projekte Exposés auszuarbeiten. Dieser hatte auch schon ein paar ganze nette Ideen gesammelt und so fuhren wir zu ihm ins Atelier. Da die Auftragslage bei diesem Atelier eh recht dünn war, konnten die zwei Partner, ein Herr Platter und ein Herr Plötter, recht schnell und recht gerne unsere Aufgaben bearbeiten. Eine umgebaute Fabrikhalle diente beiden als Entwurfsbüro und als Druckerei.

Uns fiel mitten im Raum ein alter silberner DB 5 Aston Martin auf. Fabius lief schon ganz nervös um diesen herum. Herr Platter selbst saß oben in der Galerie, in Knickerbockern, kariertem Hemd und Jägerjackett, rauchte Pfeife und erwartete uns bereits. Very British. Über eine stählerne Wendeltreppe begaben wir uns zu ihm. Nun zeigte er uns auch die verschiedenen Entwürfe und, Hut ab, mit denen konnte man wirklich was anfangen. Wesentlich eleganter die Aufmachung, auch der Text weitaus professioneller als bei dem lieben Dirk Hirsch. Gut, vergessen wir nicht, dass er die Broschüre nebenher aus Kapitalmangel für uns gefertigt hatte und dafür war es ein Schnäppchen.

Anders hier, das kostete eine Stange. So vergaben wir für drei Projekte gleich einen Auftrag von je 1.000 Exemplaren in Deutsch und Englisch. Man merkte auch, dass Herr Platter mit seinem Partner Plötter das von der Pike auf gelernt hatten. Der Herr Plötter war freier Mitarbeiter bei ihm und deshalb nicht regelmäßig im Hause.

Die Frage, ob wir nicht zum Geschäftsabschluss einen Malt Whisky edelsten Geblütes zu uns nehmen wollten, bejahten wir selbstverständlich. So saßen wir oben auf der Galerie, leger sitzend mit Blick auf den Aston Martin, welcher da hübsch verschiedenfarbig angestrahlt von unten zu uns hochblinzelte und immer wieder leise, aber beständig „Fabius, Fabius" rief. Nach zwei, drei Whisky fing der Fabius auch schon an: „Sagen sie mal, Herr Platter, wir hatten über den Luigi Kanone gehört, dass die Auftragslage bei Ihnen ja nicht so dolle ist? Ihre Arbeit ist doch O. K., wie kommt so was denn?"

„Tja, unser größter Kunde hat den Druck direkt nach Tschechien abgegeben, glaube, jetzt heißen die so, nachdem die Slowakei sich im Januar diesen Jahres verabschiedete, da konnten wir preislich bei weitem nicht mithalten. Jetzt vergnügen wir uns momentan mit kleineren Brötchen, dann die Scheidung bei mir, kurz, es kommt immer eins aufs andere", klang ein wenig resignierend der Herr Platter.

„Da kann ich Ihnen vielleicht ein wenig aus der Patsche helfen. Was soll denn der Flitzer da unten kosten?"

Gierig geiferte der Fabius nach Art eines Kleinkindes: wollen, wollen, haben, haben.

„Dieser ‚Flitzer', Gentleman ich muss schon bitten, Contenance, wie sie es nennen, ist ein DB5 Aston Martin, wie sie wohl erkennen, außen silbern, innen schwarz, mit Ledersitzen, Holzlenkrad und mit viel Wurzelholz. 4 Zylinder Reihenmotor, 4 l Hubraum mit 286 PS. Unter normalen Voraussetzungen ist mein Liebling unverkäuflich.

Seit 20 Jahren hüte ich das Fahrzeug wie meinen Augapfel. Ich spiele aber schon ein Weilchen mit dem Gedanken, das Fahrzeug beim Pfandhaus zu beleihen. So aber, mit der Option des Rückkaufs, kann ich mir schon vorstellen, das Fahrzeug für 75.000 DM zu verkaufen, unter der Prämisse, für den gleichen Preis das Fahrzeug wieder zurückzuerwerben, egal zu was für einem Zeitpunkt."

„Ja, das ist aber doch zu viel. Dann stimmt der Preis nicht. Überlegen sie mal, ohne Zinsen. Sie erhalten von mir gleich einen Barscheck, sagen wir in Höhe von 50.000 DM", konterte der Fabius lechzend. So ging das hin und her. Die erste Flasche Whisky musste da schon dran glauben, eine zweite öffnete der Herr Platter gerade und schenkte uns ein. Da er ein ausgefuchster Whiskytrinker war, lehrte er uns, wie

ein wahrer Gentleman Whisky richtig genoss. Nicht so wie
in den billigen Western in so genannten bauchigen Tumbler-
Gläsern, wo 'ne Menge reinpasste, womöglich noch massig
Eiswürfel drauf und Ex und weg. Extraordinär! Quatsch.

Es mussten schon tulpige Nosing-Gläser sein, Two
Spoon full of Water mit einem Teelöffel aus Sterlingsilber oben
auf den Whiskey darauf, dann leichtes dezentes Schütteln,
das Glas hochheben, daran schnüffeln und kleine Schlückchen des edlen Nasses hinunterschlürfen. So trank der wahre Gentleman den Malt Whisky. Dabei hatte der Herr Platter
extra Wasser aus den Bergen Schottlands gekauft. Eine ganze Europalette stand da. Diese Philosophie hielt beim Fabius
schon lange nicht mehr und er braute sich was wie ein Cola-
Whisky zusammen, um es auf zwei Schluck runterzukippen.
Am Schluss siegte der Suff und beide einigten sich britisch im
Stehen und mit Handschlag auf 60.000 DM.

Tags darauf hatte Luigi Kanone die Aufgabe, das Fahrzeug abzuholen und umzumelden. Fabius flatterte mit dem
Heli zurück nach Dresden. Luigi und ich flogen mit der Abend-
maschine. Fabius wollte zu seinem Lieblingsitaliener, sich
betrügen lassen. Wir hingegen hatten Karten für das „Brettl",
ein Theaterhaus. Die Karten hierfür hatte Rosie besorgt. „Os-
talgie" wurde von Tom Pauls und Uwe Steimle aufgeführt.
Das Duo Ilse Bähnert und Günther Zieschong. Der Ostham-
mer schlechthin. So was an Komödie hatten wir noch gar
nicht gesehen. Bloß mussten Luigi und ich uns von der Heike
und der Martina erklären lassen, warum die Gäste z. B. bei
„Hansakekse" oder „Blümchenkaffee" laut lachen mussten.
Uns gefiel der Angriff auf unsere Lachmuskeln so, dass wir
uns so ziemlich alles anschauten, was da und später auf dem
Theaterkahn gespielt wurde.

14 Tage später flog Fabius mit dem Gustav Gans nach Dom-
Rep. Ich konnte mich erfolgreich darum drücken. Er wollte un-

bedingt, dass ich da mitfliege, jedoch hatte er diesmal bei mir
keine Chance. Ich hatte Flugtickets übers Wochenende nach
Barcelona in der Tasche. Dort wollte ich mit der Martina hin,
um ihr katalanische Kultur nahe zu bringen. Sie war noch nie
in Spanien gewesen und so freute sie sich sehr über meine
Einladung. Auch konnte sich Luigi Kanone erfolgreich weh-
ren, denn er hatte zufällig Tickets im selben Zeitraum nach
Griechenland bestellt. Er genehmigte sich seinen verdienten
Urlaub mit seiner Frau.

Wir trauerten Fabius nicht sonderlich nach, denn endlich konnte man mal alte Dinge, die liegen geblieben waren,
ordentlich aufarbeiten. Das Kulturelle kam da auch nicht zu
kurz und so kombinierten wir beides.

Himmelangst wurden Luigi und mir, als wir Fabius'
übervollen Pilotenkoffer ausmisteten: Rechnungen über
Rechnungen und Bestellungen, die er getätigt hatte.

Da waren noch Kundendienstrechnungen vom Heli in
Höhe von 80.000 DM offen. Einschließlich Mahnung. Liege-
gebühren für die Jacht. Eine AZ in Höhe von 50.000 DM von
dem Stürmer, welcher er uns erst gar nicht weitergereicht
hatte usw. Es tauchten jede Menge U-Boote auf. Nun galt
es, eine finanzielle Übersicht zu erstellten und das mit dem
Steuerbüro abzuchecken. Zudem wollte Schorlekarle sich mit
uns dringend treffen, da Ungereimtheiten auf den Konten zu
vermerken waren und diese wollte er erklärt wissen.

Es sah gar nicht so toll aus, was er uns da präsentierte.

Ging die unkontrollierte Ausgabenmentalität beim Fabius so weiter, so führe der Karren ungebremst gegen eine
Wand. Doch musste man diese Datenflut nach der Sichtung
des Steuerbüros auswerten.

Trotz allem machten wir mit dem Schaufelraddampfer
eine lustige Elbfahrt bis nach Pillnitz, besuchten die Augus-
tusburg und die Sächsische Schweiz.

Sogar konnten wir einmal in einem der vielen Baggerseen schwimmen gehen. Allerdings ich zuerst mit Badehose, da hatten die meisten Besucher nicht viel Verständnis. Beinah alles Nackedeie. FKK war hier Trumpf.

Im Stuttgarter Raum wäre das ein Fall für das Ordnungsamt gewesen. Nicht hier. Ein erneuter Beweis hierfür, dass es mit der Natürlichkeit wesentlich lockerer und unkomplizierter gehandhabt wurde als im Wessiland oder zumindest im süddeutschen Raum. Natürlich gab es bei uns auch FKK, aber nur in exakt ausgewiesenen Gebieten, und meistes waren die nur handtuchgroß. So konnte ich die Freizügigkeit mit einem Campari-Orange auf der Luftmatratze locker genießen, ohne dass irgendwelche Stofffetzen mein Gehänge belästigten, das allerdings bis zum Abend die Farbe des Getränkes angenommen hatte. Gleichfalls mein Allerwertester.

Alles Dinge, welche viel zu kurz kamen, in den fast 3,5 Jahren, die ich schon hier in Dresden war, was hatte ich da schon an kulturellen Highlights intus? Nicht sehr viel. Klar schleppte mich Rosie mal hier, mal da hin und Bürgermeister Fuchs samt seiner Frau hatten meine Frau und mich ziemlich am Anfang meines Tuns in das Grüne Gewölbe geführt und den Zwinger gezeigt. Das war das erste und das letzte Mal, dass meine Frau hier gewesen war. Zu dreckig in Dresden und das Sächsisch konnte sie nicht ab.

So hatte ich wenigstens ein Problem in Dresden weniger.

Nun gabs beim Jens Rettich oder Theo von der Amsel hin und wieder ein Grillfest. Zum Feiern fanden wir immer einen Grund.

Neuer Wirrwarr

Janusch holte den Fabius vom Flughafen ab. Er kam schweren Schrittes hoch, Janusch schleppte die Koffer hinterher. Fabius betrat die Küche und hatte eine dunkle Sonnenbrille auf.

Als er diese abzog, erkannte man total entzündete Augen.

„Hallo, was glotzt ihr so blöd. Bei irgendwelchen Nutten habe ich mich da angesteckt. Bin selber erschrocken. Scheiß Weiber sind das dort. Die haben mir in die Augen gepinkelt. Drei Tage war ich nur in der Klinik, da ich nichts mehr gesehen habe. Das Projekt ist Top. Bloß müssen wir da 50 km Straße bis zum Ressort bauen, einschließlich Aufbau der Infrastruktur. Die Tourismusministerin, von wegen Top, ein Jenseits-Butzen, aber sonst ganz O. K. Doch auch dort zählt nur eins: Schmieremann & Söhne sind Trumpf", fluchte der Fabius los und rieb sich dabei immer wieder die entzündeten und geschwollenen Augen.

„Hat die mit Säure gepinkelt, oder war doch noch was anderes? Da hätte der Gustav Gans das ja wohl ein bisschen besser vorbereiten können, oder?", schob ich hinterher

„Ein Dummschwätzer ist das und keinen Pfennig in der Tasche. Angepumpt hat der mich um Vögelgeld. Und das 14 Tage lang, saufen kann er auch nicht richtig.

Ich gehe erst mal zu einem vernünftigen Augenarzt.

Der Janusch soll den Heli klar machen, ich flieg nach Herzogburg."

Weg war er. Luigi Kanone hatte in der Eigenschaft als Geschäftsführer von Dynamit Dresden und ich als der vom S & K beim Duce im „Ballerwü" einen Besprechungstermin und wir fuhren mit der Straßenbahn dorthin. Da sich zu der Zeit so viele Straßenbauarbeiten auf dieser Strecke sich befanden, kam man mit der Straßenbahn wesentlich schneller und seit neuestem klimatisiert und ohne Stress bestens voran.

Selbst in Stuttgart waren die Straßenbahnen noch zum größten Teil ohne Klimaanlage.

An seiner Suite klopfte ich und sein Anwalt machte auf. „Martin und Luigi, kommt schnell rein. Schnell zu mir. Da gibts was von unserem Schubsballclub." Duce lag im

Schlafzimmer mit seinen Schlafklamotten, die Renate an seiner Seite und beide schauten eine Reportage im Fernsehen über den 1. SC Dynamit Dresden an. Die Kameras waren auf ihn gerichtet und plötzlich tauchte der Fabius auf, drängelte sich neben ihn, der drängelte ihn zurück. Beide rempelten um die bessere Position für die Kamera. Dann schaltete Duce verärgert den Fernseher aus. „Trottel. Kommt, setzen wir uns hin. Martin, du kriegst noch eine AZ wegen der Gräserstraße, stimmts? Der Klatsche soll Dir einen Scheck mitgeben.

Hast du Lust, nach Japan zu fliegen? Ich bin da eingeladen von Komatsu, umsonst im Wert von ca. 10.000 DM. Ich habe keine Lust. Überlege es dir, biete ich dir an. Der Klatsche hat auch keine Zeit. Mach das mit Martin Klatsche aus.

So, wie sieht es denn mit Blablagürs Hotel aus? Der Stoff hat die Detailpläne immer noch nicht fertiggestellt und wir haben den Rohbau fast fertig. Ich hätte Lust, dem Fabius mal so richtig in seinen besoffenen Arsch zu treten. Oder er soll die Planung uns überlassen."

Butta Blablagür, Duce, Klatsche, Fabius und ich hatten vor gut einem halben Jahr eine Projektgesellschaft beim Notar Schöneschluck gegründet, um gemeinsam auf dem Grundstück des Butta Blablagür ein Hotel zu bauen. Wir als stille Teilhaber.

Fabius wollte unbedingt das Hotel in eigener Regie planen, doch dabei kam nicht viel raus. Immer Verzögerungen, er ließ es schleifen. Zudem die Geldknappheit, der Bau zögerte sich immer weiter hinaus.

„Duce, ich weiß, der Fabius ist heute erst gekommen und flog gleich weiter nach Herzogburg ins Klinikum. Irgendeine Tropenkrankheit hat der da mitgeschleppt", so ich ausweichend. Des Duces Augäpfel quollen mächtig hervor und dann legte er unter Lachen laut los: „Aids hat die Schlampe mitgebracht. Glaube es mir. Der hat doch in seinem Hirn nur noch Weiber und vom Koks tropft ihm die Nase.

Das fällt mittlerweile nicht nur mir auf, neulich hat mich sogar Jörg Radi darauf angesprochen, ob der Herr Stoff wohl Dauerschnupfen hätte?", dabei mimte er Schnupfen und lachte er laut. Jörg Radi war ein ehemaliger Sachse, dann hatte er nach Württemberg rübergemacht und ein erfolgreiches Unternehmen gegründet. Nach der Wende schlug sein Herz erneut für Dresden. Nun setzte er sich energisch für Dynamit Dresden ein und hatte eine Menge Ideen. Er wurde aber meines Erachtens ein wenig stiefmütterlich vom Duce behandelt.

Martin Klatsche hörte ein Klopfen und machte die Türe auf. Ein Genuschel war zu vernehmen und Duce: „Was ist denn da los, kommen sie mal rein, was wollen sie denn?"

Ein kleiner Herr mit Hut, dunkel gekleidet, kam fast demütig auf den Duce zu, hob den Hut zum Gruß: „Schönen guten Tag, Herr Duce, meine Herren, ähm, ich bin der Gerichtsvollzieher und wollte in der Sache ..." Weiter kam er nicht, da ein böses massives Grollen über ihn hereinbrach: „Was will der böse Zwerg? Mit Fünf-Mark-Stücken schmeiße ich dich tot. Du Lump." Dabei schnappte er die Pfändungsurkunde, zerriss sie tüchtig und schmiss sie dem Gerichtsvollzieher (GV) vor die Füße. Duces Anwalt sah das ganz anders und führte den GV höflich in ein Nebenzimmer der Suite, rief den Martin Klatsche mit einem Scheck her, gab ihn dem GV und verabschiedete sich höflich. „Mensch, Herr Duce, der Mann kann doch auch nichts dafür, das war eine uralte Geschichte in Höhe von 720 DM. Da machen wir doch nicht lange rum. Überlegen sie mal, wenn das in die Presse kommt. ‚Beim Duce, dem Präsidenten des 1. SC Schubsball, ist der Gerichtsvollzieher!' Na toll, oder?", konnte sein Anwalt ihn beruhigen.

Duces Gesichtfarbe normalisierte sich wieder. Es klopfte nochmals und wieder der GV: „Ähm, Herr Duce, entschuldigen sie zutiefst, wenn ich noch mal stören darf. Dürfte ich ein Autogramm von ihnen haben?"

Duces Gesichtsfarbe näherte sich wieder dem Knallroten: „Martin, ich dreh jetzt durch!" Dann ging es aber ruhig weiter „Na komm, mein Guter, wo möchtest du es denn gerne haben, auf deiner Stirn, auf deinem Arm?"

Der GV hatte eine Postkarte mit dem Team des 1. SC Dynamit Dresden und darauf schrieb Duce: „Ich habe ein Herz für GV" und gab ihm das ersehnte Autogramm.

Vom Luigi Kanone brauchte er jede Menge Unterschriften, da er ja Geschäftsführer des 1. SC Dynamit Dresden war.

„Du sollst doch nicht lesen, sondern unterschreiben! Deshalb hast du den Job bekommen. Überlegen tun nur der Stoff und ich." Dann unterschrieb Luigi Kanone und nachdem wir unseren Kaffee ausgetrunken hatten, verabschiedeten wir uns. „Bis heute Abend zum Spiel!", rief uns noch Duce nach. „Lange mache ich den Job als Geschäftsführer beim Dynamit Dresden nicht mehr, das kann ich dir sagen. Ich als Geschäftsführer bin haftend. Da möchte ich schon wissen, was ich da unterschreibe." Da musste ich dem Luigi absolut Recht geben.

Bevor wir ins Stadion gingen, wollten wir noch ein schönes Glas Campari-Orange an der Hotelbar zu uns nehmen und begaben uns hinunter. Als der Klavierspieler mich sah, unterbrach er sein Spiel und fing mir zuliebe mit „Take Five" von Dave Brubeck an. Ich winkte ihm freundlich zu, denn es war eine nette Geste von ihm. Für den Fabius spielte er immer „New York, New York" und für mich eben „Take Five". Das hatte ich gebraucht. Das heutige Schubsballspiel wollten wir noch anschauen, da es gegen den VSB Stuttgart ging. Von der VIP-Lounge konnte man das Treiben auch schön mitverfolgen. Nur als immer ein dunkelfarbiger Stuttgarter Spieler an unserem berühmt berüchtigten Fan-Block vorbeihuschte, schmissen die so genannten Dynamit-Fans Bananen nach ihm. Affige „uh, uh, uh"-Rufe und Hämegesänge übelster Art prasselten auf diesen armen Kerl nieder. Eine Schande, Proletenpack! Luigi und ich verzogen uns deshalb dann in den Super-VIP-Raum, um das Treiben am Fernseher bei einem Glas Schampunelli fertig zu sehen. Kurz bevor das Spiel zu Ende war, stiegen wir in das wartende Taxi und ließen uns zum Flughafen bringen. Da es noch dauern würde, bis es Zeit fürs Einchecken war, begaben wir uns in die Lufthansa-Lounge, um die Schubsballergebnisse am Fernseher mitzuverfolgen. Ich rief kurz Anja an, um sie zu informieren, dass ich heute schon kommen werde. Sie war auch am Apparat und sagte zu mir: „Du, da ist noch ein kleiner Mann wach und möchte dir was sagen."

Gespannt wartete ich, dann ein Rascheln: „Hallo Papa, komm endlich heim!" Mich rührte das fast zu Tränen, wie mein Smeagel das aussprach. So als ob er sagen wollte: Komm, ich brauche dich, was machst du dort? Luigi merkte, dass sich bei mir was gefühlsmäßig regte und ich schilderte ihm diesen einen wichtigen Satz meines Sohnes.

„Das ist es doch, wir versuchen unter dem Verlust der Familie was hier aufzubauen, haben auch vieles erfolgreich erreicht und der Fabius zerstört alles in Windeseile. Das kann es nicht sein!" Er hatte Recht, wir mussten uns eine Strategie zurechtlegen.

Aus der Lufthansa-Lounge raus entdeckten wir an einem Heizkörper auf dem Boden sitzend den Präsidenten des VSB Stuttgart; Gustav Muster Vordermann. Kurz MV genannt. Er hatte ein halbvolles Glas Whisky-Cola und ich begrüßte ihn sogleich. „Hallo Gustav, Gratulation zu eurem Sieg über uns, wie gehts?" „Martin, hallo du, na hilf mir mal hoch, gehen wir zum Einchecken." Wir wackelten so zum Einchecken mit dem Stuttgarter Team. Dann, während wir die Treppe zum Flugzeug nach und nach hochstiegen, rief der MV schon ein wenig lallend, dafür recht laut und halb singend: „Martin, heute saufen wir das Flugzeug aus, Flugzeug aus."

Tags darauf in der größten deutschen Tageszeitung stand im Sportteil: „Herr Präsident, muss das sein: Heute saufen wir das Flugzeug aus?" Ein Foto war dabei, wie wir da gerade auf der Treppe standen. War doch knapp hinter uns ein Reporter.

Wir bereiteten uns auf unseren Urlaub in der Türkei vor. Freitag Abend besuchten uns meine Eltern zum Grillen und hatten Verwandtschaft aus Odessa dabei. Auch zwei Juniors, Alexander, 28, und Juri, 30 Jahre alt. Beide recht geschäftstüchtig und sprachen ein wenig Deutsch. Englisch perfekt. Sie wollten unbedingt, dass ich nach Odessa kommen solle, sie besuchen und Geschäfte könne man dort machen. Jetzt wäre die Zeit, meinten beide. Oje, wenn die wüssten, was für Probleme ich momentan in Dresden hatte. Nun bereute ich es wieder zutiefst, dass mir mein Vater kein Russisch als Kind beigebracht hatte, er sprach es noch perfekt. Wir verblieben so, dass ich mich in jedem Fall bei denen melden würde. Eine Tante von mir ist Dozentin in Jekaterinenburg bei der Uni und hatte sich auch noch angemeldet. Ich hatte gar nicht gewusst, dass ich so viele Verwandte und Bekannte im Osten hatte.

Am Samstag hatten wir noch Klassentreffen. Seit der Schule nach über 10 Jahren das erste Mal. So fuhren Thomy und ich mit meinem Wagen dorthin und wahrscheinlich ist es auf der ganzen Welt immer so. Junge, hatten sich manche verändert, manche überhaupt nicht. Sofort standen die damaligen Cliquen wieder zusammen. Meine Schwester Karinchen, meine erste Stayblues-Affäre und heimliche Jugendliebe, die knackige Gaby, der Butzen-Andreas, die Ulla, die Karen und Sabine.

Mein Auto, meine Villa, mein Boot ...

... und was fehlte noch? Genau: mein Pferd.

Duce hatte außer seinem Hobby Schubsballpräsident zu sein, noch eines. Rennpferde. Hin und wieder flogen er und Fabius mit dem Heli nach Hoppegarten, eine Berliner Pferderennbahn. Fabius wurmte es ungemein, dass Duce so ein Pferdchen hatte und er nicht. Es dauerte auch nicht lange und Fabius kam eines Morgens freudestrahlend zum Frühstückstisch: „Martin. Überraschung! Ich habe uns ein Rennpferdchen gekauft. Mit dem Duce zusammen. Bin ich nicht ein Superburschi?"

Ich wollte sagen, Superdoofi, unterließ es aber.

„Ah, jetzt haste ja alles zusammen. Was soll der Gaul denn kosten?" „Das ist kein Gaul, sondern was ganz Edles. Ein Vollblutrennpferd. Außerdem haben wir es zusammen mit dem Duce gekauft. Das ist eine Wertanlage. Du wirst mir noch mal dankbar sein, wenn wir die Millionen mit dem Renner verdienen. Unser Anteil beläuft sich lediglich auf 250 Lappen. Dafür ein Top-Pferd."

„Und wenn er sich den Haxen bricht, landet das arme Vieh in der Wurstküche." Mein Verständnis war hierfür überhaupt nicht groß bzw. gleich null.

„Du denkst nur negativ. Man muss auch mal was wagen, wenn man bei den ganz Großen dabei sein möchte."

„Du Fabius, ich habe die nächste größere Rate an meinem Privathaus zu bezahlen. Das sind 250.000 DM. Die sind mir momentan wesentlich wichtiger. Deine Villa hier ist doch auch fertig, oder?"

„Das geht nicht, Martin, wir haben momentan nicht so viel auf dem Konto. Da muss man halt die Rate noch ein Weilchen schieben. Wenn du Probleme mit dem Schorlekarle hast, gib mir den Hörer, dem sage ich schon, wo es lang geht."

„Weißt du, Fabius, dein Problem fängt bei dir im Kopf an.

Gier frisst Hirn! Wir sollten erst mal nach unserem Laden schauen und uns des Nutzlosen entledigen, nicht noch anhäufen. Unser ‚dritter Partner', mit dem hatte ich mich erst gestern unterhalten und der sieht es genauso wie ich. Wir machen endlich einen Strich unter die Geschichte und schauen, wo wir überhaupt stehen." Ich war über mich selbst überrascht, dass ich ihm so tapfer mal eines einschenkte. Seine Gesichtsfarbe verfärbte sich schnell wie bei einem Chamäleon, in diesem Fall wurde es rot: „Merkt euch ein für alle Mal. Ich mache, was ich will. Ich lebe nur einmal! Mich überprüft keiner!" Dann wurde er ruhig, setzte sich zu mir und dann fing an zu säuseln: „Martin, ich mach doch das nur für uns. Klar kannst du das mit deinem Haus so machen. Aber ich habe alles genau ausgerechnet. Wir werden mehrfache Millionäre. Glaube mir."

Er stand auf, ging zum Kühlschrank und machte eine Flasche Schampunelli auf. Eine Geste, so eine Art Friedenspfeife, und schenkte uns ein.

„Heute Abend gehen wir zwei essen und dann besprechen wir das nächste halbe Jahr, O. K."

„Ich bin heute mit Martina ..."

„Martin, ich bitte dich darum, heute Abend, von mir aus etwas später, gegen 22:00 Uhr beim Enzio, tu mir den Gefallen. Bitte!", flüsterte er mir leise zu, den Arm hatte er um meine Schultern gelegt.

„Gut, reden wir heute Abend, Enzio ist ja nicht so mein Fall, aber ich komme, versprochen."

Dann fuhr ich zum Jens Rettich. Dieser hatte sich so eine Bruchbude am anderen Ende von Dresden, Richtung Heidenau, gekauft. Das wurde mehr und mehr der konspirative Treffpunkt für geschädigte Fabius-Stoff-Leute. Er bat mich, seine Außenanlagen zu besichtigen und gegebenenfalls mal einen Entwurf zu kreieren. Das traf sich ganz gut, dass wir zusammen waren, denn er konnte mir für morgen einen wichtigen Besprechungstermin in der Villa nennen. Der Stab samt Vorstandsvorsitzenden eines großen Heimwerkermarktes hatte sich angemeldet. Faktisch war schon alles mit dem Jens

Rettich geklärt. Größe, der Preis, alles. Doch er wollte noch den anderen Partner, nämlich Herrn Stoff, persönlich kennen lernen. Ich sagte dem Jens gleich den Termin für morgen gegen 10:00 Uhr zu, bat ihn aber, er solle noch den Fabius direkt und selber darauf ansprechen.

Jetzt wollte ich noch zur Martina, mich ein wenig vergnügen, und dann passte es zeitlich mit dem Termin beim Enzio.

Pünktlich zum vereinbarten Termin betrat ich das Restaurante Enzios. Fabius sah ich im Stehen, sein lockerer schwarzer Anzug sah schon recht zerknittert aus. Die Hand wie meistens in der Hodentasche. Bei einem Halbschuh war der Bändel offen, sein weißes Hemd hing aus der Hose, die Krawatte geweitet. Betrunken lallte er einen selbstkomponierten Schlager. Dann sah er mich und den Arm zu mir gerichtet: „Eh Martin, mein Freund, setze dich dorthin, ich singe ein Lied für dich."

Die Bedienung führte mich zu Fabius' Platz. Dann fing er an, Laute von sich zu geben wie: „Martin, du mein Freund ... wir beide bleiben immer zusammen und uns bringt keiner auseinander ..." Er war ein Schatten seiner selbst geworden. Ich verspürte nur noch Mitleid. Was war aus diesem Fabius nur geworden? Dieser mentale Verfall war was für den Psychiater geworden. Vollgekokst und besoffen torkelte er da vorne umeinander. Plumps, da lag er auf den Boden. Enzio, noch so ein Totengräber von ihm, half ihm wieder auf die Beine, animierte ihn durch Klatschen weiterzulallen.

Fabius sackte aber auf einem Stuhl in sich zusammen und heulte gar fürchterlich.

Ich begab mich nun zu ihm und wollte ihn mit in seine Villa nehmen. Er wollte aber nur Grappa trinken und Enzio schleimte mir zu, dass er ihn heimbringen würde. Ich zuckte die Achseln, wünschte den beiden noch einen schönen Abend und fuhr zur Martina .

Während der Fahrt zur Martina machte ich mir meine Gedanken über den Fabius. Er hatte alles erreicht, was er wollte, und hatte doch gar nichts. Nicht mal Freunde.

Tags drauf, Martina und ich waren beim Frühstücken in ihrer Drei-Raum-Wohnung, klingelte mein Telefon und Jens mahnte nochmals den wichtigen Termin gegen 10:00 Uhr an. Vielleicht dachte er, ich hätte diesen verschlafen. Gerade ich, das kam äußerst selten vor. Mir fiel dabei der Vorabend bei der Planbesprechung ein, aber sonst? Hatte ich sonst aber nicht. So betrat ich kurz vor 10:00 Uhr die Villa. Jens Rettich war schon ganz aufgeregt in dem Konferenzraum der Villa und richtete einige Unterlagen hin. Schleppte das Kaffeeservice an, welches sich in einem Schrank neben der Türe befand, als es auch schon klingelte und 5 Herren, alle in gestreiften dunklen Anzügen und das Muschelzimmer betraten. Jens Rettich, den bereits alle kannten, stellte uns gegenseitig vor, begrüßte sie und ich nahm ihm das Wort ab: „Meine Herren, wir bedanken uns, dass sie von so weit hergekommen sind und Interesse an dem Grundstück zeigen. Wir werden selbstverständlich mit unserem firmeneigenen Helikopter sie über das Erschließungsgebiet fliegen lassen. Dann haben sie die Möglichkeit, sich einen Gesamteindruck aus der Luft zu verschaffen und können dann auch Fotos schießen. Hierzu haben wir eine Genehmigung. So, ich schaue mal ganz kurz hoch, nach dem Herrn Stoff, meinem Partner, und nach dem Kaffee. Setzen sie sich, meine Herren. Setzen sie sich."

Allgemein wurde die Villa gelobt und ich begab mich in die obere Etage. Gefolgt jedoch vom Vorstandsvorsitzenden und Jens Rettich. „Gestatten sie mir, dass ich sie begleite, aber ich bin so was von neugierig. Das Ambiente. Hier merkt man gleich die Seriosität und die Professionalität Ihres Teams. Hier stimmt die Welt noch."

Mir war mulmig, denn ich war noch nicht oben gewesen und konnte so die Situation nicht ausloten, ob alles in

Ordnung war. Jetzt bereute ich, dass ich nicht doch schon eine halbe Stunden früher da gewesen war.

Was für ein chaotisches Bild wurde uns da geboten?

In der Küche saßen Rosie und Luigi Kanone, schauten die neuesten Hochglanzpornos von den Speckbrüdern an.

Bei Rosie schaute der halbe Schoppen aus ihrer Bluse. Luigi saß im T-Shirt da, beide qualmten und hatten ein volles Glas Schampunelli vor sich. Dann wurde es erst richtig kernig, als die Schlafzimmertür aufging und ein splitterfasernackter Fabius an uns wie unter Hypnose vorbeitrabte, auf direktem Weg zum Kühlschrank. Dann nahm er die schon offene Flasche Rosé, setze sie an, gurgelte das Zeug in einem Zuge hinunter. In unserer Richtung rülpste er heftig und säuselte erst zu mir: „Verräter", und zu meinen Begleitern: „Du Judas und du fetter Wichser, nichts verkaufe ich, gar nichts. euch erst recht nix".

Er knallte die Kühlschranktür zu und verschwand wieder im Schlafzimmer.

Dadaismus, Anarchie!

So schnell wie die 5 Herren gekommen waren, so schnell waren diese wieder fort. Das wars mit dem Vertrag.

Soeben mal 8 Mio. DM in den Sand gesetzt.

Vorwürfe hin, Vorwürfe her.

Fakt war, dass Rosie und Luigi von dem Termin nichts wussten. Jens Rettich hatte wohl auch den Fabius informiert, der musste aber geistig schon im Nirwana gewandelt sein.

Bargespräche

Noch eine Hiobsbotschaft übermittelte Luigi Kanone: „Du, den Caddy haben sie beim Enzio vor dem Restaurant geklaut. Genau, als ihr beide dort im Lokal saßt und du den Fabius zurückgelassen hast. Jetzt passt wieder alles zusammen. Ich soll mich wegen der Versicherung kümmern. Fabius sagte, er möchte das Geld cash ausbezahlt bekommen. Sag mal, ist das ein Firmenfahrzeug oder gehört der dem Fabius privat?

Das stinkt doch wieder mal zum Himmel. Der Stoff und der Enzio, italienische Mafioso-Familie, passt doch genau aufs Auge."

Das Desaster von neulich mit den verpatzten 8 Mio. drückte enorm die Stimmung, auch hatte Bürgermeister Fuchs hiervon Wind mitbekommen und Jens Rettich und ich wurden zu ihm ins Büro bestellt, damit wir ihm Rede und Antwort stehen konnten.

„Hans Peter, warum hast du denn den Fabius nicht mit hergeholt, immerhin hat er das doch versaut", wollte ich wissen. „Martin, was glaubst du was ich tat. Seit zwei Tagen versuche ich, ihn telefonisch zu ereichen. Nichts geht mehr. Wie konnte das nur passieren? Wie oft muss ich dir und dem Fabius erklären, dass bis zum Ende des Jahres der Kommunalkredit zurückzuzahlen ist. Hierfür bürgen wir als Gemeinde. Wenn das nicht bis dahin möglich ist, dann bekommen wir und vor allem ich als Bürgermeister die allergrößten Probleme. Wir wären dann die erste Gemeinde mit so einer Investorenpleite in den neuen Bundesländern. Die stellen uns unter Kuratel, könnt ihr euch vorstellen was dann los ist? Ich als Vize mit dem Stoff beim Schubsballclub 1. SC Dynamit. Da passt doch wieder eins aufs andere. Ich lasse mich doch nicht immer vor den Karren spannen. Jetzt noch die 8 Millionen kaputt, ist das normal? Der Bankdirektor Schorlekarle hatte mich auch schon angerufen, dass die Konten bezüglich der Gräserstraße, wie nannte er es, angespannt seien, er erreicht den Fabius auch nicht.

Herr Rettich, bitte erklären sie mir mal, wie das zustande gekommen ist. Der Fabius beschönt mir das nur."

Jens Rettich gab in knappen kurzen Sätzen das Spektakel wieder, welches sich da ereignet hatte. Da brauchte man auch nicht allzu lange drum herum reden, es war halt so. Ich musste seine Aussage bestätigten. Unverzeihlich. Alleine die Story würde sich in der Geschäftswelt herumsprechen wie ein Flächenbrand. Alle drei waren wir uns einig, dass wir eine vernünftige Lösung, wahrscheinlich sogar mit dem Schorlekarle, finden müssten, um das Schlimmste zu verhindern.

Fabius war verschwunden. Zur Rosie hatte er gesagt, dass er wohl mit dem schönen Markus und einem Makler aus dem Stuttgarter Raum ein Projekt im Ruhrgebiet anschauen wollte. Ich hatte keine Ahnung, was er da vorhatte.

Er kam auch nach zwei Tagen mit dem Janusch an und merkte, dass die Stimmung recht schräg war. „Was gibt es denn? Ich merke doch, dass da was nicht stimmt. Martin, willst du mir nicht was erklären?"

„Das haben wir gleich, Fabius. Der Bürgermeister Fuchs versucht, dich zu einem Gespräch wegen des Kommunalkredits zu bewegen, du hältst es aber nicht mal für nötig, ihn zurückzurufen. Der Schorlekarle klebt mir an den Ohren, dass die Kreditlinien überspannt sind. Du meldest dich nicht und dann die Sache mit den 8 Millionen, den Schuh musst du dir ebenfalls anziehen. Duce fragt nach den technischen Plänen für das Hotel, wie ich dich kenne, hast du damit noch nicht einmal angefangen. Die Kosten laufen uns davon. Wir müssen dringend mal – und zwar alle Projektbeteiligten – eine Sitzung halten, wie wir das regeln können. Heute Abend möchte Jens Rettich kommen und mit dir die weitere Vorgehensweise besprechen. Was hast du überhaupt im Ruhrpott gemacht?"

„Erstmal seid ihr alle kleinkarierte Arschlöcher und Pfennigfuchser, das seid ihr. Hier, ich zeige es dir", dabei packte er seinen altbekannten DIN-A4-Zettel aus, „das sind Fakten und danach gehe ich vor, den Rest könnt ihr euch irgendwohin schmieren." Er packte diesen wie einen sakralen Schatz ein und schenkte sich ein Glas Rosé ein.

„Für 2 Millionen habe ich im Ruhrpott Wohnungsein-
heiten gekauft, die muss man nur ein wenig herrichten, dann
verkaufen wir die fürs Doppelte an Anleger, ja so denke ich an
uns, während ihr hier den Untergang herbeijammert."

Wie er das so sagte, fand er sich auch noch unheimlich
cool. „Ja hast du einen Gutachter beauftragt, oder wie hast du
denn das Projekt sonst gecheckt?"

„Eh, Martin, der Markus und sein Kumpel, der Makler,
die haben es für mich gecheckt. Ich bin in die Buden rein, raus
und wusste, dass die Sache in Ordnung ist. Ich bin halt Architekt und habe jahrelange Erfahrung, nicht so wie du als
Krauter oder Gärtner!"

„O. K., habe kapiert, ich habe jetzt noch einen Termin
mit dem Duce und dem Klatsche. Wir sehen uns heute Abend,
wenn Jens Rettich kommt."

Es war mir zu blöd geworden, ich war vielleicht der Gärtner, aber momentan war er der Bock. Viel Horn, kein Hirn.

„Eh, Martin, immer schön locker bleiben. Ich habe das
im Griff, im Übrigen fliegen wir zusammen demnächst nach
Brasilien, dort sollen die Weiber noch geiler sein als in Thailand." Mit einem „Ja, ja" verabschiedete ich mich.

Im Hotel „Ballerwü" wurde ich vom Duce und seinem
Rechtsanwalt ins Gebet genommen.

Unsere Bauherrengesellschaft um das Hotelprojekt
des Blablagür hatte kein Geld mehr und deswegen waren
ab sofort die Arbeiten eingestellt worden. Butta Blablagür
für seinen Part hatte keine finanziellen Mittel mehr, genauso
der Fabius und ich momentan. Also läge es auf der Hand, entweder Kapital in die Gesellschaft nachzuschießen oder uns
rauszuschießen. Ich für meinen Teil wollte aus diesen Verbindlichkeiten herausgenommen werden. Der Fabius sollte
für sich selbst sprechen.

„Der Fabius bekommt das mit den Plänen nicht auf
die Reihe. Dieser Chaoten geht einfach nicht ans Telefon. Wir

werden ihm den Planungsauftrag jetzt entziehen und erledigen das im eigenen Haus. Fertig. Bei unserem Club Dynamit
macht der sich doch auch nur noch zur Lachplatte. Hast du
das beim letzten Heimspiel überhaupt mitbekommen? Du
warst ja mal wieder nicht da. Mit dem Heli ist der ins Stadion eingeflogen und hatte die ‚Miss Schwarze Pumpe', so
eine Pseudo-Miss, aber mit einer Jenseits-Oberweite dabei.
So landete der vor dem Spiel im Stadion. Sag mir bitte, dass
das nicht normal ist! Der merkte nicht einmal, dass das Publi-
kum ihn ausbuhte. Nein, mit beiden Händen machte er das
Victory-Zeichen, um sich dann in unseren Super-VIP-Raum
zu begeben und mit der nuttigen Schlampe unseren teuren
Champus zu saufen.

Ne Kinder, da musst du was reparieren. Alles, was du
und Fabius in der kurzen Zeit aufgebaut habt, könnt Ihr, wenn
ihr nicht aufpasst, superschnell wieder verlieren. Das aus
Dummheit, ist Dir das bewusst? Ein normaler Schraubenzie-
her langt da aber nicht mehr. Da muss schon der ganz große
Werkzeugkoffer her.

Im Übrigen geht in 10 Tagen deine Maschine nach Japan, hier hast du die Unterlagen."

Ich schwieg und verschwand. Wie konnte ich den Fabius
da noch verteidigen. Das mit der ‚Miss Schwarze Pumpe' hatte
mir natürlich schon Luigi Kanone unter einem Lachanfall erzählt.
Da gab es in Richtung Berlin ein Gebiet, welches man tatsächlich „Schwarze Pumpe" nannte. So eine Art Notstandsgebiet;
Industriebrache gigantischen Ausmaßes. Auch gab es dort eine
Disco und eben zu dieser flatterte der schöne Markus mit dem
Fabius zu einer Misswahl mit Regionalcharakter. Nachdem der
Fabius sich mit der wohl sehr offenherzigen Dame finanziell geeinigt hatte, durfte er seinen Traum wahr machen. Er bumste
die Alte während des Fluges im Hubschrauber! Ein Held!

Ich war etwas früher in der Villa und Rosie machte gerade ihren wohlverdienten Feierabend.

„Gut, dass du kommst, Martin, ich habe noch einen Termin und hier sind Dynamit-Leute, unten in der Bar. Die haben anscheinend einen Termin mit dem Fabius vereinbart. Der ist aber schon wieder mit dem Janusch weg, wohin frage mich bloß nicht. Schlechte Laune hat er auch. Wahrscheinlich ist er rauf ins Vino, dort die Leute nerven." Ich nahm das Handy. „Über das Handy brauchst du es gar nicht versuchen, der hat es im Büro gelassen. Also Tschüss."

Ich machte mich runter in die Bar und hörte auch schon Stimmen und Gelächter aus dieser Richtung: „Hallo Jungs, was macht denn ihr hier?", fragte ich ein wenig zackig, vielleicht zu barsch, was aber nicht meine Absicht war.

Die Dynamit-Leute standen mit einem Satz senkrecht da, Marcus Mauckscher, Uwe Hautmann, Maro Stabic, Dieter Schassler, Mathias Roth und Martin Kern stotterten unsicher hervor: „Entschuldigen sie bitte, wir sind Spieler vom 1. SC Dynamit Dresden. Wir haben einen Termin mit dem Herrn Stoff. Wir warten aber schon ein ganzes Weilchen und die Frau Rosie war so nett und hatte uns so zwei leckere Fläschchen Wein hingestellt. Die haben wir nun getrunken." „Jungs, nichts für ungut, um was dreht es sich denn? Ich hole uns aus dem Keller noch ein lecker Tröpfchen und dann unterhalten wir uns mal ganz locker. O. K.?"

Gesagt getan. Häuser wollten die Spieler alle kaufen. Zum Teil als Kapitalanlage, zum Teil für sich selber. Fabius musste die mal vor zwei Wochen platt gequatscht haben und hatte den heutigen Termin, den er vereinbart hatte, anscheinend vergessen. Ich schenkte den Jungs ein Gläschen von unserem besten, oder für meinen Geschmack besten Wein ein. Einen kernigen Châteauneuf-du-Pape. Natürlich musste ich da ein wenig über diesen edlen Rebensaft philosophieren und mein Wissen loswerden. Die Jungs hörten auch ganz gelehrig zu und aus dem einen Fläschchen wurde halt noch mal eins.

Die Dynamit-Buben wurden immer blauer, ich wohlweislich nicht, da ich nur nippte und noch fahren wollte.
Nachdem ich mir nebenher Notizen machte und auf einem
Plan der Gräserstraße Grundstücke vorgeschlagen hatte,
schlug ich vor, den Feierabend einzuläuten.

Der Mauckser musste sich noch ganz ordentlich im WC
übergeben und ich bestellte denen ein Großraumtaxi.

Das hätte noch gefehlt. Beim Fabius in der Villa mit
dem Verwaltungsrat Martin Stengele sich besaufen, Unfall
fabrizieren, Führerschein weg, die ganze Palette eben. Zum
Dieter Schassler sagte ich noch: „Aber kein Wort zum Duce
oder zu Eurem Trainer Sigi Hald, die verstehen da momentan
keinen Spaß." Eine nette Umarmung von den Jungs und das
Taxi führte alle sicheren Weges, wohin sie wollten. Das war
das erste und letzte Mal, dass ich mich mit den Spielern so
nah und nett unterhalten hatte. Nicht abgehoben, eben auf
dem Teppich geblieben. Erfreulich.

So, ich stieg in den Wagen und fuhr ins Vino zum Theo
von der Amsel. Dort angekommen erkannte ich die beiden
Speckbrüder, aber keinen Fabius. Ich hielt und stellte fest,
dass Theo mit Reinigungsarbeiten beschäftigt war.

„Hi, ihr zwei und du von der Amsel. Was ist los, war der
Fabius denn nicht da?"

„Oh Gott, Martin, da hast du gerade was verpasst!"

Ich merkte, dass alle drei, wie sie so da standen, einen
leichten Affen hatten und ordentlich mit ihren roten Mäckeln
grinsten. Der jüngere der Speckbrüder bekam gerade noch
so viel raus: „Saufen mussten wir mit dem Fabius, ja saufen,
hicks." Dann Theo: „Der Fabius kam mit einer Stinkelau-
ne hier an und trank erst mal 'nen doppelten Grappa. Dann
schimpfte er auf alle, damit meine ich wirklich auf alle. Ich
polierte gerade meine schönen neuen Flaschen vom guten alten Hennessy, da fragte er mich glatt, was das denn für eine
Brühe sei? Mein Hennessy, mein Stolz. Ich sagte zu ihm, dass

das ein Cognac sei, einer der besten und einer der teuersten. Das war wohl der Fehler. Als er hörte, dass die Flasche 1.500 DM kostet, da hatte er die auch schon offen. Kennst ja den Fabius. Jedem von uns schenkte er ein halbes Weinglas voll. Der Chaot soff es auf Ex runter und meinte nur, was das denn soll. So gut schmecke der auch nicht, und verlangte dann Cola dazu. Kannst du dir das vorstellen? Der Chaot hat Cola dazugeschüttet. Wir haben uns natürlich das meiste schnell verteilt. Dieser Banause. Na jedenfalls hatte er sauber einen in der Krone und ist über die Weinkiste gestolpert, als der Jens Rettich angerufen hatte. Siehst ja, wie es hier aussieht. Dann sagte er zu uns ‚Tschüss, ich muss in der Villa den Jens Rettich rund machen.' Er schmiss mir ein Bündel Geld zu, da schau, habe noch gar nicht auseinandergemacht, und weg war er." Theo rechnete ab und gab mir von den 2.000 DM, die er hatte, 1.000 wieder zurück. „Warum das denn, ich denke der Hennessy hat 1.500 DM gekostet?", fragte ich erstaunt. „Ist O. K., wir haben doch auch mitgetrunken, außerdem heißen wir nicht Enzio."

Ich schnappte das restliche Geld, verabschiedete mich und fuhr wieder runter in die Villa. War mal gespannt, was sich da unten abspielte. Vom Auto aus rief ich vorsorglich Martina an und fragte sie, ob es nicht möglich sei, mich in der Villa in einer Stunde abzuholen, was sie auch bejahte. Ganz oben im Gästezimmer vernahm ich ein Licht und ich schloss daraus, dass der Janusch sich demnächst in die Wiege legen wollte.

Es parkte auch Jens Rettichs „neues" Auto, ein gebrauchter silberner 3er BMW vor der Türe. Seine Wackel-Ente hatte den Geist zwischen Zwickau und Dresden aufgegeben.

Der Caddy stand in der Hofeinfahrt und so machte ich mich mal auf runter in die Bar. Da saß Jens Rettich ein wenig zerknittert vor seinem Weinglas. Sein 15-jähriger Sohn daneben und trank ein Radler, wie ich erkennen konnte.

Der Fabius gestikulierte und quasselte im Stehen. In der einen Hand eine frisch geöffnete Flasche Rosé. Offenes Hemd und eine rechte Schlagseite merkte man ihm an. In der anderen Hand hielt er ein leeres Glas, welches aber nicht allzu lange in diesem Zustand verweilte.

„Hallo zusammen. Ich hole mir aber einen Roten aus dem Keller." Ich wollte mal die kurz unterbrechen, um herauszufinden, was für eine Stimmung in der Luft lag.

Fabius drehte sich zu mir herum: „Na hol doch, der ‚Ei her her' will mir, dem Fabius Stoff, einen Schwank aus seinem verpfuschten Leben erzählen."

Schnell war ich wieder oben und setzte mich zu denen an den Tisch. „Ja Jens Rettich, das müssen sie mir schon glauben. So ein Baumarktfuzzi, von denen hole ich Ihnen 10 an den Tisch. Mit dem Preis, den sie da vereinbart hatten, 140 DM den Quadratmeter, da muss doch mehr drin sein. Kapieren sie denn das nicht? Ich sehe schon, komm lassen wir das. Ich werde mich höchstpersönlich darum kümmern müssen. Sie versagen doch. Wenn ich jetzt jemanden hole, der mehr als 140 DM den Quadratmeter bezahlt, dann gehört die Differenz alleine mir. Dass ihr das kapiert. Ihr Nullinger!" Und dabei stürzte er seinen Rosé hinunter, schenkte dem Jens Rettich sein Glas voll und füllte seines ebenfalls nach. Dem Sohn holte ich ein Bier und einen süßen Sprudel, damit er sich noch ein Radler mixen konnte. Der Junge fühlte sich sichtlich unwohl. „Herr Stoff, sie werden keinen holen, weil die sich da schon untereinander informiert haben, was sie da veranstaltet haben. Das war eine starke Gruppe und sie haben das versaut. Ich sage Ihnen nur eins, sie machen mir das Projekt nicht kaputt. Sie nicht!"

Jens Rettich wehrte sich seiner Haut, so gut er konnte und bot Paroli.

„Starke Gruppe. Stark erkältet waren die vielleicht, mehr nicht. Sie kriegen doch ohne uns gar nichts auf die Reihe, was haben sie denn schon verkauft? Nicht viel. Schauen sie doch uns beide an. Erschließungsgebiet Lüstig, fast alles weg. Gräserstraße – über die Hälfte weg. Für über 150 Millionen haben wir verkauft. 150 Millionen DM, keine Lire. Kapiert! Beim Bürgermeister Hecht fängt das jetzt erst an. Die ersten fetten Grundstücke sind schon weg. Das Gebiet bei Ihnen, den größten Vertrag mit der Firma Schwappes hat doch der Martin klar gemacht. Was taugen denn sie überhaupt? Zu nichts. Genauso ihr Bürgermeister und sein Berater, schwach und ohne Profil, diese kleinen Hampelmänner." Ich merkte, dass der Fabius sich unfair im Ton vergriff und bewusst seine Fehler leugnete und die ganze Sache dem Jens Rettich in die Schuhe schob. Gemischt mit perfiden Bemerkungen und nicht haltbaren Vorwürfen. Dem Jens Rettich standen die Tränen in den Augen, dem Sohn ging es nicht anders. Wollte seinem Vater beistehen und wusste nicht, wie. Fabius behandelte seit längerem seine Mitmenschen wie Kleenex und war zu einem Meister im Denunzieren geworden. Ich beschloss, der Sache ein Ende zu bereiten. „Lass jetzt gut sein, Fabius. Wir haben beschlossen, das Projekt gemeinsam durchzuziehen und wir sollten uns daran auch halten. Ich glaube, momentan ist wirklich nicht der richtige Zeitpunkt, um sich über Geschäftspolitik zu unterhalten. Die Nüchternsten seid ihr alle nicht mehr."

„Na schlag dich doch gleich auf seine Seite. Martin, du musst Dir merken, der steht nicht zu uns. Na frag ihn doch mal, ob er aus dem Kommunalkredit uns zwei oder drei Millionen abzweigt, nur für ein paar Wochen? Nichts macht der. Das soll ein Freund sein? Wir haben ihn ins Boot genommen. Undankbar ist der."

„Komm Jens Rettich und Junior trinkt aus, ihr merkt doch ..." Es klingelte. Martina . Fabius drückte auf den Türöffner, „dass das heute keinen Wert mehr hat, sich in dieser Richtung weiter zu unterhalten." Martina kam gerade zur Tür herein, da fing ich sie auch schon ab. „Schatz, gerade sind wir im Begriff zu gehen. Komm."

Ohne Fabius Tschüss zu sagen verschwanden wir von der Villa.

Nippon-Express

Es war soweit, die Reise nach Japan stand bevor. Unsere Sachsentruppe stand abreisebereit bei der Komatsu-Niederlassung in Dresden und wir warteten noch auf einen Nachzügler. Ich war ganz froh, dass es ein paar Tage fort ging, denn in letzter Zeit war doch ziemlich stürmische See bei uns.

Rosie, Luigi Kanone, der Schorlekarle, Steuerbüro, Wirtschaftsprüfer und ich hatten mal eine Art Kassensturz getätigt und waren im Moment dabei, das umfangreiche Zahlenmaterial auszuwerten. Fabius hatte ich informiert, dass ich die Zahlen mal aktualisieren wolle. Dass es so eine komplexe Aufarbeitung sein würde, wusste er nicht. Fabius wollte mit seinen „guten und wahren" Freunden nach Italien reisen, was anschauen. Danach sollte es gleich nach Brasilien gehen. Als seine Mitstreiter mussten Butta Blablagür und der schöne Markus herhalten. Bei dem Gedanken, dass diese Spezialtruppe wieder in diese Gefilde fuhr, kam nicht gerade Freude bei mir auf. War gespannt, was Fabius da wieder anschleifen würde. So warteten wir und warteten und der Nachzügler kam nicht. Unsere Maschine, welche uns von Dresden nach Frankfurt bringen sollte, ging in einer Stunde und die letzte Person fehlte immer noch. Die Zeit verstrich. Unser Häuptling, der Niederlassungsleiter von Komatsu, versuchte vergeblich, einen Kontakt über das Handy herzustellen, was aber nicht klappte. Duce und Martin Klatsche kamen mit ihrem schweren Daimler zufällig vorbeigefahren und hielten. Das Fenster ging runter: „Martin, was ist denn los? Ich dachte, du wärst schon in Tokio und würdest massenweise rohen Fisch in dich reinfuttern. Was ist denn los?" „Du, da fehlt noch einer und wenn ich so auf die Uhr schaue, bekommen wir unsere Maschine nach Frankfurt nicht mehr." Ich war genervt. „Das haben wir gleich. Mein Statiker hat eine Zweimot und muss heute noch nach Frankfurt. Der soll euch mitnehmen. Ihr fahrt zum Flughafen ohne Stress und ich gebe dem Herrn Weller deine Handynummer. Er wird dich dann anrufen. Macht's gut und zieht einen Sake auf mich rein."

Weg waren sie. Gesagt getan. Die LH-Maschine nach Frankfurt hätten wir tatsächlich nie und nimmer bekommen. Am Flughafen kam der verlorene Sohn. Auf Krücken humpelte er uns entgegen.

„Ich dachte, ihr wärt schon fort, ohne mich. Das Flugzeug ist doch schon fort, und nun?" Unser Verantwortlicher, ein Herr Schloz aus Rheinlandpfalz, klärte ihn auf, dass wir mit einem Privatflieger geflogen würden.

„Mist, ich dachte, ihr seid weg und ich könnte wieder heimgehen." So ein Früchtchen, ich musste mir Luft verschaffen: „Eh Meister, dann hättest du frühzeitig den Herrn Schloz angerufen und wir wären schon in Frankfurt. Ganz verstehen können ich und die Kollegen dein Verhalten wohl nicht."

Er winkte ab und humpelte davon.

Mein Handy klingelte und der Herr Weller gab zu verstehen, dass er uns jetzt abholen würde, damit wir losfliegen konnten. Die Maschine war auch somit gefüllt. Das Japan-Sachsen-Team bestand aus mir und folgenden Teilnehmern: Häuptling Schloz, Krücke Heinz und ein Vater Manne mit Sohn Thomas. Alles Tiefbauunternehmer. So eine Reise bekommt man dann offeriert, wenn eine entsprechende Anzahl von Baumaschinen des Herstellers erworben wird. So saßen wir in der Zweimot recht eng beisammen und pfiffen die Startbahn entlang, hoben ab und tschüss Dresden.

Das war vielleicht so eine Fliegerei in so einer Schnake.

Da geht es durch die Turbulenzen bedingt rauf, runter und man wurde ganz ordentlich durchgeschüttelt. Lauter als im Heli war es da und das war schon ein Wort. Trotzdem waren wir dem Statiker zu Dank verpflichtet. Er versuchte zu erklären, wo wir uns gerade befänden und ließ uns technische Einzelheiten des Fluges als Info zukommen. Somit war der erste Teil der Reise geglückt und wir befanden uns mittlerweile in der 747 der Japan Airlines und ließen bei Dunkelheit Frankfurt hinter uns. Wer saß neben mir? Natürlich Krücke, der Pessimist. Er hatte Fensterplatz und ich Mittelplatz. Zu allem Übel mussten wir mit der Schüttlerklasse vorlieb nehmen. Galeerensklaven, dachte ich damals, als ich in der Businessklasse nach Thailand geflogen war. So schnell konnte es kommen. Jetzt selber Galeerensklave. Als wir so in die Nacht hineinflogen, flüsterte Krücke immerzu mit Blick nach außen: „Vis, vis, das kann nicht gut gehen." „Was laberst du denn da andauernd mit Vis. Was soll das denn?", fragte ich genervt. „Weißt du denn nicht, was Vis ist? Die Verformbarkeit von Metall. Schau doch da mal raus, wie die Flügel sich da verbiegen. Das kann doch nicht gut gehen. Ihr musstet mich ja unbedingt mitnehmen."

„Dann trink Sake, dann kommst du auf andere Gedanken." „Alkohol! Ich? Wo denkst du hin. Dann habe ich die Lage ja überhaupt nicht mehr unter Kontrolle!" Sollte er doch machen, was er wollte. Ich bestellte mir Sake und noch einen Rotwein. Mein Schlummertrunk. Das Motorengeräusch der Riesenmaschine beruhigte mich und ich schlief ein. Irgendwann wachte ich auf. Krücke schlief ebenfalls und ich blickte in die Nacht. Dann der Schock! Ein Triebwerk brannte. „Scheiße Mann, was ist das denn?", sprudelte es spontan aus mir heraus. Krücke wachte erschrocken auf und starrte fassungslos nach außen. „Von wegen Vis und Flügel abbrechen. Ein handfester Brand ist das da draußen."

Dabei klopfte ich mit dem Zeigefinger gegen das Fensterchen. Ich merkte, dass es mit der Stimmung der restlichen Passagiere auch nicht zum Besten stand, als das Licht anging und der Pilot sich über Lautsprecher in Englisch meldete. „Sehr geehrte Damen und Herren. Wir befinden uns ungefähr in der Mitte von Sibirien. Wie sie sicherlich bereits festgestellt haben, ist auf der linken Seite ein kleines Problemchen aufgetaucht. Das Triebwerk hat Feuer gefangen und wir werden es im Moment von hier aus löschen. Also keine Panik, Herrschaften, wir haben das im Griff. Bitte machen sie sich aber darauf gefasst, dass wir voraussichtlich eine Stunde länger nach Tokio brauchen werden."

Tatsächlich dampfte es draußen kurz mehrmals weiß und die Flammen erloschen. Krückes Gebiss klapperte ganz fürchterlich und es kam nun der Zeitpunkt, dass auch er nach Sake fragte. „Na siehste, wie das mit dem Löschen geht. Ich gebe zu, ich bin auch erst ein wenig erschrocken, aber nun ist die Lage wieder O. K. Prost!"

Dabei klickte ich seinen Sakebecher an.

„Du glaubst doch nicht, dass ich deinen unvernünftigen Optimismus teile. In Tokio sind wir noch lange nicht."

Ich glaube, die Passagiere hatten den ganzen Alkoholvorrat des Flugzeuges ausgetrunken. Immerhin kam man im Leben nicht allzu oft in den Genuss, über Sibirien in einem Flugzeug zu sitzen, bei dem ein Triebwerk brannte.

Am anderen Tag kurz vor Mittag befanden wir uns in Tokio in unserem Hotel. Ein mächtiges 5-Sterne-Hotel.

Jede Menge Geschosse hatte unser Hotel. Es gab mehrere Hochgeschwindigkeitsaufzüge. Die eine Reihe der Aufzüge führte nur in die Etagen mit den ungeraden Zahlen, die andere Reihe mit geraden Zahlen. Eine Zahl oder Etage wird man nie finden. Alles was mit einer 4 zu tun hat, gibt es nicht. Die 4 ist „shi" und das bedeutet tot. Die 4. Etage gibt es also nicht. Genauso Zimmernummern. Eine 4 undenkbar.

Einer hatte da ganz genau zugehört: Krücke. Er saugte das Wort „shi" förmlich auf, humpelte Richtung Bar und flüsterte es permanent vor sich hin. Der Antialkoholiker schenkte sich einen doppelten Whisky ein. Schau, schau.

Für heute war frei und wir durften den Tag einteilen, wie wir selbst wollten. Für zwei Übernachtungen hatten wir hier Quartier bezogen, danach sollte es weitergehen mit dem Shinkansen nach Kyoto. Mein Hotelzimmer befand sich in der 76. Etage und war sehr geräumig. Im Bad befand sich alles, was man sich nur vorstellen konnte. Von der Nadel mit Faden über Rasierer, Zahnbürste, Zahnpasta, europäischen Bademantel, Schlappen, Kimono, eben alles.

Im Restaurant, für uns war pompös ein Nebenraum gerichtet worden, empfing uns freundlich ein hochkarätiger Komatsu-Manager, stellte uns das 10-tägige Programm kurz vor und wünschte allen einen schönen Aufenthalt. Das alles in einem perfekten Englisch. Da meine Sachsen kein Englisch und der Herr Schloz nur ein wenig sprach, übersetzte ich. Aus allen deutschen Bundesländern kamen die Gäste. War also schon was los hier. Jedes Bundesland hatte so zwischen 4 und 7 Mitreisende.

Die Sachsen wollten sich nach dem Menü noch wenig die Füße vertreten, bevor es aufs Zimmer ging. Ich war schon müde, musste aber noch runter, einen Absacker zu mir nehmen.

Die Bar war mit feinstem rötlichem Holz ausgekleidet. Viel Messing, vielleicht ein wenig zu dunkel, weshalb ich mich an den Tresen auf den Barhocker setzte.

Ein dicker Japaner saß ebenfalls da und hatte eine bauchige Flasche Whisky vor sich stehen, paffte eine fette Zigarre und versuchte, eine Zeitung zu lesen. Ich legte, warum auch immer, ich wusste es nicht mehr, meinen Schlüsselbund auf den Tresen. Der dicke Japaner wandte sich von seiner Zeitung ab und schaute mit seiner Zigarre im Mund auf den Schlüsselbund, dann mich an, dann nochmals auf den Schlüsselbund und nochmals mich. „Goldpfeil? You are German? German good", sagte er mit einer tiefen lauten Stimme. Ich bejahte. Daraufhin kramte er in seiner Hosentasche und legte seinen Schlüsselbund neben den meinigen. Es war der gleiche braune, lederne Schlüsselbund mit dem metallenen Pfeil drauf. Beide mussten wir herzhaft lachen.

So ein Zufall.

„You want drink with me one Canadian Whisky?", schnorrte er laut. „Of course, why not, thanks", freute ich mich. Wer dachte, dass er mir aus seiner Flasche ein Glas einschenkte, der täuschte sich. Nein! Er orderte mir eine ganze Flasche und sich auch eine Flasche besten kanadischen Whiskys. Dann stellte die Bedienung uns je ein Glas hin und los ging es.

Er war ein hochkarätiger Fuji-Manager, wie er sagte und wir ließen die Yamato die Akagi, Nagato auf der einen und die Bismarck, Tirpitz und die Prinz Eugen (alles Schlachtschiffe und Flugzeugträger) auf der anderen Seite nochmals hochleben und tranken auf die ruhmreichen Achsenmächte. Er schwelgte von Yamamoto und ich von meinem Fast-Nachbarn Erwin Rommel. Dann jammerten wir nach einer getrunken halben Flasche mächtig über Midway, Guadalcanal, El Alamein und Stalingrad. Am Schluss wollte er mich noch ein paar japanische Marinelieder lehren, jedoch hatte er damit keinen Erfolg mehr. Mit „Tora, Tora, Tora" leitete ich den Rückzug ein. „Campai" – Prost, das konnte ich mir noch merken. Das war mein erster Tag in Tokio.

Thomas klopfte am anderen Tag so lange an die Tür, bis ich aufmachte. Er war mit seinem Vater Manne da. Die Sachsen vermissten mich am Frühstückstisch und so wurde ich unsanft geholt. Ich hatte die Rezeption zwar beauftragt, mich pünktlich zu wecken doch ... Moment, es war noch gar nicht Zeit. Ich musste vielleicht was verwechselt haben. Jedenfalls in einem Schnelldurchlauf richtete ich mich ordentlich und fuhr mit Thomas in den Frühstücksraum. Waren wir nicht die Allerersten im Frühstücksraum von unserer Truppe, musste ich feststellen. „Na ja, wir dachten, dass es doch vielleicht besser wäre, wenn wir etwas früher da seien."

Was sagte mir das? Wer fädelte so was wohl ein? Natürlich Krücke! Na gut, ich war bester Laune und mein Zustand hatte sich relativ schnell wieder stabilisiert. Krücke!

Danach ging es mit einem komfortablen Reisebus in ein gigantisches Komatsuwerk irgendwo bei Tokio. Vom Management wurden wir begrüßt. Alle Arbeiter trugen die gleichen Overalls. Alle waren gleich. Ob Manager oder Arbeiter.

Lediglich hatten die Overalls der Manager ein Grau, die der Arbeiter waren hingegen orange. Vor der Führung wurde uns mitgeteilt, dass wir es bitte unterlassen sollten, zu fotografieren.

Ach was, das, was wir den Japanern immer vorwarfen, dass ganze Heerscharen bei Messen die deutschen Automobile ausspionierten, sie sich auf den Boden warfen und alles fotografierten. Genauso machten es einige Landsleute von uns. Peinlicher ging es kaum. Einen aus Köln mussten die japanischen Begleiter unter einem Bagger hervorziehen, weil er das Getriebe rauf und runter fotografierte. Deutsche im Ausland! Wir ‚Sachsen' schüttelten da nur den Kopf. Besserwessis eben! Die Führung auf dem fast 50 ha großen Gelände dauerte fast den ganzen Tag und war hochinteressant. Man sah am Anfang einen riesengroßen Eisenklops. Am Ende kam die fertige Planierraupe heraus.

Na vereinfacht ausgedrückt. Abends nach dem Essen, meine Sachsen waren schon ein wenig mutiger geworden, fragte mich der Papa Manne leise: „Martin, meinst du, hier gibts was zum Bumsen?" „Manne, in jeder Großstadt auf der Welt gibt es da was. Offiziell ist hier in Japan die Prostitution verboten. Lass mal mich machen. Mein Ziel war ein Hotelboy.

Während ich durch die Lobby lief, fiel mir einer von den Foto-eiferern auf, ein Ruhrpottler, unsympathischer schlacksiger Kerl. Schnippte die Asche in der Lobby auf den Boden um-einander und machte irgendwelche Asiatinnen mit obszönen Bemerkungen blöd an. Dass er schon einen in der Krone hat-te, entschuldigte sein Verhalten nicht. Ich ignorierte diesen Menschen und lief, ohne ihn anzuschauen oder zu begrüßen, an ihm vorbei. Er schaute mir nach: „Ihr Ossis könnt wohl auch nicht mehr grüßen? Euch geht es wohl jetzt zu gut, oder?", lallte er mir hinterher. Nein, ich drehte mich nicht um. Womöglich noch, um ein Wortgefecht mit diesem Dackel zu riskieren. Ich zeigte ihm rücklings den Mittelfinger.

So, jetzt war ich bei dem Hotelboy und fragte diskret in Englisch unter einem Räuspern, wo es denn gewisse Eta-blissements gäbe. Dabei drückte ich ihm unauffällig einen 5 $-Schein in die Hand. Er schaute bewusst auf den Boden, hörte mir zu und verschwand gleich. Ein Zeichen zum warten entnahm ich seiner Geste. In der Ferne sah ich meine Sachsen gespannt als Rudel warten. Dann kam der Hotelboy zu mir und unter vorgehaltener Hand, welche in einem Handschuh steckte, sagte er mir, dass wir in 10 bis 15 Minuten von ei-ner weißen Limousine abgeholt würden. Er werde das aber managen. Ich winkte meine Truppe her und alle kamen flugs. Selbst unser Chef, der Rainer Schloz und Krücke waren scharf geworden.

Schnell humpelte er uns hinterher. Krücke fragte mich zaghaft, ob das nicht vielleicht doch ein wenig zu gefährlich sei. In einer fremden großen Stadt. Nachdem ich ihm aber die Wahl gelassen hatte, hierzubleiben oder mitzugehen, ent-schied er sich für mitgehen. Ich fragte einen jeden, ob er sich eine Visitenkarte des Hotels mitgenommen hätte. Keiner na-türlich. Also holte ich für jeden eine Visitenkarte und drückte den Jungs eine in die Hand. „Leute, was ist das wichtigste bei einem Auslandseinsatz? Standortsicherung."

Ganz aufgeregt kam jetzt der Hotelboy schnellen Schrittes an und winkte uns herbei. Die große weiße Stretchlimousine mit verdunkelten Scheiben wartete auf uns. Der Boy machte die Türe auf und ich stieg ein, gefolgt von Rainer. So nach und nach trauten sich die anderen rein und wer wartete wieder bis zum Schluss? Krücke! Mit viel Wenn und Aber stieg der Held zu. Wir fuhren los. Der Fahrer war mit einer Glasscheibe von uns getrennt. So saß man fast im Kreis, aber gemütlich in den Ledersesseln und unter dem Tischchen in der Mitte befanden sich gekühlte Getränke. Leise klangen japanische Musikklänge an unser Ohr und wir wurden in einem höflichen Englisch aufgefordert, uns zu bedienen. Ich mixte mir gleich einen Campari-Orange und die anderen folgten meinem Beispiel.

Bis auf einen. Krücke. „Na was ist denn nun schon wieder, mein Gutster?", fragte ich mein Sorgenkind. „Wer weiß, was das kostet. Ich sehe, es war schon wieder ein Fehler, dass ich da mit bin. Wo fahren die hin? Man erkennt ja gar nichts durch die dunklen Scheiben." Laut prosteten wir ihm gemeinsam Mut zu und unter Knirschen machte er sich ein Büchsen-Bier auf. Wir irrten so eine gute halbe Stunde umher, bis wir auf einmal in einer unwirtlichen Gegend, einem Industriegebiet, angelangt waren. Meine Jungs waren erstaunlich ruhig geworden. Ich gebe es zu, mir war auch ein wenig mulmig zumute, zumal auf einmal noch eine Stretchlimousine auftauchte, diesmal in Schwarz. Der Choffeur forderte uns auf auszusteigen bzw. umzusteigen. Die Fahrer tuschelten und weiter ging es. Ich befürchtete, dass mir Krücke vor lauter Angst von seinen Krücken flog.

Es klappte aber. Es waren im Inneren die gleichen Annehmlichkeiten wie bei der anderen Limousine. Nur dass diese eben schwarz war. Ich versuchte, die Jungs ein wenig aufzumuntern und wir prosteten uns mit einem neuen Getränk zu und ich lehrte sie, „Campai" zu sagen. Diesmal dauerte die Fahrt aber keine 10 Minuten und wir standen irgendwo in Tokio in irgendeiner hässlichen Gegend vor einem hässlichen grauen großen Wohnblock. Die Tür, durch die wir geführt wurden, war nicht viel breiter als bei einem mickrigen Reihenhaus. In einem kleinen Foyer stand eine Dame im Kimono da und begrüßte uns, die Hände gefaltet mit einer Verbeugung. Dann nahm sie uns jedem 120 $ ab und lauter ansehnliche Mädchen stellten sich nach und nach vor. Ich schnappte mir eine von den hübschen, waren alle hübsch, und sie führte mich über ein Treppenhaus in ein Appartement. Dort sah die triste Welt wieder ganz anders aus. Ein geräumiges Schlafzimmer mit einem runden Bett, welches sich langsam drehte. Rote Satindecken drauf und jede Menge Dildos in verschiedenen Größen und Farben standen auf einem Tischchen in Reih und Glied. Ein großer Fernseher war schräg oben an der Wand befestigt und zeigte uns geile Pornofilmchen. Die dunkle Beleuchtung wechselte zwischen Blau und Rot. Etwas erhöht war eine vielleicht in der Mitte gemessen 2 m große runde Glasscheibe in einer Wand, wo sich dahinter eine Badewanne befand. Mein Mädchen stieg auch in den Badbereich und in die Badewanne. Da das Glas dazwischen war, konnte ich sie also nackend sehen, wie sie sich in dem Bad, oder es war schon fast ein Pool, rekelte. Dann drückte sie mal abwechselnd ihre Titten ans Glas und zeigte ihre Muschi. Das Zeichen zur Attacke war gegeben. Die Klamotten runter und die fünf Stufen zum Bad hoch. Währenddessen hatte meine Maus die akustische Situation per Fernbedienung geändert und lautstark die Soundmaschine angeworfen. En Vogue, „Free your mind", knallte mir hammerhart um die Ohren. Es musste erst auf den Markt gekommen sein, denn ich kannte es bis zu diesem Zeitpunkt noch nicht. Bei diesem Lied musste man gut bumsen. Wir veranstalteten da eine Party in dem Bad. Danach raus, nass wie wir waren, auf das runde Bett mit Wackelfunktion. Alle drei Löcher wurden bestens bedient und am Schluss riss sie mir den Gummi vom Schwanz herunter und saugte diesen aus. Ein Miststück! Absolut fantastisch. So wild hatte ich das auch noch nicht erlebt. Die Kleine war richtig aufgedreht und wollte mir mit einem Dildo an den Hintern. Ich krabbelte wie ein Käfer schnell weg. Sie hinterher. Ich konnte mich Ihrer erwehren und machte klar, dass das nicht so meine Welt sei. Sie meinte nur, dass ihre Gäste da mächtig drauf stehen würden, ihren Arsch mal so richtig gedehnt zu bekommen. Als Abschluss rauchten wir zusammen eine Zigarette und ich gab ihr noch ein paar Dollar extra, weil sie einfach eine Klasse für sich war. Hatte sogar den Eindruck, dass sie wilder war als manche Thai. Lecker Japanerin. Ich fragte sie auch nach ihrer Herkunft. Sie lachte, gab mir einen Kuss auf meine für sie lange Nase und sagte: „Pattaya-Thailand". Dann führte sie mich wieder runter ins Foyer, brachte mir noch einen Tee, verbeugte sich und verschwand.

Ich war der erste hier unten. War wohl doch nicht so der große ausdauernde Rammler. Dann kam der Rainer mit roten Ohren. Danach der Thomas, dann sein Vater, der Manne, und wir schlürften alle den Tee. Durchweg waren alle restlos begeistert. Zum Schuss Krücke mit einem zufriedenen Gesichtsausdruck.

Nachdem wir uns freundlich verabschiedet hatten, wurden wir direkt in das Hotel gebracht. „Warum humpelst denn so mit deinen Krücken? Tut dir der Popo weh?", frotzelte ich. Wir mussten kichern. „Also bitte, eine ganz aufmerksame junge Dame war das. Ich musste mich doch erst mal mit ihr unterhalten, mich vorstellen, was ich arbeite und warum ich hier bin, das dauert nun mal seine Zeit." „Sollst doch bumsen und nicht soviel labern", meinte der Manne. Warum wir auf dem Hinweg einmal umsteigen mussten, konnte uns der nette Hotelboy auch nicht erklären.

An der Bar stand der Unsympath betrunken mit dampfenden Hosen da und pöbelte umeinander. Dann schwankte er mit seinem Whiskyglas zu uns: „Wo kommt denn ihr her? Ich suche mir jetzt was zum Bumsen. Ist doch langweilig hier, wenn ihr Lust habt, nehme ich euch mit, dann suchen wir was zusammen. Ich zeige euch Ossis mal, wie das so richtig geht. Ich kenne mich aus."

„Du, mein Weltbester, kommen gerade von dem, was du an falscher Stelle suchst. Uns reicht es. War ein Traum. Kann ich dir nur empfehlen. Trotzdem viel Erfolg bei der Jagd", wünschte ich ihm und wir nahmen noch einen zur Brust. Den schon über Kreuz schauenden Trottel ließen wir links liegen.

Tags drauf ging es mit dem Superzug Shinkansen in die alte Kaiserstadt Kyoto. Ein Superzug mit einem Supermarkt auf zwei Etagen. Da fährt man mit einem kleinen Einkaufswagen umher und kann da allerlei für die Fahrt einkaufen. Auch ein toller Anblick: der Fudshijama. Fudshi-San, wie die Japaner liebevoll ihren Berg nennen, sah toll aus, während wir am Fuße da entlang donnerten.

Das alte Kyoto war bis 1869 die offizielle Hauptstadt und wieder eine ganz andere Welt als Tokio. Supermoderner Bahnhof mit dem angeschlossenem Kaufhaus ‚Isetan'.

Die Kaiserstadt mit ihrem historischen Teil, verbarg einen ganz besonderen Reiz. Große Parks, Tempelanlagen wie den Kinkaku-Ji versprachen Ruhe und Ausgeglichenheit. Erbaut wurde er 1397 als Villa für einen Shogun. Nach dessen Tod wurde es zu einem buddistischen Tempel umgebaut. Dort verweilte ich eine ganze Weile. Dabei hatte ich auch die Gelegenheit, mit den Gartenspezialisten zu sprechen und wurde zu einigen in der Nähe liegenden Baustellen geführt. Erstaunliche Arbeitsweisen wurden mir da gezeigt. Gigantische Bambusgräser wurden da verpflanzt. Vieles konnte ich mir aufzeichnen und notieren.

Von da aus flogen wir mit der ANA-Line nach Komatsu, wo uns eine beeindruckende Vorführung des ganzen Komatsu Know-hows präsentiert wurde. Wir wurden auf dem Gelände in eine supermoderne Halle hineingeführt und das Ganze hatte einen Charakter wie in einem Kino. Eine megagroße dunkle Leinwand vor uns. Licht ging aus und der Sound fing leise an und brummelte bis zur Orkanstärke. Dann ging der Vorhang auf. Eine riesige nach außen gebogene halbrunde durchgehende Glasfront zeigte uns das vor uns liegende Gelände mit den größten Komatsumaschinen. Ein Trupp junger Mädchen in blauen Overalls mit ihren gelben Helmen winkte uns zu und lief im Dauerlauf Richtung der bereitgestellten Maschinen. Dann gabs Show. Teilweise hatte es etwas wie Godzilla an sich. Uns wurde die Möglichkeit gegeben, die Raupen, Bagger oder Muldenkipper nach Belieben auszuprobieren.

Ich hielt mich mit Krücke dezent zurück und wir setzten uns ins Bistro und warteten, bis der Spieltrieb unserer Jungs befriedigt war. „Was glaubst du Martin, was bei solchen Demonstrationen schon alles passiert ist. Ich selbst war mal ....." „Krücke, gut ist. Bleib einfach bei mir und kauf ein paar Baggermodelle im Komatsu-Shop. Dann können wir brumm brumm machen und spielen."

Stunden später wurden wir in unser Hotel außerhalb Komatsus gebracht. Ein mehrstöckiger Holzbau in traditioneller japanischer Bauweise. Durch die sechs Stock lief durch jeden Flur entlang der Türen jeweils ein schmales Bächlein. Im ganzen Gebäude hörte man das Plätschern. Es war angenehm. Man musste die Kleidung gegen Kimonos eintauschen und so bewegte man sich durch das Hotel oder die Gartenanlagen. Zum Essen wurde uns Sushi gereicht. War gewöhnungsbedürftig aber lecker, so die allgemeine Meinung. Ausser einem der angewidert die Mundwinkel verzog. Krücke!

Ich ließ mich in der Massageabteilung von einer Geisha verwöhnen. Zwar ein älteres Semester, dafür aber erfahren und ausdauernd. So schön konnte das Leben sein.

Gerade hatte ich mich an Japan gewöhnt, da mussten wir leider wieder zurück nach Deutschland fliegen.

Kassensturz

Kaum war ich in Dresden, war auch dort der Teufel mal wieder los. Nachdem Fabius mit seinen „guten Freunden", wie er das Gesocks um den Enzio nannte, von seinem Italientrip zurück war, brachte er neue traumatische Visionen mit.

Ein neuer Hubschrauber musste her. Er schaute sich eine Agusta AC 109 aus. Wirklich ein eleganter Helikopter. Mit einziehbarem Fahrwerk. Superschnell und superteuer. Beliebt bei vielen Promis.

10 Millionen DM! Nach Fabius ein Schnäppchenpreis. Unterschrieben hätte er schon und die erste Rate wäre in 4 Wochen fällig. Was ich denn hätte, so ein Hubschrauber verliere da doch nicht an Wert. Eher sogar eine Kapitalanlage wäre das. Beim Bürgermeister Fuchs klingelten alle Alarmglocken und der Bankdirektor Schorlekarle kippte fast aus seinen Latschen, als er das von mir hörte. Seit längerem konnten Luigi Kanone und ich gemeinsam mit dem Schorlekarle den Fabius überreden, dass man sämtlichen Zahlungsverkehr von dessen Privat-Büro aus nunmehr steuerte. Warum Fabius das machte, obwohl er am liebsten ja alles alleine im Griff haben wollte, hatte einen irdischen Grund.

Schorlekarle hielt ihm eine Mohrrübe in Form eines kurzfristigen Darlehens in Höhe von 100.000 DM vor die Nase und gierig nach Geld, wie der Fabius nun mal war, schnappte er zu. Voraussetzung war die Beauftragung.

Als ich ihn nach seiner Wandlung mal fragte, tat er so, als ob das seine alleinige Idee gewesen sei, Schorlekarles Büro für uns vor den Karren zu spannen. Ein ausgebuffter Hund sei er, so Fabius. Wer hatte das schon, dass ein Bankdirektor für einen arbeite. Das war seitdem der Tenor von ihm. Für mich erst mal ein Segen, denn dann war ich nicht mehr der direkte Prellbock zu den Gläubigern. Schorlekarles Frau führte ein Lohnbuchhaltungsbüro und dieses wurde offiziell beauftragt, buchhaltungsrelevante Arbeiten für S & K zu erledigen.

Jetzt lag der unterschriebene Vertrag von der A 109 hier und keiner war damit glücklich – außer einem – Fabius.

Der war aber gerade mal zwei Tage hier und dann machte er seine Ankündigung wahr, mit Butta Blablagür und dem schönen Markus samt Bodybuilder nach Brasilien zum Vögeln zu fliegen. Weg waren sie die nächsten 10 Tage.

So wir mit Volldampf an die Unterlagen und im kleinen Kreis analysierten wir die Tatsachen.

In Stuttgart beim WP (Wirtschaftprüfer) saßen Schorlekarle, Luigi Kanone und ich über der Auswertung. Die wie folgt aussah:

– Aussagen über den allgemeinen Geschäftsbetrieb
– Forderungen und Verbindlichkeiten sind nicht abgstimmt.
– Vermögensbewertung nur ungenau.
– Finanzbuchhaltung nicht ordnungsgemäß.
– ein betriebliches Controlling unmöglich.
– Geschätzte Steuernachzahlung voraussichtlich 4 Mio.DM
– Fixe Kosten pro Monat ca. 400 TDM.
– Eingeräumte Kredite meist voll ausgefahren.
– Erschließungsgebiet Lüstig:
– Alle Grundstücke verkauft, Erträge geflossen, dennoch gegenüber Banken (Kommunalkredit) über 8 Mio. DM Verbindlichkeiten und an Subunternehmer 2,1 Mio. DM Verbindlichkeiten. Verwendung der Gelder? Wahrscheinlich Dynamit Dresden und Privatentnahmen! Steuerzahlungen stehen noch aus!
– Gräserstraße:
– Erschließungsmaßnahme abgeschlossen.
– Grundstücke alle verkauft.

- Rohertrag von 9 Mio. DM
- Ertrag vollständig verbraucht.
- Steuerzahlung steht noch aus. Verwendung der Gelder? Verbindlichkeiten in Höhe von 3 Mio. DM an Subunternehmer stehen noch aus.
- Warum? Privatentnahmen. Dynamit Dresden.
- Projekt Ruhrgebiet:
- Bestehende Verbindlichkeiten 2 Mio. DM, davon verkauft bisher 0,4 Mio. DM.
- Hotel Blablagür:
- Bisher 0,75 Mio. DM investiert.
- Bankverbindlichkeiten Avalkredit 1,5 Mio. DM.
- Subunternehmer 1,5 Mio. DM noch zu zahlen. Achtung hier Avalkredit, d. h. persönliche Haftung!
- Finanzierung unklar!
- Erschließungsgebiet Jens Rettich:
- Bestehender Kommunalkredit 15 Mio. DM.
- Für 9 Mio. DM Verträge abgeschlossen.
- Finanzierung noch offen.
- Kostenplan Erschließung 25 Mio. DM.
- Um weiter bauen zu können, müssen noch 18 Mio. DM Verkäufe nachgewiesen werden.
- Projekt Bürgermeister Hecht:
- Kommunalkredit 15 Mio. DM.
- Verkaufte Grundstücke ca. 1,0 Mio. DM.
- Kostenplan 30 Mio. DM.
- Schloss:
- 0,5 Mio. DM
- Finanzierung völlig unklar.

Unterstellt man, dass aus den verbliebenen Verbindlichkeiten vorgenannte Aktivwerte finanziert wurden, erkennt man, dass sämtliche Erträge durch Privatentnahmen, Betriebskosten, Zinsen und Afa aufgezehrt wurden. Die Steuerlast, welche noch anfiel, wurde hier nicht berücksichtigt!

Sichere Aussagen konnten erst nach der Vorlage der Bilanz erstellt werden.

Die beinahe unglaubliche These:

Das vermeintliche Ertragspotential zu Beginn der Unternehmung konnte nachhaltig nicht in Vermögenssubstanz thesauriert werden! Warum?

– Unverantwortlich hohe Privatentnahmen:
– Kauf einer Jacht 1,4 Mio. DM.
– Geldfluss an Dynamit Dresden 3 bis 4 Mio. DM
– sehr hohe private Lebenshaltung.
– Viel zu hohe Betriebsausgaben:
– Heli im Monat 75.000 DM.
– Personalkosten im Monat 120.000 DM.
– Großzügiger Fuhrpark.
– Ursachen:
– keine funktionierende Finanzbuchhaltung.
– Keine aussagefähigen Bilanzen.
– keine betriebswirtschaftlichen Kenntnisse.
– Keine koordinierte Geschäftsführung.
Fazit: Wirtschaftlicher Kollaps!
Dieser führt zum Konkurs!
Am Schluss stand da als Empfehlung:
Fabius Stoff keinerlei Vollmacht mehr bei S & K!

Na das war besser als jeder Krimi. Gut, da fehlte noch das Rennpferdchen und das eine oder andere, aber es war ernüchternd. Die Rückzahlung der 8 Millionen an die Gemeinde Lüstig stand vor der Tür und klopfte mächtig an. „Du Schorlekarle, wie sieht es denn mit der Gemeinde Lüstig aus. Bald ist Jahresende und da will der Bürgermeister Fuchs sein Geld, was ihm nun mal zusteht. Wenn wir alles zusammenkratzen, einschließlich der stillen Reserven, welche ich in der Aufstellung vermisse, glaubst du, dann kriegen wir das zusammen?"

„Vielleicht. Ich denke, das dürfte gerade so klappen, dann ist der Ofen für S & K aber aus."

Tolle Aussichten. Mit schleppendem Gang machten wir uns nach Hause.

Am Wochenende fuhren wir ins Elsass. Ich musste überlegen, wie wir da aus dem Schlamassel wohl rauskämen oder wenn nicht, wie es dann wohl weitergehen sollte. Ich spielte mit meinem Smeagel und er bereitete mir erfreulich angenehme Laune.

Anja lag am Pool und schluckte ein lecker Fläschchen Cremant. Sie musste sich ein wenig von dem Smeagel erholen. Das trotz einer Haushälterin, welche Anja benötigte, seit wir im neuen Haus wohnten. Die ältere Dame aus Leipzig machte alles. Wäsche, Bügeln, Haushalt, die Betten, Fenster putzen, Saugen, Abwasch ... Nur eins ließ sich Anja nicht nehmen: Kochen. Das konnte sie. Gebe ich ohne wenn und aber zu.

Eine Woche später, wenn Fabius wieder kam, musste ich ihm die Sache erläutern und dann würden wir eine radikale Sparrunde einläuten, wenn nicht schon alles zu spät war.

Ich flog mit der LH nach Dresden. Termin mit Jens Rettichs Erschließungsgebiet. Immerhin zeigten sich mal hier, mal da Interessenten. Dann ging es zu der mir lieb gewonnen Martina.

Am anderen Tag musste ich die Situation mit dem Bürgermeister Fuchs unter vier Augen besprechen. Wir benötigten lange und ich versprach ihm, ihn auf gar keinen Fall hängen zu lassen. Ich hatte ja noch meine Generalvollmachten.

Er vertraute mir. Das wusste ich.

Ich kam mir wie ein Kamikaze vor.

Die Weichen um den Fabius wurden nicht nur gestellt, sondern ihm aufgezwungen.

Hamster

Braungebrannt mit einem Liter besten Rums kam Fabius mit Butta Blablagür aus Brasilien an. Die zwei anderen blieben in Stuttgart. Im Schlepptau hatte Fabius, es durfte nicht wahr sein, eine Brasilianerin. Cora war der Name dieses reizvollen Geschöpfes. Sie sprach kein Wort Deutsch. Dafür aber ein sehr gutes Englisch. Ein schokobrauner Traum von Frau. Fabius verschwand mit der Katze auch gleich im Schlafzimmer, nachdem er nur kurz zu allen „Hallo" gesagt hatte.

Das Büro interessierte ihn nicht wirklich.

Luigi Kanone stupste auch gleich den Butta Blablagür in der Küche an: „Eh Schlucky Butta, wo hat der Fabius denn die Wildkatze gefangen?" Rosie und ich hörten auch ganz gespannt. „Na in einem Juwelierladen in Rio. Am vorletzten Tag bevor wir abflogen. So ein Chaot. Der hat die so lange zugequatscht und versprochen, in Deutschland wirst du reich, eine Managerin könne sie hier spielen. Eigene Abteilung Import-Export. Na dann gab er ihr ein paar hundert Dollar und jetzt ist sie da und friert."

„Sag mal, gibt es dort keine Nutten, muss man jetzt ein Mädchen unglücklich machen?", fragte Rosie ein wenig wirsch. „Na jede Menge. Scheiß Nutten sag ich euch. Ganz gefährlich die Sauweiber. Puuh. Am Strand haben die mich vielleicht verarscht. Ich bringe die alle um. Ich schwör euch." Luigi: „Was haste denn gemacht?"

„Na mit einer Nutte war ich am Strand und sie zog mich aus und fing an, ein bisschen meinen Schwanz zu blasen. Da wollte sie aber erst Geld. Gut, gab ich ihr 20 $. Der dreckigen Nutte war das zu wenig. Sie nahm das Geld und schmiss auf meinen riesigen Ständer," was Butta akustisch überschwänglich zum Ausdruck gab, „auf die blanke Eichel, eine Hand voll Sand drauf. Riesensauerei. Dann kamen noch zwei, drei von diesen primitiven Nutten und schnappten meine teuren Klamotten und Schlappen und schmissen alles ins Meer. Den Geldbeutel behielten sie und weg waren die."

Typisch Blablagür in seiner unkontrollierten Geilheit. „Sei doch froh, dass die dich in Rio nicht erlegt haben. Was hast du denn dann gemacht?", fragte ich. „Na habe ich ein schmusendes Pärchen bestohlen. Was sollte ich denn tun? Habe zwei Handtücher geklaut und rannte wie der Teufel in die Nacht hinein. Mit dem Taxi bin ich dann ins Hotel gefahren und Gott sei Dank stand Markus da und konnte das Taxi bezahlen."

Hörte sich irgendwie bekannt an, beim Butta Blablagür.

Der hat halt so seine Problemchen mit den Damen des horizontalen Gewerbes.

Fabius' Geburtstag stand unmittelbar vor der Tür. Ich war mir nicht klar, ob ich die paar Tage noch abwarten sollte, bis ich ihn mit der wirtschaftlichen Situation konfrontierte oder ob ich ihm gleich reinen Wein einschenken sollte. Ich entschied mich, nach seinem Geburtstag die Karten aufzudecken.

Die zu bedauernde Cora hielt er in der Villa wie einen Hamster oder einen Fisch im Aquarium. Er gab ihr Futter und zu Trinken. Sie durfte sich waschen und in die Sauna. Aus dem Haus nur mit ihm. Alleine natürlich keinen Meter. Auch nicht mit uns. Er schimpfte gar mächtig auf den Dirk Hirsch, welcher ja seine Luzie weggekrallt hatte. Dies dürfe hier nicht passieren. Allerdings verlor Fabius relativ schnell das Interesse an seinem Spielzeug, da er bei einer Veranstaltung von Dynamit Dresden wieder ein neues weibliches Spielzeug gefunden hatte. Innerhalb kurzer Zeit war die Cora abgeschrieben.

Sie saß alleine in der großen Villa und war sehr traurig.

Ein Flugticket zurück in ihre Heimat hatte sie nicht. Dafür sorgte Fabius schon.

Mit Jens Rettich saß ich im „Dr. Schlüter", der Notario Schöneschluck, der Versicherungsmensch Ludwig Erhardt kamen noch dazu und wir tranken eine Flasche ‚Witwe'. Ein sympathischer Rechtsanwalt, den ich von Dynamit Dresden her kannte, gesellte sich ebenfalls dazu und wir waren bester Laune. Mit dem Rechtsanwalt Zappelzocki, so sein Name, konnte ich mich recht interessant über die U-Boote der Wehrmacht unterhalten, da sein Vater U-Boot-Kommandant jener Zeit war.

Auf einmal stand Luigi Kanone mit seinem Saufkumpan Butta Blablagür vor uns und hatten eine tickende Zeitbombe im Schlepptau. Die hübsche Cora.

„Eh, ich konnte das doch nicht mit ansehen, wie die Cora da immer alleine bleibt. Fabius war in der Villa mit seiner Neuen und Cora musste da alles mit ansehen.

In der Küche waren wir und er ging mit der anderen ins Schlafzimmer und knallte die her."

Hatte sich Butta heroisch ein Herz gefasst.

„Da hat der Jägermacki Recht. Das geht doch nicht. Wir sammeln gemeinsam Knete, damit die Cora wieder zurückfliegen kann. Jetzt trinken wir erst mal ein schönes Gläschen zusammen." Luigi und Butta; gemeinsam waren sie stark.

Es wurde auch ein angenehmer Abend und der exotische Blickfang Cora taute schnell auf. Sie erzählte lustige Storys über ihr Rio, gewürzt mit einem brasilianischen Liedchen und einem vibrierenden Wackeltänzchen. Junge, die hatte Power. Sagte selbst meine Martina , die auch mittlerweile eingetroffen war. Als wir so richtig in Stimmung waren, ging die Tür auf und ein überaus gereizter und bis obenhin mit Koks vollgepumpter Fabius trat ein und brüllte wie am Spieß. „Ihr verdammten Verräter, wer hat die Cora hierher gebracht, der bekommt ernsthafte Schwierigkeiten. Mach, dass du dich anziehst und in die Villa verschwindest. Verstehst du, verschwinde! Du gehörst alleine mir! Mir!"

Der Cora standen die Tränen in den Augen und Hilfe kam jetzt von der juristischen Fraktion. „Moment einmal, Herr Stoff. Wie ich das beurteile, ist die Dame volljährig und kann da wohl selbst entscheiden, wann sie gehen möchte. Ich glaube ja nicht, was ich da sehe und höre. Wie führt sich denn der Vize vom 1. SC Dynamit Dresden hier auf? Beherrschen sie sich mal." „Schnauze!" Fabius aggressiv.

Auch Notario fing jetzt an: „Sag mal, Fabius, was ist denn los? Beruhige dich erst mal und trinke einen Schluck. Lass das Mädchen. Das ist doch kein Gegenstand, den man kauft oder ins Eck stellt, mach nur so weiter und du bekommst da mächtigen Ärger."

„Wisst ihr was? Ihr könnt mich alle mal. Ihr seid keine Freunde mehr, ich gehe jetzt zu meinen wahren Freunden und dich möchte ich nie wieder sehen." Damit meinte er die verängstigte Cora und weg war er. Die Stimmung kam zwar nicht mehr so richtig in Schwung, jedoch war die Cora am anderen Tag mit dem Flugzeug in Richtung Rio unterwegs. Die Kameraden legten zusammen.

Fabius war zwei Tage auf Nimmerwiedersehen verschwunden und am dritten Tag stand er recht zersaust und bedeppert in der Küche.

„Wo ist mein Darling, wo ist meine liebe Cora?", jammerte er auf einmal los. „Du, die ist vor zwei Tagen zurück nach Rio geflogen. Ich dachte, du wüsstest davon. Von Dresden nach Frankfurt, von Frankfurt nach Rio."

Ich tat wie ein Unschuldsengel. „Meine Cora", er musste sich setzen, dann heulte er gar jämmerlich.

„Was habe ich ihr denn getan? Wieso ist sie weg? Woher hatte sie überhaupt das Rückflugticket? Ich hatte sie doch eingesperrt. Wieso ist sie weg?"

„Sag mal, weißt du denn nicht mehr, was du da beim ‚Dr. Schlüter' so abgezogen hast?", fragte da Luigi Kanone mal vorsichtig nach.

„ ‚Dr. Schlüter'? Ich? Wann? Ich war doch gar nicht da. Ich war doch mit dem Enzio in Berlin. Keine Ahnung mehr. Ach was solls." Jetzt klang seine Stimme wieder frisch und energisch. „Lasst uns meinen Geburtstag besprechen. Das soll eine Party werden, die von euch keiner mehr vergisst. Martin, Blatt her. Vorschläge!"

Letzte Runde

Sie kamen alle zum Geburtstag des Fabius.

Ein runder Geburtstag, den es gebührend zu feiern galt.

Mein Bruder Bobby mit seinem Kumpel Volker, der Schreinermeister Eiche, Bankdirektor Zwieback, Paul Schlayer usw., alle aufzuzählen würde den Rahmen sprengen. Fabius wollte, dass ich der Cheforganisator sei und so organisierte ich das Fest. Theo von der Amsel übernahm den Part der Getränke. Ein Kumpel von ihm, ein Koch, machte das mit dem Essen klar. Es wurden genaue Kostenvoranschläge von mir eingeholt und ich wollte genau wissen, was zu welchem Preis geboten wurde. Für den Fabius war es selbstverständlich, dass ich seinen Betrüger Enzio nehmen würde.

Au Mann, den hatte ich aber ganz vergessen.

Einige Damen von der „Linie 6" bedienten und empfingen die Gäste mit einem Glas Sekt oder Orange unter der Obhut des Karli. Empfangsdame war unsere Rosie, flankiert von der Martina . Elegante Aufmachung war Voraussetzung, stand aber auf der Einladungskarte.

Ich kreierte die Einladungskarte, mit den, wie ich denke, doch anspruchsvollen Programmpunkten. An der Bar unten im Keller wechselten sich Luigi Kanone und Butta Blablagür ab. Oben an der Schankanlage waren mein Bruder und der Volker. Den Raum schmückten Dirk Hirsch und Luzie.

Vorher hatte ich den Fabius unterrichtet und fragte ihn, ob er
was gegen die Anwesenheit der Zwei hätte. Da er nüchtern
war, hatte er auch nichts dagegen. Konnte zur späten Stunde
aber schlagartig anders werden. Der Konferenzraum wurde
umgebaut als Showsaal.

Eine klasse Dixieband aus Tschechien spielte als Rah-
menprogramm. Dann kam unter viel Blitz und Licht die Über-
raschungstorte. Diese musste man hineinschieben und Fabius hatte nun die Aufgabe, die Torte anzuschneiden. Bei Fünf,
sagte man, und so zählten wir alle ganz laut: „Eins, zwei ...“
und bei „Drei“ sprang eine nackte Schönheit aus der Torte
und forderte den Fabius auf, die Sahne von ihr zu schlecken.
Na ja, ein wenig Sauerei war es, aber Butta Blablagürs Ungarn bildeten ein funktionierendes Reinigungsteam. Die Ungarn steckten wir extra in feinen Zwirn, mit Hut und dicker
Sonnenbrille, damit sie aussahen wie die „Blues Brothers“.

Noch einmal durfte Fabius den Zirkusdirektor in der
Manege spielen. Witzchen reißen und den Klamauk machen.
Den Massen gefiel es und sie ließen ihn hochjubeln. Nach ei-
ner kurzen Danksagung an seine Gäste kam eine A-Capella-
Band. Die hatte ich mal im Radio gehört und von dem MDR-
Sender bekam ich auch die Adresse. In dem Outfit der Gol-
denen 20er traten sie auf und spielten unsere Lieder wie am
Anfang, als alles begann: „Ich wollt, ich wär' ein Huhn“ und
„Mein kleiner grüner Kaktus“, dann ein besonderer Wunsch
von mir „Bi-Ba-Butzemann“, und viele schöne andere Lieder
auch.

Es trat eine bekannte Chanson-Sängerin aus Dresden
auf und entzückte durch ihre tollen Texte. Zwischendurch
gab es immer wieder mal Striptease. Eine junge, exhibitio-
nistisch angehauchte Frau, welche mit dem schönen Markus
gekommen war, wurde durch die abgeschleckte Tortenfrau
inspiriert, sich zu entkleiden. Machte sie auch ganz gut und
saß mal dem Schreinermeister Eiche, mal dem Bankdirektor

Zwieback auf der ausgebeulten Hose. Dann rekelte sie sich
splitternackt, nur mit einer Stola bewaffnet, auf dem schwarzen Flügel. Ab und zu marschierten Zauberer, Gaukler und
Flammenspucker umher. Jens Rettich schenkte dem Fabius
ein Fabelwesen. Bürgermeister Fuchs kam und sein geiler
Kollege, Bürgermeister Hecht, war genauso anwesend wie
der Lucky Hans samt praller Frau. Der Consigliore gab sich
mit dem Notar Marder die Ehre und Schorlekarle wurde so
nach und nach zur späten Stunde der Schorlekönig.

Die meisten Gäste aus dem Süden kamen in Hotels unter. War aber überhaupt nicht nötig, denn es wurde eh rund
um die Uhr gefeiert. Tags drauf gab es noch ein zünftiges
Frühstück mit der Tschechenkapelle in der „Linie 6".

Eine letzte Runde Pils zu den Weißwürstchen und man
verabschiedete sich. Es fuhren die meisten wieder Richtung
Stuttgart. Der Schreinermeister Eiche kam noch zu mir und
fragte mich, ob er mit seinem Geld in Höhe von 115.000 DM
nächste Woche rechnen könne. Ich schnappte das Handy und
rief den Fabius gleich an. Er war sogar am Apparat. Ich schilderte ihm die Situation und er sagte zu mir, nächste Woche
solle Schorlekarle das anweisen. Ich gab es genauso einem
zufriedenen Schreinermeister Eiche weiter.

The Show is over

Ein paar Tage später waren Jens Rettich und ich beim Schorlekarle im Büro und checkten die Überweisungen. Alles, was
Jens Rettichs Projekt anbelangte, mussten wir gegenseitig
abzeichnen und dann musste es noch vom Bürgermeister ab-
gesegnet werden. Nachdem das mit dem Jens ganz unkompliziert geklappt hatte, ging es an die Überweisungen von S & K.
„Du, hier ist eine Überweisung vom Fabius ausgefüllt worden. Provisionszahlung und Anzahlung für A 109 mit Adres-

se in Italien, 250.000 DM. Was soll das, Martin?" „Das kann nur die Sache mit dem neuen Heli sein. Der spinnt komplett. Streichen. Wir haben kein Geld. Überweisen wir erst mal dem Schreinermeister Eiche sein Geld. Schauen wir mal weiter, was da Wichtiges dabei ist. Vermessungskosten 80.000 DM. O. K. Wie viel haben wir überhaupt zur Verfügung?"

„Tja Martin, noch einen Rahmen von 160.000 DM, die Gehälter müssen noch überwiesen werden und das Finanzamt. Also doll ist das nicht. Gut, den Heli-Kundendienst, den kann man noch schieben …"

Es klingelte das Telefon. Schorlekarle nahm ab und hörte: „Hallo Fabius, Moment ich stelle auf laut, dass der Martin und der Jens Rettich mithören können. So, was hast du denn auf dem Herzen?" Ganz freundlich und kleinlaut der Fabius: „Ähm, hallo …, mein neuer Hubschrauber, habt ihr das angewiesen? Martin?" „Nein Fabius, wir haben kein Geld auf dem Konto. Das reicht gerade mal, um dem Schreinermeister seine Rechnung anzuweisen, der Vermesser und die Löhne …", weiter kam ich nicht mehr.

„Vergiss alles. Ich will meinen Hubschrauber. Die anderen können warten. Ich will meinen Hubschrauber!" Trotzig wie ein pubertierender Rotzlöffel. „Du Fabius, da ist kein Geld mehr da für so Spielereien. Wir müssen uns gemeinsam mal unterhalten, wie das …" Aufgelegt. Wieder Telefon. Bürgermeister Fuchs am Apparat. Wieder laut gestellt. „Du Martin, jetzt wird es ernst. Wir müssen an die 8 Millionen ran, komm bitte morgen zu mir ins Büro, dass wir das klären."

Mann, uns stand das Wasser bis zum Hals.

Abends, als ich gerade mit Smeagel in der Badewanne plätscherte, klingelte das Telefon. Da im Bad eines in Griffweite war, ging ich auch sofort dran. Der nervös wirkende Notario Schöneschluck: „Martin, pass auf, vorhin hatte Fabius mich angerufen. Er war wohl schon ein wenig neben der Kappe, aber hör genau zu. Er hat vor, alle restlichen Grundstücke und alles, was man noch versilbern kann, an einen Dritten zu überschreiben. Hier ist Gefahr in Verzug!" „Informier du den Bürgermeister Fuchs, ich komme morgen mit der Frühmaschine und wir treffen uns um 14:00 Uhr beim Bürgermeister."

Ich wollte Fabius zur Rede stellen, was das sollte, aber erreichte ihn nirgends. Tags drauf flog ich mit der ersten Frühmaschine nach Dresden. Ich fühlte mich, als hätte ich statt Textil Blei an.

Schwer saß ich im Flieger und schaute aus dem kleinen Fenster in den Himmel. Von einem bleichen Luigi Kanone wurde ich abgeholt. Beim Bürgermeister saßen auch schon Duce mit dem Klatsche, der Immobilienchef der Lüstiger Wohnungsbaugesellschaft, ein eigentlich lustiger Berliner, der Notario und Bürgermeister Fuchs.

„Du Martin, der Notar hat alles vorbereitet. Mit dem Consiglore in Stuttgart wurde ebenfalls schon alles besprochen. Er sieht ebenfalls nur die eine Möglichkeit! Hier unterschreibe jetzt, bevor der Fabius dir womöglich die Vollmacht entzieht und er Unkontrollierbares auslöst. Wer weiß, zu was er momentan in der Lage ist. Martin, du hast es mir versprochen!"

Ich unterschrieb. Es war mein finanzielles Todesurteil, ich wusste es!

Dann unterschrieb ich noch den Ausstieg aus dem Hotelprojekt und Klatsche dagegen.

Schorlekarle sperrte daraufhin alle Konten und stellte als Bank die Kredite fällig.

Aus für S & K!

Am anderen Tag fuhr ich in die Villa, ins Büro.

Fabius war nicht da. Der Rosie gab ich meinen Autoschlüssel, alle Büroschlüssel, meine Kreditkarte ab. Das wars.

Luigi Kanone brachte mich zurück zum Flughafen.

Zu Hause angekommen sagte ich zur Anja: „Du, das Haus können wir nicht mehr halten. Ich bin nicht mehr bei S & K. Wir müssen noch mal ganz von vorne anfangen."

„Wie stellst du dir das denn vor? Ich mit dir in einer kleinen Wohnung? Nie und nimmer. Mit dir nicht."

„Gut dann werde ich mich sofort scheiden lassen. Ich bin nachher beim Schorlekarle. Du kannst die Möbel, alles, bis auf meine Musik und meine Literatur behalten oder verscherbeln. Ich muss noch einmal kurz fort und gehe davon aus, dass wir demnächst aus dem Haus müssen."

Anja nahm mich wörtlich und verscherbelte tatsächlich alles. Sie suchte und bekam eine nette kleine Wohnung in der Nähe von Herzogburg. Frankiboy, Thomy und ich schlossen das Haus ab.

Es war vorbei.

Fazit: Zurückgeblieben war ein Scherbenhaufen.

Meine Ehe ging erwartungsgemäß in die Brüche, das Haus wurde verkauft.

Fabius und Jens Rettich bekämpften sich bis aufs Blut, wobei letztendlich Fabius mittellos auf der Strecke blieb. Jens Rettich mutierte charakterlich zu einem zweiten Fabius.

Luigi Kanone verschwand auf Nimmerwiedersehen und die Frau vom Butta Blablagür suchte mit dem gemeinsamen Kind das Weite.

Duce wurde wegen Betrugs und Unterschlagung der Prozess gemacht und landete im Knast. Sein Bauimperium existiert nicht mehr.

Ebenso gesiebte Luft musste Bürgermeister Schwarte einatmen, nachdem er sich von Finanzbetrügern hatte leimen lassen und diesen die Gemeindekasse in Millionenhöhe anvertraut hatte. Weg war das Geld.

Rechtsanwalt Zappelzocki wurde seine Lizenz als Anwalt genommen, weil er Mandantengelder veruntreut hatte.

Bürgermeister Hecht samt Stellvertreter wurden wegen Ungereimtheiten ihrer Ämter enthoben.

Bankdirektor Schorlekarle kam von seinen Vorständen und Aufsichtsräten wegen Geldschiebereien unter Feuer und musste seinen Stuhl räumen. Auf einer Insel im Mittelmeer versuchte er ein neues Leben als Einsiedler und Ziegenhirt.

Das große Planungsbüro des Horst Stürmer musste Konkurs anmelden.

Genauso erging es den Erschließungsfirmen Treib und Schwappes. Beide Baufirmen gibt es faktisch nicht mehr.

Makler Pflückers Glanzzeit hielt nicht lange und er wurde wieder Rückfällig, zum Sozialfall. Allein seinem Schwiegersohn, einem ehemals erfolgreichen Dynamit-Dresden-Star, hatten er und seine Frau es zu verdanken, dass ihr Haus nicht unter ihrem Hintern weggepfändet wurde.

Die erfreuliche Seite der Medaille.

Rosie paarte sich mit Theo von der Amsel und zeugte viele kleine Kinder. Genauso erging es Luzie mit Dirk Hirsch.

Einer konnte sich so richtig ins Fäustchen lachen: Bürgermeister Fuchs! Er hatte sein Ziel erreicht.

Das Erschließungsgebiet wurde zu 100% veräußert.

Die Gemeinde ging ohne Schulden aus der Katastrophengeschichte heraus.

Der Wille und kein Zufall

Seit über eine Stunde versuchte ich schon einen telefonischen Kontakt mit den Städten Moskau, Jekaterinburg oder Odessa herzustellen. Überall waren die Leitungen bei meinen Verwandten besetzt. Fehlanzeige, keine Chance. Nun saß ich hier im „Ländle" wieder, qualmte vor mich hin und schlürfte meinen dampfend heißen Kaffee und dachte: Junge, du lässt dich nicht unterbringen. Du nicht!

Wenn ich aus dem Fenster schaute, sah ich, dass es kalt war, windig, und ein Schneeregen prasselte von den dicken Wolken herab. In meinen neuen Arbeitsklamotten saß ich in der Einliegerwohnung von meinen Eltern, in der Küche meines jüngeren Bruders genauer gesagt, und wähle mir die Finger an dem grünen Telefon wund. Es war eigentlich keine 100 %ige Küche, sondern ein Mischmasch aus Büro, Abstellkammer und ein wenig Küche. Im Eck oben rechts fing eine kleine Spinne an, ein Netz zu bauen. Sollte ich das Vieh jetzt rausschmeißen oder totschlagen und das Klo runterspülen? Ne, tat ja nichts. Ließen wir es da, wo es war und weiterspinnen.

Mir fiel der Bauingenieur ein, der Thüringer, der wie Wolfgang Petry ausgesehen hatte, mit dem weißen Audi und dem Karlsruher Kennzeichen, ich schaute die Visitenkarte an ...